U1011325

话说中华五千年

东西晋演义

(明) 杨尔曾 著

中国文史出版社

图书在版编目（CIP）数据
东西晋演义 /（明）杨尔曾著 . -- 北京 : 中国文史出版社 , 2018.6
（话说中华五千年）
ISBN 978-7-5205-0299-3

Ⅰ . ①东…　Ⅱ . ①杨…　Ⅲ . ①章回小说—中国—当代
Ⅳ . ① I242.4

中国版本图书馆 CIP 数据核字（2018）第 113463 号

责任编辑：秦千里

出版发行：中国文史出版社
社　　址：北京市海淀区西八里庄 69 号院　邮编：100142
电　　话：010-81136606　81136602　81136603（发行部）
传　　真：010-81136655
印　　装：廊坊市海涛印刷有限公司
经　　销：全国新华书店
开　　本：16 开
印　　张：33.75
字　　数：756 千字
版　　次：2019 年 5 月北京第 1 版
印　　次：2019 年 5 月第 1 次印刷
定　　价：118.00 元

文史版图书，版权所有，侵权必究。
文史版图书，印装错误可与发行部联系退换。

出版说明

明代杨尔曾著，又题《绣象东西晋全志》，分为《西晋演义》和《东晋演义》两部。

全书以东西晋两朝兴亡为中心，中间穿插五胡十六国的盛衰，伴以南北两朝的纷争，描写了上接三国、下迄刘宋代晋一百五十余年间各个王朝的政治变故，人物沉浮，战争灾祸。

郑振铎在《插图本中国文学史》中评价说："这部演义也极雅驯，几乎无一字无来历，在讲史小说里是较好的一部。"

作者杨尔曾，字圣鲁，号雉衡山人，又号夷白主人，钱塘人。生卒年均不详，约明神宗万历四十年前后在世。编有小说《东西两晋志传》《韩湘子全传》《海内奇观》《图绘宗彝》等。

楊駿
晉武帝
楊皇后
繼楊后

鍾夫人
王渾
羊祜
王濬
山濤

韓壽
賈午
賈充
賈謐

太子遹
賈皇后
晉惠帝
羊皇后

楚王瑋
汝南王亮
齊王冏
長沙王乂

趙王倫
成都王穎
河間王顒
東海王越

劉伶
阮籍
王衍
陸機
陸雲

王愷
何曾
石崇
綠珠

晋愍帝
晋懷帝
漢主劉淵
劉聰
前趙主劉曜

劉琨
周處
祖逖
卞壼
段匹磾

牛金
夏后太妃
晋元帝
晋明帝
王導

温嶠
陶侃
王敦
蘇峻
桓温

謝道韞
謝玄
謝安
庾亮
王羲之
荀灌
陶母湛氏
虞母孫氏
韋母宋氏
蘇蕙

王猛
前秦主苻堅
秦苻登后毛氏
後秦主姚萇
西秦主乞伏國仁
佛圖澄
後趙主石勒
成主李雄
夏主赫連勃勃

海西公奕
晉康帝
晉成帝
晉穆帝
褚皇后
晉哀帝

李淑妃
晉簡文帝
晉孝武帝
張貴人
會稽王道子

鳩摩羅什
孫登
葛洪
郭璞
陶潛

西涼主李暠
前涼主張曹華
後涼主呂光
南涼主禿髮烏孤
北涼主沮渠蒙遜

段元妃
後燕主慕容垂
前燕主慕容皝
南燕主慕容德
北燕主馮跋

拓跋紹
賀夫人
北魏主拓跋珪
拓跋嗣

孫恩
盧循
譙縱
楊盛

桓玄
晉安帝
晉恭帝
劉裕

序

一代肇兴，必有一代之史，而有信史、有野史。好事者蘩取而演之，以通俗谕人，名曰“演义”，盖自罗贯中《水浒传》《三国传》始也。罗氏生不逢时，才郁而不得展，始作《水浒传》，以抒其不平之鸣。其间描写人情世态、宦况闺思，种种度越人表。迨其子孙，三世皆哑，人以为口业之报。

而后之作《金瓶梅》《痴婆子》等传者，天且未尝报之，何罗氏之不幸至此极也？良亦尼父恶作俑意耳！

今年仲夏，溽暑蒸人，洼居甚苦，偶遇泰和堂主人。主人者，貂蝉世胄，纨绮名家，秘窥二酉之藏，业擅五车之富，射雕献技，倚马呈奇，而尚义任侠，施予然诺，淄渑不爽。时以醇醪浇其胸中块垒之气，故其座常满，其尊不空，诚翩翩佳公子也。是日，以白堕迟我，觥筹交错，丙夜不休。迨醉眠，鸡鼓翼再鸣矣。

主人语我曰：“某欲刻《东西两晋传》，而力有未逮。得君为我商订，庶乎有成。”

余曰：“某非董狐也，子盍谋之外史氏乎?”

主人曰：“昔弇州氏以高才硕抱，不得入史馆秉史笔，故著述几亿万言。今君颠毛种种，仕路犹赊，宁不疾殁世而名不称乎？且是编也，严华裔之防，尊君臣之分，标统系之正闰，声猾夏之罪愆，当与《三国演义》并传，非若《水浒传》之指摘朝纲，《金瓶梅》之借事含讽，《痴婆子》之痴里撒奸也。君何辞焉?”

余爰是标题甲乙，稍加铅椠，迨秋仲而杀青斯竟。间有姓氏之错谬，岁月之参差，郡邑之变更，官爵之诖误，先后之倒置，章法之紊乱，皆非我意也，仍旧文而稍加润色耳。知我者，幸毋以莺鸠见哂。

目　录

第一回　王濬王浑大争功

庚子太康元年五月，却说晋世祖姓司马氏，名炎，字安世，乃河南人。司马昭之子，司马懿之孙也。纂魏陈留王之位，自立为世祖武皇帝，国号大晋，改元太康，都于洛阳。是岁首月，帝以杜预、王浑、王濬三将率水军十五万去伐江东，所向皆克。浚兵直抵石头，吴主孙皓大惧，面缚舆榇，诣濬军门投降。王浚焚榇受降，遂入建业屯扎。封宫门府库，令人守把，待王浑至。明日，王浑兵始济江，闻浚已专受纳吴降，先得入城，因此王浑以浚不待己至，先受皓降，意甚愧忿。欲以兵攻浚，当参军何攀谏止之。攀又急来劝浚曰："足下成此大功，朝廷所闻。奈王将军疾足下专纳吴降，不待其至，心甚有不忿之意，欲将兵来攻足下。昔许由、巢父曾让天子之贵，今世称为大贤。足下何不效之，以是功让与之，岂不美乎？"王浚曰："市道之人，尚争半钱之利，灭吴大勋，安肯逊彼？舜何人也？予何人也？彼丈夫也，我丈夫也。天生德于予，王浑其奈我何？吾不惮之！"何攀又曰："功既不让，可将吴主孙皓付与王浑，吾与公二人讲和此事，云何？"浚曰："此言可依。"遂以孙皓付与何攀，攀请吴主皓出军门，同见王浑，浑令人监之，方释此忿。史说王浚，字士治，乃宏农郡人，家世二千石。浚博览坟典，美容貌，不修名行，不为乡曲所称。晚乃变节，疏通亮达，恢廓有大志。起宅开门前路，广数十步，邻人或谓之太过。浚曰："吾欲便长戟、幡旗。"众咸笑之。浚曰："陈胜有言，燕雀安知鸿鹄之志哉？"州郡辟为河东从事，刺史燕国徐邈有女才淑，择夫不嫁。邈乃大会佐吏，使女于内观之。女指浚告母，邈遂以女妻之。后除巴郡太守，吴境兵士苦役，生男多不养。浚乃严其科条，示之宽其徭税，迟之产育者与休复，所全活者数千人。浚至夜，梦悬三刀于其卧屋梁上，须臾又益一刀。惊觉，意甚恶之。次日，问从事孚毅，毅再拜贺曰："三刀为州，又益一者，明府其临益州矣。"后果迁为益州刺史。今伐吴有大功，王浑欲争之。而王浑虽得监孙皓，心终不悦，阴使奸细人备书，令其子王济表浚违诏不受节度。当周浚、何攀谏而不纳。

却说其子王济得父之书，浼有司奏知武帝，请以槛车囚浚。武帝弗许，命有司以诏书入吴，责浚违诏不受节度。王浚大惊，令人入朝上书曰：

> 臣前被诏，直造秣陵，以十五日至三山。浑屯北岸，遗书邀臣。臣因水军风发，不遑回船，及以日中至秣陵，暮乃得。浑所下当受节度之符，欲令明日还围石头。又索诸军人名定见，臣以为皓已来降，无缘空围石头。又兵人定见，亦非当今之急，不可承用，非敢忽略明制也。事君之道，苟利社稷，死生以之。若顾嫌避咎，此人臣不忠之利，非明主社稷之福也。

武帝览书，知王浑嫉浚功高于己，冒奏朝廷，故不责浚之罪。王浑见武帝不罪王浚，又使人驰书周浚，云浚烧皓宫得宝，私不入朝。又奏，武帝弗听。王浚探知，连忙复遣人上表曰：

臣犯上干主，其罪可究。逆忤贵臣，祸在不测。孙皓方图降贡，左右已劫其财物，放火烧宫，臣至，乃救止之。周浚先入皓宫，王浑先登皓舟，及臣后入，乃无席可坐。若有遗宝，则浚、浑已先得之矣。今年平吴，诚为大庆，于臣之身，更受咎累也。

武帝览表，作置不问。却说杜预与王浑、王浚等既受吴降，领众振旅还京。次日，王浑、杜预、王浚等将同吴主面君。吴主皓拜伏称臣，武帝宣皓上殿，赐绣墩而坐。武帝曰："朕设此座待卿久矣。"皓曰："臣在南方，亦设此座以待陛下。"武帝大笑，设宴待之。封皓为归命侯，以其子孙瑾为中郎将，随降臣宰皆封列职。丞相张悌死节，封其子孙。史臣断之云：

《历年图》曰：破虏坚以孤远之兵，决忠愤之志。首犯贼锋，深入洛川，除扫陵寝，有足多者。讨逆策以童子提一旅之众，挥马箠以下江东。耆儒宿将，狼狈失据。开地千里，真英才也。文帝承父兄之业，师友忠贤，以成前志。赤壁之役，决疑定虑，以挥大敌。非明而有勇，能如是乎？奄有荆扬，薄于南海，传祚累世宜矣。侯官、景帝皆明惠敢决，有先世之风。归命骄愎残虐，深于桀、纣，求欲不亡得乎？

却说王浑、王浚二人因伐吴构怨，不相推伏，互各争功，因是武帝未曾封赏诸将。时王浑表浚违诏不受节度，专擅吴降，宜以加法庶禁。将士知，劝武帝弗从，由是灭吴之勋不有封赏。王浚自以功大，而为王浑及党与所挫抑，每入朝，奏帝曰："臣有汗马之劳，而为指鹿之恕，却似一无功业矣。臣非敢图赏，所以激发之后将士勇于立勋。"武帝亦不之听。浚不胜忿愤，径出不辞，帝亦容恕之。次日，有司奏王濬违诏，人放纵，宜请付廷尉问罪。武帝不许，命廷尉刘讼校二人事功，讼以王浑为上功，以王濬违诏为中功。帝怒刘讼折法失理，左迁京兆太守。既而，诏增贾充及王浑邑八千户，进浑爵为公，以杜预、王戎皆封县侯，诸将赏赐有差。策告羊枯庙，封其夫人为万岁乡君，食邑五千户。

至是，王浚每日在家，怨望朝廷。时有濬之外亲，益州都护范通，知其挹意，因谓浚曰："将军功则美矣，然恨所以居美者，未尽善也。"浚问曰："何如？愿闻其详。"通曰："将军旋旆之日，角巾私第，口不言平吴之事。"有问者，辄曰："圣主之德，群师之力，老夫何功之有哉？'如斯颜子之不伐，龚遂之雅量，何以过之？此蔺生所以屈廉颇也。王浑能无愧乎？安能谮也？"王浚曰："吾始惩邓艾之事，惧祸及身，不得无言。夫不能遣诸胸中，是吾偏也。"于是王浚愤挹之。其时人亦以浚功重报轻，为之叹息。当博士秦秀上表，论王浚功高枉屈，武帝始迁王浚为镇东大将军，封杜预为襄阳县侯。因此濬大悦,谢恩归第。杜预亦谢恩,辞武帝出镇襄阳。

预到襄阳,以为天下虽安,忘战必危。乃勤于讲武,申严戍守。史说预不跨马,射不穿甲,而用兵制胜,诸将莫及。

第二回　罢武备诸胡兵起

却说晋武帝以为天下平息，四海晏然，聚集文武商议罢州郡武备。大臣山涛谏曰："州郡之兵留防境患，古来有之，岂宜去也？伏望陛下学古制而获大治，慎先谟以怀永图。"武帝弗听，自主决之。次日出诏，往发州郡，命州郡悉去兵政。其诏曰：

昔在汉末，四海分崩，刺史内亲民事，外领兵马。今天下为一，当韬戢干戈，刺史分职，皆为汉氏故事。悉去州郡之兵，大郡置吏百人，小郡五十人为例。

时交州牧陶璜见诏，以为不可，亦上言曰：

交州东西数千里，不宾属者六万余户，服官役才五千余家。二州唇齿，惟兵是镇。又宁州诸夷，接据上流，水陆益通。州兵未宜约损，以示单虚，州郡之兵，宜存卫边城，不可约损。

时山涛极言不宜去州郡武备，帝拒不纳。至永宁以至盗贼蜂起，州郡无备，不能擒制，天下大乱。

初，鲜卑莫护跋始自塞外入居辽西棘城之北，号慕容部。至孙涉归，迁于辽东之北，内附中国。数从征讨，有功拜大单于。至是始叛，以兵五万寇昌黎，此乃戎乱之始。如涛、璜所言，因此各州郡雪片上表，入朝奏知武帝。武帝大惊，急与群臣计议。颁诏去各州郡，命刺史各兼兵民之政，因是州郡镇之政尤繁重焉。天下不宁，其后诸胡因忿愤，杀害长史，渐为民害。是因此当时都御史郭钦等上疏曰：

戎狄强胡，历古为患。魏初民少，西北诸郡皆为戎居，内及京兆、魏郡、宏农，往往有之。今虽服从，若百年之后，有风尘之警，胡骑自平阳、上党，不三日而至孟津。北地、西河、太原、冯翊、安定、上郡尽为戎有矣。伏望陛下以平吴之威，谋臣猛将之略，渐徙内郡杂胡于边地，峻四夷出入之防，明先王荒服之制，此万世之长策也。

武帝览之，弗从。曰："秦始皇时筑墙万里以防胡虏，谁知祸起萧墙之内，不在匈奴之中。今天下一统，谁敢贰叛？"因谓群臣曰："朕闻治天下有道在于得人，卿等何如不举贤良、方正有才之士入用，专进迂阔之言？"言讫，命有司发诏往各州郡，命举贤良、方正、才学之士赴选朝用。

颁诏去讫，大臣何曾上言曰："臣闻广陵华谭有殊节操，好学敏慧。陛下若能用之，国政可定。"武帝曰："既有此贤，即宣至京中，亲试策之。"于是遣使往广陵，诏华谭至金阶之下。

谭拜舞毕，武帝亲策之。曰："今四海一统，万里同风。然北有未服之虏，西有丑施之氐，故谋夫未得高枕，边人未获晏然，将何以长泯斯患，混清六合乎?"华谭对曰："臣闻圣人之临天下也，祖乾纲以流化，顺谷风以兴仁，兼三才以御物，闻四德以招贤。故劳谦日昃，务在择贤俊，义龙跃，帝道以光也。"武帝嘉其对。又策之曰："舜以二八成功，文、武以多士兴周，夫制化在于得人，而贤才难得。"谭又对曰："今州郡贡秀孝，台府简贤良，譬南海不少明月之宝，大宛不乏千里之驹也。"武帝悦之，以为郎中，于是罢朝。

第三回　袁甫衔玉于何勖

史说淮南袁甫，字公胄，亦好学，以词辨见称。知朝廷招举贤士，及闻中领军上将军何勖重贤纳士，敬往谒之。因言曰："甫乃驽钝之才，不足以骋千里。百里花封，能为剧耳。久闻将军爱士，吾侪方怀干禄，何不纳之?"勖笑曰："今子之请，徒欲宰县，反不思为台阁之职，何也?"甫曰："人各有能，譬缯中之好莫过锦绣，不可以为韬；谷中之美莫过稻粱，不可以为齑。是以贾霸驰名于州郡，而息誉于京邑，廷尉之才，不为三公，自昔然也。"勖闻之大悦，除为松滋令。

时慕宾石珩闻甫能辩，故难问曰："卿果能辩，乃今寿阳以西何以恒旱？寿阳以东何以恒水?"甫应声答曰："寿阳以东皆是吴人，夫亡国之音哀而思。鼎足强邦一朝失职，愤怨甚积。积忧成荫，阴积成雨，雨久成水，其域恒水也。寿阳以西皆是中国，新平强吴，美宝皆入。"志盈心满，用长欢娱，《公羊》有言："鲁嬉悦，故其域旱。京师若能抑强扶弱，先亲后疏，则天下和平，灾害不生矣。'君虽高士，安识此理耶?"珩因是服其高辩，敏捷胜己，后不复问难。史说皇甫谧，字安士，安定人，汉太尉皇甫嵩之曾孙也。因承继后叔艾益，徙居新安。年二十，不好学，游荡无度，人人咸以为痴。尝出游得瓜果，辄进于后叔母任氏。任氏谓曰："《孝经》云：'三牲之养，犹为不孝。'汝今年逾二十，目不存教，心不存道，无以慰我。汝谓瓜果进以为孝乎?"因叹曰："昔孟母三徙以成仁；曾父烹豕以存教。岂我居不卜邻，教有所阙，何尔驽钝之甚耶？修身笃学，汝自得之，于我何有?"因对之流涕。谧乃感激而就乡人席坦受书，勤力不怠。居贫，躬自稼穑，带经而农。遂博览典籍百家之言，殆有高士之志，以著述为务，自号"玄晏先生"。时举孝廉，郡邑交荐，朝廷亦屡征，皆不应命。而所著诗赋诔诵论难，及撰帝王世纪，高士、逸士、列女等传，并行于世焉。

第四回　**北魏祖逢天女配**

却说北魏之先出自黄帝，黄帝之子昌意，昌意之子受封北国。有大鲜卑山，因此以为号。其后世为君长，统幽都之北，广漠之野。畜牧迁徙，射猎为业，淳朴为俗，简易为化，不为文字，刻木结绳记事而已。时事远近，人相传授，如史官之纪录焉。黄帝以土德王，北俗谓土为拓，谓后为跋，故以为氏。其裔始均事尧时，逐女魃于弱水。北人赖其勋，舜后命为曰祖歷。三代至秦汉，獯鬻、猃狁、山戎、匈奴之属，累代为害中州。而始均之裔不南下，是以载籍无闻。积六十七代，至成皇帝，讳毛方，统国三十六，大姓九十九，威震北方。宣帝南迁大泽，方千百余里，厥土昏冥沮洳，谋更南迁，未行而崩。献皇帝时，有神人言："此地荒遐，宜徙建都邑。"献帝年老，仍以位授子圣武皇帝，命南移。山谷高深，九滩八阻，于是欲止。有神兽似马，其声似牛，导引历年，乃出，始居匈奴故地。其策略多出宣、献二帝，故时人并号曰"推寅"，盖俗云钻研之义。传至拓跋诘汾，为人孤弱，诸部各散。

却说北魏圣武，姓拓跋，讳诘汾，曾亲耕于山泽。忽一日，欻见辎軿自天降下。诘汾奔前去观，见一妇人，生得千娇百媚，万种风倩，前来相见。谓诘汾曰："吾乃上界天女，玉帝因见君祖宗积德，敕吾降凡，与君为室。君不嫌丑陋，乃妾之幸耳。"诘汾曰："蒙天帝赐有姻缘，何德以当之？"言毕，遂与施禄相携手回第，设筵相待。至夜二人成亲，欢会三日。天女辞曰："吾今请还天宫，不敢久留。吾昔受命于天，只许三日姻缘，今已满足。吾去之后，期年周时，与君后会于前日相见之处，不可遗忘。"言毕，相辞欲行。诘汾不忍相离，因留恋之，而天女化清风不见。

后诘汾自天女归天之后，光阴似箭，日月如梭，不觉一载。猛然思起天女临别之言，至是日，依然径入山泽伺候。不霎时，见天女驾五彩祥云，自天下来，抱着一个小儿，近前与诘汾相见。曰："别来无恙，幸不失信。"以此抱小儿授与诘汾。又曰："此是君之子，乃当世帝王也，君宜善抚育之。"言毕欲行。诘汾接得小儿，拖住天女曰："一日夫妻，百日恩情，自卿归天之后，忘食失寝，要想一会，不能得见。今蒙降临，何忍言去？可同我归第，再叙一夜，明早归天未迟。"天女曰："此乃天帝之敕，与君姻缘，只能在此遇，岂敢再延？"语终，化清风不见。因是诘汾垂泪，抱着小儿归家恩养，取名"力微"。

黄帝修德上天知，敕降神女为裔妻。不觉明年产真主，北代从斯作帝畿。

第五回　夷夷兵犯没鹿回

却说光阴易过，倏尔数年。力微长大一十余岁，容貌奇伟，文才出众，武艺超群。因无舅家，故北代诸部时人谚曰：“诘汾皇帝无妇家，力微皇帝无舅家。”时诘汾发疾而崩，力微痛之，安葬哀毁逾礼。丧事毕，有没鹿回部大人窦宾，闻力微有雄杰之度，召之为部长，自此乃依窦宾为将。

却说西部酋长夷夷，以兵一万扰境，掳掠畜产。窦宾亲领胡兵二万人，出界拒敌。次日，两军相遇，窦宾亲自出战，大骂：“野犬逆贼，何敢侵境！”夷夷见其大骂，忿怒勒起坐下马，抡起手中枪，走奔阵前，更不搭话，直取窦宾。宾亦舞大捍刀出迎。两马相交，军器并举，二人战了十合，窦宾气力不加，勒住跨下马，收回手中枪，走回本阵。夷夷赶来，见宾走已远，夷夷就左手拈弓，右手搭箭，望窦宾心后一箭。窦宾听得弓弦一响，急翻身下来躲过，那箭正中马胫，马即死于阵前。夷夷见宾死了战马，拍马来追。将及追至，恰力徽领兵到，见宾无马，急以所乘之马与宾骑之。大言曰：“大王急回本阵，小将出迎敌兵。”言毕，以步兵接战。力微以步兵摆开，与夷夷交锋大战，战上三十余合，夷夷抵敌力微不住，骤马奔回本阵，被力微驱兵奋击。夷夷大败，退还本国去讫。力微连追一百余里，方始鸣金收兵回城。

次日，宾聚集诸部大人问曰：“孤昨与夷夷交战，被他射死战马，险些被擒，不知甚人将骏马与我骑之，方得脱此大难。我在乱军之中，杀得头昏眼花，忘记其人，汝等可自白之，我必酬其大功。”是时，力微隐而不言。当左右大人对曰：“前日阵上救大人者，乃拓跋力微也。”窦宾大惊，问力微曰：“孤三问，卿如何不答也？”

力微曰：“此大王洪福，诸部之力，小将何功之有？”窦宾大喜曰：“我今将国划半分卿，酬卿大功。”力微固辞曰：“臣食君禄，当尽犬马之力，岂图赏也？”固推不受。宾愈敬之曰：“子贡辞赏，后人羡之。而卿如此，何以为报耶？”又曰：“吾有爱女金玉公主，不与凡子，今赐与卿为妻，勿得再推。”因是力微从之。选日纳聘礼，就迎公主，过门成亲毕。自此以后，宾甚宠用之，常思报其前勋。

忽一日，谓力微曰：“孤闻韩信据齐不得，张良择地而封。欲委卿以一方，卿谓何地可据，孤即授之。”力微曰：“韩信连百万之众，收四海之地，平秦灭楚，取赵挟燕，功盖天下，名闻古今。张良运筹帷幄之中，决胜千里之外，匡扶社稷，扭转乾坤，以三寸之舌，开四百年之基，成汉室之业，皆此二人之力，高祖所谓人杰。臣于大王，无尺寸之功，止一马之力，何敢受其赐也？”宾曰：“富贵二字，世人贪之，恐不得至，卿何固辞？今授卿一所，吾欲南霸天下，欲卿效张良、韩信之立勋，故有是命，卿何却之？”力微曰：“臣见前贤所谓功盖天下者不赏，勇略振主者身危，未尝不思退避。富与贵，人情之所欲，岂不爱之？望大王法尧舜之仁，休效汉祖之疑。臣愿慕二贤之忠，望大王授臣北镇长川，以图霸举。而臣既承半子之分，而思欲随部奉事大王，不舍远离。”宾曰：“男儿所志在功名，别何足惜离?”又曰:“恭敬不如从命，卿可同金玉公主速去镇守长川，就以其地授卿，以为汤沐之邑。”因是封力微为北部大人，命其往镇。于是力微拜辞窦宾，领金玉公主同去长川镇守，收纳亡叛，延揽英雄，招军买马，积草屯粮，由是旧部人马悉来归附。数年之间，军威大振。

谁想光阴迅速，寒暑更迁，不觉窦宾染病将危，乃唤二子窦龙、窦虎至卧前，戒曰:“拓跋力微勇略无双，吾死之后，不可疏慢此人，功多不伐。当以国事见委，勿以常人遇之。”言讫而卒。龙、虎二人举哀发丧于西陵，窦龙代父领其诸部十万之众。

第六回　窦龙以谋攻力微

当窦龙代父位领众，使人持孝书来报知公主、力微。力微接得孝书，方知岳父窦宾于十月内身故，辟踊恸哭，昏倒于地。左右急劝曰："死者不可复生，何苦如是？"力微始拭泪入内，说与公主。公主涕泗交流，命排车马，要同力微回国吊丧。力微急止之曰："吾观舅舅龙、虎二人，昔尝屡起害我之心，今若归国，恐中其谋。宜先以人打探消息，方可回国。"公主听见其说，犹豫不行。因此打发使人回去，只推力微有疾，不能远行，待瘥可再来补礼。使人得是语，忙回归报知窦龙。

窦龙大怒，乃召窦虎入内，议曰："力微诈病不来奔丧，必有异志。前日细作人回说，力微在长川招军买马，积草屯粮，今若不除，久则为患。吾欲讨之，恨力不加，汝有何计可以教我？"窦虎曰："吾有一策，使力微不能脱吾彀中。"

龙曰："有何高计？愿闻其略。"

虎曰："可使人再去长川对力微说，我父亲临死之时，嘱咐我兄弟二人，他死后汝可起军发马去攻取北川，与妹夫力微以作嫁资，却把长川易还我部，此计若何？"龙曰："北川迢迢，取之不易，此计莫非不可。"虎笑曰："你道我真个去取北川与他？只以此为名，实欲取长川，教他不作准备。今假说去取北川，必要从长川经过。若过长川，力微必然出来劳军，就问他索钱粮，去到城下，一鼓而擒住了力微，以除吾之后患也。故兵法曰：'出其不意，攻其无备。'"龙曰："此计大妙。"言毕，即遣使人授此意，投长川去见力微。呈上书信，与力微、公主同看。

力微观书讫，对公主说道："龙、虎二位大舅欲起兵取北川与我为嫁资，要我应付钱粮，犒劳三军。"公主大喜，以为是实。惟力微心中半信半疑，只得打发使人回去，道军马一至城下，准备粮草、牛酒，犒劳三军。

使人去讫。公主曰："难得兄弟如此好心，代取北川。你可准备粮草、牛酒，犒劳三军。"力微笑曰："你道窦龙兄弟二人真去代取北川？欲来攻我也。"公主曰："如何是来攻我也？"力微曰："龙、虎二人自讨死耳！这等计策瞒小儿也瞒不过。"公主再问："如何是计？"力微曰："乃是投饵钓鱼之计也。虚取北川，实欲来害我也。只等我与公主出城劳军，就势拿下杀之，攻我无备也。"公主曰："二贼不念我同胞共乳，要来谋害，如之奈何？"力微曰："公主宽心，收拾窝弓擒猛虎，安排香饵钓鳌鱼，只等二人前来，他便不死，也九分无气。"言讫，唤北部王才至曰："你可持书去见那窦龙兄弟，说道我闻知二位舅舅起兵代取北川，心中大悦，难得二位舅舅如此好心，称谢不尽。荆今准备牛酒、粮草整齐，专待军马来到，与公主出城迎接。"王才领其言语及书信，忙来没鹿回部，即入宫内，呈上书信，具说力微之言与龙、虎二人。二人听讫，大喜，王才即时告辞，归长川报知力微。力微又唤大将于龙来听了计策，如此如此，其余我自有摆布，自作准备。

龙虎决策取长川，神元先知第一筹。贪图香饵钓鳞鲤，谁想翻身入浪游。

第七回　拓跋力微霸长川

却说窦龙二人得力微回书，抚掌大笑曰："你原来今番中吾计策也。"即时遣甘宇为先锋，自与徐丁为二队，凌蒙为后队，共计五万，水陆并进，望长川进发。龙与虎二人自在船上，时复欢笑，将谓力微中计。迤逦而行，前军已至川口，龙、虎叫问："前面有人迎接否?"人报力微令王苻来见。窦龙唤王苻入船中，问："劳军如何?"王苻曰："主公皆准备停当，但钱粮陆续起运。"龙曰："驸马何在?"苻曰："在长川城门外相待，与大王把盏。"龙、虎曰："今为汝家事，劳军之礼，休得轻意。"王苻领了言语，先回去了。

窦虎将战船密密排于河上，依次而进。看看至林安，并不曾见有一只船，又无人迎接，河面上静荡荡的。忽哨船回报，长川城上插两面白旗，并不见一个人影。窦龙二人并牵战马，亲自上岸跨马，带徐丁、甘宇一班儿军官，并虎贲千余人，径往长川。来到城边，不见动静。窦龙二人乃勒住马，令前军大叫城上守门军将曰："谁在城上? 今有没鹿回部窦龙二位大王亲自在此，请汝主驸马相见。"忽一声梆子响，白旗倒处，二面红旗竖起，城上军人一齐排立刀枪。敌楼上于龙出曰："大王此行，端的取北川如何?"窦龙等曰："吾替汝王取北川相赠，以为嫁奁之资。"于龙曰："吾主人已知大王投饵钓鳞之计，故使吾等安排军马守城，大王休来。"窦龙闻知，勒马便回。探马报曰："四路皆有埋伏，军马一齐杀到。关明从河陵杀来；张因从岂居杀来；黄由从河安杀来；魏正从长川小路杀来。四路正不知多少军马，喊声远近振十余里，皆言要捉二位大王。"窦龙二人大惊，坠于马下，左右急救，得扶起上马。时四面军马杀将拢来，龙、虎忙率军马拼死杀出，那里冲突得出? 四面军马拥至，将龙、虎二人杀讫，余兵无主，各自溃去。

力微方始退阵鸣金，收军入城。是日，于龙、张因二人献窦龙兄弟首级，力微令人收拾尸首，一同葬于城东十五里地内。当力微既诛了窦龙兄弟，乃议招军，招其部众。其诸部大人悉引众前来降顺，因此得控弦之士二十余万人。次日，诸部大人商议，尊拓跋力微为神元皇帝，总统部众，大封功臣。至是，知定襄之盛乐有天子之气，乃引诸部大人复迁都于盛乐城。始起觊觎中原之志，因遣太子沙漠汗入中原奉贡，就使观中原风土如何，意欲吞并。

沙漠汗领父命，带名马珠玉来中国。不数月，来到京都，以金宝骏马朝见晋武帝。武帝大悦，受其贡礼，乃留沙漠汗在洛阳太学中读书。居岁余，沙漠汗思归，乃上殿奏曰："父母在，不远游，游些有方。臣父母春秋已高，乞回奉养。"武帝闻奏，欲令人送其归国。当大臣卫瓘奏曰："沙漠汗资质雄异，不可遣归，恐为后患。今若放他回去，正如龙归大海，虎入深山，将不可服矣；不如留之，使以金帛赂其国中诸部大人，令其间谍神元，使彼父子不亲，弃之不取，此乃中华之福，不然贻患后世矣。"武帝犹豫。沙漠汗来，屡上表要还。武帝沉吟，欲不放其归，匈奴方强，恐其扰境；欲放其还，恐其有异。见沙漠汗辞表情切，只得多以金帛赐之，用十分恩义结之，遣人护送其还。当沙漠太子得圣旨准放其还，即忙入朝拜辞武帝，次早登程。行数月，来至阴馆城。先遣人入国，报父神元。神元设位。近臣奏曰："太子沙漠汗先年入贡中国，观觇虚实，今差人来报回国，已至阴馆。"神元大喜曰："既太子归国，诸部大人可去阴馆迎接。"诸部大人即出，以酒馔来阴馆迎接。参拜太子讫，各以酒把盏，酒至半酣，沙漠汗仰视空中，忽有一只飞鸟。其时沙漠汗在中国，带得弹子在袖中，便以左手拈弓，右手搭弹，望空中一放，正中飞鸟颈子上，死落在地。时匈奴诸部大人不识弹子，又不见羽箭，以为沙漠汗空弓射得鸟落。诸部大人俱各大惊，皆以为神。密相谓曰："今太子入中国，被服同南，更兼有此奇术，射不用箭，他日神元万岁后，太子统国，必然变易旧俗，吾等必不得志，亦难保善终矣。不如先走入朝，奏知万岁，说太子今回国，臣等观动静，必有贰意。更兼学得有奇术，空弓射落飞鸟。又带南人而还，臣恐太子篡位争权，变易旧俗，国不得安。"诸部大人计议已定，就辞太子沙漠汗，先驰还内，以前所议之计，奏知神元。神元大惊曰："既如此，当如之何？"诸部大人奏曰："圣上更有贤子，不若除之，免其后患。陛下不纳臣言，诸部各散。"神元无奈，因言当即除之。

于是，诸部大人矫神元诏出朝，将太子沙漠汗执下，暴其罪曰："太子沙漠汗奉晋数年，不思还国事亲，今反带南人而归，必有叛心，此乃大不孝也。今封鸩酒一壶，黄罗五尺，宝剑一口，命其自尽。"沙漠汗听见其诏，大哭一场，乃饮鸩酒而亡，因此沙漠汗被害。神元悔之，乃命收葬，谥曰文皇帝。

第八回　束皙诚心祈天雨

却说中国吴中大旱，连月不雨，百姓屡祈未应。史说束皙，字广微，阳平元城人，汉疎广之后。王莽末，广曾祖孟达避难，自东海定居沙鹿山南，因去疎之足，遂改姓束焉。束皙博学多闻，少有德行，远近皆知。时值天旱无雨，百姓相谓曰："吾闻仁德动天，致诚感应。今闻此处束广微先生仁闻州里，德播日新，不如请其求雨，天必有济。"众耆曰："然！"因是百姓来请束皙祈雨，皙欣然从命。斋戒沐浴，祷告上天。须臾，天即下雨，三日不息，万物回生。由是百姓感之，乃作歌歌之曰：

束先生，通神明，祷天三日雨零零。我黍以育，我稷以生。何以酬之，愿束长生。

束皙自此朝野知名。武帝闻知，擢为著作郎。

时武帝朝会群臣，问中郎挚虞曰："三日曲水之义，卿知之乎？与朕言之。"虞曰："汉章帝时，平原徐肇以三月初三生三女，三日俱亡，时人以为怪，乃招携之水滨洗祓，遂因水以泛觞，其义起于此也。"武帝曰："必如卿之所议，便非嘉事。"

时皙在侧，因进曰："虞小生，不足以知，臣请言之。昔周公成洛邑，因流水以泛酒，故逸诗云：'羽觞泛波。'又秦昭王置酒河曲，见金人捧水心之剑，曰：'令君制有西夏，乃霸诸侯。'因此立为曲水。二汉相缘，皆为盛集流至今也，何得以三月生女即死之义耶？"武帝大悦，曰："卿才果有大过人者。"就以皙为尚书郎，赐皙黄金五十斛。皙谢恩而退。

第九回　刘毅对帝似桓灵

辛丑太康二年三月，武帝诏选吴孙皓宫人五千人宫内，朝夕淫乐游宴，怠于政事。其掖庭殆将万人，卫从常乘羊车，恣其羊车之所至，便宴寝其宫。其时武帝既乘羊车游寝宫庭，宫人竞以竹叶插户，盐汁洒地，以引帝车入宫。于是后宫乱宠，无次序矣。

却说皇后杨氏，其父杨骏，字文长，宏农人也。官拜车骑将军。时武帝以后宠，封杨骏为临晋侯。当中书令褚碧与尚书郎郭弈等谏之曰："夫封建诸侯，所以藩屏王室也，后妃所以供粢盛，宏内教也。今后父杨骏，虽有国戚之尊，却无汗马之劳，安可封侯？"二人因上表称杨骏小器，不可以任社稷之重，恐乱天下之始。武帝怒而不听，益宠杨骏。于是，杨骏势倾天下，任意横行。

却说武帝自太康以后，天下无事，不复留心万机，惟耽酒色，请谒公行。杨骏与弟杨珧、杨济势倾朝野，公卿大夫无有不惮之者，故时人号为"三杨"。时太尉何曾因朝回第，谓诸子弟曰："今皇上以吾为太尉，吾每宴见，未尝闻经国远图，惟说平生常事，非贻厥孙谋之道也，及身而已，后嗣其殆乎？汝辈可以免。"指诸孙曰："此属必及于难矣。"

壬寅太康五年，武帝设朝，君臣礼毕。武帝问司录校尉刘毅曰："朕可方汉之何帝？卿实言之。"毅曰："桓、灵似陛下耳。"武帝曰："朕何至于此？"毅曰："桓、灵卖官，钱入官库。今陛下卖官，钱入私门。以此言之，殆不如也。"是时武帝卖官，钱入宫，故毅言之。当武帝大笑曰："桓、灵之世，不闻此言，今朕有直臣，故为胜之耳。"因赐毅金二十斤。时毅纠劾豪贵，无所顾忌，人皆惮之。

第十回　石崇与王恺斗宝

史说石崇，字季伦，生于青州，故小名齐奴。少敏慧，勇而有谋。其父石苞临终分财与诸子，独少与崇。其母以为言："何不均分，使崇少也?"苞曰："此儿虽小，后自能得。"及其年长二十，为修武令，有能名，迁为阳城太守。因伐吴有功，封为安阳乡侯，累迁侍中。武帝以崇功臣之子，有干才，深器重之，出为南中郎将，荆州刺史，领南蛮校尉。石崇颖悟，有才气，而任侠无行检。在荆州时，私与从人劫远使商客，以致大富，因此不资久之，后拜为太仆，因出镇下邳。崇有别馆，在河阳之金谷，一名梓泽，饯送者倾都畅饮于此，故号为"金谷园"。是岁，武帝又拜崇为卫尉。崇家中财产丰积，室宇宏丽，后房百数，皆曳锦绣，珥金翠，丝竹尽当时之选，庖膳穷水陆之珍，富盖天下，无有贰也。

时后将军王恺，乃文明皇后之弟也，家中亦大富，爱于射竞，以奢侈相高。一日，武帝设朝罢，退出外殿。石崇、王恺二人俱各夸诞。王恺说"我家中以饴饫釜"；石崇说："我家以蜡代薪"。这边道多，那边道胜。众僚友因谓二人曰："口说无凭，做出便见。公二家休在此争论，凡家中有甚奇异珍宝，请出相斗，方见高下。"当王恺使人作紫丝步障四十里，石崇使人作锦步障五十里；崇涂屋以椒，恺用赤石脂。僚友见崇胜恺，俱称羡不已。武帝闻王恺与石崇斗宝，乃宣恺入，取珊瑚树高二尺者赐恺。恺大喜，拜谢出内，即以珊瑚示石崇。石崇接过看了，以铁如意击碎。王恺大怒曰："你无此宝，故打碎，欲与相妒。"崇大笑曰："君不足为恨，吾自偿之。"乃使人取珊瑚树高三四尺者六七株，条干绝俗，光彩耀目，以示王恺，因以赔恺。僚友劝和，各回第讫。当司马傅咸上书于武帝曰：

> 先王之治天下，食肉衣帛者有制，其奢侈之费甚于天灾。古者人稠地狭而有储蓄，由于简也；今土广人稀而民不足，由于奢也。欲时人崇俭，当诘其奢。奢不见诘，转相高尚，无以穷极矣。

帝览，谓咸曰："王、石自相射竞，何干兴废，卿何多言耶?"弗听傅咸之谏。却说尚书张华，先因伐吴都督幽州军事，以文学才识名重一时，论者皆谓宜为三公。荀勖、冯统以伐吴之谋，深嫉之。先时，武帝知张华才能，故使人问华，谁可托后事者。华曰："以明德至亲，莫如齐王。"及此，武帝使人征之，齐王忤旨不至。帝思华能，欲征张华。荀勖、冯统忌华所能，因而谮华于帝曰："张华督幽州，抚循夷夏，誉望益振。而华参朝政，恐有钟会之变也。钟会之反，颇由太祖。今陛下征华亦然。"武帝变色曰："卿是何言耶?"统惊，即免冠言曰："善御者必知其辔缓急之宜，故汉高八王以宠过夷灭；光武诸将由抑损克终，非上有仁暴之殊，下有愚智之异也，盖抑裁予夺使之然耳。会才智有限而太祖夸奖无极，使会自谓算无遗策，功在不赏，遂构凶逆耳。向令录其小能，节以大礼，则乱心无由生矣。”帝曰：“然！”紞稽首曰：“陛下既然臣之言，宜思坚冰之渐，勿使如会之徒复致倾覆。”帝曰：“当今岂复有如钟会之徒？”因屏左右而言曰：“陛下谋画之臣著大功于天下太平，总戎马之任者，皆在圣虑矣。”帝默然。由是不征张华，征齐王司马牧入朝。齐王牧入朝用事，德望日拢荀勖、冯统、杨珧皆忌之。因设朝罢、统谮于武帝曰：“齐王攸私结群党，恐不利于社稷。”帝曰：“齐王乃先帝之所亲信，故朕委之以朝政，岂有异心耶？卿勿多言。”统曰：“陛下不信，诏诸侯之国，宜从亲者使，齐王独留京师，可乎？”勖又曰：“百僚皆归心齐王，陛下试诏之国，必举朝以为不可，则臣言验矣。”武帝始以为然。次日，乃以齐王司马攸为大司马、都督青州诸军事，令其归国。国公王浑入朝上书曰：

窃见齐王司马攸至亲盛德，宜赞朝政。今出之国，假以虚号，而无典戎干方之实，恐非陛下追述先帝、太后待攸之宿意也。若以同姓处之太厚，则有吴、楚逆乱之谋，汉之吕、霍、王氏皆窃人也。历观古事，轻重所在，无不为害，唯当任正道而求忠良耳。若以智计猜嫌，虽亲见疑，疏者庸可保乎？

武帝不听。扶风王骏、光禄大夫李熹、中护军羊琇、待中王济、甄德皆入切谏，帝亦不听。王济与甄德见帝不听，又使其妻公主俱入宫，涕泣曰：“今使齐王归国，莫非内有小人献佞？且齐王国之至亲而不可信，况他人乎？望陛下留齐王，乃国家之幸。”因再四请帝留齐王攸。武帝大怒，出谓王戎曰：“兄弟至亲，今出齐王，自是朕家事，而甄德、王济遣妇人来生哭耶！”乃出甄德、王济。时李熹见武帝出济、德二人，亦以年老逊位，后卒于家焉。

太康四年正月，武帝设朝，命太常议崇锡齐王礼物，博士庾旉、秦秀等因上言曰：“考之古礼，三公无职，坐而论道，不闻以方任婴之。惟宣王救急朝夕，然后命召穆公征淮夷，故其诗曰：‘徐方不回，王曰旋归。’但宰相不得久在外也。今天下已定，六合为家，将数延之三事，与论太平之基，而更出之，违旧章矣。望陛下诏齐王归朝，天下幸甚。”武帝弗听。当祭酒曹志叹曰：“安有如此之才，如此之亲，不得树本助化，而远出海隅。晋室之衰，其可待矣。”乃上章极谏曰：

古之夹辅王室，同姓则周公，异姓则太公，皆身居朝廷，五世反葬。及其衰也，虽有五霸代兴，岂与周、召之治同日而论哉！自羲皇以来，岂一姓所能独有？当推至公之心，与天下共其利害，乃能享国长久。是以秦、魏才得没世，而周、汉亲疏为用，此前事之明验也。志以为当如博士所议，诏宣齐王回朝，则朝廷幸甚，天下幸甚。

武帝览表，大怒曰：“曹志尚不明吾心，况四海乎？且博士不答所问，而答所不问，横造异论也。”遂免曹志官，其余皆赴廷尉问罪。廷尉刘诵奏旉等大不敬，法当弃市。

帝从之。尚书夏侯骏见帝曰:“官立八座,正为此时,博士不当加罪。”帝始回心,独以骏议留中七日,乃诏旉等七人免死除名,命齐王攸备物典策,设轩悬之乐,六佾之舞,黄钺朝车,乘舆之副从焉。

却说齐王攸既被荀勖、冯纨之谗,不得预政,在外愤怨发病,使人奏武帝,乞往守太后之陵寝。武帝不许。齐王病剧,武帝遣御医诊视。御医将行,勖等阴嘱曰:“汝去视齐王疾,不可下药,只便回来。主上问你时,只说无疾。”御医应诺,及去诊视脉息,病将危笃,不肯下药。诊罢复旨,皆言无疾,帝亦不深问。当河南尹尚雄谏曰:“陛下子弟虽多,但有德望者少。齐王卧居京邑,所益实深,不可不思也。依臣之愚见,可诏还京。”武帝不纳,尚雄愤恚而卒。齐王攸疾转笃,帝犹遣人催其上道,至是呕血而薨。其子司马冏发丧而归,武帝与百官亲临吊丧。司马冏号踊陈诉御医诳言父疾无恙,不肯下药,致误身死。武帝大怒,即命武士收御医,诛于市曹,以其首级祭之。

初,武帝爱齐王攸甚笃,为荀勖、冯纨所构,欲为身后之虑,故出之。及其薨,帝哀痛不已。冯纨侍侧曰:“齐王名过其实,天下归之。今自薨,是社稷之福也,陛下何哀之过?”帝收泪而止。按齐王攸举动以礼,鲜有过失,武帝敬惮之,每引同处,必择言而后发,因此朝野重之。

第十一回　刘毅论上中正九品

乙巳太康六年初，陈群奏帝，以吏部不能审核天下之士，故令郡国各置中正之官，州置大中正，皆取本土之人，任朝廷官，德充才盛者为之，使诠次等级，以为九品。有言行修著则升之，道义亏缺则降之。吏部凭之，以补百官。行之渐久，中正或非其人，奸弊日滋。太尉刘毅入朝上疏曰：

> 今陛下立中正，定九品，高下任意，荣辱在手，操人主之威福，夺天朝之权势。公无考校之资，私无告奸之忌，因心百态，营求万端，廉让之风灭，争讼之俗成，窃为天朝耻之。中正之设，损政有八：高下逐强弱，是非随兴衰。一人之身，旬日异状，上品无寒门，下品无势族，一也；重其任而轻其人，使驳论横于州里，嫌隙结于大臣，二也；优劣异地，首尾倒置，三也；禁人诉讼，使受枉不获上闻，四也；采誉于台府，纳毁于流言，五也；抑功实而隆虚名，长浮华而废考绩，六也；不问才之所宜，而但第为九品，七也；各任爱憎，以植其私，天下之人，焉得不懈德行而锐人事，八也。由此论之，职名中正，实为奸府；事名九品，而有八损。古今之失，莫大于此。臣愚以为宜罢中正面除九品，摒魏氏之弊法，更立一代之美制也。

晋武帝览之，大悦。虽善其言，终不能改也。

却说侍中王济因谏武帝宜亲齐王之事，免官久之。今齐王已薨，武帝因谓何峤曰："我将骂王济而后官之，何如？"峤曰："王济俊爽，恐不可屈。"武帝使人宣至，责让之曰："卿知愧否？"王济曰："尺布斗粟之谣，常为陛下愧之。他人能令亲者疏，臣不能令亲者疏，以此愧陛下耳。"武帝默然泪下，以王济为侍中。

却说齐王攸死，天咎屡见：河南荆扬大水；八月朔日食；冬，慕容廆兵五万寇辽西，辽西郡守章明以兵拒战败死，失去州郡。太庙殿陷，星陨如雨。或者以为齐王死屈，故有是变。

慕容廆既寇辽西，武帝甚忧之。群臣奏宜下诏招安，封其为鲜卑都督，则彼自降。武帝从之，使使捧诏往辽西，令东夷校尉以节封慕容廆为鲜卑都督，令来降。使人领诏，入辽西，见东夷校尉何龛，使人以书通知慕容廆。廆大悦，即以士大夫礼巾衣诣府门降何龛。龛恐其诈，乃严军以见之，廆即出，乃改服戎衣而入。左右问其故，廆曰："主人不以礼待客，客何为哉？"龛闻，甚惭焉。于是，龛持节，开诏读之。廆跪听宣讫，谢恩而起。于是廆降晋，受鲜卑都督印绶，收兵徙居徒河西山去讫。

却说武帝极意声色，遂致成疾。时杨骏秉权，忌诸王有变，心生一计，密奏帝曰："陛下龙体不安，自是主弱臣强，倘不豫，何以制之？宜封建诸王，都督各镇，此万全之计也。"帝从之，以汝南王司马亮为大司马，都督豫州诸军事，使镇许昌；又徙皇子南阳王司马柬为秦王，使其都督关中；以司马玮为楚王，使其都督荆州；以司马允为淮南王，使其都督扬、江二州诸军事，并假节，令其归国，非宜唤不许入朝。又立皇子司马乂为长沙王；立司马颖为成都王；司马晏为吴王；司马炽为豫章王；司马演为代王；立皇孙司马遹为广陵王。

武帝以才人谢玖赐太子司马衷，衷纳之，生皇孙司马遹。年五岁，宫中曾夜失火，武帝大惊，登楼以望。时皇孙司马遹乃牵武帝裾入，暗中而言曰："暮火仓卒，宜避非常，不可令照见人主。"武帝闻言，由是奇之。次日，武帝领皇孙司马遹观豕牢，遹言于武帝曰："豕甚肥，何不杀以享士而使久费五谷？"武帝嘉其说，遂使烹之。因抚其背，谓廷尉傅祗曰："此儿当兴我家。"次日早朝，会武帝谓群臣曰："朕皇孙司马遹聪敏非常，前观失火之戒，后上烹豕之言，好似吾太祖宣帝之才也。朕观太子不才，意欲废之。今见皇孙如此明慧，故不易之。"于是群臣上贺，皆称万岁。

武帝乃大会群臣于凌云台。尚书卫瓘知太子司马衷庸才，不堪政事，每欲陈启废之事，未敢发言。因此朝会佯醉，入跪武帝床前曰："臣欲有所启。"武帝曰："卿所言何耶？"欲言而止者三，乃以手抚床曰："此座可惜。"武帝意悟，因谬曰："卿真大醉。"于是瓘不敢复言，而武帝了然在心，乃闷闷归宫，密谓皇后杨氏曰："今太子不堪大统，此事若何？"杨后对曰："古来神器立嫡以长，不问贤愚，岂可动乎？"时武帝疾甚，知太子不才，然恃皇孙司马遹明敏，故无废立之心。先用王祐谋，以太子母弟柬、玮、允，分镇要害。又恐杨氏之逼，以王祐为北军中侯，典禁兵。又与皇孙遹高选僚佐，以散骑常侍刘寔志行清素，命为之傅，以辅皇孙。又封宗室数人。淮南相刘颂疏曰：

> 陛下以法禁素宽，未可遽革。然矫时救弊，亦宜以渐。譬犹行舟，维不横截迅流，当渐靡而往，稍向所趋，然后得济也。臣闻为社稷计，莫如封建亲贤。然宜审量事势，使诸侯率义而行者，其力足以维持京邑；包藏祸心者，其势不足以有为。陛下宜与通达古今之士共筹之。周之诸侯有罪，身诛而国存；汉之诸侯有罪，或无子者，国随以亡。今宜反汉循周，则下固而上安矣。天下至大，万事至众，是以圣王执要于上，委务于下，非恶劳而好逸，诚以政体宜然也。夫以居事别能否，甚难也；以成败论功罪，甚易也。今陛下精于进始而略于考终，此政之所以未善也。人主诚能居大执要，考功罪于成败之后，则上下各得其所安矣。古者六卿分职，冢宰为正。自汉氏以来，凡列、执事，丞相都总。今尚书制断，诸卿奉成，于古制为太重，使出家事付外寺，使得专之。尚书统领纲纪，岁终考功，校簿而行赏罚，斯亦可矣。今动皆受成于上，故上之所失，不得复以罪下。岁终事功不建，不知所责也。夫细故谬妄，人情之所必有，而悉苛以法，则朝野无完人矣。近世为监司者，类大纲不振，而微纤必举，尽由畏避豪强而又惧职事之旷，则谨密纲以罗微，使奏效相接，状似尽公，实则挠法。是以圣主不善碎密之案，必责凶猾之奏，则政之奸自然擒矣。夫创业之勋在于立教定制，使遗风系人心，余烈匡幼弱，后世凭之，虽昏犹明，虽愚若智，乃足尚也。至夫修饰官署，凡诸作役，此将来所不须于陛下而自能者也。今动所不须，以伤所凭，窃以为过矣。

第十二回　武帝托孤立惠帝

庚戌永熙元年四月，晋武帝卧疾将笃，遂诏车骑将军杨骏入宫内卧所。武帝曰："朕今不豫，以皇太子顾托于公。公宜念朕椒房之亲，殚心尽力，辅佐皇子。"骏曰："陛下善保龙体，以重天下之望，臣敢不效忠贞之节而报今日殊遇之恩?"帝又谓近臣曰："卿等各怀忠义之心，以上政治之方，辅佐皇储，惟望始终如一。"言讫而崩。太子与诸大臣俱各涕泪。次早举哀，停梓富于别殿。武帝崩时年五十五岁，庙号世祖，在位二十五年。改元者三：泰始十年，咸宁五年，太康十年。史说武帝善谋能断大事，承魏氏奢侈刻弊之后，百姓思古之遗风，武帝乃励以恭俭。有司曾奏御牛青丝纼断，重费民财，武帝即下诏，命以青麻代之。至平吴之后，天下晏然，遂怠于政事，耽于酒宴，宠爱后党，亲贵当权，旧臣不得专任，彝章紊废，请谒公行矣。

却说武帝既崩，杨骏与大臣举哀发丧。丧事已毕，以武帝榇柩殡于峻阳陵，乃立太子司马衷为孝惠皇帝，改元永康元年。惠帝既即大位，以杨骏为太傅，总揽朝政，于是百官咸听骏命。惠帝又以贾氏南风为皇后，以才人谢玖为太妃，以其子司马遹为皇太子，其余大臣俱各加赠封赏。

第十三回　后父杨骏独秉政

史说孝惠帝乃世祖武皇帝之长子，名衷，字正度。在位十七年，后因中毒而崩。

却说武帝疾笃时，杨骏独侍禁中，人臣皆不得在武帝左右。

骏因以私意改易，要尽树其心腹。武帝少间，正色谓杨骏曰："何得便尔？"

时汝南王司马亮尚未之国，武帝知之，令作诏以司马亮与杨骏同辅政事，且欲择朝士有名望者佐之。会武帝复迷乱，皇后杨氏奏以杨骏辅政，不能言，帝颔之。皇后使召华廙、何劭等作诏，授骏太尉都督诸军，录尚书事。骏受诏，仍趣汝南王司马亮赴镇。武帝少苏，又伺："汝南王来未？"左右言未至，遂崩。既而太子衷即位，骏入居太极殿，拥虎贲百人自卫。及汝南王亮得知帝崩，不敢临丧，乃哭于大司马门外，使人上表求葬帝讫，方行往镇。骏恐其有变，密使人以兵图之。亮探知，乃星夜以兵驰赴许昌去讫，始获免其难。

五月，杨骏自知素无美望，欲普进封爵以求媚于众，奏帝，诏增群臣爵位有差。将军傅咸谓骏曰："未有帝王始崩而臣下论功者也，于理有所不可。"骏不从，诏中外群臣各增位赐爵有差，复租调一年。散骑侍郎何攀言曰："帝正位东宫二十余年，今承大业而颁赏行爵，优于革命之初，轻重不伦。且大晋卜世无穷，制当垂后，若有爵必进，则数世之后，莫非公卿矣，无乃不可乎？"

骏不从。自以为太傅大都督，假黄钺，录朝政，百官总己以听。当傅咸谓骏曰："谅闇不行久矣。今上谦冲委政于公，而天下不以为善，惧明公未易当也。周公大圣，犹致流言，况上春秋非成王之年乎？进退之宜，明公当审之。"杨骏不从。杨济闻知，遗傅咸书曰："谚云：'生子痴，了官事。'官事未易了也。"傅咸回书曰：

> 卫公有言，酒色杀人，甚于作直。坐酒色死，人不为悔。而逆畏以直致祸者，当由矫枉过正，或不中笃，而欲以厉为声，故致忿耳，安有悾悾忠益，而反见怨疾乎？

济得书默然。

却说杨骏见贾后险悍，多权略，忌之。乃以外甥段广管机密，张劭典禁兵，凡有诏命，与帝省讫，入呈太后，然后得行之。时冯翊太守孙楚谓骏曰："明公以外戚居伊、霍之任，而不与宗室共参万机，祸至无日矣。"骏亦不从。骏姑子宏训、少府蒯钦数以直言犯骏，人为之惧。钦曰："杨文长虽暗，犹知人无罪不可杀，不过疏我，我得疏乃可以免，不然与俱族矣。"杨骏闻东部王彰贤，使人往匈奴辟王彰为司马。使人去，王彰闻知乃逃，不受。其友怪而问之，彰曰："自古一姓二后，鲜有不败。况杨太傅昵近小人，疏远君子，专权自恣乎？吾逾海以避之犹恐及祸，奈何应其辟乎？且武帝不为社稷大计，嗣子既不克负荷，受遗复非其人，天下之乱可立待也。”

八月，广陵王司马遹既立为太子。帝以何劭、裴頠、王戎、张华、杨济、和峤为师保。

惠帝初为太子时，和峤曾言于武帝曰：“太子有淳古之风，而末世多伪，恐不了陛下家事。”武帝不则声。后又与荀勖同侍武帝。武帝曰：“太子近进，卿可俱诣之。”峤、勖二人去谒，太子无有经国之言，惟自乐而已。二人即还见武帝。荀勖曰：“今太子明识雅度。”峤曰：“太子圣质如前。”武帝不悦而起。及是，以和峤为少保，从太子遹入朝。贾后在帘内，使惠帝问之曰：“臣昔谓朕不了家事，今定如何？”峤曰：“臣昔事先帝，曾有是言，言之不效，国之福也，何必曰更？”

第十四回　贾后南风夺朝权

辛亥元康元年。却说皇后贾氏。讳南风,平阳贾充之女也。初,武帝立惠帝为太子时,欲取卫瓘女为太妃,因元后纳贾、郭、霍亲党之说,欲婚贾氏南风。武帝谓元后曰:"卫公之女有五可,贾公之女有五不可。卫家种贤而多子,美而长白;贾家种妒而少子,丑而短黑。"元后固请婚贾氏,又使荀勖、周顗于帝前称其美,武帝乃定婚贾氏。泰始八年,拜为太子妃。贾氏既为妃,心性妒忌,多权诈,太子畏而忌之,因此嫔御罕有进幸者。而贾氏性酷虐,尝手杀宫人,或以戟掷孕妾,子随之坠地。武帝闻知,欲废之。杨太后救之曰:"贾公屡有大勋于社稷,岂可以其女妒而忘之耶?"始得不废。后太后数劝贾氏。贾且不知其助己,反以为恨,至是不以妇道事太后。

惠帝既即位,乃立为皇后。因不知太后向之救己助己,又衔其戒劝之言,事太后愈无礼。而流淫放恣,与太医程据等乱,彰内外。使宦竖以箱柜装少年入内,同寝处有不中意者,害之。不日,洛阳有盗尉部小吏生得端丽,一向厮役,褴褛垢秽。忽一日,容仪光彩,鲜衣艳服,众吏咸疑其为窃来,暗以告尉部。尉部亦疑而讯之,小吏曰:"非故为盗也。月前夜行,逢一老妪,云其家有女病甚,术者曰:'须得城南少年压之方瘥。'欲烦一行,自当重报,乃随而去。上车下帷,纳簏箱中。觉行十余里,过六七重门限,启簏而出。见楼阁壮丽,胜似天宫。问此为何处?答云是天上。即以香汤沐浴,出鲜艳衣服与吾更换,珍肴美食,恣其饮食。少须,引见一妇人,年可三十五六,形短,面青黑色,眉有赘瘤,与共寝处,欢宴数夕,临行以此服相赠,仍纳簏车而出。所遇如此,安敢为盗?"尉部听毕,知是贾后,乃笑而遣之。盖贾后常以此计载人入宫,不中意而死者甚多。独此小吏,贾后爱之,得全而出。由是漏泄,洛阳城内人尽知之。

贾后性凶悍,多权略。每惠帝临朝,贾后必在珠帘后坐。若大臣所奏政事,贾后不待惠帝听断,即干预之。当太傅杨骏入请曰:"天无二日,民无二主。今陛下春秋正当,政治多能,安用垂帘忧乱治体,宜速还宫。"

贾后闻之,羞惭满面,低首入宫。虽不答话,心甚怅恨,寻思变怒,欲杀杨骏,奈无计可施。时殿中中郎将孟观、李肇二人,当初杨骏面辱,心甚恶之。及闻贾后与骏构怨,因见黄门董猛,一同入宫,献谋诛骏。贾后大悦,问曰:"卿等以何计可诛老贼?"观、肇曰:"臣有一计可杀杨骏老贼。"猛曰:"不然。满朝皆其心腹,不可与谋。娘娘宜使人持书报楚王司马玮,令其以兵外应,方可诛得;不然,反启内乱。"贾后曰:"然!"于是贾后遣孟观以书来见楚王司马玮,曰:"吾亦恨老贼久矣,必须吾自以兵入朝,方可行事。"观曰:"请殿下以兵屯于城外,以待内应。即行,臣先入宫报与娘娘,娘娘使人来迎。"

却说孟观回宫,报知楚王应允以兵屯司马门外,以待内应一事。贾后曰:"此事甚善,卿等宜密启帝,称骏谋反,请速下诏收之。若更迟延,早晚祸生。待帝应允,颁诏,卿等以禁兵讨之,则杨骏可诛矣。"孟观等领懿旨,出内殿。待帝退朝,入宫,孟观奏帝曰:“杨骏谋反,欲夺位,陛下宜早图之,不然臣等亦难讨乱。”惠帝曰:“汝何得出是言?”观曰:“臣知多日矣,不得不冒死上闻,望陛下火速降诏,委臣等与楚王讨之,缓则必变。”惠帝方始大惊,骂曰:“老贼欲效王莽!”因此即命黄门董猛草诏,诬杨骏谋反,命东安公司马繇率殿中四百人,及楚王司马玮入朝共孟观等讨之。孟观得诏,出迎楚王玮入屯司马门,又以诏召东安公繇入内,领禁中四百人埋伏。计策安排已定,俱各以兵埋伏。

次日,孟观入宫,见贾后说:“计成,必须娘娘矫圣上手诏,去宣杨骏入内,执而诛之。然后,臣等以兵夷其三族。”贾后大喜,即矫惠帝手诏,使人持去宣扬骏入议军国大事。使人持诏至杨骏府中,说圣上在宫内诏太傅入宫,共议军国大事。骏闻诏欲往,其弟杨济、杨珧止之曰:“前日吾兄面抑贾后,今日无事宣入内宫,必有诈谋,切不可去,去必有患。待来日大朝,兄可与弟告老休致,免累三族矣。”杨骏曰:“帝现有诏在此,有何患焉?若内有变,皇太后必有密旨,何故虑之?”杨济等曰:“交构已成,尚欲入宫,何不早决?”杨骏始悟,即召官属至,曰:“吾尽忠报国,念日圣上在宫内有手诏,召我入宫,同议军国大事,吾二弟济、珧以为诈,故求一决耳。”当主簿朱振曰:“吾揣楚王玮无故入朝,必有谋明公之心,此定是阉竖为后谋,不利于明公。为今之计,宜速烧云龙门以胁之,索造事者首,引外营兵拥皇太子入宫,取奸人,殿内震恐,必斩送之,不然,无以免难矣。”

杨骏素性怯懦,不决,乃曰:“魏明帝所造云龙门,功费甚大,奈何烧之?”正犹豫,皇太后杨氏在宫闻知,急自作书,令人射出城外,曰:“有人救得杨太傅者千金,赏万户侯。”当被贾后宫中人拾得,将来呈于贾后。贾后因宣言太后同杨骏谋反,即令孟观催东安公以殿中兵出,以火烧杨骏公府。杨骏大惊,逃入于厩中,被兵拥入就杀之。遂收杨济、杨珧及张劭、段广等人,皆夷三族。珧临刑,告东安公繇曰:“吾昔有表,收在石函,可问张华。”繇不听,叱左右斩之。

第十五回　贾后谋害皇太后

当有人进宫中来报知太后杨氏，说贾后夷其三族之事。杨后大怒，即诣其宫，责骂贾后曰："无端贱人，先帝不肯娶汝泼贱，是吾抬举娶汝。今日得志，反害绝吾家，是何道理？"贾后亦骂曰："老贱人，你父谋反，故法诛之，如何骂我？"二后相骂，将欲交手，左右宫人急劝解之，送皇太后杨氏回宫。

贾后忿怒不息，使人密召孟观人，问曰："杨骏虽死了，皇太后尚存，必有复仇之心，欲早除之，卿有何计？"观曰："今杨骏兄弟俱死，太后无能为，大权诏命，皆出娘娘之手，何不矫诏徙之于之金墉城，有甚难乎？"贾后大悦，曰："我草诏，卿可代吾徙之。"于是贾后矫惠帝诏命，孟观领诏，入后宫，去徙皇太后。孟观领诏入后宫来，杨太后谓观曰："吾无宣召，汝直入来此何干？"观曰："奉圣上诏旨废娘娘，不许在宫，命臣下徙居金墉。"杨后大惊曰："我。实无罪，如何见废？"观曰："圣上以娘娘不合，与杨骏同叛，贾后奏知，一人叛逆，九族皆诛。圣上以娘娘与其母子之亲，不忍加诛，是以徙居。"太后闻之大哭，欲出金銮亲见惠帝。孟观使宫人扯住，不放其行，喝将乘舆至监，令杨后上舆，喝令众人拥出宫门，使人送至金墉，后居已定，孟观始入宫回报。贾后大悦，以帛百疋赏之。因谓观曰："卿与我启皇上，称皇太后同杨骏谋反，宣诏令其自绝，不可贻患于后。"观曰："不须娘娘懿旨，臣见圣上见可而进，使其弑之。"于是，孟观与李肇、董猛出殿奏曰："今皇太后图危社稷，自绝于天下。虽有无已之情，臣下不敢奉诏，宜早绝之，免贻后患。"惠帝问有司如何所议。当中书监张华议曰："皇太后非得罪于先帝，今党其所亲，为不母于圣世，宜依汉废赵太后故事，称成皇后，居异宫，以全始终。"惠帝未决。有司奏曰："一人造逆，九族皆诛。以其与圣上有母子之情免死，宜废为庶人。"惠帝未及对，贾后命即草诏下金墉，废杨太后为庶人。

贾后又使有司启惠帝，言昨诏原杨骏妻庞氏之罪，以慰皇太后之心。今皇太后既废为庶人，请以庞氏付廷尉行刑。惠帝从之。廷尉奉旨来金塘城，押庞氏入市曹。临刑，皇太后抱持号叫，截发稽颡上表于贾后，称："妾当请全母庞氏之命。"贾后不省，反趋廷尉行刑。贾氏之恶如此，当时公卿无不归罪于贾氏者。天人之理既灭，宜乎大乱之作矣！

却说贾后欲干预政事，乃召黄门董猛、孟观等曰："吾欲总专朝政，须得一能臣辅佐之方好，汝等试举之。"观曰："汝南文成王亮，字子翼，宣帝第四子也。又有尚书卫瓘，字伯玉，极善草书，人皆仰慕。此二人皆先帝元老，可服群臣。娘娘若委用之，朝政安定，可使天下太平。"贾后闻言大喜，即从其言。

第十六回　八王用事相图害

次早，惠帝设朝，贾后在后殿出奏曰："杨骏谋反，今已诛之，无人参辅朝政。汝南文成王司马亮、尚书卫瓘二人乃先朝元宰，忠义慨然。使其辅政，国家幸甚。伏望陛下政临亲决，刚明不惑，未知圣意云何？"惠帝曰："皇后所奏，正合朕心。"言讫，即以汝南文成王司马亮为太宰，录尚书事，以尚书卫瓘为太保，同辅朝政。

汝南王司马亮既辅政，欲悦众论，诛恶赏功，诸将封侯者千八十一人，亮皆增封赏。御史中丞傅咸曰："无功而获厚赏，则人莫不乐国之有祸，是祸源无穷也。"亮不从。傅咸复谏亮，亦不从。自是，亮颇专权执政。

第十七回　**司马亮专权执政**

却说文成王专权，凡有军国大事不议于众，只与卫瓘独断。当御史中丞傅咸谏曰："往从驾，殿下见语，卿不识韩非逆鳞之言耶？而欲摩天子逆鳞！自知所陈，诚欲瓘触猛兽之须耳。所以敢言，庶殿下当识其不胜区区，前摩天子逆鳞，欲以尽忠。今猛兽触之须，非敢为恶，必将以此见怒，望殿下听臣以察微言也。"汝南王司马亮怒而不纳，愈肆横行。

先司马亮与东安王司马繇不相推服，司马亮及此秉政，乃密启贾后，称："东安王司马繇之兵权太重，更有异志，宜早废之，免贻后患。然后使楚王玮代领其兵，万无一失也。"贾后从之。即矫诏称东安王司马繇谋叛之故，废为庶人。司马繇受枉，见亮势大，莫敢谁何，只得忍气吞声而已。

繇既废，贾后即召楚王司马玮人，代繇之职。楚王司马玮既代东安王领兵，专立威名，惠帝亦忌之，更常忤汝南王司马亮之意。司马亮寻以乱易乱，如何是好？欲夺其权柄，无计可施，心实惮之。乃召卫瓘议曰："楚王司马玮用事专立，刑威更甚于繇。欲夺其权，智识不及，卿可有计杀此跛扈否？"瓘曰："司马玮其实无过，焉能害之？要削其权，臣有一计。"汝南王亮曰："何计？请道其详。"瓘曰："殿下来日入朝，奏圣上称楚王司马玮功多，更兼勇略双全，可封其为大将军，令其之国，使镇西地，盗贼不敢扰境，玮既出外，国事任殿下所行。"亮曰："卿计正合我心。"议计已定，明日入朝奏闻。

第十八回　司马玮杀亮夺权

却说文成王欲削楚王权，早被楚王司马玮手下探听人得知，密报于司马玮。玮闻知，痛恨司马亮，乃思一计，密地见于贾后曰："臣闻汝南王司马亮、太保卫瓘同谋，欲行伊、霍之事，娘娘知也未？"贾后大惊曰："汝何得出是言？我实未闻。"司马玮曰："臣心腹人窃而知之，以报臣耳。"贾后骂曰："吾重用彼二人，何敢异心谋我耶？必杀此二贼。"玮又曰："若欲杀，宜先下手；如迟，事必泄漏，反遭祸矣。"贾后曰："谁人可杀此贼？"司马玮曰："臣部下有一大将，姓李名肇，有万夫不当之勇，可使去收二人，必然成功。"贾后即宣李肇至，密嘱其事。李肇持诏出宫，引禁兵五百人，先来围住太保卫瓘府，口称太保谋叛，奉旨收拿。言讫入内，将卫瓘罐并其子卫恒及其孙九人尽收，执押去市曹斩讫。领兵复至汝南王府，将司马亮擒住。司马亮曰："汝等小人，何敢执我？"李肇曰："奉圣旨杀公。"司马亮曰："我之忠心可剖示天下也，如何无道，枉杀不辜耶？"言未毕，被肇执出市曹斩讫。

肇收兵入内报知贾后，贾后大悦，因问李肇曰："汝南王死有何言？"肇曰："汝南王临刑，道我之忠心可剖示天下也，如何无道枉杀不辜？"贾后闻言，方悟司马玮之谗谮，亦有杀司马玮之意，无计可施，闷闷不悦。

第十九回　楚王司马玮执政

却说贾后在宫中愁闷，忽贾谧送惠帝回宫，因见贾后不悦，遂问之，贾后以前事一一对贾谧与惠帝说知。惠帝曰："汝南王乃先帝旧臣，若有变异，岂待今日？"因之泪流满颐。又曰："朕见楚王谗佞多猛，屡逆诏旨，且今赏功罚罪皆非朕意，若不早除，后必为患，汝反欲杀汝南王耶！"言讫又泣。贾谧曰："死者岂能复生，悔之无及。楚王如此，宜速讨之。"惠帝曰："楚王权重，何计可制？"

贾谧曰："黄门侍郎张华有王佐之才，公辅之器，更兼足智多谋，何不与其商议，必能讨楚玮。"惠帝闻说，即使人召张华入内，问曰："今司马玮掌握重权，多立刑威，朕恐有异，难以制之。吾诛此强暴，怕人议论，未有计谋，卿有妙策，代联筹之。"张华曰："楚王既谋害太宰、太保，则威权尽归之矣。人主何以自安？臣亦寒心矣。圣上宜此时，究他何以专杀二公之罪？诛之，谁敢乱也？"贾后曰："然。可用何计？"华曰："可遣殿中将军王宫，赍驺虞幡麾向众曰：'司马玮矫诏，屈杀汝南王司马亮及太保卫瓘，圣上震怒，使我招回大小将军，速回龙、虎二营，不许卫从元凶。如违诏旨，的系同恶，尽行处斩。'如此谁敢从乱？"惠帝曰："其计大善！"

第二十回　帝用华计杀楚王

于是惠帝依张华之计，宣殿中将军王宫入内，说与计策，命其持驺虞幡麾，领卫兵五百人直入帅府。见龙、虎卫瓘士拥护楚王司马玮乘舆而出，王宫持幡高叫曰："楚王矫诏谋杀汝南王及太保，圣上震怒，诏命我等持此幡麾，招回汝等大小将士军校，各回龙、虎二营，不许护送。"言未毕，甲胄数百人皆释仗而走。楚王司马玮左右无复一人，窘迫不知所为，被王宫使从军执之，斩于府前，乃收兵回奏。惠帝大悦，乃拜张华为少傅，开府仪同三司、侍中、中书，金章紫绶。张华固辞，不受其职。

贾后欲劝惠帝罢之，当贾谧上言曰："张华庶族儒雅，又有筹略。进无逼上之嫌，退为众之所依，可以托六尺之孤，亦可以寄百里之命。依臣之愚见，宜倚以朝纲，共参政事，不可推其辞。"因此，惠帝不从其辞，委以朝政。于是张华只得领职谢恩，与贾模、裴頠同心尽忠匡辅，弥缝补缺。虽当暗主虐后之朝，而海内赖之晏然，是张华之力也。后进封为武郡公、太保。

卫瓘女上书与国臣曰："先公名谥未显，一国无言春秋之失，其咎安在？希明公辈公议而奏请之，庶九泉无负屈含冤之人耳。"于是张华、裴頠等正欲启帝，会太保主簿刘繇执黄幡，挝登闻鼓，讼卫瓘之冤，被武士捉以见帝，帝曰："汝有何冤？"繇曰："臣窃为太宰亮与太保瓘尽忠报国，被谮屈死，望陛下念其前功，复其爵谥，则彼二人虽在九泉之下，亦衔恩矣。"帝未及决，张华等亦上言："二公尽忠无贰，果系屈死，陛下宜复其爵谥。"帝从之，谥汝南王亮曰"文成王"，谥卫瓘曰"成侯"。

却说吴郡有名士曰陆机，字士衡。祖陆逊为吴丞相，父陆抗女吴大司马。机身长七尺，声音如钟，少有异才，文章冠世，服膺儒术，非礼不动。领父兵为牙门将军，年二十而吴灭，退居旧里，闭门勤学，积有十年。弟云，字士龙，六岁能属文，与兄齐名。虽文章不及于兄，而持论过人，故吴人号曰"二陆"。幼时，吴尚书广陵闵鸿见而奇之曰："此儿若非龙驹，当是凤雏。"至是时，陆机、陆云兄弟二人闻得朝廷举贤良、方正，思欲匡扶明时，乃相邀入洛阳来谒张华。张华素重其名，及见陆机，遂握手顾语，欢若平生，胜如旧识。因曰："前伐吴之役，利获二俊，未及得见，何期今日命驾一临？"又曰："令弟士龙如何不见？"陆云好笑，故机曰："云有笑疾，未敢命见。"俄而云至，相见礼毕，云独大笑不已。因见张华为人多姿，以帛缠其须，云不觉大笑，张华亦不之怪。时上宾荀隐字鸣鹤，亦善谈论。尝闻二陆之名，素不相识，于是高朋满座，张华笑谓荀、陆兄弟曰："今日诸贤相遇，勿作常谈。"陆云就出座，因握荀隐手曰："吾乃云间陆士龙。"荀隐即应曰："我是日下荀鸣鹤。"陆云又曰："既开青云，睹白雉，何不张尔弓，挟尔矢？"荀应曰："我本谓是云龙骙骙，乃是山鹿野麋，兽微驽强，是以发叹耳。"于是二人嘲难成风，乃抚掌大笑不止。

时有华阳卢志，乃毓之孙，班之子也，以善笑谈。见华重陆机兄弟出于众人，乃问机曰:“陆逊、陆抗于君宗远近?”机曰:“如君于卢毓、卢班耳。”卢志默然,乃不敢复问。陆云谓机曰:“殊邦遥远,客不相悉,何至如此直曰其祖父之名讳耶?”机曰:“我之祖父名播四海,彼岂不知?故乃直讳,吾亦故以是对之。”因此二人辞华而出。次日,张华入朝荐于惠帝,以陆机为参军,以陆云出补浚义令。

第二十一回　陆云县治若神明

却说陆云领职，到任肃然。下不欺上，市无二价。一日，祭祀归，忽听见一人被杀在地，无人告发。云即使人拘唤邻众，究问死者姓名。因拘死者之妻，监禁十日，故无所问，而遣其妇出，密令从人随妇后窃听。从人欲行，云谓曰："其妇此去不出十里，当有男子候之，若与妇人语，便缚来见我。"从人领其言，私跟妇人而去。不过数里，果有一男子候其妇人，问曰："因何得出？"妇人未及答，被从去人缚了，送来见云。云问曰："你如何杀人？"其男子不肯招认，云怒曰："汝分明与死者之妻通奸，共杀其夫，汝何得抵赖？"于是其男子、妇人默然，不敢争论，遂供招偿命。由是军民百姓皆称其为神。因此郡守嫉其才能，屡以言责。云乃去官归政。百姓追思，图写形像，配食县社焉。

却说陆机自过江以来，家音断绝，信息无通。时机有骏犬，名曰"黄耳"，甚爱之。既而羁寓京师，久无家问，机笑谓犬曰："我家绝无书信，汝能赍书取消息否？"其犬摇尾作声，有若肯去。于是作书一封，以竹篓盛之，而系其颈。犬果寻南路走，遂至其家，得通消息。又带回书以还洛阳。自此以后得犬送书，家音频通，不劳人送矣。

元康二年二月，皇后贾氏弑故皇太后杨氏于金墉城，时太后尚有待御十余人，贾后悉夺之，绝膳八日而卒。《纲目发明》云：

> 子不可以废母，妇不可以废姑。前已书废太后为庶人，而此犹书故太后者，不与其废也。

却说皇太后屈死之后，天下大饥，东海雨雹，荆、扬、青、兖、豫、徐州大水。十月，武库火灾。识者以为天道已变，王道乱应，果若矣。

第二十二回　赵王伦征胡三寇

六年正月，惠帝以张华为司空。六月，匈奴郝度元与冯翊、北地马兰羌、卢水胡各以兵五万俱反，杀北地太守，自称为大王。诏征西大将军赵王司马伦与雍州刺史解系起兵五万讨之。次日，雍州刺史解系见征西大元帅赵王伦曰："今匈奴郝度元、马兰、羌、卢水胡分作三处侵掠，臣与殿下亦宜以兵分作三队去镇要害。若不分军去守，则两处百姓必降，北地皆为匈奴所有，再难与争。"王伦未及答，嬖人孙秀密谓赵王伦曰："殿下既为大将军，宜自主事，何听调遣于臣下？今之将军皆殿下之家人，要发即发，要止即止。解系何等人，反受他节制？殿下宜自己督其军，无分队迎战，进可必大胜。"赵王伦然其说，因谓解系曰："不可分兵，分军则兵势不振。卿可与吾先讨郝度元，再以得胜之军去讨二羌，三路自然可平，何必分军而进？"解系不从。因此赵王伦信嬖人孙秀，与雍州刺史解系争论军事。于是，二人各以表奏闻朝廷。

惠帝问群臣，张华曰："陛下可使梁王司马肜去代赵王伦领兵，征伦还朝。不然两人角智，必误军事。自今羌人侵境，若再内乱，彼必乘隙而入，深为大患。"惠帝依华言，即召梁王司马肜至殿，谓曰："今赵王与系不睦，卿可往西代赵王领兵，令赵王还朝。"梁王既受诏，辞帝来进见赵王伦，称诏相代还朝之事。赵王心中烦恼，痛恨解系，只得将符印交付与肜讫，自与孙秀还朝。先，赵王伦与解系各上表时，解系表道："宜诛孙秀以谢氐羌，则胡人收兵。"因此，张华奏惠帝诏梁王司马肜代伦领兵。梁王肜临起行，张华见梁王曰："殿下若到边，可先收嬖人孙秀诛之，分兵镇，不可与大战。"及此，梁王肜受征西大将军符印，欲诛孙秀。孙秀大骂，急投梁王参军傅仁求救。原来傅仁与孙秀友善，傅仁即来见梁王曰："孙秀乃赵王重臣，殿下若诛之，则赵王怪而构隙。依臣愚见，不若休息。"于是梁王肜从之，孙秀始得性命，同赵王司马伦入朝。

孙秀因说赵王伦曰："今见朝廷大事在贾后，欲厚爵者，必须结其腹心。殿下何不以千金深交贾模，浼其荐于贾后？贾后若信之，必委以朝政，因而求录尚书事。指日可以趋名。"赵王伦曰："卿谋正合我心。吾以金七百斤，玉带一条，汝可将此物代我谋之。"秀领命，即将金并玉带私入贾府，拜见侍中贾模曰："赵王司马伦在边新回，无有奇物相送，今有黄金七百斤，玉带一条，令某拜奉足下，伏求鼎力一荐于圣后，求为录尚书事，重谢在后，微物聊表私忱。"贾模大悦，曰："你回拜上赵王，此物本欲返璧，诚恐却之不恭，权且贮之，容某人入宫面奏圣后，自当竭力谋之，自有好音奉复也。"于是孙秀去讫。

贾模因入宫见贾后曰："赵王司马伦乃先帝元老，有宰相才，更兼致敬娘娘，诚实恳笃。若以委录尚书事，事必有善政，可保娘娘终始无穷。"因此贾后信之。次日，惠帝升殿，贾后以赵王伦为录尚书事。张华、裴頠争曰："赵王伦先朝元老，信用小人，若使参政，必害朝纲。"故易辞曰："德薄而位尊，力小而任重，智小而谋大，鲜不及矣。'言不胜其任也，依臣等实为不可。"贾后从之。因此赵王伦不得预政，痛恨张华、裴頠等，而生欲报贾后之心。

第二十三回　周处合兵讨氐羌

八月，秦雍氐羌齐万年以七万之众谋反，大掠泾阳，各州郡表奏入朝，奏请发兵去讨。至十一月，惠帝设朝，近臣奏知此事。惠帝问群臣曰："氐羌谋反，谁可去征？"张华奏曰："御史中丞周处勇略双全，陛下委其征讨，不日平静。"帝曰："朕正欲用此人。"即召周处至金阶，封为建威将军，领兵五万，令其与安西将军夏侯骏并梁王肜共合兵征讨之。当中书令陈准谏曰："不可。若用周处，臣料其必败，不得生还，必遭梁王之忌。"惠帝问曰："何如被梁王之忌？"准曰："夏侯骏与梁王皆贵戚，非将师之才，进不求名，退不畏罪。周处忠勇直果，有进无援。望陛下语孟观，以精兵万人为处前锋，使自为主将而讨之，必然殄灭。不然，梁王肜初在朝时违法行事，被周处弹劾，心必怀恨于处。今使其受制于梁王，必使处为前驱而不救以陷之，其败必也。"惠帝不听。周处只得与夏侯骏以五千兵前来北地，参见梁王司马肜。肜果怀前仇，谓周处曰："今氐兵雄盛，屡战不分胜败。你可以本部军为前锋与战，吾自以兵后应。"于是处别梁王出，引军出屯泾阳。

却说氐羌齐万年闻朝廷用周处为将，乃谓请酋长曰："周府君有武才，若专制而来，不可当也。若受制于人，此成擒耳。"正论间，细作回报，朝廷以梁王肜与夏侯骏共周处合兵而来。齐万年曰："高枕无忧矣。"遂以全军迎敌。

第二十四回　周处战死在羌阵

七年正月，将军周处领军至泾阳，氐羌齐万年以兵七万屯梁山。梁王肜、夏侯骏谓周处曰："今氐兵皆屯梁山，你可领五千兵去击之。"处曰："军无后继必败，不惟身亡，为天朝耻。今日以五千兵去战彼七万，若无后援，何以取胜？"梁王曰："你速去攻，吾自以大兵后应。"于是，周处以五千人欲饱飧出战，梁王故使人促之曰："氐兵甚弱，不必传飧。"令速进兵。周处愤怒，驱兵而出，与齐万年遇于六陌坡。周处全身披挂，手执长枪，出阵与齐万年交战，大战五十余合不分胜负。自旦至暮，两军混战，其如氐兵十倍于我，加之兵未得食，五千人所存无几。处复奋勇攻击，战得弓尽弦绝，救兵不至。军士曰："眼见得梁王欲陷将军，故一卒不援，不若引退以避其锋。"周处按剑曰："是吾效节致梁王若受王命之日也！"遂力战而死。残军涕泣逃散。梁王肜与夏侯骏等闻周处力战而死，皆不敢出战，只得坚壁守住险要，使人请救不提。

史说李特，字玄休，巴郡西宕渠人，其先廪君之苗裔。昔武洛钟离山崩，有石穴二所，其一赤如丹，一黑如漆。有人出于赤穴者，名曰"务相"，姓巴氏；有出于黑穴者凡四姓，曰"释氏""樊氏""柏氏""郑氏"，共五姓，俱出皆争为神。于是，相约以剑刺石穴屋，能着者为廪君。四姓皆莫能着，独务相氏之剑悬焉。四氏不肯服，务相氏又以土为船，雕画之而浮于水，曰："若其船浮者为廪君。"四氏亦以土为船，放于水即沉，务相氏之船又独浮。于是，四氏遂尊称务相氏为廪君。五姓共上土船，当夷水而下，至于盐阳。盐阳水神乃一女子，出止廪君，不得行。廪君以矢射之中盐神，盐神死，复乘土船下。及夷城，因居之。秦并天下，以为黔中郡，巴人呼贼为賨，因谓賨人焉。汉高祖更名其地为巴郡，汉末，賨人自巴郡宕渠迁于汉中。魏武帝克汉中，特祖将五百余家归之。武帝迁之于洛阳，因居之，为易姓李氏焉。

第二十五回　孟观领军伐万年

却说洛阳巴氐李特、李庠、李流兄弟三人皆有武才，善骑射，性任侠，州党皆重之。因齐万年反，关中荐饥，洛阳、天水等六郡之民流移入汉州者数万家。道路有疾病穷乏者，李特兄弟赈救之，由是颇得众心。后与其流民至汉中，上书朝廷，乞寄食巴蜀。有司奏知惠帝，诏群臣朝议。张华谏曰："今流民甚众，宜遣人持节慰劳，且监察之，勿令入剑阁，无至乱也。"帝曰："然。"于是遣侍御史李苾持节入汉川，慰劳流民。苾既入汉川，流民特等以倡金千两赂苾，乞表与众入蜀。苾既受其赂，上表言流民十余万口，非汉中一郡所能赈赡。蜀有仓储，宜令就食，朝廷从之。由是流民散在梁、益，不可禁止。李特至剑阁，叹息曰："刘禅有如此地面经于人，岂比庸才耶！"遂起窥窃蜀中之意。

却说梁王肜恨周处劾己之仇，故不以兵接应，周处力战死之。梁王肜坚壁不战，使人持表奏知朝廷。惠帝甚忧之。张华奏曰："陛下勿虑，臣举一人，可讨平氐羌。"帝国："卿举谁人？"华曰："殿中将军孟观，沉毅有文武才，若用之，可克万年。"于是，惠帝以孟观为征讨将军，领兵三万，去讨万年。孟观既受兵符，即日收拾起行，至泾阳五十里外下寨。次日，大队军马前进。齐万年已知其来，亦以兵出迎。两军相见，俱各矢石交攻。孟观身骑骏马，手搠长枪，亲挡矢石，出与齐万年交战。两马相接，兵器齐发，战上十余合，齐万年大败而逃。孟观奋不顾身，勒兵赶杀，一连大战十数阵，杀得氐兵十损七八，无敢抵敌，直赶至梁山。齐万年计穷力尽，驱残兵回，谓孟观曰："赶人不可赶上，我今与你死战，挡我者死，避我者生。"言讫飞刀便战。孟观举枪便迎，不数合，氐兵自溃，晋兵拥前，把齐万年擒住。时孟观始令鸣金收军，押送齐万年，奏凯回朝。次早面君，惠帝诏斩万年于市，封孟观为大将军不提。

十一月，贾谧侍奉东宫，对太子倨傲，甚不为礼。成都王司马颖入见，叱之曰："太子乃天下之副，汝何得慢？"因是贾谧怀恨。次日，入宫见贾后，曰："成都王勇健过人，众僚有望，不若出之镇外，免生内忧。"贾后曰："既如此，若出之，亦宜有备。"谧曰："封河间王司马颙为镇西将军，使镇关中，以防之。"贾后曰："汝且退，吾告圣上为之。"是夜，贾后以贾谧言告惠帝，帝大惊。次日，诏出成都王司马颖为平北将军，令其镇邺，以河间王司马颙为镇西将军，使其驻关中。二王受诏，各自之镇。初，武帝作石函之制，非至亲不得镇关中。司马颙乃安平献王司马孚之孙，孚乃懿之弟也。颙轻财爱士，朝廷以为贤，故用之镇关中也。

却说南风淫虐日甚，裴頠与贾模及张华议曰："皇后淫污后宫，吾奏帝废之，更立谢淑妃为后，此事如何？"模、华曰："主上自无废黜之意，若吾等专行之，倘上心不以为然，将若之何？且诸王方强，朋党各异，废之且祸起，身死国危，无益社稷。"頠曰："诚如公言，然中宫逞其昏虐，乱可立待。"张华曰："卿二人于中宫皆亲戚，言或见信，宜数为陈说。倘因之戒，庶无大悖，则天下尚未至乱，吾曹得以优游卒岁而已。"于是，頠旦夕人说其从母广成君郭槐,令戒谕贾后,以亲厚太子。模亦数为后言祸福,贾后反以模为败己而疏之。贾模因此得疾,忧愤而卒。贾后奏惠帝以裴頠为尚书仆射,又诏专任门下事。頠虽后亲属,雅望素隆,四海惟恐其不居权位,裴頠上表固辞。或谓之曰:“君可以言,当尽言于中宫;言而不从,当远引而去。倘二者不立,虽有十表,难以免矣。”頠不能从。

第二十六回　贾后谋废皇太子

却说皇太子司马遹，乃惠帝长子，才人谢玖所生。遹幼聪慧，故武帝甚爱之。曾对群臣言太子司马遹似宣帝，于是令诏传于天下。时望气者言广陵有天子气，故封为广陵王。元康元年，出就东宫。及长，不好学，惟与左右嬉戏，不能尊敬保重。而贾后素忌太子遹有令誉，因此以密计敕黄门李巳、阉宦刘才，媚谀于太子遹曰："殿下富有天下，贵为太子，诚可及壮时极意所为，何故自为拘束？"太子遹于是慢傲益彰，或废朝侍，性拘小忌，惟好缮壁修墙，正瓦动屋，而于宫中为市，使人屠酤，手揣斤两，轻重不差。遹母谢玖，乃屠家之女，故太子好之，由是名誉寖丧。又令西园卖之葵茱、鱼盐、鸡面之属，而收其利。

当洗马江统陈五事谏之曰："古之圣王，莫不以俭为德，故汉文身曳绨，足履革舄，以身先物，政治太平。及到末世，则有玉杯、象盏、熊蹯、豹胎云云。殿下何如不思他日临御九五之尊，身亲万机之政，而为市井之利，奢侈之用，自弃之甚耶！"太子不纳。时舍人杜锡以皇太子非贾后所生，而后性凶虐，深以为忧。每尽忠规谏皇太子修德业，保令名，远诽谤，言辞恳切。皇太子大怒，使人以针着锡常所坐毡中而刺之，两股流血。因是人不敢谏，言路塞矣。

却说贾后之母广成君郭槐，以后无子，因劝后曰："汝年将暮，不幸无主器者，念太子遹虽非汝生，宜加慈爱，身安而国家可保也。今汝妹贾午嫁与韩寿，生有女儿，汝可求为太子妃，不然后必有变，族难保也。"后即召其妹贾午入宫商议。贾午入宫后，达广成君之言，午曰："太子非姊所生，妹不能许。闻太尉王衍有二女，长女妍，次女嫿，娘娘可主一人，姊为太子聘之。"贾后曰："既长女美，吾代贾谧聘之；次女丑，聘与太子。"午曰："娘娘先为谧聘，后为太子聘之。"于是使人通知王衍，即将聘礼，代贾谧定其长女，后始与太子聘其次女。太子闻王衍次女丑陋，心甚恶之，而不敢言，无计奈何。

时广成君郭槐病笃，唤贾后至卧所，执其手言曰："汝宜慈爱太子，勿可疏之。赵粲、贾午必乱汝家，勿可听之。"言讫而终。贾后举哀承服，以后妃之礼葬祭之。

第二十七回　贾后逼杀皇太子

永康元年正月，太子遹见贾谧恃中宫骄贵，心有不平之意。贾谧闻知其怨己，乃谗于贾后曰："今太子多蓄私财以结小人者，为贾氏故也，不如早图之，免累三族。"后曰："然！"乃使人召其妹贾午入宫，谓曰："今闻人言太子欲结党羽，要谋贾氏，吾须废之，恨我未有亲子，奈何？"午曰："此事容易。娘娘可诈为有娠，待十月满足，内橐物产以瞒朝臣。妹今孕满欲产，权住宫中。倘若生男，娘娘认为己子而抚养之，将来主器，有何不可？然后扬太子遹之短而害之，则贾氏三族安若泰山也。"贾后大悦，曰："此计甚妙，但吾妹生男方好。"于是诈为有娠，奏知惠帝。待十月足，午果生子，贾后冒为己生，养在宫中。朝野咸知为韩寿之子，而后借此朝夕图谋害太子之计。

当左卫瓘率刘卞知之，以告张华曰："今皇后不仁，欲废太子。太子若废，天下谁归？"华曰："君欲如何？"卞曰："东宫俊乂如林，愿率精兵万人，若得公命，皇太子因朝入录尚书事，废贾后于金墉城，两黄门力耳！"华曰："今天子当阳，太子人子也，忽相与行，此是无君父而以不孝示天下也。虽能有成，犹不免罪，况权戚满朝，威柄不一，成可必乎？"贾后探知刘卞欲废己，忙请贾午问计。午曰："不可杀他，可升而出之。"于是，贾后以刘卞为雍州刺史。刘卞亦知事泄，乃自饮药而死。贾后又问贾午曰："今事急矣，宜害太子，你有何计？"贾午乃附贾后耳畔言计曰："如此如此。"贾后曰："此计甚善。"

十二月，贾后诈称惠帝不豫，使黄门官召皇太子司马遹入宫。皇太子不知是计，即入宫。贾后使人监于别宫，使婢陈舞诈说圣上命赐酒三斤，逼尽饮之。太子推故不饮。陈舞称帝所赐，安敢推？故太子只得饮讫，遂大醉。贾后即召黄门侍郎潘岳作诬太子谋为犯上之书，令属草，使太子书之。太子大醉不醒，遂照草誊写。其书曰：

> 陛下宜自了；不自了，吾当为了之。中宫亦宜速自了；不自了，吾当手了之。与谢妃共安，克期而发，扫除患害。

其时太子醉迷，照草而写之，字半不成，贾后使人补成之，令人扶太子回东宫去讫。次日早朝，惠帝幸式乾殿，贾后佯涕哭，将太子书呈与帝览。惠帝大怒，召公卿诸王入内，以太子之书示之，曰："太子不仁，其书如此，将欲弑朕，合当赐死。"诸王公莫敢言者，惟张华曰："此国之伏祸。自古帝王因废黜正嫡，以致大乱也，愿陛下详之。"裴頠曰："可先检校传书者。"又请比校太子手书，恐有诈妄。诸王公议至日西不决，贾后惧事有变，忙上表曰："太子虽不仁，且赦其死，免为庶人。"惠帝下诏从之。贾后使人将太子司马遹并其子司马霖、司马臧、司马尚皆幽于金墉城，又使人杀其母谢玖，霖寻亦卒。当太尉王衍上表请离婚，诏许之。

第二十八回　王氏惠风守贞节

太子妃王氏，字惠风，乃太尉王衍之女，有贞婉志节。当太子遹见废，王衍上表离婚，不与女儿说知，只令其休随太子往金墉，别行改嫁豪士。惠风曰："妇人再醮，在百姓家，有志之女亦所不为，况台阁之女，皇储之妃？动为天下不取，而败坏人伦，忍心害理，贻万世之笑骂乎？"即叱车仗同太子往金墉不提。

史说阎缵，字缵伯，巴西人也。博览坟典，坚持雅节。其父早逝，继母不慈，力事之弥谨，乡里以孝称。国子祭酒邹湛荐为秘书监，未就。及闻皇太子被贾后所废，阎缵使家人舆棺诣阙，上书理太子之冤。惠帝设朝，缵自至御榻前上书，惠帝览之，曰：

> 臣缵伏念前太子遹生于圣父而至此者，由于长养深宫，沉沦富贵，受饶先帝，父母骄之。每见选师傅，下至群吏，率取膏粱击钟鼎食之家，希有寒门儒素，如卫绾、周文、石奋、疎广，洗马舍人，亦无汲黯之比者，使不见事父、事君之道，所以致败也。臣素寒门，无力仕宦，不经事东宫，情不私遹。念昔楚国处女谏其主曰'有龙无尾'。言年四十，未有太子。臣当备近职，虽未能自结天日，情同阉寺，悾悾之诚，皆为国计，以死献忠，伏须刑诛。

永康元年，惠帝览毕流涕，而惧贾后，终不能纳，而遣阎缵暂还。缵号泣出朝，群臣无不欷歔者。太子既废，众情忿怒。卫瓘督司马雅曾给事东宫，与殿中郎士猗等欲谋废贾后，以复太子。当士猗谓雅曰："若行此事，必须交当权者方为得计，不然祸反累族。"雅曰："右将军赵王伦执掌兵权，性贪冒，可借以济事。其府中有一个嬖人，姓孙名秀，可去见此人而说之，必然克济。"士猗曰："如此，吾即往说之。"于是士猗来见孙秀，曰："今国无嫡嗣，社稷将危矣。久闻足下与赵王奉事中宫，若前太子之废，公与赵王必预知之。今大臣将举事，祸必相及，何不与赵王先谋之乎？"秀曰："君言是也。待见赵王，白之。"因是，孙秀入府，以士猗之言与赵王详述。赵王伦大悦，曰："正合吾心。"即使人请通事令史张林到府，商议使为内应。张林从之。

期日将发。孙秀入止之，曰："且缓之。臣窃见太子聪明刚猛，若还东宫，必不受制于人。明公党与贾后，今虽能建大功，太子必谓公居奇货冀免罪耳，心讵深德于公，不若迁缓其期。贾后必害太子，然后废后，为太子报仇，岂徒免祸，更可以大得忠矣。"赵王伦然之。于是孙秀因使人行反间计，言殿中欲废贾后，迎太子。

贾后闻知大惊，恐再复太子。先使人将司马遹更幽于许昌，复矫诏使黄门孙虑与太医令程据和药来害太子。孙虑奉贾后伪诏至许昌，谓太子曰："今圣上有诏命杀殿下，臣不敢加刃，谨上药酒，请殿下自裁。"言讫，捣药和于酒内，请太子饮。太子不肯饮，走至厕，被孙虑以舂药杵锥杀之。于是太子被弑，天下之人尽皆冤之。自此之后，贾后恣意专政矣。

三月,尉氏雨血,妖星现南方,太白昼见,中台星折。当张华少子韪劝华曰:"天道示变,大乱将作。大人宜早逊位,免受其患。"华曰:"天道幽远,岂能尽应?不如静以待之。"是以不听。

第二十九回　王戎与世同浮沉

丁巳永康七年九月，惠帝、贾后以尚书左仆射王戎为司徒，阮瞻为太子舍人，王戎弟王衍为尚书令；乐广为河南尹，胡母辅之为乐安太守，谢鲲为长史，毕卓为工部侍郎。此数人皆以清谈任显，故贾后用之。

史说王戎，字浚冲，琅琊人也。父王浑乃西凉州刺史。戎幼而颖悟，神采秀彻，视目不眩。裴楷见而旨之曰："戎眼烂烂如岩下电。"年六七岁，尝与群儿戏于道旁，见李树多实，群儿竞趋之，戎独不往。人问其故，戎曰："树在道旁而多李，必苦李也。"群儿取之，果苦，人皆异之。阮籍素与浑为友，时戎年十五，随浑在邸舍。戎少籍二十岁；而籍一见与之交结。阮籍每适浑家，俄倾辄去，过见戎良久，然后出谓王浑曰："浚冲清赏，非卿伦也。共雅育不如共阿戎谈。"及浑卒，西凉州故吏赙赠钱帛凡数百万。戎辞而不受，由是显名其时。王戎既为三公，与时浮沉，无所匡救。委事寮寀，轻出游畋，性复贪吝，广收八方，田园水碓，周遍天下，积宝货钱，不知万计。每自执牙筹，昼夜算计，恒若不足，而务鄙吝，不自奉养，故天下之人谓之膏肓之疾。戎家有好李，常出货卖，恐人得种，恒钻其核，以此毫无闻望，凡所赏拔，专事虚名。

却说阮咸之子阮瞻，字千里。性清虚寡欲，自得于怀，读书不甚研求，而默识其要。善弹琴，人闻其能，多往求听，不问贵贱长幼，皆为之弹也。与司徒王戎乃通家，因来造谒王戎。戎命坐，待茶罢，因问瞻曰："圣人重名教，老庄明自然，其旨同异?"瞻答曰："将无同。"咸奇之，嗟叹良久，即辟之为掾吏，时人谓之"三语掾"。后为太子舍人。不信阴阳，素执无鬼论，人莫能难，自谓此理足以辩正幽明。忽一日，有一客来相访，通姓名，问寒暄之礼毕，聊谭于名理，客甚有才辩，与之言良久。又谈鬼神之事，反复甚苦。客遂屈，乃作色曰："鬼神之事，古今圣贤皆有其传，君何独言无也? 汝不信，仆便是鬼。"言终，客变异形，须臾消灭不见。瞻默然，意色甚恶。后岁余而亡，年三十岁。

却说惠帝、贾后闻王衍、乐广二人皆善清谈，宅心事外，名重当时。乃征衍为尚书令，广为河南尹。二人谈论终日，义理愈精，言如瓶泻，口若悬河，是故朝野之人多慕效之。

第三十回　王衍专意事清谈

史说王衍，字夷甫，乃司徒王戎之弟也。少有奇才美貌，明悟如神，常自比子贡，声名藉甚，倾动当世，妙善玄言，惟谈老庄为事。每执玉柄麈尾，与手同色，义理有所不安，即便更改；故世人号其"口中雌黄"，朝野翕然，谓之"一世龙门"矣！后进之士，莫不景仰。

乐广，字彦辅，南阳人也。幼孤贫，侨居山阳，寒素为业，人无知者。尤善谈论，每以讷言析理，厌人之心，而其所不知，默如也。凡论人，必先称其所长，则所短不言自见。初卫瓘见广而奇之，曰："自昔诸贤既没，常恐微言将绝，而今乃复闻斯言于君矣！"因命诸子造焉，曰："此人如水镜，见之莹然，若披云雾而见其天也。"时王衍自言与人语甚简，及至见广，便觉己之繁，为识者所叹羡如此！而广善言而不长：于笔。广为任满，欲为表见上，不能写，请潘岳为表。岳曰："当得君意，方可上书。"广乃作二百句语，述己之意，岳因取弃，便成名笔，世人咸云："广不假岳之笔，岳不取广之旨，无以成斯美也。"

先赴任有亲客造去，久不复来，年余乃至。问其故，客答曰："前岁在贵座，蒙赐酒方欲饮，见杯中有蛇，意其恶之。既饮而成斯疾，因此久失奉训耳。"时河南厅室，有角挂壁，漆画作蛇，广意杯中蛇即角影也。复置酒于前处待客，因而问曰："杯中复有所见否？"客答曰："杯中所见，蛇复如初。"广乃告之曰："此蛇非真，乃角影也！"因指与客，豁然意解，沉疴顿愈，其明辨如此！广与王衍齐名，故天下人言风流者，以王、乐为首也。其时乐广与王澄、阮咸、阮修、胡毋辅之、谢鲲、王尼、毕棹，皆以任放为达。

史说王澄，字平子，生而警悟，虽未能言，见人举动，便识其意。及长，勇力绝伦，与王敦、谢鲲、庾微、阮修最善，号为"四友"。后为荆州刺史。

第三十一回　阮咸叔侄效放达

阮咸，字仲容。妙解音律，善弹琵琶。处世不交人事，惟其亲知雅歌酣饮而已。时咸与叔阮籍居道南，宗室请阮居道北。时北阮富而南阮贫。七月七日，俗例曝衣，北阮盛曝衣服，锦绣炫目，咸以竿挂大布犊鼻于庭。人或问之，咸答："未能免俗，聊复尔耳。"人皆讥之，后出补始平太守，放达无稽。

阮修，字宣子，善清言，性简任，不修人事。修不喜见俗人，遇便舍去。常步行，以百钱挂杖头，至酒店，便独酌酣畅，虽过富贵之人，亦不肯顾。修家无担石之储，晏如也。与兄弟同居，自得林皋之趣。修居贫四十余年而未有室，王敦等名士敛钱为婚，时慕之者，求入钱而不得。后王敦为鸿胪卿，谓修曰："卿尝无食，鸿胪承差有禄，汝能为否？"修曰："亦复可耳。"遂为鸿胪承差焉。

胡母辅之，字彦国，泰山人。少擅高名，有知人之鉴。性嗜酒，任放不拘小节。与王澄、王敦、庾恺俱为太尉王衍所重，号为"四友"。澄常与人书曰："彦国吐嘉言，如锯木屑，霏霏不绝，诚为后进领袖。"为家贫，求试为繁昌令，后为乐安太守。

谢鲲，字幼舆，陈国阳夏人也。以儒业显。鲲少知名，通简有高识，不修威仪，好老庄，能歌，善鼓瑟。后东海王司马越闻其名，举为掾。邻家高氏女有美色，谢鲲尝挑之，女投梭折其两齿，故时人为之语曰："任达不已，幼舆折齿。"鲲闻之，傲然长啸曰："犹不废我啸歌。"后为长史。

毕卓，字枚世，新蔡渔阳人。少希放达。太兴中，求为吏部，尝饮酒废职。比舍郎酿酒熟，卓因醉，夜至其瓮间盗饮之，被掌酒者所获。到明旦视之，乃毕吏部也。遂遽释其缚。卓遂引主人宴于瓮侧，偿其酒钱，致醉而去。尝语人曰："得酒满数百斛船，四时甘味置床头，右手持酒杯，左手持蟹螯，终身饮酒船中，便足了一生。"因此好酒，为人所讥。乐广闻而笑之曰："名教中自有乐地，何必乃尔。"

是时何晏等祖述老庄，立论以为天地万物皆本以无为。无者，开物成务，无往不存者也。阴阳恃以化生，贤者恃以成德，故无之为用，无时不贵矣。故王衍之徒皆爱重之，由是朝中士大夫皆以浮诞为美，废弛职业。

史说裴頠，字逸民。宏雅有远识，博学稽古，自少知名。御史中丞周弼见而叹曰："頠若武库，五兵纵横，一时之杰也。"累迁侍中。乐广尝与頠谈清言，欲以理服之。而頠词论丰博，广笑而不言，谓頠为言谈之林。

其时俗尚放荡而不尊儒术，浮虚而不尊礼法，尸禄耽宠，仕不事事。王衍之徒声誉太盛，不以实学相尚，并皆仿效，风教陵替。是故裴頠著《崇有论》以释其弊，众皆然之，犹不能救当时也。其论曰：

利欲可损而未可绝有也；事务可节而未可绝无也。谈者深列有形之累，盛称空无之美，遂薄综世之务，贱功利之用，高浮游之业，卑经实之贤。人情所徇，名利从之。于是立言藉其虚无，谓之玄妙；处官不亲所职，谓之雅远；奉身舍其廉操，谓之旷达。故悖吉凶之礼，忽容止之表。渎长幼之序，混贵贱之级，无所不至。夫万物之生，以有为分者也。故心非事也，而制事必由于心，不可谓心为无也；匠非器也，而制器必须于匠，不可谓匠非有也。由此而观，济有者皆有也，虚无奚益于已有之群生哉！

第三十二回　江统进上《徙戎论》

先是元康九年，惠帝设朝，群臣皆集。朝贺礼毕，太子洗马江统以中原半为夷居，匈奴刘渊居晋阳，羯戎石勒居上党，羌人姚弋仲居扶风，氐人苻洪居临渭，鲜卑慕容廆居昌黎。种类日繁，恐其有变，故上表曰："戎狄之人，人面兽心，宜早绝其源，不然必乱中华。"惠帝不能行之。统又作《徙戎论》以警朝廷，因上惠帝。惠帝览之，曰：

> 夫夷蛮戎狄，地在要荒。禹平水土，而西戎即叙。其性气贪婪，凶悍不仁。四夷之中，戎狄为甚。弱则畏服，强则侵叛。

当其强也，以汉之高祖而困于白登，孝文帝于灞上。及其弱也，以元、成之微，而单于入朝，此其已然之效也。是以有道之君牧夷狄也，惟待之有备，御之有常，虽稽颡执贽，而边城不备固守，强暴为寇，而兵革不加远征。期令境内获安，疆场不侵而已。魏兴之初，与蜀分隔，疆场之戎，一彼一此。武帝徙武都之氐于秦川，弱寇强国，捍御蜀虏，此盖权宜之计，非万世之利也。今者当之已受其敝矣。夫关中土沃物丰，帝王所居，来闻戎狄宜在此土也。非我族类，其心必异，而因其衰敝，迁之畿内。土庶玩习，侮其轻弱，使其怨恨之气毒于骨髓。至于蕃育众庶，则坐生其心，以贪悍之性，挟愤怨之情，俟隙乘便，辄为横逆。而居封域之内，无障塞之隔，掩不备之人，收散野之积，故能渐成滋蔓，暴害不测，此必然之势，已验之事也。犬马肥充，则有噬齿，况于夷狄，能不为变？但顾其微弱，势力不逮耳。夫为邦者，忧不在寡而在不安。以四海之广，士民之富，岂须夷狄在内，然后取足哉？此等皆可申谕发遣，还其本域，使彼羁旅怀土之思，释我华夏纤芥之忧，惠此中国，以绥四方，于计为长也。

第三十三回　鲁褒伤时作《钱论》

论上朝廷，不能用。却说惠帝为人愚憨，尝在华林园闻哈蟆鸣，谓左右曰："此鸣者为官乎？为私乎？"左右戏之曰："在官地为官，在私地为私。"时天下饥馑，百姓饿死。帝闻之曰："胡不食肉糜？"由是权在臣下，政出豪门，势位之家，更相荐托，有如五市，贾、郭二党恣横，货赂公行。当有隐士南阳鲁褒，字元道。好学多才，以贫素自立，因见元康之后，纪纲大坏，伤时之贪鄙，乃隐姓名，而著《钱神论》。其略曰：

钱之为体，有乾坤之象。内则其方，外则其圆。其积如山，其流如川，动静有时，行藏有节。市井便易，不患耗折，故能长久，为世神宝，亲之如兄，字曰"孔方"。失之则贫弱，得之则富昌。无翼而飞，无足而走。解严毅之颜，开难发之口。钱多者处前，钱少者居后。钱之为言也，泉也。无远不往，无幽不至。京邑衣冠，疲劳讲肄，厌闻清谈，对之睡寐。见我家兄，莫不惊视。钱之为神，往无不利，何必读书，然后富贵？由此论之，谓为神物。无德而尊，无势而热。排金门，入紫闼，危可使安，死可使活；贵可使贱，生可使杀。是故忿争非钱不胜，幽滞非钱不拔，怨仇非钱不解，令闻非钱不发。洛中朱衣，当涂之士，爱我家兄，皆无已极。执我之手，抱我终始。故谚曰："钱无耳，可使鬼神"。今之人惟钱而已矣。

此论盖疾时而作，朝士亦不察。满朝政务以苛察相高。每有所议，各立私意，刑法不一，狱讼繁滋。尚书刘颂上疏曰：

近世以来，法渐多门，令甚不一。吏不知所守，下不知所避。夫君臣之分，各有所司。法有必奉，故令主者守文；理有穷塞，故使大臣释滞；事有时宜，故人主权断。主者守文，若释之执犯跸之坐也；大臣释滞，若公孙宏断解郭解之狱也；人主权断，若汉祖戮丁公之俀也。自非此类，皆以律令从事，然后法信于下，可以言政矣。

惠帝览之，终不能用，朝臣不肯为，故寝也。

却说韦忠，平阳人。少慷慨，有不可夺之志。闭门修己，不交当世。仆射裴颜闻之，慕而造谒。忠在家，托以远出，故不相见，愈重慕之。次日，因见侍中张华曰："平阳韦忠有公辅之器，庙廊之才，人皆仰敬，明公可于此时擢之，必有匡济当时之务。"华曰："闻名久矣，未曾见面。今如此，吾即辟之。"于是张华使人辟之，韦忠称疾不起。友人问忠不出仕之故，忠曰："吾乃草茅下士，本无宦情。张茂先华而不实，裴逸民贪而无厌。弃典礼而附贼后，此岂大丈夫之所为哉？逸民每有心托我，我常恐洪涛荡漾，余波见漂其溺及我，况我蹇裳而就之哉！”人服其说。

史说索靖，字幼安，敦煌人也。少有逸群之量，与乡人范衷、张彪、索紾、索永俱诣太学，驰名海内，世人号称“敦煌五龙”，惟靖最雄。后四人并亡。时侍中张华重其名，除为雁门太守。索靖知天下将乱，出朝因指洛阳宫铜驼曰：“会见汝在荆棘中耳。”

第三十四回　赵王起兵诛贾后

庚申永康元年四月，却说赵王司马伦，字子彝，乃宣帝司马懿之第九子也。见愍怀太子被贾后所害，欲起兵，恐力不及，谓孙秀曰："今惠帝无道，贾氏专制，谋杀太子，淫乱后宫，先曾与卿谋之，恨力未及。吾思宣帝尽忠仕魏，南拒孙权，北抗刘备，幸有大勋，德及武帝，平蜀灭吴，而有天下。未及三世，遭此贱人暴虐，鹿将失之。吾欲起兵，尽诛贾党，诚恐刻鹄不成，反类鹜耳。汝有何策？"孙秀曰："殿下欲立盖世之功，独力是所不能。臣见齐王冏每有不忿贾后之意，请其同讨贾氏，方可有济。其余碌碌等辈，不可令其知之。"司马伦曰："然！"

于是司马伦即使人请司马冏至，置酒相待，至半酣，赵王屏左右，哭谓冏曰："今皇上愚憨，悍后专权。君之元子弑之于许昌，后之贼党委之以重任。若不早为社稷计，眼见天下非晋有矣，吾等岂能免乎？今欲与侄共诛贾氏，以正纪纲，侄意若何？"司马冏曰："吾欲杀此贱人久矣，因力不及，既如此，何不二家就此起兵，矫诏废后，诛其贼党，以靖朝廷，谁敢拒之！"司马伦曰："既有同心，奈无兵权。"孙秀曰："此容易耳。明早殿下可入朝奏帝，称说昔年东安王司马繇因罪见废，今因久在东安，甚得民心，常抱不平之志，将来之患，固不待言。宜乘此时乱心未作，朝廷商议着亲信大臣领兵镇之，使彼不萌恶念，可保万全。皇上必允。若问谁可镇守，王殿下宜力保齐王殿下领兵，则兵权归于掌握。即勒其兵，矫诏先废悍后，后诛贼党，岂不甚便？则大功可望成矣。"二王抚掌大笑曰："此计甚妙，宜速为之。"

于是齐王辞别回邸，各自歇息。

次日，赵王司马伦披公服，执牙笏，奏惠帝曰："臣闻东安王司马繇被废居东安，怨望朝廷，阴结力士，谋为不轨。陛下可速使人以兵去镇，捕其羽冀，庶得东地宁息。倘恶念一兴，难以扑灭。"帝问曰："东安欲叛，谁人可去镇之？"伦曰："齐王冏有文武才略，可使镇守，万无一失。"

惠帝从之，即召齐王司马冏领车骑将军，授以兵符，发兵二万五千人，使其出镇东安。齐王同谢恩，捧符印出朝，来见司马伦商议。孙秀曰："来日俟圣上坐朝，齐王殿下矫皇上诏，废贾后为庶人。殿下率禁卫武士拒住宫门，以防外兵，然后请旨，诛张华、裴頠、贾谧等党。"因是赵王伦等各依孙秀之计而行。

计议已定，赵王伦佯使司马雅去告张华曰："赵王欲与公共匡社稷，为天下除害，公意如何？"华拒之曰："天下已定，百僚奉职。贾后虽虐，未至大患，除甚大害，子莫骏乎？"司马忿怒曰："刀将加颈，犹为是言耶？"不顾而出报伦，伦怒。是夜，乃自矫诏，敕三部司马曰："中宫与贾谧等谋杀太子，今奉皇上圣旨，命车骑司马冏入废中宫，汝等从命，赐爵关内候，不从者夷其三族！"众皆从之，开门而入。至天明，司马伦又以兵一千人入宫，拒住内外，宫人不得出入。齐王司马冏自披甲执锐，领甲士五百人，在宫内矫诏责贾后曰:“皇太后何罪见废?皇太子何辜见诛?汝淫乱宫室,污秽朝廷,今圣上有密旨在此,废汝为庶人,火速收拾,迁往金墉城去,不许久延掖庭!”贾后大惊,曰:“诏当从我出,汝诏从何而来?”齐王冏曰:“诏书乃圣上亲书,不必争论!”言讫,喝令军士拥而出之。贾后走上台阁,遥望金銮殿上大呼曰:“陛下之妇使人废之,你久后亦行自废!”齐王冏大怒,挥军士上阁,将贾后推扯下来。以宫车仗,使军士护送,迁于金墉城。去讫,勒兵出宫,会同赵王司马伦、梁王司马肜等请帝上殿。

贾后淫风毒且愚,谋绝皇嗣却必诛。今朝司马伦兵起,犹说诏当从我出。

时惠帝见诸王各执兵入,心中大惊,战栗不已。当赵王司马伦俯伏殿下奏曰:“臣等为社稷之计,必无谋异之心,陛下不劳惊恐。”惠帝方才放心。司马伦又奏曰:“今贾后凶悍淫虐,废弑太后,谋杀太子,臣故废之。今侍中张华、仆射裴頠、太常贾谧助后为虐,陛下可下诏诛夷。”惠帝见赵王如此,不得不从,连忙下诏许之。于是,赵王伦迎惠帝幸东堂,执贾谧斩之。召八座以上皆夜入殿,于是裴頠等皆至。又令收赵粲、贾午等,尽诛之。乃令张林执张华、裴頠,解结于庭中。张华谓张林曰:“卿欲害忠臣耶?”林称诏诘之曰:“卿为宰相,太子之废,不能死节,何耶?”华曰:“式乾之议,臣谏草具存,可覆按也。”林曰:“谏而不从,何不去位?”华无以对。林遂出来,将裴頠等皆夷三族。又收董猛、孙虑、程据等皆诛之。于是赵王伦自为都督中外诸军事、相国,以侍中孙秀为中书令,并据兵权。计文武封侯者数千人。奏惠帝诏追复太子司马遹位号,更立其子司马臧为临淮王。

时有司奏尚书令王衍备位大臣,太子被诬,志在苟免,请禁锢终身。诏许之。赵王伦见张华不至,复使孙秀去收,诛其三族。时伦欲收人望,选用海内有德之士,以李重、荀组为左右长史,以王堪、刘模为左右司马,束皙为记室,荀松,陆机为参军。李重知伦有异志,辞不受。赵王伦逼之不已,忧愤成疾,扶拽受拜,数日而卒。

五月,惠帝诏立临淮王为皇太孙。此时朝野震悚,士民恐避,独阎缵闻知,径入市曹,抚张华尸,恸哭曰:“吾曾语君及早退位而不听,今果不免也。”后复见贾谧尸,叱曰:“小儿乱国之由,诛之晚矣。”哭讫,上疏表张华之死屈。惠帝善其忠烈,乃擢为汉中太守。

史说张华之幼子张韪,颇识天文,夜观乾象,见中台星折。次日见华曰:“今中台星折,正应大人,宜早退位,免祸临身。”华不听,且曰:“天道幽远,惟修德以应耳,不如静以待之。”未数日,孙秀以兵入府,曰奉旨斩公。华大惊曰:“吾先帝老臣,忠心如丹,不爱生而靖王室之难,祸不可测也。”言未终,孙秀使人推出市,斩之,诛其三族。

张华性好人物,至于贫贱候门之士,凡有一介之善者便咨嗟称羡,为之延誉。性爱书籍,身死之日,家无余财,惟有文史溢于箱箧,尝徙居,载书三十乘。秘书监虞挚撰定官书,皆资华之本以取正焉。天下奇秘,世所希有者,悉在华所。由是博物洽闻,世无与比。陆机尝请华宴,于是宾客满座,华举器,见鲜有异,乃曰:“此龙肉也。”众客未之信。张华曰:“公等不信,试以苦酒灌之,必变异象。”众依法以苦酒灌之,而五色光起,众始默然。席散,机问鲊主,果云园中茅积下得一鱼,质状殊常,以作鲊过美,故以相献耳。时武库封闭甚密,惠帝使人开搬点视宝物,其中忽有雉雏,诸人皆以密固,何有此物？惟华曰:"此必蛇化为雉也。"众视雉侧,果有蛇脱焉。吴郡临平岸崩,出一石鼓,捶之无声。郡守进入朝廷,惠帝问华,华曰:"可取蜀中桐材,刻鱼形,扣之则鸣矣。"帝如其言,即取蜀桐刻形打之,声闻数里。

先吴之未灭也,斗牛之间常有紫气。及吴平,紫气愈明。

华闻豫章人雷焕妙达纬象,乃召焕至,与宿,乃屏人谓曰:"可与汝共寻天文,知将来之吉凶。"因同登楼,仰观天象,问焕紫气之故。焕曰:"仆察之久矣,惟斗牛之间颇有异气。"华曰:"是何祥也?"焕曰:"宝剑之精,上彻于天耳。"华曰:"君言得矣。吾少时有相者,言吾年出六十,位登三公,当得宝剑佩之,斯言岂效耶?"因问曰:"在何郡?"焕曰:"在豫章丰城。"华曰:"欲屈君为宰,密共寻之,可乎?"焕曰:"从命。"于是华即补焕为丰城令。

焕到县,掘狱屋基,人地四丈余,得一石函,光气非常,中有双剑,并刻有题:一曰"龙泉",一曰"太阿"。自得此剑,其斗牛间之气不复见矣。焕以南昌西北岩下土以拭剑,光芒艳发,因此遣使送一剑并土来京与华,一自佩。华回书谓焕曰:"得两送一,雷公得无欺乎?"焕谓使人曰:"本朝将乱,张公当受其祸。此剑当系徐君墓树,灵异之物当化去,不永为人服也。"时华得剑,宝爱之,常置坐侧。华以南昌土不如华阴赤土,令人报焕,书曰:"详观剑文,乃干将也,莫邪何不复至？虽然天生神物,终当合聚。"因以华阴土一斤致焕,焕更以拭剑,倍益精神。

张华既诛,剑失所在,并不见踪。焕亦卒,其于雷烨为州从事,持剑行经延平津,忽于腰间其剑跃起坠水,即使从人没水取之,并不见剑,但见两龙各长数丈,蟠萦有文,没者惧而返。须臾,光彩照水,波浪惊沸,于是失剑。烨叹曰:"先君化去之言,张公终合之论,此其验乎?"张华博物如此类甚多,不能详载。华著《博物志》十篇,及文章并行于世。先是,华与赵王司马伦有隙,司马伦乘此诛华。华死年六十九岁,朝野莫不悲恸。

第三十五回　赵王司马伦执权

却说赵王司马伦既废贾后，及诛张华等，乃自专国政，总握兵权，自为相国，以孙秀为侍中。时百官俱听命于伦，而伦素旷达无智策，复受制于秀。于是孙秀威权震于朝廷，天下皆事秀，而无求于伦。

却说孙秀乃琅讶小吏，累官于赵国，以谄媚自达。秀既执机衡，遂恣其奸谋，多杀忠良，以逞私欲，于是京邑君子不乐其生，秀之诸党皆登卿相，并列大封，其余同谋者，皆超阶越次，不可胜纪。至于奴卒厮役，亦加以爵位。每朝会，貂蝉盈座，故人为之谚曰："貂不足，狗尾续。"而秀以苟且之惠，取悦人情；府库之储，不充于赐；金银冶铸，不给于私。故有白版之侯，君子耻服其章，百姓亦知其不终矣。

孙秀既立非常之事，司马伦愈敬重焉。当孙秀人见赵王伦曰："斩草不除根，萌芽依旧发。今贾后虽废为庶人，犹在金墉，若不剿除，后必为患，殿下可速矫诏诛之。"赵王伦曰："卿计正合孤心，你可密地使人持诏杀之。"于是，孙秀乃伪诏使王全赍金屑酒来金墉杀贾后。使者领命到金墉，入内请贾后跪听宣诏，贾后不听。王全开读其诏曰：

> 贾氏专权，废弑皇太后，无妇之道；谋弑皇太子，无母之慈。祸乱国家，淫恶昭著。至忠之臣见遭诛戮，谗佞之辈反授权柄，致使天下之人谤朕不君。谓天地所厌，人神共怒，今赐金屑酒一壶，赐其自尽，勿得推故。

贾后虽不肯跪，然耳听其宣读。听讫，大骂赵王司马伦逆贼，将酒饮之而死。王全收敛，方始还都报知赵王司马伦。伦大悦，重赏王全。

第三十六回　淮赵二王相谋害

秋八月，却说赵王伦以淮南王司马允为骠骑将军，领中护军。司马允性沉毅，宿卫将士皆畏服之。知赵王伦、孙秀有异志，欲谋讨之。伦、秀密知其议，即转司马允为太尉，外示优崇其爵，内实夺其兵权。淮南王司马允乃大怒，遂率国兵数百人直出，大呼曰："赵王与孙秀谋反，我讨之，肯从者左袒！"于是从者甚众，司马允以其兵遂围相府，赵王伦亦引兵数千人出，与淮南王允战。两军相交，战不五合，赵王伦败死者数百人。伦走入府内，紧闭不出，允乃结阵于承华门前。

中书令陈淮欲应允，言于帝曰："今日淮南王司马允与司马伦为争权，各以兵相战，望陛下委臣领禁兵，前去解和，不然必有一伤，而乱及中朝矣。"惠帝曰："卿不可去，朕使别将去。"

于是帝遣殿前将军伏胤以三百兵，持白幡前去解斗。在相府前过，赵王长子汝阴王司马虔时在门下省见胤领兵过，即出，阴与胤誓曰："君能为我，富贵当共之。"胤答曰："殿下息言，吾乘幡入内杀之。"言讫，即驰至承华门，乃诈言曰："臣奉诏以兵来解和，殿下火速开阵，与臣相见。"淮南王允以为是实，不提防，令开阵门受诏。伏胤直入，将淮南王允刺死，收其兵来见赵王伦。伦大喜，拜伏胤为大将军，入朝奏惠帝，言淮南王允谋反，夷灭允族数千人。

第三十七回　孙秀害潘岳石崇

却说潘岳，字安仁，荥阳人也。少以才颖见称，乡邑号为奇童，谓是终贾之俦也。先是武帝时，帝躬藉田，潘安仁曾作赋以美其事曰：

> 五辂鸣鸾，九旗扬旆。有邑老田父，或进而称曰："损益随时，理有常然。高以下为基，人以食为天。正其末者端其本，善其后者慎其先。"今圣上图匮于丰，防俭于逸。展三时之宏务，期仓廪于盈溢。固尧汤之用心，而存救之要术也。

潘岳因此才名冠世，为众所疾，遂栖迟十年，出为河阳令。自负其才，郁郁不得志。后迁为给事黄门侍郎。岳性轻躁，趋世利，与石崇等事贾谧，每候其出，与石崇辄望尘而拜。《惜愍怀文》，岳之辞也。谧二十四友，岳为其首。谧《晋书限断》，亦岳之辞也。其母曾诮之曰："尔当知足，而于没不已乎？"岳终不能改。既仕宦不达，乃自作《闲居赋》。其赋曰：

> 岳读《汲黯传》，至司马安四至九卿，而良史书之。题以巧宦之目，未尝不慨然而叹也。曰："嗟乎！巧诚有之，拙亦宜然。"仆自弱冠涉于知命之年，八徙官而一进阶耳。再免，一除名，一不拜职，迁者三而已矣。虽通塞有时，抑亦拙者之效也。昔通人和长舆之论余也，固曰拙于用多，称多者，吾岂敢言拙？则信而有征。方俊乂在官，百工惟时，掘者可以绝意乎宠荣之事矣。太夫人在堂，有羸老之疾，尚何能违膝下色养，而眉屑从斗筲之役乎！于是览止足之分，舒浮云之志，筑室种树，逍遥自得。池沼足以渔钓，租税足以代耕。灌园鬻蔬，供朝夕之膳；牧羊酤酪，俟伏腊之贾。孔子曰："孝乎？惟孝友于兄弟。"此亦拙者之为政也。

潘岳美姿容，少时曾挟弹出洛阳道游，妇人遇之者皆连手萦绕，投之以果，遂满车而归。时张载生甚丑陋，每行遇小儿，以瓦石掷之，委顿而返。

岳先事贾谧，谧荐为黄门侍郎。而岳常轻孙秀，因此购隙。秀既得志，每有杀岳之心，未得其便。至是朝中伦、秀秉政，遂存害岳之意焉。

秀又闻石崇有爱妾，名曰绿珠，色美而艳，又善吹笛，秀使人来崇家求之。此时石崇正与绿珠在金园别馆，方登凉亭，临清流，集群姬在侧。使人直入凉台，见崇曰："孙侍中闻足下家有美妾，极善歌舞，使某求一，足下意允否？"崇曰："有。"乃尽出其妇数十人以示使，皆蕴兰麝，披罗縠。崇谓使人曰："子所择佳者，即以奉承。"使人曰："君诸姬服御，丽则丽矣，然吾受侍中之命，止索绿珠，不知谁是？”石崇勃然曰：“绿珠乃吾所爱，不可得也！”使人曰：“君侯博古通今，察远照迩，侍中之暴，君侯已知，愿加三思，勿使噬脐无及。”崇曰：“不必多言矣！”竟不许。使人出，回报孙秀，说崇不肯。孙秀大怒，乃入见赵王司马伦曰：“昨闻石崇与潘岳二人密谋，要与淮南王允等报仇，若不早除，将至乱矣。”司马伦曰：“岳、崇有异，卿可诛之。”秀既得命，即出府堂，矫诏使介士二百人，收石崇与潘岳二家。时石崇正与绿珠宴于楼上，介士到，曰：“奉诏收二人，速下楼！”石崇大惊，哭谓绿珠曰：“我今为汝得罪，不知遂驾何所？”绿珠亦泣曰：“君侯为妾得罪，妾当效死君前，岂敢奉事二姓，为君羞耶？”言讫，自投于楼下而死。介士逼崇急行，崇曰：“吾不过流徙交广，何相逼耶？”言讫与行。及执至东市，方知处斩，石崇大哭，叹曰：“奴辈利吾家财耳。”收者答曰：“知财能为祸，何不早散之？”崇默然不语。时介士执潘岳至，谓之曰：“安仁卿何说复尔耶？”岳泪曰：“可谓白首同所归矣。”岳先题《金谷诗》云：“投分寄石友，白首同所归。”今果应其谶，故潘岳言之。俄而监斩官到，将二人并家属尽斩之，籍没崇之家财焉。

却说河内太守刘颂见政出群下，付托非人，乃草具所陈于惠帝曰：“顾惟万载之事，理在二端。天下大器，一安难倾，一倾难正。故虑经后世者，必精下之政，使万世赖耳。”

表上及陈政要休付与人，宜亲万机。惠帝曰：“不能行矣。”因此朝野不安，大乱焉。

第三十八回　赵廞起兵据蜀城

冬十一月,赵王伦以齐王司马冏有废贾后之功,升为游击将军。齐王冏大怒,曰:"废贾后,吾戮力共成。汝为相国,吾当游击!"心甚不平。孙秀闻知,惧其有变,乃计使赵王伦出齐王冏为东平将军,令其镇许昌,齐王冏意亦不满。次日,赵王伦使孙秀议废贾后之功,孙秀乃集众于朝堂,议加赵王伦九锡。吏部尚书刘颂曰:"昔汉之锡魏,魏之锡晋,皆一时之用,断乎不可。周勃、霍光其功至大,不闻有九锡之命也。"张林欲杀之。孙秀曰:"杀张、裴已伤时望,不可复杀颂。"乃止。百官看见张林欲杀颂,惧不敢逆,俱各从议。秦帝下诏,加赵王伦九锡之礼。复加其子司马荂及孙秀、张林等官,并居显要。赵王伦及诸于顽鄙,无有识见。而孙秀狡猾贪淫,所与共事者皆邪佞之士,惟竞荣利而无有深谋远略,志趣乖异,互相憎疾。然孙秀子孙皆形貌短陋,如奴仆之下者。秀乞帝女河东公主而为驸马,众为耻之。时贾后已诛,后宫久虚。孙秀奏惠帝,以其党尚书郎羊玄女羊氏立为皇后。

却说赵王伦欲篡位,恐贾氏之亲在外为变,矫诏征益州刺史赵廞为大长秋,以成都刺史耿滕代之。赵廞乃贾后姻亲,闻朝廷征,甚惧,恐入朝见害,心下自思,晋衰,阴有据蜀之志。乃心生一计,即发仓廪以赈流民,厚遇李特兄弟,以为爪牙。特等持势聚众为盗。耿滕密使人上表道:"流民刚剽,蜀民懦弱,主不能制客,必为乱阶,宜使还本地。"廞闻之大怒,屡欲攻滕。会朝廷诏至,以滕代己为刺史,乃乘此以计,使益州文武千余人迎滕于小城,待至杀之。

时滕守成都小城,廞守益州大城,益州文武千余人至小城迎滕,滕欲趋去。功曹陈恂谏曰:"今使君与刺吏构怨已深,彼还在未离,岂可即去?不如留小城以观其变,然后檄诸县,合村堡,以备秦氏,方可以往也。不然,必坠其计矣。"滕不从,收拾本部,行至益州。赵廞遣兵五千伏城内,滕入无备,遂被所杀,余众尽降。

于是,赵廞就以滕兵来攻西夷校尉陈总,总甚忧。主簿赵模曰:"彼兵未至,今当速行招众,助顺讨逆,谁敢动者!"总缘道停留,北至鱼涪津。廞军已至,止隔一百余里。模又曰:"事急迫,火速散材募兵以拒,不然我寡敌众,难以决战。"总又不听,众遂自溃。廞兵大至,总出马与战,未十合,被斩于马下。招集其众,遂降。于是,赵廞始勒兵还益州,自称为益州牧,置僚屑,易守令。李庠等亦以四千骑归之。赵廞委以心膂,使其招募六郡壮勇二万余人,以断北道。

却说散骑常侍张轨,以时方多难,阴有据河西之志,因见赵王伦曰:"西凉盗贼生发,屡屡攻陷诸郡。臣请为将去讨,不日可平。"赵王伦从之,即以张轨为凉州刺史,令其去讨。于是张轨即出朝,以宋配、汜瑗为谋主,以军二万人来凉州,与鲜卑寇狼交战。两军对圆,寇狼出马与轨交锋,不数合,斩狼于马下,尽降其众。轨与汜瑗等引军入据凉州,招集军马,粮草堆山,因此威名震西土。

第三十九回　司马伦废帝自立

辛酉永宁元年，却说赵王司马伦召侍中孙秀入，谓曰："吾欲废帝自立，如何?"孙秀曰："今朝廷至弱，权在殿下，不就此时行事，迟则有变矣。来日殿下可于府堂聚会百官，商议其事。若有不从者，立斩之。则昔指鹿之事，正在今日。"

司马伦大喜，便教大排宴会于府堂。次日，请百官饮宴。是旦，飞骑往来于城中，遍请公卿。公卿皆惧伦、秀之势，谁敢不到?司马伦见百官到了，令各入席，自徐徐带剑亦入席。各讲礼讫，令从人执盏劝酒。待酒行数巡，司马伦自举杯劝诸大臣饮酒，令停酒止乐。伦曰："今有大事，众官听察。"于是众皆肃听。伦曰："天子为万乘之主，以治天下。今帝戆骏而无威仪，不可以奉宗庙社稷。况先帝有密诏，言惠帝昏愚，未可为君。吾欲以帝为太上皇，吾自权监国，候有德者立之，此事若何?"当百官立于筵前，曰："殿下所见差矣。昔商朝太甲不明，伊尹放之于桐宫。汉昌邑王登位方二十七日，造罪三千余条，霍光告太庙而废之。今上虽懦弱，并无罪过，莫非不可!"司马伦大怒曰："天下乃吾家之天下，汝等何得逆吾?若顺者生，如忤必诛!"群臣莫敢再言，于是百官自出还第。

次早，赵王司马伦使孙秀领兵列于朝门外，自仗剑带甲士数百人，直入殿上，群臣皆惧。司马伦请帝升殿，大会文武，如有不到者斩。是日，大臣皆列班次，司马伦掣剑在手，曰："帝昏庸，不堪掌理天下，今告太庙，以惠帝为太上皇，令其徙居金墉。今有郊天策诏，群臣静听。"

言讫，令孙秀读其诏曰：

昔武帝不幸崩逝，孝惠皇帝嗣位，承绍海内，仰望太平。而惠帝昏庸，政出后宫。弑皇太后，不孝于母；杀皇太子，不慈于亲。凶德彰露，昏蒙弱暗似此，岂堪继承大统!今公卿大臣孙秀等请告主庙，以惠帝为太上皇，限即日迁徙，不许迟延。赵王司马伦素有仁德之风，成周之懿，朝野仰识，天下共知，宜登大位，以任社稷。是斯诏示群众，和宜应天顺人，以慰生灵之望。知悉。

孙秀读诏讫，命左右扶惠帝下龙床，解其玺绶，令其北面而立。惠帝号哭，群臣亦悲。孙秀自扶赵王司马伦登位，群臣拜舞，皆呼万岁。君臣礼毕，赵王伦谓惠帝曰："废一帝，立一帝，古来有之。汝虽不德，朕念至亲，不忍加害于卿，汝速徙金墉，非宜呼不许入朝。"谕讫，命介士至，取车仗护送惠帝并宫妃人等于金墉城居住，改金墉为永昌宫，月给粮米并供膳。

赵王司马伦既登了帝位，孙秀专政，总领内外兵权，于是赵王伦益重孙秀。凡下诏令，秀辄改革，有所予夺，自书青纸为诏，或朝行夕改者数四，百官转易如流。赵王既登大位，吏在职者皆封侯。因府库之储不足以供应，侯铸印不给，或以白版封。

第四十回　司马冏起兵废赵王

三月，齐王司马冏因废贾后得权。见赵王司马伦篡位，乃密召偏将军王义入内而谓曰："今司马伦篡位，吾欲起兵讨伦，返正车驾，汝等有何高谋复安天下？"王义曰："若举大义，可传檄召河间王司马颙、成都王司马颖、长沙王司马义，及新野公司马歆并匈奴左贤王刘元海，令其纠率诸侯，同讨篡逆。若诸侯领兵至阙下，声赵王司马伦篡位之罪，中外夹攻，可诛其党羽，迎返惠帝正位，桓、文之勋矣。"司马冏曰："汝谋正合我意。"于是同乃使人持檄往各诸侯王处，求各起兵讨伦。其檄曰：

> 贼臣孙秀谄附逆王，废帝金墉，共谋篡位，天地不容，人神共怒。公等分茅列士，理合勤王，共讨篡逆，望执蝥弧先登，毋使防风后至。

却说成都王颖得檄，召郷卢志入内问曰："赵王伦篡位大逆，今齐王传檄诸镇合兵讨伦，孤恐兵少，卿意若何？"志曰："扶顺讨逆，百姓必不召而至，宜从之。"于是，成都王立起招军旗，远近皆应集，众至十余万。然颖心中犹豫不敢发。嬖人王某曰："今殿下起兵讨伦，其如赵王亲且强，齐王疏且弱，依臣之意，不如助赵攻齐为是。"当参军孙询大言曰："赵王凶逆，天下当共诛之，何亲疏强弱之有耶？小人何得妄言军国大事！"于是，颖方发兵以应齐王冏讨逆伦。

却说河间王颙与齐王有隙，虽传檄书至，反遣张方领兵去助司马伦。忽探事人回报，齐王与成都王二处兵威大盛，共有四十万众。河间王即召张方回兵，计曰："今成、齐二王军盛，汝莫助赵，且以兵助齐王。"于是，张方以兵五万来应齐王。是时长沙王司马义、新野公司马歆、左贤王刘元海各路兵皆到，因此齐王军威大振，号称一百万众，俱至都下安营。

却说司马伦闻知大惊，急召孙秀问之。秀曰："兵来将对，水来土掩，何须惊恐？宜遣将迎之。"于是，司马伦遣孙辅、张泓、司马雅率兵十万拒齐王；遣孙会、士猗、许超率兵十万拒成都王。分拨已定，各去迎敌。

却说张泓出阵，见齐王全军皆出，兵威甚锐。泓军寡弱，退走三十余里，自相践踏，折兵四万余人，扎住营寨，谓司马雅曰："彼众我寡，战则不胜。不若乘彼胜无备，往劫其营，何如？"雅曰："然！"吩咐一更造饭，二更起行。

却说齐王冏得胜回寨，谓诸将议曰："今日虽胜一阵，亦因众寡不敌，彼必谓我得胜无备，来劫我营。汝等各引兵四下埋伏，待吾号炮响时，各引兵杀回，必获全胜。"各各依计埋伏去讫。将次三更，张泓引兵杀至寨，见是空寨，情知中计有伏，忙退兵。只听得号炮连天，伏兵尽起，前后左右火把齐明，照耀如白日。鼓声振地，将张泓人马围在垓心。张泓只得接战，两下混杀直至天明。看部下兵折去大半；左冲右突不能得出。

正在危急，忽司马雅引生力兵万人杀入重围，救得张泓回营。计点残兵，仅存一万余人，退人城中。

却说成都王前锋至黄桥，正遇孙秀之子孙会与士猗等兵至，两下交战。卢志出马与许超交锋，未五合，志敌许超不住，引兵退走四五里下寨，损折人马。成都王曰："敌兵甚盛，不如旋师。"卢志曰："胜负乃兵家常事，岂以一战小挫而自怯哉！且彼兵得胜必骄，骄则必败。臣有一计，明日殿下引兵攻其前，臣出奇兵抄其后，前后夹攻，管保克敌。"颖从之。是夜，志引精兵万人从小路抄孙会营后，伏于溴水之侧。

且说司马伦闻会得胜，遣人以节封会、猗、超等为大将军，赍白金二百斤，赏黄桥之功。因此会、猗、超毕持旄，军政不一，又恃胜一阵，不作准备。故成都王兵直至寨前，而会、猗之兵尚未准备。闻知，举止无措，众皆溃散。成都王挥军奋击，大破之。会等急退至溴水之上，卢志以精兵出截，两下夹攻，杀得尸如山积，血若川流，孙会等鼠窜入城去讫。成都王传檄齐王冏、河间王颙及诸侯王会得胜之兵，乘势济河。

却说朝中闻此消息，莫不欣喜。有左卫将军王舆率兵五千人入宫，三部司马为应于内，攻中书省，执孙秀出斩之。王舆率兵大开城门，纳五王及诸侯兵马入城。齐王冏带领甲士收逆王司马伦，及执其眷属党类，并孙秀三族人等俱斩于市曹。将司马伦幽于永昌宫，候旨发落。于是齐王司马冏、成都王司马颖、河间王司马颙及长沙王司马乂、新野公司马歆、匈奴左贤王刘元海、左卫将军王舆等会集群臣，备金舆玉辇，齐诣金墉城，迎接惠帝还朝复位。

是日，惠帝车驾从端门入，升殿复登大宝，乃永宁元年辛亥夏四月也。群臣顿首谢罪，惠帝悉赦之。乃宣齐王冏、成都王颖、河间王颙至前，再三慰劳曰："拨乱反正，三卿之力也。凡百官为伦所拜者皆斥免，台省府卫仅有存者。"自兵兴六十余日，战斗死者近十万人。

第四十一回　**齐王威权拒众谋**

次日，惠帝以三王有反正之功，宜加封锡。以齐王冏为大司马，加九锡，备物典策，如宣、景、文、武辅魏故事。以成都王颖为大将军，都督中外诸军事，假黄钺，录尚书事，加九锡。以河间王颙为侍中、太尉，以长沙王义为抚军大将军，以新野公歆为王。惟齐、成都、河间三王府各置掾属四十人，武护森列，文官备员而已。

新野王歆说齐王冏曰："窃见成都王兵权太重，若有变，难以制之，不如早削，免生后患。"冏曰："然，容徐图谋之。"长沙王义说成都王颖曰："齐王专政，必不容亲，不若早图，免致后悔。"颖以其言问卢志，志曰："大王径前济河，功无二，然两雄不俱立，不如因大王太妃微疾，求还定省，委政齐王，以收四海之心，待其有罪而讨之，则大功可成。"于是，颖上表称颂齐王功德，宜委以万机，乃自辞归邺。由是颖之德誉，天下皆闻。

齐王既执权，辟刘殷军咨祭酒，曹摅为记室，江统、荀晞为参军事，张翰、孙惠为掾，顾荣、王豹为主簿，何勖为中领军，董艾典枢机。又封其将佐葛旟为县公，委以心腹，号曰"五公"。

却说成都王还邺，让九锡殊礼，表论兴义功臣，乞运河北邸阁米，以赈阳翟饥民，敛祭黄桥战士，旌显其家，皆卢志之谋也。由是，士民之众皆归颖焉。

次早朝会，帝谓齐王冏曰："司马伦谋叛大逆，罪不容诛，卿可明正其罪，以彰法律，庶使臣下不敢效尤而乱朝廷。"冏曰："伦罪应赐死，陛下宜下诏，送金屑苦酒，令其自尽"于是，惠帝使王催持诏，以金屑苦酒来金墉，赐伦自死。催既奉命持诏来至金墉，入宫见司马伦曰："臣奉圣旨持金屑苦酒，请殿下自裁。圣旨紧急，望赐早决，与臣回奏，休累小臣责限不便。"伦大哭曰："孙秀误我！孙秀误我！"

连道数声，执着金屑苦酒在手，徘徊再四，流泪满面，只得一饮而尽。以巾覆面，犹曰："孙秀误我！"言讫而死。王催方始驰还京都回旨。诗曰：

赵王司马伦，奸邪素平庸。
有谋诛贾后，无义篡晋君。
不慕周公德，专凭孙秀凶。
今日金墉死，徒恨孌人终。

第四十二回　司马颖起兵讨齐王

却说齐王司马冏既得志，选举不公，任用嬖佞，忠谏者远，直谏者诛，仗义之功反成罪衅。因是中外失望，士不倾心。时齐王冏初征顾荣为大司马主簿，辟张翰为大司马东曹掾，二人皆应命而至。

史说顾荣，字彦先，吴国人也。因就职，见齐王冏擅权骄恣，恐失职祸延及己，于是终日酣醉，不综府事。因上言谏齐王司马冏曰："臣忝在治下，不敢不告。臣闻古人有言曰：'谦受益，满招损'。又曰：'汝惟不矜，天下莫与汝争能；汝惟不伐，天下莫与汝争功。'今殿下举动之间，骄恣不法，势压群下，此岂君子之盛节也？如以学业骄人欤？则仲尼曰：'如有周公之才之美，使骄且吝，其余不足观也已。'如以富贵者骄人欤？则子贡曰：'贫贱者骄人，且富贵者安敢骄人乎？'伏望殿下居廉有终，永保令誉，勿使马援之笑子阳也。"又曰："且势有时而尽，势尽则倾。如扬雄所谓'旦握兵权而为卿相，夕失势则为匹夫'者。转眼宠辱，反掌荣枯，岂不畏哉！惟殿下安分见机，平易自处，则鬼神亦将害盈而福廉矣。臣以此故不避斧钺之诛，以献逆耳之言也。"齐王怒而不纳。

顾荣忧患，来造冯熊。友人冯熊闻荣朝夕饮酒，不理政事，乃见其至，以言谏曰："兹蒙足下过爱，以献药语，切莫见怪。夫酒之为物，固可合欢，亦能丧性，故古人比之狂药，非佳味也。古今以嗜酒致祸者，往往可鉴，此刘伶荷臿自随，毕卓盗酿被缚，君子所以不取也。今足下湛于麯蘖，日夜衔杯，此非贤人君子之所好者。愿足下察其善恶，自示劝惩，勤于听事，休败骏德也！"荣答曰："子读一卷儒书，知得千古遗事，岂不识酒之为祸败德也？子知其一，不知其他。今齐王冏骄恣擅权，不久必败，败则吾在其府主事，诚恐城门失火，殃及池鱼；楚国亡猿，祸延林木。是以放性酣醉，以消忧患耳。"熊曰："既若此，吾有脱君之计，不必忧。"荣曰："何计？"熊乃近于荣耳畔，言不数句，语未一时，只见顾荣曰："妙矣！"因语毕各散。

数日，冯熊因见齐王长史葛旟曰："顾荣好酒不综府事，王府大事固非酒客所能办，君何不言之齐王，迁其外，以免误政务？"旟曰："吾正欲言，幸君先施。"因此，葛旟入府，以其事告与齐王冏，冏曰："吾重其名，以故用之。今既如此，便迁之。"因是以顾荣改授中书侍郎，顾荣用冯熊之计，出为中书侍郎。在职廉能，不复饮酒。葛旟因见问曰："君何前醉而后醒耶？"荣恐事觉，怕齐王疑诈以罪，又复更饮。因与州里杨彦明曰："吾为齐王主簿，恒虑祸及，见刃与绳，每欲自杀，但人不知耳。"

史说张翰，字季鹰，乃吴下人也。见齐王司马冏专制骄奢，任用小人，故与同郡顾荣曰："久必齐王自用，不纳忠谏，为今祸败，吾欲求去，故来造谒执事，旦日定行矣。"荣见其说，执翰手，怆然曰："吾亦欲与子菜南山之菰，饮三江之水耳。"言讫，因见秋风起，乃思吴中菰莱、莼羹、鲈鱼脍，叹曰："人生贵得适志，何能羁官数千里以要名爵乎？"语毕，二人过数日相邀，命驾而归。

却说齐王司马冏宴会群臣，议军国之事。酒行三巡，董艾言于齐王曰："侍中稽绍，善于丝竹，殿下可使其为一操，以助欢乐。"齐王冏促命左右进琴，命绍品操，稽绍推而不受。冏曰："今日为欢，何故若此？"

绍进对曰："明公匡复社稷，当轨物作则，垂之于后。绍虽粗鄙，忝备常伯，腰绶冠冕，鸣玉殿首，岂可操执丝竹，以为伶人之事？若释公服，侍私宴，所不敢辞也。"由是齐王冏不敢强命其弹，只令大臣畅饮，至夜方散。

却说李庠骁勇而得众心，赵廞深忌之，欲杀而无罪。曾庠劝廞称尊号，廞乘此以庠为大逆，命斩之，以其兄李特为督将。特大怒，遂以其兵入攻，执赵廞而斩之。乃遣使诣洛阳上表，陈赵廞违诏杀耿滕之罪状，特故诛之，请以另调吏守益州。

初，梁州刺史罗尚闻廞谋反，上表称廞素非雄才，不须兵讨，败亡可待。以此朝廷不曾致讨。廞被诛，朝廷以罗尚为益州刺史。诏去讫，罗尚即以家属往任益州。李特使弟李骧以珍宝金银迎罗尚，尚受之，以骧为骑督，使人请李特二人并郡守等会筵于成都。时广汉太守辛冉入蜀，因说尚曰："李特兄弟为盗贼，后必有异，宜因此会而斩之，不然后必为患。"尚先受其赂，故不从。

第四十三回　李特造反攻巴蜀

初，朝廷以兵符至秦雍，令其召还流民，又遣御史冯该督之。李特兄李辅等始至蜀，言中国方乱，不可复还。李特然之，乃遣阎式诣罗尚，求权督流民延至秋。李特使式催尚罗，尚以其言白与冯该，许之。以玺书下益州，条列六郡流民与特总督。而李特因讨赵廞有功，该奏朝廷，欲加封赏。辛冉欲以为己功，不以实上，众咸怨之。

至是，冉等与李特兄弟构怨。当罗尚督流民七月初起行，而流民散处梁、益州间，为人佣力，闻郡州逼遣；人人愁怨。且水潦言盛，年谷未登，无以为行资，特复求停至冬而行，辛冉以健为太守，李恐以为不可。冉性贪暴，欲杀流民首领，取其资货。乃与李苾曰："罗尚设关搜索，特为流民请留，流民皆感而待之，想率归特。今不以行，久则有变，宜先讨特。"苾然之，乃曰："可出榜召募能杀特兄弟者以重赏，必有人执来诛之。"于是辛冉写榜，使人各处分挂。李特密知，使人私取以归，与弟李骧改之为募六郡豪杰，如能得流民一首者，赏帛百匹。于是流民大惧，皆归特，旬日间至二万人。特复遣式去求罗尚申期，尚许之。式还谓特曰："罗尚威刑不立，冉等各拥强兵，与我等不睦，必怀害我之心。一旦为变，非尚所能制，宜为自备。"

特从之，与弟李骧以兵分二营，缮甲治兵，以待冉等至。

时冉闻李特分兵以备，乃与李苾率步骑二万至夜来袭李特营。特放炮，发二营伏兵出击之，冉、芯之军死者甚众。于是，流民推特行镇北大将军事，承制封拜，李流及兄弟李辅并弟李骧皆号将军，攻冉于广汉。

次日，辛冉以兵出城，大骂流贼焉敢谋反！李特大怒，骂曰："吾尽忠于国，汝何无故加兵夜攻?"于是两下各拍马持刀掩杀，不十合，冉大败而逃奔德阳城。李特引兵入据广汉郡。居数日，进兵攻成都，与蜀民约法三章，施舍赈贷，上下无滞，军政肃然，蜀民大悦。

却说辛冉与李苾大败，来见罗尚曰："使君以李特兄弟为心腹，今日如何?"尚曰："特本无反意，因卿等促劫流民，催其为乱。事既成，宜火速攻讨，一面使人求救于梁州及南蛮校尉。"冉曰："然。"于是，罗尚自将兵围郫水，作营连延七百里，与特相拒。

太安元年夏，河间王司马颙闻流民李特兄弟为乱，即遣督护卫博前来讨特。卫博以军至梓潼，李特探知，使其子李荡以兵五千来迎，两军皆遇于德阳。次日，两下结阵交战，李荡出马与卫博交锋，未三合，博败走，其众悉降。李特乃自称为大将军、益州牧，招军以攻罗尚。

却说齐王司马冏久欲专政，以惠帝子孙俱尽，大将军颖有次立之势。清河王司马覃，武帝孙也，年方八岁。冏乃上表，请立为皇太子。惠帝从之。以齐王冏为太师，东海王越为司空，尽领中书监。至八周，闻蜀李特谋反，复以张微为广汉太守，令其起兵讨特。张微既受诏，即以军至德阳，抄小径来攻李特大营。被李荡闻知，以兵塞截中隘,张微兵不得出,尽被李兵上山以木石滚下,微兵皆死之;李特使李骧进兵攻成都之北,又使李流进兵攻成都之南,约会合兵共击罗尚。时罗尚闻张微被陷,令辛冉率精兵二万人前来攻李骧。时骧前驱已到成都之北,辛冉即以兵迎战,与李骧交锋,连战十数合,胜负未分。正战间,忽东南征尘起处,一彪人马飞至。冉回头视,旗上写得分明,乃李流之兵,急欲以兵拒敌。前兵已至。骧见流兵到,大驱兵众来战。两下夹攻,冉支驾不住,拨马自逃,余兵尽被杀死,得遁还者什一二耳。因此骧、流攻成都。时十二月,齐王冏骄奢擅权,起府第与西宫等,中外失望。侍中稽绍上疏曰:

存不忘亡,《易》以善戒也。臣愿陛下无忘金墉,大司马无忘颍上,大将军无忘黄桥,则祸乱之萌无由而兆矣。

惠帝勿能用。齐王耽于宴乐,不入朝见,坐拜百官,符敕三台,选举不均,嬖宠用事。南阳处士郑方上书谏曰:

大王安不虑危,宴乐过度,一失也;宗室骨肉,互相疑贰,二失也;蛮夷不静,不以为意,三失也;百姓困穷,不闻谋救,四失也;义兵有功,久未论赏,五失也。有此五失,若不早救,诚恐家国难保厥终矣!

齐王冏不能用之。孙惠亦上书曰:

天下有五难、四不可,明公皆居之。冒犯锋刃,一难也。聚致英豪,二难也;与将士均劳苦,三难也;以弱胜强,四难也;兴复皇业,五难也;大名不可久荷,大功不可久任,大权不可久执,大威不可久居。大王行其难而不以为难,处其不可而谓之可,惠窃所不安也。殿下宜思功成身退之道,委重二王,长揖归藩,则太伯子臧不得专美于前矣。

齐王冏不能用之,孙惠辞疾而去。冏谓曹摅曰:“孙惠劝吾委权还国,何如?”摅曰:“物议太甚。大王诚能居高虑危,褰裳去之,斯善之善者也。”冏不听。王豹亦致牍于冏曰:

河间、成都、新野三王以方刚之年,并兴戎马,处要害之地,而明公挟震主之威,独据京都,专执大权,未见其福也。请悉遣王侯归国,依周、召之法,以成都王为北州伯,治邺;王为南州伯,治宛,分河为界,各统王侯,以夹辅天子可也。

时长沙王义见豹上笺,因入谓冏曰:“小子离间骨肉,何不于铜锤下打杀之?”冏乃鞭杀之。豹将死,曰:“可悬吾头大司马门,见敌兵之攻齐也。”言讫而死。

第四十四回　长沙王攻杀齐王冏

却说河间王司马颙，亦恨齐王司马冏久专大权，威势震主，欲举兵攻之，恐力不足。当长史李含说之曰："成都王至亲，有大功，推让远藩，甚得众心。齐王越亲而专政，朝廷侧目。今檄长沙王，使其讨齐王，齐王必诛长沙王。吾因以为齐罪而讨之，去齐立成都，除疏建亲，以安社稷，大勋也。"颙曰："然。"于是颙使人入朝，上表陈齐王冏罪恶，请长沙王义废冏，以成都王颖辅政。使人去讫，遂举兵，以李含、张方领兵趋洛阳。

十二月，表至京师，冏见大惊，忙会百官议之。尚书令王戎曰："二王兵盛，不可挡也，若以王就第，委权崇让，庶可求安。"言未毕，冏从事中郎葛旟怒曰："汉魏以来，王侯就第，宁有得保妻子者耶？可斩之。"百官震悚。戎伪药发坠厕，得免。

时李含兵屯阴盘，张方兵屯新安，使人持河间王檄与长沙王义，义即遣董艾袭之。义自将左右百余人驰入宫，闭诸门，奉迎天于，攻大司马府。齐王冏亦恃府中左右兵众出战。是日，城内大战，惠帝惊得面如土色。亲幸东门，会集御前群臣，死者相枕藉。连战三日。齐王冏与长沙王义交锋，未经一合，大败而逃，余皆溃散，冏被义执而斩之，挥兵入府，收其党，并夷其三族，令李含、张方等以兵还长安。长沙王义奉天子还宫，自势朝政。然义虽在朝廷，事无巨细，皆使人诣邺咨成都王颖。

第四十五回　罗尚以兵讨李特

二年春二月，成都李特以兵潜渡江击罗尚，水上之军皆散走，蜀中太守以小城降，李特入据之。惟取马以供军食，无侵掠百姓，赦境内，自号建初元年。蜀人见两下交兵，恐兵入扰乱乡村，咸相聚为坞以保二境。因见李特杀马为食及赦境，不干于民，诸坞皆送牛酒款待李特。特恐粮食不敷，分流民于诸坞就食。李流大惊，急入谓特曰："诸坞新附，宜委其大姓子弟聚兵自守，以备不虞，何故散兵就食于坞耶？"特怒曰："大事已定，但当安民，何为更加疑忌，使之离叛乎？"时朝廷已知李特占去州郡，遣荆州刺史宗岱等率水军三万来救。罗尚军势稍盛。况诸坞闻尚军益振，皆有二志。参军任叡献计于尚曰："李特散众就食诸坞，骄怠无备，此天亡之时也。宜遣人密约诸坞，刻期同发，内外击之，破之必矣。"尚从之，使人说诸坞，诸坞大姓皆愿应之。

罗尚至二月始发兵三万来攻特营，李特急召诸坞。诸坞起兵反应罗尚，共击李特，特兵大败五十里。罗尚自引五千人马出益州来迎敌军，李特先自怯战。又值初春，阴云布合，雪花乱飞，军马皆冒风雪。罗尚骤马提刀出阵，与李特打话。特曰："汝何人，到此如何不降？"尚大怒，纵马向前。李特挺枪来迎，两骑相交。尚拨回马斜刺便走，李特赶来，转过山坡，尚回马大喝一声，舞刀直取李特。特早拦截不住，却拨回马走。尚右手倒提宝刀，左手将套索把李特拖下鞍鞒马上，擒回本阵。两军呐喊，李特军便走。尚军赶上，夺得百十匹马，其余走脱。尚叫休赶，绑缚特回益州，押在厅下。尚大怒，骂曰："吾待汝不薄，命汝权督流民，汝何谋叛？今日被执，有何言说？"特无言对。尚怒，命左右牵出斩之，传首洛阳。

李流、李荡、李雄收集余众，还保赤祖。李流自称为益州牧，守东营，李荡、李雄守北营。罗尚使督护何冲以兵二万来攻南北二营。李流驱流民出战，交马只三合，李流之众大败而走，何冲乘胜以军进抵成都。流入闭城自守，查点部下，李荡中矛而死，雄等皆哭伤情，要与兄荡报仇。时流虽是坚守，甚惧宗岱军至，难以拒迎，心下欲主降尚，因与李雄等商议。李雄等迭谏休降，流勿听。李雄乃诱流民曰："今李益州欲降，若降，汝等何得全生？辛冉恨汝，必被坑之。不若火速从我尽力一战，杀退罗尚等兵，可安性命。"流民踊跃答曰："生死愿从将军之命。"于是，李雄即大呼流民各执兵出城，与何冲交锋，大战十余合，遂杀退何冲诸军，连追一百余里方还。闻宗岱起兵，至半路而卒，其众无主退还。李流甚惭，因谓李雄曰："吾前日议降，今得汝杀退敌军，甚是壮健。凡日后事，可与子谋。"由是，李流奇雄之才，凡军事悉以任之。

流又说使李雄取郫城。汶山太守以军拒迎，被雄杀之。李流徙军屯郫城，蜀民皆保险结坞以防之。时南入宁州，东下荆州，先被李特劫掠，城邑皆空，野无烟火。李流之众皆饥饿无食，惟涪陵千余家，依青城山处士范长生据之，流不敢攻。平西参军徐举献计罗尚曰："某虽不才，望使君委以守汶山，邀结范长生，共讨李流，不日可平。"罗不许。举大怒，去降李流。流使举去说长生以粮应接其军，长生从之，因此李流之兵复振。

第四十六回　张昌攻杀新昌王

却说新昌王司马歆都督荆州，为政严急，失蛮夷心。因此，义阳蛮张昌聚党五千人欲为乱。会荆州以诏发武勇兵讨李流，流民惮远征，皆不欲行。诏书督逼。却说张昌初得石冰，以兵五千降，着其为前部来寇扬州。

刺史陈徽调兵出战，皆败走。于是陈徽引腹心数百逃遁，因是诸郡尽没。江州、武陵、零陵、豫章、武昌等处州郡皆为张昌所破。昌更置牧守，皆贼盗小人，专以劫掠为务。刘弘大惊，急使陶侃等领军三万去击张昌。侃引军至竟陵，驱军出战。张昌以兵拒迎，两下各自结阵。侃自将出阵前，大骂："张昌逆夷，何敢谋反？"张昌大怒，舞刀便砍。侃以枪来迎，二人在阵斗至二十余合。张昌气力不加，勒马便走。陶侃挥军追杀，杀得张昌大败，逃于下隽山。而其众悉降陶侃，惟石冰尚据临淮。

却说陶侃自幼孤贫，为郡都邮。长沙太守方嗣见而异之，命其子与结交。后举孝廉至洛阳，郎中令杨晫荐之于顾荣，侃由是知名。既克张昌，刘弘谓曰："吾昔为羊公参军，谓吾后当居其处，今观卿必继于老夫矣。"时荆州守宰多缺，弘请补选，朝廷诏许之。弘叙功铨德，随才授任，人皆服其公。当上表以皮初为襄阳太守，朝廷议以初望浅，更用弘婿夏侯陟补。弘下教曰："凡治一国，宜以一国为心，必若姻亲然后可用，则荆州十郡，安得有十女婿然后为政哉！"乃复表："姻亲旧制，不得相滥，皮初之勋，宜先酬之。"朝廷诏听之。于是，劝课农桑，宽刑省赋，公私给之，百姓爱悦。

第四十七回　**桓穆北魏并诸国**

却说北魏神元皇帝自太子沙漠汗死后，宠爱诸子，思念沙漠汗成疾，是年崩，享国共五十八年，寿一百零四岁。神元既崩，诸部大人乃立文帝少子弗政为帝。帝刑政宽简，百姓怀服，在位一年而崩。诸部大人又立神元帝少子禄官为昭帝。禄官既承大位，选日朝会诸部大人。时诸部大人毕至，俱各拜起立两边。昭帝与诸部大人议曰："我欲分国为三部，一居上谷北、濡源西，东接宇文部，我自统之；一居代郡之参合坡北，使文帝长子猗㐌统之；一居定襄之盛乐城，使文帝少子猗卢统之，其议如何？"诸部大人曰："大王所为，无可无不可也。"

于是，昭帝即降诏，封猗㐌为桓帝，封猗卢为穆帝，各授以兵五万人，命其统领诸部大人往二处去讫。

其时先是神元与晋和好，并不动刀兵。却说穆帝猗卢引所部军马出并州，迁杂胡去北，自徙都云中、五原、朔方城，其地乃是匈奴乌桓国王所统，被穆帝引众霸居之。匈奴主乌桓国王闻知，乃引所部大兵十万前来争夺。穆帝猗卢亦领军五万出迎。乌桓国王兵分两路掩至，猗卢身先出阵，来杀匈奴之兵。诸部大人见穆帝当先向前，众领军尽力击之，乌桓国王兵大败，诸部连追一百余里。乌桓国王势孤力寡，引残兵走还国。猗卢追赶至杏城之北八十里，迄长城与晋分界而回，招兵买马，积草聚粮不提。

却说桓帝猗㐌引所部五万人马渡漠北，占西路为都，分军守把险隘。其地乃是乌戈国王所统。乌戈国王闻知猗㐌占其西地，心中大怒，乃引所部人马及兵十万前来攻讨。猗笆王大惊，遂唤鲁供、余光先带一万人马守西关，临行嘱供、光曰："如十日内失之关隘，必斩你二人；十日外失了关，不干你二人事。我亲率大军随后便至也。"二人领了将令，是夜便行。鲁仁进曰："兄弟鲁供性躁，恐误大事，某当代往。"猗㐌王曰："你与我押送粮草，随后接应。"却说鲁供、余光到关上，坚守关隘，只不出战。乌戈国王选军人能言快语者来关下大骂猗㐌王，毁辱太甚。鲁供大怒，要提兵下关厮杀。余光谏曰："此时乌戈国王见我兵不出，故来相激，将军不可出战，待主公大队军马来时，自有主意。"因此止住。乌戈国使军人日夜轮流数番来骂，鲁供大怒，只要厮杀，被余光苦苦哀告所阻。当时已过九日了，鲁供在关上看时，乌戈军都下了马，坐在关前草地上骂。鲁供见了，即备马点起五千兵马，开关杀将下来。余光闻知，恐供有失，领兵随后接应。乌戈军弃马抛戈而走。鲁供得胜，领军赶去，余光骤马来赶，请供速回。乌戈大军杀来，鲁供抵挡不住，折军大半，杀出重围。鲁供、余光急往关上奔时，山背后两军截住，左是乌戈王，右是西水王。鲁供等见腹背受敌，不能复关，乃弃关引众而走。乌戈王等引兵随后追赶。

其时桓帝猗㐌，招集各处军马已齐，次日起行。鲁仁为前锋，军行之际，正遇鲁供、余光败回。鲁仁方知失了西关，乃下住营寨，与余光、鲁供接着。过了一日，猗㐌王大军方到，供、光前去请罪。猗㐌令扎下营寨，唤鲁供、余光问曰："与你十日限，缘何九日失了关隘？"供曰："乌戈军无般不骂，某等因见彼军懈怠，乘胜赶去，不想中贼机彀。"猗㐌曰："鲁供年幼躁暴，余光你须晓事。"光曰："我累谏不听，当日光在关东点视粮草，将及知道，小将军已自下关去了。光恐有失，因此亦引兵接应。"猗笸大怒，喝斩鲁供。一班儿诸将皆跪下告饶，猗㐌方曰："权且记罪，后有功可赎，如无功必诛。"因是鲁供伏罪而退。猗㐌次日传令，进兵直叩西关。鲁仁曰："可先下定寨栅，然后打关未迟。"

猗㐌方始教军砍伐树木，立起排栅，分作三寨。左寨鲁仁，右寨夏渊，中寨自领。

次日，西军哨马直到寨前，猗㐌并三寨大小将校起追西军哨马，未上十数里，西军全队亦到，两边各自布阵。猗㐌自出，立于门旗下，看西兵人人勇猛，个个英雄，各执长枪，排列阵脚。门旗开处，中间涌出一员大将，红袍银铠，白马大刀，生得目如傅漆，唇若涂朱，腰细膀阔，声雄力猛，乃即乌戈国王。上首乃西水国王，下首乃代山国王。见猗㐌在阵前，高声大叫曰："汝何故侵犯我之国王！此仇必与汝贼势不两立。"言讫，三人各舞大刀，杀过阵来。猗㐌欲出迎敌，背后王示出曰："割鸡焉用牛刀，大王请看小将出阵。"

王示拍马挺枪出迎，与乌戈国王两骑交锋。战不数合，示兵大败。鲁仁等杀出助战，皆敌不住，被西军混杀，却得鲁供引一军死拒定寨栅，西军方退。

猗㐌传令固守，乱动者斩。诸将告曰："西兵甚是强壮，尽使长枪。若非选择前锋以迎之，则难挡也。"猗㐌曰："战与不战皆在于我，虽有长枪，安能便刺汝等也？诸将皆坚壁观之，贼自退矣。"诸将退而言曰："主人自来征战勇敢当先，如今一败乌戈，何如此弱也？"因是各不知其主意。次早，细作报来，西关昨日又添十七个国王，来合兵七万相助乌戈，乃是羌胡部落人也。猗㐌大喜。至日脯时，细作又报入中军来，说乌戈又添十三个国王，共合兵六万相助。猗㐌在帐大笑，置酒作贺。诸将问曰："乌戈添兵，大王欢喜，何也？"猗㐌曰："待吾破了却对汝说。"诸将皆暗笑之，自此相持三个月余。

忽一日，猗㐌集诸部将佐至帐下，谓鲁仁曰："今乌戈盛兵皆在西关上，此去西陇必无准备，是贼之无谋也。卿等领二万人从北径度岭西，直入陇中截之，吾自领部佐穿西关左路，烧其粮草。夏渊引五万大军打关搦战，待其出战，却举火为号，三下进兵，可破西军矣。"

计议已定，诸将各依计而行。是夜，鲁仁、鲁供以兵二万渡岭西去了，猗㐌自领兵亦穿关左，去烧粮屯。

次日，夏渊以兵五万杀上西关。乌戈王与西水王、代山王见军至，各点起大兵出战。未及交锋，夏渊便走。乌戈国王率诸国王驱兵追赶，未上十里之程，谴兵传报猗㐌引军抄左路上关，放火烧了粮蓄。乌戈大惊，正欲回兵，又报道称说鲁仁兄弟阴入西陇，截我兵归路。乌戈慌乱，急引诸王杀还关上。将及至关，已被猗㐌横拦截住相杀，乌戈王传令，教休要恋战，退复西陇。于是，诸国王各尽力冲过西关，猗㐌与夏渊合兵后追，乌戈王大兵穿至西陇，被鲁仁以军敌住，不能前进。乌戈国王乃自引本部兵穿阴谷而逃，走还本国。西水十余国见乌戈王走了，急欲奔逃，已被截住归路。欲战时主兵甚锐，无奈只得倒戈卸甲，自缚伏道请降。猗㐌一见，教释其缚，带还大寨。猗㐌置酒款待三十余国诸王，皆以善言抚慰其心，令其各还本国，去讫。

诸将问曰:“前日乌戈王得胜,日日添兵,羌部齐集而来三十国,诸将胆颤心惊,大王反加欢喜,置酒作贺,此意何也?”猗㐌王曰:“前日乌戈添兵,兵无纪律,兵多心必不一。吾用火攻焚其粮草,食绝无依,众心必乱也。且三十余国若一一从头去征,非十年安可服也?今全集在此,一计破之,功成一旦,吾故喜也。”于是诸将曰:“大王天资高远,智量宏深,我等不及也。”猗㐌王曰:“非吾一人之力,皆赖卿等之力也。”言讫,传令班师还国。猗㐌王人物生得英杰魁梧,战马不能胜其坐,乘车驾大牛而行。

第四十八回　二王起兵攻长沙

九月，却说河间王颙初用李含计，欲俟齐王冏杀长沙王，因而讨之，遂废帝，立成都王颖，以己为相。既而不如所谋，心甚不乐。颖亦恃功骄恣奢侈，百度废弛。嫌义在内，不得逞其欲，欲与颙共攻义。卢志谏曰："明公委权辞宠，时望美矣。今且屯兵关外，公服入朝，此霸王之事也。"颖不听。参军邵续谏曰："人有兄弟如左右手。今明公欲当天下之大敌，而先废一手，可乎？"颖亦不听。使人会河间王颙，一同上表，道长沙王义论功不平，与仆射羊玄之、将军皇甫商专擅朝政，请遣义还国及诛玄之等，如不从，即举兵。使人以书来见颙，颙大喜曰："吾久欲为此矣，恨力不加。"即回书与颖，共上表后各起兵，使人去讫。于是二王同遣人上表于朝，惠帝览之，大怒，即颁诏与使回曰："颖、颙敢举兵向阙，吾当亲率六军以讨之。"因是以长沙王义为太尉，都督中外诸军事，令其点军预防守城。

却说使人回以手诏示颙，颙大怒，以张方为都督，将精兵七万人东趋洛阳。颖引军屯朝歌，以陆机为前锋都督，令粹、牵秀、石超等军二十余万向洛阳。机以羁旅事颖，一旦居诸将之右，粹等心皆不服。孙惠劝机让都督于粹，机曰："彼将谓机首鼠两端，所以速祸也。"因此不听。惠帝闻二王兵至，即召长沙王义督六军，帝自亲征，军至十三万。义使皇甫商将一万军拒张方，两军会于宜阳。

时皇甫商出阵，与张方交战十数合，商不能敌方，因此大败而走。惠帝得卫兵保走于荒山，羊玄之忧惧而卒。帝无食，投一庄安下。其庄上一太公出接入内，以酒食款待，又以粮给军饷。惠帝问其姓名，太公道："臣姓缑，祖居在此。年已六十余，无嗣，止生一女。年纪十八，能通十八般武艺，未曾许配他人。"帝悦之，命女见。缑公即唤女儿出来，山呼拜讫，帝命平身。缑氏曰："陛下在上，臣妾不敢。"帝见缑氏生得姿容妍嫩，因与缑公曰："朕自才人谢氏被贾后害后，未曾选聘。朕欲以汝女为才人，卿意云何？"缑公曰："恐不堪幸。"帝曰："朕意已悦，卿勿容辞。"于是缑公命女儿与帝侍寝，因留帝在庄歇数日。

时牵秀闻知帝在缑庄，乃引兵五千，前来围住庄院。帝大惊，缑氏曰："陛下勿惧，臣妾自能退兵。"

帝稍心安。缑氏披挂执枪，带庄客五百人，各执兵器出战。牵秀以兵排开，与缑氏交锋，军器并举，大战二十余合。缑氏容颜不变，气力愈强。牵秀恰好遮拦得住，不能取胜。二人又战数合，牵秀气力不加，拨开军器，勒转马头，望本阵便走。缑氏驱庄客一击，杀得秀兵大败而逃。

却说张方既杀败皇甫商，引兵杀入京城，纵兵大掠，城内百姓死者万计。长沙王义自宜阳战败，不知帝之下落，使人探知在缑家庄，遂引军寻至庄上。君臣相见，俱各流涕。义请帝还京，惠帝与缑氏一同回。至建春门，会司马颖遣将军傅咸助陆机攻城，正遇帝军回京，咸以兵拦住归路。长沙王义急使司马王瑚以五千精兵出突，咸举刀拍马直取王瑚。王瑚持戟来迎，两马相交，兵器并举，刀来戟拨，戟去刀拦。二人约战十合，咸被王瑚一戟刺于马下，众军踊突向前，将咸斩之。长沙王义谓瑚曰："兵贵神速，汝即以此得胜之兵去攻机，吾保圣上回宫。"瑚然之，大喊一声，乘胜杀入大营，引五千军来攻机营。机令坚壁，妄动者斩。超不听，以兵出迎，与王瑚战，被杀之。机措手不及，被王瑚以精兵一冲一突，攻入大营。机兵莫能抵敌，大败而生。赴七里涧，被瑚军赶上，又杀一阵，死者积草，涧水为之不流。

初，宦人孟玖有宠于司马颖，孟玖自恃于颖，欲用其父为邯郸令，陆机固执不许，曰："此县公府掾资，岂有黄门父居之耶？"玖深恨之。玖弟超是机小督，未战，纵兵大掠，机录其主者欲斩之。超将铁骑军入，麾而夺之，顾谓机曰："貉奴能作督不？"机司马孙拯劝机杀之，机不能用。及王瑚来攻，超不受节度，轻兵独战，败死于阵。及此孟玖疑超被机杀之，因谮于司马颖曰："陆机有二心于长沙王，宜早为之。"颖未信。牵秀、王粹等素馅事于玖，相与证之机怀二意。颖于是大怒，使秀将兵收机。

却说陆机闻牵秀至，释戎衣，着白袷，与秀相见。为笺辞颖而叹曰："华亭鹤唳可复闻乎？"牵秀遂杀之。颖令收陆云及孙拯下狱，记室王统、察克等流涕固请，颖恻然有宥云之色。

玖扶颖入内，催令杀之，夷其三族。又使狱吏究拷孙拯招二陆二心之谋。狱吏掠孙拯数百，两踝骨见，终言机冤屈。吏知拯义烈，谓曰："二陆之枉，谁不知之？君何不爱身乎！"拯仰天叹曰："陆君兄弟，世之奇才，吾蒙知爱，今既不能救其死，复忍从而诬之乎！"狱吏对玖言孙拯不肯招认二陆贰心之谋，玖等令狱吏诈为拯招之辞进颖，亦夷三族。拯门人费慈宰竞诣狱，明拯冤屈。拯譬遣之曰："吾义不负二陆，死自吾分，卿何为尔耶？"慈宰曰："君既不负二陆，仆又安可负君？"固言拯冤。玖怒，亦同杀之。天下人人皆为含冤。

十二月，长沙王义奉帝以大军过张方营时，方见帝乘舆而至，乃退其城，不敢交锋。方大败，退五十余里。众惧，欲夜遁、方急谓众曰："胜负乃兵家之常事，今虽一败，不足为虑。况善用兵者因败为成，今我更前作垒，出其不意，此奇策也。"于是，乃夜以兵渐进逼洛城七里，筑垒数重，外引廪谷以足军食而守之。意待城内粮尽，入攻之，必克洛阳也。义既得胜，以为方不足忧，及闻方垒成，遣军攻之不利。

司马颖之兵进逼京师，公私穷踧，米一石值万钱。诏命所行，一城而已。犹豫之际，骠骑主簿祖逖言计于义曰："臣有一计，可退方兵。"义曰："何计？"祖逖曰："雍州刺史刘沈忠义果毅，其兵力足制河间，宜启圣上，命沈举兵攻司马颙。颙窘急，必召张方以自救，此乃孙子围魏救赵之良策也。"义从之，即以其计奏惠帝，使人持诏令刘沈发兵，去攻河间。刘沈奉诏，合七郡之众二万余人，趋攻长安。

十二月，却说议郎周玘等起兵江东，欲讨石冰，未有主将，乃推前吴兴太守顾秘为扬州都督，传檄州郡，命杀石冰。所署将吏前侍御史贺循、庐江内史华覃，及彤阳尹葛洪、甘卓皆起兵以应顾秘，兵势大振，来攻冰。冰大惊，乃使部将黄仁以兵二万五千拒战。与周玘交锋，未三合被玘斩于马下，余兵溃走。玘以兵长进。石冰闻得黄仁被斩，乃退兵趋攻寿春。征东将军刘准闻知冰至，大惧，不知所为。广陵度支陈敏统众在寿春，谓准曰："此等小人皆不乐远戍，因朝廷逼迫成贼，为群乌合之众，其势易离，将军何必忧虑，请为公破之。"准大悦，曰："如卿所言，贼无难制，更调五千人益卿为先锋，去拒讨之。"于是，益领军五千人出拒石冰。

闰十二月，李流得疾危笃，聚诸将于府中，垂涕言曰："吾恐不久于人世。前军李雄英武，殆天所相，可共受事，汝等宜善事之。"言讫而卒。诸将营葬，遵其遗命奉李雄为主，领益州牧。李雄以其众入据郫城，屯数日，引众攻成都。罗尚闻知，即领兵出城结阵，亲与李雄对垒，两下对住阵脚。罗尚拍马向前，大骂曰："流贼，朝廷有何负汝，无故大逆！"李雄亦骂："吾父遭汝所害，誓不与你同天地，共日月！"言讫，驱兵交战，不三合，罗尚大败，即走入城。恐寡不敌众，乃与陈坚商议，领家属百余人走回许都。李雄领众入据成都。

却说罗尚被李雄杀败，逃至江阳，遣使上表，奏失益州之事。惠帝颁诏，令罗尚权统巴东、巴郡、涪陵三郡，以供军赋。尚虽得三郡，粮草不给，遣别驾李兴诣荆州刘弘借粮。弘以三万斛给之，尚赖此以存。李兴见刘弘兵盛粮多，乃言于弘曰："兴虽不才，愿留为帐下一参军，使君肯容乎？"弘夺其手版而遣曰："罗公孤军狼狈，无人戮力讨贼，安敢夺卿？火速回去！"于是，李兴满面羞惭而回，去讫。

却说流民在荆州者十余万户，羁旅贫乏，各为盗贼。弘大给其田，与之耕种。擢其贤才，随资叙用，流民遂安，不为盗矣。

却说幽州都督王濬，即王沈之子也。濬以天下方乱，欲结援夷狄，乃以一女妻务勿尘，一女妻宇文素怒延，又表以辽西郡封务勿尘，朝廷许之。于是王浚与夷狄树党而立，以观天下。

第四十九回　张方炙杀长沙王

永兴元年，是岁僭国二，却说长沙王屡破颖兵而未尝亏奉惠帝之礼，虽城中粮食日窘，士卒无有离心。张方以为洛阳未可克，欲引兵还长安，其如东海王越因妒忌长沙王执政，阴欲杀义。奈力不及，见成都、河间二王兵马围城，欲为内应杀义。闻张方欲退兵，虑事不济，潜谓殿中诸将士议曰："今成都、河间二王各以强兵外攻，非为圣上，乃恨长沙王义为政不均，故来讨之。况城中里无粮草，外无救兵，不久皆为擒矣。何不今夜卿等护我收长沙王义，则二王之兵不战而自退矣，可保国家无危。"诸将闻言从之，于是暂退。

至初更，俱集于帐下，悄地入营，将长沙王执之。次早入朝，奏曰："今成都、河间二王谋反，皆为长沙王之故，起兵至关，目今粮草日尽，救兵无望，臣等请废长沙王义为庶人，二王始肯退兵，不然社稷将危。望陛下火速降诏，以安众心。"帝曰："义忠于寡人，不有过舛，岂可废之？"越与将士皆奏曰："长沙虽无罪，宁可废一人以安社稷，不可因一人以害苍生。"帝被越并诸将士所逼，不得已下诏，免长沙王义官，令其徙居金墉城。改年永康，大赦满城百姓，命开城门放成都王颖入城。时诸将士既开城门，见外兵不盛，心甚悔之，欲更谋劫长沙王为将以拒司马颖。越闻此消息大惧，连忙遣心腹人密告知张方，使其将长沙王义谋杀之。方得此意，即令军士攻入金墉，将义缚至军前，张方命左右斩之。义曰："吾无罪。况乃金枝玉叶，谁敢杀我？"方大怒，命左右将义绑于柱上，四围以火炙杀之。方之军士见之，亦为之流涕。司马颖既入京师，朝见惠帝，自为丞相，以东海王越为尚书令，乃以颖众复还镇于邺城，遣石超率兵屯十二城门。殿中宿卫将士凡为颖所忌者，皆令杀之，悉代去宿卫之兵，以布其腹心。

第五十回　刘沈死节于长安

却说司马颙屯兵于郑邑，为东军声援，忽闻刘沈兵起，急退入长安，乃使人召张方回军。方闻知，掠洛中官私奴婢万余人而回。沈军已渡渭水，颙急领兵出城与沈交战二十余合，颙兵大败，走入长安。沈使卫博、皇甫澹以精兵五千漏夜追袭，颙兵大半入城。卫博等混战已入城门，后军未至，颙将张辅见其后军未至，急令闭城门，四下涌战。卫博、皇甫澹独力难敌，措手不及，被张辅所杀。乃领得胜之兵出城，正遇沈军来，辅勇为身先，沈军望后便退，被辅麾兵一击，杀得沈军十去其七，各自溃散。刘沈犹自死战，与张辅交锋三十余合，寡不敌众，被辅获之，余众各自逃散。

却说刘沈被辅所获，押至司马颙帐前。颙欲招其降，刘沈谓颙曰："知己之惠轻，君臣之谊重。沈不可违天子之诏，量强弱以苟全，投袂之日期之必死；菹醢之戮，其甘如荠。"颙大怒，命左右斩之。新平太守张光数为沈获计攻颙，颙使人执至，诘之曰："汝与刘沈设计攻我，今日何如？"光曰："雍州不用鄙计，故令大王得有今日。"颙壮之，乃表为右司马。

不说张光归顺于颙，且说成都王颖使张方以兵废皇后羊氏并太子司马覃于光城，因此朝野失望，民心骚动。

却说广陵度支陈敏及周圯以兵来攻石冰，兵至建康，冰犹未降，以军拒战。当日陈敏出马，与石冰相杀，二人战未十合，东北周圯一彪人马抢风杀来，正欲分兵，西南一路贺循一彪人马先至军前。冰措手不及，被陈敏冲突入阵斩之，余众尽伏地而降。于是扬、徐二州平静，周圯、贺循等皆散众还家，不言功赏，朝廷以陈敏为谨陵相。

第五十一回　成都王独执权政

却说司马颙使人上表推司马颖为皇太弟，而己为太宰，领雍州牧，惠帝下诏从之。秋七月，司马颖既为皇太弟，僭侈日甚，嬖小人用事，大失众望。东海王司马越怒之，因谓右卫将军陈彤曰："今成都王颖废皇后、太子，自为太弟，后必有废立之心，若不讨之，其谋必成矣。卿可助我一臂之力，杀此跋扈。"彤曰："殿下肯主张，臣愿效力。"于是，司马越与陈彤勒军入云龙门，奏惠帝以诏三公百僚，戒严讨颖。颖与石超闻知，奔走还邺去讫。越乃复皇后羊氏、太子司马覃监国，请帝自上鸾驾，诏集百官，皆戎装以六军起行。时稽绍随驾欲行，侍中秦准谓绍曰："今往安危不测，卿有佳马乎？"绍正色曰："臣子扈从乘舆，死生以之，要佳马何为？"言讫即行。

第五十二回　东海王奉驾讨颖

时东海王越遣人檄召四方之兵，北至安阳，众至十余万人。军未至，司马颖闻知甚忧，急会群僚问计。东安王司马繇曰："天子亲征，宜释甲缟素，出迎请罪。"颖不从，乃使石超率兵五万出城拒战。陈彤弟陈昭在颖部下，闻帝亲征，其兄为将，乃私自逃回，归降东海王越。因问邺中虚实，言邺中军闻圣上亲征，俱各离散。由是东海王越不甚设备，以为颖可必擒。大军至汤阴县，忽然石超五万兵掩至，越等措手不及，急令点军，超兵已驰突入中军，矢石如雨，众军溃散，越亦逃窜，越军大败。惠帝颊中三矢，百官侍御皆散，惟稽绍朝服登辇，以身卫帝。军人引绍欲杀，帝曰："此忠臣也，卿等勿杀。"众兵对曰："奉太弟令，惟不犯陛下一人耳，余者不留！"遂杀之。绍血溅帝衣服，帝亦坠于草中。众乱争扶，亡失六颗玉玺，急诏跟寻，无存。于是，石超奉帝车驾幸其营。帝饥饿甚，求食于下。超进米，左右进秋桃。

时颖闻超得胜，杀败东海王越，乃自领众僚佐迎帝入邺城，以酒食拜奉，改号建武元年。左右侍臣见帝龙服有血，请脱浣之。帝流涕曰："此忠臣稽侍中之血也，勿得浣也。"颖既败越，执天子在邺，不与还宫。陈彤上宫，乃集残兵回，奉太子覃守洛阳。越自以残军还东海。孙惠谓越曰："殿下今虽大败，尚可复振。"越曰："用何计？"惠曰："宜邀结藩镇，同奖王室，候再共举，可保无危。"越从之，以惠为参军记室。

第五十三回　王濬起兵讨司马颖

却说东海王越用孙惠计，遣人结连幽州都督王浚及荆州刺史及其弟东嬴公司马腾等，各起兵讨颖。二人得越檄，俱各募兵候应。先是齐王冏、成都王颖、河间王颙募兵共讨赵王伦时，王濬拥众挟两端，所部士民不得赴三王召募，颙深恨之，欲图害不克。至是又诈称诏征濬入邺，来害之。浚已料知，乃遂遣人会鲜卑段务勿尘、乌桓、羯末及荆州刺史东嬴公腾同起兵二十余万，前来讨颖。

却说颖在邺，人报王浚结连乌桓国王及鲜卑段务等起大军前来攻邺都，可作急拒敌。颖急聚文武议事，时王戎上言曰："乌桓、鲜卑不可轻敌，只宜求和?"颖问众谋士曰："战和二者孰利?"石超曰："浚等无用之辈耳，何必求和!"戎曰："将军错矣。吾观王浚任用贤才，更兼士广兵强。田、许乃智谋之士也，为之谋主；沈、逢以为忠臣也，任其军事；贡良、宋丑勇冠三军，何以为无用之人也?"石超笑曰："公知其一，未知其二。浚兵中，立法不整。田坚刚而犯上，田许贪而不治，沈已专而无谋，逢纪果而无用，其势不相容，必生内变。贡良、宋丑匹夫之勇，一战而可擒矣。其余碌碌等辈，纵有数百，何足道哉！是以知王濬无用矣。"戎默然。颖曰："皆不出石君之所料耳。"唤前后两军官听令，差前将军刘代、后将军田忠领兵五万，打吾旗号出北路防王浚。当吩咐田忠不可轻进，吾自引十万大军出城拒敌，待我杀退，方勒兵来破王浚。刘代、田忠领兵去了。

却说颖领兵离都，两军隔八十里，各深沟高垒以守之。次日，颖遣石超领兵五万去击王浚，超得令领众即行。

八月，颖恨东安王司马繇前令其迎帝请罪之言，乃命人执繇斩之。繇兄子琅邪王司马睿沉敏有度量，现为左将军，与东海参军王导善。导识量清远，以朝廷多故，每劝睿之国。及繇被杀，时睿从帝在邺，恐祸及己，自将逃归。颖先敕关津，但有贵宦过者，无得放出。睿私逃至河阳，为津吏所获。从者宋典自后来，以鞭佯拂睿而笑曰："令长官禁庶人，汝亦被拘耶?"吏被诈以为果是庶民，听其去之。于是睿与宋典以计瞒守吏，得至洛阳，迎太妃夏侯氏归国，去讫。张方勒兵复入京城，废皇后羊氏并皇太子覃而自守之。

却说惠帝在邺城以公府为宫室，一日，颖闻五部寇边，即入内伏地奏曰："今朔方匈奴之外五部数十余国，不服王化，屡屡掳掠边境，杀害军民。今有刘渊者，乃匈奴冒顿之后，汉朝之甥儿，为冠军将军。有次子刘聪，骁勇绝人，博涉经史，又善属文，能弯二百斤弓，文武皆通，现为精弩将军。此父子二人有万夫不当之勇，可封他为左贤王，令其总摄诸部，则五部不敢再犯矣。望陛下圣鉴。"帝从之。当群臣议曰："不可！彼夷狄之人，人面兽心，见利则弃君亲，临财则忘仁义。投之遐远，犹惧外侵，处于封畿，窥我中隙。昔幽后不纲，胡尘暗于戏水；襄王失御，戎马生于关洛。至于示强弱，少兵权，体兴衰，知利害，于我中华未可量也。况元海乃人杰，必致青云之上；聪以殊才，不居庸劣之下。今委之以兵,令之归国,有若策马鸿骞,乘机豹变,非为我用,乃为我患也。以臣等鄙见,实为不可。”司马颖曰:“日今东嬴公腾二子为乱,况且朝廷兵衰将老,若不重用此人去敌,谁人能讨二子耶?”惠帝曰:“卿宜从便而行,不必再议,既如此,即以刘渊为左贤王,令其统领诸部。”言讫,颖谢恩,即宣刘渊至,封为左贤王。渊即谢恩出朝。群臣曰:“乱天下者此人也!”珠帘放下,文武退班。

第五十四回　匈奴元海称汉王

史说前赵先号汉王。刘渊，字元海，乃匈奴人。名犯高祖庙讳，故称其字焉。初，汉高祖以宗女为公主，以妻冒顿，约为兄弟，故其孙子遂冒姓刘。元海父名约，为左贤王，然皆家于晋阳、汾涧之滨。妻呼延氏，无嗣，乃备牲酒至龙门祈子。嘱讫，俄而有一大鱼，头有二角，轩鬐朱须，跃鳞浮至祭所，久之乃去。巫觋皆异之，贺曰："此乃嘉祥，必生贵子。"及回，是夜梦其所见之鱼化为一人，左手把一物，大如半鸡子，光亮非常，授与呼延氏曰："此是日精，服之生贵子。"呼延氏服之，寝而告刘约。约曰："此乃吉征也。"果有孕，十三月生元海，左手文有其名，遂以名焉。幼好学，尤好《左传》《孙吴兵法》，略皆诵之，《史》《汉》诸子无不综览。尝谓同门生曰："吾辈观书传，尝鄙隋陆无武，绛灌无文。道由人弘，一物之不知者，固君子之所耻也。"于是遂学武事，妙绝于众。猿臂善射，膂力过人，仪伟，人皆敬之。

渊既为左贤王，聚集宗室饮宴。当从祖刘宣指刘渊谓众族人曰："自汉亡以来，我单于徒有虚号，无复尺土。自余王侯，降生编户。今吾众虽衰，犹不减二万，奈何敛手受杀，奄过百年？今左贤王英武超世，天苟不欲兴匈奴，必不虚生此人也。今司马氏骨肉相残，四海鼎沸，复呼韩邪之业，此其时也。"众昆侄曰："谨听约束。"于是刘宣乃相与谋，推刘渊为大单于。宣又曰："今议已定，不能归国，将若之何？"班部中转出一人，姓胡名延攸，言如瓶泻，口若悬河。言曰："某愿见皇太弟司马颖，以三寸不烂之舌，说其令大王归国如何？"宣曰："得君高论，说得还乡，大事济矣。论将安出？"

攸遂近宣附耳低言数句，宣大喜曰："妙矣！"

言讫，使攸来见皇太弟颖。颖正坐府堂，忽胡延攸至，言讫立在一边。其时正值王濬、东嬴公腾起兵攻颖，颖遣将拒战，皆败而还，延攸将此情由人说曰："今闻王濬、东嬴公腾二子在外为乱，屡次与战不利。

今左贤王祖在匈奴已故，今欲回国奔丧，命臣告知殿下，请为殿下还国，就说匈奴五部国王以兵来救国难，同讨二子，则二竖之首可指日而悬国门也。不知殿下以为如何？"颖闻其说，大悦，乃诺攸曰："就拜他左贤王为北单于，参丞相军事，你可令他速去速回，不必面君，吾自奏知。"于是攸归告刘渊。渊次日辞颖，因说颖曰："今二镇跋扈，恐非宿卫及近郡士卒所能御也。臣请还国，说五部来救国难，可克二贼。"颖曰："吾欲奉乘舆还洛阳，传檄天下以逆顺制之，何如？"渊曰："殿下武皇帝之子，有大勋于王室，恩威远著。王濬竖子，东嬴疏属，岂能与殿下争衡耶？但殿下一废邺宫，示弱于人，洛阳不可得，虽至洛阳，威权不复在殿下也。勉抚士众，靖以镇之，渊为殿下以五部可讨二人也。"颖大悦，乃拜渊为北单于，领丞相军事。

因是渊辞颖，与攸召集宗人所部即忙起行。至左城国，刘宣与众立渊为大单于，招军买马，积草聚粮，二旬之间，得胡晋之兵二十余万。当宣谓群臣曰："昔汉有天下之初，恩结于民，吾汉氏之甥，约为兄弟。今兄亡弟绍，不亦可乎！不如建号大汉，汝等以为何如?”群臣曰:“大善!”于是乃建国号曰“汉”，推左贤王为汉王，改元元熙元年，追尊汉安乐公为孝怀皇帝，设庙四时祭之。以右贤王刘宣为丞相，崔游为御史，陈元达为黄门，以族子刘曜为建武将军，招集军马，以候大举，不在话下。此五胡乱华之首也。

第五十五回　河间奉帝还洛阳

却说石超以兵来击王濬，兵至平棘，正遇濬军，两下交战二十余合，后军忽然喊起，兵众各个逃溃。超急回马，时一军抢近前来，视之，乃东嬴公腾至。超见两下夹攻，心慌不敢恋战，乃冲出垓心，退至邺城下屯住。次日，王浚与腾合军追赶，赶至邺城，两下交兵大战。是日，石超领兵出阵，王浚以乌桓遣西土大人引兵出战，与石超相斗。斗二十余合，石超抵敌不住，拨开军器，走回本阵，被乌桓王亲领大军漫山塞野，混乱杀来，杀得晋兵抛戈弃甲，大败而逃。乌桓恐诈，乃收兵回营。

是时，成都王颖见石超迎敌不住，慌走入城，令三军坚守城门，不与交战。即入见帝，同众文武商议。当司徒王戎曰："今建邺城不坚固，粮食又少，倘乌桓诸部围城，里无粮草，外无救兵，必被所困，不如乘此时胡人未逼城下，走还洛阳，调天下之兵迎敌，方退得兵。"帝曰："其计大善。"

于是，令王妃人等各出宫门，与百官开城门，望洛阳而走。其时颖等与百官五千骑保帝同奔，浚、腾暴至，众各惊慌而走。仓卒无钱，只有中黄门布被囊中，赍私钱三千，帝诏贷之，将于道中买饭食，以瓦盆至温而吃。行至先武帝之陵，帝自下犊车谒武帝陵。帝先因乱中失履赤足，乃纳从者之履着之，下拜先陵，流涕哭倒在地，百官扶起复行。

第五十六回　**张方劫驾入长安**

河间王颙闻惠帝车驾还洛阳，聚众谋士商议，将到洛阳。李含进曰："昔晋文公纳周襄王而诸侯影从，汉高帝为义帝发丧而天下归正。近白天子蒙尘，将军首兴义兵，徒以河间扰乱，未遑远赴，銮舆旋转，建都榛芜，诚因此时奉主上以从人望，大顺也；秉至公以服天下，大略也；迎主上入长安，以致英俊，大功也。四方虽有逆节，其何能焉？若不早定，使英雄生心，后虽为虑，亦已无及。"颙乃大喜，收军起程。

忽仆射荀藩自外入来，颙便请问朝廷之事若何？藩曰："殿下兴义兵以除暴乱，入朝天子，辅翼王室，此王霸之功也。以下诸将人殊志异，未必服从。今留匡弼，事势不便，惟有移驾去长安。然朝廷播越，新还旧京，远近观望，冀得安生，今复移驾，不厌众心。夫行非常之事，乃有非常之功，愿算其多者行之。"颙执其手大笑曰："此孤之本志也。"又曰："王浚在此，大臣在朝，事节若何？"藩曰："易也。以书与浚，且安其心。"大臣闻之，则曰：'洛阳无粮，欲车驾暂幸长安，转运粮食稍易，可无缺乏悬隔之忧。'大臣闻此，皆欣然也。"颙大喜曰："愿公早晚相从，有不可行者教之，自当拜谢。"

颙意决，命张方率五千骑先去，临行嘱咐其计。方答曰："臣自能之。"于是，方迎至帝前。帝问曰："卿来何方？"奏曰："臣奉河间王命，闻乌桓国王攻邺，使臣引兵五千，前来保驾，自随后引大兵来迎。"帝曰："河间王乃朕之亲，可为社稷之臣也。"言讫，保帝还洛阳宫，奔众复还，百官复集。

却说王浚与腾见颖劫帝走还洛阳，乃引众入邺，暴掠一空，复各回镇。时刘渊闻颖去邺，叹曰："不用吾言，徒自奔溃，真无才也。然吾与之有言矣，不可不救。"因此渊欲发兵攻鲜卑、乌桓，刘宣等谏曰："晋人奴隶御我，今其骨肉相残，是天弃彼而使我复呼韩邪之业也。鲜卑、乌桓，我之族类，可以为援，奈何击之？"渊曰："善。大丈夫当为汉高、魏武，呼韩邪何足效哉！"宣等稽首曰："非所及也。"自是渊发兵救颖。

第五十七回　李雄自称成都王

却说李雄自杀败罗尚之后，威名日著。雄以范长生有名德，为蜀人所重，欲迎以为君长。生不肯受。其部将杨褒等推雄为成都王，雄乃约法三章，简刑爱民，于是蜀中望风降附，成都大治，百姓安堵，国富兵强。雄既即大位，国号建兴元年，以世子李期为太子，以叔父李让为太傅，以兄李始为太保，李离为太尉，李国为太宰，以杨褒为大将军。李国、李离二人有智略，谋事必咨而行，然二人事雄弥谨矣。自此蜀地悉被李雄所据有。

十一月，张方先授颙迁都之计来洛阳，既久剽掠，百姓殆竭，军粮不敷，恐难住坐，乃集将士商议劫驾回长安，将士皆从之。于是乃引兵入，因奏曰："洛阳废弛已久，不可修葺，更兼转运粮米甚难，臣料长安地面城廓宫室、钱粮民物足备，可以幸銮舆。臣排办已定，请陛下登辇。"君臣皆惧方之势，莫敢言不可者。即日驾起，方分拨军马，尽带百官，迁都而行。帝不肯行，方命诸军以乘车入内，逼帝上车。帝垂泪从之，谓方曰："卿宜讨车载宫人宝物同行。"于是诸兵因掳掠后宫宫人为妻，分争府库，割流苏武帐为马栈，魏晋藏积珍宝，扫地无遗。张方拥帝并皇太弟颖、豫章王炽等趋长安。驾至新安，天降大雪，寒冷之甚。帝身冻，忽坠于车下，伤了右足，众军急救登辇，不胜悲惨。来到霸上，以征西府为宫权歇。

次日入长安，河间王引文武百官出廓迎接入城，以公府为朝堂，文武百官皆朝贺。帝以河间王颙为录尚书事，以张方为司隶，自此权尽归张方，自为行事。惟使仆射荀潘及司隶刘暾等在洛阳为留台，承制行事，复称永安年号，复立羊氏，号"东西台"。

第五十八回　河间王专执朝权

十二月，河间王颙自专朝政，奏帝以诏废太弟司马颖，更立豫章王炽为皇太弟。帝准奏。诏贬皇太弟颖还第，更立豫章王司马炽为皇太弟。初，惠帝兄弟二十五人，时存者唯颖、炽及吴王晏。晏才庸下，而炽冲素好学，故颙立之。诏颖还第，帝乃以颙自都督中外诸军事，以东海王司马越为太傅，与颙夹辅帝室。王戎参录朝政，王衍为左仆射，张方为参军录尚书事。又下令州郡，蠲除苛政，爱民务本，请通之后，当还东京。颙以四方乖离，祸乱不已，敌下诏和解之，冀获少安。而越上表辞太傅，不受。

却说汉王刘渊遣刘曜寇太原郡，取泫氏县。又遣乔晞寇西河，取介休。二将领命，俱各以兵一万前去取二邑。时乔晞以兵攻破介休，执介休令贾浑。晞招其降，浑不从，晞命斩之。出见浑生之妾生得美貌，逼纳为室。其妻宗氏骂晞而哭，晞又杀之。汉王刘渊大怒曰："彼乃忠臣，如何诛之？使天道有知，乔晞望其种乎！"遣人迫还晞，降秩四等，命收浑等尸葬之。

第五十九回　东海王檄讨张方

二年四月，张方复废皇后羊氏。东海中尉刘洽以张方劫迁车驾，复废皇后，心甚不平。因见东海王越曰："张方劫迁车驾，二废皇后，罪恶弥天，休道先帝之灵不可，天下人神共怒，明公如何不檄天下讨之，迎天子复回旧都，而坐视其逆耶？"越曰："恨力不及，恐难讨之。"洽曰："东平王楙现督徐州，兵精粮足，若得徐州，可为成事。今有一人姓王，名修，现为徐州长史，极能舌辩，明公召来，使其说东平王楙以徐州授明公，则大事成矣。"越从之，即使人召王修至，说与其事。修领诺，即来见东平王楙，曰："今东海王欲举义，檄山东之兵讨张方，迎天子还旧都，恨力不及，欲借大王徐州都督诸军，以率义山东，大王意下如何？"东平曰："彼既为国为民，吾安敢不从？"遂慨然从王修之说，即使人请越至，以徐州授越，楙自为兖州刺史。于是，越以司空领徐州都督，纠率义兵，共去讨张方不提。

史说范阳王司马虓，字武会。少好学驰誉，研考经史，言论清新，官拜散骑常侍。闻知惠帝被河间王颙令张方劫驾迁都长安，心甚不平。长史冯嵩知其意，因谓虓曰："今河间王司马颙使张方劫帝入长安，废成都王颖，久必篡逆。殿下若肯与令兄平昌公起义兵，保驾还洛阳，其功可比周公，勋业必成。"虓曰："吾在宗室之末，眼前无有可为者。"嵩曰："东海王司马越有英雄之志，可云命世之英，不如推东海王为盟主，聚义起兵，大事可成。"虓曰："君言正应我心。"于是，范阳王虓使人会东海王越议起义之事，越忻然从之，引兵而至。次日，虓大排筵会，平昌公司马模、长史冯嵩等刑白马祭天地，歃血而盟，推东海王越为盟主，扯起招军旗。不旬日，得兵二万人，出屯西河，商议进兵。当冯嵩言曰："今我始聚之兵，乌合之众，难以出战。今见豫州刺史刘乔部下多有精兵，可使人持节招其来降，同起义兵，方可得安。"

越曰："然！"于是使人持节来招刘乔。刘乔不受节度，反又起兵来并。使者见如此光景，急忙回报东海王越。越拜虓为都督河北诸军事、骠骑大将军，领豫州刺史，令其引众讨乔。

却说成都王颖既废，河北人多怜之。其故将公师藩等因而自称为将军，起兵赵魏，众至数万人。初，上党武乡羯人石勒有胆力，善骑射。并州大饥，东赢公执诸胡于山东卖之，以充军实。勒亦被卖与茌平人师欢为奴，欢奇其状貌而免之。勒乃与牧师汲桑结聚壮士为盗。及闻藩起兵，桑与勒帅数百骑赴之。桑始命勒以石为姓，以勒为名矣。藩既得桑、勒为副将，攻陷州郡县堡坞，无敢迎敌，又来攻邺城。东海王越与范阳王虓使部将苟晞领二万军去击藩，藩闻苟晞至，大惧，部下兵皆溃去。于是，藩不敢交锋，领其众走之。虓以军还。

东海王越大会诸将，刻日兴师。是日，诸将士毕集，筵罢，越拨调诸将，乃留琅邪王睿为平东将军，监徐州军事，守下邳。睿领命曰："请参军王导为司马，与吾同理军。"

越从之。自率甲兵三万西屯萧县，使范阳王虓自许屯于荥阳。时越承制，使人以豫州刺史刘乔为冀州刺史，使虓领豫州。刘乔以虓非天子命，亦不肯发兵。虓闻细作回报，刘乔以兵来拒命。虓大怒，即忙整点军马，大驱前进。初，虓以刘琨为司马，越以刘藩为淮北护军，刘舆为颍川太守。刘乔闻舆兄弟党越为逆，心甚恨之。于是，遣人封上见帝，道刘舆兄弟罪恶于尚书省，乃令其子刘祐以兵二万人屯于灵壁县以拒虓，自引兵来攻许城以讨舆。分拨已定，各以兵行。

却说东平王楙在兖州征求不已，郡县百姓不堪命。虓闻知，遣苟晞还兖州，徙楙于青州。晞领命来兖州，白之于楙，楙不受命，曰："吾以徐州授东海，方成大事。今日负吾，又欲易之，彼何不足耶？若要易，除非徐州还我，方让兖州。"晞见不肯，乃还之。因此楙阴使人结刘乔，合兵攻虓。时颙闻知山东兵起，心中大惧，即入朝上表奏帝曰："山东大乱，百姓不安，望陛下诏成都王复职都督河北诸军事，以镇于邺，可保山东。"帝从之，使人持诏往邺，以颖都督河北诸军事。颖得诏，复集旧将士，镇于邺城。颙已知越、虓起兵，无计可施，乃奏惠帝以诏往山东，命越、虓等各以兵就国，毋许为乱。越、虓等不从。会刘乔封上事称刘舆兄弟胁虓造逆，颙即入内奏过。

惠帝诏其令镇南将军刘弘、征东将军刘准起兵，与乔戮力先讨刘舆。又以张方为都督，率兵五万，共会许昌，诛舆兄弟。又遣人驰书使成都王颖与石超等以众拒河桥，为刘乔继援。

却说刘弘既得诏，使人遗乔及越书，使解纷释兵，各还归镇，同奖王室。乔、越皆不听。弘乃遣使入朝上表曰：

> 顷自兵戈纷乱，构于群王，翩其反而互为戎首。载籍以来，骨肉之祸，未有如今者也。万一四夷乘虚为变，此亦猛虎交斗，自效于卞庄者也。谓宜速诏超、越等，令两释猜疑，各保大局。自今有擅兴兵马者，天下共伐之。以此为示，谁敢勿从也？

帝览表犹豫。颙方拒关东，倚刘乔为助，故不纳。奏帝曰："陛下先曾有诏令越、虓各就国，尚且未听，今诏彼岂肯从？不若讨之。"帝从其奏。

却说刘乔闻朝廷遣张方以兵助己，乃集诸将士商议进兵。

长史刘荣曰："张方大兵计日将至许昌，今刘舆兄弟与范阳王在许昌五十里下寨拒方。彼谓我孤军坚壁，无敢出境，吾料其必无准备。此去不远，使君亲持甲卒五千，星夜抄小路，驰去攻许，指期得矣。彼既失穴，安能恋战，必走回镇。张方战于前，使君攻其后，不独得许，而脏亦可成擒矣。"

乔大善其计，即引五千甲卒漏夜至许昌。果无备，乔乘虚袭许破之，分军定成。使人打探回报，张方大军将至虓营，因此乔以四千甲卒挟夹攻虓营。虓闻许昌城陷，更又张方兵至，腹背受敌，恐难拒战，乃与刘舆等领兵俱奔河北。张方见虓等走，亦不赶追，乃引兵入屯于许昌，令刘乔还豫。张方行军无律，部下残掠百姓，民不堪命，众心俱离，不乐其屯。时刘弘见张方残暴，知颖等必败，乃率诸军受越节度，不听方命。

十一月，将军周权矫诏立羊后，于是，颙矫诏救留台赐死后，司隶校尉刘暾上奏固执得免。颙恨之，欲收暾，暾奔青州去讫，被颙将周权追及斩之。

第六十回　司马虓击斩石超

十二月，颖以兵据洛阳。范阳王虓与刘琨等走至冀州，竟无处安身。刘琨曰："冀州刺史温羡与某有半面之识，吾请命入说其人，以冀州让与殿下，权且屯扎，以候再举。"

虓曰："卿去宜紧慢说之，如不从，可速还，别作一计。"

于是，琨即入冀州，拜见温羡。羡见其来，握手欢若平生，胜如至亲，以酒待之，半酣，问琨何来？琨以实对说："范阳王虓兴义兵，欲清朝野，共讨张方，被刘乔乘虚攻陷许昌，无处安身，今避至此。范阳王意请足下一同举义，使其入拜，未审尊意何如？"

羡曰："张方劫驾，暴掠百姓，孰不思食其肉，何况范阳王乎？吾欲讨久矣，恨力不及。既范阳王至，吾让此州共讨跋扈。卿出去请进。"

于是，琨出邀虓入冀州，刺史温羡让位，与虓同发兵。

又使刘琨结连王浚，命浚领兵击成都王颖，取洛阳，迎回车驾。刘琨即以书见浚，浚即发兵济河至荥阳，颖使石超引兵三万拒迎。是日，石超与濬交锋，战上十余合，超兵大败。浚挥军一击，杀得超兵尸横遍野，血流成河。超势穷而入一山寨，被浚军追及斩之，以军进逼洛阳。东海王越闻王浚攻石超，乃以二万军来攻刘祐。时祐在谯县屯住，无备，被越军驰至，祐惊溃，被执而杀之。刘乔闻知其子祐被杀，引残兵逃走。东海王越引军屯阳武。王浚遣别将祈弘，将三万兵助越，自以其众来攻洛阳。

第六十一回　陶侃为将讨陈敏

却说陈敏，初以兵讨克石冰，自谓勇略无敌，遂据历阳以兵叛。吴王常侍甘卓弃官归养，敏闻卓有一女尚未许人，乃使人为媒，去说聘卓女与子陈景为妻，卓许以与成亲。于是，敏谋使卓假称皇太弟，令拜敏为扬州刺史，敏乘此发兵，使钱端以兵南略江州，使弟陈斌东略诸郡，遂据江东。以顾荣为右将军，贺循为丹阳内史，周圯为安封太守，豪杰名士咸加优礼。循佯狂得免，周圯称疾不来。敏疑诸名士不为己用，欲尽诛之。

顾荣曰："将军神武不世出，若能信任君子，散芥蒂之怀，塞谗谄之口，则上方数州传檄而定。不然，终不济也。"敏乃止。

敏既谋叛，朝廷闻知，河间王颙以张光为顺阳太守，命其率步骑三万前来讨敏，军马即日起行。刘弘亦知陈敏造反，谓江夏太守陶侃曰："今陈敏大逆，使钱端寇掠本境，众心未附，卿宜乘此时击之，不然酿成大祸。"陶侃然之，乃引兵五万出屯河口。弘又使南平太守应詹督水军二万以继之。陶侃与敏同乡。又同岁举吏，左右私谓刘弘曰："今日明公以陶侃为将讨敏，然侃与敏同乡，侃设有异志，则荆州必不保矣。"弘曰："侃之忠能，吾得之已久，必无是也。"早有人报侃，侃遣其子陶洪为质以自固。弘引为参军，资而遣还曰："匹夫之交尚不负心，况大丈夫乎！"侃见洪还，问之，洪以弘语俱白与侃。侃大悦，无生异心。陈敏闻侃以军来，乃遣陈恢引兵二万寇武昌，侃已知。时侃皆是步骑，无有战船，忽运粮船至，侃即以运粮船为战船，左右以为不可。侃曰："用官船击官贼，何为不可？"言讫，领步骑尽上运船，与恢交战。侃身先矢石，士卒争锋，于是大胜。恢军大败，死者不计其数，被侃追杀，恢等弃船而去，侃即以军前来会张光。

光初合兵，屯于长岐，时钱端兵至，张光以军来迎。两下交战十数合，钱端败走，其众尽降于光。于是张光率众还顺阳，陶侃亦还江夏，使人报知刘弘。左右或说弘曰："张光乃司马颙腹心，今宰既与东海合义，宜斩张光，以明向背也。"弘曰："宰辅得失，岂张光之罪？危人自安，君子勿为也。"乃遣人上表称张光杀败钱端之功，乞加迁擢。

第六十二回　司马颙谋杀张方

光熙元年却说东海王越初起兵时，使人说司马颙，令奉帝还洛阳，约与分陕为伯，即便回兵，颙欲从之。张方自思罪重，恐为诛首，乃谓颙曰："今大王据形胜之地，国富兵强，奉天子以号令，谁敢不从，奈何拱手受制于人？"颙乃止。及闻刘乔败，颙心大惧，欲罢兵，恐方不从，乃密召方帐下督郅辅至，诱之曰："东海王等起兵之故，非我之过，乃恨张方劫帝来长安，并废皇后太子之罪，故来讨也。今山东兵盛，难以抵敌。今东海王使人入朝上奏，道杀张方，奉驾还洛阳，即罢兵。今圣上有密诏在此，有能诛张方之首，解得山东之兵者，封万户侯。我与卿议之，杀方非卿不可也。"郅辅曰："既圣上有诏，小臣即斩之，送首前去与东海王，说其解兵。"颙曰："卿若斩得张方，退得此兵，吾保奏汝为万户侯。"郅辅从之，领其谋回。至夜领心腹五十余人入宫中，将张方杀之，取其首级，漏夜送与东海王越，请和罢兵。越不肯，遣祁弘等领军兵西迎车驾。弘引兵去讫。

却说王浚与宋胄等救洛阳，成都王颖见石超死了，去其右臂，不敢出战，乃点卫兵开西门，走奔长安，胄等人城屯扎。

第六十三回　祁弘奉驾还洛阳

却说祁弘等率群臣入内奏曰："臣等奉东海王命，引兵至此，迎请陛下车驾回洛阳旧都。"帝曰："游子思故乡，朕欲还洛久矣。卿等既来保朕，目下即行。"于是，惠帝诏集百官文武皆起行。山径又狭，不堪车驾，帝乃乘牛车而行，百官步走，跋涉艰难。当东海王越引群臣道左拜迎，帝车驾入洛阳还宫，命工修葺宫室殿宇，复太庙社稷台省。六月，立皇后羊氏，以东海王越为太傅，录尚书事，以范阳王虓为司空，命其镇邺城。帝辄与群臣论众务，讲议经籍。

晋室悠悠百二秋，何事干戈战不休？只因骨肉相残害，致使胡人窃位羞。

却说李雄占据益州，国富兵强，群臣劝进大位。于是雄即帝位，国号"大成"，追尊父李特曰景皇帝。时范长生至成都，雄感前恩，门迎执板人内，拜为丞相，尊之曰"范贤"，至是以为天地太师。时诸将恃恩互争班位，尚书令阎式请效汉晋故事，立百官制度，雄从之。

第六十四回　司马越执权秉政

自此关中皆服于越,河间王颙保长安而已。东海王赵越为太傅,颍川人庾敳为军咨祭酒,泰山人胡母辅之为从事中郎,以河南郭象为主簿,以陈留人阮修为行军参军,以阳夏人谢鲲为掾,数人皆尚虚玄,不以世故撄其心,清言放诞。越以其名重,故辟之。

八月,荆州都督新城刘弘卒。时天下大乱,弘专督江汉,威行南服,事成则曰某人之功,如败则曰老夫之罪。每有兴废手书,辄相叮咛款密,人皆感悦,争赴之。咸曰:"得刘公一纸书,胜于十部从事也。"辛冉说弘以纵横之事,弘怒斩之。至是卒,谥曰元。

第六十五回　**太弟司马炽登位**

九月，却说初祁弘入关，成都王颖自武关奔新野。会刘弘卒，司马郭嵩作乱，欲奉颖为主，不克被诛，遂奔济河收故将土，欲赴公师藩，被顿丘太守冯嵩引兵围之，执而使人送入邺，范阳王虓将颖纳之。其故将公师藩欲以兵来救，虓将苟晞领兵出袭破之，藩众大溃，只得以残骑交锋，战未三合，藩被苟晞斩之，余众尽降。晞分军戍镇，自以兵还邺。时范阳王虓已病卒，长史刘舆以颖素为邺人所附，恐其有变，伪称诏以药酒赐颖死。颖官属闻知，皆先逃散，惟卢志不去。至是，颖饮药酒而死，志流涕哭泣，收而殡之。

太傅越闻虓先卒，颖因亦死，心中大悦，乃使人召卢志为军咨祭酒，志赴领职。又将召刘舆，左右曰："舆犹腻也，近则污人。"越虽不听，使人召至，而疏淡用之。舆密视天下兵薄及仓库、牛马、器械、水陆之形，皆默识之。每越会僚佐同议是事，舆应机辨画，无不符合于理。于是越倾膝酬接，即以为左长史，军国之务，悉以委之。

十一月，太傅越意在立炽，而帝尚在，乃以金赂帝左右，以毒置饼中进上。惠帝食之，中毒而崩，时年四十八岁，在位十七年。百官举哀发丧，葬于太阳陵。

却说惠帝先为太子时，朝廷咸知帝不堪政事，武帝亦自疑焉，悉召东宫官属，使以尚书事令太子决之。帝不能对，贾妃遣左右代对，令多引古书。给事张泓曰："太子所学，圣上所知，臣代对，宜以事，断不可引书也。"妃从之。泓代对以草令，帝书之，上于武帝，武帝览之大悦，太子遂安。及居大位，政出群下，纲纪大坏，贿赂公行，忠贤路绝，谗谀得志，更相荐举，天下谓之互市焉。

却说惠帝既崩，羊后自以于大太弟炽为帝，为嫂恐不得为太后，将立清河王覃。侍中刘琨驰告太傅越。越即入宫，集百官，即使人请太弟炽入宫即位。炽固辞不受，道："清河覃本太子也，可宜立之，孤则不敢当。"当与令修肃曰："太子幼冲多疾，不堪摄政，今殿下固辞，必欲立之，若立，政出臣下，倘有异乱，殿下何安？不如因文武之心受之，则祖宗之祚可保万年矣。"炽方诺曰："卿乃吾之宋昌也。"乃即出与太傅越入宫，即皇帝大位，改元永嘉，岁在丁卯。尊羊氏为惠皇后，居弘训宫；立妃梁氏为皇后，越复为太傅，总摄朝政。

按史晋孝怀皇帝名炽，字丰度，武帝二十五子。惠帝立为太弟，因东海王司马越立之。在位六年，为汉将执归杀之，寿三十，谥怀帝。既立位，始遵旧制，于东堂听政。每至宴会，辄与群臣论众务，考经籍。黄门侍郎傅宣叹曰："今日复见武帝之世矣。"

第六十六回　五马渡江一化龙

东海王越既复为太傅，总摄朝政，恐诸王在内有异，复以司马睿为琅邪王，以司马羕为西阳王，以司马祐为汝阳王，以司马宗为南顿王，以司马纮为彭城王，诏各就国。于是，五王不敢停留，各领家眷同舟渡江归国去讫。越又恐河间王颙在外为乱，奏帝诏征颙为司徒。颙就征，入朝赴职。时南阳王司马模在许昌，闻得朝廷征虓为司徒，恐颙再预政，不利于己，即遣将王因以千人半路邀杀之。

时朝廷已知颙被模杀，以颙罪重，故不责模。时越大会谋臣，计议北藩之事。当长史刘舆曰："东燕王腾守并州，今并州饥馑，人民离散，更兼胡寇连年人寇，深为可忧。明公欲为靖天下之计，宜令一能将替镇之，不然并州非复国家有也。"越曰："谁人可去镇之？"舆曰："刘琨智勇双全，此人就镇，可寄北面之重。"于是，越即遣刘琨镇并州，以为北面之重。而进东燕王司马腾为新蔡王以镇邺。琨至上党，腾即自井陉东下。时并州饥馑，数为胡寇所侵掠，吏民万余人悉随腾就谷冀州，号为"乞活"。所余户不满二万，寇贼纵横，道路既塞。琨募兵上党，得五百人，战斗而前。至晋阳，府寺焚毁，邑野萧条，琨抚循劳徕，流民稍集，并州稍安。

第六十七回　顾荣周玘杀陈敏

晋怀皇帝永嘉元年二月。初，兹县县令刘柏根反，王浚以兵讨斩之。其长史王弥遂为盗贼，来寇青、徐，杀东莱太守，劫掠府库一空而去。

却说陈敏刑政无章，子弟凶暴，顾荣、周玘等忧之。庐江内史羊谭以陈敏为忧，遣人送书与顾荣等。其书曰：

> 陈敏盗据吴会，危如朝露。今皇舆东返，俊彦盈朝，将举六师以清建业，诸贤何颜复见中州之士耶？

顾荣素有图敏之心，及见其书，甚惭。乃密遣人报征东将军刘准，使发兵临江，愿为内应，乃剪发为信。刘准得其信息，即遣扬州刺史刘机起兵二万，前来讨敏。敏大忧，问荣。荣曰："可遣明公之弟陈昶将兵屯乌江，陈宏将兵屯牛渚而拒之。"敏从之，分兵与二弟去了。兵及行，周玘密嘱敏司马钱广曰："今立新君，贤俊满朝，故遣刘机来讨陈敏。而敏刑政无律，不久必败。若败，吾与君等皆陷，不若去邪归正，免自取臭于万年。今日敏以君与其弟昶将兵屯乌江，君可乘此杀昶，勒兵还来攻敏，共图归正。"广曰："吾亦有心，恨力未备。今既如此，吾即谨领号令。"

于是，钱广即出，与陈昶将兵起行，至夜安营，广使左右将昶杀之，因勒兵朱雀桥东屯扎。

敏闻广杀其弟，即遣甘卓以兵三千讨钱广。时顾荣与敏之弟陈宏将兵去牛渚，虑敏疑之，故即还见敏，说钱广大逆之事宜讨之。敏曰："卿当四出镇卫，岂得就我耶？"荣乃出，密来与周玘说甘卓曰："敏既常才，政令反复，其败必矣。而吾等安然受其官禄，事败之日，使函首送于洛阳，题曰'此贼臣顾荣、甘卓之首'，为万世之辱也，不若早决。"甘卓曰："君言必欲诛敏，正合我心。"于是卓称疾不行，使人迎女回家断桥，收船南岸，与周玘、顾荣、纪瞻等共攻陈敏。敏闻荣、玘、瞻、卓等变乱，即自率一万五千人来讨卓等。卓使军人隔水语众将士曰："本所以戮力陈公，正以顾丹阳、周安丰今皆异矣，汝等何为？"敏众狐疑未决，荣以白羽扇挥之曰："陈敏背反，朝廷大怒，故遣刘机讨之。旦日大军继到，我等亦奉密诏诛敏，汝等如何不去，自取灭族之患哉？"言讫，众皆溃去。敏见众离，单骑而走，被荣等驱兵追而斩之，夷其三族，使人传首京师。怀帝大悦，乃诏顾荣为侍中，纪瞻为尚书郎，太傅越辟周玘为参军。荣等至徐州，闻北方愈乱，乃逃归。

却说怀帝诏立清河王覃弟司马诠为太子，使居东宫。时怀帝亲览大政，留心庶事。太傅越不悦，奏帝故求出藩，去镇许昌。帝从之。越既出许昌，诏以南阳王模都督秦、雍军事。

第六十八回　琅邪王收用贤俊

十月，怀帝降诏，以琅邪王司马睿为安东将军，都督扬州诸军事，令其镇建业。睿受诏镇建业，以安东司马王导为谋主，令其招纳俊杰，延揽英雄，委以腹心，政事谋之。睿名誉素轻，吴人不附，居久之，士大夫莫有至者，甚患之。其时乃三月上巳，皆当祭祀鬼神。王睿自出观禊，导见之，曰："今殿下欲招贤纳士，皆不肯至。臣有一策，殿下自坐乘舆，多具威仪部从，与导骏骑并从而行，则吴士观之，道殿下爱士，则吴中豪杰皆来恐后矣。"睿从之。

出祭回来，果有高士顾荣等见之惊异，谓众说礼贤如是，相率拜于道左迎之，扶而送之。导急下马，因谓睿曰："古之王者，莫不宾礼故老，存问风俗，虚己倾心，以招俊杰。况夫下丧乱，九州分裂，大业之兴，急于得人。知此数人，皆吴之所望者，宜引之以结人心。二子若至，则士无不来至。"睿大悦，归府，乃使人造请顾荣、贺循二人。二人皆应命而至。睿拜贺循为吴国内史，顾荣为军师，兼散骑常侍，凡军府政事，皆与谋之。纪瞻为三军祭酒，卞壶为从事。

导又说琅邪王曰："谦可以接士，俭可以富国，宜以清静为政，抚绥新旧，则天下归心焉。"睿纳之，故江东百姓归心附之。睿颇好酒废事，导以为言，睿遂命酒瓶覆之，于是绝不饮酒。

史说琅邪王司马睿，字景文，宣帝之曾孙，琅邪恭王司马觐之子也。生于洛阳，有神光之异，一室尽明。及长，白毫生于目角之上，隆准龙颜，目有精耀，顾盼炜如也。年十岁为琅邪王，有令誉。侍中稽绍曰："琅邪王毛骨非常，殆非人臣之相也。"后果应稽绍之言。

五月，先，公师藩既死，其党汲桑逃还苑中，聚众声言为成都王报仇；以石勒为前驱先锋，所向辄克，遂进攻邺城。时邺中空竭，而新蔡王腾资用甚饶，性吝啬，无所赈惠。临急乃赐将士米各数升，帛各丈尺，于是人不为用。因是桑遂攻入邺，杀腾，烧宫，大掠而去。南击兖州。越闻腾被杀，乃遣将军苟晞以军三万去讨。大军行数日，到兖州，与桑交战五十余合，胜负未分。自此相持数月，大小二十余战，互有胜负，亦各安营相持。

第六十九回　**苟晞火攻汲桑众**

却说苟晞与汲桑相持数月，互有胜负。苟晞心为忧闷，夙夜无寐，思得一计，谓诸将佐曰："贼人与我相持数月，各分八垒，依林避暑，其意怠也。汝等亦宜分作八队，至夜各持火炬，烧林而攻之，则贼可破也。"众然之。是夜风清月朗，各分队伍，二更时分，晞以火炬至营垒放之。须臾，火起入垒，皆灼如同白日。汲桑之兵众十去其九，尸积肉山，血凝红土。桑单骑奔走，为晋兵所杀，石勒走奔乐平去讫。

自是苟晞威名大振，朝廷诏加苟晞都督青、兖诸军事。晞屡破强寇，雄名甚盛，善治繁剧，用法严峻。其从母依之，晞奉养甚是恭厚。其子求晞用之为将，晞不许，曰："吾不能以王法贷人，将无后悔耶！"其子固求之，晞不得已用之为督护。后果犯法应杀，从母叩头求活，晞不听，竟杖节斩之，而更素服哭之曰："杀卿者兖州刺史也，哭弟者苟道将也。因此人皆怕犯其法，各效忠心为之用也。"

时胡部大人张訇督等拥众壁于上党郡，石勒既走乐平，无处投奔，乃往上党求见张訇督请降汉。张訇督从其说，即引石勒去见汉王刘渊。渊奇其壮貌，以勒为辅汉将军、平晋王。勒大悦，志得行焉。

十一月，帝以王衍为司徒。衍既为司徒，乃思自全之计，因说太傅司马越曰："朝廷危乱，当赖方伯，宜得文武兼资以任之。今王澄、王敦二人智勇俱备，明公何不委之重任，可保国家，明公亦安也。"越从之，以王衍弟王澄为荆州都督，以王衍族弟王敦为青州刺史。二人领职临行，王衍语之曰："荆州有江汉之固，青州有负海之险。卿二人在外而吾居中，足以为三窟矣。若其有不测，可以为救耳。"澄、敦拜辞而去。王澄至镇，日夜纵酒，不理庶务，虽寇戎交警，不以为怀，民甚忧之。

史说王衍，字夷甫，乃王戎之从弟也。衍生得神清目秀，丰安端雅。尝造山涛，涛嗟叹良久。既去，目而送之曰："何物老妪生此宁馨儿？然误天下苍生者，未必非此人也。"武帝时闻其名，问戎曰："夷甫当世谁比？"戎曰："未见比，当从古人中求之。"帝因以为元城令，后人为黄门侍郎。至此太傅越秉政，以为司徒焉。

却说太傅越初与苟晞亲善，引晞升堂，结为兄弟。至是威名日盛，司马藩滔说越曰："兖州冲要，魏武因之创业，晞有大志，非纯臣也，若迁之青州，明公自牧兖州，经纬诸夏，藩卫本朝，此所谓为之未乱者也。"越以为然，乃自领兖州，改苟晞为征东大将军、青州刺史。晞虽受诏去青州，而心不悦，由是越与晞有隙。晞至青州，以严刻立威，日行斩戮，州人谓之"屠伯"。

却说王弥及其党刘灵因乱招集亡众，劫掠青、徐，众弱不能自立，恐藩众来攻，乃引兵投降于汉。刘渊以二人为左右将军。而刘灵少贫贱，力制奔牛，走及奔马，时人虽异之，莫能举也。灵抚膺叹曰："天乎，何当乱也！"及公师藩起，灵亦起，自称为将军，寇掠赵、魏，与王弥俱降汉。刘渊用以为将，亦命寇赵、魏。

第七十回　石勒以兵下赵魏

戊辰二年正月朔，日食。汉王渊遣辅汉将军石勒领兵五万下赵、魏。幽州都督王浚心甚忧之，朝廷亦知，遣使诏王浚讨之。王浚既受诏，恐力不及，即忙使人往朔方穆帝处借兵同讨。当穆帝得浚书，与诸部大人商议回书，与使人还，随即点兵起行，亦至赵郡。王浚闻朔方兵至，即忙发兵，亦至赵地。次日，忽望见尘头蔽日，军马漫山塞野而来。浚视之，乃五原穆帝之兵。浚大喜，直至中军，下道拜迎，穆帝亦下马答之。浚说前日乞师之事，帝曰："君休烦恼，吾兄弟代你雪耻。"言讫，下令安营，以酒相待。言曰："吾令将军为前部，吾自引大兵至后应。"浚曰："谨领尊命。"言讫，即辞出，收拾军马，迤逦前行。

却说石勒军至上党，忽听得豁喇炮响，阵后喊起，使高贡探之，北军杀到，当先一将，豹头环眼，燕颔虎须，乃朔方西乡人也，姓许，名诸，持刀杀来。高贡战不利，退入阵走，北将冲来。呼延攸大怒，来斗许诸。正斗之间，阵外喊声起，大军来到。攸拖画戟引兵向东走，北军两下杀来，人困马乏。又一军来当头拦路，乃王浚也。横刀跃马，截住去路。攸与浚交锋，背后张目赶上，攸冲开路，慌忙奔走。石勒引军杀至，走人上党城中。

王浚与穆帝直追至城下，高叫石勒打话。勒令坚壁四门，自上城头。王浚在马上，以鞭揖勒。勒以手答之。浚曰："近闻卿降汉掠赵，故领兵至此，若能倒戈投降，共扶晋室，不失封候之位；若复愚迷不省，打破城池，玉石俱焚，悔之晚矣。"勒曰："汝且暂退，尚容商议。"穆帝曰："限汝三日，不降以兵攻城。"言讫，退兵下寨归。石勒亦退归内，与呼延攸、高贡等议曰："不如乘其下寨未定冲出，走回至国城去。若在此，里无粮草，外无救兵，必被所擒耳。"攸等曰："即今日便行。"石勒曰："今日乃凶神之日，不可出城，待来日戌亥之时，可以上马领兵开西门走。"计议已定，各准备走路。

次日，传令约束行李器械，至夜令呼延攸为前部，自领后军，开西门大喊杀出。呼延攸当先，听得一声鼓响，一将当先拦住去路，大叫："休要走了石勒！"攸视之，乃许诸。攸与战十数合，乃冲开血路而逃。石勒亦催后军杀出，遇许诸拦路，无心恋战，冲路而去。许诸乃引兵赶杀，石勒引兵赶上王弥一处同走，又遇王浚杀一阵，冲开血路，奔走回国去讫。王浚、穆帝见勒兵去远，亦不追赶，鸣金收兵，各自安营。次日王浚以牛酒犒劳代兵，以金帛拜谢穆帝，乃引兵回国去讫。王浚亦收军还镇。

三月，太傅越奏怀帝，杀清河王覃。帝不敢阻，群臣无不嗟叹。

第七十一回　王弥集众寇洛阳

五月，汉主渊闻勒、弥败回，复遣王弥引兵二万寇洛阳。王弥得令，收集亡散，兵复大振，分遣诸将攻陷郡县，遂入许昌屯扎。却说凉州刺史张轨，乃安定乌氏人，汉赵王张耳十七世孙。闻汉王遣王弥入寇洛阳，乃使督护北宫纯将三万人入卫京师。时王弥入轩辕关，与北宫纯军会战于伊水。北宫纯败走，王弥引兵遂至洛阳。怀帝大惊，急聚文武商议。群臣皆曰："宜命司徒亲督诸军，可退弥兵。"于是怀帝以王衍为都督，督诸军出战。时王衍即出殿，点集三军。未及出城，王弥之兵攻城，放火烧建春门。北宫纯自伊水一败，乃募勇士五百人，继后突杀王弥后阵。城中王衍望见弥后军自乱，亦引军使左卫将军王秉为前锋，杀出城来。两下夹攻，弥兵大败，望风远窜。王秉以军追至七里涧，又杀了一阵。弥兵无心恋战，大败而走奔平阳，不敢归国。时北宫纯亦引兵还洛阳。汉王渊闻弥败，羞不敢归。侍中效迎，且曰："胜败乃兵家常事，卿有何耻，孤亲行将军之馆，拂席洗爵敬待，将军如何逗留？"于是王弥入见，甚惭愧。汉王渊乃拜弥为司隶校尉。

却说王衍得张轨遣督护北宫纯以兵来解洛阳之围，方杀败王弥，乃入奏朝廷，怀帝遣使持诏去西凉，封张轨为西平郡公，轨辞不受。时州郡之使无有至者，轨独贡献不绝，因是朝廷赏之。

七月，汉王渊与群僚商议迁都于蒲子城中。平阳渔人在汾水打鱼，拾得玉玺一颗，献与汉王刘渊。渊大悦，重赏渔人，以为祥瑞。乃集百官即皇帝大位，国号大汉，改元永凤元年。以其子刘聪为大将军，总领诸军，以族子刘曜为龙骧大将军，故北兵威振单于。遣石勒与刘灵寇魏、汲、顿丘三郡。石勒、刘灵率众来寇三郡，百姓望风降附者五十余垒，勒皆假垒主将军都尉印绶，检其强壮五万为军士，其老弱者安堵如故。

却说蜀成尚书令杨褒卒，成主李雄深痛惜之。杨褒好直言，成主雄初得蜀，用度不足，诸将有以金银得官者。褒谏曰："陛下设官爵，当网罗天下豪杰，何有以官卖金耶？"雄谢之，由此天下知名耳。

永嘉己巳三年正月朔，荧惑犯紫微，汉太史令宣于修之以禳变，言于汉王渊曰："今岁元口荧惑犯紫微，应不出二年，必克洛阳。今蒲子崎岖，难以久安，平阳气象方昌，请陛下徙而都之。"渊即从其请，领百官迁都平阳城。

三月，晋帝诏以山简都督荆、襄等州诸军事。简乃山涛之子也，嗜酒不恤政事。初，荆州寇盗不禁，诏起刘弘子刘璠为顺阳内史，江汉间翕然归之。简恨之，使人上表称璠深得众心，恐百姓劫以为主，为乱不浅。于是，朝廷又诏征璠为越骑校尉，南州由是遂乱，父老莫不追思刘弘。

第七十二回　何曾一日费万钱

却说太傅司马越集诸将士商议国事，当刘舆、潘滔因说越曰："散骑常侍王延、尚书何绥、太史令高堂冲并参机密，公若不早除之，后必有谋明公之心。"越曰："此数人皆无罪，何计杀之？"二人曰："若不诬之以谋反，何以诛之？"越曰："然！"于是，越引一班儿谋士并甲士三千回朝。越既入京师，中书监王敦谓所亲曰："太博越专执威权而选用，表请尚书，犹以旧制裁之，今来必有所诛。初，帝为太弟也，与缪播善。及即位，委以心膂。帝舅王延、尚书何绥、太史高堂冲等帝皆亲用之，此数人量必难保。"越及至，果遣甲士三千人入宫，执播、延、绥十余人于帝侧。帝问越何以收此数人，越答此十余人谋反，故来诛之。言讫，越命将播、延十余人付廷尉，明正其罪而杀之。帝叹息流涕而已。

绥乃何曾之孙也，初，何曾侍武帝之宴，退而谓诸子曰："主上开创大业，吾每宴见，未常闻经国远图，惟说平生常事，非贻厥孙谋之道也，及身而已，后嗣其殆乎！汝辈犹可以免。"指诸孙曰："此属必死于难。"及绥死，其兄嵩哭之曰："我祖殆圣乎？"曾日食万钱，犹云无下筋处。其子劭日食二万，绥及弟机、羡，汰侈尤甚。与人书疏，词礼简傲，王尼见绥书，常谓人曰："伯蔚居于乱世而矜豪乃尔，其能免乎！"人曰："伯蔚闻卿言，必相图害。"尼曰："伯蔚所闻我言，自己死矣。"伯蔚者，乃绥之字也。及此果死耳。

却说太尉刘寔见朝廷危乱，连年请老，朝廷不许。刘坦言古之养老，以不事为优，不以吏之为重，宜听寔所请。于是，帝下诏寔以疾就第，复以王衍为太尉。太傅越以顷来兴事多由殿省，乃奏宿卫有侯爵者皆罢。帝只得从之。于是，越更使何伦、王秉，引东海国兵数百人入宿卫，以防内变。

却说汉主刘渊又遣刘景将兵五万人，寇黎阳县。县令王堪引兵拒之，大败而逃，走奔延津。于是，景以众入城，怒百姓不开门纳其大兵，乃令诸兵将黎阳男女三万余人沉之于河，皆淹死之。汉主渊闻知，大怒曰："刘景何面目来见朕耶！且天道岂能容乎？吾所欲除者司马氏也，细民何罪而故黜之也？"由此刘景未敢归国焉。

第七十三回　石勒寇巨鹿常山

史说石勒，字世龙，其先匈奴别部老渠之胄。勒生时赤光满室，白气白天属于中庭，见者咸异之。年十四，家贫乃随邑人行贩洛阳，倚啸上东门之柱。忽司徒王衍过，见而异之，顾谓左右曰："向者胡雏吾观其有异，恐将来必为天下大患，不如杀之，免其为后乱。"言讫，驰遣人收之，石勒已去矣。使人回报已去，衍叹息良久。勒年长，壮健有胆力，雄武好骑射。里中父老相之，皆曰此子状貌奇异，志度非常，其终不可量也，因劝邑中人宜厚遇之。邑中多嗤笑，不听其说。惟邬人郭敬阳、曲宁驱以为信然并加资赡，勒欣领其惠而心感之。

尝代人力田，耳中常闻铃铎之声，以为有患，走归以告其母。母曰："汝作劳耳鸣，非不祥也。"于是勒心少安。至太安中，并州饥乱，刺史东瀛公腾恐军民生变，计执诸胡于山东发卖，以充军实。勒亦在其中，因卖与茌平人师欢家为奴。有术者谓勒曰："君鱼龙发际，上四道已成，当主大贵。"勒谢之曰："若如公言，不敢忘德。"后与诸奴力作，屡有奇异，诸奴归以告师欢，欢始奇其状貌。继闻诸奴之言，遂免其力作，不取其卖身之值，纵之使还。勒无盘缠不行，闻欢邻有为马牧之官姓率名汲桑者，勒自言能相马，桑亦奇其壮伟，厚遇之。

一日，于武安临水佣田，偶遇一队游兵经过，怪勒不避，执拥而去。正走间，草际赶起一鹿，众人撇下石勒，竞相逐鹿，勒因是走脱。俄见一老人前来谓勒曰："适间之鹿，我所为也，方脱子于难。子后有大福，宜自保重。"

勒拜而受命曰："多谢指迷。"

起视老人，不知所往。勒自是忻然自得。会公率藩起兵赵魏，汲桑与勒率数百骑赴之，为苟晞所败。后又与晞战，大败，桑走死，勒归降刘渊。渊见其奇伟，乃以为辅汉将军，数有功劳，乃令其攻巨鹿、常山二郡，始得行其志焉。

却说汉主渊大宴将士于平阳，报石勒拔魏、汲、顿丘三郡凯还，渊大喜。宣勒至，拜于殿下，问劳已毕，便令赴宴。原来勒自降后居左国，礼贤纳士，惜民养军，数四出征，无有不胜，因此汉王甚爱之。常叹曰："使吾有子如此，即死有何恨！"因以勒为辅汉将军。先引兵去伐流部，军人得胜而回；复使寇魏、汲、顿丘，又得胜而回。

当日宴罢席散，回至寨中，心怀闷悒。是夜月明，自思如此英雄，不能独占一方，今反居于人下，因放声大哭。忽一人自外入，大笑曰："世龙何故如此？今日有何不快之事？何不与我商议而自苦也。"视之，其人姓张，名宾。勒请坐，而问于勒曰："为何而至于哭？"勒曰："恨半生碌碌，恐虚度耳。"宾曰："久居人下，自不能伸丈夫之志，公何不向汉王乞兵攻巨鹿、常山，从中以成大业。"言未毕，倏有六人入曰："公等所谋吾已知之，吾六人手下有精勇百余，少助将军一马之力。"视之乃夔安、孔苌、支雄、呼延莫等。勒大喜。张宾曰："只恐汉王不肯动兵，奈何？"勒曰："吾自代他征讨，如何不肯？"商议已定，次日入见汉王，拜于阶下。渊问其故，勒曰："臣欲乞兵攻巨鹿、常山二郡，收钱粮，广土地，以报陛下知遇之恩，未审圣意若何？"汉主曰："卿肯出力，如何不从？且目今正缺粮草用度。"即以精兵三万，马千余匹，加封石勒为征东将军、并州刺史、汲郡公，命其攻巨鹿、常山二郡。勒领命谢恩而出，即领兵速行。以刁膺为股肱，及张敬、夔安、孔苌、桃豹、逯明为牙爪，并州诸胡羯多从之。

史说张宾，字孟孙，赵郡顿丘人。博涉经史，不为章句，胸次阔达，有大节大志，多智多谋，机不虚发，算无遗策。尝自谓不后子房，但不遇汉高耳。闻勒动兵攻巨鹿，因谓所亲曰："吾历观诸将，无如此胡将军者，可与共成大业。"主意已定，即佩剑诣勒军门大呼请见。勒闻知，即请人，亦未之奇也。张宾以策上勒，由是奇之，用为谋主。时勒众至十余万，集衣冠人物别为"君子营"，于是勒军大振。

次日，起行来攻巨鹿、常山二郡，刘宠闻知，引军来迎。次日，石勒引大队军马来到，刘宠引军出迎，两阵开处，石勒于阵前令众军大叫曰："何不早降？"刘宠令军士发进，两阵呐喊。这边道胜，那边夸能。支雄出马搦刘宠，决胜负，定输赢。宠当先出马，张英曰："不须主公劳力，吾自擒之。"张英出到阵前，支雄曰："汝非是敌手，只教刘宠出马。"张英大怒，挺矛直取支雄，两马相交十余合，刘宠急鸣金收军。张英曰："我正欲擒杀贼将，何故收兵？"宠曰："吾闻张宾引兵袭取城池，城中有一人姓吴名豫，乃松江人。闻得与石勒为内应，若城池不保，我等安归？不如还城会师，统军马再来迎敌。"刘宠收军回寨，勒亦不赶。长史孔苌进曰："张公已取巨鹿，彼军无战心，今夜正可劫寨。"勒然之，当夜分兵，长驱大进。刘宠军将原无纪律，加之败后四分五落，张英难支，引数十人投别处去了，刘宠与谋士许子亦走陵城去了。

石勒连夜进兵至巨鹿，时城被张宾诈称刘宠军马败回，诱开城门，接勒入城坐定，出榜安民，勒取四方之众于巨鹿，安民惜众，投者无数。巨鹿内外之士民初闻兵至，老幼皆失魂丧魄，官吏尽弃城廓逃避山林。及勒至，治军士，军士奉命，并无一人敢出掳掠者，故鸡犬果木分毫不动。民心大悦，竞送牛酒到寨劳军。勒以金帛答之，欢声遍野。其有刘宠等旧军愿从军者，并除门户；不愿为军者，赍发粮米，令自归家生理。四方之民闻勒清政，谁不仰羡？由是声势大振。勒使逯明守本郡，自领兵进取常山。太守程晟令严兴出战，交兵于枫桥，兴横刀立马于桥上。勒军望见，报到中军，勒便欲出。张宾谏曰："夫主将乃筹谋之所主，不可自出；三军之所系命，不宜轻出。愿明公重天授之资，副四海之望，无令国内上下危惧。"勒谢曰："先生之言如金玉，但恐将士不用命当先耳。"随遣王阳出马。阳骤马至桥下，正待交锋，而支雄、桃豹各从河内涉水而过，乱箭射倒岸上之军，飞身上岸。严兴望见，忙退入城。支雄、桃豹直杀至城下。王阳大兵并进，围住常山，一围三日。勒引众将到城下招谕，城上一个裨将，左手执定护心梁，右手指着城下骂。王阳在马上拈弓搭箭，道："看我射这厮左手。"一箭射去，正透手背，钉在护梁上，城上下看者无不喝采。群卒救了，进去见程晟，说城外有一人如此神箭。晟大惊，商议求和。

次日，使严兴出城来见石勒。勒延入寨中，同坐饮酒。酒酣，勒拔剑欲砍严兴所坐之席，兴惊倒在地。勒笑曰："聊作戏耳，勿惊。"问兴曰："汝主求和，欲何如也？"兴曰：

“欲与将军平分常山。”勒大怒曰：“鼠贼怎敢与吾等辈也！”兴急起，勒掷剑砍之，应手而倒，割其首，令从者提回城去。程晟料敌不过，弃城而走。勒进兵追袭，势如劈竹，生捉程晟，领众入城。

是时，石勒取得巨鹿、常山二郡三十余城，以及聚集胡羯之众来附者，共有兵三十余万，战将千余员，威声大振。石勒聚众宴会，问众将佐曰：“吾得群贤辅佐，战必胜，攻必取，又得降兵二十余万，意欲回国，其事如何？”张宾出席曰：“重寄者不归，功多者不赏。今明公威名，天下所知，不如因此自立一方，亦不逆汉主之命，结为兄弟，横行四海，谁敢不遵乎！”于是勒意乃决，与众商议进兵攻讨襄阳城。次日，石勒谓将士曰：“吾始受命于汉，安可就背？”于是使人还国报捷，请益粮兵。次日，使人入汉报捷，汉主渊大悦。又遣楚王刘聪与王弥来协助石勒去攻洛阳，命勒为前锋都督，军至壶关。壶关守将见其势大，莫敢当锋，引众退还。刘琨闻汉兵至，即发兵来救援，不克，勒兵已入关了。

群臣急奏，怀帝大惊，请太傅越来商议。越奏曰：“不须圣虑，臣等与百官遣将拒之。”于是，越即出朝入公府，遣河南内史王旷、将军施融以兵五万出拒之。时旷兵济河，欲长驱而前，融曰：“彼乘隙间出，且当阻水为固，以量形势而拒之。”旷怒曰：“胡寇入关，主上卧不安席，今委我等击之，恨不得一战擒虏，君欲阻众耶？”言讫，遂以兵逾太行山，与汉军相遇于长平。刘聪见有敌兵，乃自拍马挺枪出战，不上数合，晋兵大败，王旷等人皆死于乱军之中，贼众尽降于汉。

第七十四回　**坦延诈降败刘聪**

八月，汉刘聪之兵将至洛阳，晋将军曹武引兵拒之。刘聪自出马与武交战，未经三合，武兵大败各散。曹武弃众逃溃，乃单骑走还洛阳，汉军长驱至攻洛阳。刘聪连胜数阵，怠不设备。时弘农太守坦延以兵五千拒聪，恐寡不敌众，乃设计诈降于聪。聪以为实，至次夜以牛酒劳军，军士皆醉歇息。半夜，坦延乃使其众散往各营放火，大叫晋兵全队在此。汉军醉中，见火光冲天，各持刀自相残杀。及至天明，聪军死其大半。坦延以兵击杀，汉军大败而逃退二十里屯住，招集残军。

至十月，以其众来攻洛阳，屯军于西明门。卫将军北宫纯谓诸将士曰："敌众我寡，难于拒战。今彼远至，有劳无逸，宜乘其劳未定而击之，可以取胜。"众领诺。至夜，北宫纯亲自率勇士三千人攻汉壁。时汉兵初至，行路辛苦，闻晋兵至，皆自奔溃，不敢当锋。汉将军呼延颢连忙跨马出拒敌，被北宫纯驰至，大喝一声："休走！"抡刀当头便砍，呼延颢竟死于非命。刘聪见晋兵甚盛，乃收众屯洛水，计点诸将，始知呼延颢被杀，大司空呼延翼亦为晋兵所杀。刘聪势穷，连忙遣使回国求救兵。汉主渊欲发兵前来，当宣于修之上言曰："岁在辛未乃克洛阳，今晋气犹盛，大军不归必败，不如召还。"汉主渊曰："然！"

于是遣人乃召楚王刘聪回国。聪闻召还军，乃以众归平阳，使王弥以军出轩辕关。流民之在颍川、襄城、汝南、南阳、河南者数万家，素为居民所苦，皆杀长史以应王弥。

庚午四年，汉烈宗刘聪光兴元年正月，琅邪王司马睿以周玘有三定江南之功，拜玘为吴兴太守，玘奉命受职。汉主渊又遣曹嶷为将，寇东平、琅邪，又使刘灵寇幽州。四月，汉刘灵以二万军来寇幽州。王濬急忙点军，分二队埋伏险津两畔。灵兵直过险津，被伏兵出截。正欲交锋，浚大军又至，当三下夹攻，灵死于乱军之中，杀散余兵，俱各走还。

第七十五回　刘聪杀兄为汉王

却说汉王刘渊寝疾，以陈留王欢乐为太宰，楚王聪为大司马、大单于，并录尚书事，安昌王刘盛、安邑王刘钦、西阳王刘睿分典禁兵。聪于年少时，不好读书，惟诵《孝经》《论语》，曰："诵此能行足矣，安用多诵而不行乎？"李喜见而叹之曰："望之如可易，及至肃如严君，可谓君子矣！"

渊以其忠笃，故临终付以要任。渊既卒，众臣立太子刘和即位。和性猜忌无恩，宗正呼延攸、侍中刘乘、西昌王锐说和曰："先帝不推轻重之势，使大司马拥十万众屯于近郊，陛下便为寄坐耳，宜早为之计。"和信之，至夜召刘盛、刘钦告之。盛曰："陛下勿信谗言以疑兄弟，兄弟尚不可信，他人谁足信哉？"攸、锐闻知大怒，命左右将二人杀之，遂将兵五千攻聪于单于台。

聪听说攸、锐为乱，乃命起兵出台，与呼延攸、刘锐等交战。攸、锐等大败，走入南宫。聪前锋诸军随追入南宫，遇汉主和，大喝："休得无礼！"诸军将和杀之，入内执住呼延攸、刘锐、刘乘等，皆杀之，遂出迎大司马刘聪入内即位。北海王刘乂乃刘渊之子也，聪以位让之。刘乂涕泣固辞，聪遂即位，以义为皇太弟，领大单于，以子刘粲为河内王，都督中外诸军事，以石勒为并州刺史。又立妻呼延氏为皇后，以刘殷为太保，李弘为大鸿胪，其下群臣皆有封赠。

史说刘聪，字玄明，乃刘渊第四子也。母张氏初孕聪之时，梦日入怀，寤而告渊。渊曰："此乃吉祥也，慎之勿言。"至十五个月而生。聪年十四，究通经史，百家之言及《孙吴兵法》，无不诵之。既杀兄自立后，在位八年，改元者四。

却说皇太后单氏生得姿色绝美，聪爱其丽，故立为皇太后。每退朝幸其宫与通，后事露，被其子刘乂以为言，谓其不正可污，单氏惭愧。后人有诗叹曰：

> 堪叹胡人专恃强，杀兄自立作君王。
> 孰知七八年间事，孤子由然亦被伤。

却说氐酋蒲洪，骁勇多权略，群氐皆畏服之。汉主聪遣人拜为平远将军，不受，乃自称为秦州刺史，略阳公。史说蒲洪家池中，蒲生长五丈五节，如竹形。时人咸谓之蒲家，因为姓焉。又陇右大雨，谣曰："雨若不止，洪水必起。"因名洪。后以晋穆帝永和间，谶文有草付应王义，以孙坚背有草付字，遂改苻氏矣。

却说雍州流民，因难逃避在南阳，朝廷闻知，遣使持诏书来南阳，遣流民还乡里。流民以关中荒残，皆不愿归。荆州都督山简见流民不肯归，遣兵五千促发其还京兆。又有王如者，潜结壮士二千余人，乘简兵不备，夜袭其众，大破之。攻城镇，杀令长，聚众至四五万，自号"大将军"，使人称藩于汉。

第七十六回　猗庐大破铁弗氏

初，匈奴刘猛死，刘虎代领其众居新兴，号“铁弗氏”，与白部鲜卑皆附于汉。并州刺史刘琨将讨之，恨力不及。史说刘琨，字越石，中山魏昌人。少得俊朗之目，自负志气，有纵横之才，而颇浮夸。与范阳祖逖为友，俱以雄豪著名。永嘉元年，惠帝以为并州刺史。至是白部、铁弗为乱，意甚忧之。

却说北胡白部大人结连铁弗刘虎，共计狄兵十万人，大掠边城。刘琨闻知，白部大人并铁弗氏刘虎为乱，连兵扰境，急忙写表，令人申奏朝廷。晋怀帝闻知，发诏回并州，令刘琨随便起军征讨。琨大惊，恐寡不敌众，与王平商议。平曰：“今北魏穆帝拓跋猗庐部下雄兵百万，战将千员，与本朝和亲，不如割西河地与之，料穆帝必从，起兵前来助战，里应外合，可擒白部大人矣。”琨曰：“恐他不肯动兵。”平曰：“可使君公子前去为质，彼自肯动兵。”琨曰：“既如此，事急矣，我就作书，汝与公子导即行。”言讫，即唤刘导出曰：“今白部大人统兵犯境甚急，你可同王平去北魏处为质，借兵征讨，候杀退白部，我即将西河之地换汝而还，汝宜小心。”导垂泪与王平便行。不数日，到北五原，呈上文书，代主看讫，即留刘导，当作回书与王平回去。乃聚集文武计议，起兵五万，乃使太弟之子郁律为将，出并州助战。

却说郁律姿质雄壮，甚有威略，后号为平帝。今奉命救援，以蒋琰为参军，以江夏律为长史，以赵延为大将，总督军马，用西渠为副将，又用北将数十员，共起两部甲兵，总计十万，前往并州。起发大队人马，各依队伍，夜住晓行，所过之地，秋毫无犯。

却说白部听知平帝自引兵来，与铁弗共议分兵二路迎敌。铁弗取左路，白部取右路，共有五万军马。且说铁弗氏一军前来迎敌，为头先锋姓郎名唤，使支大戟，有万夫不当之勇。生得身长九尺，面貌丑恶，离了大寨而来拒战北兵。

却说平帝大兵已到境界，前部大将西渠、副将张疑抵前入界首，与焕军马相遇，列成阵势。张疑出马与焕交锋，战数合，疑诈败，焕随后赶来。走不数里，西渠、王兴齐出，绝其后路，疑复回，三将夹攻，生擒郎焕。解至大寨，来见平帝，平帝教斩。

却说铁弗、刘武见部将被捉，大惊，急来与白部大人商议进兵。当白部大人令金单、花奴、阿会三大人各领兵五万，分三路迎敌平帝军马。三人得令，即出营寨。金单大人领兵取左路进，花奴大人以兵取中路进，阿会大人以兵取右路进，各带五万胡兵，分路而进。

却说平帝军行五十里下寨，三路左右中各有报马报胡兵三路而来迎敌。平帝在帐中见说，唤赵延至帐前，却待吩咐，故不开言。又唤西渠至帐前吩咐，又不开言。却又唤王平、伯恭至前，吩咐曰：“今胡兵分三路而来，吾欲使赵延、西渠二人去敌，为此二人不识地理，吾不敢用。王平汝可往左路迎敌，伯恭汝可往右路迎敌，吾令赵延、西渠随后接应。汝二人今整顿了军马，来日平明进兵。”王平、伯恭听令而行。又唤张疑，吩咐你领一支军马取中路，去敌胡兵。今日整顿军马，明日平明约会左路王平、右路伯恭一齐进兵，赵延、西渠随后接应，皆听令去了。赵、西二人面有怒色，平帝曰："吾非不用汝二人，恐失锐气也。"赵延曰："倘我等识得地理如何？"平帝曰："若如此，吾用汝为大将。"

赵、西二人辞退，平帝随即唤回，吩咐曰："你二人是中年人物，休被胡兵算计，自宜小心。"

赵延二人到自己寨中，商议曰："吾二人是中年人，不用我等为先锋，却用后生，言吾二人不知路径，因此羞辱于我辈，真可气也。"西渠曰："我二人各上马亲自去探路，拿住土人，教他引路。"

赵延从其言。二人上马径取中路而来。行不数里，远远望见尘头起，二人策马上山坡看时，早见胡兵哨马数十骑来往巡哨。赵延、西渠分两路冲出去，胡兵见了，大惊而走。赵延、西渠各生擒一人回寨，问其路径。胡兵曰："前面是金单元帅大寨，正在山口寨边，东西两路却通五溪元帅花奴寨，并诸洞使阿会之寨之后。"赵、西二人听知这话，当晚点起五万精兵，教擒来二人引路。二更左右，明月当空，赵、西二人同去劫寨。来到金单寨边，已及四更，诸胡方起造饭，准备日间厮杀。赵延、西渠两路杀入，胡兵大乱。延直到中军，正遇金单，交马只一合，刺杀金单于马下，割了首级，余军溃散。赵延便分一半军与西渠，抄东路花奴寨，自领一半军投西路抄阿会寨。赵延二人却从胡兵寨后杀出，将及到寨时，天色微明。

却说西渠杀奔花奴寨，花奴已自知了，引军出寨后拒敌。只听前寨门大喊，原来王平军马已到，两下夹攻，胡兵大败。花奴冲条路走脱，背后西渠追赶不及。

却说赵延杀到阿会寨时，伯恭引军先到，内外攻击，胡兵乱窜，阿会死战得脱。白部知三路败亡，遂引本部兵迎敌。北兵四下围裹将来，左右冲突。白部铁弗又逢刘琨引大兵拦住去路，后兵赶着白部大人、铁弗、刘武，众将一涌齐上生擒，押赴大寨来见平帝，兵降者无数，平帝尽收之。命将白部大人、铁弗氏、刘武尽斩之。

次日，并州刺史刘琨一班儿将官，以牛酒粮米来北寨谢平帝，犒劳北军。平帝大悦，留坐，备酒相待，就要索西河之地。琨答曰："大王暂且引兵还国，吾写表奏过晋帝降诏，前来交割其地，必然有丹诏来封赠殿下矣。"

平帝曰："君言亦是，来日退兵还国，不可失信。"于是送刘琨还州。次日，自领众军还国，朝见穆帝去讫。刘琨归州，即时使人上表入朝，奏与晋帝，盛称拓跋助国，大破白部大人及陷铁弗、刘武之功。怀帝大悦，使人奉诏入北，进穆帝为代公，封为大单于，国割西河五县马邑、阴馆、楼烦、畴崞、陉南与北单于。穆帝大喜，置酒相待来使，就请刘导同饮。次日，各以珍宝贡贺晋帝，又使刘导与使归还并州。因此穆帝又得其地，东接代郡，西连西河朔方数千里。其时与白部争战，五县人民逃散，猗庐乃徙人十万家充之，于是大霸匈奴之地。

时北地属幽州王浚管，穆帝遣人来守代郡，王浚方知刘琨表以地割猗庐，浚由是与琨有隙，深恨之。乃以兵出拒猗庐之众，被猗庐杀败，走回幽州，不敢复出。猗庐既得志，以封邑去国悬远，民不相接，乃迁部落万余家，自云中入雁门，从琨求陉北之地，琨不能制，且欲倚之为援，以其地与之，由此猗庐益盛。琨遣使入朝，言于太傅越，请兵共讨刘聪。越忌苟晞为后患，遗书不许。

时京师饥困日甚，太傅越使人以羽檄征天下之兵入援京师。怀帝亲谓使臣曰："为我诏征诸镇，今日尚可救，后则无及矣。"使人去了，卒无至者，止有荆州都督山简遣人以兵五千入援，又被汉王如败走还。王如遂大掠沔、汉，直进逼襄阳。时怀帝大惊，急召文武商议迁都以避其难，惟王衍坚执为不可，乃令卖车牛以安众心。汉石勒以兵击并州，王如以兵寇襄阳。

十一月，太傅越见胡寇益盛，内不自安，乃戎服入内，见帝曰："今石勒以胡寇占去州郡日甚，臣请出讨石勒。"帝曰："今胡虏进逼郊畿，公岂可远去以孤根本？"越对曰："臣出而幸破贼，则国可振，犹强于坐待困穷也。"言讫，乃出率甲士四万向许昌，留何伦防察宫省，以行台自随。用王衍为军师，朝贤素望悉为佐吏，名将劲卒咸入其门。于是宫省无复守卫，饥死日甚，盗贼公行，府寺营署，并握堑自守。越既出，东屯项城，自领豫州牧。

初，李毅死，其子李钊自洛往宁州，人奉之以为主州事，遣人诣京师，求为刺史。朝廷不许，乃以王逊为宁州刺史。逊奉诏至宁州，复表以李钊为朱提太守，朝廷许之。时宁州外逼于城，内有夷寇，城邑丘墟。逊乃自恶衣疏食，招集流散，数年之间，州境复安。又诛土豪不奉法者十余家，州境大治。逊乃点所部兵三万余，出击五苓夷。五苓夷无备，被王逊入其营垒，尽灭五苓之族。因此内外震服，宁州始安。却说汉王聪自以越次而立，忌其兄恭为乱，乃密使人杀之。时单皇太后有美色，汉主聪烝焉。其子刘乂屡以为言，单氏惭恚，至是死，乂之宠由是渐衰。呼延皇后言于刘聪曰："父死子继，古今之道，太弟何为者哉？陛下百年后，粲兄弟必无种矣。"聪心然之。刘乂舅冲谓乂曰："疏不间亲，而主上有意于河内王矣，殿下何不避之？"乂曰："天下者高祖之天下，兄终弟及，何为不可。粲等既壮，犹今日也。且子弟之间亲疏距几，主上宁有此意乎？"遂不听。

五年，汉嘉平元年正月，汉曹嶷以兵五万寇青州，苟晞以六万人出拒险隘。曹嶷不能入境，乃还归汉。被晞追出赶杀，嶷大败，走回去讫。石勒寇江夏，吏民闻风皆逃，江夏遂被其陷。勒意初欲保据江汉，张宾以为不可。会军中饥死者大半，乃渡沔，寇江夏守之。

却说谯周之子居巴西，为成太守马脱所杀。其子谯登逃，请刘弘诣兵复仇。弘乃表登为梓潼内史，使其自募民兵去讨。于是谯登募巴蜀流民，得二千人，西上攻岩渠。马脱无备，被谯登陷儿获之，遂斩马脱，哭祭其父而食其肝，遂据涪城。成主李雄遣五节以兵一万来攻涪城，屡为谯登所败。至是连围三年，谯登食尽援绝，士民熏鼠食之，饿死甚众，无一人离叛者。及是成兵攻陷其城，登被成兵所获，来见成主雄。雄欲宥之，登词气不屈，遂遇害。

却说巴蜀流民在荆湘间，为土民所困苦。湘州将军冯素与蜀人汝班有隙，言于刺史苟眺，欲尽诛流民。流民大惧，四五万家一时俱反。以醴陵令杜弢为湘州刺史，以领其众以拒苟眺。

却说扬州都督周馥以洛阳孤危，表请迁都寿春。太傅越恨馥不先白己，大怒，使人召馥。馥惧不行，太傅越密使人命琅邪王睿攻之。于是睿遂引兵攻馥，馥大败而走。琅邪王遂以王敦为扬州刺史，都督征讨诸军事。

三月，苟晞恨太傅越易其镇，移檄诸州，陈越罪状。怀帝亦恶越专权违命，所留何伦等抄掠公卿，逼辱公主，密使人赐晞诏使讨之。晞由此兴兵，欲来讨越，越亦知其檄罪状。晞领兵攻越，先令骑兵收越党尚书刘曾、侍中程延斩之。越忧愤成疾，乃召集诸将士王衍等至卧所，谓曰："吾自起兵陷颍、颙至今，得卿等戮力，攻战必克，今为强汉所困，无能解救。是以忧愤成疾，量必不起。汝等各效忠义之心，毋怀懈怠之意，杀退汉兵，保辅少主。"言讫，泪下如雨，遂以后事付王衍，而次日卒。越既卒，收殓讫，众将士共推王衍为元帅。衍不敢当，奉越丧，欲还葬。何伦闻知越卒，以裴妃及世子司马毗自洛阳东走，城中之民争随之，来奔越丧。时怀帝亦知越卒，乃追贬越为县令，诏以苟晞为大将军，都督青、徐、兖、豫、荆、扬诸军事，晞得志焉。

第七十七回　勒责王衍乱天下

四月，太傅越卒，王衍保丧还国。石勒使孔苌率轻骑追至苦县东郡，将军钱端出与孔苌交战十余合，钱端被苌杀于马下。苌挥骑围而射之，十万晋兵无一免者，皆被射死。将司徒王衍并东海王棺榇皆擒执，回寨见石勒。石勒坐幕下，孔苌押王衍跪在地下。勒问衍曰："晋之国事虚实，君知可为我言之。"衍曰："城内虚实，祸败之由，计不在我，今将军大振威名，天下归心，不如乘此立尊号，三分天下，谁敢阻并？且衍少无宦情，不豫世事，未觉其困。晋国虚实，明公已知，何须问衍？"勒曰："君少壮登朝，名盖四海，身居重任，何得言无宦情，不晓动静？破坏天下，非君而有谁人？"勒意欲准其降，故谓孔苌曰："吾行天下多矣，未尝见如此之人，当可留否？"苌曰："彼乃晋之三公，必不为我尽力。"勒曰："既不可留，加以锋刃。"言讫，叫左右牵衍出斩。

衍临刑言曰："呜呼！吾曹虽不如古人，何若不祖尚虚无，戮力以匡天下，犹可不至今日矣！"勒令氐人排墙杀之。又令剖越柩，焚其尸，曰："乱天下者，此人也。吾为天下报之。"其世子毗及宗室四十八王皆死于难。惟裴妃为人所掠卖，渡江而去。初，琅邪王睿之镇建业，裴妃意也，故睿德之。及闻裴妃为人掠卖渡江，寻得厚加存抚，以其子冲继越之后。

史臣断八王曰：

昔高辛抚运，衅起参商，宗室嗣立，祸缠管、蔡。详观曩册，逖听前古，乱臣贼子，昭鉴在焉。有晋郁兴，载崇藩翰，分茅赐瑞，道光恒典，仪合式宪，礼备彝章。汝南以纯和之姿，失于无断。桂阳刁果锐之性，遂成凶狠。或位居朝右，或职参近禁，俱为女子所诒，次第受诛。虽曰自贻，良可哀也。伦实庸琐，见欺孙秀，潜构异图，煽成奸慝。乃使元良构凶酷，上宰陷诛夷，乾曜以之倾，皇纲于焉中圮，遂裂冠毁冕，幸百六之会，绾玺扬纛，窥九五之尊夫神器焉可偷安，鸿名岂容虚假。而欲托兹淫祀，享彼天年，凶暗之极，未之有也。

冏等父子倡义勤王，维鸿业于既成，拯皇舆于已坠，策勋奇绝，良足可称。然而临祸忘忧，逞心纵欲，曾不知乐不可纵，盈志难持久。笑古人之未工，忘己事已拙。向若采王豹之奇策，纳孙惠之嘉谋，高谢兖章，永表东海，虽古之伊、霍，何以加焉！长沙才力绝人，衷概迈俗，投弓掖门，落落标壮夫之气，驰车魏阙，凛凛怀烈士之风，虽复阳九数屯，在上之情无夺，抚其遗节，终始可观。颖既入总大权，出居重镇，中台藉以成务，东宫资以宅心，乃协契河间，共图进取。而颙任李含之奸诈，仗张方之凌虐，遂至灭门丧亡，长沙授首，逞其无君之志，矜其不义之强。銮驾幸巡，冀乎有征无战；乘舆西幸，非由望秩观风。若火燎原，不可扑灭，矧兹安忍，能无及乎！东海纠合同盟，创为义举，匡复之功未立，陵暴之衅已彰。罄彼车徒，固求出镇。既而帝京寡弱，狡寇凭陵，遂令神器劫迁，宗社倾覆。数十万众，并垂饵于豺狼；四十八王，咸损身于锋刃。祸难之极，振古未闻，虽及楚如，犹为幸也。

自惠皇失政，祸起萧墙，骨肉相残，黎元涂炭。胡尘惊而天地蔽，戎兵接而宫庙隳。支属肇其祸端，戎羯乘其间隙。悲夫！诗所谓"谁生厉阶，至今为梗"，其八王之谓矣。

第七十八回　石勒引兵攻襄阳

却说石勒引兵来攻襄阳，襄阳守将李德，闻知勒起军马来取襄阳，慌引军出。两军对阵，李德出马见勒曰："汝何故起兵？"张宾曰："我奉天命来诛贼也。"李德曰："汝乃胡人，与人作奴，今始得志，便来相吞。"言讫，支雄曰："环眼贼汉，何敢辱我主人！"言讫，亦挺戟骤马与其交战。两个酣战一百余合，未分胜负。李德见胡兵四面渐渐围裹将来，恐有疏失，急急鸣金收军入城。张宾分兵四面围定。德谓众曰："今胡兵围城甚急，如何是好？"众议曰："不若弃城走还洛阳，此为上策。"德曰："谁可杀开此围？"小将陈仁曰："某愿当先。"于是德令仁领兵在前，自保家眷，当夜三更乘月明，大开西门，正遇支雄，杀开血路，保着家小，走奔洛阳。石勒见李德带家小而走，命诸将休赶。

次日平明，引众入城，安民谕讫。命逯明守镇，自同诸将领兵来攻江西，江西郡守等官闻其兵威势大，不敢迎敌，各自溃逃，只有军民举众投降，是以得据江西。张宾劝勒还北，勒意欲有雄据江、汉之志；弗从。由是封张宾为参军都尉，领记室，专居中总事。

第七十九回　城陷怀帝被汉虏

却说汉主聪设朝，谓群臣曰："自辅汉将军征南，积岁不还，未知胜负如何？"群臣奏曰："前日有表来奏说大捷，连得巨鹿、常山、江西等郡，自今军屯洛阳，未曾轻进。"汉主曰："朕欲另差一将领军前去，助辅汉将军石勒攻洛阳，谁肯代朕此行？"言未毕，一人出班奏曰："小弟愿往。"

聪视之，乃其父养子刘曜也。

史说刘曜，字永明，刘元海之族子也。少无父母，刘元海养之为子。曜幼聪慧，有奇度，年八岁从元海猎于西山，遇雨止树下。迅雷震树，旁人莫不颠倒，曜神色自若不动，元海异之，曰："此吾家千里驹也。"及长，为人性磊落宏宽，与众不群，雄武过人。铁厚一寸，常以铁胎弓立射之而洞入，时人号"神射"。尤好读书，武略皆谙诵。常侮吴、邓，而自比管、毅、萧、曹，时人轻之，莫之许也。而刘聪每曰："永明乃世祖、魏武之流，何足比数公哉！"尝隐迹管涔山，以琴书为事。夜闲居，忽有二童人跪曰："管涔王使小臣奉谒赵皇帝，就献宝剑一把，与皇帝留出军用。"言讫，置于地，再拜而去。曜惊以烛照之，剑长二尺，光华非常，赤土为屑，背上有铭云"神剑御除众毒"。曜出拜谢神人，遂佩之。剑随四时而变，为五色，可以出阵，无不胜也。

当曜前去助勒，汉主聪以兵五万使耀去助石勒攻洛阳。曜既得军马，即出朝门，次日领军就行。来至南地，入见石勒。石勒闻知，出来迎接入府，置酒洗尘。及曜叙汉主差某同君共攻洛阳之事，勒大喜曰："殿下伺力，南可图矣。"言讫，又饮酒至晚，方送刘曜回营。

次日平明，勒与曜商议分作二队而行，勒自为前部，刘曜为后部，二人长驱大兵来攻洛阳城。其时乃正月，汉刘曜与石勒领大兵二十万至城下围住，晋怀帝大惊，急聚文武商议，使军民上城日夜守护。勒、曜攻打月余不下，石勒乃请始安王刘曜到营相见，以酒宴相待。礼讫，勒开言曰："今攻洛阳不下，可使人回国请添兵，再来攻之，必克。况且今缺少粮米，不如退兵，殿下可去攻三台城，某自打邯郸城，取二邑钱粮以资军急，待来年春暖，主上军至，却又复攻洛阳，殿下主意如何？"

曜曰："君言正合我心，不如分兵退攻三台、邯郸二城屯扎，此计大善。"

于是，曜即使使回国起兵。次日，拔寨起行，领军来打邯郸、三台；离城数里安营，商议攻城。

却说大单于汉主聪设朝，太保刘殷奏曰："始安王表到，奏请添兵益将，攻打洛阳，陛下圣意若何？"汉主聪问曰："谁可领兵征南？"人将呼延晏出曰："臣请行。"汉王曰："得卿引兵而行，协助二人，大功必成，朕甚悦。来日卿可点齐军马粮草，即便行，朕旦夕望汝奏捷。"于是，呼延曼领精兵二万七千人来攻洛阳，军马直至城下。闻说勒二人分兵攻三台、邯郸去了，晏即传令不必安营，限五日攻下洛阳。如不下，斩众部长，于是三军齐心攻打。

晋帝大惊，急使前将军张进急领御林军出城迎敌。张进出马，呼延晏来迎。两将于阵前斗到四五十合，不分胜负。北军曹奇忿怒，挥刀纵马直出，南军高见挺枪来迎，四员将未见输赢。晋军阵内夏洪引军冲出，北将潘仁在将台望见，忙放号炮，两边伏弩齐发，中军箭手都涌向前乱射。晋军抵挡不住，忙引兵将入城，自相践踏。呼延晏驱兵掩杀，晋军大败，走入城中，坚闭不出。

晏移军就城下寨，潘仁进曰："可拨兵去城边筑起土山，可以下视城中虚实。令军人山上放箭，守军不能抵挡，城可唾手而得也。"晏从之。于是，各寨内选生力军人，用铁锹土担就城下垒土成山，周围筑二十余里，限旬日要完成，如迟即斩。

晋军见北军垒土为山，皆要出战，被潘仁以弓弩手挡住要路，不能前进。旬日间筑成土山五十座，上立橹楼，分一半弓弩手于其上，望城中乱射。晋军大惧，皆顶遮箭牌。忽一声梆子声，矢下如雨，晋军皆蒙楮伏地，城中军人乱窜，土山上呐喊而笑，以为得计。晋侍中王俊奏帝曰："陛下可急造发石车，方可御敌。"帝令俊绘成式样，鸠工连夜造成数百乘，分布各城门内。候土山上云梯排列，弓弩手将放箭时，命军士拨动炮车，大石从车中飞出，飞击其梯。霎时间将所设云梯打得粉碎，弓弩手死者不知其数，北军号为霹雳车也。潘仁又献一计，令军人于本营内用铁锹掘地道，直透城中，名为掘子军，从之。隽见北军晏不来攻城，奏曰："北军明不能攻，臣料必穿地道而入。"帝曰："何以御之？"隽曰："绕城内可掘长堑，令百姓守之，则地道无用也。"帝依其言而行之。果然掘子军至堑边见防御甚严，只得退回，空费了许多军力，不能得入也。

自是相持一月有余，城中粮尽，百姓饿死过半。帝曰："城中粮尽，百姓皆饿死了，如之奈何？"王隽又曰："前日苟晞有表，奏请陛下迁都仓坦以避之。"怀帝曰："然！"

帝将欲徙之，众公卿犹豫不决。况城中饥困，人民相食，百官流亡者十去九。帝将行，而卫从皆散，又无车舆，乃自步出西掖门至铜驼街，为盗所掠，不得进。又度支魏浚率流民数百家保河阴之峡石，掠得谷麦甚多。见怀帝至无食，乃献供给之赀，送帝还宫。

时刘曜、王弥、石勒闻知洛阳将陷，乃会兵皆至城下安营。次日，呼延晏见各人皆至，乃集部十二万余人，飞马身先攻破平昌门，遂放火焚其府寺。司空荀藩及光禄大夫荀组皆奔轘辕去讫。次日，王弥见晏克平昌门，乃引部下兵同来攻宣阳门。时汉兵齐心并力大战，以弩箭射杀守门军士，骁勇争先，攻破宣阳门。呼延晏、王弥诸军皆入，城中大乱。

先是怀帝自知城不能守，与庚珉、王隽等于洛水备舟数只，欲走长安。俄而城陷，呼延晏至洛水，见船无数，命军士放火焚之，不留一个。当晋帝与庾珉、王晏闻北军杀入，帝走洛水，其船已被烧毁，只得走还入得宫中。北军涌入午门，帝急走华林园，欲出奔长安，被汉兵赶入追执之，押来见呼延曼。其时晏入居金鸾殿，传令鸣金收军，屯于城内。见众军押晋帝、庾珉、王隽等来，晏命左右监之。至次日，晏将后宫金宝、珠玉库藏一应收拾装载上车，传令将怀帝、大臣庾珉、王隽等尽监上车，领兵还国而去。其时洛阳只存虚城，所有怀帝及大臣、金宝尽被呼延晏搜掠而去。

先是呼延晏先入城，始安王曜并王弥、石勒兵皆未曾至。晏只有一万七千人，与晋兵交战于河南。晏连胜一十二阵，杀死晋兵三万余人。及陷城，只走了镇东将军顾荣、前太子洗马卫玠等，逃入长安，其余尽被掳向左城。

却说刘曜自西明门人，杀太子司马诠等，士民死者三万余人。遂又遣人发掘晋帝诸陵，焚其宫庙。见皇后美容，纳之为妃。石勒乃自引兵出屯许昌。

却说刘曜恨王弥不待己至，自先入洛阳，心甚怨之。当王弥闻曜至，出迎入内，说曜曰："洛阳，天下之中，山河四塞，城池宫室不假营修，殿下宜请皇上自平阳徙来都之。"曜曰："天下未定，洛阳四面受敌，何能守也？"于是不用弥策，命诸军放火焚其宫殿。弥见耀不用其策，乃骂曰："屠沽子，岂有帝王之意耶！"由是弥与曜有隙，乃自引兵东屯项关。当刘暾说弥曰："将军建不世之功，又与始安王相失，将何以自容？不如东据本州，徐观天下之势，上可以混一四海，下不失鼎峙之业。"弥遂从之。

却说左城国汉主刘聪登朝，聚集文武，正问南征之事，忽呼延晏领军还国，押晋怀帝、庾珉、王隽等入朝。拜毕，汉主刘聪大喜，就以晏为镇南大将军。晏谢恩，起立一旁。聪命押晋怀帝及大臣庚珉、王隽等至，令放其缚，赐其平身而谓曰："朕父与汝先帝有恩，故不加刃，恕汝王在余部下为臣何如？"晋帝听见，只得与臣下谢恩。汉主命有司赐房宅与住，使兵外监之，于是晋帝不得复还。聪又使使以书来南，遣始安王刘曜等以车攻长安，加曜为车骑大将军，取镇长安。曜得命，领军前去攻长安。

第八十回　石勒以军据襄国

却说石勒既屯许昌，集诸谋士商议，欲攻三台以据之。张宾急进言曰：“宾闻得地者昌，失地者亡。邯郸襄国乃赵之旧都，依山凭险，形势之国也。使君可择此二邑而都之，然后命师出之，授以奇略，推亡固存，兼弱攻强，则群凶可除，王业可图矣！”石勒谢曰：“右侯之计是也。”右侯，张宾之号也。于是石勒即从之。

司空荀藩因洛阳陷，乃逃在阳城，得汝阴太守李炬输给之，藩乃建行台于密，传檄四方，推琅邪王睿为盟主，以李炬为荥阳太守，集众以图兴复晋室不提。

却说豫章王司马瑞，乃太子司马诠之弟也。洛阳既陷，乃奔仓坦。荀晞使人迎之，奉为皇太子，置行台，徙众屯于蒙城，招集散亡将士。

却说秦王司马业，乃吴孝王司马晏之子，荀藩之甥也。年十二岁，闻荀藩在密，乃南奔至密，来见母舅荀藩。藩奉之为主，欲趋许昌。天水阎鼎聚西州士民五千于密，欲还乡里。藩见鼎有才而拥众，用鼎为豫州刺史，以安人心。周顗为参佐，同佐秦王业，欲讨群胡。

第八十一回　司马睿招百六掾

是时海内大乱，独江东地面差安，中国士民避乱者，多南渡江从之。镇东司马王导说琅邪王睿曰："今天下大乱，殿下宜招其贤俊，与之谋事，可御群凶也。"睿曰："然！"

于是从之。招纳忠贤，得掾属百余人，故时人谓之"百六掾"。刁协，字玄亮，渤海人也，少好经籍，博闻强记，琅邪王睿以为长史。卞壶，字望之，济阴人也，壶弱冠有名誉，转迁御史中丞，睿以为司马。庾亮，字元规，美姿容，善谈论，睿以为西曹掾。贺循，字彦先，会稽山阴人也，言行进止，必以礼让，睿以为安东将军。周访，字士达，汝南人也，少沉毅，谦而能让，睿以为参镇扬烈将军，与兵一千二百，令其屯于浔阳。又得陈颀、陶侃、甘卓数十人，皆相附焉。

睿既承荀藩之檄，承制署置，独江州刺史华轶及豫州刺史裴宪二人不从其命。睿大怒，使人命王敦、甘卓、周访合兵去击裴宪、华轶。宪、轶闻王敦、甘卓等来，二人乃合兵来迎。次日，两军相遇，大战三十余合，轶、宪之众大败而走。华轶被周访追及斩之，裴宪单骑逃走幽州，其从尽被王敦杀散。鸣金收军，入城屯住，遣人报知琅邪王。王得捷音大喜，以甘卓为湘州刺史，周访为浔阳太守，又以陶侃为武昌太守，命王敦总督其军。

七月，大司马王浚在幽州设坛告类，立皇太子，称受中诏承制封拜，备置百官，列置征镇，自领尚书令。告类如《泰誓》武王伐商，《王制》言天子将出，皆云类于上帝。

第八十二回　刘曜攻模入长安

却说南阳王司马模闻汉遣刘曜来寇长安,急使牙门将赵梁以二万人出戍长板,以防汉兵。梁见汉军甚盛,不敢交锋,乃以众降于曜。曜即使梁为前锋,来攻长安。司马模闻赵梁降曜,乃自以兵三万出拒潼关,与赵梁交战。模大败,走回长安。于是刘曜、刘粲与赵梁合兵长驱下邽城。

时凉州将军北宫纯见模败归,亦引凉兵降刘曜。曜以为将,共攻长安。时长安仓库虚空,士卒离散,司马模恐不能守,乃诣刘曜营投降,被粲所杀。时关西饥馑,白骨蔽野,士民存者百无一二。刘曜等克长安,使人报知汉王。聪大悦,使使以曜为雍州牧,封中山王,命其守长安。

却说南阳王模被害,世子司马保走据上邽城。都尉陈安见模遇害,乃率众人上邽而归,保遂有秦州,寻称为大司马,承制署。陇右氐羌皆来从之,保众稍振矣。

第八十三回　石勒陷蒙执苟晞

却说石勒以军来攻蒙城，时苟晞在蒙城，骄奢苛暴。前辽西太守阎亨谏曰："明公居乱世，欲效中兴，不可奢暴，使天下有归也。"晞怒命左右杀之。

时从事明预有疾，闻亨谏被杀，亦使家人乘舆自入，谏曰："闻亨所谏，乃天下之公，亦明公之福也，何以杀之，以失士望？"晞怒曰："我杀阎亨，何关汝事而竟来骂我？"预曰："明公以礼待预，故预以礼自尽。今明公怒预，其如远近怒明公何？桀为天子，以骄暴而亡，况人臣乎！愿明公且置是怒，思预之言。"晞不从。

由是众心离怨。加以疾疫饥饿；城内虚困。石勒军到攻城，将士离散，无人守把。勒军攻入城，如入虚境。石勒既入内，将苟晞、豫章王瑞皆执之。勒招晞降，晞不从。勒以铁锁锁晞颈，晞方从之，以晞为左司马。

第八十四回　石勒诱王弥杀之

却说汉大将军王弥，与石勒外相亲而内相忌。会其将徐邈叛去，弥兵渐衰，闻石勒擒苟晞，心甚恶之，佯以书贺勒，略曰：

公获苟晞而用之，何其神也。使晞为公左，弥为公右，天下不足定也。

勒见书以示张宾，曰："王公位重而言卑，其意图我，此事如何？"张宾曰："王弥与明公外亲内相忌，不若乘其小衰，诱而杀之，不然终为明公之患。"勒然之。时王弥与刘瑞相持，会徐邈叛去，弥势遂衰；屡战不利，使人请救于勒，勒未之许。张宾密谓勒曰："明公常恨不得杀王公之便，今天以王公授我矣，如何不听？"于是勒命使人还，乃自以军来救王弥。刘瑞乃撇王弥而与石勒交战，不五合，被勒斩之，以众来见王弥。弥大喜，心谓勒实亲己而不疑也，遂排宴待之。次日，石勒与张宾用计，以请王弥。弥不之疑而诣其营，勒迎饮宴，酒半酣，将弥执住。张宾使将士推出斩之，对众数王弥之罪，以并其众，尽归石勒，军威大振。

却说汉主闻石勒杀王弥及并其众，大怒，欲讨之。陈元达曰："不可！勒之杀王弥，必有他故。况此用人之际，若讨之，自必归晋，则天下何年可定？不如加其爵秩，以慰其心，让其不理，以禁后令。"聪听之，使使加勒为镇东大将军，而让勒曰："卿何专害公辅，有无君之心？"勒惭愧，上表谢罪而受爵秩。

却说苟晞欲谋叛，被石勒杀之，石勒乃引大众掠豫州诸郡，临江而还，归屯于葛陂。

初，石勒幼年未遂时，被东嬴公司马腾卖与茌平师欢为奴，遂与母相失。先是刘琨闻石勒得志，乃收其母王氏并从弟石虎在府养之。及闻勒威名日振，四方服从，乃使张儒送其母弟到葛陂来交于石勒，请其归附晋室。勒母子相见，悲喜交集，乃厚待张儒。当拆刘琨之书视之，其书曰：

将军用兵如神，所以周流天下而无容足之地者，盖得主则为义兵，附盗窃则为贼众故也。成败之数有似呼吸，吹之则寒，嘘之则温。今相授侍中领护匈奴中郎将，将军其受之。

勒读毕，谓张儒曰："你还，代拜于汝主，道我本是羯人，今仕于汉，岂敢二心！"言讫，以名马珍宝厚礼，并回书与儒，使谢刘琨而绝之。其书曰：

事功殊途，非腐儒所知。君当逞节本朝，吾自夷难为效。

琨得其书，亦不过逼。

却说石虎年十七，残忍无度，勒入内白知母王氏，欲除之。母曰："快牛为犊，多能破车。汝小忍之。"及长，弓马熟娴；英勇莫当，每屠城邑，鲜有遗类。然御众严而不烦，莫敢犯者。指授攻讨，所向无前，由是勒遂宠用之。

第八十五回　贾疋复晋取长安

却说安定太守贾疋字音龙，与冯翊太守索綝字安夷、护军麹允，尽散家财，召募义兵，谋复晋室。旬日间，募得义兵五万，来取长安。时雍州刺史麹持，闻索綝兴义兵，亦率众十万会之，同攻长安。刘曜大惊，急使刘粲以兵五万屯新丰，自以大众出黄丘，正遇索綝之军至，两下各立阵脚。晋阵麹允出马阵前大骂曰："戎犬挡吾者死，避吾者生！"恼得刘曜性发，亲自持刀拍马走出阵前，更不打话，直取麹允。二人交战十余合，不分胜败。索綝挥军夹攻，刘曜抵敌不住，拨开兵器，勒马望本阵而走。索驱军掩杀，汉兵大败，死者大半。

时刘粲在新丰，不能接应。及闻刘曜兵败，忙引兵来救，又被麹持、麹允杀败而逃，粲兵亦损去大半而还。因此义兵之势大振，关西胡晋之兵翕然响应。阎鼎在密，听知索綝等在长安谋复晋室，乃奉秦王业入关来，据长安以号令四方，共讨刘聪。其荀藩、周颢等皆山东人，不欲西行，至中途逃散。周颢逃奔江东，独鼎领众保秦王业至蓝田，使人告贾疋，疋发兵五千，迎之入于雍城，使梁综以兵一万卫之，疋复同綝、允等攻长安。

第八十六回　彝指王导管夷吾

却说司徒掾周𫖮，字伯仁，乃安东将军周俊之子也。因洛阳陷，晋帝被掳，秦王西行，闻琅邪王睿招贤，乃来江东投之。是日，睿正与王导等文武同议兴复之事，忽门吏报司徒掾周𫖮来投，王即令请入。𫖮即入府堂拜见琅邪王，曰："臣为帝被北掳，故来投依殿下，同谋恢复。"睿大喜曰："吾正商议起兵，今得卿来戮力，其事成矣。"言讫，以𫖮为军咨祭酒、前军骑都尉。言未毕，门吏入报谯国桓彝来投。睿命人拜见讫，睿以为安东将军。

桓彝字茂叔，性通朗，早获盛名，亦因避乱投奔。见睿微弱，心中忧惧不乐，而谓周𫖮曰："我以中州多故，来此求全。今见主上单弱如此，将何以济？"正论间，忽见王导劝琅邪王曰："殿下谋兴复之计，宜用贤人君子，与之图事。荆、扬晏安，户口殷实，为政务在清静，克己励节，匡主邦宁。于是情好日隆，朝野倾心，天下可图，大业必成矣。"睿从容谓导曰："卿乃吾之萧何也。"于是号王导为仲父，加为辅国将军。导又上笺曰：

> 今者临郡不问贤愚豪贱皆加号，辄有鼓盖，动见相准，时有不得者或为耻辱。天官混杂，朝野颓毁。导忝荷重任，不能崇浚山海而开创乱源，饕窃名位，取紊彝典，谨送还鼓盖，崇重典物，请从导始，庶令雅俗区别，群无惑矣。

睿观之，曰："从卿所云。"须臾，又上言十数条，皆立国安邦之策。桓彝见其言大喜，复谓周𫖮曰："向见管夷吾，无复忧矣。"

次日，琅邪王作新亭始成，大排筵席，会集诸多贤士，同饮至晚。又命设灯烛来，饮至半醉，忽司徒周𫖮举杯欷歔而言曰："风景不殊，举目有江河之异。"言讫，潸然泪下。诸名士曰："足下何故发悲？"

第八十七回　**导指流涕似楚囚**

颛曰:“吾泪者,为晋天下也。今遭单于流毒中国,残害百姓,吾等朝夕难保。想晋先帝降吴灭蜀,定有天下,子孙相承数十余年。不想今日丧于单于,圣主被掳,不能复仇,吾等欲舍此七尺无用之躯,与胡人死战雪耻,诚恐孤力不加,无益于国,犹然发悲耳!”诸多旧臣名士皆掩面大哭。座中一人愀然变色曰:“诸公所哭,还能哭得胡兵退耶? 否也。公等当共戮力王室,克复神州,何至作楚囚对泣耶?”众视之,乃仲父王导,各收泪羞愧而言曰:“承君之言是也。”于是席散。次日,陈頵遣王导书曰:

> 中华所以颓敝者,正以取才失所,先名望而后实事,浮竞驱驰,互相贡荐。加有老庄之俗,倾惑朝野,养望者为弘雅,政事者为俗。夫人欲制远,先由近始。今宜改章,明赏信罚,拔卓茂于密县,显朱色于桐乡,然后大业可举,中兴可冀耳。

王导览之,竟不能从。

第八十八回　慕容廆破木丸部

却说辽东太守庞本以私憾杀东夷校尉李臻，附塞鲜卑素喜连、木丸津，遂陷诸县，屡败群兵。东夷校尉封释病不能讨，民皆失业，归慕容廆者甚众。廆少子慕容翰言于廆曰："自古有为之君，莫不尊天子以从民望得成业者也。今连、津寇暴不已，不若数其罪，上则兴复辽东，下则并合二部，忠义彰于本朝，私利归于我国，此霸王之基也。"廆笑曰："孺子乃能及此乎！"遂使翰为前锋，自后接应，来讨连、津二部。素喜连、木丸津以兵迎敌，与翰交战一阵，被翰斩之。二部之众，尽降于廆。

时东夷校尉封释病中得慕容廆剪除连、津二部，心中大喜，遂使人请廆入城，排宴待之。谓曰："释屡遭二部寇患，未能殄灭，今得将军绝之，无恩可酬。释今病笃，料不能起，倘吾死后，吾孙封奕颇谙武艺，望将军收留之。"言讫，命奕拜廆，廆亦还半礼。廆曰："足下善养贵恙，不必虑后。吾即回兵。"释将金宝谢廆，廆受之还镇。后释卒。廆闻知，乃使人召封奕至，与谈终日不倦，应对如流。廆悦之，曰："此乃奇士也。"称为小都督。释又有二子封浚、封柚，闻父卒，皆来奔丧。廆召见之，曰："此克家之令子也。"以道远不通，皆留之。以浚为参军，以柚为长史。

六年正月，汉主聪闻太保刘殷二女美色，欲纳之为贵嫔。当太弟刘乂固谏曰："刘殷与陛下同姓，与先帝有连支之派。今此二女与陛下有兄妹之亲，不可立也。"聪谓乂曰："此女皆姿色绝世，淑德冠时。且太保于朕实有不同，卿何必固谏耶？"乂曰："五百年前共一太祖，可乱伦乎？"当李弘议曰："太保胤自有周，与圣源实别，殿下若以同姓为碍，且魏司空王基，当世大儒，岂不达礼？为其子纳司空王沉女为妻，以其姓同而源异，故尔谐耳，今何必拘此也！"刘乂又固谏。聪问太宰延年，对曰："太保自云刘康公之后，与陛下殊源，纳之何害？"于是太弟乂无对。聪大悦，赐金六十斤，曰："卿当以此意谕吾子弟辈耳。"于是命李弘以玺册立刘殷二女为左右贵嫔，又纳刘殷孙女四人为贵人。因此六刘之宠，冠于后宫。聪恋色，稀出设朝，百官奏事皆中黄门决之。

忽一日，汉主聪谓怀帝曰："卿昔为豫章王时，朕尝与王武子造卿，卿赠朕柘弓银研，卿颇记否？"怀帝曰："臣安敢忘之，但恨尔日不早识圣颜。"聪曰："卿家骨肉，何相残如此？"帝曰："大汉将应天受命，故为陛下自相驱除，此殆天意，非人事也。如臣家若能奉武帝之业，九族敦睦，陛下何由得之？"聪大喜，以小刘贵人妻帝，曰："此名公之孙也，卿善遇之。"

却说故新野王牙门将胡元，聚众于竟陵郡，以杜曾为竟陵太守。曾能披甲游于水中不溺，人莫能获。凡出军交战，胜则追掩，败则入水，以此人皆畏服，勇冠三军。与胡元寇掠荆土，招集亡众，威名益振。

第八十九回　琅邪遣将讨石勒

二月，石勒筑垒于葛陂，课农造舟，将攻建业。琅邪王睿大惊，急集江南之众于寿春，商议讨勒。乃以纪瞻为扬威将军，领兵五万去讨之。瞻既领兵欲行，会大雨，三个月不止。石勒军中饥疫，军士死者大半。闻江南兵至，集将士议之。刁膺进曰："司马睿据有长江之固，更且贤士归为之用，民心附，兵粮足。今若与其战，难以求胜。不若送款于睿，来扫平河朔以自赎。候其军退，再徐图之可也。"勒愀然长啸。孔苌曰："明公何思何虑？请以兵五万委臣，分道夜攻寿春，据其城，食其粟，江南今年必能定也。"石勒笑曰："是勇将之计也。"顾谓张宾曰："于君意何如？"宾进曰："将军攻陷京师，囚执天子，杀害王公，妻掠妃主，擢将军之发，不足以数将军之罪，奈何复还相臣俸乎？今天降霖雨于数百里中，示将军不应留此也。邺有三军之固，四接平阳，山河四塞，宜北据之以营河北。河北既定，天下无处将军之右者矣。宜使辎重从北道先发，将军引大兵向寿春。辎重既远，大兵徐还，何忧进退无地？"勒攘臂鼓掌曰："张君计是也。"于是黜膺，擢宾为右长史，号之曰"右侯"。次日，勒引兵退，遣石虎以兵五千向寿春。

却说纪瞻闻石虎引兵来，会将士听令曰："石虎既引兵至，料胡人好掠而贪财，汝等各引兵埋伏于船内傍岸，上面皆放粮草于上，装作粮船，待其上船来抢，汝等尽力而拒之。吾于岸上埋伏以待接应，放炮为号，两下夹攻。可以擒石虎也。"众将各领众去，准备船只而行，瞻引军上岸埋伏。次日午后，石虎兵至，见江边一个个皆是运船，又见粮草在上，虎兵饥久，见粮如何不抢？众各争上运船抢粮，石虎不能禁止。须臾一声炮响，江边两岸战船俱进，岸上纪瞻军杀至，水陆夹攻，虎兵措手不及，被纪瞻杀死一半，大败而逃，赶上石勒前军。勒见虎败，即回兵结阵以待之。纪瞻追至，见石勒大众在彼，不敢交战，只令众军安营以待之。

却说王得、马鲂说刺史张轨曰："今晋室破败，琅邪王司马睿为盟主，檄天下之兵，共讨石勒、刘曜，明公安可坐视，从其自定？依某之见，宜命将出师，翼戴帝室，即遣使驰檄关中，共尊辅秦王。且言先遣前锋宋配率步骑二万径趋长安，诸军络绎继发，乘兹集兵，上可不失封侯之位，下可以保凉州。"轨从之，驰檄关中，发兵二万人来长安，会众讨曜。

却说汉王聪以鱼蟹不足供给宫廷，乃斩其左都水使者。又作温明、微光二殿未成，以将作大匠望都公靳陵。观鱼于汾水，昏夜不归。王彰入谏曰："今愚民归汉之志未专，思晋之心犹盛。刘琨咫尺，刺客纵横，帝王轻出，一夫之敌耳。"聪大怒，命将王彰斩之。时彰之女为夫人，旁叩头乞哀，始乃囚之。皇太后张氏闻知，以聪刑罚过当，三日不食。太弟刘乂、大单于粲舆榇切谏。聪怒曰："吾岂桀、纣，而汝辈生来哭人耶？"太保刘殷等百余人，皆免冠涕泣而谏，聪慨然曰："朕昨大醉，非其本心，若非公等言之，朕不闻过。"各赐帛百匹，使侍中持节赦王彰，进封为定襄公，于是群臣谢恩而起。

却说雍州刺史贾疋以大众来攻长安城，刘曜闻知大惊，急聚众将商议。曜曰："贾疋、索綝聚各处军马直抵城下，众将有何妙策？”王直挺身言曰：“大王勿虑。吾见贾疋之兵众多，诸卒如草芥耳。小将提狼虎之师，定斩其首，悬于军门，直之愿也。”曜大喜曰：“吾有王君，高枕无忧矣。”言未绝，王直后一人高声而出曰：“割鸡焉用牛刀！不必将军有劳虎威，吾观斩晋诸兵之首，如探囊取物耳。”曜视之，其人身长九尺，面如血盆，虎体狼腰，豹头猿臂，关西人也，姓华名权，是帐前一员骁将。曜听其言大喜，加为骁骑校尉，拨马步军五万，一同李軫、赵本，连夜飞奔出城来。

却说晋兵有胡忠先将马步军三千，径抄小路直来搦战。华权引骁骑五百飞出，大喝：“贼将休走！”胡忠手起刀落，将权斩于马下，生擒将校极多，将华权首级直来大寨献功。疋喜，重赏胡忠。又与铁甲马车三千，前来攻城。刘曜见斩了权等，乃引众开城门，走离长安。贾疋传令诸军勿追，迎接秦王业入城屯驻，招纳四方之豪俊。

时汉太保刘殷卒。殷不为犯颜件旨，然因事进规，补益甚多。聪每与群臣议事，殷无所是非。群臣退出，殷独留敷畅条理，商榷事宜，聪未尝不从之。殷尝戒诸子弟曰：“事君当务几谏，凡人尚不可面斥其过，况万乘乎？夫几谏之切，无异犯颜，但不彰君之过，所以为优耳。”殷在公卿间，常恂恂有卑让之色，故能处骄暴之国，保其富贵，不失令名，所以考终寿也。

却说刘琨亦招集军马，以俟大举。按琨长于招怀而短于抚御，一日之中，虽归者数千而去者亦相继。于是，琨使刘希往中山郡去招军买马，希从之，来中山郡招集民兵一万余人，又买马数千匹。时中山属幽州所统，代郡、上谷、广宁之民多归希，由此将集三万人。王浚闻知大怒，即令胡矩以书邀段疾、陆眷二人称曰：“刘希没理，何得越境地招军，中山乃吾之所统，汝何得专功？可将五万人同去袭之。”

矩等领段、陆驰兵至中山，希不之备，被矩与段疾、陆眷三人分兵夜攻之。希措手不及，被矩杀死，大掠其众而还。琨闻知希死，心甚忧之。

又恐石勒取三台并邺，乃令兄子刘演以兵五万镇邺。石勒大众济河，刘演以兵出保三台。勒诸将欲攻之，张宾曰：“攻之未易猝拔，舍之彼将身逃避。今王彭祖、刘越石，公之大敌也，宜先取之，演不足虑也。且天下饥乱，明公拥兵羁旅，人无定志，非所以保万全控六合也。不若择便地而据之，广聚粮储，西并平阳以固幽、并，此霸王之业。”勒从之，乃以众进据襄国，分命诸将攻冀州郡县，运谷以输襄国。汉主闻勒在襄国，乃使使以勒为冀州牧。

却说刘曜自长安一败，无处屯扎，以众走回平阳。时刘琨移檄州郡，期十月会兵平阳击汉。未及行，而琨素奢豪，喜声色。徐润以音律得幸，骄恣干预政事，护军令狐盛数以为言，固谏之。琨大怒，令人收盛杀之。琨母曰：“汝不能驾御豪杰，以恢远略，而专除胜己，祸必及我。”琨不能改。令狐盛子令狐泥乃私奔平阳降汉，具言晋阳虚实。汉主聪大喜，封泥为将，即以书遣刘粲与刘曜，将兵来寇并州，以泥为向导使。刘琨闻知，急东出收兵于常山，一面使人去求救于代公猗卢。琨既东出收兵，晋阳空虚，被刘粲与曜用令孤泥引路，抄小路袭破晋阳而据之。琨闻之，急以兵还救晋阳，城已陷，乃率众复奔常山，琨之父母被泥杀之矣。是年九月，贾疋奉秦王业为皇太子，建行台登坛告类，建宗庙社稷。

第九十回　代公大破刘曜众

十月，代公猗卢得刘琨书，发兵来救晋阳。猗卢以其子修之率军十万为前锋，自率二十万为继后。刘琨知代动兵，乃随路迎接代公猗卢，甚称惭愧，言失镇之因。猗卢亦以善言安慰其心，就令刘琨收散卒为向导，特进晋阳。刘曜亦引兵屯于汾东拒之。次日，交战十数合，刘曜莫能抵挡，大败坠马，身中七创。曜见代军雄盛，乃引兵夜逾蒙山逃归，被代公催军追之，战于蓝谷。大败，被代公杀得汉兵伏尸数百里。刘曜及粲只余二千余人走还。猗卢因出猎寿阳等山，陈阅皮肉，山为之赤。刘琨自营门步入拜谢，固请进兵讨汉。代公曰："吾远来士马疲敝，况百年之寇未可顿除，且待后举，而刘聪不敢复寇也。留大将戍晋阳，吾暂回国。"言讫，留其将箕澹戍晋阳，自回去讫。刘琨乃自徙居阳曲屯扎。

讫十二月，贾疋人关，杀梁州刺史彭仲阳。至是，其子彭天护率群胡前来报仇。疋发兵与天护交战，不三合，疋被天护所杀。疋既死，群胡散，大众推麹允为雍州刺史。

第九十一回　王浚遣兵攻襄国

却说王浚遣督护王昌以五万众，会段疾、陆眷与弟匹磾、文鸯、从弟末柸等一十五万众来攻襄国。石勒闻知，遣将领兵去拒，皆败而还。勒大惊，召将佐曰："吾欲悉众出战，何如?"诸将皆曰："不如坚守，候其退而击之。"张宾、孔苌曰："鲜卑段氏最为勇悍，而末柸尤甚，其锐卒皆属焉。今刻日来攻北城，必谓我孤弱不敢出战，意必懈怠。宜且勿出，示之以怯。凿北城为突门二十余道，俟其来至，列守未定，出其不意，直冲末柸，余必震骇，不暇为计，破之必矣。末柸败，则其余不攻自溃矣。"勒从其计，传令诸军暗凿突门于北城二十余处，又令军士埋伏于突门内。计排已定，段、陆之军果至，见北城崩突二十余处，以军扎屯城下，欲攻北面。因见其城上皆无守卫军士，心疑之;传令军士诈作懈怠以诱之，看城内动静，待其军出而攻之。

时石勒见段疾、陆眷兵至，乃登城望之，见将士皆释仗甲而寝，石勒即命孔苌督锐卒五千从突门出击之，被段疾、陆眷从中军杀出，苌大败而退，突门走入。末柸不知是计，杀得性起，引兵从突门赶苌杀入，被众伏兵一拥而至，获住末柸。孔苌乘胜分门杀出，追击段疾、陆眷等兵，死者枕尸三十余里，苌方收军入城。段疾、陆眷走脱，招集亡众，使人以铠马金银五千斤献勒，求赎其弟末柸，永为其藩，再不敢犯。勒从之，将放末柸还。诸将劝勒杀之，以除后患。石勒曰："辽西鲜卑，健国也，与我素无仇雠，为王浚所使耳。今杀一人而结一国之怨，非计也。归之必深德我，不复为浚用矣。"言讫，乃遣石虎出，与段、陆二人盟于诸阳，结为兄弟。段、陆二人大喜，引兵还国。王昌见段疾、陆眷归盟附勒，乃引兵亦走还蓟。勒知陆、段退兵而还，乃召末柸出，与之宴饮，誓为父子，令人送其回国。由此段氏专心附勒，王浚之势渐弱矣。

却说王澄少与兄王衍名冠海内，刘琨谓澄曰："卿形虽一郎，而内实动侠，以此处世，难得其死。"及在荆州尸为杜弢，所以望实俱损，犹傲然自得。与内史王机日夜纵酒博弈，上下离心，故山简参军王冲拥众自称刺史。澄惧，徙治香中。琅邪王睿闻知，召为军咨祭酒，以周𫖮代之。时王敦领兵讨杜弢，进屯豫章。澄过之，自以名声当出敦右，犹以旧意侮敦。敦怒，诬其以杜弢通信，遂杀之。

却说羌酋姚弋仲，乃南安赤亭羌也，集众东徙榆眉，戎夏襁负，从者数万，因而自称扶风郡公，招集羌众，大霸其地，威名日甚。

孝愍皇帝延兴元年正月朔，汉主刘聪大会文武，宴于光极殿，使晋怀帝著青衣行酒，劝其群臣。当晋臣庚珉、王隽等亦随帝掳在此，见帝著青衣劝酒，不胜悲忿，因相谓曰："主忧臣辱，主辱臣死，吾等不能杀此酋奴，安用在此睹此羞耻?"言讫，大骂刘聪，滔滔大哭。汉主大怒，命左右牵晋怀帝与庚珉、王隽十余人出外斩之，于是君臣遂遇害。

晋朝庚珉十余臣，同君俘陷在胡庭。

当时不哭主辱死，忠义安留万古名。

是时只有侍中辛勉因疾未曾赴宴，不曾被害。当汉主聪使人以印绶拜为光禄大夫，使人传旨，以是语诱之，令降汉。勉固辞不受，惟愿死节，无怀二心。使得其言，复回见汉主聪，道其不降无异之志。聪欲受其降，吩咐黄门乔度日："你将此酒逼他来降，不可与他饮之，只可逼之。"因此黄门乔度赍鸩来见勉，逼之曰："若降贵不可言，若逆可饮此酒，请君自裁，随使而行。"辛勉曰："大丈夫岂以数年之命而亏高节，如事二姓，何面目下世见晋武皇帝哉！"言讫，持鸩酒欲饮，乔度遽止之曰："主上相试耳，君真高士也。"于是叹息而还。度以勉言回奏于汉主，聪大喜，嘉其贞节，深敬异之。使人为筑室于平阳西山，月奉酒米供给，勉亦辞不受，后年至八十，卒于平阳。

司马君王遭此擒，侍中辛勉亦随行。
甘偕国难随君王，不辞身害逆胡平。
愿饮药鸩为晋鬼，岂贪美禄作刘臣。
遭观晋史忠贞士，如君高节几何人。

第九十二回　元达锁腰谏汉主

三月，汉主刘聪立其贵嫔刘娥为后，欲起煌仪殿以居。廷尉陈元达切谏曰："天生民而树之君，使司牧之，非以残兆民之命，穷一人之欲也。是以先帝身衣大布，居无重茵，后妃不衣锦绮，弃舆马不食粟。陛下践祚以来，已作殿观四十余所，饥馑疾疫，死亡相继，而益思营缮，岂为民父母之意乎？"刘聪大怒，骂曰："朕为天子，仅营一宫殿，何关汝鼠子之事乎？不杀此奴，必沮乱联心，此殿何能得成也？"却命左右曳出斩之，并其妻子枭首于东市。

时聪在逍遥园李中堂，元达先以锁锁腰而入，即以锁锁堂下树，呼曰："臣所言者，社稷之计，而陛下杀臣。朱云有言，"臣得与龙逢、比干游，足矣。聪喝左右曳出。左右曳之不能动。大司徒任颛等叩头出血，曰："元达为先帝所知，尽忠竭虑，知无不言。臣等每见之，未尝不抱愧。今伊虽狂直，愿陛下容之。"聪默然。刘后闻之，密敕左右停刑。即忙作手疏上言曰：

> 今宫室已备，无须更营。四海未一，宜爱民力。廷尉之言，社稷之福也，宜加封赏，如更诛之，四海谓陛下何如哉？夫忠臣进谏者固不顾其身也，而人主拒谏者亦不顾其身也。陛下为妾营殿而杀谏臣，使忠良结舌者由妾，远近怨怒者由妾，公私困弊者由妾，社稷倾危者由妾，天下之罪皆萃于妾，妾何以当之？妾观自古败国丧家，未始不由妇人，心常疾之。不意今日身自为之，使后世视妾犹妾之视昔人也。妾诚无面目奉巾栉，愿赐死此堂，以免朝议也。

汉王览之色动，命任颛等引元达上，以刘后表示之曰："外辅如卿，内辅如后，朕复何忧？"乃改命逍遥园为纳贤园，李中堂为愧贤堂。聪谓元达曰："卿当畏朕，而反使朕畏卿耶！"

第九十三回　怀帝被害立愍帝

四月，怀帝被害，凶闻至长安，皇太子业与百官举哀。索綝等请太子业加元服而即帝位。太子既即大位，改号为建兴元年，以梁芬为司徒，麹允、索綝为仆射。是时长安城中户不盈百，蒿荆成林，公私有车四辆，百官无章服印绶，惟桑版署号而已。寻以索綝为卫将军，领太尉，军国之事悉以委之。

史说索綝，字巨秀，敦煌人也。少有逸群之量。其父索靖，每曰："綝廊庙之才，非简札之用，州郡吏不足污吾儿也。"至是，果应其言。

孝愍帝名业，字彦旗，吴王宴之子，武帝之孙也。初封秦王，及怀帝遇害，大臣立以为帝。在位四年，为汉刘聪将执而弑之，寿四十八。按谥法，在国遭忧曰愍。

第九十四回　石虎引兵陷邺台

却说辅汉将军石勒，以从子石虎为先锋，领兵十万来攻邺都三台城。兵至城下，团团围绕，水泄不通。

史说石虎，字季龙，乃勒之从子也。犯太祖庙讳。勒父朱幼而字季龙，故或称勒弟焉。季龙性残忍，好驰猎，尤善弹，数以弹打死人命，军中以为毒患。勒白母王氏，将欲杀之。王氏谏曰："快牛为犊子时，多能破车，汝当小忍之。"于是留之。年十八，稍折节，勇冠三军。当时将佐、亲戚莫不敬惮，勒始安之。为娶将军郭荣之妹为妻。季龙攻讨所向无敌，故勒宠之，得以专征伐之任耳。

此时季龙攻三台城，三台军民皆溃。大将军谢胥势穷，乃率三台流人诣石勒营投降乞活。勒欲准降，偏将军李恽上曰："南人奸诈多端，倘若有变，吾等无类矣。"勒深然之，即命将谢胥斩之，自上马出来，欲坑其降卒，忽见郭敬在内，勒认识之，乃恩人郭季之子，即问曰："汝莫非郭季之子乎？"敬叩头曰："是也。"勒忙跳下马，执其手而泣曰："今日相遇，岂非天乎？"赐其衣甲车马，署敬为上将军，悉免降者，与敬统领。昔勒幼贫，得郭敬之父郭季资给，是故报之耳。

于是勒领众人邺，问于右侯张宾曰："邺乃魏之旧都，今吾将营建，须贤望以绥之，谁可信也？"张宾曰："晋故东莱太守赵彭忠亮笃敏，有佐时良干，若任之，必能允副神规。"勒从之，使人征彭，署魏郡太守。彭至，入见勒，泣谢曰："臣往策名晋室，食其禄矣。犬马恋主，切不可忘，诚知晋之宗庙鞠为茂草，亦犹洪川东逝，往而不返。明公膺符受命，可谓攀龙之会。但受人之荣，复事二姓，臣志所不为，恐明公之所不许。若赐臣余年，全臣一介之愿者，明公大造之惠也。"勒不然。张宾进曰："自将军神旗所经，衣冠之士靡不变节，未有能以大义进退者，至如此贤。以将军为高祖，自拟为四皓，所谓君臣相知，亦是成将军不世之高，何必使之？"勒大悦，曰："右侯之言，得孤心矣。"于是赐安车驷马，养以卿禄，令其还宅，乃辟其子赵明为参军。命石季龙为魏郡太守，镇邺三台，勒自领兵还屯襄国。却说华谭尝在寿春依周馥，及闻琅邪王霸有江东，乃往从之。至是，琅邪王睿问谭曰："周祖宣何故反？"谭曰："周馥虽死，天下尚有直言之士。馥见寇贼滋蔓，移都以靖国难，执政不悦，兴兵讨馥，死未逾时而洛阳沦没，若谓之反，不亦诬乎？"睿曰："馥位为征镇，召之不入，危而不持，亦天下之罪人也。"谭曰："危而不持，当与天下共受其责，非但馥也。"睿无以对，乃以华谭为军咨祭酒。

时睿参佐多有避事自逸，参军陈頵言于睿曰："洛中承平，尔时朝士以小心恭恪为凡俗，偃蹇倨傲为优雅，流风相染，以至败国。今僚属皆承西台余弊，养望自高，是前车已覆，后车又将随之也。请自今临使称疾者皆免官。"睿不从。向三王之诛赵王伦也，制己亥格以赏功，自是循而用之。陈頵又曰："昔赵王篡逆，惠帝失位，三王讨之，故厚赏以怀向义之心。今功无大小，皆以格断，乃至金紫佩士卒之身，符策委仆隶之门，非所以重名器,正纪纲也,请一切停之。”颧出寒微,数为正论,府中多恶之。睿出为谯郡太守。

却说吴兴太守周玘宗族强盛,琅邪王颇疑惮之。睿左右用事者,多中州亡官失守之士,驾御吴人,吴人颇怨。玘自以失职,又为刁协所轻,阴与其党谋诛执政,以南士代之。事泄,忧愤而卒。将死,谓其于勰曰:“杀我者,诸伧子也。能复之,乃吾子也。”言讫而卒。时镇东将军顾荣、太子洗马卫蚧皆卒。

史说顾荣子彦先,吴国人也。荣机神朗悟,吴丞相雍之后也。与弟平及陆机三人入洛,时人谓之“三俊。”奉例拜为郎中,历尚书郎、廷尉。荣恒纵酒酣畅,常谓友人张翰曰:“惟酒可以忘忧,但无如作病何?”初,荣与同僚宴饮,见从人执炙食者状貌不凡,其人有爱炙食之色。荣即割其炙食,与从人吃之。坐者问其故,荣曰:“岂有终日执之而不知乎?”及赵王伦败,荣为伦长史,亦被执。将诛,而得前执炙食者已为督卒,救之得免。后事琅邪王睿,以为散骑常侍,年五十七卒。

史说卫玠,字叔宝。年五岁,丰神秀异,其父瓘:“此儿有异于众,奈吾已老,不能见其长成耳。”总角乘羊车入市,见者皆以为玉人。骠骑将军王济,玠之舅也,俊爽有丰姿。每见玠辄叹曰:“珠玉在前,觉我形秽。”又尝语人曰:“与玠同游,烔若明珠之在侧,朗然照人耳。”及长,好言玄理。时王澄有高名,每闻玠言,辄叹息绝倒。故时人为之语曰:“卫玠谈道,平子绝倒。”澄及王玄、王济并有盛名,皆出玠下。世人云:“王家三子,不如卫家一儿。”玠妻父乐广,有海内重名,议者以为妇公冰清,女婿玉润。久之拜为太子洗马。玠以天下大乱,移家南行,转至江夏。妻先亡。征南将军山简见之,甚相钦重。玠知其有女淑德,使人说亲。简忻然曰:“昔戴叔鸾嫁女,唯贤是与,不论贵贱,何况卫氏权贵门户,令望之人乎?”于是以女妻焉。成亲,遂进豫章。其时王敦镇豫章,长史谢鲲先重玠,见玠忻然,言论弥日。敦谓鲲曰:“昔王辅嗣吐金声于朝中,此子复玉振于江表。微言之绪绝而复续,不意永嘉之末,复闻正始之音,何平叔若在,当复绝倒矣。”由是人士皆相重之。年二十七岁卒于南昌。晋王睿闻知,不胜悲叹。

第九十五回　**慕容廆大霸棘城**

却说慕容廆，字弈各环，棘城鲜卑人。其先有熊氏之苗裔，世居北夷，邑于紫蒙之野，号曰东胡。秦汉之际，为匈奴所败，分保鲜卑山，因以为号。曾祖莫护跋，魏初率其诸部入居辽西，从司马宣帝伐公孙氏有功，拜为率义王，始建国棘城之北。时燕代多冠步摇冠，莫护跋见而好之，乃敛发袭冠，诸部因呼之为步遥。其后音讹，遂称慕容，或云慕二仪之德，继三光之容，乃以慕容为氏焉，始以为姓。慕容名廆恪。廆幼而魁梧，美姿貌，雄杰有大度。安北将军张华雅有知人之鉴，廆童冠时，往谒之。华甚款洽，谓曰："君至长，必为命世之器，匡济时艰者也。"因以所用之簪帻遣廆，纳之殷勤而别。

至元康四年，廆以大棘城，即帝颛顼之旧墟，乃与父涉归徙居，教民以农桑，法制同于上国。其时镇北将军王浚政法不立，不能存抚，士民避乱来奔者往复去之。闻慕容廆政事修明，爱重人物，故士民多来归之。廆举其英俊，随才授任，众至十数万，威名盛，遂霸棘城。

西戎吐谷浑，乃慕容廆之庶长兄也。其父慕容涉归在时，分部落一千七百家以隶之。其后不料涉归死了，慕容廆嗣其大位。廆既即位，聚集诸部议事。忽马奴来报，说御马出浴于河，因见吐谷浑所乘之马，各相狠斗，御马反输折足，请大王令人医治。廆听见其说，大怒，谓吐谷浑曰："先公分封有别，奈何不相远离而令马斗？"吐谷浑曰："马为畜，斗，其常性也，何怒于人？"廆转怒曰："远别甚易，当去汝于千里之外矣。"吐谷浑闻言曰："远别甚易，恐后会为难。"言讫，忿气走出外，领家属遂西行。

廆怒不息。忽长史楼冯入内问廆曰："大王何怒？大公子吐谷浑今领所属诸部西行矣。"廆以马斗之事言之，楼冯曰："兄弟者，手足也，且与人相斗，去其右手，宁必胜乎？夫弃兄弟而不亲，则天下其谁亲之？安可以马斗而疏远至亲之骨肉耶？"廆心悔之，急曰："卿可逮去追请吾兄还国。"于是楼冯即出追及，曰："大王令小臣请公子还国，不可速离。"吐谷浑勒马答曰："先公称卜筮之言，当有二子克昌，祚留后裔。我卑庶也，理无并大矣。今因马为弟所怒而别，殆天所启乎？诸君若请吾还，可驱我马令东，马若东还，吾当从。君之请若西，则不归矣。"楼冯使从人拥马东行数百步，马辄悲鸣，复西走不去。吐谷浑对楼冯曰："我不归耳。"楼冯跪下曰："此殆天意，非人事也。"于是，吐谷浑策马西行。楼冯回见廆，以吐谷浑之言不归之意说知。廆心愧，念思兄吐谷浑谓为阿干，乃自作阿干之歌，岁暮穷思常歌之，悲涕不胜。

吐谷浑西至阴山，就居其地，据有西零、西极、白兰数千里，戎人多附之反。吐谷浑卒，有子六十人，长子吐延嗣，雄姿魁杰，羌虏诸部戎人尽皆惮之，号曰："此乃项羽复生。"吐延嗣性倜傥不群，忽一日闲坐，慷慨谓其左右曰："大丈夫生不在中国当高、光之事，与韩、彭、吴、邓并驱中原，定天下雌雄，使名垂竹帛，而潜处穷荒，隔在殊俗，虽偷观日月，独不愧于心乎？"于是羌人咸服其言。只有羌酋姜聪心疾其能，每欲起害延嗣之意。而延嗣性虽猜忌，而自负其智，不之防耳。因一日饮酒大醉，与从人数十出猎，至阴山小谷，被姜聪伏草中暗标一枪，正中后心，落马身死。左右从人各持兵刃搜山，捕得姜聪，即斩之，取首级，拾延嗣尸首，回府见其夫人燕氏。燕氏痛哭，哀号终日，命安葬之。命将姜聪首级砍为肉泥以饲狗。时延嗣之子吐叶延，年十岁，见父被聪所害，缚草为人作姜聪之像，大哭以箭射之。中之，则号泣，不胜哀哭；不中，则取箭大呼骂，又射之。其母燕氏入后园见之如此做作，哭谓叶延曰："姜聪逆贼，诸将已屠食之矣，汝何为如此耶？"吐叶延泣曰："父母之仇不同天地，逆贼虽死，此恨难消。诚知射草人不益于先仇，以申罔极之志耳。"言讫，母子相抱大哭。

初，中国士民避乱者多依段氏，其政法不立，往往去之。段氏兄弟专尚武勇，不礼士大夫。惟廆政事修明，爱重人物，故归之。廆以裴嶷、阳草为谋主，游邃、逄羡、卦抽、裴开为股肱，宋该、皇甫岌、岌弟皇甫真。又封奕、封裕典机要。裴嶷清方有干略，兄武为玄兔太守，卒。嶷与武子开以其丧归，过谒廆，廆敬礼之。行将及辽西，道不通。嶷欲还从廆，开曰："寓段氏强，慕容氏弱，何必去此而就彼也？"嶷曰："欲求托足之处，岂可不慎择其人？汝观诸段岂有远略，且能待国士乎？慕容公修仁义，有霸土之志，加以国富民安，今往从之，高可以立功名，下可以庇宗族，汝何拒焉？"言讫，复还就廆。廆大悦，以为谋主。

初，游邃尝避地于蓟，后归廆。王浚屡以手书招其兄游畅，畅欲赴之。邃曰："彭祖必不能久，且宜盘桓以俟之。"畅曰："彭祖忍而多疑，今手书殷勤而稽留不往，将累及卿。且乱世宗族，宜分投以冀遗种。"邃从之，卒与王浚败没。

五月，愍帝设朝，群臣奏请，以诏封琅邪王睿为左丞相，南阳王保为右丞相，分督陕东西诸军，去讨刘聪。帝从之，诏曰：

> 今当扫除群凶，奉迎梓宫。令幽、并两州劲卒二十万直造平阳，右丞相宜率秦、梁、凉、雍之师径诣鄴中，左丞相率所领精兵造洛阳，同赴大敌，克成元勋。

又诏睿以时进兵，与乘舆会除中原。琅邪王睿集僚佐商议，谋臣以方平定江东，未暇北伐，宜推故却之。于是睿以表辞而不行，乃以刁协为丞相、左长史，以刘隗为司隶。隗雅习文史，善伺候人意，故特亲爱之。时主簿能远，以譬法律久废，乃上书于睿。其略曰：

> 军兴以来，处事不用律令，用者不敢任法。每辄关咨，非为政之体。愚谓凡为驳议者，皆当引律令经传，不得直以情言，无所依准，以亏旧典。若开塞随宜，权道制物，此人君之所得行，非臣子所宜专也。

睿览之，不能从。

第九十六回　祖逖击楫取中原

史说祖逖，字士雅，范阳道人。世吏二千石，为北州旧姓。逖性豁荡，不修仪检。年十四五，犹未知书，诸兄每忧之。后乃博览书记，涉猎古今，往来京师，见者谓逖有赞世之才。先与友人刘琨俱为司州主簿，情好绸缪，共被同寝。中夜闻鸡鸣，蹴琨觉曰："此非恶声也。"共起舞焉。逖、琨二人并有英气，每语世事，或中宵起坐相谓曰："若四海鼎沸，豪杰并起，吾与足下当相避于中原耳。"

及京师大乱，率亲党百余人来江南投奔琅邪王睿。是日，正与刁协、卞壶、陈頵、庾亮、甘卓、周访、陶侃一班儿文武议事，忽左右人入说："门外有范阳祖逖特来相投。"睿命进来。祖逖入见，行礼毕。王曰："不辞远来，必有见教。"祖逖对曰："诚恐鄙言殿下不垂清听，臣思晋室之乱，非上无道而下生怨叛也。由宗族争权，自相鱼肉，遂使戎狄乘隙，毒流中土。今遗民既遭残贼，人思自奋，大王诚能命将出师，使如逖者统之以复中原，郡国豪桀必有望风响应者矣，何患兴不在此时耶？"睿大喜，曰："孤本无北伐之志，得君之壮，令人有意中原矣。孤就拜卿为奋威将军、豫州刺史。廪千斛，布二千匹，与卿召募兵，渡江北进。"逖忻然拜领，出召募兵得三千余人。

次日，引众登舟渡江，至中流，击楫而誓曰："祖逖不能靖中原而复济此者，有如大江！"辞色壮烈，众人皆慷慨。次日，行至淮阴，铸器械甲胄。又募得二千余人，进屯豫州。安民阅武，大兴攻讨，北地士民皆来归之。于是北地遂平，由是黄河以南尽为晋土矣。逖使人去见琅邪王处报捷。王大喜，复使使拜祖逖为镇西大将军。自此逖威名远播，胡人不敢窥兵矣。

史说并州刺史刘琨闻知友人祖逖为豫州刺史，转升镇西大将军，心忧自不能先，乃移书归家遗其亲故曰："吾枕戈待旦，志枭群逆，常恐祖生先吾着鞭，今果然也。"

却说周顗以兵屯浔水城，被杜弢兵围之。陶侃闻知，即遣将军朱伺领军二万来救。弢已闻知朱伺来，乃退兵保泠口。侃又使人令伺逆击之。伺得令引军至泠口，弢以兵拒战。次日交锋，弢不能抵，败走，被朱伺驱军追击，大破之。杜弢势孤，遁归长沙，伺引军还。王敦使人上表，奏侃之功。朝廷以侃为荆州刺史，命屯沔江城。侃既受诏屯沔江，招集士众，商议去击杜弢。

第九十七回　张光视死如登仙

十月，氐羌杨茂搜之子杨难敌，遣其子贩易于梁州，被梁州刺史张光杀之。及光与王如余党杨虎相攻，光不能胜，使人求救于杨茂搜。茂搜遣难敌以兵来救光，被杨虎窃知，密使人持金宝厚赂难敌，反与虎夹击，张光大败，婴城自守，愤激成疾。僚属劝光退据魏兴，光按剑曰："吾受国重任，不能讨贼，今得死如登仙，何谓退也！"声绝而卒。难敌知光死了，城中无主，驱兵攻拔梁州，入屯扎之。

却说陶侃既受荆州刺史屯沔江，与诸将谋，兴兵来长沙击杜弢。杜弢亦引军出迎，两下交兵于城下。弢又败，被侃挥兵大破之，弢逃入城，坚守不出。

第九十八回　刘曜阴人攻长安

却说刘曜与麹允相持数月，乃阴使赵梁率精兵三万，偷袭长安，自为后应。梁得令，漏夜驰至，攻入外城。内城中军民鼎沸骇奔，愍帝大惊，奔射属楼。梁骑至龙尾坡，使人放火烧晋诸营。见内坚闭不出，恐有埋伏，亦不敢进，乃勒众退屯逍遥园中。

次日天明，将军麹鉴率兵二万来救长安，与曜众遇，战于武灵，兵大败。耀恃胜不为防备，与赵梁合兵而屯。麹鉴败归，麹允曰："汉既胜，谓我不敢再至，必无准备，正可袭之。"言讫，传令三军尽起，来劫曜营。曜果不设备，被允军袭之，汉军大败。刘曜见势头不好，引腹心弃营先逃。只有一将乔志明以众出拒战，被麹允杀之，其众溃散，走去大半。刘曜既走脱大难，招集残兵，复归平阳去讫。

第九十九回　**石勒奉表于王浚**

十二月，幽州都督王浚自谓英雄无比，豪杰无双，欲反晋自称尊号。当刘亮、高集切谏，皆被杀之。时燕国霍原志节清高，屡辞征辟。浚使人召至，以尊号事问之，原不答，浚诬以罪，杀之而枭其首。于是士民骇怨，而浚矜豪日甚，不亲政事，所任皆苛刻小人。枣嵩、朱愿贪横尤甚，北州谣曰："府中赫赫朱丘伯，十囊五囊入枣郎。"石勒闻知，集兵丁将士商议，欲袭之，未知虚实，将遣使观之。当参佐刁膺等请用羊祜、陆抗故事，致书于浚。勒以问张宾，宾曰："浚名为晋臣，实欲废晋自立，但患四海英雄莫之从耳。将军名振天下，今折节事之，犹惧不信，况为羊、陆之抗敌乎？夫谋人而使人觉其情，难以得志矣。"勒曰："善！子之言正合孤心。"于是，勒遣舍人王子春奉表于浚，浚大喜。其表曰：

> 勒本小胡，遭世饥乱，流离屯厄，窜命冀州，窃相保聚，以救性命。今晋祚沦夷，中原无主，为帝王者非公复谁？愿殿下应天顺人，早登皇祚，勒奉戴殿下如天地父母，殿下察勒微心，亦当视之为子也。

浚读罢大喜，谓子春曰："石公可信乎？"子春曰："殿下中州胄望，威行夷夏。自古胡人为辅佐，名臣则有矣，未言为帝王者也。石将军非恶帝王不为而让于殿下，原以帝王自有应立，非智力之所取故也，又何怪乎？"浚大悦，遣使以重礼报聘于勒。勒受之。时游纶兄游统为浚将，镇范阳城，遣使私附于勒。勒斩其使，遣人以其书与使人首级送于浚。浚虽不罪统，益信勒之忠诚，无复疑矣。

二年正月，有星如日陨于地；又有三日相承东行，又有流星陨于平阳北，化为肉。人视之，则长三十步，广二十七步，臭息闻于平阳。肉旁常有哭声，昼夜不止。汉主聪闻知，心甚恶之，以问公卿。陈元达曰："陛下女宠太盛，此应为亡国之征，宜修省之。"聪曰："此乃阴阳之理，何关人事？"言讫，忽后宫宫人奏："皇后刘氏产下一条大蛇，一只猛兽，在宫中伤人。"聪急使人捕之，军人即带兵刃去捕蛇兽，蛇兽飞走不见，寻之不获。军人急出奏知汉王。聪正烦恼，出榜去寻，忽群臣奏说："百姓道其蛇兽飞走在前陨肉之旁，如今其陨肉蛇兽不知何处去了，哭声亦止。"正论间，忽后宫宫人来奏皇后刘氏死了。聪流泪入宫，去讫。文武退班，刘聪入宫举哀，敛葬毕，自此之后乱宠，进御无序矣。却说王浚遣使者送玉麈尾与石勒。勒在襄国闻浚使至，尽匿其劲卒精甲，以羸师虚府以示，北面拜使者而受书。浚送勒麈尾，阳不敢执，悬之于壁，朝夕拜之，曰："我不得见王公，见其所赐，如见王公也。"使人见勒如此殷勤，以为是实。时勒复使董肇奉表，同使人去见王浚，期以三月中旬亲诣幽州奉上尊号。又修笺将金帛送与枣嵩，求并州牧。枣嵩受勒赂，甚称勒德于浚。浚又得勒表，心中大悦，又问使人虚实动静之事。

使人俱陈勒形势寡弱，款诚无二，及言拜麈尾之事。浚亦以为实，心中不疑，不为设备矣。

却说石勒问浚于王子春虚实如何，子春曰："幽州去岁大水，人不粒食。王浚积粟百万，不能赈赡，刑政苛酷，赋役殷烦。忠贤内离，夷狄外叛，人皆知其将亡。浚意气自若，曾无惧心。更置台阁，布列百官，自谓汉高、魏武不足比也。"勒抚几笑曰："王彭祖真可擒也。"

却说汉嘉、涪陵、汉中之地皆为成有。成王李雄虚己好贤，随才授任。命太傅李骧养民于内，李凤等招怀于外。刑政宽简，狱无冤囚，兴学校，置史官。其赋民，男岁谷三斛，女人半之，疾病又半之。户绸绢不过数丈，绵数两，事少役希，士民多富实，新附者给复除。是时天下大乱，而蜀独无事，年谷丰登，竟可闾门不闭，路不拾遗。然朝无仪品，爵位滥溢，吏无禄秩，取给于民。军无部伍，号令不肃，此其所短也。

时梁州张咸闻知，乃与民众谋集五万人，欲逐杨难敌以州来降于成。难敌见兵起，亦不敢战，引兵退还。于是张咸以梁州降于成，成主李雄封咸为将，就镇梁州。

第一〇〇回　石勒袭蓟杀王浚

三月，石勒欲袭王浚而未敢发，因惧刘琨、乌桓为后患也。张宾曰："明公欲图王浚而趑趄未发，岂非畏刘琨及鲜卑、乌桓为吾后患乎？"勒曰："然。"宾曰："彼三处智勇皆不及明公。明公虽远出，彼必不敢轻动。且彼不靖，明公便能悬军于千里取幽州也，轻车往返，不出二旬。即使彼有是心，若其谋议出师，吾已远矣。刘琨、王浚虽同名晋臣，实为仇敌。若修笺于琨，送质请和，琨必喜我之服而快浚之亡，终不救晋而袭我也。用兵贵神速，勿后时也。"勒曰："吾所未料，右侯已料之。"遂遣使奉笺于刘琨，自陈罪恶，请讨浚自效。琨大喜，移檄州郡，言勒已降，当攻平阳以除僭逆，军未及发。

三月，勒军达易水。浚督护孙纬见勒兵驰至，遣人白浚，自以兵拒之，游统禁之勿拒。王浚闻纬使人报石勒至，遂得令勿拒，候我来见。浚将佐曰："胡人言而无信，必有计，请击之。"浚怒曰："石公来，正欲奉戴我也。况前日表至，约在此时，岂有诈乎？敢言击者斩！"即令诸将设饷以待之。

勒次晨至蓟，叱守门者开门。犹疑有伏，先驱牛马千头，声言上礼，实欲塞诸街巷。浚始悔时，勒诸将已各升其听事堂。王浚出与石勒相见，被勒叱令执之于前。浚骂曰："胡奴调乃公，何凶逆如此？"勒曰："公位冠元台，手握强兵，坐观本朝倾覆，曾不之救，乃欲自尊为天子，非凶逆乎？"言讫，传令左右，即监送还襄国斩之。浚之将佐皆至勒军门谢罪。前尚书裴宪、从事中郎荀绰独不至，勒召而让之。宪、绰对曰："宪等皆世为晋臣，荷其荣禄。浚虽凶粗，犹是晋之藩臣，故从之，不敢有二。今明公苟不修德义，专事威刑，则宪等死自其分，请就死。"不拜而出。勒谢之，待以客礼。勒数朱愿、枣嵩等以纳财乱政，责游统以不忠所事，皆令斩之。浚将佐亲戚家眷皆巨万，惟宪、绰只有书千余卷，盐米各十余斛而已。勒曰："吾不喜得幽州，喜得二子耳。"于是以宪为从事中郎，绰为参军，分遣流民各还乡里。勒停蓟二日，焚浚宫殿，以故尚书刘翰行幽州刺史戍蓟，置守宰而还。

孙纬闻知王浚被害，以军拦住石勒归路。勒众与战不利，退寻别路而归，得还襄国。遣使奉王浚首，献捷于汉主。聪大悦，使使以勒为东单于。

刘琨闻知勒杀王浚，献首于汉，方知勒无降意，遣使请兵于代公，会击平阳。代公拓跋猗卢得琨书，即起兵。其部下杂胡欲谋应勒，代公闻知，悉诛之，因此迟滞，不能赴约。琨见北兵不至，亦未敢行。

却说刘翰见勒军退还襄国，驱逐戍守之吏，乃以蓟城归段匹䃅。匹䃅引众人据蓟城。

第一〇一回　邵续弃子归晋室

却说王浚所署乐陵太守邵续,因王浚死而附石勒,勒以其子邵乂为督护。渤海太守刘胤闻浚被杀,乃弃郡依续。谓:“续君子,晋之忠臣,奈何从贼以自污乎?”言未讫,会段匹磾使人以书邀续同归江东,续从之,回书使人复命。左右曰:“君归江东,其如令嗣邵乂何?”续泣曰:“我岂能顾子而为叛臣乎?”因杀异议者数人。于是续已知决定,使刘胤来江东见左丞相睿,具说归晋之事。睿大悦,以刘胤为参军,遣使拜邵续为平原太守。石勒闻知邵续归江东,乃杀邵乂。石勒见邵续去江东,自率众来围之。续使人求救于段匹磾,匹磾自以五万军来救,勒乃引军退还襄国。续出城谢段匹磾及犒劳其卒,匹磾亦还蓟讫。是时,襄国大饥,谷二升值银一斤,石勒甚忧之。

时五月,太尉凉州牧西平公张轨寝疾,集文武将佐于卧内,吩咐曰:“吾将不豫,汝等文武将佐忠辅吾世子张寔,务安百姓,上思报国,下以宁家。”言讫而卒。长史张蹇即主丧事讫,乃使使入朝,表世于张寔摄父之位。愍帝诏寔为都督刺史、西平公,谥轨曰武穆。

第一〇二回　刘曜赵梁寇长安

六月，汉主聪使大司马刘曜、赵梁以兵十万来寇长安，刘曜奉命督军，使将军赵梁寇新丰城。却说晋愍帝设朝，近臣奏知，帝遣卫将军索綝领兵五万出迎。索綝得诏，点军即行。却说赵梁出战常胜，累建大功。闻索綝领兵来迎，有轻綝之色。当长史鲁徽谏曰："晋之群臣自知强弱不敌，将致死于我。索綝若来，将军勿轻之。其足智多谋，武艺亦不在将军之下。宜坚壁勿战，观彼动静，然后出奇兵胜之。"故兵法曰：'知己知彼，百战百胜'耳。'梁大怒，曰："以司马模之强，吾取之如拾芥。索綝小竖，岂能污吾马蹄宝刀耶？"

次日，率轻骑数十讨之，曰："要当获綝而后食。"索綝见赵梁在阵前搦战，綝令精兵在前，以箭射住阵脚，急与偏将王文至曰："你可同王武二人速退，各引守寨之兵伏于二十里西北屏山谷内，待吾败回，彼必赶来。候彼军入谷，你二人杀出截住，吾复杀回，两下夹攻，可擒赵梁。"文、武二人得计退去，领兵埋伏讫。索綝亲自披挂持戟，出阵前大骂："胡贼焉敢犯境。"梁大怒，执枪杀过阵来。与交锋，将次十合，綝佯败便走。梁不知是计，引兵赶来。未上五里之程，忽听得一声炮响，伏兵四起。前有索綝拦路，后有王文、王武杀来，杀得汉兵十去其七，大败奔溃。

赵梁死战得脱而归，悔曰："吾不用徽言至此，何面目见汉王？"先命斩徽，徽大怒曰："将军愚愎以取败，乃复忌人害胜，犹有天地，其得死于枕席乎！"言讫自杀。后梁攻北地，中弩而死。

冬，汉王聪以子刘粲为相国，粲少有隽才，自为丞相，骄奢专恣，远贤亲佞，严刻愎谏，国人始恶之。

三年正月，周勰以其父遗言，因吴人之怨谋作乱。使吴兴功曹徐馥矫称勰叔父周札之命，收合徒众，以讨王导、刁协，豪杰翕然附之。是月，馥杀吴兴太守袁琇，欲奉札为王。周札闻知大惊，以告吴兴太守孔侃。勰知札意不同，不敢发。馥党惧事不成，乃攻馥杀之。札子周续亦聚兵应馥，闻馥死，亦退不发。左丞相睿闻续为乱，集诸将议发兵讨之。王导曰："今若少发兵则不足以平寇，多发兵则根本空虚。续族弟黄门侍郎周延，忠果有智，请独使延往，足以诛续，何必纷纷起兵劳民乎？"睿从之，即使延去，同孔侃诛逆。延得命兼行，至吴兴郡，将入府，遇周续于门，延逼续与俱诣府与侃相见。礼毕，分列而坐，延指续谓侃曰："府中何以置贼在座耶？"续即出衣中刀逼延，延叱令将续格杀之。因令收周勰至，谓曰："汝等如何谋叛，累我宗族？吾奉左丞相命，来同孔府君诛汝。"勰曰："非干我事，乃兄周邵命勰用徐馥之谋。徐馥虽已死，邵还在宅。"于是延引百余人，令收邵诛之。延不归家省母，遂长驱而去，报知左丞相。睿大悦，以札为吴兴太守，以延为太子右卫率。睿以周氏吴之豪望，故不穷究，待勰如旧矣。

却说愍帝聚集文武商议中兴之策，群臣奏曰："臣等闻单于平阳拓跋猗卢有雄兵百万，猛将千员，与先帝有恩，今不如封其为王，以藩屏求应，可保国家无危，不惧胡兵也。”帝曰：“卿等所议正合朕心。”于是使使诏来平阳，封猗卢为代王。

却说猗卢与诸部大人商议边庭之事，闻中国愍帝有诏至封王，即命左右排香案跪听。宣读毕，方知封他为代王，谢恩讫，受其印绶。排宴款待使人，以金宝回贡晋主，时赐使人回朝去讫。猗卢既为代王，乃置官属，分君臣之礼。时国俗宽简，人皆不畏。至是代王明刑峻法，以示群下，诸部人多以违命得罪。代王升殿，复集文武谓曰：“今吾以法示，如何故违？再有违命者，皆举部戮之，决不恕免。”群臣曰：“自后再不敢干。”于是中外肃然，无有再犯。

二月，晋愍帝发二使以左丞相睿都督中外诸军事，以南阳王保为相国，以刘琨为司空。

却说代王闻并州从事莫舍贤，乃遣人至并州见刘琨，求莫舍为长史，刘琨从之。莫舍不欲去，琨谓曰：“以并州单弱，吾之不材，而能自存于胡羯之间者，诚乃代王之力也。吾倾身竭货，以长子为质而奉之者，庶几为朝廷雪大耻也。卿欲为忠臣，奈何惜共事之小诚而亡殉国之大节？平生事代王，为之腹心，乃一州之所赖也。”于是舍遂来见猗卢。猗卢甚重之，常与参大计。代王用法严苛，一人犯法者举部就诛，老幼相携而行，人问何之？答曰：“往就死。”无一敢逃匿者。

第一〇三回　周访击斩贼张彦

三月,却说王敦遣陶侃等讨杜弢。侃既以兵讨杜弢,前后共数十战皆胜。杜将士多死,于是弢使使来江南请降于左丞相。睿受其降,遣人以弢为巴东监军。弢既受睿命为巴东监军,陶侃攻之不已,弢不胜愤怒,复反。遣其将张彦攻陷豫章郡,周访以军来击彦。彦即出城拒迎,与访交战不上数合,彦被周访拍马冲阵而斩之,彦众遂降于访,访遂入屯豫章。

时平阳血雨三日于汉东宫延明殿,太弟刘乂心甚恶之。太子太傅崔玮、太子太保许遐说乂曰:“今相国威权逾于东宫,殿下非徒不得立也,朝夕且有不测之危,不如早为之计。”乂弗从。舍人告于汉主聪。聪大怒,即选一人诛之。使将军卜抽将兵五千,监守东宫。乂大惊,急遣人上表,乞为庶人,且请以刘粲为嗣。卜抽监住,不能得出户。

汉青州刺史曹嶷尽得齐、鲁间郡县,自镇临淄,有众十余万,临河置戍。石勒闻之,使人入平阳,称曹嶷有专据东方之志,请为讨之。汉主聪与近臣议,恐勒灭嶷,不可复制,因此不许。勒遂不敢行。

却说汉主刘聪纳中护军靳准二女月光、月华,立月光为上皇后,以刘贵妃与月华为左右皇后。当陈元达知立三后,入内苦谏曰:“自三皇五帝以至于今,未有一国而立三后,非为礼也。今陛下不思求贤,专事宠女,诚恐社稷危矣。”汉主怒而不听。元达又奏:“月光素有秽行。”聪亦不听。月光得悉元达所奏,惭愧自杀。聪以是恨元达,乃迁元达为御史大夫,喝令速行。元达满面羞惭而出,曰:“忠言逆耳,庸君不纳。”于是闷闷回第去讫。

第一〇四回　陶侃击破杜弢死

却说陶侃与杜弢相攻，弢屡败。是日，弢使王贡出挑战，侃亦领兵出阵。侃遥谓王贡曰：“弢为益州小吏，盗用库钱，父死不奔丧。卿本佳人，何为随之？天下宁有白头贼耶！”贡听见，遂弃戈投降，侃与并马而还，以酒相待。次日，用贡为前部，自为最后，以军来击杜弢。弢众不战自溃，弢不能敌，乃单骑逃走。至湘州，因发疾，竟死于道中。陶侃以军进克长沙，湘州悉平。于是，丞相睿进王敦为征东大将军、都督江、扬、荆、襄、交、广六州诸军事，江州刺史，敦始自选置刺史，刺史以下，寝益骄横。

初，王如之降也，敦从弟王棱爱如骁勇，请敦将如配己麾下，敦从之，棱甚加宠遇。如数与敦诸将角射争斗，棱杖之数十下，因此如深以为耻。及敦潜畜异志，棱每谏之，王敦大怒，密使人激如杀棱。如恨其杖己之怨，乃夜持刃入内杀之。敦闻之暗喜而佯惊，亦使人捕如诛之。

第一〇五回　王敦意欲害陶侃

初，朝廷以第五猗为荆州刺史，杜曾迎于襄阳，聚兵万人，与猗分据汉、沔。侃既破杜弢，乘胜进击杜曾。而侃有轻曾之志，反为杜曾所败，死者数百人，遂以兵屯驻不战。

时荆州都督荀崧屯宛城，杜曾乃撇侃以兵来围宛城。时崧军少食尽，恐不能敌，欲来求援于故吏襄城太守石览，无人敢往，心内大忧。当崧小女荀灌娘年十三岁，有胆智，见父烦恼，进曰："父亲大人休忧，女儿愿往石太守处求取救兵来解此围。"崧执不与行，灌娘只管率士五十余人跃城突围夜出，与曾交战，且战且前，冲出重围，直至襄阳拜见石览，说求救之事。览曰："荀使君被困，下官理宜发兵，奈治下兵少粮稀，无将领兵。今既小姐自来，其势甚危。你且休忧，吾兵虽少，亦只得行。吾有友人周访，吾作书与汝去彼处求救兵，彼必能同吾往救。"于是，写书与灌娘，持见周访。访得览书视之，即命其子周抚、率军二万来与览同救襄阳。杜曾闻二处救兵至，乃引兵遁去。抚、览之军见曾遁去，亦引军还。杜曾无城可据，恐无倚凭，使人于荀崧处求自效。崧恐其再攻，故许之。陶侃闻知，遗崧书曰：

杜曾凶狡，所谓鸱枭食母之物。此人不死，州土不宁，足下当识吾言，早为之计。

崧自思兵少，藉为外援，不从侃言。杜曾过数月果反，复率流亡二千余人来围襄阳。崧坚闭不出，相持月余。曾不能克襄阳，引众而还。

却说王敦手下嬖人钱凤疾陶侃之功，屡毁之不止，因此侃久沉在外，不得录用。侃遂亲自来见王敦，陈上功勋，敦留不遣，以侃宛转广州刺史，以其弟廙为荆州刺史。侃所统荆州将吏郑板等诣敦留侃复荆州刺史，王敦不许，于是郑板等众情愤怒，遂迎杜曾、第五猗以拒王廙。王廙不敢入荆州，乃遁还。王敦意郑板等必承陶侃讽旨始叛，乃自披甲持矛将杀侃，出而复还者数四。陶侃在外正色曰："郑板等来见使君，吾未尽知，亦不曾一会。今虽谋反迎曾，非吾所知。使君雄断当裁天下，何所不决乎！"敦始解甲如厕。参军植陶即入言于敦曰："周访与侃姻亲如左右手，安有断人左手而右手不应者乎？"敦意解，即出，转怒为欢，乃设盛撰以饯之，曰："今日是吾不明，颇有小失，卿勿为恨。仅陈薄酌，代卿送行，来日卿可速往广州赴任。"侃拜谢，饮醉而出。至夜领自部属，驰入广州。

时王机盗据广州，侃至始兴州，人皆言宜观察形势，且停数月而去。侃不听，直至广州。侃既入广州，安民阅武，分守戍边。又遣督护将军郑正以军二千去讨王机，王机闻知，遂逃去，广州遂平。

史说陶侃，字士行，本鄱阳人。吴平，徙居庐江之浔阳。父舟媵妾生侃，侃家贫贱，其嫡母湛氏，每纺绩资给之，使侃交结胜己者为友。侃少曾为得阳吏，奉官差常监鱼梁，私以一缸鱼鲊使人送归以奉母。母不受，即封鲊寄还，写书责侃曰："汝为吏以官物遗我，非惟不能益吾，乃以增吾忧矣。"侃得书，自觉愧怍，不能立身扬名以显扬父母，郁郁而怅。复渔于雷泽，因网得一织梭，归至宅以挂于壁间。有顷，忽雷雨大作，其梭自化成龙而去，侃又闷闷不已。是夜梦身生八翼，飞而上天，见天门九重，将登八重，惟一重门不得入去，被阍者以杖击之，因坠地，折其左翼。及醒，觉左腋痛。次日，思想其梦，恐不祥，因出外行走，遇术者师圭，侃请其相。师圭即相侃至左手，因谓曰："君中指有竖理，当为公，若更彻于上，贵不可言。"侃拜谢归家，以针决上见血，其纹成为公字，以纸裹手，公字愈明矣。侃自是益喜，因与友人鄱阳孝廉范达归家，留达宿歇。贫无所措，侃入与母说留达之事。其母湛氏乃撤所卧薪荐，自剉给养其马。又自密截发卖与邻人，沽酒供肴馔。达闻之，叹息曰："非此母不生此儿也！"称赞不已。次日，达辞去，侃从送百余里，达问曰："君欲仕郡乎？"侃曰："困于无津耳。"言讫，二人相辞而行。后范达过庐江，入探太守张夔共话，达称赞湛氏之德、陶侃之贤，慕羡不已。夔大喜，送达出府，即使人召陶侃至，以为督邮，又迁主簿。

偶张夔妻某氏有疾，夔出堂，闻鄱阳郑医者用药如神，即问谁人肯去鄱阳请医。此时天落大雪，寒不可当。况庐江到鄱阳百余里之程，诸官吏皆不答。侃独应声而出，曰："资于事以事君，小君犹母也，有父母之疾而不尽心乎？某请行。"言讫即去请。医人至疗，夔妻疾愈，由是众服其义。夔举侃以为孝廉，举至洛阳。时郎中令羊晫与陶侃同州里人，晫谒之，闻其贤，甚敬之，曰："《易》称'贞固足以干事'，陶士行是也。"于是与侃同乘来见中书郎顾荣。荣亦知其贤，甚奇之，荐于朝廷，因此知名。先时，尝与羊晫同乘而行，有吏部郎温雅谓晫曰："君何与小人共载？"晫曰："此人非凡器，乃国之柱石也。"后母死，即卸职回家居优，朝夕涕泣，庐于墓侧。忽有二客来吊，不哭而退，化为双鹤，冲天而去。人皆异其孝感天地，无不敬之，因此孝名闻于州里。陶侃既在广州，无事辄朝运百甓于斋外，暮运百甓于斋内。人问其故，侃曰："吾方致力中原，过尔优游，恐不堪事，故习劳耳。"人皆尚之。

时十月，汉刘曜以兵五万寇北地，进拔冯翊。麹允军于灵武，以兵弱不敢进。愍帝大惊，屡征兵于相国司马保。保左右皆曰："蝮蛇螫首，壮士解腕，今胡寇方盛，且宜断陇道以观其变。"从事中郎裴诜曰："今蛇已螫头，头可断乎？"于是即以胡崧为前部都督，领诸军事。愍帝见保军士不至，心中大惧。麹允与索綝商议，欲奉帝往就保。綝曰："保得天子，必逞其私志。"允意遂止。于是，自长安以西不复贡奉，百官饥乏，采粟以自存。

却说凉州军士拾得玉玺，文曰皇帝行玺，献与张寔，僚属皆贺。寔曰："是非人臣所得留。"遂献之于国。

第一〇六回　汉杀陈休等七人

四年二月，汉中常侍王沈，郭猗荣宠幸用事，汉主聪游宴后宫，或百日不出，政事一委相国粲，惟生杀除拜，乃使沈、猗入白。沈等多以私意决之，而沈、猗有怨于太弟乂，谓相国粲曰："猗今与大将军谋，因上巳大宴作乱，今祸期将近，宜早图之。殿下如不信臣言，可召大将军从事王皮、刘惇，许其归道以问之，则可知。"粲许之。猗密出，谓皮、惇曰："三王反状，'主上及相国俱知之矣，卿闻之乎？"二人惊曰："无之。"猗曰："此事已决，吾怜卿亲旧，必并见族耳。"因佯为欷歔流涕。二人大惊，叩头求救。猜曰："倘相国问卿，卿但云有之，无事惊忙。"惇许诺。

次日，粲召王皮、刘惇入问之，言皆同而其辞若一，粲以为信然。靳准复说粲曰："人告太弟为变，主上必不信，宜缓东宫之禁，使宾客得往来。太弟虽好待士，必不以此为意。轻薄小人不能无迎合为之谋者，然后下官为殿下露表，乃尽收其宾客，拷问之。狱辞既具，则主上无不信之理也。"粲然之，乃命卜抽引兵离东宫去讫。

时东府少傅陈休、将军卜崇为人忠直，王沈深疾之。侍中卜干密知其事，因谓休、崇曰："沈等势力足以回天地，卿辈自料亲贤，孰与窦武、陈蕃？"休、崇曰："吾辈年逾六十，职位已崇，惟欠未捐身，死于忠义，乃为得所，安能俯首低眉以事宦竖乎？"至是，靳准表太弟与东宫佐属谋欲为乱。汉主聪大怒，令收休、崇与特进綦毋达等七人诛之。此七人皆群臣所恶，故使汉主诛之。卜干进谏，王沈叱之曰："卿莫不同谋乎？"汉主聪亦怒，免为庶人。各官与刘易及陈元达等谏曰："今遗晋虽殄，巴蜀不宾，石勒谋叛，国无贤臣，欲王全齐，陛下心腹四肢，何以无患？乃复以王沈、郭猗等助乱诛巫咸，戮扁鹊，臣恐遂成膏肓之疾，虽救之不可及矣。"乃上疏曰：

> 臣伏惟天下所以有逆不正者，皆奸人播弄蒙蔽圣聪，侮慢天常，窃权承宠，浊乱海内，擅握王命，党恶相乘，攻击正人。一至出门，便获大赏。京畿诸郡，数百万膏腴美田，皆沈等所据，致使侯服要荒，盗贼蜂起。士民皆言先诛宦竖，以除民害。从台阁求乞贤臣，随慰抚以至新安。臣闻扬汤止沸，不如抽薪；溃痈虽痛，胜如发毒。临溺呼救，悔之无及。臣请诛沈等，则社稷幸甚！天下幸甚矣！

时汉主聪在上秋阁见表，反以表示沈等，笑曰："群儿为元达所引，益成痴也。"聪问沈于粲，粲盛称其忠清。聪大悦，封沈等为列侯。刘易又上疏极谏，聪大怒，手裂其疏，易忿恚而卒。刘易素忠直，元达倚之为援，得尽谏诤。及卒，元达哭之，恸曰："人之云亡，邦国殄瘁。吾既不复能言，安用此默默苟生乎？"归宅遂自杀。国中士民闻者，莫不悲叹。

史说陈元达，字长宏，后部人。本姓高，以生月妨父，故改云姓陈。自幼孤弱，躬耕读书，年四十不与人交通。先刘元海为左贤王时，闻名而召之。元达不答。及刘元海僭号，征为黄门郎，既至引见，元海曰："卿若早来，岂为郎官而已？"元达曰："臣惟性之有分，盈分者颠，臣若往叩天门者，恐陛下赐处于廊庙、纳言之间，此则非臣之分。是以抑情盘桓，侍分而至。大王无过授之谤，小臣免致寇之祸，不亦可乎？"元海大悦。元达在朝忠謇，屡进谠言，退而焚草稿，子弟莫有知者。汉主聪常谓元达曰："卿当畏联，反使朕畏卿乎？"元达叩头谢之。及其死也，人人冤之。陈元达已死，汉主聪大宴群臣，传旨引太弟刘乂同宴。见乂憔悴而涕泣陈谢，甚称被诬之事，聪亦大哭，待之如初。

第一〇七回　代王兴兵讨六修

却说代王猗卢先爱其幼子比延，欲以为嗣。使长子六修出居新王城，而黜其母。是岁，六修来朝，代王以比延为嗣，使六修拜比延，六修不从而去。代王大怒曰："吾行法律以制群下，何敢逆之?"即唤西渠、赵延二部大人，各领兵十万为左右先锋，代王自领羽林军五千为合后，杀奔小平阳而来。六修使人打探，知得备细回报六修说，代王亲征，六修在小平城，先分付曹屯以兵守西陵，以为犄角之势，深沟高垒，却不出战。

忽人报代兵已渡江，必须迎之。修曰："但坚守勿战。"骁将朱金忿然而进曰："代兵临城而不出战，是怯也。况吾军新旺，若不重仗锐气，军皆惰矣。愿借五千军土，某去决一死战。"修从之，令朱金点马步军五千出城迎敌。两阵对圆，朱金出马，与西渠更不打话，战至四五合，西渠败走。朱金引五千人马赶入阵去，被赵延指麾五千兵马裹围。朱金于阵中左右冲突，不能得出。六修在城上望见朱金困于垓心，急使左右备马。长史陈矫谏曰："殿下保重，不可自出军。今朱金不听约束，妄自出战，致败如此。假使弃此数百人，何将军轻出而救乎?"修曰："不然。若朱金一失，小平阳必不可保也。"遂披甲上马，引手下壮士五千骑出城，陈矫于城上助威擂鼓。修引军隔代军百余步，通于一沟之上。陈矫将为六修只就那里扎住，遥与朱金为声势。只见六修大呼一声，骤马飞渡浅沟，众皆奋力而过。修独先执刀杀入代阵，代兵迎之，不能挡而走。修直至垓心，救出朱金。回顾阵中尚有数十骑不能得出，修复突入重围，所到莫敢阻拦，救出这一彪人。正遇着赵延拦路，被修奋武冲散代兵，朱金助威，代兵大乱。修将曹屯亦引兵出，大杀代兵一阵，缓缓而回。陈矫举杯迎门出接，赞修曰："殿下真天人也。"言讫，调兵坚守四门，不出交战。

却说赵延兵败，伤折太多，回见代王。代王大怒，欲斩赵延。诸部大人告免，方免二人。代王自此烦恼得病，渐渐加重。将危，诸部大人入见，言于代王曰："今大王病重，况又屡战失利，不如退兵还都，待大王疾瘥再来征讨未迟。"代王曰："既卿等所劝，暂且回兵，来春再战。"言讫，传令部众，引兵即还北都。代王由是发愤成病而卒，众部以比延年幼，故不立。遂推猗㐌子普根为主，将率军五万来攻六修。次日，交战十数合，六修被普根斩于马下，尽收其众归国。会将军卫雄、箕澹与刘琨质子遵谋归晋，率晋人及乌桓三万人、马牛羊十万头归于刘琨。琨由是复振。代普根忧恨成疾而卒。国人与诸部乃立郁律为主，袭晋爵为代王，总摄诸部，威名复振矣。

却说西平公张寔下令所部吏民，有能举其过者，赏以布帛、羊豕。当时曹佐隗瑾曰："明公为政，事无巨细，皆自决之，群下畏威受成而已，如此虽赏千金，终不敢言也。明公宜少损聪明，延访群下，使各尽所怀，然后采而用之，则嘉言自至，何必赏也?"寔悦而从之，增隗瑾之位二等。又遣将军王该率步骑五十人入援长安，又送诸郡贡税入朝。索綝奏愍帝降诏，拜张寔为都督陕西诸军事。却说石勒引兵攻廪丘，刘演恐寡不敌众，乃弃城而走，投段匹磾去讫。因此石勒又得廪丘城，使人戍之。

第一〇八回　梁纬夫妻死恩义

七月,汉刘曜攻拔北地郡,以兵进至泾阳。麹允欲以军救之,被刘曜计使百姓于道反间,给允曰:“郡城已陷,去无及也。”因此允逗留,众惧而溃。被曜引众来追,允军寡弱,大败而还。复集将士万人,来取北地郡。允性仁厚,无威权,专以爵位悦人。诸郡太守皆领征镇,村坞主帅,小者犹假银青将军之号,然恩不及下,故诸将军骄恣而士卒离怨。

于是刘曜进至泾阳,河北诸城悉溃,如入无人之境。忽诸将获晋将军鲁克、梁纬至,曜命释其缚,与酒饮之,曰:“吾得子,天下不足定也。”克曰:“身为晋将,国家丧败,不敢求生。若蒙公恩,速死为幸。”曜曰:“忠义士也,吾不杀汝。”因赐剑与其自裁。鲁克、梁纬接剑,皆自刎而死,曜深惜之,叹嗟不已。诸将又获将梁纬之妻辛氏至,曜见辛氏美色,欲以为妻。辛氏不从,哭之曰:“妾夫已死,义不独生。且一妇人而事二夫,将军何取之乎?”曜曰:“此贞女,听其自裁。”辛氏亦求剑自杀。曜悲哀不已,皆以礼葬之。

却说汉主聪立故张皇后侍婢樊氏为上皇后,三后之外,佩皇后玺绶者复七人,嬖宠用事,刑赏紊乱。大将军刘敷数涕切谏,聪怒曰:“汝欲乃公速死,即何以朝夕生来哭人也?”敷归,忧愤而卒。

时汉大蝗,民流殍者什五六。石勒闻知,遣将屯并州,招纳流民,归之者二十万户。聪知,遣使让之,勒不受命。

第一〇九回　愍帝出降于刘曜

汉刘曜既陷北地诸郡，乃集大众来攻长安。时安定太守焦嵩、新平太守竺恢引兵来救长安，皆畏汉兵强盛，不敢进兵。相国司马保使胡崧以二万人援长安，至灵台正遇汉兵至，两下交锋，连战五十余合，被崧出奇兵冲阵，汉兵大败，十伤其六。刘曜不敢恋战，引众冲入长安。胡崧既胜，破曜之众，恐国复振，则麴、索二家势盛，乃引兵还槐里，坐观胜败。

刘曜引兵寇长安，胡崧如何不救观。
其时借得龙泉剑，将此奸臣不义碗。

刘曜闻胡崧退去，乃驱兵攻陷长安外城。麴允、索綝引军退守小城，内外断绝。城中饥甚，百姓将士亡逃不可制，惟凉州义众千人守死不移。太仓有麦数十斛，允屑之为粥以进。至是，愍帝泣谓允曰："今穷厄如此，外无救援，当忍耻出降，以活士民。"因叹曰："误我者麴、索二公也。"近臣奏曰："长安军民扶老携幼，哭声振动天地，各自逃生溃去。目今兵微将寡，难以迎敌，若投降可保百姓。"

言未了，御屏风后转出一人，乃愍帝八子甚，封北地王。帝生子九人，皆懦，惟甚自幼英气过人。时甚出殿前大喝曰："偷生鼠辈，岂妄议社稷大事？自古岂有降天子哉？可斩此人，臣请出战。"帝曰："今大臣议皆可降，汝仗血气之勇，欲令满城流血耶？"甚曰："此辈未尝见其干预政事，今妄起乱言，甚非其理。臣窃料长安之兵有数万，琅邪王全师皆在江南，若有人去召，必来解救，内外夹攻，可获全胜。岂听鼠辈之言，轻弃先君之基业乎？"帝叱之曰："汝小儿岂识天时也？"甚叩头大哭曰："若理穷力极，祸败必至。便当父子背城一战，同死社稷，以报先君可也。"帝令拖下殿阶，甚叩头大哭曰："吾祖宗不容易得社稷，一旦弃之，吾宁死不降也。"

愍帝庸才信浅谋，不思守国欲降仇。
当时若听太子语，未必山河扫地休。

愍帝令推出宫门，便作降书，使侍中宗敞送降书于曜。被索綝闻知，潜留敞在府，密使其子去说曜曰："殿下若许索綝以车骑、仪同万户郡公者，请以城降。"曜即斩其子，使人送之曰："帝王之师以义行也。孤将兵十五年，未尝以诡计取人，必穷兵极势，然后取之。今綝所言如此，天下之恶逆也，辄相为戮之。"綝大惊，遂放敞见耀，曜受之降。

次日愍帝乃乘羊车，肉袒而缚，衔璧舆榇出降。群臣号泣攀车，帝亦悲不自胜。御史中丞吉朗叹曰："吾智不能谋，勇不能死，何忍君臣相随，北面事贼虏乎？"言讫，乃自杀。帝亦哭，与辛宾出东门，谒大司马曜军前投降。时耀知晋帝来降，领兵入城至东门道主，见愍帝与群臣伏道请降，曜下马扶起晋主，令左右焚榇受璧，迁晋帝及公卿于其营，令兵卫之，自入长安屯扎三军。

次日，令中将军李益送愍帝及公卿，并库藏、宝贝、玉璧来平阳见汉主聪。聪大喜，临光极殿。愍帝稽首于前，麹允伏地恸哭。聪大怒，命囚之。允大哭一场，乃自杀。聪叹悔不及，以愍帝为光禄大夫，封怀安候。以刘曜为太宰，假黄钺，督陕西诸军事，封秦王。赠麹允车骑将军，谥节愍侯。将索綝斩于市曹。聪赐晋帝与公卿居馆驿，使军卫之，月给俸米。

史说先愍怀太子妃王氏，乃太尉王衍之女也，字惠风，贞婉有志节。先与愍怀太子为妻，后太子既废，惠风与父王衍居于金墉。其父王衍因太子废，请绝婚。惠风不肯，道忠臣不事二君，烈女不嫁二夫，即请乘舆，号哭而归，为太子行。行路人皆为之流涕，称其烈女。

其时汉刘曜既得长安，又领兵来攻洛阳。洛阳吏士军民闻风奔溃，无人守城。刘曜入洛阳城，尽收晋之宗室，悉行诛戮。因见王氏惠风有貌，曜不忍杀之，以惠风赐其部将乔属为妻。属大喜拜谢，领惠风归帐。命左右整备筵席，要与成亲。因携惠风手同坐，风拔其所佩剑在手，拒属曰："吾乃晋太尉公之女、皇太子之妃，生为晋妇，死作晋鬼，安肯从汝胡狗为妻?"言讫，以剑刺乔属。乔属大怒，取左右利刃将风杀之。可怜忠烈女，到此一命休。有诗叹曰：

晋亡宗室尽遭擒，堪叹王妃贞烈行。
朝中徒有许多士，岂及金墉一妇人。

干氏宝曰：

晋之亡也，树立失权，付托非人，四维不张，而苟且之政多也。夫基广则难倾，根深则难拔，理节则不乱，胶结则不迁。

昔之有天下所以能长久，用此道也。今晋之兴也，创业立本，固异于先代矣。加以朝寡纯德之人，乡乏不贰之老，风俗淫僻，耻尚失所。学者以庄、老为宗而黜六经，谈者以虚荡为辨而贱名检，持身者以放浪为道而狭节信，进仕者以苟得为贵而鄙居正，当官者以望空为高而笑勤恪。是以刘颂屡言治道，傅咸每纠邪正，皆谓之俗吏。其倚仗虚旷、依阿无心者，皆名重海内，礼法刑政，于此大坏。国之将亡，本必先颠，其此之谓乎？故观阮籍之行，而觉礼教崩弛之由；察庾纯、贾充之争，而见师尹之多辟；考平吴之功，而知将帅之不让；思郭钦之谋，而寤戎狄之有衅；听傅玄、刘毅之言，而得百官之邪；核傅咸之奏、钱神之论，而知宠赂之彰。民风国势如此，虽以中庸之君、守文之主治之，犹惧致乱，况惠帝以放荡之行临之哉！怀帝承乱得位，羁以强臣；愍帝奔播之后，徒守虚名。天下之势既去，非命世之雄才不能复以取之矣！

《历年图》曰：

武帝既迁魏祚，席卷全吴，续禹膺服，恃其治安，荒于酒色。以开基之始，不为远图，崇尚浮华，败弃礼法。惠帝昏愚，不辨菽麦，譬之万金之宝，弃之中衢，无人守之，安得不为他人有乎？祸起于闺门，成于宗室，骨肉相残，胡羯、氐、羌、鲜卑争承其弊，剖裂中原，齑醢生民，积骸成丘，流血成渊，几三百年，岂不哀哉！

第一一〇回　刘琨失据奔蓟州

却说石勒以五万之众围乐平，乐平太守韩据使人请救于刘琨。琨新得猗卢之众，欲因其锐气以讨勒。箕澹源曰："此虽晋民，久沦异域，未习明公恩信，恐其难用。不若闭关守险，务农息兵，岂可远出与战？"琨不从，命澹速行。澹不得已，率骑二万前驱。琨以军屯广牧，为之声援。

却说石勒闻刘琨使箕澹将兵来救，与张宾商议，先据险要，设疑兵于山上，使支雄、刁膺各以军五千出与澹交战，佯为不胜而走。澹不知其是计，纵兵追之。至伏兵处，勒引军杀回，刁膺在左手下冲出，支雄在右手下冲出，三下夹攻，澹兵大败，伤其大半。澹拼死走出奔代郡。韩据见救兵大败，亦弃城而逃，并州震骇。

时十二月，琨长史李弘见勒兵甚盛，刘琨势弱，乃以并州降勒。勒又得并州，刘琨进退失据。段匹磾闻知，使人以信邀之曰："足下进退若难，可来同议，以图再复之计。"于是琨恐勒来攻，率众奔蓟，投附匹磾。匹磾甚相亲重，与结婚，约为兄弟。而勒既得并州，遣孔苌持兵二万攻贼帅冯睹，始而不克。

时流民数万户在辽西迭相招引，民不安业，勒遂问计于张宾。宾曰："冯睹本非公仇，流民亦皆恋本。为今之计，宜班师振旅，选良牧守，使招怀之，则幽、蓟之寇可不日而清，辽西流民将相率而至矣。"于是勒然之。使人召孔苌归，以李向为高阳太守，睹帅其众来降，流民归者相继于道。

第一一一回　丞相睿移檄北征

却说丞相司马睿闻长安不守，急集诸谋士商议出师，躬擐甲胄，移檄四方，刻日北征。以漕运稽期，传令斩督运令史淳于伯。刑者以刀拭柱，血流至柱有二丈余，而下观者或以为冤。司直刘隗上谏，淳于伯罪不至死，请免从事中郎周筵等官。于是王导等引咎请解职。睿曰："政刑失中，皆吾愚暗所致，人无所尤。"

时刘隗性刚直，当时各士多被弹劾，睿率皆容贷，由是众怨归之。中郎将王含，王敦之兄也。以族望位高，骄傲自恣。隗奏含文致甚苦。事虽被寝，而王氏深忌之。是时，丞相睿以邵续为毕州刺史，以续女婿刘选为平原内史，命二人各以众前去守据城池。

中宗元皇帝建武元年。正月，黄门郎史淑自长安奔凉州，称愍帝出降。前一日，使淑赍诏，赐宫拜为凉州牧，承制行事。且曰："朕已诏琅邪王持摄大位，君其协赞，共济多难。"淑至姑臧，张寔大宴三日，辞官不受。初，张寔叔父张肃为西海太守，闻长安被汉危逼，请为先锋入援，寔以老弗许。及是闻长安失陷，忧愤而卒。寔等哀痛不已，即遣司马韩璞等率步骑一万东击汉境，使人遗相国司马保书曰：

> 王室有事，不忘投躯，前遣贾骞瞻公举动，中被符命敕骞还军。今闻朝廷倾覆，为忠不遂，愤恸之深，死有余责。今遣璞等，惟公命是从。

相国保得书，惭愧而已。韩璞等以兵出击，汉有准备，卒不能进，其众悉还西凉。先是长安小儿有谣言曰："秦川中，血没腕；惟有凉州，倚柱观。"至是果汉兵覆关中，氐羌掠陇右，雍秦之民，死者什八九，独凉州安全。

时二月，汉主聪使刘曜率兵三万攻荥阳，太守李矩未及为备，乃与众议以计诈降。曜信之，不复设备，以兵进五里屯住，候矩来降。时李矩见汉兵退去讫，急集将士欲乘其无备，至夜袭之。士卒皆疑惧，矩遣其将郭诵备祭仪祷于子产祠，诵祷讫回府。子产显灵，使巫阳言于矩诸将士卒曰："子产有教，汝等今夜火速进兵，吾当遣神兵相助。"于是士卒勇跃争进，掩击曜营，杀死曜兵三万人，存者惟刘曜仅以身免，因此汉主不敢复兵来寇荥阳。

第一一二回　丞相容即晋王位

史说东晋元帝，讳睿，字景文。宣帝曾孙，琅邪恭王司马觐之子也。咸宁二年，生于洛阳，有神光之异，一室尽明，所藉藁如始刈。及长，白毫生于目角之左，隆准龙颜，目有精曜，顾盼炜如也。年十五嗣位琅邪王，幼有令誉。侍中稽绍谓人曰："琅邪王毛骨非常，殆非人臣之相也。"永嘉初，用王导计，始镇建业。愍帝即位，进位丞相大都督，督中外诸军事。

其时琅邪王睿闻知愍帝被掳，朝夕涕泣，与王导商议起兵复仇。导曰："可移檄四方，征天下之兵，方可进讨。"睿从其计，使使移檄邀天下各处之兵进讨胡人。于时有玉册见于临安，白玉麒麟神玺出于江宁，其文曰"长寿万年，日有重晕"，皆以为中兴之象。民人拾得玉册、神玺，知琅邪王有德，将来呈上于睿，睿受而赏之。时西阳王司马羕以祥瑞遂见军师王导，导曰："吾意已定夺也。"乃设座灵殿，遂引诸将人见琅邪王。王导曰："方今晋室倾颓，胡羯狂獗，天下百姓无主。主公年过半百，德及四海，东除西荡，奄有金陵，可以应天顺人，法尧禅舜，即皇帝位，名正言顺，以讨国贼。此合天理，事不宜迟，便请择日。"琅邪王曰："军师言之差矣。睿虽然忝居皇族，乃臣也。未为愍帝报仇，安敢为此？"王导曰："方今天下分崩，英雄并起，各霸一方。四海有才德之士同声相应，同气相求，舍死忘生而事其主，非为名，则为利也。今主公苟避嫌疑，守义不举，天下之士皆无所望，其心皆惮，不久自去矣，愿主公熟思之。"琅玡王曰："僭居尊位，吾则不敢。"慨然流涕曰："愍帝之仇不能克报，孤本罪人也，惟持节守义，以雪天下耻，庶赎斧钺之诛。吾本琅玡王，诸贤见逼不已，当归琅讶耳。"言讫，欲命驾返国，诸将留之。

会弘农郡太守宋哲为汉所攻，弃郡奔建康，称受愍帝诏，令丞相睿统摄万机。睿持节素服出，举哀三日，未肯登位。诸将官属又集议，请睿上尊号，又固执不从。导乃谓众曰："主公平生以义为重，安肯便居尊位耶？请依魏晋故事，推为晋王，以安百姓。"于是，睿乃许之，遂即晋王位，改元建武，置百官，立宗庙社稷。有司请立太子，睿爱次子宣城公司马裒，欲立之。谓王导曰："立子当以德。"导曰："宣城公虽有朗俊之美，而世子年长，主器者莫若长子矣。"晋王从之，立世子司马绍为王太子，封裒为琅邪王，嗣泰恭即位后镇广陵，以西阳王司马羕为太保，封谯王司马逊之子司马承为谯王，王敦为大将军，王导为扬州刺史，领中书事，以刁协为仆射，周颉为吏部尚书，加贺循为太常。时承丧乱之后，江东草创，协久宦中朝，谙练旧事。循为世儒宗，明习理学，凡有疑议，皆取决焉。

却说刘琨与段匹磾相与歃血同盟，翼戴晋室，于是琨檄告华夷，遣右司马温峤奉表诣建康，劝晋王进尊位。峤临行，琨谓曰："晋祚虽衰，天命未改。吾当立功河朔，使卿即奉表南行矣，勉之。"峤诺。至建康，奉表劝进。晋王受表，亦不肯登大位。时王导、周颉、庾亮皆爱峤之才，争与之交，峤遂留在建康。

时晋王与百官议降诏，以慕容廆为龙骧将军、大单于、昌黎公，使人奉诏去见。廆辞不受。处士高诩曰："霸王之资，非义不济。今晋室虽微，人心犹附之，明公宜遣使江东，示有所尊，然后仗大义以征诸部，不患无辞矣。"廆大悦，从之，乃使长史王济浮江诣建康，见晋王，劝进尊号。晋王亦不从。

第一一三回　汉主刘聪杀太弟

四月，刘聪之子刘粲欲杀太弟刘乂，无计，因与左右近侍商议，使太弟党谓乂曰：“适奉中诏云，京师将有变，宜束甲以备。”乂信之，命宦官皆裹甲。粲以其计告靳准、王沈二人。次早白汉主聪曰：“太弟将为乱，自与宦官皆裹甲矣。”聪大惊，使人探之，东宫宦官果皆裹甲，因此信之。大怒，命靳准持军收东宫官属，坑士卒万五千余人，废刘乂为北部，刘粲寻使靳准杀之。乂形神秀爽，宽仁有气度，故士心多附之。汉主聪闻其死，哭之曰：“吾兄弟止予二人而不相容，安得使天下知吾心耶？”言讫，命厚葬之。

时六月，豫州牧荀组及冀州刺史邵续、青州曹嶷、宁州王逊等，皆表劝晋王进尊号。晋王不许。

第一一四回　祖逖取谯击石虎

初，流民张平、樊雅各聚众在谯城为坞主，晋王为丞相时，遣参军桓宣去说而下之。及祖逖屯庐州，使参军殷义诣谯城说张平、樊雅，殷义意轻张平，视其屋曰："可作马厩。"见大镬曰："可铸铁器。"平曰："此乃帝王镬，天下清平方用之。"义曰："卿未能保其头而爱镬耶?"张平大怒，命人将义斩之。勒兵固守谯城，因此逖攻之岁余不下，逖乃诱其部将至，使杀之。雅、平犹据谯城，逖攻之不克。

中郎将王含闻逖攻谯经岁不下，乃遣桓宣将兵五千前来助逖。逖待宣甚厚，因谓宣曰："雅众被困穷极，卿信义已著于彼，今复为我说雅，雅必能从降。"宣欣然领诺，单马从二人至谯城下，叫开门入内，说雅曰："祖豫州方欲平荡刘、石，倚卿为援。前殷义轻薄，非豫州之意。卿能降，可保无危也。"雅从之。即开城门与宣诣逖营请降。逖受之，乃引众入谯城屯住，桓宣以兵还去。石勒闻知，遣其子石虎以兵五万来围谯城，王含复遣桓宣以兵五千来救，与祖邀约会夹攻。石虎大惧，以兵解去。祖逖使使表宣为谯国内史，晋王从之。晋王又遣使传檄天下，称石虎敢率犬羊渡河纵毒，今遣琅邪王裒等水陆四道，径造贼窟。因授逖节度，寻复召裒还建康，数月而卒。晋王恸哀不已。

七月，汉主聪与群臣议立子相国刘粲为太子，命入东宫。却说段匹磾与众推刘琨为大都督，传檄其兄辽西公疾陆眷及叔父涉复辰并弟末杯等，共讨石勒。兵皆会集欲行，其弟末杯不服其兄匹磾，说复辰、陆眷曰："今匹磾不与叔父兄弟等同议，而与他人同盟讨贼，令父兄而从子弟调遣，可不耻也? 不若罢兵而还。"众默然。来日陆眷、辰、杯各引兵还去。匹磾见叔父兄弟皆解去，不能独留。亦还蓟城讫。

第一一五回　周访杨口破杜曾

却说郑板等因王敦留陶侃，乃与杜曾诸将拒王廙。众心不一，攀惧请降，于是攀、曾降王廙，请以兵击第五猗以自赎罪。廙从之。自将赴荆州，留长史镇杨口垒。竟陵内史朱伺谓廙曰："杜曾，猾贼也，外示屈服，宜大部分未可便西。"廙矜厉自用，以伺为老怯，遂行而去荆州。杜曾果还攻陷杨口，乘胜径造沔口。晋王闻知，使豫章太守周访击之。访集众八千进至沔阳，使将军李桓督左甄，许朝督右甄，自领中军。次日交战，杜曾以众先攻左右甄，周访自阵后射雉以安众心，传令其众曰："一甄败鸣三鼓，二甄败鸣六鼓，"曾与二甄战，自旦至申，两甄皆败。访始选精锐八百人，自行酒与众饮之，敕不得妄动。忽闻鼓音乃进，杜曾之兵未至三十步，访遂亲鸣鼓。将兵皆腾踊奔出，八百精锐跃出冲阵。曾众大溃，访追击之。曾兵大败，十伤其七。访追杀至夜，诸将请待明日。访曰："杜曾骁勇能战，向者吾以计使彼劳我逸，故克之。若待来日，安得胜也！宜及其衰，乘之可灭也。"言讫，鼓行而进，遂定汉沔。杜曾走保武当县而据之，王廙始得至荆州，以功表知晋王，晋王迁访为梁州刺史，命其屯襄阳。又遣使以刘琨为太尉。是年十一月，征南将军司戴邈上疏请立太学，其疏曰：

丧乱以来，庠序隳废，议者或谓平世尚文，遭乱尚武，此言似之而实不然。今王业肇建，万物权舆，正宜笃道崇儒，以励风化耳。

晋王览之犹豫，王导亦上曰："宜设庠序，择贤子弟并入于学，选博学、修礼之士而为之师，化成俗定，莫尚于此。"晋王始纳之，乃令设太学，命宿儒师之。

史说郭璞，字景纯，河东人也。好经术，博学有高才而讷于言论。词赋为中国冠，好古文奇字，深晓阴阳星历。有郭公者客居河东，精于卜筮，璞从之受业。公以《青囊中书》九卷与之，由是遂洞五行、天文、卜筮之术，禳灾转祸，通致无方，虽京房、管辂不能过也。璞门人赵载尝窃《青囊经》，未及读而为火所焚。

璞既精通天文及卜筮之术，见惠帝时政出群下，乃与筮之，知难将作。于是避地东南来，闻抵将军赵固。会固所乘良马死，惜之，忧闷不出府堂。璞善能治活，乃至门下，唤门吏入报。吏曰："赵将军因死良马心忧不乐，岂遑迎接宾客乎？足下暂退，来日相见。"璞曰："敬为此事而来，你可通报，我能活马耳。"吏惊入通报赵固曰："门外有一先生要见将军，我道将军死马心下烦恼，你可来日相见。其先生道，他能令此马再活。"固曰："岂有此人？与吾请进。"吏即出曰："将军在堂，请先生入见。"郭璞进，与固相见礼毕，固问曰："先生高姓贵表，愿闻大名。"璞曰："学生姓郭名璞，乃河东人也。闻将军良马已死，特来医治。"固曰："马已死了，何以能活？"璞曰："须得健夫二三十人，皆持长竹竿往东行三十里，有一丘林社稷者处其中。有一神物似兽在于中林巢树，使众人持竿打拍，必得此物，将归能救此马即活。”赵固曰：“若还活得此马，重酬先生。”言讫，使三十余人依璞所言，各持长竿至丘林打拍，果获一兽似猴，将归放马尸旁。此兽一见死马，便嘘吸其鼻，顷之，马奋起嘶鸣，食亦如常，其兽忽然不见。因此赵固奇之，将银十锭酬谢，欲留之，璞不从，受其酬金，复出游行。

来至庐江汪吉家，借宿开店卜筮。见吉家有一少婢，生得娇美，心甚爱之。无由而得，乃私取小豆三斗，至夜绕吉宅前后撒之，不知念甚咒文。次日，吉早晨出来开门，见赤衣人数千围其屋。汪吉急入内，取兵器与众出来掩杀，忽不见，心甚恶之，乃请璞卜卦。璞投卦曰：“君家不宜畜此少婢，其婢主招邪耳，可令人将于东南二十里外卖之，慎勿争价。吾代君书符去捉，则妖怪可除也。”吉从之。令人将婢去东南发卖，璞密使人将银去买之。时璞与吉书符投于井中，数千赤衣人皆反自缚投于井中，遂灭其迹。吉大悦，以钱酬谢郭璞。璞出东南取其婢为妾，始渡江南来谒王导。

导素闻其名，深敬重之，引为参己军事。次日，王导令其筮江南之事，所言皆验，如眼亲见。因此而荐于晋王曰：“有一贤士自北而来，姓郭名璞，乃河东人也。通圣好术，博学多才，上晓天文，下识地理，诸子百家、阴阳历数、卜筮术数，无所不晓。现在臣家，大王宜重用之。”晋王曰：“既有此人，何不召来见吾？”导即使从人召郭璞朝见晋王。晋王曰：“孤闻王导谈足下之德，敬召以问德政得失，何如？”时阴阳错谬，刑狱繁兴，璞上疏曰：

> 夫寅畏者所以向福，怠傲者所以招祸。宜荡除瑕衅，赞阳布德，则民仰戴归心矣。

晋王纳之，以璞为尚书郎。其后，璞言便宜，多所匡益。而郭璞性轻易，不修威仪，嗜酒好色。时或过友人干宝，宝诫之曰：“君贪杯好淫，此非适性之道也。”璞曰：“吾所受有本根，用之常恐不得尽，卿乃忧酒色之为害乎？”

第一一六回　汉主刘聪弑愍帝

十二月，汉主聪设朝，下诏命排弯驾出畋平阳。汉主自坐车驾，又使愍帝行，车骑将军戎服执戟前导，出平阳门，百姓聚观。内有认得愍帝者，因指之曰："此故长安天子也。"由是百姓争前而观之，父老皆感叹而有垂涕者。汉主聪出猎罢回宫，太子刘粲言于聪曰："昔周武王岂乐杀纣乎？正恐同恶相求，为患故也。今日出猎，百姓见晋帝前导，各有思泪，意尚附晋也。不若早除之，免贻后患。"聪曰："前杀庾珉辈而民心犹，如是吾未忍也，且少观之。"

次日，聪命排宴于无极殿，大会文武百官。行酒三巡，汉主又使愍帝劝酒。帝眼中垂泪，只得劝完。汉主又使愍帝洗爵，愍帝亦只得洗爵。污了衣服，欲推更衣而出，汉主不与出外，又使之执盖，愍帝泣而执之。当晋臣多被擒在此者，尽皆涕泣。有尚书郎辛宾掩住愍帝，大哭曰："因不能杀贼保国，使陛下遭辱，臣非贪生。"言讫，夺帝所执盖，来撞汉主。汉主大怒，命武士牵辛宾出殿外斩之，平阳百姓无不嗟叹。有诗曰：

晋君忍耻在平阳，可惜辛宾尚书郎。
樽前抱主因身死，提起教人痛断肠。

时洛阳守将赵固、河内太守郭默皆引兵侵汉，扬言曰："要当生缚刘粲，以赎天子。"刘粲大惊，言于汉主聪，命将愍帝杀之。因此晋帝遇害于平阳，谥曰孝愍。

按西晋四帝共五十二年，始于武帝乙酉篡魏自立，终于愍帝丙子为伪汉刘聪所灭。

却说晋王睿躬亲课督农桑，二千石长吏以入谷多少为殿最，诸军各自佃作，即以为禀。而辽西公段疾陆眷卒，其子劝叔父涉复辰自立，末杯深恨之，乃诈奔丧，乘虚以众入内，袭杀复辰，复辰无备被害。于是，末杯自称为单于，以统大众。

第一一七回　晋王睿即皇帝位

大兴元年二月，愍帝凶闻至建康，晋王自斩衰居庐，百官请上尊号，不许。纪瞻曰："晋氏统绝，于今二年，西都燔荡，宗庙无主。刘聪窃号于西北，而陛下高让于东南，此所谓揖让而救火也。"晋王犹不许，使殿中将军韩绩撤去御座。绩欲上殿，纪瞻叱之曰："帝座上应列星，敢妄动者斩。"绩不敢上，反退入班。晋王为之改容，欲奉请。周嵩上疏曰：

古之王者，义全而后取，让成而后得，是以享世长久。今梓宫未返，旧京未清，宜开延嘉谋，训卒厉兵，先雪大耻，副四海之心，则神器将安适哉！

晋王览毕，将从之。百官恨其忤旨，乃出嵩为新安太守，嵩乃周顗之弟也。次日，晋王大会文武，去讨汉刘聪，以雪大耻，百官诸将不肯行。晋王望北而哭，情动万民。王导、刁协一班文武，又表请即帝位。表曰：

臣导等上言，迩者刘聪掳弑愍帝，天下无主，万民咸思晋司马氏。今上无天子，海内遑遑，靡所仰戴，致各处守吏上书者五百余人，咸称符瑞图谶，名应大王。玉册见于临安，神玺出于江宁。其文曰："长寿万年，日有重晕。"又闻重谣云："五马浮渡江，一马化为龙。"此天命大王以符中兴。武帝定有天下，国号大晋，到此不幸，遭胡所灭。惟大王乃宣帝琅玡亲王之胄，仁高德广，天下咸闻，民皆仰焉。伏望大王应天顺人，早登大位，以承宗庙，昭布天下，祚永万年，祖宗幸甚！

晋王览表大惊，曰："汝等皆欲陷孤为不忠不孝之人耶？"王导曰："非也，刘聪竖子尚自可立，何况大王承父兄之基业乎？"晋王勃然作色曰："今愍帝被害，孝服在身，吾岂能效逆贼所为耶？"遂大怒而起，入于后宫。众官皆散。后三日，王导又约百官候晋王出，皆拜于前。太傅卞壶曰："天子已被刘聪所弑，主上不即帝位而兴师讨贼，是不忠不孝也。今天下之民皆欲主上为君，与先帝雪仇。今主上不行，是失民望也。愿熟思之。"晋王曰："吾虽宣帝之曾玄，今普天率土之滨，并不曾有半分德泽以及于万民。今立为帝，是篡逆也。愿死誓不为不忠不孝之事，汝等欲陷孤万世骂名乎？"王导苦谏，又并不听。次后凡奏请立位，晋王并无半分应允。因此王导设计，托病不出。晋王听知王导病，乃自驾到王导府，下车直至卧榻，问曰："军师所感何疾？"导答曰："忧心如火焚，恐命不久矣。"晋王曰："军师所忧何事？"导推托几次，不肯言。晋王坚意请问，导愀然叹曰："导自得遇主上，相从到今，言听计从。幸主上有建业之地，不负夙昔也。今文武数百员皆欲主上为君，共图禄爵，以耀祖宗，不期主上坚执，如是则文武皆有怨心，不久必皆散去矣。文武若散，敌人来攻，建业休矣。导安得不忧也？”晋王曰：“非是推阻，但恐惹天下之议论耳。”导曰：“圣人有云，‘名不正则言不顺，言不顺则事不成’。今主上名正言顺，有何不可？岂不闻天与不取，反受其咎？”晋王曰：“待军师病起，行之未迟。”王导把屏风一击，外面一班儿大臣皆入拜曰：“大王既允，便请择日以受大位。”晋王曰：“陷吾骂名者，皆汝等也。”王导奋然曰：“大事已定，来日即位。”言讫，各散。次日，百官具龙旗、恭辂、仪仗、銮驾，迎请晋王登位，祭天地。侍臣刁协于殿上读其文曰：

> 维大兴元年戊寅四月丙子，皇帝睿敢用玄牡，敢昭告于皇天上帝，后土神祇，晋有天下，历数无疆，于胡人篡盗，俘害上帝，社稷幸存。今刘聪兴兵，戳害生民，罪恶充积。群臣将士以为社稷隳废，睿宜修之。嗣我二帝，代天行罚。睿以不惠，惧忝帝位，询于庶民，外及蛮夷。佥日天命不可以不答，祖宗不可以久替，四海不可以无主，率土咸望在予一人，畏天之明命，又惧晋室将湮，于是谨择元日与百僚登坛，受皇帝玺绶，循燔遍告类于天神，惟神享祚于晋，永绥四方。

晋王既受玺绶，捧于四面，让之曰：“睿无才德，请有德者立。”群臣皆曰：“主上平定天下，功德昭于四海。况是大晋嫡派，宜即正位，复何让焉？”于是，百官皆呼万岁。拜舞已毕。改元为大兴元年，国号“东晋”。以其子司马绍为皇太子，以王导为司徒，以导兄王敦为大将军，其余大臣，各有加封。

第一一八回　**元帝颁诏赦天下**

却说晋中宗元皇帝司马睿，字景文，乃宣帝曾孙，琅玡王司马觐之子。初为安东将军，因愍帝被伪汉刘聪所弑，诸将固劝，乃即大位于建康，国号东晋，改元建武元年，在位十六年，寿四十六。

昔魏文帝篡汉，任司马氏为相，世执魏政。魏明帝时，宝石负图有石马七，乃牺牛之像，时又有“牛继马后”之谣。按司马懿启封于晋，至愍帝方及七代，应“七马”数也。怀、愍二帝，值五胡乱华，为贼刘聪所掳。帝乃琅玡王也，同西阳王羕等五王渡江来，父老裹粮而归之，遂据地建康而为都焉，是为东晋元帝。时有“五马浮渡江，一马化为龙”之说。其帝实非司马氏也，乃琅玡秦王妃夏侯氏，因与小吏牛金私通所生，而冒司马姓，实牛姓是也，是应“牛继马后”之谶也。

元帝既即大位，乃赦天下，其余文武增一等。帝与文武商议，欲赐诸吏投刺劝进者，加位二等；民投刺者，皆除吏，凡二十余万人。散骑常侍熊远曰：“陛下应天继统，率土归戴，岂独近者情重远者轻？不若依汉法遍赐天下恩爵以为普晋，且可以息检窍之烦，塞巧伪之端也。”帝不从，群臣又请更立太子司马绍为皇太子，帝从之。

绍仁孝，喜文辞，好武艺，且好贤礼士，容受规谏，与庾亮、温峤等为布衣之交。亮丰格峻整，善谈老庄，帝器重之。庾亮妹为绍妃，使亮侍讲东宫。帝好“刑名家”，以韩非书赐太子绍。亮谏曰：“申、韩刻薄伤化，不足法圣心。”太子纳之。

史说刘隗，字大连，彭城人。少有文翰，因避乱渡江，帝以为从事中郎。帝既即位，委以重任，深器重之。时庐江太守梁龛，明日该除妇服，今日请客奏伎。当丞相长史周颉等数十余人，知龛有丧服未满，而宴会非礼，乃会刘隗入见元帝，奏梁龛慢服之愆。因上曰：“夫嫡妻长子，皆期杖居庐。故周景王有三年之丧。既除而宴，古训犹在。况龛匹夫，暮饮朝除，慢服之愆，宜肃纪律，请免龛之官。”帝纳之，减龛俸一月，于是群臣无不惮之。

第一一九回　邓伯道弃子留侄

史说邓攸，字伯道，平阳人。祖父邓殷，尝为淮南太守，梦行水边，见一女子，猛兽自后断其盘囊。请入圆梦。占者曰："水边有女汝字也，断盘囊者，新兽头代故兽头也，子不作汝阴，当作汝南也。"后果应其梦，迁为汝阴太守。及至攸，父早丧，少孤，与弟同居，为镇东将军。贾混甚厚遇之，攸常诣其府，贾混以百姓案讼之事示攸，因谓曰："卿能为我一决乎？"攸不视曰："孔子云'听讼，吾犹人也，必也使无讼乎！'"贾混因此奇之，以女妻攸。

至是，石勒兵至，百姓皆逃。邓攸以牛马负妻子，而又被勒兵掠去牛马，只得步走，以箩自担其儿及弟之子邓绥而行。攸自度盘缠稀少，恐不得两全，乃谓妻贾氏曰："路遥途远，盘缠稀少，宜减一口，方可保全到南。"贾氏曰："可弃绥也。"攸曰："吾弟早亡，唯有一息，理不可绝，只应弃我儿耳！幸而得存，我与你年纪未老，后当有子矣。"妻泣曰："恩不及如夫妇，亲不及如父子，君何舍子而留侄耶？"攸曰："今事急矣，不得不弃，若留子弃侄，弟必绝嗣，旁人谓我不义。"由是妻大哭而从。邓攸乃放子于路，抱绥而走。其子朝弃暮赶及，明日攸以绳缚于树而去。

来至江东，元帝闻其义，以邓攸为太子中庶子。时吴郡缺太守，人多欲之，元帝以授邓攸。

攸载米至郡，俸禄无所受，惟饮吴水而已，在郡刑政清明，百姓欢悦，为中太守。因称疾辞职归。郡有常例，凡太守辞职旨，送迎钱至数百万，因此吏民以其钱送攸。攸不受一钱，于是百姓数千人，不忍其去，乃留牵攸船，船不得行，攸乃少停，至夜中密发遁去。故吴人歌之曰：

> 统如打五鼓，鸡鸣天欲曙。
> 邓侯挽不留，谢令推不去！

攸归家，思自弃子之后，妻不复孕。乃置妾某氏，因询其家属，妾说是北人，遭乱流落至此，因道父母名姓，乃攸之甥。攸遂嫁之，不复蓄妾，因以无嗣，时人义而哀之，为之语曰："天道无知，使邓伯道无儿！"

时晋帝遣使以慕容廆为龙骧将军、大单于，廆既受其爵，以游邃为龙骧长史，以刘翔为主簿，命邃创朝仪。裴嶷曰："晋室衰微，介居江表。中原之乱，非明公不能拯也！今诸郡虽各拥兵，然皆顽愚相聚，宜以渐并取为西讨之资，未可便尊以撰朝仪。"廆悦之，以嶷为长史，委以军务之谋。诸部弱小者，稍稍击取之，皆嶷之力也。

第一二〇回　李矩遣将夺汉营

却说荥阳太守李矩，闻洛阳太守赵固率兵攻汉，被汉太子粲兵所败，乃遣将军郭默、郭诵领军一万，来救赵固。诵等既领兵出，谓部将耿稚曰："今汉太子刘粲，屡胜赵固，必不设备，更谓困穷无救，不知我等动兵；你可引精骑八千，晓行夜伏，去到汉营，待夜举火烧其积垒，擂鼓呐喊，称道晋兵百万在此劫营，彼必自相残杀；乘乱而入，可得汉营，彼必逃溃。若得其险要，则刘粲可擒。"

稚得令即出，引精骑八千，依计而行。来到汉营，果无准备，至夜耿稚令诸将放火，鸣鼓呐喊。汉太子刘粲闻知晋兵劫寨，乃引心腹逾营先走，奔据阳城。汉兵无主，俱各不知是计，以为晋兵已杀入营，又黑夜并不相认，俱各自相残杀，乱窜逃溃，耿稚等乘势杀散其众，入掳其营，救灭其火，于是稚等获汉器械军资，不计其数。

汉王聪闻知大惊，急使太尉泡隆率骑二万来助太子刘粲，合兵围住其营，稚见李矩大兵不至，令军士杀所获牛马而食之，放火焚其军资，以兵突围而出，奔武牢关屯住，于是赵固得此一军为救，徐徐而退屯住。朝廷闻知李矩遣将大破汉太子刘粲之兵，使人特诏，以矩都督河南三郡诸军事。

却说都尉陈安与相国司马保，举兵逼上邽县，保便使告急于张实，实遣步骑一万救之。军至新阳，闻愍帝崩，司马保欲谋称尊号。破羌都尉张诜知而言于实曰："南阳王轻忘大体，而亟欲自尊，不能成功。晋王近亲，且有名德，当率天下以奉之。"实从之，遣牙门将军蔡忠奉表诣建康。及至，晋王已即帝位，重赏蔡忠而还。然实竟不用江东年号，自称建兴。

四月，帝加王导骠骑大将军、开府仪同三司。于是，导使从事顾和等行扬州郡国从事，去而复返。各言二千石官长得失，独顾和无言，导问之，和曰："明公作辅，宁使网漏吞舟，何缘采听风闻，以明察为政耶？"导咨嗟称善。时汉"螽斯则百堂"火焚，烧死刘聪之子二十一人，聪痛哭不已。

第一二一回　汉以王沈婢为后

中常侍王沈养女有美色，汉王刘聪闻知，立以为其皇后。当尚书令王鉴、中书监令崔懿之、曹恂上书曰："臣闻王者之立后也，将以上配乾坤之性，象二仪敷育之义。主承宗庙，母临天下，后土执馈，皇后必择世德名媛，幽娴淑善，副四海之望，称神祇之心。是故周之追母姒氏，以兴'关界之化，飨祚百世。孝成任心纵欲，以婢为后，使皇统亡绝，社稷沦倾。有周之隆，既如彼矣；大汉之祸，又如此矣！奈何一旦以婢主之？臣恐无福于国家也！"

汉主不纳，鉴又谏曰："借使沈之女形余却丑，犹不可以尘椒房，况其家婢耶？"聪大怒，命王沈收鉴等三人诛之。鉴等临刑，沈以杖叩之曰："庸奴复能为恶耶？"鉴嗔目叱之曰："竖子！灭大汉者，正汝鼠辈与靳准耳！"懿亦叱准曰："汝心枭獍，必为国患！汝既食人，人亦当食汝！"言讫而死，朝中无不嗟叹。

第一二二回　匹磾杀太尉刘琨

却说刘琨世子刘群，为段末柸所得，末柸厚礼之。并许琨为幽州刺史，欲与琨袭之。兄匹磾密遣人赍群书，请琨为内应。使人为匹磾逻骑所获，将其书来与匹磾，匹磾以其书示琨曰："吾意亦不疑公，因以白公耳！"琨曰："吾与公同盟，庶雪国家之耻；若儿书密达，亦终不以一子之故，负公而忘义也。公可察之！"匹磾初无害公之意，将听其还屯。其弟叔浑谏之曰："刘琨虽无谋害之心，必定决谋归之意，若听其一面之虚词，放其远屯，决不可制矣！不若留之。"匹磾遂留琨不与还屯。会代郡太守辟闾嵩，潜谋欲袭匹磾而不留琨。事泄，匹磾令人收刘琨缢杀之。

刘琨从事卢谌等，闻琨被匹磾所害，帅琨余众来依末柸，末柸受之。朝廷已知，以匹磾尚强，冀其能平河朔，乃不为琨举哀，及让匹磾之过。温峤闻琨被害，上表称刘琨尽忠帝室，家破身亡，宜加褒恤。后匹磾死，帝方加赠琨太尉，谥曰"愍"。于是夷狄之人，俱恨匹磾。

初，温峤为刘琨奉表诣建康也，其母崔氏固止之，峤绝裾而去。既至，屡求返命，朝廷不许。会琨死，帝除娇为散骑侍郎。峤闻母亡，阻乱不得奔丧，固让不拜，苦请北归。诏曰："今粲逆未枭，请军奉迎梓宫，犹未得进，峤可以私难而不从王命耶？"不得已受拜为散骑侍郎。

时六月，帝以刁协为尚书令。协性刚悍，与物多忤，与侍中刘隗俱为帝所宠任。欲救时弊，每崇上抑下排阻豪族，为王氏所疾。诸琐碎之政，皆云隗、协所建，协又使酒侵毁公卿，见者皆侧目。

第一二三回　代王郁律破刘虎

七月，铁弗国刘虎，名刘武，先与猗卢，在并州结仇，及回国，聚数万众，前来复仇。杀至北部，北部大人告急于代王郁律。代王尽起本部军兵来援。武闻知代兵来，亦引军于盘河布阵，代王列阵桥西。

代王横槊立马于桥上大呼曰："背主之徒，如何不见？"武亦乘马而出，指代王曰："你先助刘琨以杀吾，今特来复仇耳！"代王曰："昔先帝以汝为不忠不义之人，助桀为虐，故约刘琨杀汝，汝不知悔，反逞狼心狗行，尚欲来侵吾地耶？"刘武大怒，策马挺枪，直杀上桥，代王看见，忙使东部大人上桥迎敌。东部大人跃马而出，与刘武交锋，战有十合，武抵当不住，拨回马便走。东部大人乘势追赶过桥。武走入阵中，东部大人拍马径入阵来，如入无人之境，往来在阵中追赶。武手下健将四员，接住厮杀，被东部大人刺一将下马，其三将奔散。东部大人追刘武透出阵后，武只得弃众望山谷而逃。东部大人骤马在后，厉声高叫："快快下马受缚，免汝一死！"武弓箭尽落，头盔坠地，纵马逃出寨外而去。其部落尽降于代王，代王遂有西域之地，兵马精强，复振北方。

第一二四回　刘约死去复还魂

却说汉主聪子刘约死去，一指尚温，遂不敢殡殓。忽然苏醒，对宫人言："见祖父刘元海于不周山，经五日，复从至昆仑山，三日而返于不周山。见诸王公卿将相死者，悉在宫室，宫室甚是雄壮，号曰'象珠离国'。当元海谓约曰：'东北有遮须夷国，无王，久待汝父为之王耳。汝父后三年当来，来后中国大乱，汝且还，后年当来见汝。'不日约拜辞而归，道遇一'猗尼渠余国'，国王引约入宫，与约皮囊一枚，曰：'与吾遗汉皇帝。'因谓约曰：'刘郎后年来必见过，当以小女相妻。'"

约归，置皮囊于几上，俄而苏起，使左右去几上取皮囊开之，有一方白玉。题文曰："猗尼渠余国大王，敬信遮须夷国大王，岁在'摄提'，当相见也。"刘约驰将此玉呈上聪看，及见元海之言，一一奏上。汉王聪听此说，大悦曰："吾不惧死矣！"后聪死，果将此玉同葬焉。

时东宫鬼哭，赤虹经天，或奏曰："上下当为三分，愿陛下早为之所。"汉王弗听，怒入后宫，闷闷不已。遂寝疾，遣使征刘曜、石勒受遗诏辅政，二人皆固辞不至。于是聪乃以刘曜为丞相，领雍州牧；石勒为大将军，领幽冀牧；上洛王刘景、济南王刘骥并录尚书事；以靳准为大司空，皆迭奏事。次日将危，召太子刘粲，并靳准入卧所，流涕满面，嘱以后事。准亦涕泣曰："陛下善保龙体，不须烦恼。"聪曰："朕今日不豫，以太子托卿，卿宜尽忠王室，不怀二心！"准叩头曰："臣安敢不竭股肱之力，效忠贞之志！陛下将息龙体，臣等必尽犬马之报。"是夜聪崩，计在位九年，改元者三。

宫人报知太子，太子与百官举哀，发丧已毕，靳准与群臣扶太子刘粲登位为汉主，俱各山呼万岁。君臣礼毕，国号大汉，汉王封靳准为大将军，录尚书事，一应军国大事，皆决于靳准。

汉主粲晨夜烝淫，奸宿刘聪之后——靳氏、宣氏、樊氏、王氏等妃。此五皇后，皆年未满二十，并有国色，故粲贪烝，不出理政。

靳准见汉王粲淫乱无道，阴有异志，私谓粲曰："迩闻上洛、济南诸王，欲行伊、霍之事，陛下宜早图之。"粲信之，使人收刘景、刘骥杀之。粲游宴后宫，军国之事，一决于准。

第一二五回　靳准谋灭汉王粲

八月，靳准与弟靳术商议曰："今汉王粲无道，烝乱宫室，不理朝政，吾欲勒兵诛之，取其天下，你可助我一臂之力，共享富贵。"术曰："愿从兄命。"准曰："来日弟与吾二人勒兵入宫，尽诛刘氏，百官自从。"计会已定。

次日，靳准、靳术兄弟，各披甲执锐，领甲兵二万人，术引兵突入宫廷，但见阉官，不论大小，尽皆杀之。靳准斩关而入，樊陵、许相出殿来呼："不得无礼！"术立斩二人，以下尽皆奔走。赵广、夏胜四个，赶在翠华楼上放火，跳下楼，就楼前被剁做肉泥。宫中火焰冲天。汉王粲同五皇后，并内省官属，复从走北宫。靳准正在宫中，环甲持戟，立于阁下，望见汉王拥五后过来，大呼："烝贼休走！"喝众军向前，将汉王粲并五后擒住。又令军士入宫，将汉王宗室刘氏男女、少长尽皆杀之。

准自出坐殿上，靳术领甲兵环立四边，命手下军呼集百官，至殿下，谓曰："今汉王粲不亲政事，淫乱太后，吾故杀之，自代其位。诸大臣顺者高官，逆吾者必诛！汝等心下何如？"群臣皆不敢逆，只得山呼万岁毕。准自谓曰："吾自称为大将军、汉天王也。"又谓胡嵩曰："自古无胡人为天下者，今以传国玺付汝，还于晋家。"嵩不敢受，准怒杀之。又命武士将汉王粲，并五皇后宗室男女少长三百余人，斩于东市。又使人发掘元帝刘聪墓，取出棺椁焚之，烧其宗庙，尽皆灭之。

靳准既即天王位，以弟为丞相，总督中外诸军事，又遣使告司州刺史李矩曰："刘渊屠各小丑，矫称天命，使二帝幽没，卿等辄率众扶持梓宫以还，请以上闻。"

李矩得其语，驰遣人上闻之于晋帝。晋帝大悦，使太常韩胤等前去，奉迎梓宫。

靳准欲以王延为左光禄大夫，延骂曰："弑主逆贼，何不速杀我，以吾左目置西阳门，观相国之入也！再以吾右目置建春门，观大将军之入也！"准怒杀之。却说相国刘曜，闻平阳大乱，每日啼哭，自长安发兵讨之。石勒闻知，亦率精兵五万，以讨靳准，据襄陵北原。靳准探知二处起兵，亦引兵十万来迎战。勒坚壁以挫之。

十一月，呼延晏私奔来报相国刘曜，时曜兵至垒，延晏迎着，哭说靳准谋逆之事，相国曜大哭，昏倒在地，众将急曰："死者不可复生，痛之无益。"曜停哀，命将土举哀数日。晏入内曰："今少帝为贼所弑，殿下宜即大位，以安众心。"曜从之，乃即皇帝位于赤壁，改元戊寅为光初元年，下诏以石勒为大司马，加九锡，进爵为赵公。于是勒始进兵攻准，平阳以及羌羯，降者十余万落，勒皆从于所部。

第一二六回　刘曜石勒讨靳准

却说靳准自料不能迎敌石勒，使侍中卜泰送乘舆御服，请和于石勒。勒大怒，将卜泰囚之，使人送与汉主曜。曜释之，谓泰曰："先帝末年，实乱大伦，司空行伊、霍之权，使朕及此，其功大矣！并早迎大驾者，当悉以政事相委，况免死乎？汝可回以白之。"卜泰还，以曜语与言之，靳准不从。

将军乔泰等见准不从，引兵入城，将准诛之，推靳明为主，又遣卜泰奉传国玉玺降汉。石勒大怒，进军攻靳明。明率兵出与勒战，大败回城，不敢复后交兵。

十一月，日夜出，高三丈。晋帝以王敦为荆州刺史，又诏群卿各陈得失。御史中丞熊远上疏曰：

> 胡贼猾夏，梓宫未还，而不能遣军进讨，一失也；群官不以仇贼未报为耻，务在调戏酒食而已，二失也；选官用人，不求实德，惟尚清谈，选求才干，惟事请托；当官者以治事为俗吏，奉法为苛刻，尽礼为谄谀，从容为高妙，放荡为达士，骄蹇为简雅，三失也。世所恶者，陆沉泥滓；时所善者，翱翔云霄；是以万机未整，风俗为薄，朝廷以从顺为善，相违见贬，安得朝有辩争之臣，士无禄仕之志乎？古之取士，敷奏以言；今光禄不试，甚违古义，又举贤不出世族，用法不及权贵，是以才不济务，奸无所惩，若此道不改，求以救乱难矣！

先是帝欲慰悦人心，州郡秀孝至者，不试皆署吏，尚书陈頵亦上言，宜循旧制试以经策。帝从之，仍诏不中科者，刺史、太守免官，于是"秀""孝"皆不敢行。有到者托疾，三年无就试者。帝欲特除孝廉已到者官，尚书郎孔坦谓曰："近郡惧累君父，皆不敢行；远郡冀于不试，冒昧来赴，若加除署，是为谨身者失分，侥幸者得官，颓风伤教，忍从此始？不若一切罢之，而为之延期，使得就学，则法均而令信矣。"帝从之，待至七年而试。

却说晋司马焕，乃郑夫人所生之子，时年二岁矣。沾疾将危，晋帝甚爱之，封琅玡王而卒。帝命备吉凶仪服，营起园陵，功费甚广。右常侍孙霄谏曰："古者凶荒杀礼，况今丧乱，宪章旧制，犹宜节省，而典礼所无，安崇饰如是乎？竭已疲之民，营无益之事，殚已困之财，修无用之费，此臣之所不安也！"

帝不从，正欲退殿，忽闻报彭城内史周抚叛降石勒。帝大怒，即诏下邳内史刘遐、泰山太守徐龛，二人引兵讨之。

却说石勒见靳明不出，亲驱大众攻平阳甚急。靳明遣使求救于刘曜，曜佯许之，使人以一万军迎之。明不知是计，以为是实，况石勒攻得甚紧，明乃率平阳士女一万五千弃城奔汉，来降刘曜，被曜掳去，收靳氏男女二百人，皆斩之。石勒见靳明奔曜，乃引众入平阳，焚其宫室，修其故陵，收粲以下百余口葬之。拨守置戍而归襄国云。

大兴二年二月，刘遐、徐龛各以兵二万来击周抚。相持月余，互各胜负。初掖人苏峻屡被汉兵搅扰，不能得安，乃率乡里结垒自保，远近之人，多来附之，众至二万余人。曹嶷恶其强盛，将发兵攻之。峻觉，率兵浮海助刘遐，共击周抚。是日交锋，苏峻骤马与周抚交锋，不两合，抚败，刘遐、徐龛各收兵还镇。刘遐奏苏峻讨抚之功，晋帝降诏以峻为晋陵内史、鹰扬将军。峻自是归晋。

第一二七回　石勒献捷于刘曜

却说石勒既克平阳，遣左长史王修持书献捷于汉，汉主曜大悦，遣使授勒太宰，进爵赵王，加殊礼，称警跸。使人去讫，王修亦还。先，王修同舍人曹平乐来汉，刘曜留之为常侍，因此平乐为汉，私言于曜曰："勒使王修来献捷，实窥陛下强弱，俟其复命，将袭乘舆，今陛下宜防之。"时汉兵疲惫，曜听其言，乃使武士追及，斩王修于市。

探听人回报石勒，言汉斩修之故。石勒大怒曰："同事刘氏，于人臣之职有加矣，彼之基业，皆孤所为，彼既得志，将欲相图？赵王赵帝，孤自为之，何待彼也？"自此勒不受伪汉之用命矣。

时三月，礼宜祀天地南郊，未曾建立。元帝请群臣会议郊祀，刁协等以为宜待还洛阳祭之，今且罢之。司徒荀组等曰："汉献帝都许即行郊祀，何必洛阳？"元帝从之，乃立丘于建康城之南地，帝观祀之。以未有北郊，并地祇合祭之礼，帝诏琅玡恭王宜称皇考。贺循曰："礼，子不敢以己爵加于父。"帝既而罢之。

四月初，蓬坡坞王陈川，自称陈留太守。先祖逖攻柳雍也，陈川遣其将李头助之。头力战有功，逖厚遇之。头既还，每叹曰："得此人为主，吾死无恨！"川闻之，以头背己与逖有谋，将头杀之，遂大掠豫州诸郡县。祖逖大怒，自将兵来击陈川。川以众与战，被逖破之。大川大败，只留一千余人，恐不能敌，乃以凌仪县使人降于石勒。勒受其降，拜为将军。

却说先徐龛与刘遐共讨周抚，周抚被苏峻杀败而走，徐龛部将追及斩之。朝廷论功，刘遐为先，徐龛居次，因此徐龛大怒，以泰山郡叛，亦降于石勒。勒受之，加龛秩位一等。

第一二八回　**刘曜即位于长安**

汉刘曜既即大位，徙都长安，立妃王氏为皇后，立世子刘熙为太子，立宗庙社稷，南郊北郊，改国号为赵。以冒顿配天，光文配上帝，由是称为赵也。

羊氏讳献容，乃惠帝后，遭奸人之废。怀帝即位，羊氏为惠帝皇后；后洛阳败，投于曜，执以为妻。曜既僭位，立为皇后，政事皆与决之。因问后曰："吾何如司马家儿？"后曰："胡可并言。陛下开基之圣主，彼亡国之暗夫；有一妇一子及身三耳，不能庇之。贵为百主，而妻子辱于凡庶之手；妾尔时实不思生，何图复有今日？妾生于高门，常谓世间男子皆然，自奉巾栉以来，始知天下有丈夫耳！"因此言，赵主曜甚宠爱之，每日宴饮，不思远图之计。

却说南阳王司马保，自称为晋王。保既称王，改元建康，置百官。陈安先谋叛，保遣兵击之，遣使告急于张实。实亦遣韩璞以五千兵助之。陈安恐独力不敌，乃使人降于成王李雄。雄纳之，遣兵来助。于是陈安以众来逼上邦，保坚守不出。会城中大饥，又为安所困。会张实使韩璞引兵来救，因此城中得此消息，保出兵来应，两下夹攻，杀败陈安。陈安势穷乃退，上邦百姓方才得安。

是时江东亦大饥，元帝诏百官各言时事，益州刺史应詹上疏曰："元康以来，贱经尚道，以玄虚玄事为放达，以儒术清俭为鄙俗。宜崇奖儒官，以新俗化也。"元帝纳之，诏命崇儒。

第一二九回　祖逖兴兵讨陈川

却说祖逖率五万步骑，攻陈川于蓬关。石勒闻知，遣石虎、桃豹将兵三万来救，祖逖始迁屯淮南。石虎既至蓬关，令陈川率众徙居襄国，留桃豹守陈川故城。自勒兵与川退还襄国去讫。

却说石勒又得陈川之众，遂率兵五万来寇幽州，幽州无备，被攻陷之。

段匹磾在蓟城，闻幽州失守，心中大惧，恐来攻蓟，乃率众奔乐陵县而据之。

却说梁州刺史周访击杜鲁，鲁勒众拒战，两下交锋，战四五十合，鲁措手不及，被访斩之，其众尽降。初，王敦患杜鲁，因谓访曰："足下若擒得杜鲁当相论为荆州。"至是访破斩杜鲁而回，敦不用。

又王廙在荆州，多杀陶侃将佐，士民怨怒，朝廷已知。元帝征廙为散骑常侍，而以周访代之。王敦忌访威名难制，从事郭舒亦说敦曰："荆州虽荒敝，乃用武之国，不可以假人，宜自领之，访为梁州足矣。"

敦从之，乃加周访安南将军，余如故。访闻大怒，敦手书譬解，并以玉玺玉枕遗之，访掷之于地曰："吾岂贾竖，可以宝悦耶?"因此访去襄阳，务农训兵，有图敦之志。守宰有缺即补，然后言，王敦不能制。

却说徐龛既降石勒，以众寇来掠济、岱诸境，近臣奏知，元帝甚忧之。问群臣谁去讨之? 王导奏："以太子左卫率羊鉴，乃龛之州里冠族，能制之，令其率兵五万去讨。"元帝从之，封羊鉴左都督，令率军讨之。羊鉴辞谢曰："臣才非将帅，恐不克效，望陛下另选良将。"郗鉴亦上表，言羊鉴不可使。王导不从，以羊鉴为征讨都督，督徐州刺吏蔡豹及刘遐、鲜卑段文鸯等讨之。于是鉴不得已，领旨出朝，点过精兵五万，择日起行。

第一三〇回　**石勒自称后赵王**

却说石虎与张宾等上言于勒曰:“今刘曜僭大位,弃汉自号赵,是逆宗统;荒淫不理政事,是无德也。吾等观其久必败,定自为人所擒,王侯本无种,帝王岂有根!明公宜加尊号,以安百姓,绝刘曜耳。”石勒曰:“孤本氐人,得诸君相扶,侥幸至此,天下未定,何敢为之?”张宾又曰:“今有内十二郡,赵国十二郡,合有二十四郡。为赵国,准《禹贡》,魏武复冀州之境,地方数千里,将士数百员,主公若登大位,命将佐出讨,何坚不破?何敌不灭?主公再执不行,将士解体,民各生心,晋氏复起,谁人肯用命乎?不如主公且登后赵王位,以安众心,可谓万全之计。”于是勒始从之。石勒既即王位,称元年为后赵元年。以将军支雄等主胡人词讼,禁胡人不得凌侮华族,号胡人为国人;遣使循行州郡,劝农桑;朝会使用天子礼乐;加张宾为大执法,专总朝政;以石虎为骠骑将军,都督诸军,赐爵中山公。

时张宾任遇优显,群臣莫及,而谦虚谨慎,开怀下士,屏绝阿私,以身率物;入则尽规,出则归美;勒甚重之。每朝尝为之正容貌,简辞令,呼曰“右侯”而不敢名。勒既以天子礼乐飨群臣,威仪冠冕,从容可观矣!

勒宫殿及诸门始就制,法令甚严,讳胡尤峻。时有醉胡出入止车门,勒大怒,即召宫门小吏冯翥至,责其不报白之故。翥惶惧忘讳,因对曰:“有醉胡乘马驰,某呵御之,而又不可与语。”勒笑曰:“胡人正自难与,因是恕而不罪翥耳!”

第一三一回　宇文氏攻慕容廆

十一月，平州刺史崔毖以士民多归慕容廆，心甚不平。乃密遣人阴说高句丽、段氏、宇文氏，约使起兵共攻之。毖所亲高瞻力谏曰："慕容氏部下军多将广，智足深谋，更兼霸地千里，粮料山积，攻之难克，退之结怨，莫若含忍以候其变，然后可为之。"

毖不从，发使去三国讫。不旬日，皆执兵而至，于是宰牛杀马，犒劳三国之兵讫。三国合兵，共五十三万。次日起行，来伐慕容廆。兵至城下，廆诸将请击之。廆曰："彼为崔毖所从，邀一切之利，军势初合，其锋甚锐，不可与战，当固守以挫之。彼乌合而来，未相归服，久必携贰，然后击之，破之必矣！"诸将默然，于是三国进兵攻棘城，廆令将士闭门自守，并不出战。过数日，计以牛酒使人独劳宇文氏，请兵退和。宇文氏受之，崔毖、段氏二国，果疑宇文氏与廆有谋，各引兵归。

时宇文氏士卒二十余万，连营四十里，其大将悉独官曰："二国独归，吾独取之！"因是进兵，慕容廆使人召使其子慕容翰，将兵入屯于徒河。翰入归城内，见父廆曰："彼众我寡，难以取胜，儿欲为奇兵于外，伺其间而击之，若并兵为一，取得专意攻城，非策之得也。"魔从之。翰选精兵三千骑，屯于五十里之外。

悉独官闻之曰："翰远归而不入城，或能为患，当先取之。"于是分遣五千骑击翰，翰计以三千精兵伏于暗谷中，又使人假为段氏使者，逆于道，假说大路有伏兵不可行。宇文氏信之，引兵从小路进发，至翰设伏之处。将过大半，一声鼓响，伏兵从暗谷中杀出，翰自以兵出迎，塞住去路。宇文氏兵被翰杀死，十停去其七停，余者尽被杀之。

翰忙使人入城报廆，使出兵击其前，又使部将乘胜径进袭其后，自于中间接应前后。于是廆知翰胜进兵，乃自披挂，率众出城大战。前锋始交，后兵接战，两下夹攻，杀伤甚众。战至十五合，翰率二千骑，从旁直入其营，纵火焚之。风起火发，宇文之兵烧死大半。宇文之众大败，折去三十万人，悉独官仅以身免而还。廆尽俘其众，获皇帝玉玺三纽。崔毖闻之，惧奔高丽，廆入于平州，不忍绝其类，反以其子崔仁镇辽东，官府百姓，安堵如故。廆以高瞻为将军，瞻称疾不就。廆数临其家候之，抚其心曰："君之疾在此，不在彼也！今晋室丧乱，孤欲与诸君共靖世难，拥戴帝室，奈何以华夷之异，介然疏之哉？夫立功立事，惟问志何如耳?"瞻犹不起，廆颇不平。瞻以忧卒。于是廆引众还镇，使裴嶷奉表，并将所得玉玺诣建康献之。

第一三二回　末柸以兵攻匹磾

三年二月，段末柸嫉兄匹磾仕晋，以十万兵攻兄。匹磾以五万兵出迎，两下交战，不三合，匹磾大败而逃，被末柸追杀，伤去大半。不敢入城，走至冀州城下，叫冀州刺史邵续曰："尔本夷狄，因慕义为晋破家，君不忘旧要，请相与共击末柸。"续闻言，即率三万生力军出城助匹磾，与末柸相战，未十合，末柸大败。匹磾与邵续追及，大破之。匹磾因胜，与弟文鸯率众来攻蓟城，邵续收屯军兵回冀州。

后赵王勒探知邵续势孤，况匹磾自去攻蓟，冀虚无援，遣石虎将兵攻冀州。石虎领兵将至冀州，分一万人潜伏于青山之内，自引兵去攻城。邵续自出击虎，交战二十余合，石虎佯败，落荒而逃。邵续以兵追赶，走过伏兵之所，被伏兵杀出其后，虎引兵杀回，两下夹攻，邵续遂被石虎执之，押至城下。令其招城上出降，续大呼兄子邵竺曰："吾志欲报国，不幸至此。汝等努力奉匹磾为主，勿有二心！"

时匹磾闻石虎攻续，率众来助冀州，匹磾杀入城，与续子邵缉固守冀州。

石虎见城不下，使人送续还襄国，白之后赵王勒，以续为忠臣，释而礼之。因下令自今克敌获士，必生致之。

初时，吏部郎刘胤闻邵续被石虎所攻，乃人内言于元帝曰："北方藩镇，惟余邵续一人，如使为虎陷之，孤义士之心，宜发兵救之。"

帝不从，及是闻续已殁，乃使人持诏以续仕位，以授其子邵缉，于是缉领冀州刺史矣。

第一三三回　赵将尹安降李矩

却说赵将尹安，及宋始四军屯洛阳，乃以城降于青州刺史李矩。矩使颍川太守郭默，将兵入洛阳。后赵王勒闻知，率胡虏守将未始一军，北渡河而去。于是河南之民，皆相率归矩，洛阳遂空。

时三月，裴嶷至建康，呈上表及玉玺，元帝大悦，因问廆之行状。嶷甚称廆之威德，贤隽皆为用之。朝廷始重之。帝欲留裴嶷在朝，嶷曰："臣少蒙国恩，出入省闼，若得复奉辇毂，臣之至荣！但以旧京沦没，山陵穿毁，名臣宿将，莫能雪耻。独龙骧竭忠王室，故使臣万里归诚；今臣不返，必谓朝廷以其僻陋而弃之，孤其响义之心，使懈于讨贼，此臣之所深惜也，故不敢从。"帝然之，遣使赵嶷去拜廆为安北将军、平州刺史。廆受命，极其欢悦。

五月，上邽诸将谋杀晋王保，保不能抚众任人，故遇害。保乃司马模之世子，曾自称体重八百斤，喜睡，好读书，而暗弱无断，是以及于难耳。先司马故将陈安也降晋王保，保已死，乃自据陇右，聚众五万余人降于赵，赵王刘曜以陈安为泰州刺史。

第一三四回　羊鉴有罪以除名

却说王导举羊鉴为将讨徐龛，鉴率众屯兵于下邳，不敢进。独徐州刺史蔡约得命，率骑兵二万来击龛。龛引众拒迎，战不十合，龛大败，遣使求救于后赵王。石勒使其将王伏都率兵一万来救之。时王伏都淫暴，不进助战，龛疑其袭己，请其来赴宴而斩之，令使人来后赵，称伏都罪状，请别为救。后赵王怒而不受。

朝廷敕鉴进兵，鉴犹疑，惮不敢进，于是刁协劾鉴之罪。元帝从其说，除名，诏以蔡豹代领其兵。王导自惭以失誉，奏帝乞自贬，元帝不许。

却说京兆人刘宏，客居凉州，以妖术惑众，张实左右皆信而事之。宏自言天与神玺，应王凉州。张实帐下阎涉等欲谋杀实而奉之。初，实弟张茂，密知其谋告之，实大怒，使兵五百，去收宏。未及至，阎涉等已知，入杀实。实死，前所使五百之兵，已入天梯山，将刘宏执之而还；见实被害，众遂将宏斩之，诛其党阎涉等数百人。左司马阴元等以实子张骏尚幼，推其弟张茂为凉州刺史。茂以实子骏为世子，茂代领其众，安抚凉州。

第一三五回　子远狱谏赵王曜

却说赵将尹车、解虎谋不一，巴酋氏徐库彭等至，以酒相结谋。至半酣，车与库彭言曰："今主上不思远图，专宠女色，不久必败。吾欲统所部之兵，出屯平阳，别作良图。恐独力难为，今请阁下同去与议，公意若何？"库彭曰："吾熟思久矣！无人戮力，故迟至今。既将军亦有此谋，我等愿作前驱。"车曰："既阁下肯相附待，正月元宵夜，同引兵遁去。"言讫，二人饮得大醉，至三更始散。

时尹车、库彭二人饮酒之间，言来语去，说胜道强，早有察事人窃知，来报赵王曜。曜大怒，次早设朝，文武皆集，君臣礼毕。赵王命武士将尹车、库彭擒下，大骂曰："朕何负汝，汝今二人谋反？"命武士执尹车斩之，又令太保呼延晏领御林军杀其部下五千人，又令杀库彭。

光禄大夫游子远告赦不听，又将库彭等部下五千人，囚于阿房。过数日，赵王使领兵欲去杀库彭五千人，游子远固谏："圣主用刑，惟诛元恶，不宜多杀。巴酋氏徐库彭虽得罪，宜赦之，削其兵权；若杀之，其党必然谋反，关外之地，非复国家之有！"赵王不听，子远叩头流血苦谏。赵王大怒曰："你亦同谋，故相教耳？"使武士执子远，幽于天牢。命御林军去尽杀徐库彭五千人，于是巴酋氏人闻知尽叛。关中应者三十余万，因此关中大乱，城门尽关，人不敢行。

子远在狱，不知库彭已杀，又使人上表苦谏道："若杀库彭，非安社稷之计，巴酋氏人必然为乱。"赵主愈怒，呼左右曰："速与朕入狱将子远杀之。"中书刘雅、朱纪、呼延晏谏曰："子远幽狱尚谏，所谓忠于社稷，陛下纵弗能用，奈何杀之？若子远朝诛，臣等亦暮死，以彰陛下过杀之愆！天下人皆当去陛下，蹈西海而死耳！陛下复与谁居乎？"赵王意乃解，赦出子远，封子远为车骑大将军，都督雍、秦征讨诸军事，大赦境内。

赵王曜欲将讨氐，子远又谏曰："彼非有大志，欲图非望也。直畏刑欲逃死耳。莫若大赦，与之更始；其有罪者，皆纵遣之，使相招引，听其复业；彼得生路，何为不降？若其自知罪重，屯结不散，愿假臣弱兵五千，必为陛下枭之！"曜大悦，从之，即日大赦。遂使子远领兵征讨巴酋氏人。

大军至雍城，城下屯住。次日，二军相迎，子远单骑出阵，谓氐人部长曰："前日徐库彭大逆，故赵王诛之，君等如能弃兵前来，倒戈投降，不致灭族之患。若拒逆命，必点倾国之兵，使汝氐人无种类矣！吾不与战，汝等三思回话。"言未尽，氐人皆下马投降，惟句氏宗党保于为阴密县不降。子远率众陷其城，尽执而戍之，于是关外悉平。子远振旅还都，从氐羌二十余万于长安。子远入见赵王曜，曜大悦，以子远为大司徒、录尚书事。子远请立太学，赵王曜从之。立太学，选民之可教者千五百人，择儒以教之。

赵王曜作酆明观及两宫凌霄台，又营寿陵。侍中乔豫、和苞谏曰："前营酆明市道，细民咸曰："以一观之功，足以平凉州矣！'今又欲拟阿房而建西宫，法琼台而起凌霄，其为费万亿，酆明若给以军，则可以兼吴蜀而并齐魏；又营寿陵，周围四里，铜棺金饰，其深三十五丈，殆非国内之所能办也！自古无不亡之国，不掘之墓，古圣人之俭葬，乃深远之虑也！”赵王曜大悦，下诏曰：“二侍中恳恳有古人之风，可谓社稷之臣矣！”今悉罢诸役，寿陵制度，一遵霸陵之法。以豫、苞二人领谏议大夫，又省酆水囿以与贫民矣。

第一三六回　祖逖计运土为粮

七月，晋祖逖以将韩潜与后赵将桃豹分据陈川故城。韩潜与豹相守四旬，逖军粮尽，恐豹视虚来攻。逖计以布囊盛土，使千余人运以馈潜，又将数千人担米息肩于道，待豹兵逐之，即弃之而走，以其是实。

时豹兵亦粮尽，士卒久饥，见逖运粮千余人过去了，后又数十人担米至，豹兵逐而获之是米，将来见豹。豹果以为逖士卒丰饱，因是大惧，连忙使人回襄国运粮。使人去了，运得粮米将至，祖逖闻知，又遣人密使韩潜率精兵五千，从小径邀之。运粮军人见兵至，皆弃粮车而逃。潜尽获其粮米回，以馈三军。桃豹粮尽数日，运来的粮又被韩潜夺去，恐士卒散去，令众至晚遁走去讫。逖知，使潜回，率兵进屯封丘以逼之。逖自以众镇雍丘，于是后赵镇戍归逖者甚多。

先是李矩、郭默互相攻击，逖使人去和解，示以祸福，二人遂皆受逖之节度，于是朝廷诏加逖镇西将军。逖与将士同甘苦，约己务施，劝课农桑，抚纳新附，虽疏贱者，皆给以恩礼。河上诸坞，先有子任在后赵者，皆得两属。时遣游军伪抄之，明其未附，坞上皆感恩。后赵有异谋，辄以相告，由是多所克获，自河以南，多叛后赵归晋。逖练兵积谷，为取河北之计。后赵王闻知边境戍守之人，反己附逖，心甚患之。

第一三七回　张宾计修祖逖墓

勒问计于张宾曰:“边境之人,近将附逖,将奈之何?”宾曰:“祖逖,范阳人,极有勇略,若与战,难以取胜。臣闻祖逖祖父母葬在吾成皋县东,大王使成皋县官吏,修祖逖父母之坟墓,立起祠堂,使人看守之。代其四时享祭,彼必感吾之德,而不为边患矣。”后赵王勒大喜,使人持书来成皋,以其意示县官吏知悉。其书曰:

祖逖屡为边患。逖北州士望也,素有丘首之思,其下幽州,可代修其祖父坟墓,为置祠,四时祭享;彼必感恩不扰其境矣。宜速施行!

成皋县官吏见书,即寻访逖之祖父墓而修之,立祠祭享,使人看守。早有人来报知祖邀,祖逖感激不已。

时祖逖衙门童建因与蔡内史周密有仇,至夜潜杀周密,祖逖闻知,即欲拘童建治罪。童建乃逃,来降后赵王勒。勒审知是祖逖部下之兵,即令斩之,修书一封,使人持童建首级并书来报祖逖。逖大喜,拆其书看曰:

叛臣逃吏,吾之深仇;将军之恶,犹吾之恶也;故不客而戮,使人呈之。外,将军祖氏之墓,虽在吾界,即吾父母之茔,已令人营祠,守而祭之矣。

逖见书大喜,重赏使人,回书与去。自此以后,后赵有人来降者,逖皆不纳,始抽回境上之兵,于是后赵之民,边境之间,稍得休息。

八月,梁州刺史周访卒,朝廷知之,便降诏以甘卓代之。访,字士达,汝南人也。少沉默而能让。及元帝渡江,命访参镇东将军事,智勇过人,讨贼屡建大功。每入朝见帝,未尝论功,同僚问曰:“人有小善,鲜不自称。汝勋功如此,初无一言,何也?”访曰:“朝廷威灵,将士用命,访可功之有?”因此朝野之士,皆重之。而访善于抚绥,士卒皆为致死。知王敦有不臣之心,私常切齿,敦由是终访之世,未敢为逆。及卒,敦遣王舒监其军。元帝以甘卓镇襄阳,征舒为左丞,敦留不遣。

却说徐龛战败,遂来降后赵,后赵王勒受之。勒用法严峻,使张宾定九品,命公卿及各州郡岁举秀才、孝廉、清正、贤良、直言、武勇之士,各一人。

第一三八回　谯王丞为湘刺史

十二月，元帝之始镇江东也，王敦与从弟王导同心翼戴，元帝亦推心任之。敦总征讨，导专机政，群从子弟，布列显要。故时人为之语曰："王与马，共天下！"后敦恃权骄恣，元帝畏而恶之，乃引刘隗、刁协等以为腹心，稍抑损王氏之权，导亦渐见疏远。中书郎孔愉陈导忠贤，有佐命之勋，宜加委任。元帝出愉为长史。导能任真推分，淡如也，而敦亦怀不平。其参军沈充、钱凤皆巧谄凶狡，知敦有异志，阴画策呈敦，敦宠信之。而敦上疏为导讼屈，词语怨望。佐军谯王司马丞，忠厚有志行，元帝亲信之。帝得敦疏，夜召丞入内，以敦表示之。丞曰："王敦权重心异，久则为患，今观其疏，词意怨望不逊，陛下宜早防之！"刘隗为言曰："敦疏谓陛下推腹心于我，其意将以我名为乱也！不若委臣权而招义兵，待其显而讨。"元帝不从，因是二人在宫中未出。

次日，会王敦使人表沈充为湘州刺史，元帝谓丞曰："敦奸逆已著，朕为惠帝，其势不远。湘州据上流，控三州之会，敦欲以充居之，为乱何抵之？朕且逆其欲，以叔父居之何如？"丞曰："臣奉诏命，惟力是视，何敢有辞？然湘州经蜀寇之余，民物凋敝，若及三年，乃可即戎，苟未及此，虽灰身无益也。"帝然之，诏以丞为湘州刺史。

丞领诏命而行，过武昌，王敦闻知，只得出迎入内，以宴待之。酒半酣，因谓丞曰："大王素雅佳士，恐非将帅才也。湘州久叛地面，恐治之难！"丞曰："公未之见耳，铅刀岂无一割之用耶？丞虽不才，且看吾之治湘耳。"敦无以对，听其自去。送丞去了，入谓钱凤曰："彼不知惧而学壮语，无能为也！且看如何？"谯王丞既至湘州，时湘土连年困敝，丞躬自俭约，倾心绥抚，湘地稍安，甚有能名。

四年正月，徐龛复使人入朝降，晋帝受之。三月，日中有黑子，元帝甚忧。著作郎郭璞上疏曰："阴阳错谬皆繁刑所致，赦不宜数；昔子产知铸刑书，非政之善，不得不作者，须以救弊故也。今宜赦之，理亦如之。"帝从之，发诏大赦境内。

第一三九回　段匹磾死于忠义

却说后赵王勒使石虎以军五万，攻匹磾于厌次，又使孔长以军三万，攻其统内诸城，诸城悉拔之。虎兵至厌次围之，匹磾使弟文鸯领兵出拒，与虎交战，自旦至夜，连战一百合，鸯力尽，被虎执之，鸯尤骂贼不已。虎使兵人监之。次日，又攻城，匹磾见弟文鸯被执，已去右臂，心下大惧。集诸将商议，拟自单骑归晋。邵续之弟邵洎主降，不听，复欲执朝廷使人送虎请降，匹磾正色谓之曰："卿不能以兄之志，遏吾不得回朝亦已甚矣！复欲执天子使臣，我虽夷狄，所未闻也！"邵洎与缉、竺等不听其语，乃使人立降旗，开城门与石虎之军而入。

虎入城，召匹磾。匹磾曰："我受晋恩，志在灭汝，不幸至此，不能为汝敌也。"虎先素与匹磾结为兄弟，见匹磾至，即起迎之。及见其语，令人送匹磾、文鸯、邵洎、缉、竺等还襄国去，于是幽、冀、并三州，皆入于后赵。匹磾等既至后赵，后赵王勒以匹磾忠义，故不害之。而匹磾见勒不为礼，常着朝服，持晋节。久之，勒怒，乃杀匹磾，文鸯、邵洎皆杀之。

第一四十回　帝以戴渊拒王敦

七月，元帝见王敦凶逆，将显为乱，与刁协计议，以戴渊为征西将军，都督司、豫六州军事，以镇合淝；刘隗为镇北将军，都督青、徐四州诸军事，以镇淮阴。皆假节领兵，名为征胡，实备王敦也。隗虽在淮阴，朝廷机事，进退士大夫，帝皆与之密谋。敦闻隗领兵镇淮阴，使人遗隗书，言欲与之戮力王室，共靖海内。隗亦遣人答曰："鱼相忘于江湖，人相忘于道术，竭股肱之力，效之以忠贞，吾之志也。"敦见其书，甚怒之。元帝知敦有异，故以王导为司空，录尚书事，而实疏忌之。当御史中丞周嵩上疏，以为不宜听佞臣之言，放逐旧德；亏既往之恩，招将来之患，帝颇感悟，导由是得全。

史说戴渊，字若思，广陵人也。有丰仪，性轩爽，少好游侠，不拘细行。常至洛为劫盗，因遇机赴洛，若思见陆机船装甚盛，遂与帮徒掠之；若思自登岸，据胡床，指麾同伴取物，皆得其宜。机察之，皆非常人，在船屋上遥谓之曰："卿才器如此，乃行劫耶?"若思感悟，因流涕投舱，还其行李而就之。机与言，遂深加赏异，而与之结交焉。后若思改举孝廉，入洛阳，机荐之于赵王伦曰："戴若思诚东南之遗宝，朝堂之奇璞也，何不用之?"因是伦乃辟之为主簿；及伦败，始过江归元帝，帝深信之，由此有重任焉。

却说豫州刺史祖逖，闻朝廷以戴渊都督六州，逖以戴渊吴士，虽有才望，无弘智远识；且已剪荆棘，收河南地，而渊雍容，一旦来统之，意甚是怏怏；又闻王敦与刘、刁构隙，将有内难，知大功不成，遂感激发病，至九月卒于雍丘。豫州士女，若丧父母，无不流涕，皆为立祠而祭之。其弟祖约发丧，申奏朝廷。

至十月，元帝闻奏祖逖身死，恐羯人犯境，乃使人奉诏，以逖弟祖约为平西将军、豫州刺史，代领其众。

初，有妖星见于豫州之分历，陈川谓人曰："今年西北大将当死!"逖亦见星曰："为我矣！方平河北，而天欲杀我，此乃天不佑国也!"俄卒于雍丘，故史臣谓："祖士雅慷慨忠义，有智略以行之，岂惟晋臣，亦自古难得之才也，惜其未闻道也!"

王敦闻祖逖死，益无所忌，专意谋贰。逖弟祖约既领其众，无绥御之才，不为士卒所附。范阳李产被乱依逖，至是见约志趣异常，乃率子弟十余人，间行归乡里。

第一四一回　石勒召封仇人爵

却说后赵王勒，乃上党武乡羯人，思欲归以省亲，张宾谏之乃止。勒乃使人悉召武乡耆老诸人赴襄国，耆老诸人皆至。后赵王勒大排筵宴，自与耆老论年齿而坐，欢饮，语及平生，无不快活。先是石勒未遂时，与邻居李阳常争麻池，迭相殴击，至是李阳不敢来见。勒因谓父老曰："李阳，壮士也，何以不来？殴麻是吾布衣之恨，孤方崇信于天下，宁仇一匹夫乎？"即又使人去请李阳。李阳乃至，拜伏于地请罪。勒喜扶起，与其醉谑，引阳臂而笑曰："孤昔餍卿老拳，卿亦饱孤毒手！"言讫，赐甲第一区，拜阳为参军都尉。又与众曰："武乡吾之丰沛，万岁以后，魂灵当游之耳！"复以赀帛给赏父老。以乡比丰沛，复之三世。后赵王勒以民始复业，资储未丰，乃重禁酿，郊祀宗庙，皆醴酒行之，于是数年间，无复酿酒者。

慕容廆闻中国无主，遣使过海入建康，劝元帝即位。元帝既登大位，以廆忠慎，始遣谒者去大棘城，以慕容廆为都督吉、平二州诸军事，封辽东公。谒者得诏，前来棘城封公。廆闻知，使人迎接入城，排香案跪听披读诏书，受其印绶，望南谢恩讫，大排宴会，款待谒者。次日以金宝名马与谒者还朝，以作进贡之物。廆乃始立郡，以统流亡。准冀州人为冀阳郡，豫州人为成周郡，青州人为营兵郡，并州人为庾国郡。于是推举贤才，委以庶政。廆始承制除官府，置僚属，立子皝为世子；作东贤，使皝与诸生同受业。廆览政之暇，亲临教之。皝雄毅多权略，善经术，国人称之。因是廆徙子慕容朝镇辽东，以慕容仁镇平郭，而翰抚安民夷，甚有威惠。

第一四二回　代贺傉谋弑其君

却说代王郁律大会群臣，闻探事人回报：中华晋愍帝被刘聪所害，聪亦死，粲即位，亦被靳准所弑。今刘曜僭位，都于长安，石勒称尊于襄国，晋元帝立于江南，天下大乱。代王见说大悦曰："今中原无主，天其资我乎？"言未讫，近臣奏前赵王刘曜遣使至，请和，结为唇齿之邦。不一时，近臣又奏赵王石勒亦遣使至，乞和，结为兄弟之国。代王曰："吾正欲取中原，岂与汝和？"皆命不纳，斩其使而绝之。自此代王乃讲武练兵，欲平南夏。

有拓跋猗㐌之妻惟氏，忌代王郁律之强，恐不利其子，乃令其子拓跋贺傉阴结代王郁律左右将佐，至夜入内，执郁律弑之，而自立为代王，尽领其众。代王既被害，其次子什翼健幼在襁褓，其母王氏知变，乃将什翼键匿裤中而出逃，因祝之曰："天苟存汝，汝则勿啼。"久之不啼，因此私自逃奔外家，乃得免其大难，后长成人。

第一四三回　王敦举兵谋逆叛

永昌元年正月，王敦举兵谋叛。史说王敦，字处仲，乃司徒导从父兄也。敦少有奇人之目。先王恺、石崇以豪侈自尚，恺尝置酒会客，王敦与导俱在席。恺令女伎吹笛，小失声，恺便殴杀之，一座人咸改容，敦神色自若。恺又使美人行酒，吩咐道："劝客饮不尽，辄杀汝！"美人行酒至敦前，敦故不肯饮，美人悲惧失色，而敦傲然不视。导素不能饮，恐行酒美人得罪，遂勉强尽畅饮之。王导还而叹曰："处仲心怀刚忍，非令终也！"洗马潘岳见敦而叹之曰："蜂目已露，但嗡声未振，若不噬人，亦必为人所噬！"

先时，王敦初事元帝，日渐骄厉，雅尚清谈，口不言财色，因是负重望，专任阃外，控强兵，遂欲专制朝廷而有问鼎之心。因是元帝畏而恶之，乃引刘隗、刁协等以为心膂，敦益不能平，于是嫌隙始构。酒后辄咏曹孟德乐府歌章曰："老骥伏枥，志在千里；烈士暮年，壮心不已！"以如意打唾壶为节，壶边尽缺，于是敦几欲怀异。敦既与朝廷乖离，乃羁录朝廷有时望者，置己幕府。以羊曼、谢鲲是为长史，鲲终日酣醉，故不委以事。时敦欲作乱，因谓鲲曰："刘隗奸邪，将危社稷，吾欲除君侧之恶，卿意如何？"鲲曰："隗诚如城狐社鼠，岂能为患？"敦怒曰："汝庸才耳，岂达大体？"遂不听之。

史说王允之，字深猷，父王舒，丞相王导之从弟也。允之少最知名，总角来从伯王敦，敦甚爱之，谓其似己，恒以相随，出则同舆，入则同寝。其时王敦与钱凤、沈充及允之在帐中夜饮，允之佯醉，辞曰："侄已醉，欲先卧耳！"敦曰："你快往帐后凉床上去睡，吾欲说话，一时间来。"于是允之就帐后凉床上去睡。王敦以允之睡了，乃谓钱凤曰："吾欲以兵入建康，杀天子，诛大臣，自取帝位，其事何如？"凤曰："今天下汹汹，人怀异望，欲得晋鼎，明公若不首谋，恐天下英雄，皆有此心，若他人先起，则鹿走未定，今夕之策，宜早为之，则大业必成！"敦曰："然！过旬日，可与吾调兵起行。"计议已定，钱凤辞去，王敦欲来同允之宿歇。

先时，王敦与钱凤之所谋议，是时允之已醒，悉闻其言。允之恐敦见疑，乃诈为醉，便于卧处大吐，衣服便污。时敦果疑允之听见，乃以灯烛入照，视允之，见吐于卧处，遂以允之为大醉，不复疑之。

至次日，允之辞敦曰："侄来此日久，欲回视亲。"敦曰："你既回，吾使人送你回去！"言讫，唤十数军人，护送王允之还建康。

却说允之还家，以伯王敦与钱凤谋反之议，报知父舒。王舒惊曰："吾兄何得行此灭族之事？"舒忙报与从兄司徒王导，王导曰："可速奏于主上，以作准备，免吾一族之人，被其连累。"于是王导、王舒二人入朝，具以王允之所言王敦与钱凤谋反之议，奏知晋帝。晋帝曰："既王敦谋反，可兴兵讨之。"王导曰："宜准备守护防之，未可以勤兵扰民耳。"因此，帝令诸将调兵守护城池，日夜巡视。

却说王敦叛谋计定，乃使诸葛瑶、周抚等领兵为前锋，自与钱凤为后，共率兵二十余万，次日前驱大进。当吴兴太守沈充亦引兵来应，迎着王敦，曰："明公兴兵入建康，先宜正名，然后可以起行。"故兵法曰："兵出无名，所以不胜。'故诸侯起兵，宜先以正名。可使人先上疏陈刘隗不臣，臣故起兵；上可以制群臣，下可以慰百姓。"敦曰："卿谋正合我心。"敦自武昌举兵，先遣人入建康上疏，称曰：

刘隗佞邪奸贼，威福自由，臣故进军致讨；隗首朝悬，诸军夕退。昔太甲颠覆厥度，幸纳伊尹之忠，殷道复昌。愿陛下深虑三思，则四海又安，社稷永固矣！

元帝览之大怒，忙调兵守御建康。敦兵至芜湖，又上表刁协罪状。元帝见表，愈加大怒，下诏曰：

王敦凭恃宠幸，敢肆狂逆？方朕太甲，欲见幽囚？是可忍也，孰不可忍也！今朕率大军以诛大逆，有杀敦者，封五千户侯。降诏遍示百官讫，即使使往合肥，召大将军戴若思，领兵入卫建康。

却说舂陵令易雄，字兴长，乃长沙浏阳人，闻王敦作逆，朝廷下诏，有诛敦者，封五千户侯。雄闻知，恨无兵，力寡不能去，乃自作檄书，数王敦罪恶，使人驰报，随即起兵。王敦闻采事人报知，大怒曰："竖子安敢无礼！"即使将军魏义以兵五千来攻舂陵，城陷，易雄被人所执，送至敦营，敦以檄证示易雄，叱之曰："汝乃一邑小令，何敢妄诬大臣罪愆？今日见我，有何分辩？"雄曰："此实有之，惜雄位微力弱，不能救国之难，诛汝之首，今日之事，雄安望生？请即赐戮，得作忠魂，乃所愿矣！"敦闻其言直，乃释之。

时太子中庶子温峤，谓仆射周顗曰："大将军此举，似有所仁，当无及之耶？"顗曰："今主上非尧舜，何能无失？安可举兵以胁之，举动如此，岂得云非乱乎？"

却说敦初举兵，遣使告梁州刺史甘卓，约与俱下。卓许之，后更狐疑不赴，诸将问之，卓曰："且伪许敦，待至都下而讨之。"众问其故，卓曰："昔陈敏之乱，吾先顺而后图之，论者谓吾惧逼而思变，心常愧之，今若复尔，何以自明？"

敦见卓军不来，乃遣参军桓熊去说谯王司马丞，请为己军，丞不从，怒曰："得死忠义，夫复何求！"

丞闻长沙虞悝贤而多才，使人持檄召长沙虞悝为长史，会悝遭母丧不至，丞亲往吊之，曰："王室方危，金革之事，古人所不辞，将何以教之？"悝曰："鄙州荒敝，难以进讨，且宜收兵固守，传檄四方，四方兵动，其势必分，分而图之，庶几可捷也。"丞谢之而回，即囚桓熊，以悝为长史，以其弟虞望为司马，移檄远近，列敦之罪恶。州郡内应之，惟敦姊夫郑澹为湘东太守，不从命。丞使望率众五千人攻陷湘东，执澹斩之，以徇四境。悝曰："必须得辩士入梁州，说甘卓同举，可济大事。眼前无可往者？"丞曰："主簿郑骞有辩才，可遣之。"

悝乃遣赛往说甘卓曰："刘大连虽矫蹇失众心，非有害于天下，大将军敦以私憾称兵向阙，此忠臣义士竭节之时，公受任方伯，奉辞伐罪，乃桓文之功，今谯王举义讨敦，邀明公共行此事，何如也？”卓欲从之，卓参军季梁谓卓曰：“昔隗嚣跋扈，窦融保河西以奉光武，受乃其福。今但当按兵坐待，敦事若捷，必委将军以万人；如朝廷捷，必以将军代之，何忧不富贵？而释此庙胜，决存亡不可战耶！”骞即向前言曰：“光武当创业之初，故隗不可以从容而行，今将军之于王敦，非窦融之比也；襄阳之于大府，非河西之固也。使敦克刘隗还武昌，增石城之戍，绝荆襄之粟，将军将安归乎？势在人手，而曰以处庙胜，未之闻也！且为大臣，国家有难，坐视不救，于义安乎？以将军之威名，仗节鸣鼓，以顺讨之，举武昌若摧枯拉朽耳！武昌既定，据其事实，招怀士卒，使还者如归，此吕蒙之所以克关公也。”卓从之，曰：“非先生之见教，则孤失其妙算也。”

未及发，敦闻卓于后为变，又遣参军乐道融往邀之。道融忿其悖逆，来梁州，反说卓曰：“王敦使某邀使君同讨刘、刁，而王敦背恩肆逆，举兵向阙，君身受国厚恩，而与之同，生为逆臣，死为愚鬼，不亦惜乎！为君之计，莫若伪许应命，而驰袭武昌，必不战而自溃矣！”卓意始决，遂露檄数敦逆状，率所统大兵十万致讨。

卓又遣参军至广州，约陶侃同攻武昌。侃遣参军高宝，率兵二万北下。时武昌城中传卓军至，人皆奔散。

敦闻谯王丞檄卓，侃攻己，大怒，乃遣魏义率兵二万，来攻长沙城。时长沙城池不完，仓储又缺，人情震恐，诸将说丞曰：“今城池不完，兵甲不坚，粮草不敷，人心不固，何以迎敌？不若去投陶侃，或退据零、桂为上也。若沉吟，死无葬身之地矣！”丞曰：“吾之志欲死忠义，岂可贪生苟免，为奔走之将乎？事之不济，令百姓知吾心耳！”乃婴城固守。魏义攻城，虞望率众出战，大败而死。城中甚急，甘卓知之，使人遣丞书劝之，且云：“当以兵出沔口，截敦归路，则湘围自解矣。”丞即复书与卓曰：“足下能卷甲电赴，犹有所及，若其狐疑，则求我于枯鱼之肆矣！”卓不能从之，丞只得固守湘东。

尔时，元帝封子司马翌为琅玡王，命其领兵出守城池。

却说赵王刘曜，自以兵十万，去击杨难敌。难敌率众拒迎，与曜逆战，曜不胜，乃退保城池，绝难敌粮道。难敌只得遣使称藩于赵，赵王曜许之，以杨难敌为武都王，而难敌自此归赵，于是曜令退兵还长安。

却说赵秦州刺史陈安率众入长安，求朝于曜，曜恐其人为乱，乃疾辞不与入见。安大怒，大掠而归。陇上氐羌人皆附之，有众十余万，自称凉王。赵王曜便使呼延晏及鲁凭二人引兵出追，被陈安获之，安招其降，二人不屈，安命左右斩之。

第一四四回　王导待罪于阙下

元帝闻王敦兵将至，使人征戴渊、刘隗领兵入卫建康，二将皆应命而至。帝使百官出迎于道，刘隗岸帻大言，意气自若，与百官刁协等入朝元帝，君臣礼毕，隗、协平身。帝曰："王敦作逆，故召卿等还迎王敦。"是时刘隗、刁协大惊，急奏曰："王敦作逆，其弟王导并家属数百人，今在建康城内，若敦兵至此，导必为内应，不如先诛王导等族众，然后以兵去迎。"帝曰："容朕三思后行。"隗、协见帝不许，心中愈惊。

司空王导闻兄王敦作乱，见刘隗、刁协奏请尽诛王氏，心中大恐，乃率其从弟中领军王邃、左卫将军王廙、侍中王侃、王彬，及宗族群从昆弟子侄二十余人，每旦诣阙待罪。值仆射周𫖮入朝，导呼仆射谓曰："伯仁，吾以百口累卿，望速救耳！"𫖮直入不顾，而见帝奏曰："司空王导闻兄王敦谋逆，今领兄弟宗族二十余人，阙下待罪。臣见王导平素忠诚，必无叛心；若与敦私有异志，安肯身留建康自陷也？望陛下看其草创之功，以赦如今无贰之愆！"帝曰："朕亦思王导无叛之意，可原其心。"纳其言而赦之。周𫖮先是饮酒而入，及辞出还未醒。当周𫖮见纳其奏即出，王导犹在阙前待罪，见𫖮出，又呼而问之，𫖮不与言，顾左右曰："今年杀诸贼奴，取金印如斗大，系肘后。"言讫即出，乃使人上表，明导无罪，言甚切至。王导不之知，而心甚恨之。

元帝又见周𫖮上表，乃下诏赦王导等二十余人无罪，赐朝服，召入朝见之。导稽首奏帝曰："贼臣逆子，何代无之？不意今日近出臣族。"帝下殿执导手曰："茂弘，朕方寄卿以百里之命，安忍罪之？"于是君臣惠爱如初。

三月，帝以王导为前锋大都督，以戴若思为骠骑大将军。诏曰："王导以大义灭亲，可以之为安东时节假之将军。"又以周𫖮为尚书左仆射，王邃为右仆射。次日，帝乃命刘隗、刁协、戴若思等领军去迎。将军周札，素爱俭好利，帝使刘隗领兵屯金城，使周札屯石头城，二人领诏去讫。

时，敦军至石头，欲先攻刘隗，杜弘谓敦曰："刘隗死士多，未可易克；周札少谋，兵不为用，攻之必败，札若败，则隗走矣。"敦从之，使弘为前锋将军，以军二万先攻石头。周札果开城门纳弘，弘军一涌而人，于城屯住。于是王敦入据石头，叹曰："吾不得复为盛德事矣！"谢鲲曰："何为其然也？但使自今已往，日忘日去耳！"

元帝闻石头失守，诏命刘隗、刁协、戴渊、周𫖮、王导等分头接战，于是协、隗、渊等领兵来石头挑战。

王敦闻探事人回报，王导为都督骠骑大将军，总领诸军事；又令刁协、刘隗、戴若思领兵十万前来迎敌。自令军马将到石头。敦忙唤周抚、邓岳二人，整军马去战，于是二人以军出城排阵。是日两军相遇，刘隗出马，大骂："王敦，朝廷何负你，故敢谋反？"周抚大怒，拍马出战，更不打话，挺枪便刺。刘隗以刀来迎，二人交战，战到二十余合，隗敌周抚不住，走回本阵。戴若思忙持刀接住周抚交战，战三十余合，不分胜负。邓岳见周抚嬴不得若思，亦拍马抡斧冲出阵，帮护周抚。三人在垓心交战，战不过五合，若思敌不过二人，勒马便回本阵，被王敦麾兵一击，杀得晋兵大败，抛戈弃鼓，倒旗失金，乱溃奔走，各自逃生。王敦等连追数十余里，方始下令，收军还城。

当刘隗、刁协得戴若思保护走回建康，入太极殿，见元帝曰："王敦势大，难以迎敌，因此大败而回。"

是时，刘魄、刁协二人，在帝前流涕，帝亦携二人手垂泪。因谓隗、协二人曰："今王敦谋逆，为汝二人，汝二人乘其未还，可引本属，朕给与兵符避祸，免遭其难。"刁协泣曰："臣当死守，不敢有避。"元帝曰："事逼矣，安可不行！"乃命有司给兵符人马与二人，二人流涕，拜辞元帝，出领家属，带人马出城而逃。

元帝见二人去了，心中忧闷，无人去退敦兵。当太子司马绍欲自率将士决战，温峤执鞚谏曰："殿下国之储副，奈何以身轻天下？"抽剑斩鞚乃止。

敦虽知刘、刁走了，仍拥兵不朝，放士卒劫掠，宫省奔散，惟将军刘超按兵直卫，及侍中二人侍帝侧。元帝遣使谓敦曰："刘、刁二人，皆奔外国去矣，公若不忘本朝，于此息兵，则天下尚共安矣！如其不然，朕当归琅玡，以避贤路。"敦部下禁兵未肯退。

当司空王导奏曰："陛下不须烦恼，臣请诏加王敦爵位，臣与百官去说其罢兵，彼自退矣。"元帝从之。

第一四五回　王敦杀周颉戴渊

于是帝令王导与百官俱至石头，见敦讲礼讫。导曰："朝廷诏兄罢兵！"敦许之。敦谓戴渊曰："前日之战，有余力乎？"渊曰："岂敢有余？但恨力之不足耳！"王敦曰："吾作此举，天下以为何如？"渊曰："见形者谓之逆，体诚者谓之忠。"敦笑曰："卿可谓能言。"又谓周颉曰："伯仁负我！"周颉曰："公戎车犯顺，下官亲率大军不能共事，使王旅奔败，以此负公。"敦不答，心下以太子有勇略，为朝廷所向，欲加其不孝而废之。次日大会百官，敦问温峤曰："皇太子以何德称？"声色俱厉。峤曰："钩深致远，盖非浅局所量；以礼观之，可谓孝矣！"众皆以为信然，敦谋遂阻。

元帝召周颉谓曰："近日卿见王敦大事，二宫无恙，诸人平安，大将军固副所望耶？"颉曰："二宫自如明诏，臣等尚未可知。"元帝曰："王敦怀逆，必害卿，卿远避之。"颉曰："臣备位大臣，朝廷丧败，岂肯草间求活，投胡越耶？"

当敦参军吕猗素以奸险，为渊所恶，因谓敦曰："周、戴皆有高名，以惑众心；近者之言，曾无作色，公不除之，恐必有再举之忧！"敦然之，以问导曰："周、戴南北之望，当登三司无疑也。"导不答，又曰："止应令仆射。"又导不答。敦又曰："若不尔，正当诛耳！"又不答。

敦遂遣部将收颉并渊部将，领五千兵收周、戴二人。回经太庙门首，颉大言曰："贼臣王敦，倾覆社稷，枉杀忠臣，神祇有灵，当速诛之！"收人以戟伤颉口，流血至踵，容止自若。观者皆为流涕。敦令押入市曹，并渊杀之。元帝使敦弟王彬，以牛酒劳敦。而彬素与颉善，闻颉被杀，先往哭之，然后见敦，敦怪其容惨而问之，彬曰："因哭伯仁，情不得已。"敦怒曰："伯仁自致刑戮，且伊为人奸佞，何哀而哭之？"彬勃然数之曰："兄抗旌犯顺，杀戮忠良，图为不轨，祸及门户矣！"其词气慷慨，声泪俱下。敦大怒曰："尔以为吾不能杀汝耶？"导劝彬起谢，彬曰："脚痛不能！且此复何谢？"敦曰："脚痛孰若颈痛！"彬殊无惧色，由是王导劝散去讫。

第一四六回　王导执表涕周颢

自此王导复预朝政，后因人中书省，行检中书故事，忽见周顗救己之文，殷勤款至，词意恳切。导执表流涕，归告其诸子曰："吾虽不杀伯仁，伯仁由我而死！幽冥之中，负此良友也！"言讫，子数十人皆信，个个流涕。

史说周颢好酒多失，元帝初立时，补吏部尚书。顷之，以醉酒为有司所纠，白衣领职。太兴初，转尚书仆射。庾亮尝谓颢曰："诸人咸以君方乐广。"颢曰："何乃刻画无盐而唐突西子也？"帝宴群公于西堂，帝酒酣，从容谓百官曰："今日君臣共集，何如尧舜时耶？"颢因醉厉声曰："今虽同人王，何得复比圣世？"帝大怒，诏付廷尉，将加戮，累日方赦之。初，颢以雅望获海内盛名，后颇以酒失为仆射。略为醒日，时人号为"三日仆射"。庾亮曰："周侯末年，所谓凤德之衰也。"颢在中朝时，能饮酒一石；及过江，虽日醉，每称无对，偶有旧识从北来，颢遇之欣然，乃出酒二石共饮，各大醉。及颢醒，使人视客，已腐胁死矣。而颢性宽裕，而友爱过人；其弟嵩尝因酒瞋目谓颢曰："兄才不及弟，何乃横得盛名？"以所燃蜡烛投之，颜色无忤，徐曰："阿奴火攻，固出下策耳？"先王导甚重之，尝枕膝而指其腹曰："卿此中何所有也？"颢答曰："此中空洞无物，然足容卿辈数百人！"导亦不为忤。王敦素惮颢，每见颢，辄面热，虽冬月，扇面手不得休。敦使缪恒籍没颢家，收得素簏数枚，盛败絮而已，及酒五瓶、米数石，在位者服其清约。颢遇害时，年五十四岁，人人尽叹惜之。

史说祖纳，字士元，乃祖逖之兄也。幼有操行，能清言，文义可观。性至孝，少孤贫，常自炊爨以养母。时王敦闻之，乃使人遣其二婢，代奉养母，辟为从事中郎。时人戏之曰："奴价倍婢。"纳应之曰："百里奚何必轻于五羊皮耶？"王敦既为相，以为军谘祭酒。时纳好与人弈棋，王隐言之曰："禹惜寸阴，不闻棋数。"纳对曰："以忘忧耳？"隐曰："古人遭逢，则以功达其道，若其不遇，则以言达其道。君少长五部，游宦四方，华裔成败，皆当闻见，胡不记述，而有裁成？何必忧围棋而后忘忧也？"于是纳不复下棋。且日入朝，乃奏于帝曰："自古小国之有史官，况于中华安可不置？"帝纳之，使纳修晋史。

其弟平西将军祖约，领军镇守豫州，不能驭众，边地多叛。闻长城戴洋善风角，有才识，使人召至，以为中兴军。永昌元年四月庚辰，有大风起自东南，飞砂折木。洋出闻之，入谓约曰："今年十月，必有贼狱治罪到谯城，将军宜防之。"约未应，当主簿王振言曰："天道高远，岂人先知？今戴洋妄造谣言，扇惑民心，宜以洋收狱治罪。"约从之，乃命左右执戴洋收狱治罪，不得与食，待其自死。于是左右执洋入狱中，连绝食五十日不死。左右与说话，言语如昔，左右人报知，祖约曰："吾知其有神术，安能害之？"乃赦其出，即骂王振曰："你进谗言，险害神人！"令左右执振斩之，洋急救曰："若杀此人，臣请归山。"约曰："振昨日曾诉君于我，何反救之？"洋曰："振不识风，非有夙嫌，振往时垂饥死，洋养活之，振犹尚遗忘；夫处富贵而不弃贫贱者，固其难矣！"约义而释之。

却说王敦在石头，闻卓起兵大惧。时卓兄子甘卬，为敦参军，敦乃遣卬归说卓，使旋军。卓虽慕忠义，而多疑少决。及卬至说，犹豫逗留；及闻戴渊、周顗死，流涕谓卬曰："吾之所忧，正为今日。若径据武昌，敦势逼必劫天子，以绝四海之望，不知更思后图。吾据敦上流，敦亦不敢复危社稷也。"于是即令旋军。乐道融曰："今公兵断彭泽，使敦上下不得相赴，其众自然离散，可一战擒敦也。将军起义兵而中止，窃为将军不取也！"卓不从，道融忧愤而死。卓本宽和，忽更强塞；径还襄阳，意气骚扰，识者知其将死也！

王敦既得志，改易百官及诸军镇，惟意所欲。将都武昌，谢鲲曰："公若朝天子，使君臣释然，则物情相和悦服矣。"敦竟不朝而去，四月竟还武昌。

第一四七回　湘州谯王死忠义

却说魏义攻湘州，百日拔之，义兵入城，执谯王司马丞囚之。又执虞悝子弟于市曹，子弟皆对之号泣，悝曰："人生会当有死，今一门为忠义之鬼，亦复何恨？"言讫，被杀之。义既得湘州，遣人以槛车送丞往武昌，主簿桓雄、僚佐韩阶、从事武延皆毁服为僮，从丞不离左右，义见雄姿貌举止非凡，惮而杀之。

时，王敦闻魏义执丞送至武昌，乃使弟王廙先候于道，将丞杀之，不与入武昌，恐人议论。丞既被害，韩阶、武延二人收殓。送丞丧至都，葬之而去。

五月，却说甘卓既班军回镇，悉散细作。其家人皆劝曰："今王敦贼臣，意在图谋社稷，而忌公居上流，故不敢行也。既还武昌，必有害公之心，岂可散兵释戎而不为备也？宜三思之！免累及族。"卓不从。

王敦还武昌，深恨甘卓。阴使人持书，命襄阳太守周虑攻卓，虑承敦旨，乃点军三万，来袭甘卓。卓无备，措手不及，被袭杀之。使人传首于敦，敦大喜，重赏来使，以从事代卓镇江中。

敦既得志，暴奸滋甚，四方贡献，多入其府，将帅州牧，皆出其门。以沈充、钱凤为谋主，二人所谮，无不死者。

却说郗鉴在邹山二年，有众数万，战争不息，百姓饥馑，为后赵王勒不时遣将率兵所逼，于是引众退屯合肥。仆射纪瞻以鉴雅相清德，宜从容台阁，上疏请帝征之，于是元帝遣使征鉴，拜为尚书。鉴始入朝时，徐兖间诸坞多降于后赵王，赵王置守宰而辅之。

十月，却说祖逖既卒，后赵屡遣支雄、桃豹寇河南，拔襄城，城拔，又率众围谯城，祖约不能御，退屯寿春，雄、豹等遂取陈留。梁、郑之间，复骚然矣。初，戴洋以风角占十月当有寇至，至是果然。约始信洋占，遂以礼待戴洋矣。

第一四八回　元帝崩太子即位

元帝因王敦作逆，忧愤成病，将笃，乃召司空王导入内，受遗诏辅政。王导入内，嘱曰："朕自琅玡王得遇卿至此，不幸病笃，谅已难逃天命。朕闻神尧以一旅取天下，吾以天下不能讨五胡，而雪三帝之耻，朕所恨在此，愧见先帝于九泉之下耳。"言讫而昏，徐徐又醒，谓王导曰："太子笃厚恭谨，可任大事，汝等宜辅佐之，各尽忠义之心，以图灭胡之计，勿少忘焉。"言讫而崩。帝年四十七岁，在位十六年而崩。

帝性简俭冲素，容纳直言。初镇江东，颇以酒废事，王导深以为言，帝命酌，引觞覆之，于是遂绝不饮。有司尝奏太极殿广室，宜施绛帐，帝曰："汉文集上书皂囊为帷。"遂令冬施青布，夏施青练帷帐。将拜贵人，有司请市雀钗，帝以烦费不许；所幸郑夫人，衣无文彩耳。始先秦时有望气者云：五百年后，金陵有王者气。故始皇东游以厌之，改其地曰秣陵，堑其山以绝其势。及孙权之称号，自谓当之。孙盛以为始皇逮于孙氏，四百三十七载，考其替数，犹为未及。元帝之渡江也，乃五百二十六年，真人正应在于此矣。天意人事，又符中兴之兆。太安之际，童谣："五马浮渡江，一马化为龙"识者以为吴越当兴王者，是岁元帝与四王司马氏共渡江，帝竟登大位焉。

初，《玄石图》有"牛继马后"之说，故宣帝深忌牛氏，遂以二榼共一口以贮酒。帝先食佳者，而以毒酒鸩其将牛金，而恭王妃夏侯氏，竟通小吏牛氏而生元帝，亦有符云矣。

元帝既崩，司空王导与百官举哀发丧，葬于建平。丧事毕，乃扶太子司马绍登基于太极殿，百官山呼万岁。礼毕，分列两班。改年号为太宁，百官上尊号肃宗明皇帝。群臣皆上贺，帝命光禄寺排宴。宴毕群臣，加封王导为郡公，进位太保，剑佩上殿，入朝不趋，赞拜不辞。导受职谢恩，尽忠王室，竭力辅政。太子即位，尊所生母荀氏为建安君。

史说明帝讳绍，字道几，乃元帝长子，在位三年，寿二十七岁。幼而聪哲，为元帝所异。年幼时，帝坐置膝上，适长安有使来，元帝因问之曰："汝谓日与长安孰远?"对曰："长安近，不闻人从日边来！居然可知也!"元帝异之。明日宴群臣，又问之，明帝对曰："日近!"元帝失色曰："何乃异前问之言?"明帝又对曰："举目则见日，不见长安!"由是益奇之。元帝为晋王，立为王太子，及即帝位，立为皇太子。帝性至孝，有文武才。时王敦欲诬以不孝而废之，大会百官而问中庶子温峤曰："皇太子以何德称?"声色俱厉，必欲使有言，峤对曰："钩深致远，盖非浅局所量！以礼观之，可称为孝矣!"敦谋逆遂止。今元帝崩，乃即帝位。

第一四九回　郭璞葬致天子问

却说尚书郎郭璞，因母死居忧，去职在家，将母柩榇下葬于暨阳，近河漫水百余步，当友人王用谓璞曰："君何葬母地近河，他日洪水漂荡，则母骸将为鱼矣！"璞曰："卿不必忧，不久当即为陆矣！"用不信，后因洪水走推，别处反沙涨，去墓十里皆为田。

于是用深敬之。因父棺未埋，亦请郭璞代他择吉安葬。璞与择地，葬其父后郭外东陵龙耳上。埋讫，私谓王用曰："其地甚吉，不出三年，当致天子相问也！"时明帝闻知郭璞尝与人择葬，吉效如神，尚未深信，乃自微服装作庶人，引从者私出宫门，来观其所葬之地如何。恰好来至东陵，遇王用扫坟，帝问曰："此坟谁替你择葬？"用曰："乃是郭璞。"帝佯吓之曰："何以葬于龙角？此法当夷族！既是璞葬，有何吉应？"用曰："郭璞道此葬龙耳，不出三年，当致天子也。"帝曰："出天子耶？"用曰："当致天子问耳！"帝异其效，乃归宫。次日，诏郭璞起复，以为尚书郎，凡事皆与议之。

璞素与桓彝友善，彝常造之，或璞在厕间，便入相见。时值岁除，璞穰灯知来年有大难。至正月，欲行掩法，怕人窥见，正在厕间请祝，彝又至，璞曰："卿来他处自可，但不可厕上相寻耳。若相寻，必客主有殃。"彝笑辞归。旦，璞在厕行掩法，彝饮得大醉，诣璞家，数寻不见。至厕果遇璞正在厕行掩法。彝窃而观之，见璞裸体披发，口衔刀，设醊回首，忽见彝在，抚心大惊，出曰："此天命不可逃也！吾每嘱卿勿来厕间，反更如是，岂但祸吾，卿亦有殃不能免！"彝听言被吓，酒已半醒，因曰："我被酒误矣！"二人歔欷一回，各别去。是岁璞因王敦反被害，后彝因苏峻反死。

史说璞撰前后筮验六十余事，名为《洞林》，又抄京、费诸家要撮，更撰《新林》一篇，《韵》一篇，注释《尔雅》，又注《三苍》万言、《穆天子传》《山海经》《楚辞》，并所作诗赋诔颂，亦数万言，皆传于后世。

却说后赵右长史张宾卒，后赵王勒哭之恸曰："天不欲成吾事耶？何夺吾右侯之早也？"因谓文武曰："张宾阔达大节，谋无不中，算无余策，成吾业者，宾之勋也。虽子房、萧何，不过其才耳。卿辈年齿与朕等辈，惟右侯年少，吾欲托以后事，不期如此天灭，使朕心腹崩裂矣！"言讫，又泪如雨，亲往吊祭，哭之而归，以程通代为右长史。勒每与遐谋议，有所不合，辄叹曰："右侯舍我去，岂非酷乎？"因是流涕弥日矣。

肃宗明皇帝太宁甲申元年三月，后赵王勒使桃豹、孔长等寇彭城、下邳等，徐州刺史下敦退保盱眙，王敦欲谋篡，使人讽朝廷征己，明帝举手诏征之。敦遂徐移镇姑孰，屯芜湖，以王导为司徒，自领扬州牧。敦欲为逆，弟王彬谏之甚苦，敦变色，目左右将杀之。彬正色曰："君昔岁杀兄，今又杀弟耶？"敦乃止之。

第一五〇回　王逊怒甚冠裂卒

却说成王李雄，使李骧率兵五万，来攻宁州。刺史王逊已知，遣将军姚岳领军三万拒战。

次日，二军相遇，交战不十合，成军败走。岳催军追至泸水而还。回见王逊，逊以岳不穷追李骧，乃大怒鞭岳，怒甚，冠裂而卒。

逊在州十四年，威行殊俗，士民得安。于是朝廷已知其卒，诏以其子王坚为宁州刺史，代领其众。

第一五一回　平先以众击陈安

十月，赵王刘曜占据陇城，遣将军平先率劲骑十万，前来陇右讨陈安。赵军至陇右，陈安引兵迎。其时，安身骑高头骏马，左手提七尺钢刀，右手执丈八蛇矛出阵。平先亦身骑黄骠马，手持点钢长枪，出与陈安搏战。三合，胜负未分。次日，二人又战，当平先与陈安一来一往，无有胜败，三番四复，没有输赢，看看战了五十合，陈安以丈八矛用力刺着平先左胁，被平先用手一接，夺住一扯，把陈安扯落下马，平先见安落马，便执其矛来刺，安弃马步走，走至涧曲，被平先拍马追着斩之。

杀散余兵，方令鸣金收军，回长安去讫。其时赵王曜不抚士众，专与嬖臣饮博，而陈安在陇右，爱惜士卒，法令严明，今战死，故陇上作歌痛之曰：

陇上将士有陈安，躯干虽小腹中宽；
爱养士卒同心肝，躡骢交马铁锻鞍。
七尺钢刀奋如湍，丈八蛇矛左右盘；
十荡十决无敢前，战始三合失蛇矛。
弃我躡骢窜岩幽，为我外征而悬头；
西流之水东流河，一去不还争奈何？

平先既斩陈安，回见赵王曜，以陇上之人作歌言奏知，曜闻之而哀伤，因命乐府歌之。安既死，羌氐之众皆归降于晋，晋明帝以赤亭羌酋姚弋仲为平西将军，封平襄公，使其领之。

八月，明帝畏王敦之逼，以郗鉴领兵为外援，使镇合肥。王敦忌之，乃使人上表，表鉴为尚书令。明帝不得已而从之，诏鉴还台。郗鉴既还，过姑孰，人见王敦，敦待之，饮罢，与论西朝人士。敦曰："乐彦辅短才耳，考其实，岂胜蒲武秋耶！"鉴曰："彦辅道韵平淡，愍怀之废，柔而能正；武秋失节之士，安能拟之？"敦曰："当时危机交迫。"鉴曰："丈夫当死生以之。"敦恶其言，遂入内不复出见，鉴亦辞而归。归时，敦手下将士登劝敦杀鉴，敦不从曰："若杀鉴，则失朝士心。"鉴始得还台。次日入朝，遂与明帝道王敦谋逆，欲宜图先之，帝默然。

却说后赵王勒遣石虎率骑步四万击青州，郡县多降，遂进兵围广固。广固粮尽，曹嶷出降，被虎杀之，得其众三万。虎欲尽杀其众，刺史刘征曰："今留征，使牧民也，无民焉牧，征将归耳！"于是虎乃留男女七百口配征，使镇广固。

第一五二回　赵击凉州张茂降

却说赵王曜自陇西得胜，乃以其众西攻凉州，戎卒二十八万，号为五十万，是日启行。

凉州士卒大震，参军马岌劝张茂亲出阵战，长史纪纬请斩岌出降。岌请茂曰："纪公糟粕书生，不思大计；明公父子，欲为朝廷诛曜有年矣！今曜自至，远近观公此举，当立信勇之体，以副秦陇之望；力虽不敌，势不可以不出！"茂曰："善！"乃率众出屯石头，乃问计于参军陈珍，陈珍曰："曜兵虽多，乃氐羌乌合之众，恩信未结，且有山东之危，安能旷日持久与我争河西耶？若二旬不退，珍请敝卒数千，为明公擒之。"

茂沉吟时，曜众至河西，诸将争欲济河。曜曰："吾军疲困，其实难用，今但按甲勿动，以威声振之，若出中旬，茂表不至者，吾为负卿矣！"至是，茂果疑寡不敌众，密使人上表称藩于曜，曜大悦，遣使拜茂为太师，封凉王，加九锡。茂使人贡财物劳军，曜始振旅还军。

却说杨难敌闻陈安死，大惧赵王曜来攻，乃自请降于成王李雄。李雄未允，难敌以金百斤，赂将军李稚，李稚与成王，说之，雄方受其降，遣其还武都。难敌既还，闻曜王之兵已退，遂差兵据险，不服于成。李稚自悔失计，亟请成王率兵讨之，于是成王遣李稚同兄李舍攻难敌。稚、舍率兵长躯至下辨，难敌闻知讨，遣部将引兵一万，断舍、稚归路，自将兵分三阵出迎。舍、稚深入难继，被杨难敌三面攻之，大败而还。又被难敌先使部将断住归路，不能出进，被难敌四下夹攻，舍、稚皆被难敌所杀，其众悉降。

第一五三回　曜封世子永安王

却说赵王曜世子刘胤，年十岁，长七尺五寸。既长，多力善射，骁捷如风。靳准之乱，胤逃于黑匿郁鞠部。陈安既败，乃自言于郁鞠，郁鞠礼而使人送还于曜。曜悲喜，谓群臣曰："义孙故世子也，材器过人，且多历艰难，吾欲法周文王、汉光武，以固社稷而安兆民何如?"左光禄大夫卜泰进曰："文王定嗣于未立之先则可，光武以母失恩以废其子，岂足为法？向以东海为嗣，未必不如明帝也！胤文武材力，诚高绝于世；然太子孝友仁慈，亦足为承平贤主。况东宫神明所系，岂可轻动？臣等有死而已，不敢奉诏!"曜默然。胤进曰："父之于子，当爱之如一，今黜熙而立臣，臣何敢自安？苟以臣颇堪驱策，岂不能辅熙以承圣业乎？臣请效死于此！不敢闻命。"曜亦以熙王后所生，后已卒，不忍废也。卜泰，即胤之舅也，曜喜其公忠，以泰为光禄大夫，领太子太傅。而封胤为永安王，都督二宫禁卫，录尚书事，命熙尽家人之礼而见胤。

却说凉王张茂筑大城姑臧，兴役修灵钧台以备寇。别驾吴绍谏曰："明公所以筑城修台者，盖征既往之患耳！愚以为恩苟未洽于人心，虽处层台，亦无所益，适足以疑群下之志，示怯弱之形。"张茂曰："亡兄一旦失身于物，岂无忠臣义士欲尽节者哉！顾祸生不意，虽有智勇，无所恃耳！王公设险，勇夫重闭，古之道也。"言讫，大兴工役，卒为成之。

十一月，王敦欲谋反，先强宗族：故徙其兄王含都督江西诸军事，以王舒为荆州刺史，以王彬为江州刺史，各执重兵。

甲申二年正月，王敦欲反，忌周氏宗族强盛。周氏一门五候，况周嵩以兄周顗被敦所杀，心常愤恨，敦甚恶之。会道士周脱以妖术惑众，敦诬周嵩、周札、周筵等与脱同谋不轨，收而杀之。于是从事周嵩、周筵皆遇害。惟札在会稽，敦又使沈充领兵一万，去袭会稽。札闻知，领兵出城交战，札军少大败，死战于阵，因此充等收兵还镇，遂起霸鼎之心。

第一五四回　成立兄子为太子

却说成王雄后任氏无子，有妾子十余人，雄不立为嗣，乃立兄李特子班为太子，使任后母之。群臣固谏不可，请立诸子。雄曰："吾兄先帝之嫡统，有奇才大功，事垂克而早亡，朕常悼之，且班仁孝好学，必能负荷先烈。"

当太傅李骧谏曰："先王立嗣必子者，所以明定分而防篡夺也，宋宣公故事亦足以观矣！"雄不听，骧退而流涕曰："乱自此始矣！"李班为人谦恭下士，动遵礼法，雄每有大议，辄令预之。

时五月，赵凉王张茂疾笃，执其子张骏手而泣曰："吾家世以孝友恭顺著称，晋室虽微，汝奉承之，不可失也。"且下令曰："吾官非王命，苟以集事，死之日当以白衣入棺，勿以朝服殓也。"言讫而卒。茂既死，赵王曜遣使立其子骏为凉州牧，封为凉王。

第一五五回　王敦举兵谋逆叛

六月，王敦谋反，以沈充、钱凤为谋士，郑岳、周抚为左右先锋，统兵二十万，准备待行。王敦偶发疾，传令屯驻三军。时王敦无子，养兄王含之子王应为嗣，敦疾甚，乃与钱凤商议，矫诏拜王应为武卫将军，以代敦权领三军，以兄王含为骠骑大将军，令其督战。

当钱凤谓敦曰："今丞相疾甚，设有不讳，便当以大事付应耶！"敦曰："非常之事，非常人所能为，且应年少，岂堪大事？我死之后，吾有三计，君等宜行之。莫若释兵散众，归身朝廷，保全门户，此第一上计也；退还武昌，收兵自守，贡献不废，此第二中计也；及吾尚存，悉众而下，万一侥幸，此第三下计也。"凤欲作乱，乃谓其党曰："今丞相下计，乃上策也！汝等各宜尽忠，休怀二心。"

第一五六回　明帝私视王敦营

明帝在营，密闻近侍报："王敦复作乱，兵至湘阴。"帝不与百官计议，自密乘巴滇骏马，微行至湘阴，探察王敦营寨。

正观之际，敦营中有军士出，见帝单骑窥伺营寨，而军士见帝颜貌颇不俗，疑非常人，即入报王敦。时敦病，正昼寝，梦红日环其营寨，王敦惊起曰："此必黄须鲜卑取来也！"帝母荀氏，乃燕氏人，帝状类外氏，须黄，故敦谓黄须鲜卑奴也。正欲使人访察捉之，忽军士入报，适间有一人，黄须单骑，在营外窥探，至今未去也。王敦曰："正是鲜卑奴也！"急唤傅玩至，说与帝状，令其出领五骑，各带利刃，追着杀之，取得首级来，封千户侯与你。

五人得令即出，各骑骏马，带长枪利刃，领五骑来追明帝。明帝见营内纷纭，想有人追，乃急驰去。时马有遗粪在地，帝恐追人察冷热，追着不便，取水辄灌之为冷而走，见逆旅卖食老妪在门首立，以赶马七宝鞭与妪曰："吾将此宝物送与婆婆，倘后有骑马来追者，可以此鞭示之，道吾去远也。"老妪接鞭在手，明帝忙拍马去。俄而，傅玩五骑追至，问老妪曰："适有一黄须后生，并无跟随之人，骑一大马，在此过吗？"老妪以七宝鞭示之曰："去得好远，失落此鞭在地，被我拾得。"傅玩等认之，乃帝之七宝鞭也，因此傅玩在此稽留遂久，心犹未信，因见马粪在地，以手试之，粪已冷矣，遂信老妪之言，去远而止不追，勒马而归。明帝仅得免其大难，自回转营去讫。

傅玩引五骑回营，报说明帝去远，追之不及。王敦闻知，病反加增。

时沈充、钱凤定谋，以宿卫尚多，使人上表，奏令三番休二时。

明帝已回宫，以温峤为中书令，议讨王敦。王敦使人探知，心甚恶之，恐其为明帝谋已，乃使人请温峤为左司马，峤不敢辞，乃朝拜明帝辞别，帝欲阻之，峤曰："陛下休留臣，臣自能复返，就观动静耳。"

峤即行事敦，敦悦之。峤伪为勤敬，乃综其府事，时为密谋，以附其欲，结钱凤，为之声誉。每曰："钱世仪精神满腹，峤素有藻鉴之名。"凤甚悦，深欲结好。会丹阳尹缺，峤言于敦曰："京尹咽喉之地，公宜自选其才，恐朝廷用人，或不尽理。"敦然之，问谁可者？温荐钱凤可，钱凤荐温峤可。温峤伪辞，敦不听，遂使人表用峤，使觇伺朝廷消息。

时王敦行事，不待朝廷应允，表人即除，朝廷亦不敢逆敦，遂使温峤为京尹。峤恐既去而凤后间之，乃因王敦作宴饮峤饯别。酒至凤，凤未即饮，峤佯醉，以手版击凤帻坠地，作色曰："钱凤何人？温太真行酒，乃敢不饮？"凤意不乐，敦以峤为醉而释之。峤将别，拜敦，佯为涕泗横流，出园后复入者再三，似不忍离去之状而行。后凤果谓敦曰："温峤与朝廷甚密，而与庾亮深交，今此去未可信也！"敦曰："太真昨醉，小加声色，卿何得便尔相谗耶？"言罢不听。

温峤既得脱身至建康，尽以逆谋告知明帝，与庾亮画策讨之。

王敦闻知峤泄己之谋，大怒曰："吾乃为小物所欺！"因遣人与弟王导书曰：

> 太真别来几日，作如是事，当募人擒杀之，以拔其舌，方息吾丹田一点火耳！

导以是书见明帝，帝乃加导为大都督，领扬州刺史。又使温峤与将军卞敦、应援、郗鉴，分督诸军讨敦。鉴奏请曰："臣等出讨，望陛下诏临淮太守苏峻、兖州刺史刘遐等率军入卫京廷。"帝然之，诏峻、遐率兵入城，明帝自领禁兵，屯于中堂。

第一五七回　王导计气王敦死

其时朝野将士皆惮王敦，不肯向前去战，各自相推。当时王导密谓帝曰："今敦在，将士畏惮，不敢向前。今闻敦病甚，其性极急，陛下可作诏书，使人送去见敦，暴敦罪恶，彼心受气，不死将次九分！臣归家，率子弟，称敦见诏气死，代其发哀挂孝，然后下诏，只讨钱凤、王含，休书王敦，则将士认王敦已死，必然奋志向前，可讨王敦，彼之将士，亦自散矣。"

帝大喜，用其计，即使人持诏去，暴王敦之罪。敦得书，果怄气病增，卧床不起，使人催王含进兵。王导归家数日，率子弟挂孝发哀，称说王敦死了。兵以为王敦已死，咸有奋志，于是尚书省誊诏，遣人送敦府下曰：

> 敦辄立元息，以自承代，不由王命，顽凶相弊，志窥神器，天不长奸。敦已陨毙，凤复煽运，今遣司徒导等讨之，诸为敦所授用者，一无所问。敦之将士，从敦两年，违离家室，朕甚悯之。其单丁遣还，终身不调；余皆与假三年，休讫还台。当与宿卫，同例三番。

使人持诏下敦府，敦见诏大怒，而病愈笃，欲即起兵，使郭璞筮之，璞曰："无成！"敦疑璞助温峤，欲杀之，恐人议论。敦问曰："吾寿几何？"璞曰："明公起事，祸必不久！若在武昌，寿不可测！"敦大怒曰："卿寿几何？"璞曰："命尽今日日中。"敦怒甚，收璞杀之。乃即召兄王含及钱凤入告曰："吾疾笃，难以御众，汝等可与邓岳及周抚率众五万，先向京师，吾随后接应。"凤问曰："事克之日，天子云何？"敦曰："尚未南郊，何称天子？便尽卿兵势，但可保护东海王、裴妃而已。"

七月，王含水陆五万，奄至江宁南岸，人情恟惧。温峤恐其兵过，放火烧了朱雀桥，以挫其锋。

明帝欲尽将兵击含，闻朱雀桥已焚，大怒于峤。峤曰："今宿卫寡弱，后兵未至，若贼豕突，社稷且恐不保，何爱一桥乎？"明帝方息怒，命峤等同屯桥岸矣。司徒王导遣使遗书王含曰：

> 近承大将军已不讳，兄此举谓可如昔年之事乎？昔年佞臣乱朝，人怀不忿，如导之徒，心思外济；今则不然，大将军未屯于湖，渐失人心，临终之日，委重安期，诸有耳者，皆知将为禅代，非人臣之事也。先帝中兴，遗爱在民，圣主聪明，德洽朝野，兄乃欲妄萌逆行，凡在人臣，谁不慎难？导门户大小，世受国厚恩，今日之事，明目张胆，为六军之首，宁为忠臣而死，不为无赖而生也！

含见书，怒而不答。明帝集诸将商议，诸将曰："王含、钱凤，众力百倍，苑城小而不固，趁军势未成，大驾自出拒战。"郗鉴曰："群逆纵逸，势不可当，可以谋屈，难以力竟。且含等号令不一，抄盗相寻，旷延日久，必起义士之心。今决胜负于一朝，万一蹉跎，虽有申胥之徒，何补既往哉！"明帝从之。明帝乃率诸军出屯，而帝当夜募壮士，使将军段秀等率千余人渡水，掩其无备。

秀等领计，率一千二百人夜渡河，平旦与含军相遇于越城。两下交锋，未战十合，王含败逃，被秀大破之而还。段秀，乃匹磾弟也。

王含既败，领残兵退屯于别所。王敦闻知大怒曰："我兄老婢耳，门户衰，世事去矣，我当力行！"因作势而起，困乏复卧。乃谓兄子王应曰："我死汝便即位，先立朝廷百官，然后茔葬。"应拜受其言。至夜，王敦愤惋而死。诸葛瑶谓王应曰："今丞相归天，不可发丧，若三军闻知，则在外将士，不肯尽心出战。不如秘之，将铺席裹尸，埋于厅中，只管饮酒调将，去攻建康；待取得京师，然后发丧。"应曰："其计甚妙。"于是使近侍将王敦尸以席蜡涂其外，埋于厅中。每日与诸葛瑶饮酒淫乐，不理军事。

明帝虽胜一阵，心中犹疑寡众不敌，乃使人说沈充降，许以司空。

沈不奉诏，遂起兵与王含合兵，来攻建康。当司马顾扬说充曰："举大事而天子已扼其咽喉，锋挫气沮，持久必败；若决破钱塘，因湖水以灌京邑，纵舟师以攻之，此上策也！藉初至之锐，并东西军之力，十道俱进，众寡过倍，理必摧陷，此中策也。转祸为福，召钱凤入议事，因斩之以降，此下策也。"沈充不能用。

刘遐、苏峻得诏，率精兵二万人至。次日沈充、钱凤分兵出战，两下交锋，充、凤大败，被遐、峻大破之。

时，浔阳太守周光，率千余人赴敦营求见王敦，王应辞以疾重，不能出见。光料得敦已死，乃退谓兄周抚曰："王公已死，兄何为与钱凤作贼耶？"众愕然，抚方以实告光。光遂出，佯以为发兵助凤，因而入斩钱凤，付抚诣阙，自请其罪。沈充为故将吴儒所杀，传首建康。王含见事不成，与王应烧营夜遁。次日，明帝闻沈充、钱凤之死，王含烧营而逃，方始收军回宫。却说王含欲奔荆州，其子王应曰："不如投江州叔父彬处。"含曰："大将军素与江州不睦，何如欲归之？"应曰："此乃所以宜归也！江州当人强盛时，能立同异，此非常人所能及；今观困厄，必有愍侧之心，荆州叔父舒守文，岂能意外行事乎？"含不从，遂与应奔荆州。

荆州刺史王舒遣军迎之。惧朝廷见罪，乃以酒款待王含父子，二人饮得大醉，王舒使人执缚，沉其父子于江死之，遣使奉表入朝。

却说江州刺史王彬，闻应大败，当来奔己，密具舟待，不至，深以为恨而退。

于是敦党悉平，有司奏明帝，使人发敦尸，焚其衣冠，跽而斩之，与充、凤之首，同悬于南郊，百姓观者，莫不称庆。

郗鉴曰："前朝诛杨骏等，皆先极官刑，后听私殡；臣以为王诛加于上，私义行于下，宜听敦家收葬。"明帝许之，敦家人收敦尸首，乃葬之。

王导等皆以讨敦功，受帝封赏。有司奏王彬等当诛，明帝下诏曰：

司徒导以大义灭亲，犹当百世称之，况彬等皆其亲近乎，悉无所问！

帝诏敦纲纪除名，参佐禁锢，温峤上疏曰：

敦刚愎不仁，忍行杀戮，处其朝者，恒惧危亡。原其私心，岂遑安处，其赞导凶悖，自当正以典刑，如其枉陷奸党，宜施之宽宥。

明帝览之，未及问，郗鉴曰："先王立君臣之教，贵于仗节死义，王敦佐吏，虽多逼迫，然进不能正其逆叛，退不能脱身逃遁，准之前训，宜加义责。"明帝不从，乃听峤议而行矣。

第一五八回　陶侃劝人惜分阴

乙酉三年二月，明帝设朝，君臣礼毕，诏故谯王司马丕、戴渊、周顗、甘卓、虞望、郭璞等，赠官有差，因王敦谋逆，丕等死于国难，故皆赠谥其官。

时周札亦死国难，未蒙诏录，因是周札故吏上表，为札讼冤。尚书卞壶议曰："札开门迎寇，不当赠谥。"王导上议曰："往之事敦，奸逆未彰，自臣等有识以上皆所未悟，与札无异，既识其奸，札便以身许国，寻取枭夷。臣谓宜与周、戴同例。"郗鉴曰："周、戴死节，周札迎寇，事异赏均，何以劝惩？如司徒议则谯王、周、戴，皆应受责，何赠谥之有？今三臣既褒，则札宜贬明矣！"导曰："札与谯王、周、戴，虽有异同，皆人臣之节也。"鉴曰："敦之谋逆，履霜日久，若以往年之举，义同桓、文，则先帝可为幽、厉耶？"诸臣虽各议不合，明帝卒用导议，诏札与周、戴同例有差。群臣请立太子司马衍为皇太子，明帝大悦，从之。

五月，诏以陶侃都督荆、襄、雍、梁四州诸军事、荆州刺史，于是陶侃复领荆州，次日率众去镇。

时荆州士女闻陶侃来镇，各各欢悦，以香花迎接。侃至荆州，恭勤终日，敛膝危坐，军府诸事，检摄无遗，未尝少停。常语人曰："大禹圣人，乃惜寸阴；至于众人，当惜分阴，岂可逸游荒醉？生无益于时，死无闻于后，是自弃也！"

又尝造船，其木屑竹头，侃皆令人收拾而藏之，不许失落，人咸不解所以。后正会积雪初晴，厅阶以前余雪犹存，乃令人以木屑布地；及桓温伐蜀，以侃所贮竹头作钉钉船，其综理微密，人皆不知也。

初，侃参佐有博戏废事者，侃命取其酒器、樗博之具，悉投之于江，将吏则加鞭扑，曰："樗蒲者，牧猪奴戏耳，老庄浮华，非先王之法，言不益实用，君子当正其威仪，岂可蓬头跣足，自谓宏达耶？"有奉馈者，必问其所由，若力作所致，虽微必喜，受赐叁倍；若非理得之，则切厉诃辱，还其所馈。

侃出游见人持一把未熟稻，侃问何来？人曰："行道所见，聊取之耳。"侃怒曰："汝懒不佃，而贼人稻？"执而鞭之，是以劝百姓农作，家给人足矣。

第一五九回　**戴洋风角占神通**

却说司徒王导有疾，经月不愈，长史李仁视导疾，因说曰："近闻长城有一人，姓戴，名洋，字国流，年十二，遇疾死，五日而苏，说死时天使其为凡藏吏，授符录给吏，从幡麾将上蓬莱、昆仑、积石、大室、恒、庐、衡等山。既而遣归，逢一父老谓之曰：'汝后当得道，为贵人所识。'及长，遂善'风角'。为人短陋而朴野，妙解占候卜数，无不应验，天下人人敬之如神，司徒何不使人召来，问卜吉凶？"导曰："既有此人，烦卿召来。"

于是李仁去请戴洋来见王导，参拜毕，导问疾之因，洋对曰："君侯本命在申金为土，使之王而为申，石头空治；火光照天，要为金火相灿，水火相煎，以故受疾耳。若能迁乔，病即瘥耳！"导移居东府，病果瘥，重赏洋。

却说后赵王勒遣将军石生率众三万，寇掠河南。青州刺史李矩、颍川太守郭默，引兵拒战，数败于生。矩、默乃使人持书降于赵，赵王曜使刘岳、呼延谟率兵五万，围石生于金镛城。石生被困，遣人回襄国求救，后赵王勒又使石虎率二万精骑，求救石生。值虎兵至金镛，与刘岳交锋，大战五十余合，刘岳大败而退。呼延谟又出战，不十合，被虎斩之。赵王曜闻呼延谟被杀，自率精兵二万，前来救应，与虎交战，未上三合，曜军无故而溃，曜亦败走，遂居长安。刘岳被石虎执而杀之，赵王曜因此忿怒成疾。郭默南奔建康，李矩亦率众南归，卒于鲁阳。于是青、豫、徐、兖之地，咸皆入于后赵，以淮为境矣。

却说代王贺傉始执国政，以诸部多未服，乃筑城于东木根山，徙居之。

第一六〇回　明帝托孤于王导

闰七月，明帝疾，召右卫将军虞胤、左卫将军南顿王司马宗至。明帝亲任典禁兵，直入殿内，多聚勇士以为羽翼。王导、庾亮入内视疾，颇以为然；帝愈厚宫禁管钥，委之宗等。时帝寝疾，庾亮夜有所表，使人从司马宗求钥，宗不与，叱亮使人曰："此汝家门户耶？何敢夜深而入宫？"使人回，告与庾亮，亮益忿之。

及次日，帝疾笃，群臣无得进者，庾亮疑宗、胤二人有异谋，乃拉王导等排闼入见明帝，请黜宗、胤，帝不纳。是夜召引太宰西阳王司马羕、司徒王导及尚书令卞壶、将军庾亮、郗鉴、陆华、丹阳令温峤，并受遗诏辅佐太子。王导、庾亮、卞壶等入宫内卧所，帝嘱咐曰："朕欲与卿等平复天下，扫清海内，不幸遇此危疾！今太子年幼，不得不召卿等，托以大事也。"言讫泪流交颐，王导亦涕泣曰："愿陛下万岁，以副天下之望，将息龙体，臣等少尽犬马之劳。"帝又曰："卿等早晚看觑幼子，勿负朕言。"乃执太子手付与王导曰："可念朕躬，勿效王敦。"导汗流满身，手足无措，泣拜于地，以头叩地流血，曰："臣等安敢不竭尽忠之心，效元节之志，继之以死，难报今日托付之重耳！"帝命太子扶起王导。又谓庾亮、卞壶曰："吾死之后，褒进大臣。"又曰："诸大臣，朕不能一一嘱咐，皆当保爱。"言讫而崩，在位三年，寿二十七，谥曰"明帝"。帝敏有机，故能以弱制强，剪除逆臣，克复大业，规模宏远也。

明帝已崩，卞壶等率百官收殓，举哀发丧，孝事毕，葬于武平陵。

时太子司马衍，生五年矣。群臣扶其即位，请太后临朝称制。是日群臣进玉玺，司徒王导辞疾不至。卞壶正色于朝曰："王公非社稷之臣，大行未殡，嗣皇未立，岂人臣辞疾之时耶？"导悯之，乃即扶病而至，上玺。太后临朝，命王导录尚书事，与卞壶、庾亮参辅朝政。然事之大要，皆决于亮。尚书郎乐广子谟，为郡中丞，庾珉子怡为廷尉评，二人各称父命不就。卞壶曰："人非无父而生，职非无事而立，有父而有命，居职必有悔；若父各私其子，则王者无民，君臣之道废矣！今广、珉受宠圣世，身非已有，况后嗣哉？"谟、怡不得已就职。

太子衍既即大位，乃大赦天下，改元咸和，庙号"显宗"。史说葛洪，字稚川，丹阳句容县人也。少好学，家贫，躬自伐薪，以货纸墨。夜辄写书通宵，以儒学知名。性寡欲，无所爱玩，不知棋局几道。樗蒲齿名，为人谨讷，不好荣利。杜门却扫，未尝交游。时或寻书问义，不远数千里，崎岖跋涉，期于必得。遂览究典籍，尤好神仙导养之法。先吴时从祖玄，学道得仙，号曰葛仙公，以其炼丹秘术授弟子郑隐。洪就隐学，悉得其法焉。

先，司徒王导知其儒名，召补州主簿，亦有节政。时导又选入朝为散骑常侍，颇多著作。葛洪至，入朝朝见帝，固辞曰："臣今年老，不堪重用，欲炼丹以祈遐寿，闻交趾句漏县有丹，臣请出为其令。"帝见洪姿高质异，乃曰："交趾远隔，虽有奇宝，朕不舍卿远行。”洪曰：“臣此行非欲为荣，以其有丹，故求出耳。”帝见其辞恳，始从之。洪遂出，将子侄俱行。行至广州，广州刺史刘岳闻知其至欲往交趾，使人留之，意欲受学其炼丹之术，洪不听而去。到了句漏县，遂入浮罗山，积年炼丹，优游闲养，著述不辍。著《内外丹经》一百一十六篇，作序曰：“洪体乏进趋之才，偶好无为之业。假令奋翅则能凌厉玄霄，骋足则能追风蹑影，犹欲戢劲翮于鷦鷯之群，藏逸迹于跛驴之伍。岂况大块禀我以寻常之短羽，造化假我以至驽之蹇足？自知者审，不能者止：岂敢效苍蝇而慕冲霄之举，策跛跛而追飞兔之轨哉？是以身望于荣华之盛，而志安乎穷圮之域。藜藿有八宝之甘，蓬荜有藻棁之乐也。世儒但知服膺周孔，莫信神仙之书，不但见而笑之，又将谤毁真正。故余所著之言黄白之事，名曰《内经》；其余驳难通释，名曰《外经》，内外凡一百一十六篇。虽不足藏诸名山，且欲缄之金匮，以示识者。自号《抱朴子》，因以名书。”洪博闻深洽，江左绝伦。著述篇章，富于班、马。又精辨玄赜，析理入微；年八十有一，自知天命试返，宅心事外，名重当时。乃征衍为尚书令，广为河南尹，二人谈论终日，义理愈精，言如瓶泻，口若悬河，是故朝野之人，多慕效之。

第一六一回　阮咸叔侄效放达

戊子三年，温峤欲救建康，以军集屯于城外。峻将韩晃兵至芜湖。司马流素懦怯，闻峻兵至，将出战，食饭不知口处，慌忙驱兵出阵，未及两战，兵溃大败而走。时苏峻自将兵横江而济，亮军出拒屡败。

陶回谓亮曰："苏峻颇达兵机，知石头有重戍，不敢直下，必向小丹阳南道步来，宜伏兵击之，可一战而擒矣！"

亮又不从。

时峻惧石头有重戍不敢下，乃令诸军弃舟，从小丹阳步行，夜迷失道无复部分，至天明方寻路径而来，方列队伍，至青溪栅屯住传食。早有人探知回报，亮始悔曰："吾不听陶回之计，果中贼人之谋！"

言讫，以兵列于宣城湖内待战。是时，朝士多遣家人往江东避难，惟左卫将军刘超，独迁妻孥入居宫内，以安上心。

成帝大惊，急诏卞壶督诸军出战，壶忙集请将出西陵，与峻交战，壶大败。峻兵攻青溪栅，壶又拒击之。峻因风纵火，烧台省诸营皆尽。卞壶背痈新愈，疮犹未合，听诏即起，出兵拒战，至是力竭苦战，与峻交锋，不上十合，背上疮发身死。其二子卞眕、卞盱，闻父战死，遂领部从赴战，亦死。其母抚三尸而哭之曰："父为忠臣，子为孝子，夫何恨哉？"

时征士翟阳闻之，叹曰：

> "父死于君，子死于父，忠孝之道，萃于一门！"
> 苏峻奸臣乱建康，惟有卞壶是忠良。
> 单身为国为民死，二子俱同忠孝亡。
> 英名烈烈扬中国，赤胆乾乾独上苍。
> 可怜一家罹国难，教人怎不泪汪汪？

时苏峻既害卞壶父子，引兵杀入城来。庾亮见峻兵混杀入城，急令军士排开待战，未及交锋，众军见峻兵势大，皆弃戈溃走。亮见军士逃散，料不能敌，乃引心腹数百人，奔走浔阳。

将行，顾谓侍中钟雅曰："吾之此去，后事深以相委！"

钟雅曰："栋折榱崩，谁之咎也？"

亮曰："今日之事，不容复言！卿当期克复之效耳！"

雅曰："想足下不愧为荀林父耳！"

言讫，亮去。

雅入宫内，成帝大惊。左卫将军钟雅、右卫将军刘超，均侍帝左右。有黄门李义欲逃，私谓钟雅曰："见可而进，知难而退，古之道也。今苏峻入乱，何不随时之宜，与吾同去，而在此坐待其毙也？"

雅曰："国难不能救，君危不能济，若遁避以求免，吾惧董狐执笔而书矣！"

遂不行。

当丹阳尹羊曼、黄门侍郎周道、卢江太守陶瞻，竭力战峻而死。峻兵入台城，司徒王导谓侍中褚翼曰："至尊当御直殿。"

褚直入，抱帝登太极前殿。导及光禄大夫陆晔、荀嵩、尚书张闿，共登御床卫帝。刘超、钟雅及褚翼，皆率百官侍立左右。

太常孔愉朝服守宗庙。峻兵入朝，叱翼令下，翼呵之曰："苏冠军来觐至尊，军人岂得侵逼？"

于是军人不敢上殿，突入后宫，宫人皆见掠夺。驱役百官，裸剥士女。宫有布二十万匹，金银五千斤，钱亿万，绢数万匹，峻皆赏之。又领军士数百，至太极殿前。

司徒王导叱曰："圣上在此，不得无礼！"

苏峻与军士同呼："万岁！"

当成帝问曰："卿兵不待宣召，遂入京师，欲何为也？"

峻乃奏曰："中书令庾亮，为政不均，赏罚不明，苦虐群黎，乱杀小臣，臣今起兵，亦为社稷之计，岂敢叛乱朝廷？"

帝曰："今庾亮逃不在朝，卿等何不退兵？"

峻曰："臣今入朝辅政，陛下未曾封爵，故不退兵！"

帝曰："卿欲何授，自择奏请！"

苏峻曰："司徒王导，德望于民，宜复旧职；祖约廉能，可为侍中、太尉、尚书令；臣为骠骑，录尚书事，其余百官守旧爵，独庾亮兄弟不许以原例立于朝。"

帝从之。

祖约、苏峻把握朝政，极暴残酷，驱投百官，光禄勋王彬等皆被捶楚，逼令担土负泥，登筑蒋山；裸剥士女，皆以坏席枯草，自障坐地，以土自覆，以此哀号之声，振动中外。

弋阳王司马羕，先被庾亮废之，至是诣峻，称峻功德，峻复以为太宰、西阳王。

却说庾亮被苏峻杀败，无处安身，乃引从人来浔阳，投奔友人温峤。

史说温峤，字太真，性敏捷，有识量，能属文，丰仪秀整，善于谈论，见者皆爱悦之。平北大将军刘琨，举为参军。元帝初镇江左，琨诚系王室，遣峤将命，既至引见，帝器而嘉焉。

于是时，江左草创，纲维未举，峤殊以为忧，及见王导共谈，欣然曰："自有管夷吾，吾复何虑？"

会琨死，荐峤为散骑常侍。温峤将奉命，辞母崔氏，崔氏以老固止之，峤绝裾而去。

其后母亡，峤阻乱不获归葬。由是固让不拜，苦请北归葬母，诏不许，峤不得已乃受。明帝即位，拜侍中，机密大谋，皆所参综，诏命文翰，亦悉预焉。咸和初，代应詹为江州刺史、持节、都督、平南将军,镇武昌,甚有惠政。在镇见王敦画像,言曰:"敦大逆,宜加斫棺之戮,受崔杼之刑。古人阖棺而定谥,《春秋》大居正,崇王父之命,未有受戮于天子而图形于群下。"

命削去之。

先,娇与亮同为侍讲东宫,因为布衣之交。是时亮败,无处奔投,特来浔见温峤,曰:"苏峻与祖约谋叛,攻陷京师,建康倾覆,吾奉太后明诏,以卿为骠骑将军,命开府仪同三司,檄兴义兵,共讨逆骏。"

峤闻之号恸曰:"汝今虽离建康,主上幼弱,倘被贼害,何有所凭?太后虽诏,为今之计,当以灭贼为急,吾未功而先拜官,何以示天下?吾不敢当!"

言讫,因与庾亮相对悲泣,士人闻之者,莫不流涕。温峤素重亮,亮虽败奔至此,娇愈推奉,分兵给之。

三月,皇太后庾氏因庾亮违众议,首生厉阶,及为元帅,兵败身窜,恐祸及族,忧虑而崩。百官举哀葬之,谥曰"明穆皇后"。苏峻恐诸镇起兵,自率众南屯于湖,深虑后变。

第一六二回　亮峤推侃为盟主

夏五月，温峤将兴兵讨峻，而不知建康声闻。会范汪至，言二宫无事，而峻政令不一，贪暴纵横，虽强易弱，宜及时进讨。峤深纳之，庾亮辟范汪参军事。

次日，庾亮推峤为盟主，请兴义兵讨峻。峤不敢当，推及于亮，二人互相推让。当峤从弟温充曰："今汝二公相推，不肯为之盟主，恐不敌峻也。吾闻征西大将军陶侃，位重兵强，宜共推之，可济大事。"于是二人从之，乃遣都护王愆期至荆州，推奉陶侃，称说："温平南及庾公，推明公为盟主，同讨峻、约之事。"言讫，呈上书缄，侃拆观之，书曰：

> 峻、约跋扈，欺天谋逆，入乱宫廷，鞭挞百官，贪暴纵横，人不忍言，朝野士民，岂乐其生哉！峤今集兵选马，欲为扫清帝室，恨力不及，未敢轻举。公乃仁者，忠义慨然，素为江左士望，请为盟主。望乞起兵同赴国难，共讨不义，如有驱使处，即当奉行。

侃见书，犹以先帝不预顾命为恨。答王愆期曰："你见温平南，说吾疆场外将，不敢越局以兴大兵。"愆期领其言语，回报温峤，报说陶侃不肯起兵之事。庾亮闻之曰："今主上有燃眉之急，社稷有倒悬之忧！彼不肯为，吾与卿当自兴兵，不然幼主何安耶？"峤曰："既如此，吾一面使人请起兴兵，吾与公先行。"乃又吩咐使人见陶侃曰："明公且守，仆当先行。"

使人得其语，行二日，参军毛宝闻之，入见峤曰："闻公使诣陶侃，称自先行，大不可也。师克在和，不宜异同，假令可疑，尤当外示不觉，公可急遣人追使改书，言必俱进，若不及，则更遣使可也。"峤始遣人星夜追回先书，改称与俱进。

于是侃得峤书，遣督护龚登率兵一万诣温峤，峤自率众七千人，与庾亮、龚登等起行。先使人列上书，陈峻、约罪状，移告各镇，共发讨峻。峤既登舟，泣涕谕众欲行。陶侃使人追龚登引众还镇，峤苦留之，又使王愆期去与侃书曰：

> 行军有进而无退，可增而不可减，近已移檄远近，言于盟府，惟须仁公军至，便俱进耳！今乃返退还，疑惑远近，成败之由，将在于此。假令此州不守，则荆楚将来之危乃当甚于此州之今日！仁公进当为大晋之忠臣，参桓、文之业；退当以慈父之情，雪爱子之痛。且峻、约无道，人皆切齿，今之进讨，如石投卵，若复召还，是为败于几成者。遂谓仁公缓于讨贼，虽悔难追，愿公察之！

侃得书犹豫，愆期上言曰："峻，豺狼也，如得遂志，公安有容身之地耶！依吾之言，明公火速自行，则诸镇同赴，大功可成。"于是侃感悟，即戎服登舟，起兵而行。时侃子瞻因与峻战死，家人收骸硷棺，送还荆州，是日到州，侃遂不顾，兼道而进。

第一六三回　郗鉴王舒赴国难

却说郗鉴，字道徽，高平人，少孤贫，博览经籍，躬耕垄亩，吟咏不倦，以儒雅著名。初，鉴值永嘉之乱，在乡里贫甚饥馁。其乡有黄长者，以鉴名德，传请供给之。时兄子迈、外甥周翼幼小，鉴常携之就食。黄长者曰："今各自饥馑，吾以君贤，欲共相济耳！恐不能兼有所存。"于是鉴后独往食，食讫，以饭着两颊边，还家吐与二儿食，因此养得二人复存。后同过江，迈位至护军，翼位至剡县令。鉴投事元帝，帝遂以为广陵太守。

其时，鉴任广陵城，兵微粮少，逼近胡寇，人无固志，俱各散心。忽得檄书至，即流泣谓众曰："今主上幼小，被苏贼叛逆，污乱朝廷，吾欲起兵，以死报国，汝等尽忠，同赴国难，不得推延。"于是将士争勇向前。因是遣将军夏侯长等间行，谓峤曰："或闻贼欲挟天子东入会稽，当先立营垒，屯据要害，既防其越逸，又断其粮，然后清野坚壁以待贼。贼攻城不拔，攻野无掠，必自溃矣。"峤闻其计，深以为然。

五月，陶侃自将兵至浔阳。温峤同庾亮商议出兵，当诸将谓峤曰："陶公此来，必诛庾公以谢天下，然后讨峻，庾公宜避之。"庾闻其言大惊，欲往别镇去。温峤止之曰："不可！公宜负荆自责见侃，侃必不伤于公。今欲去，反搆成冤。"

于是亮用峤计，出迎诣侃拜谢，侃惊止曰："庾元规乃拜陶士行耶！昔君侯修石头，以御老子，今日反求见府。"亮引咎自责曰："主上遗诏，托辅司徒王导及中书令卞壶等，亲王大臣亲自所见，岂敢裁除？修筑石头，以防诸胡，岂疑于君？若有此意，天地不容。"言讫泪下。侃乃释然曰："前言戏之耳！"因此温峤亦来相见会议。

次日，三人遂同起兵，直奔建康，共率精兵四万，旌旗七百余里。

峻知，恐建康不固，乃自姑孰还朝。次日入内，集百官谓曰："今陶侃起兵，要劫天子，必伤百官；今建康兵甲未精，城郭不固，难以坚持，不如暂徙石头，候太平还都。"王导出曰："建康虽则兵城未备，乃兴王之所，况太庙诸陵在尔，岂可一旦离之？石头虽固，宫省台司，全无可居，甚不可移。"苏峻要徙，王导固争不从。峻曰："吾意已决，逆令者斩！"于是，百官不敢吐言，成帝哀泣从之。

次日，峻备车请帝升车。时大雨泥泞，刘超、钟雅步侍左右，峻给马与之，二人皆不肯乘，而慨慷悲哀，峻心恶之。

帝与群臣既至石头，峻以仓屋为帝宫室，与成帝居之，峻党日肆丑言。当超、雅与荀崧、华恒、虞潭等常侍不离帝侧。值饥馑米贵，峻闻遗超，一无所受，缱绻朝夕，臣节愈恭，虽居困厄之中，犹启成帝授《孝经》《论语》。

王导见峻逆众而劫上迁都，乃密令张闿以太后诏，谕三吴以起义兵。会稽内史王舒得太后诏，使督护庾冰将兵一万西渡浙江，前来讨峻，于是吴兴太守虞潭、吴国内史蔡谟、义兴太守顾众等，皆起兵应之。

虞潭之母孙氏，性聪敏，识鉴过人，忽闻各处起兵讨峻，谓潭曰："主上受困于石头，汝当舍生取义，勿以吾老为念，速起兵讨峻。"言讫，乃遣家僮从军，鬻其环珮，以给军赀。

苏峻闻知大惊，忙遣部将管商等引兵五千拒之。

第一六四回　峤侃会兵讨苏峻

时峤、侃军至笳子浦，峤以南兵习水，峻军便步，传令军中将士不许上岸，有逆者死。

时苏峻遣人送米一万斛馈祖约，峤参军毛宝闻知，乃告其众曰："兵法，军令有所不从，温公虽令将兵无得上岸，今贼送米与祖约拒吾，又无大将护卫，安可视其可击而不上岸击之耶？"言讫，乃引兵大喊上岸，往击取之。峻送米人忽见毛宝兵至，乃尽弃辎重粮食而逃，毛宝获之，以济三军。祖约由是饥乏。温峤录宝之功，乃表毛宝为泸江太守，陶侃亦表王舒、虞潭监浙东西军事，郗鉴都督扬州八郡军事，朝廷从之。于是郗鉴遂率众渡江，与峤、侃等会，舟师直诣石头。

苏峻望峤、侃、亮、鉴等兵大至，面有惧色。乃令其弟苏逸守城，自执兵五万出城屯住，以为犄角。

陶侃既大集各路军马，皆至石头，侃部将李相请筑白石垒，使人上岸守之。于时陶侃传令三军，筑垒于白石，使亮将兵一万守之。

苏峻屡遣人去攻白石垒，不克而退，苏峻心下大忧，急集诸将士商议，当参军匡孝曰："今陶侃筑白石垒，甚得其宜，进可攻我，退可为居，虽得其计，然白石南寨，其将赵胤守之，势孤易攻克。今夜我引一军抄小路去取寨后，明公可使公子硕以攻其前，两下夹攻，则胤便成擒矣。若克南小寨，则白石垒即易破也。"苏峻然之。

至夜，匡孝率三千士卒，抄小路而去；峻使其子硕，率五千人去攻寨前。硕兵至半夜，鼓噪直进，胤慌忙披挂上马，正遇苏硕，两下交锋，不上数合，寨后匡孝兵已至，大放火。赵胤军人四下大乱，胤回马走四十里，喊声不绝。众军相杀，止有祖茂跟定王舒突围而走。背后匡孝赶来，胤回马又战十余合。胤连放二矢，被孝闪过，胤又竭力放第三箭，用力太猛，折了弓与箭，弃弓纵马，穿林而走，去远。匡孝始放火烧其营寨，与苏硕鸣金收军而还。苏峻大喜，重赏诸人。

温峤见南寨有失，救之未及。于是，使王愆期领军船一百只、兵五千名出战。峻使匡孝来迎，与愆期交战，不上二十余合，愆期大败，损去军船三十只、水军千余人。

赵胤等失南寨，至晚见陶侃，侃甚忧之。侃将孔坦曰："本不须召郗公，遂使东门无限。今宜遣还京口，虽晚犹胜也。"侃然之，乃令郗鉴率众还据京口，立起大业、曲阿、凌亭三垒，以分峻兵之势，鉴从其计。峻果疑之，分兵去攻三垒。又使人持书命祖约攻之。祖约得书，使祖涣、桓抚率七千兵攻湓口。涣、抚兵至，毛宝急令民兵三千人，与涣、抚交战。毛宝中矢流血，流髀彻鞍。宝忍痛急使人踏鞍拔矢，血流满鞍。又复出战，勇敢当先。于是士卒竭力一攻，涣、抚大败而走。毛宝追数十里，伤其众五千余人，方始收军还屯。

史说王育，字伯春，少孤贫，每过小学，必欷歔流涕。尝为人牧羊，时有暇即折蒲学书，忘而失羊，为羊主所责，育将鬻己以偿之。同郡许子章，敏达之士也，闻而嘉之，以钱代育偿羊，给其衣食，使与子同学，遂博通经史子集。章以兄之女妻之，为立别宅，分之赀业。因是本州太守杜宣，命为主簿。俄而杜宣左迁万年令，有县令王攸过诣其邑，宣不出迎，攸见而怒曰："卿往为二千石，攸所敬也，今吾侪耳，何故不见出迎？欲以小雀遇我，使我畏死鹞乎？"王育在旁，执刀叱攸曰："我府君以非罪黜降，如日月之蚀耳！小县令敢轻辱吾君乎？"以刀欲前杀之，杜宣惧，乃跪下抱育而止。自此知名，后迁为武阳令。为政清约，宿盗逃奔他郡。又迁并州督护，后征讨有功，朝廷拜以为破虏将军。闻知苏峻作逆，温峤奉檄起兵，王育遂以部兵五千人，来会温娇讨峻，温娇以为先锋。

却说苏峻使韩晃率兵去攻宣城，内史桓彝闻知，以军进屯泾县，方知京口不守，被峻所下，心中烦恼，朝夕忧国。时，长史裨惠劝桓彝曰："苏峻势大，朝廷莫能制，今吾孤军在此，焉能拒战？不如使君遣人致书，伪与通和，以纾交至之祸，可保吾军民耳。"彝曰："吾受国恩，义在致死，焉能忍垢蒙羞，与苏贼相通？如其不济，此乃命也。"言讫，即遣副将军俞纵，以兵三千出屯兰石，以拒峻军。

时，韩晃以兵五千来追。桓彝兵至兰石，正遇俞纵军至，军大喊，两下交锋，战不上二十余合，俞纵大败，退守兰石，不敢出战。晃军以未知地理，亦不敢前进。

当俞纵左右劝纵曰："今韩晃之兵，十分精锐，与战不利，不如退回宣城，另作良图。"纵以刀砍案曰："吾受桓侯大恩，本以死报，吾之不可负桓侯，犹桓侯之不可负国也！有再言退兵者，定按军法！"言讫，即驱兵出战。纵亲与韩晃力战五十余合，纵力怯，被晃斩于马下。晃麾军大进，来攻宣城。

彝调兵守护城池，并不出战，与晃相持，卒岁粮尽，城中大乱。韩晃探知备细，大驱人马攻城，城陷，桓彝被晃所害，彝妻刘氏、次子桓冲五人逃走外家，得免于难。韩晃既得宣城，使人戍之，自以兵还石头。

七月，却说祖约部将阴与后赵通谋，许为内应。后赵王勒遣将军刘聪率兵二万，济淮攻取寿春。祖约闻之，即勒兵回战，大溃，于是祖约领家属奔走历阳。

第一六五回　石虎率众攻前赵

八月，后赵王勒使石虎率兵四万攻赵。虎军至蒲坂，赵王曜闻知，自为将，领十万余人来迎，石虎大惧而退。曜催军追及，与虎交战，又大破之，斩其将石瞻，横尸二百余里。虎奔朝歌。曜以众回攻石生于金蒲，石生坚闭固守，不出与战，使人回国取兵来救。使人去了。曜见石生不出，计令诸将决千金埞，引水而灌之，于是荥阳、野王诸城皆降，襄国大震。

第一六六回　侃将诛峻于石头

九月，却说苏峻心腹路永、贾宁二人，劝峻尽诛朝中诸大臣，更树腹心。而峻雅敬司徒王导，故不许之。于是永、宁二人，以峻不听其计，更贰于峻，乃有离峻之心。王导窃知之，使袁耽诱永、宁曰："卿二人忠事苏公，苏公无重于卿，故卿等虽进忠言，反见逆耳。今天下兵集，岂能拒之？不久必败，卿为其党，将安归乎？依吾之见，不若早投西军，则身安而家可保也！"永、宁二人默然，至晚皆奔白石西军而降，温峤受之。

峤与峻久相持不决，而峤军食尽，见贷于侃，侃怒曰："若屡战失利，粮草又尽，焉可以决胜负？吾虽有粮草，留应自军，若少更假于谁？君既食尽，暂且罢兵，吾自西归，任君何如？"峤曰："凡师克在和，古之善教也！光武之济昆阳，曹公之拔官渡，以寡敌众，仗义故也。峻、约小竖，凶逆滔天，何忧不灭？明公奈何舍垂成之功，设进退之计乎！且大子幽怀，社稷危殆，乃臣子肝脑涂地之日。峤与公尽受国恩，事若克济，则主臣俱存；如其不捷，当灰身以报先帝耳！今之事势，义无旋踵，譬骑虎安可中下哉？以一违众西返，人心必沮，众必败事，则义旗将回指于公耳！"毛宝亦说侃曰："军政有进无退，惟直整齐三军，示众必死而已，亦谓退无所据，终至灭亡。可试与宝兵，断贼资粮，若不立效，然后公去，人心不恨矣！"侃然其说，委兵五千遣之，断绝峻之粮道，宝既引兵去了。

金陵太守李阳谓侃曰："温公贷粮，仁公执不假与，设若不济，公虽有粟，安得而食诸乎？"侃然之，乃分粟五万石以饷峤军，于是峤军得食，众心始安。

却说毛宝引兵五千，使人探知峻军粮草，皆积聚于句容、姑孰，宝率兵直抵句容、姑孰屯所，放火烧之，于是峻军乏食，侃遂不去。

时苏峻使韩晃领兵二万，进攻大业垒。郗鉴参军曹纳曰："大业，京口扞之蔽也，一旦若不固守，则贼兵至，故请还广陵，以俟后举。"鉴大怒，会僚佐责纳，将欲斩之，久而哀告，众请释放，因此众心固守。使人求救于侃，侃将分兵去救大业，长史殷羡曰："吾兵不习步战，不如急攻石头，峻必抽回其军，则大业不救自解矣。"侃然之，于是侃督水军二万攻石头。庾亮、温峤见侃向石头，亦率步兵一万，从白石南上攻峻旱寨。

峻见峤、亮步兵南上，自同将匡孝引兵二万来迎。时侃将赵胤当先奄至，峻令匡孝出战，两马相交，不上十合，赵胤败走回阵。

峻见匡孝杀败胤，言曰："孝能破贼，我更不如？"时峻先未出阵，饮酒大醉，及见孝胜，乃亲自持刀拍马将入，数千人迎战，乘醉突阵。三冲不得入，忙跑马趋至白木坡，马蹶，被侃部将彭世、李千等见之，遂率步兵三千追及斩之。众军皆称苏峻死，峻军大溃。

世、千等既斩苏峻，碎割之以焚其骨。世、千持首级来见陶侃，侃令号令军门。

苏峻既死，其部下司马任护等立峻弟苏逸为主，闭城自守。

峻虽已死，其众犹遏。温峤乃创建行台，广招兵马，布告远近：凡故吏二千石以下，皆令赴台，告祭皇天后土及先帝之灵，以期三军要得石头城。于是至者云集，峤与侃、亮祝祭讫，声气激扬，流涕覆面，情动三军，皆欷歔愿以死战。

第一六七回　佛图澄起死回生

却说后赵王石勒爱子石斌，暴病身死，勒悲泣不息，连日不出宫门。大臣程遐等入内，见其泣涕，因问曰："大王何故发悲?"勒曰："昨日不幸，爱子石斌暴病而死，因此伤恸，将欲葬之。"遐等曰："近闻有一异人，姓帛氏，名佛图澄，乃天竺人也。少学道，能通玄术，在洛阳自言百有余岁，常服气自养，能积日不食，善诵神咒，能役使鬼神。图澄腹上有一孔，大如酒杯，常以絮塞之，夜每读书，拔去孔中之絮，则孔中出光，能烛一室如昼。又常于朔望之时，平旦致流水于腹侧，从腹孔中引出五脏六腑，洗之讫，还纳腹中。"人人皆说："此人能起死回生'。既殿下病死，何不使人召来救之，或可活也?"勒曰："此人现在何处?"答曰："现在城外云游。"勒即使人召至。

既至，问曰："卿乃当世神仙，必有奇术，有何妙法，请试一观。"佛图澄曰："贫僧无法，聊作一戏耳。"言讫，取出钵盂一具，盛水一盏，焚香诵咒。须臾，钵盂内生出青莲花一朵，光色耀目。勒信之曰："卿乃活佛耳！昨日爱子石斌暴病身死，将殡葬之。孤闻虢太子死，扁鹊能生之；今此子亡，大和尚能救之乎?"图澄曰："大王勿忧，能令即生，可抬尸来。"

勒即令人将石斌尸抬至，图澄取杨柳枝，沾水洒而咒之，执斌手喝曰："可起矣!"倾之，随手自苏。因此勒深敬重佛图澄，使石斌及宫中诸子拜谢图澄。又命有司起造寺院，与图澄居之；又以诸子在图澄寺中养之。凡有机事，必谋于澄而后行之。

石勒既得图澄救活石斌，心中甚喜，次日出狩于近郊。主簿程琅谏曰："目今禾苗满田，农夫甚艰，今大王出狩，人马纷纭，践踏田亩，百姓何堪，况此山谷崖岭峻峨，恐不吉。"勒不纳，领百官拥行，行至山谷，忽见群鹿衔花前过，勒放猎犬逐之，犬畏之不敢往；乃令左右赶御马逐之。左右得令，即大驱马，谁知御马奔得猖狂，皆触石而死。勒见之，大悔，乃曰："吾不用忠臣之言而有此咎，吾之过也!"乃赐琅朝服，封为关内侯，领众还都。于是朝臣谒见，忠臣竞进。

第一六八回　后赵王勒获刘曜

冬十二月，后赵王石勒欲自将兵去救石虎。石生、程遐等固谏曰："大王乃一国之主，不可擅离，宜命将往救之。"勒大怒，乃按剑叱遐等，谓记室参军徐光曰："庸人之情，皆谓刘曜锋不可挡。昔日刘曜为将时，引甲十万，攻一城而百日不克，师老卒怠，吾以初锐击之，一战可擒矣！若洛阳不守，曜必自河北卷席而来，吾事去矣。卿以为何如？"徐光曰："刘曜乘高候之势，而不能进临襄国，偏守金墉，此其无能。为悬军三时，无攻战之利，以大王威略临之，彼必望旗奔败。今此机会，所谓天授，授而弗应，祸之攸集乎？定天下在今一举矣！"勒笑曰："光之言是吾志也！"勒又问于佛图澄，佛图澄曰："大军若出，必擒刘曜，又何必问耶？"

于是勒乃使内外戒严，令石堪去会荥阳，石虎进据石门，勒自统步卒四万，济自大竭，谓徐光曰："刘曜盛兵于成皋关上，乃上策也；阻洛水，其次也；坐守洛阳，此成擒矣。"先是，大竭江水流澌风猛，人皆难度；及勒军至冰泮，风停浪息；及勒军渡毕，流澌大至，狂风亦起。勒大喜，以为神灵之助，乃改其地名曰："灵昌津"。领兵复至成皋，勒见赵无守兵，大喜，举手加额曰："此天助我也！"传令士卒卷甲衔枚，倍道兼行，出于巩、訾之间。

时赵王刘曜与嬖臣等饮博，不抚士卒，左右或谏，曜以为妖言，斩之。俄而洛水侯者与后赵前锋交战，擒羯送之。曜闻之知勒自来，色变，使释金墉之围，陈于洛西，众十余万，南北十余里。勒望见之，喜曰："可以贺我矣！"率步骑四万入洛阳，令石虎引步卒一万攻赵中军，石堪以精兵二万击其前，石勒自将后应。

次日，见洛阳城内兵出，料必来战。曜见石勒大惊，急使平先领兵三万为前锋，自统大众后应。平先与石堪大战于西阳门，石勒亦自贯甲胄，引兵五千出阊阖门，夹攻之。

曜闻之，乃自饮酒数斗，率步兵一万至西阳门，两军呐喊交战。忽山后面一彪军出，旌旗两路分开，一队马出，打龙凤日月旗，四斗五方旌旗，金爪银钺，黄钺白旄，黄罗锁金凉伞盖下，石勒浑身金甲，腰挂宝刀，立马阵前。骂："曜弑君逆贼，背主奴家！"曜大怒，挺戟向前来杀石勒。勒副将李丰挺枪出马来迎，不上三合，曜被伤其手，弃戟而走。曜少时淫酒，末年更甚，是日交锋，又饮酒而出，因此昏醉，大败奔逃。走至石渠，醉堕冰上，被石堪追及执之。

当石勒见执了刘曜，乃急下令曰："吾所擒者，刘曜耳，今已获之，其余众兵，随纵其归命之路。"于是其众都降。

前赵王曜之太子刘熙，见父被执，乃率百官、领家属余兵开城门，奔上邽去讫。

石勒便鸣金收军，将刘曜监归襄国，使多兵严守。勒使刘曜与其太子熙书，谕其来降。曜乃不听，但嘱熙与诸大臣："维持社稷，勿以我为念。"勒大怒，令左右杀之。

乙丑四年。先，苏峻叛时，逼居民聚之后苑，使其将匡术守之。至是，光禄大夫陆华及弟玩说术，以苑城附于西军，百官皆赴。钟雅曰："奉帝出西军。"事泄，苏逸使任让将兵入宫，收刘超、钟雅二人，成帝抱持悲泣曰："还我侍中、右卫！"让夺而杀之。因此，成帝不能出。

却说祖约闻峻死，备据历阳。温峤使冠军将军赵胤，率一万之众攻拔历阳。约势穷，乃奔走后赵，降于石勒。

却说赵王曜已死，其太子刘熙恐勒再至，乃与南阳王胤，商议走保秦州。当尚书令胡勋曰："今虽丧君，境土尚完，将士不叛，当并力拒之，若不能拒，走未晚也。"胤以胡勋阻众，谋激天子斩之，遂领百官奔上邽，关中大乱。右卫将军蒋英拥众十万，据长安，遣使遂降于后赵王勒，勒使石生率众赴之。

第一六九回　诸军讨苏逸诛之

二月，陶侃、温峤、庾亮、郗鉴等诸军攻石头，连三日不下。建威长史滕含募健卒五千，在城中东击苏逸。与任让交战，任让大败，其兵自溃。合兵获逸及韩晃斩之，大开城门，引诸军入城。含引将士，入保后纪、公卿百官，令部将曹据抱成帝，奔温峤船，使请侃、亮、鉴等以兵卫之。

成帝既登峤舟，侃、亮诸大臣，顿首号泣，请罪曰："臣等不能早发义兵，使陛下为贼所困！"帝泣曰："若非卿等尽忠，朕安得复有此今日！"言讫，君臣皆喜。时滕含执任让及西阳王羕至，帝命杀之。陶侃与任让有旧，为请其不死。成帝曰："是杀吾侍中右卫刘、钟者，不可以赦之！"于是乃杀之。司徒王导等请成帝入城，百官随王导，既接帝入城，令取故节。陶侃笑曰："苏武似不如此！"导有愧色，心甚不悦。

即日，成帝与百官还建康。是时，宫阙被峻烧为灰烬，帝以建平园为宫。当温峤谓群臣曰："今宫阙被峻贼烧为灰烬，若将营造，民皆贫乏，库无余积，国以不足，吾欲奉銮驾西迁都于豫章，公等以为何如？"三吴之豪，皆请都于会稽。司徒王导出曰："夫建康，古之金陵，旧为帝里，孙仲谋、刘玄德皆言王者之宅。古之帝王，不必以丰俭移都；苟务本节用，何忧凋敝？若农事不修，则乐土为墟矣！且北寇游魂，伺我之隙，一旦示弱，窜于蛮越，失民之望，俱非良计。今宜镇之以静，则群情自安。"群臣皆曰："司徒见者是也！"由是不复徙都，而以褚翼为丹阳尹，翼收集散亡，京邑遂安。

三月，成帝宴会群臣，论平苏峻之功。以陶侃为太尉，郗鉴为司空，温峤为骠骑将军、开府仪同三司，庾亮为豫州刺史。侃、鉴、峤以下，封拜有差。谥卞壸曰："忠贞"，其二子眕、盱及刘超、桓彝、钟雅、羊曼、陶瞻、俞纵，皆加赠谥。又以滕含为襄阳太守。路永、匡术、贾宁皆峻党，先归朝廷，司徒王导拟欲官永，峤曰："不可！永等首为乱阶，晚虽悔悟，未足赎罪。得全首领，为幸多矣！"于是乃止。

侃以江陵偏僻，移镇巴陵，朝廷从之。

时，温峤欲还江陵，群臣朝议，留峤辅政。峤以王导乃先帝所任，固辞之，又以京邑荒残，留资蓄，具器用，而后还藩。

庾亮顿首谢罪，欲阖门投窜山海，成帝以手诏谕之曰："此社稷之难，非舅氏之责也。"因是亮入内奏曰："前臣误及国难，今幸复平而不罪臣，臣愿镇武昌，抚其士民，积草屯粮，以伺北鄙，当前驱效死，以报今日。"成帝从之。于是亮领豫州刺史，出镇武昌。亮出朝，陶侃谓曰："公与侃戮力破贼，同起共功，何故辞之？夫赏罚黜陟，国之大信，公何独怪隐然？"亮曰："此功乃元帅指挥，武臣效命，亮何功之有？因然独出一方耳。"

庾亮出镇武昌，拜殷浩为参军。

史说殷浩，字深源，陈郡之长平人也。浩识度清远，善于谈论。人或问曰："将莅官而梦棺尸，将得财而梦粪土，何也？"浩曰："官本是臭腐，故将莅官而梦尸；钱本粪土，故将得财而梦秽。”时人以为名言。年四十，府辟皆不就，屏居墓所十余年，时人拟之管、葛。长山令王蒙、江夏相谢尚，犹伺其出处，以卜江左兴亡之事，因相与省之，知浩有确然之志。既反，相谓曰：“深源不起，当如苍生何？”于是亮知其名，召至。

当浩见亮所乘的卢马，浩告亮曰：“使君所乘之马，乃的卢也，不利于主，可卖之耳！”亮曰：“曷有己之不安，而移之于人，大不义也！吾不为耳！”浩惭退之，而不出。

时亮染病，闻戴洋善风角卜候，乃使人召至而问曰：“吾初镇武昌，闻卿善于风角，敬召卿至，以卜吉凶，切莫隐谜，幸直言之！”洋曰：“武昌地方，有山无林，政可图始，不可居终。山作八字，数不及九。昔吴用壬寅来上，创立宫城，至己酉，还下秣陵。陶公亦涉八年。土地盛衰有数，人心去就有期，不可移也。公宜更择善处，武昌不可久居。”亮曰：“卿言甚是有理，吾今病作，代吾卜之。”洋观风讫，便曰：“昔苏峻乱时，公于白石祠中祈福，许赛其牛，愿至今未酬，故为其鬼所考，宜速还之。”亮曰：“卿是神仙也，此愿果有，未去酬之。”言讫，使人以牛酒向去石祠解愿。解后，亮病果瘥，敬重于洋矣！

初，侃之讨峻也，独湘中刺史卞敦拥兵不赴，又不给军粮，侃奏曰：“请槛军收赴廷尉。”司徒王导曰：“丧乱之后，宜加宽宥。”乃以敦为广州刺史。敦自知悔，乃忧愧而卒。

时库藏空虚，无有支给，止存练帛三千端，使人出售，民皆不顾。导计因谓百官曰：“今库藏无有支给，止存练帛三千端，吾使人鬻之，民皆不顾，来日诸贤，俱各要制练布单衣着之，则练必有人增倍而买。”于是百官朝罢即散，归家作练布单衫而着，因此士庶看见，翕然争买服之，练遂涌贵。导使人将库内练帛三千端出卖，每一端卖金五两，得金一万五十两，易银八万余两，以充国用，而以葺宫殿始完，四月始安。

温峤既受江州刺史之职，领军还藩。行至牛渚矶，自登舟行，令军践水过去。左右禀曰：“其下多怪异，其水不可测度，人难以渡。”峤不信，遂燃犀角照之。须臾，见水族毕现，奇形怪状，乘马车、着赤衣者而过之。峤见，遂令军人讨舟而渡。其夜，梦一人谓之曰：“与君幽明道别，今何意相照也？”醒觉齿痛，心甚恶之。因拔其齿而中风，至江州一旬而死。江州士庶闻之，莫不相顾而泣。峤卒时，年四十有二，朝廷谥曰“忠武”。

峤既卒，王导奏以刘胤为江州刺史。胤，乃峤军师也。侃、鉴出曰：“胤恐非方伯之才，不若易之。”王导不从。其子王悦谓之曰：“自江陵至于建康三千余里，流民万余，国之南藩，要害之地。今信任胤，而胤以汰侈无检，卧而治之，不有外变，必有内患矣！”导亦不听。

八月，赵南阳王刘胤闻石生入据长安，乃自率众十万，自上邽至长安，陇东戎夏皆应之。胤兵至长安，石生据城自守。石虎闻之，领步骑二万来救，与刘胤交战，胤大败，被虎大破之。乘胜追击，枕尸千里。追至上邽，上邽军民尽皆弃城大溃。石虎入城，执太子刘熙及南阳王刘胤等共二千余人，皆杀之。徙其台省文武、关东流民、秦雍大族于襄国，秦陇悉平。苻洪、姚弋仲俱降于石虎。虎表洪监六夷军事，弋仲为六夷左都督。徙氐羌十五万落于司、冀州。前赵王曜在位十年而败，自汉元海至曜三世，共二十载，没于后赵。

十二月，晋刘胤既领了江州刺史，遂矜豪纵酒，不恤政事。时，郭默被征为右军将军，求资贷于石河。会有司奏，朝廷空竭，百官无禄，惟资江州漕运，而胤商旅继路，以私废公，于是成帝诏免胤官。胤方自申理，默诬胤大逆，领部众袭斩之，遣使传首京师。诏引樵国内史桓宣为党，桓宣固守不从。

初，代王郁律被贺傉所害，其长子拓跋翳槐出奔别部，招集勇士数万，至是来取大位。代王纥那闻知，乃出奔宇文部去。百官复迎翳槐，立为代王，以统朔方，兵威复振，诸部来应之。

第一七〇回　陶侃兴兵讨郭默

庚寅五年春正月，郭默使人传刘胤首于建康。王导明知郭默诬害刘胤，而以默骁勇难制，乃枭胤首于大航，以默为江州刺史。陶侃闻之，奋袂起曰："此必诈也！"即自将兵讨之，上表言默罪状，与司徒王导书曰："默杀江州，即用为江州；害宰相，即用为宰相乎？"导收胤首，答侃书曰："默据上流之势，加以船舰成资，故包含隐忍，以待足下，岂非遵养时晦，以定大事者耶！"侃得书笑曰："是乃遵养时贼也。"

侃兵至江州，默部下将缚默以降，陶侃命斩之，收兵还镇。

二月，后赵群臣请勒即皇帝位，勒乃称大赵天王，行皇帝事。立妃刘氏为王后，世子弘为太子，宏为大单于，中山公虎为太尉，进爵为王。虎怒，私谓其子邃曰："吾身当矢石二十余年，以成大赵之业，大单于当以授我，乃与黄吻婢子，念之令人气塞，不能寝食！待主上晏驾后，不足复留种也！"

第一七一回　赵诛祖约夷其族

却说祖约被赵胤攻陷历阳，无处安身，乃奔襄国，降于赵王勒，勒容纳之。时，仆射程遐言于勒曰："天下初定，当显明顺逆，故汉高祖赦季布，斩丁公，以正法律。今祖约犹存，臣窃惑之。"姚弋仲上书，亦以为然，勒始命诛族。初，祖逖有胡奴曰王安，甚爱之。在雍丘，逖谓安曰："石勒是汝种类，汝宜奔之，必有荣显。"于是厚资遣之。王安出奔，仕后赵为左卫将军，至是诛约，安叹曰："岂可使祖士稚无后乎！"乃往观刑，窃取逖庶子道重匿之，养大成人，后及石氏亡，复归江南。

五月，朝廷诏太尉陶侃兼督江州，侃遂移镇武昌。

六月，张骏因前赵之亡，以复收江南地土于狭道，立五屯护军，与赵分境。赵王勒遣使拜骏为凉州牧，骏不受命。赵王勒大怒，遣徐光以兵攻破休屠王羌，骏始惧，乃使人称臣入贡。

九月，赵群臣又劝勒始称皇帝尊号，大宴群臣。宴毕，郭敬率兵五万去寇襄阳，南中郎将周抚率众拒之。敬退兵，乃屯于樊城，计令掩藏旗帜，寂若无人。见侦者告之曰："汝宜自爱坚守，后七八日大骑将至，相策不复得走矣！"又使人浴马于津，周而复始，日夜不绝。侦者还告，抚以为赵兵大至。抚惧奔许昌，郭敬遂得毁襄阳，迁其民于沔北城、樊城以戍之。朝廷闻之，抚坐免官。

辛卯六年三月，赵王勒令公卿以下，岁举贤良方正。令举人更得相荐，因以广求贤之路。起明堂、辟雍、灵台于襄国城西。

九月，赵王石勒如邺，将营新宫，廷尉续咸苦谏不可。勒大怒，敕御史冯翥执咸去斩，中书令徐光曰："咸言不可用，亦当容之，奈何一旦以直言斩列卿乎？"勒回怒作喜而叹曰："为人君不得自专如是！岂不识此言之忠乎？向戏之耳！匹夫家资满百，彼尚欲市别宅，况富有天下万乘之君乎？此宫终当营之，且敕停作，以成吾直臣之气也！"因赐咸绢百匹。至是，复营邺宫，以洛阳为南都，置行台。

勒闻参军樊坦清贫有才，乃擢授章武吏。坦入辞，勒见坦衣冠敝坏，大惊曰："樊参军何贫之甚耶？"坦性诚朴，猝然误对曰："顷被羯贼，赀财荡尽。"勒知其敦笃，不怪之也。乃笑曰："羯贼乃尔暴掠耶？今当相偿耳！"坦知失语，大惧，叩头泣谢。勒曰："孤当自防俗士，不关卿辈老书生也。"反赐车马衣服，钱三百万，以励贫俗。

冬，成帝烝祭于太庙，诏归胙于司徒王导，且命不拜，导辞疾不敢当。初，帝即位冲幼，每见导必拜，与导手诏，则云"惶恐言"，中书作诏，则曰"敬问"。有司议，元会曰："帝应敬导不？"博士郭熙认为，礼无拜臣之文。侍中冯怀认为，天子临雍，拜三老，况先帝师傅，谓宜尽敬。侍中荀弈曰："三朝二首，宜明君臣之礼，他日小会，自可尽礼。"诏从之。

却说慕容廆集僚属会议，具表进廆官爵，参军韩恒驳曰："立功者患信义不著，不患名位不高;宜缮甲兵,除凶逆,功成之后,九锡自至。比于要君以求宠,不亦荣乎?”廆不听,于是遣使与陶侃书,劝以兴兵北伐,共靖中原。而东夷校尉封加等疏上陶侃府,请封廆为燕王。侃复回书曰:“夫功成进爵,古之成规也。车骑虽未能为国摧勒,然忠义竭诚,今眷笺上听,可否迟延,定在天台也。”

第一七二回　石勒自问古何主

七年，赵王勒飨高句丽、宇文屋孤使，酒酣，乃谓徐光曰："朕方自古帝王何等主也？"光曰："陛下英勇筹略，迈于高皇；雄伟卓荦，超于魏祖；自三王以来，无可比也！其轩辕之亚乎！"勒笑曰："人岂不自知，卿言亦太过！朕若遇汉高祖，当北面而事之，与韩、彭比肩而争先耳！朕遇光武，当并驱于中原，未知鹿死谁手？大丈夫行事，宜磊磊落落，如日月皎然，终不效曹孟德、司马仲达父子，欺人孤儿寡妇，以取天下也！朕在二刘之间耳，轩辕岂敢拟乎？"群臣顿首呼万岁曰："陛下神武，虽二刘不及也！"

石勒虽不学，然常使儒生读史书而听之，每以其意论古帝王之善恶。尝使人读《汉书》，闻郦食其劝立六国后，大惊曰："此法当失，何至于有天下也？"及闻留侯谏止，乃曰："赖有此耳！"

却说赵太子石弘，好属文，亲敬儒生。勒谓中书令徐光曰："大雅愔愔，殊不似将家子。"光曰："汉祖以马上取天下，孝文以恭默守之，圣人之后，必有胜残去杀者，天之道也。"勒甚悦。光说曰："中山王虎，雄暴多诈，陛下一旦不讳，臣恐社稷非太子所有也。宜渐夺其权，使太子早参朝政。"程遐亦曰："中山王勇悍残忍，威震中外，诸子皆典兵权，志愿无极矣。若不除之，臣见宗庙不血食矣！"勒不听。徐光他日乘间言曰："今国家无事，而陛下若有不悦，何也？"勒曰："吴蜀未平，恐后世人不以吾受命之主。"光曰："陛下包括二都，平荡八州，然帝王之统，不在陛下，复当在谁？且陛下不忧腹心之疾，而更忧四肢乎？中山王资性不仁，见利忘义，父子并据权柄而取之，常有不满之心。近见东宫有轻慢天子之色，臣恐陛下万年，不可复制也。"勒默然。始命太子省可尚书奏事，以中常侍严震参综可否，惟征伐断斩大事乃奏之，于是震权过于主相，季龙之门，可设雀罗矣！虎愈怏怏。

却说郭敬既克襄阳，使人戍之，乃引兵南掠江西。太尉陶侃使人探知，谓桓宣曰："郭敬为寇，陷襄阳而掠江西，樊城必虚，卿以一军先拔樊城，敬闻失巢，回救；敬众必溃，然后乘胜而击之，襄阳可复也。"桓宣然其言。于是陶侃遣中郎将桓宣率兵一万，乘虚去攻樊城。桓宣得命，引一万诣樊城，果无备，遂攻拔其城，悉俘其众。郭敬闻知，即抽兵回救，至则城已破矣。敬遂挑战，宣即领所部人马出迎。两军会战湟水之上，敬众自溃，遂被宣大破之。敬惧遁而去，宣乘势复拔襄阳而守之。宣使人持书报侃，侃复命桓宣镇之。宣招怀初附，简刑罚，略威仪，劝农课桑，或载锄耒于轺轩，亲率众民耘获。在襄阳十余年，赵再攻之，桓宣以寡弱拒守，赵不能攻而去，时人以为亚于祖逖、周访。

却说赵凉州牧张骏，僚佐皆劝骏称凉王，置百官。骏曰："要待朝廷之命，此非人臣所敢言也！如敢言此者，罪不宜赦！"然境内皆称之为王，骏乃立重华为世子。

癸巳八年春，赵王勒遣使来修好。成帝大怒，诏焚币，使者被辱而还。

五月，辽东公慕容廆子慕容皝等至榻前，谓之曰："吾今病重，不可复事，听吾嘱咐：

狱者,人命之重也,不可以不慎;贤人君子,国家之基,不可以不敬;稼穑者,国之本也,不可以不急;酒色奸佞,乱德之基也,不可以不戒;吾死之后,休忘此言。”言讫而逝,百僚举哀葬讫,乃立慕容皝为辽东公。

却说赵王勒正服于东堂,召百官问曰:“朕昨得河西郡守表章,道天下大雹,起西河介山,大如鸡子,平地深三尺,洿下深丈余,行人被打,禽兽死者巨万余数,不知主何吉凶?”侍中徐光对曰:“周、汉、魏、晋皆有之,虽天地之常事,然明主未始不为变,所以敬天之怒也。去年陛下禁寒食,介子推,帝乡之神也,历代所尊,或者以为未宜替也。然介山左右,晋文之所封也,宜任百姓奉之。”时黄门韦謏驳上曰:“按《春秋》,藏冰失道阴气发泄为雹。自子推以前,雹者复何所致?此自阴阳乖错所为耳。今虽为冰室,惧所藏之冰不在,固阴沍寒之地,多在山池之侧,气泄为雹也。以子推忠贤,令绵、介之间奉之为允,于天下则不通矣。”勒曰:“汝二人之言,亦各有理。”于是使人迁冰室,于沍寒之所,令并州复寒食之节。

第一七三回　赵王勒卒太子立

自此赵王勒寝疾，中山王石虎入待，矫诏群臣、亲戚皆不得入。时秦王石宏、彭城王石堪将兵在外，虎恐其拥兵在外，不能行事，乃计使其还。勒疾小瘳，见宏惊曰："吾使汝二人处藩镇，正备今日，汝何故在此耶？"虎惧，前奏曰："秦王思慕陛下，暂还视疾耳，今遣还之。"宏出，虎仍留之不遣。至是，勒疾笃，遗命曰："大雅兄弟，宜善相保，司马氏汝辈前车也。中山王宜深思周、霍，勿为将来口实。"言讫卒，年六十岁，在位十五年，改元者二：太和、建平。

勒未卒时，天静风轻，而塔上一铃犹鸣，佛图澄谓众曰："铃音云：国有大丧，不出今年。"至是果应其言。

大臣徐光等领百官举哀发丧，将勒灵柩停于东阳山谷，未及安葬，是夜权瘗，忽不见，莫知所往，意者以其为神。因是，光等复备其仪卫文物，虚葬于高平陵。

却说石虎欺勒已死，乃与子邃谋劫太子弘，使人收程遐、徐光下廷尉，使其子邃将兵入宿卫。弘大惧，急让位于虎。虎曰："汝休辞让，且登其位，汝若不堪重任，天下自有大义，何足豫论？"弘乃即位，改元延熙元年。时，虎即杀程遐、徐光，自为丞相、魏王、大单于，加九锡。

第一七四回　石虎杀刘后石堪

石虎既自为相，以旧臣皆补散任，虎之亲党者，皆居要职。

勒太后刘氏谓彭城王石堪曰："先帝甫晏驾未久，而丞相遽相凌藉如此，将若之何？"堪曰："宫省之内，无可为者，请奔兖州，举兵诛之。"言讫，辞太后，微服轻骑，以兵百人，袭兖州不克，南奔谯城。石虎闻之，遣将军林因率兵五千追而获之，解还襄国。虎大怒，执太后刘氏及石堪杀之。文武暗嗟，莫敢谁何。太后刘氏有胆略，佐勒建功业，有李后之风。

时石生镇关中，石朗镇洛阳，闻勒死，石虎为变，杀太后及彭城王，各举兵二万讨虎。石生遣使降晋，而蒲洪西附张骏。石虎乃自率兵攻朗，朗与虎交锋，被执斩之。虎乘胜向长安来攻石生，石生麾下将吏叛，斩生降虎。

关中既平，虎遣麻秋领其兵，去讨蒲洪。洪惧来降虎，说虎徙关中豪杰及氐羌以实东方。虎从之，徙十万余户于关东，以洪为龙骧将军、流民都督，居枋头；以弋仲为奋武将军、西羌大都督，居蹑头。虎自还建魏台，如魏武辅汉故事。

却说慕容皝初嗣位，用法严峻，国人不安。主簿皇甫真切谏之，不听。皝兄翰，庶母弟仁，皆有勇略，屡立战功得志，有宠于廆，皝忌之，遂有相图之意。翰知，乃与子出奔段氏。段辽素闻其才，甚爱重之。慕容仁据平郭，皝遣兵去讨，大败而还。于是仁遂有辽西之地，段辽及鲜卑皆应之。皝无奈彼何，追思真言，以真为平州别驾。

却说段辽得慕容翰，甚爱重之。翰亦倾心吐胆，说皝国中虚实，因是段辽遣其弟段兰与慕容翰领兵二万，共攻柳城。二人领命，引兵起行来攻柳城。慕容皝闻之，以慕容汗为将，点兵一万来救，与兰军相遇交战，汗军大败而还。兰欲乘胜追之，翰恐遂灭弟国，乃止之曰："吾与君受命之日，只求其捷，若贪进取败，有何颜面？不若罢之。"兰曰："此追则汗已成擒矣，时卿虑遂灭弟之国耳？"翰曰："吾投身相依，无复还理，国之存亡，与我何有？但我为大国计，乃命所部欲独还。"兰不得已从之，回兵来见段辽，辽喜，重赏二人。

第一七五回　张淳假道通建康

却说张骏欲假道于成，以通表建康，使人求问成王，成王李雄不许。骏乃遣治中从事张淳称藩于成，以假道去建康。雄与百官计议，欲伪许之，将覆淳于东峡。计议已定。次日，淳入见成王，说称藩假道之事，雄曰："汝主既称藩于吾，任从卿去往返，诚恐西复东都，峡有盗，阻卿不前。"淳闻言，知其有谋，乃谓雄曰："寡君使小臣行无迹之地，通诚于建康者，以陛下嘉尚忠义，能成人之美也。"若欲杀臣，当斩之都市，宣示众曰："凉州不忘旧德，通使琅玡，主圣臣明，发将杀之。如此则义声远播，天下畏威；今使盗杀之江中，威刑不显，何足以示天下？"李雄大惊曰："安有此耶？前言戏之耳！"于是罢其计矣。

当司隶景骞言于成王曰："张淳壮士，请留仕成。"雄曰："壮士安肯留？且试以卿意观之！"骞谓淳曰："卿体丰大，天热可少停，遣下吏先往，待凉而行。"淳曰："寡君以皇舆播荡，梓宫未返，生民涂炭，莫之能救；故使臣通诚上都，所论事重，非下吏所能传；使下吏可，则淳亦不来矣。虽火山汤海犹将赴之，岂寒暑之足惮哉？"雄亦谓淳曰："贵主英明盖世，土险兵强，何不称帝，自娱一方？"淳曰："寡君祖考以来，世笃忠贞，以仇耻未雪，枕戈待旦，何自娱之有？"雄甚惭，厚礼而遣之。淳至半路卒，下吏遂致命于建康。

甲午九年正月，仇池杨难敌卒，其子杨毅嗣位，遣使称藩于建康，成帝从之。二月，张淳之下吏奉表诣建康，朝见成帝，及奏淳假道与途卒之事，成帝叹息不已，重赏下吏。复以张骏为大将军，命使之国。于是，使者每岁往来于建康。

六月，太尉、长沙公陶侃卒。侃晚年，深以满盈自惧，不预朝权，屡欲告老回国，佐使等苦留之。至是疾笃，上表逊位，奉还所假节钺、麾幢、曲盖，侍中貂蝉、太傅并八州刺史印傅，棨、戟、军资、器仗、牛马、舟船，皆有定簿，封印仓库，自加管钥，以后事付右司马王愆期，舆车就船，将归长沙。顾谓愆期曰："老子婆娑正坐君辈。"及薨，谥曰"桓"。

侃在军中四十一年，明毅善断，识察纤密，人不能欺。自南陆讫于白帝，数千里中，路不拾遗。尚书梅陶尝谓人曰："陶公机神明鉴似魏武，忠顺勤劳似孔明，陆机诸人不能及也！"谢安每言陶公虽用法，而尤得法外意。

第一七六回　成王卒李班即位

却说成王李雄，生疡于头，身多金疮，及病，旧痕皆脓溃，诸子恶而远之。独太子班日夜侍侧，不脱衣冠，亲为吮脓。雄自料不起，召建宁王寿，受遗诏辅政，谓寿曰："卿乃朕之至亲，国之元忠，今联将归，托汝后事。吾闻传国以嗣，嗣不肖即以德，今诸子皆非鼎器，故不立而立班。班有仁孝，可以为君，卿善事之，勿负联言。"言讫，又谓班曰："建宁王有智谋，卿可举国委之。"言讫而卒。

李班治丧讫，居数日，寿等扶班即位，政事皆委于寿及司徒何点、尚书令王怀，班居中行丧礼，一无所预。百官备礼，班举哀发丧。

却说李雄在位三十二年，雄宽厚，简刑约法，时海内大乱，而蜀独无事，百姓殷实，门不闭户。雄常无事出外行游，忽见丞相杨褒在后持矛驰马，雄怪而问之，何如做作？褒对曰："夫统天下之重，如臣所乘恶马而持矛也，急之则虑自伤，缓之则惧自失，故马驰而不制也。"雄悟，即还，而不复出。

班既立为后蜀成都王，李雄庶子李越先已屯江阳，闻雄死，乃奔丧成都，与其弟李期欲谋作乱。成王班弟李忏窃知，密告于班，劝遣越还江阳，免其在此为患，乃以期为梁州刺史，使往镇，庶无内变。成王班以雄末葬，不忍，推诚待之，且曰："二人既为谋，卿可代吾领兵五万，出屯涪城，彼必不敢为变。"于是忏领兵出屯于涪。

李越谓期曰："蜀地乃吾家天下，今班嗣立，你有何计策将班杀之？我虽居长，愿让位与汝，汝意下如何？"期曰："吾有此意久矣，明早待班来殡宫，朝哭父王，吾与兄领兵心腹二十余人，各藏利刃，伏而杀之，而后取其大位，其计可么？"越曰："此计虽善，恐百官不服。"期曰："易耳，诬班谋杀君父，自夺大位，吾欲杀之，谁敢忤之？"二人计议已定。

次日平旦，越、期二人领了心腹二十余人，各藏利刃，人殡宫埋伏。不一时班至，望灵柩拜哭在地，被李越一刀砍在地下，左右欲持兵器向前，被李期大喝曰："不得无礼！李班谋杀君父，吾故杀之，吾等受太后诏，故杀之，其余人等，都皆赦免！"于是众随宫人各散，李越即出前殿，聚集文武百官谓曰："李班欲速得位，谋杀君父，吾故杀之。我弟李期有仁有德，今可以登基。汝等群臣，速行君臣之礼，有不服者，以班为例。"言讫，扶李期上坐。期推让再四，方上龙座。越率群臣，山呼万岁。期既即位，改号为玉恒元年。以兄越为相国，加大将军。李寿为大都督，皆录尚书事。

却说成帝设朝，加庾亮为征西将军，假节钺，督江、荆、益、豫、雍、梁六州诸军事。亮在武昌得诏旨，受征西将军印绶节钺，重赏使人还都，以殷浩为记室参军，以褚裒为豫章太守，杜义为丹阳丞。

史说褚裒，字季野，少有简贵之风。昔谯国桓彝因见，常谓之曰："季野有'皮里阳秋！'"言其外无臧否，内有褒贬也！时谢安亦推重之，恒曰："裒虽不言，四时之气备矣。"初，裒总角谒亮，亮使郭璞筮之，卦成，璞骇然。亮曰："莫非不祥乎？"璞曰："此非人臣之卦,不知少年何以得表斯祥？此乃大贵之卦,二十年外,吾言方验。”后其女为康皇后,乃拜侍中、录尚书事,其卦果验。杜乂,字弘理,性纯和,美姿容,有盛名于江左。王羲之见面目谓曰:“肤如凝脂,眼如点漆,此神仙中人也。”桓彝亦曰:“卫玠神清,杜乂形清。”殷浩,乃陈郡长平人,羡之子也;褚裒,阳翟人也;杜乂,桂陵人,预之孙也,此三子皆以识度清远,善谈《老》《易》,擅名江东。而浩尤为风流所宗,故庚亮录用而重之。

第一七七回　石虎弑主自即位

十二月，赵丞相石虎欲篡位，乃集百官于朝堂，谓曰："孤自受将略以来，南征北讨，东荡西除，百战而有千伤，十死侥幸一生，论吾之勋，足高一时；成大赵之业者，乃我也。若无吾一人，安得至于今日耶？今圣上晏驾，不遗诏立我而立弱弘，倘外窥兵，谁能当之？我欲废之，汝诸大臣，其意云何？"斯时，石弘懦弱，石虎强盛党多，父子并执大权，众臣皆畏其势，乃对曰："臣等正欲上请废立，未敢发言，丞相言之，无不可也。"虎见百官听从，乃退还府。

赵王石弘闻知其议，恐祸灭族，乃自赍玺绶，步诣魏宫，请禅其位于虎。虎曰："帝王大业，天下自当有议，何为自论耶？"虎不受玺绶，弘见推却，乃流涕回宫，谓太后程氏曰："石虎欲谋大位，先帝真无复遗种矣！"言讫，母子对泣。

于是，尚书省奏魏台请依唐虞禅让之事。虎曰："弘愚暗昧，居丧无礼，不可以君万国，便宜废之，何禅让也？"言讫，即领府兵入，命武士扶弘下殿曰："汝素居丧无礼，不谙政事，难奉宗庙，是以废之。"弘并不辞，乃下阶立于臣列。于是丞相虎自登御座，百官与弘同拜山呼。虎以弘为海阳王，自称居摄赵天王，改元建武。

时尚方令作"司南车"成，构思精微，虎赐其爵关内侯。时众役繁兴，军旅不息，加以久旱，因此谷贵，金二斤，买米二斗。虎闻长乐魏国有田畴未辟，桑业不修，下诏贬其守宰。

虎既即大位已定，阴使人弑程太后及石弘一家，不留一人，果然勒种无遗。姚弋仲闻之，称疾不贺。虎累使召之，乃至，正色谓虎曰："弋仲尝谓大王命世英雄，奈何把臂受托而反夺之耶？"虎心虽不平，然察其诚实，亦不之罪矣。

却说慕容仁反据辽东，慕容皝亲率三军去讨，军至辽东城，仁亦率众出迎。两下会战，仁大败，乃弃城，引家属，出奔别处。皝遂领众入城，欲悉坑辽东之民，高诩谏曰："今元恶犹存，始克此城，遽加夷灭，则未下之城，无归善之路，不若赦之为安！"皝以为然，止之。

乙未咸康元年正月朔，成帝加冠，群臣朝贺。三月，司徒导羸疾，不堪朝会，成帝与群臣达其府。导排宴待帝与朝臣于内室，帝拜导及其妻曹氏。侍中孔坦密谏曰："陛下初加元服，动宜顾礼。"时帝方委政于导，坦复言曰："陛下春秋已长，圣境日跻，宜博纳朝臣，诏谘善道。"而导恶之，即出坦为廷尉。坦明知，即辞以疾，去职还第。于是罢宴，成帝还宫。

时桓景谄巧，导亲爱之。会"荧惑"守"南斗"，经旬，导谓将军陶回曰："'荧惑'犯'南斗'，而'南斗'乃扬州分野，今妖孽处之，吾当逊位，以厌天谴。"回曰："明公以明德作辅，与桓景造象，使'荧惑'何以退舍？"导深愧之，略疏桓景，使人辟太原王濛为椽吏，王述为中兵属。史说王述，字怀祖，年三十尚未知名，人或谓之痴。时，导以门第辟为中兵属，及见，导无他言，惟问江东米价如何？述张目不答。导曰："王椽不痴，人何言痴耶？"尝见导每发言，一座莫不赞美，述正色曰："人非尧舜，安能每事尽善？"导改容谢之。王濛，字冲祖，善隶书，美姿容。尝览镜自照，称其父字曰："王文开生如此儿耶？"居贫，帽败，自入市买之，妪悦其貌美，遗以新帽，不问取价，时人以为达。与沛国刘大协齐名友善。协尝称濛性明通，而自然有节，濛云："刘君知我，胜我自知。"当司徒王导闻二子之名而辟之。

四月，赵王石虎亲令晨官及六军南游，临江而还，有游骑十余至历阳。太守刘耽大惊，以为石虎必来为寇，忙使人入建康，上表称虎军至近，不言多少，宜速为救。朝廷震惧，成帝既加司徒王导为司马、都督征讨诸军事，令其备拒赵兵。是日，帝自观兵广莫门，分命放将，去救历阳，及分兵戍慈湖南渚；郗鉴闻知，亦使广陵相陈光将兵五千，入卫朝廷。俄闻赵骑至少，又已去了。成帝遂解严，导亦解司马，诏责耽轻妄免官。

九月，赵王石虎与百官商议，乃迁都于邺城。初，赵王石勒以天竺僧佛图澄能预言成败，屡有应验，敬事之。及虎即位，奉之尤谨，衣以绫锦，乘以雕辇。朝会之日，太子诸公扶澄上殿。国人化之，争造寺庙，削发出家，于是百姓或避赋役为奸宄。诏问曰："佛，外国所奉，里中小人无爵秩者，应得事奉？"著作郎王度等议，上言曰："王者祭祀，典礼俱存。佛，外国之神，非天子所应祀也；今宜禁公卿以下，毋得诣佛寺，烧香礼拜。且汉魏惟听西域人立寺都邑，汉人皆不得出家。今令赵人为沙门者，皆返初服。"虎不听，诏曰："朕生自边鄙，忝居诸夏，至于飨祀，令应从俗。其夷赵百姓，乐事佛者，特听之。"于是，百姓都争入寺出家。

却说成王李班之舅罗演等，欲杀成王李期，复立班之子。事觉，遂收演等及班母罗氏杀之。期自得志，轻旧臣，信任景骞、姚华、田褒、中常侍许涪等，刑赏大政皆决于数人。而褒无他才，先尝劝雄立期为太子，故此有宠。由是朝纲隳紊，雄业衰矣。

却说代王纥那先入宇文部，招集亡散五万人，复来争位。翳槐闻之，莫敢当其锋，乃引众奔赵去了，于是纥那复占朔方。

第一七八回　张骏上疏请北伐

初，张轨及实、茂保捷河右军旅之事，无岁无之。及骏嗣位，境内渐平。骏勤修废政，总御文武，咸得其用，民富兵强，远近称为贤君。骏遣将伐龟兹、都善，于是西域诸国，皆诣姑臧朝贡。而骏有意兼秦雍之心，乃使人特入建康上疏曰："勒、雄既死，虎、期继逆，元老消落，后生不知慕恋之心，日远日忘。乞敕司空鉴征西，亮等泛舟江沔，首尾齐举，则大业得以大兴矣。"

丙申二年，成帝与群臣议而未行，由然寝矣。

却说慕容皝欲讨其弟慕容仁，与百官议之。当司马高翔曰："仁叛弃君亲，神人共怒，前北海未尝冰，自仁叛以来，冰冻二年矣。天其或者欲使吾乘冰以袭之也！大王宜速应天意也！"皝曰："卿言正合孤意！"于是皝从之，将兵五万，从昌黎东践冰而进。凡三百余里，至历林口，舍辎重，轻兵赴平郭，去郭七里屯下。侯期见皝兵至，乃驰入城以报仁。仁忙整兵出战，被皝令大将高翔伏兵于路，诈败获之。皝驱兵入城，先收仁党斩之，后赐药与仁自裁。仁因怒饮药而死，皝始分兵戍守，自勒兵回国。

二月，晋成帝立皇后杜氏，帝自临轩，遣使备"六礼"迎之。群臣贺毕，帝宴之。

却说前廷尉孔坦疾笃，庾冰省之流涕。坦慷然曰："大丈夫将终，不问以济国安民之术，乃为儿女子相哭耶！"冰谢之而问曰："吾见使君病重，未敢轻触，君百岁后，中原可复否？朝中谁可为将也?"坦曰："勒、雄虽死，余党更强，二都急未可得，莫若爱民养兵，分戍险要，屯田讲武，待十年后，可议北矣。"冰曰："承此金石之言，铭刻肺腑。"言讫，谢之而去。坦叹数声而卒。

第一七九回　**赵作大武东西宫**

却说赵王石虎兴工，作大武殿于襄国，又作东西富于邺，皆砌以文石，以漆灌瓦，金铛银楹，珠帘玉璧，穷极之巧。选士民之女以实之，服珠玉被绮縠者万余人。教宫人占星云气、马步射，以女骑千人为卤簿，皆著紫纶巾，蜀锦裤，执羽仪，鸣鼓吹打，游宴以自随。于是境内大旱，粟二斗值金一斤，百姓骚然。

而虎用兵不息，百役并兴，徙洛阳“钟虡”“九龙”“翁仲”“铜驼”“飞廉”于邺，又于邺南投石于河，以作“飞桥”。工费数千万亿，竟不能成。其时白虹出，是大社凤阳门。虎大惊，下书曰：“盖古明王之理天下也，政以钧平为首，化以仁义为本，故能允协人和，缉熙人物。朕以眇传，君临万邦，台辅百官，其各上封事，极言无隐。”虎虽书示下，人无敢言。

丁酉三年，赵王石虎自称赵天王。左校令成公段，作“庭僚盘”炙人，虎试而悦之。至是，五百余人人上尊号，庭僚油灌下盘，死者二十余人。虎恶之，腰斩成公段。

却说晋国子祭酒袁环、太常冯怀，以江左寝安，入朝请兴学校，成帝从之，而立太学。征集生徒，而土大夫习尚老庄，儒术终不能用。

第一八〇回　赵王虎杀太子邃

却说赵太子邃，虎甚爱之，谓群臣曰："司马兄弟自相残灭，故使朕得于如此，如朕有杀阿铁理否？"群臣皆默而不言。

既而邃骄而残忍，好装饰美姬，斩其首与宾客传观，又烹其肉，共食之。时虎亦荒耽酒色，喜怒不常；因使邃省司尚书事，诮责笞捶，月至再三。

邃私谓中郎子李颜曰："官家难称，吾欲行冒顿之事，卿从我乎？"颜等伏不敢对，邃计遂称疾不视事。虎欲去视邃疾，佛目澄谓曰："陛下不宜往东宫。"虎问之，澄故不答。虎思其东宫有谋，乃自还宫，命所亲信女尚书亲为已往视察之。邃以虎至，抽剑击之，虎知大怒，收颜等，诘之，颜具言虎状，遂杀颜三十余人，即诏废邃杀之，并其男女二十六人，并埋一坑。虎于是召次子石宣，立为东宫。

第一八一回　燕王称藩于赵国

却说慕容皝威名日盛，当镇军长史封弈等说曰："今雄杰并起，天下纷争，大王以千里之卿，当五湖之劲，抚剑顾盼，亦足以为人豪，而反受制于人，不自称尊号乎?"皝从之，乃涓吉集僚佐于殿堂，乃自称为燕王，封弈为相国。乃谓群臣曰："吾欲伐段氏，汝等有何高见?"封弈出曰："段氏数侵赵边，虎必恶之，大王若能称藩于赵，赵必纳之。然后使人率师讨辽，赵必从吾，可破必矣。"皝然之，乃修书使人称藩于赵王。虎大悦，厚加慰答，期以明年大举。

却说代王翳槐因纥那入侵乃逃，遣人降赵，赵王纳其降，以兵助之。纥那闻之奔赵，复占朔方，因此翳槐复立于代。

却说杨难敌初杀毅，自称仇池公，降于赵，赵王纳之。

四年春，却说赵王石虎欲攻段辽，使姚豹等将舟师十万出于水津，与惟等将兵七万为前锋。燕王皝闻知赵王动兵，亦引兵五月，攻掠令支城之北。段辽集诸将商议，以兵追之。当慕容翰曰："今赵兵在南，宜并力御之，而更共燕国，万一失利，何以御南敌乎?"段辽怒曰："吾前为卿所说，以成今日之患，今不复堕卿计中矣!"言讫，乃率众追之，被皝设伏邀击，大破之，掠五千户而归。段辽始悔不听慕容翰之言。

赵王虎兵进屯金台，与皝军长驱入蓟辽，所署渔洋、上谷、代郡守将皆降，因是虎取四十余城。时北平相杨裕率数千家，登燕山以自固。诸将恐其为后患，欲攻之，虎曰："裕，儒生，矜惜名节，耻于言降，无能为也。可速进兵，且勿攻之。"诸将遂引兵直过燕山，段辽亦不敢复战，弃令支，奔密云山。慕容翰乘乱再走，投降宇文部去了。于是虎得令支宫，徙其民二万户于司、雍、襄、豫四州。其士大夫之有才行者，虎皆擢叙之，虎分定署守，振旅还都，其署城皆被皝取而戍之。

第一八二回　李寿杀其主李期

四月，成王期骄虐日甚，多所诛杀，大臣皆不自安。而期忌寿之威名，使其出屯涪城。寿惧不免，每当入朝，常诈为边书，辞以警急，既而使出屯涪，趣装即行。

却说李寿，字武考，乃李骧之子也。官封车骑将军，因成王期疑忌其威，使出屯涪，心甚怨望。于是欲自立，恐力不及，问长史任调曰："主上托孤于我，以期不堪嗣国，是以班为东宫，委吾立之。今期弑班代之，骄虐残杀，果应主上易箦之言。吾欲废此残主，自取天下，其事若何？"任调言曰："李期逆父弑主骄虐，残害百姓，明公若兴义兵讨之，孰不来应？"寿曰："吾恐谋事不成，反招其咎！"任调曰："可使卜者占之。"寿曰："然。"于是遣使出府，召卜者入内筮之。卜者投卦成曰："乾卦。"因贺曰："将军主有数年天子之分，恐后不延！"任调曰："一日尚为足，而况数年乎？"寿曰："朝闻道，夕死可矣！任侯之言，策之上也。"因此每日论计划策，商议自立之计，而犹豫未发。

初，巴西处士龚壮，父叔皆为李特所杀，欲报仇，积年不除丧。寿闻其贤，数以礼辟之，而壮不应。其时闻期刑政紊乱，而来见寿，寿问自安之计，壮曰："蜀民本皆晋臣，足下若能发兵西取成都，称臣于晋，不但自安，则福流子孙，名垂不朽，岂徒脱今日之祸而已哉？"寿然之。

次日，寿领兵五万来袭成都，时寿世子李势为翊军校尉，闻父起兵至，乃开门率众纳寿，遂克成都，屯兵宫门。奏杀大臣数人，纵兵大掠，数日乃定。用调之计，矫太后任氏令，废期为县令，幽之。期愧，自缢而死。当罗恒、解思明等劝寿用壮策立，寿遂从任调等之言，自称为帝，改元曰汉兴元年。尊父骧帝号，更以旧庙为大成庙。尽杀成臣，李雄诸子，不留一人。以李势为王太子，以任调为大将军，以安车束帛征龚壮为太师。壮不至，誓不出仕，寿见其不诣，又以厚赠，壮无所受。

第一八三回　赵王虎伐慕容皝

却说赵王以燕王慕容皝不会而攻段辽，自专其利，使赵览为左将军，以侯昭为右将军，遣使四征。诏诱民夷二十万，分为二队，来击辽东。

时燕辽东诸郡县反，应赵者三十六城，因此赵兵不血刃，直抵棘城，城下屯扎，分兵四面进攻。时慕容皝大惊，欲逃往东胡避之，急吩咐其子慕容恪，带兵保护家小先走。其父慕容廆遗有骏马一匹，其色赭白，有奇相逸力。时皝避难，欲乘此马，其马悲鸣踶啮，皝不能近。皝意决，乃曰："此马见异，先朝孤常仗之，得济大难，今不欲孤骑者，盖是先帝之意，不许吾出也。"言讫即出。将军慕容根闻皝欲出奔，忙谏曰："彼强我弱，大王一举足，奔走之气势遂成，不可复振矣！今固守坚城，其势百倍，事之不济，不失于走，奈何望风委去，为必亡之理乎？"皝曰："孤欲取天下，何有出走？"皝遂止，然犹惧形于色。

玄菟太守刘佩曰："事之安危，系于一人。大王当自强以励将士，不宜示弱。事急矣！臣请出击之，纵无大捷，足以安众。"皝从之。

佩将敢死骑兵七百人出冲赵兵，所向披靡，斩获二百余人而还。于是士气百倍，皝意乃安。佩等日夜力战，凡十余日，赵兵不战而退。皝唤其子慕容恪来，谓之曰："汝可领军追之！"又曰："国家安危，在此一举，若一不捷，则吾等无种类矣！火速用心。"于是恪率五千精骑追击之，赵兵大败，斩首万余级而归。

赵兵皆溃，惟游击将军石闵独全一军。闵本姓冉，虎养以为子，骁勇善战，多策略，虎爱之比诸孙。虎既败还邺，以功拜苻洪为都督六夷诸军事。闵言于虎曰："洪雄略，得将士死力，诸子皆有非常之才，且握强兵，据近畿，宜密除之，以安社稷。"虎曰："吾方倚其父子以取吴蜀，奈何杀之？"待之愈厚。

却说慕容皝使子恪追杀石虎之兵去远了，乃自整兵取诸叛城，皆下之，诛灭甚众。

虎闻之，遣曹状将青州之众戍海岛，当运粮米三百万斛以给之。又以船三百艘运谷，诣高句丽，使王典率众万余，屯田海滨。又令青州造船千艘，谋复击燕。时冀州八郡大蝗，司隶奏请坐罪守宰，赵王虎曰："此朕失政所致，而欲委咎守宰，岂罪己之言耶？司隶不进谠言，佐朕不逮也，而欲妄陷无辜，汝可白衣领职！"司隶满面羞惭而退。

第一八四回　庾亮欲攻王导止

却说成帝以司徒王导为太傅、都督中外诸军事，郗鉴为太尉，庾亮为司空。六月，更以导为丞相，罢司徒官。而导性宽厚，任用诸将赵胤、贾宁等，多不奉法，大臣患之。庾亮闻之，欲率众入朝黜导，先使人奉笺会郗鉴同起兵。其书曰：

主上自八九岁以及成人，入则在宫人之手，出则唯武官小人，读书无从受章句，顾问未尝遇君子。秦政欲愚其黔首，天下犹知不可，况欲其主哉？今主春秋既盛，不稽首归政，导居师傅之尊，多养无益之士。公与下官并荷付托，大奸不扫，何以见先帝于地下乎？

鉴得书，知亮欲共起兵废导，乃不听。急使人奉书，止亮曰：

闻公率众黜导，仆以为不可。何也？昔王敦入讨刘隗，天下以为谋反；苏峻嫉公，事却亦然。此二者，公亲见非远闻也，公宜罢之！

亮得其书，犹未止，鉴急来劝导密为之备。导曰："吾与元规，休戚是同，攸攸之谈，宜绝智者之口。果如君言，元规若来，吾便角巾还第，复何惧哉？"因此二人不成大隙。而亮尝欲有黜导之意，孙盛谏曰："王公尝有世外之怀，岂肯为凡人之事耶？此必佞邪之徒，欲间内外耳！"亮始止。是时亮虽居外镇，而遥执朝权，既处上流，拥强兵，趋势者多归之；然导内不能平，尝遇西风尘起，举扇自蔽，徐曰："元规尘污人！"却说王导为丞相，以李充为掾属。以时俗崇尚浮虚，尝以老子绝仁弃义，盖患乎精仁义者寡，而利仁义者众耳。而凡人见形逐迹，离本愈远，乃作举箴曰："名之攸彰，道之攸废。乃损所隆，乃崇所替，非仁无以长物，非义无以齐耻，仁义固不可远，去其害仁义者而已。"由然士大夫，亦不能改其前俗。

第一八五回　龚壮上封得失事

秋，汉霖雨百日，百姓饥疫。汉王李寿命群臣极言得失，龚壮因上封言曰：

> 陛下起兵之初，上指星辰，昭告天地，歃血盟众，举国称藩。天应人悦，大功克集；而论者未谕，权宜称制。今霖雨百日，饥疫并臻，天其或者将以鉴示陛下？故愚谓宜遵前盟，推奉晋室，彼必不爱高爵，以报大功，虽降阶一等，而子孙无穷，永保福祚，不亦休哉！

汉王寿省书内惭，秘而不宣。

十月，晋光禄勋颜含以年老逊位，致仕在家。时论者以王导为师傅，百僚宜为降礼。太常冯怀敬以问含，含曰："王公虽贵重，礼无偏敬，降礼之言，或是诸军事宜？鄙人老矣，今不识时务。"怀诺诺而出。人问其故："何不答之？"含告之曰："吾闻代国不问仁人，何冯祖思问礼于我，我岂有邪听乎？"

初，郭璞尝欲为之筮，含曰："年在天，位在人修而已，而天不与者，命也！守道而人不知者，性也！自有性命，无劳蓍龟。"因不与筮，含致仕二十余年，九十三岁而卒。

第一八六回　翳槐卒立什翼犍

却说代王翳槐之弟什翼犍，因先被纥那来攻，与翳槐俱奔投赵。翳槐以什翼犍质于赵，请师击走纥那而复北代，弟得归国。至此，翳槐疾病，召各部大人入卧内受顾托曰："朕令疾笃，恐未能起，召卿等嘱之。朕弟什翼犍，丰骨不凡，才智高爽，若亡后可立此人，则社稷可安耳。不幸质在于赵，卿等可使人召之。"言讫而卒。诸部大人以什翼犍在赵，来未可必，谋立次弟孤。孤度不可，乃自诣邺见赵王虎，请身为质替兄，什翼健归国领众。赵王虎悦其仁义而俱遣之，乃分国之半与弟孤也。

却说什翼键，生而奇伟，宽仁大度，身长八尺，隆准龙颜，立发垂地，卧则两乳垂席。既立为代王，乃改号建国，始制百官，分掌众职。代王猗卢卒，国内多难，部落分散。什翼健雄勇有智略，修祖业，以代人燕凤为长吏，许谦为郎中令，制叛逆、杀人、奸盗之法，号令明白，政事清明，无鞠招连逮之烦，百姓安之。于是东自秽貊，西及破落那，南距阴山，北尽沙漠，率皆归服，有众数十万人。

十二月，却说段辽自败于燕、赵，逃入密云山，不能归故地，惧燕来攻，乃遣使降于赵。使人去了，既而又悔，复遣使降于燕，燕王皝自将兵来迎段辽，未及行，赵王虎先得其降状，乃遣将军麻秋率众一万迎之。秋将行，虎敕秋曰："卿去受降如受敌，不可轻也。"秋诺而去。段辽探知燕、赵皆来相迎，乃遣人与燕谋覆赵军。于是，皝遣慕容恪伏精骑于密云山。麻秋不知有谋，未为防备，引众而入，被恪指挥伏骑齐出，麻秋措手不及，大败而逃。获其司马杨裕，尽得其众而还。段辽既归燕，皝待以上宾之礼，以裕为郎中令。后辽谋叛，皝知斩之，此后事也。

己亥五年三月，庾亮与僚佐商议，欲开复中原，遣使上表，以桓宣镇襄阳，弟怿镇魏兴，与弟翼镇江陵，毛宝、樊峻戍朱城。又上疏欲率大众十万移镇石城，遣诸军罗布江沔，为伐赵之规。帝下其议，丞相导请许之，太尉鉴以为资用未备，不可大举。太常蔡谟议曰：

运有否泰，道有屈伸；苟不计强弱而轻动，则亡不终日，何功之有？为今之计，莫若养威以候时。时之可否，系胡之强弱，胡之强弱，系虎之能否？自石勒举事，虎倚为牙爪，百战百胜，遂定中原。勒死之后，虎挟嗣君，而诛将相，内难既平，剪削外寇，四海之内，不失尺土。以是观之，为虎能将不能也？今征西欲率大军席卷河南，虎必亲率其众，来决胜负，欲与之战，何如石生？若欲城守，何如金墉？若欲阻沔水，何如大江？若欲拒石虎，何如苏峻？石生已将关中精兵西征之战，殆不能胜也，金墉险固，兵数十万，众不能拔；又当是时，洛阳、关中皆起兵击虎，今此三处，反为其用，方之于前，倍半之势也。石生不能敌其半，而征西乃欲当其倍，愚所疑也！苏峻之强，不及石虎；沔水之

> 险,不及大江;大江不能御苏峻,而欲以沔水御石虎,又所疑也。昔祖士雅在日,曾于城北界,豫置屯军,以御其外;谷熟胡至,丁夫战于外,老弱获于内,多持炬火,急则烧谷而走。如此数年,竟不获利。当是时,胡惟距沔北,方之于今,四分之一耳!士雅不能捍其一,而乃欲以御其四;又所疑也。然此但论征西既至之后耳,尚未论道路之虑也!自沔以西,水急岸高,鱼贯溯流,首尾百里。若胡无宋襄之义,及我而未阵击之;将如之何?今王士与胡,水陆异势,便习不同。胡若送死,则敌之有余;若弃江远战,以我之所短,击彼之所长,惧非妙胜之算计也!

帝览之默然,而问群臣,朝议与谟皆同。于是帝使人持诏止之,而亮不听,乃移镇石城。

却说代王什翼犍会集诸部大人,商议欲迁都于垒源。问其母,王氏曰:"吾自先世以来,迁徙为业,今国家多难,徒无城郭而居,一旦寇来,无所避之。"因此乃止。时,什翼犍初质于赵,未曾婚娶之,至是使人求婚于燕王。燕王皝以其妹妻之,由此两国通婚,结为唇齿。

第一八七回　何充庾冰参政事

七月，丞相、始兴郡公王导卒，以何充为护军将军，以庾冰为中书监、扬州刺史，参录尚书事。

却说王导先卧病在床，上书荐妹之子丹阳尹何充于帝曰：

> 何充器局方概，有万夫之望，其必能总录朝端，为老臣之副。臣死之日，愿引充内侍，则外誉唯缉，而社稷则无虞矣。

成帝览疏，从之，即以何充为侍中。使人召充至，以为侍中，充谢恩领之。导于是月而卒。年六十四。导简素寡欲，善因事就功，虽五日用之益，而岁计有余。辅相二世，仓无储谷，衣无重帛。王导既卒，帝不胜哀感，诏丧葬参用天子之礼，谥“文献”，以其长子为中书侍郎。遣使征征西将军庾亮为丞相，亮固辞不诣，始以充及亮弟庾冰为参录尚书事。

冰经纶时务，不舍昼夜，尊礼朝贤，升擢后进，于是朝野翕然，称为贤相。初，导辅政，每从宽恕，至冰颇任威刑。丹阳尹殷融谏之，冰曰：“前相之贤，犹不堪其弘，况如吾者哉?”范汪谓冰曰：“顷天文错度，宜尽销御之道。”冰曰：“玄象岂吾所测，正当勤尽人事尔!”又察出隐实户口无名万余人，以充军实。冰好为缉察，近于繁细，后益矫违，复存宽纵。疏密自由，律令无所用矣。

是月，改丞相为司徒，太尉、南昌公郗鉴疾笃，上疏曰：

> 臣所统错杂，率多北人，迁徙新附，皆有归本之心；臣宣国恩，示以好恶，处与田宅，渐得安帖。闻臣笃疾，众情骇动，若当北复，必启寇心。太常臣蔡谟，平简贞正，素望所归，可为徐州牧。

成帝览毕，问使人太尉病躯若何？奏已死矣！帝伤悼不已，敕命葬之。拭泪，以蔡谟代鉴都督徐、兖军事。

时左卫将军陈光上疏请伐赵，帝进攻寿阳。蔡谟上疏曰：

> 寿阳城坚而固，又王师在路五十余日，前驱未至，声息夕闻，贼河北之骑足以来赴，况停舟水渚，引兵造城，前对坚敌，后临归路，此兵法之所诫也。今光所将，皆殿中精兵，以国之爪牙，击寇之下邑，得之则利薄而不足损敌；失之则害重而反以益寇，非长策也！

帝省之乃止。

第一八八回　赵人入寇陷沔邾

九月，赵王虎将军夔安率兵七万来攻沔南及邾城。

初，陶侃在武昌，议者以江北有邾城，宜分戍之。侃每不答，而言者不已。侃乃度木桥，引将佐语之曰：“我所以当寇者长江耳。邾城隔在江北，内无所倚，外接群夷。夷中利深，晋人贪利，夷不堪命，必引虏入寇，此乃致祸之由也。若羯虏有可乘之会，又不资于此矣。”众服其言。

至是，庾亮欲伐赵，使毛宝、樊峻戍之。虎果然使夔安等将兵来攻，毛宝使将陈忠五人率兵五千出拒。兵至江北岸畔，忽见尘头起处，一军阻住，为头首将夔安，挺枪拍马而出，与陈忠并不打话，互相交战三十余合，不分胜败。忽闻东南角上，喊声大振，桃豹引兵冲突而来。忠急分兵，不及，又与雄一军冲横而来，忠与四人共五将，竭力死战，不能抵挡，大败而逃。忠同五将被二路军马包围而来，皆被杀死。余兵无主，俱皆逃走。

二人得胜，将二万轻骑来攻邾城。毛宝闻前军已陷，不敢出战，急遣人求救于庾亮。亮不即时遣兵去救，因此被安等攻陷邾城。毛宝、樊峻二人突围出城，赵兵后追，前无船渡，皆赴江而死。夔安既陷邾城，率众进寇江夏、义阳，二城皆降。安等又进围石城，竟陵太守李阳以兵七千人拒敌，大败而退。时庾亮犹欲迁镇，闻邾城陷乃止。

却说赵王室贵戚豪恣，石虎患之。知李矩忠直，不惧豪恶，虎擢矩为御史中丞，由是内外肃然。虎曰：“朕闻良臣如猛虎，高步旷野，而豺豹避路，今得中丞信然！”

十月，却说燕王皝自以称王，未受晋命，遂使长史刘翔来建康，献捷论功。且言权假王位之意，更请刻期大举，共平中原。晋帝从之。时慕容皝又遣慕容恪、慕容霸击宇文部，霸年十三，勇冠三军，所向无敌。

丁亥六年正月，司空庾亮疾笃，召弟庾翼至卧所，嘱之曰：“吾历官至司空，人臣之位极矣。汝于吾死之后，善事主上，勿生异心，负吾清名也。此权今交付于汝，其柄不可移于他人，自取祸也。”言讫而卒。史说庾翼，字稚恭，乃庾亮弟也。丰仪秀逸，少有经纶大略。

因是，庾亮临死，以权付彼。翼既代亮率领其众，举哀收殓，殡葬于武昌定金山。此时友人何充，闻知亮死已葬，欷歔叹曰：“埋玉树于地中，使人情何能已？”

庾亮既死，成帝即以何充为中书令，庾翼都督江、荆等州事。时人疑翼年老，不能继其兄。翼乃悉心为治，戎政严明，数年之间，公私充实，皆称其才。

却说慕容翰自密云山外，入宇文部降于逸豆归，豆归忌翰才名，欲害之。翰佯狂乞食，举国贱之，不复省录，以故得往来自由，山川形便，皆默记之。时燕王朝以翰因猜嫌出奔，虽在他国，常潜为燕计，乃使商人王车通市于宇文部，因而得入宇文部，见翰称说燕王使车迎殿下归国。翰与王车遂窃逸豆归名马，携其二子逃归。皝大喜，厚遇之，翰亦无二志矣。

三月，却说赵王虎遣使遗汉王寿书，欲连兵入寇于晋，共分江南。寿大喜，即回书赏使，约定大举，使使去了。寿集舟师大阅于成都，龚壮谏曰："陛下与胡通，孰若与晋通？胡豹狼也，既灭晋，不得不北面事之；若与争天下，则强弱不敌，危亡之势也！"群臣亦皆叩头泣谏，寿乃止。

壮以为人之行，莫大于忠孝，既报叔父之仇，又欲使寿仕晋。寿不从，乃诈称病，龚壮遂辞归，以文籍自娱，终身不复到成都矣。

第一八九回　赵王发兵伐燕国

却说赵王虎恨燕与段辽在密云山击败其将麻秋，乃合兵五十万，巨船一万艘，自河通海，运粮一千一百万斛于乐安，徙辽西、北平、渔阳万余户于兖、豫、雍、洛城。自幽州以东至西狼山，大兴屯田，括取民马，如敢匿者腰斩，凡得四万匹。率众大阅于宛阳，欲击燕。

燕王皝闻知大惊，集僚佐商议拒虎之计，而谓其子慕容恪曰："石虎自以乐安城防守重护，蓟城南北，必不设备。汝宜率众由诡道，出其不意，去烧其积聚，屠其城池，可尽破也，不然兵至。"恪然之，即密统兵一万人，自蟠螉寨直抵蓟城，遂破武津，人高阳，所至皆焚烧积聚，掠三万余家而去。

石虎闻知大惊，恐失巢穴，果勒兵退还，伐燕之谋始停。虎既回国，命其次子石韬为太尉，与太子石宣迭日省可尚书奏事，不复启旨。司徒申钟谏曰："庆赏刑威，后皇攸执，名器实重，不可以与人，庶可以防奸杜渐，以示轨仪。太子职在视膳，不当预政，庶人邃，覆车未远也。且二政分权，鲜不阶祸；爱之不以道，适所以害之也！"虎不听。中谒者令申扁有宠于虎，宣亦昵之，使与机密。虎既不省事，不复启旨，而宣、韬皆好酣饮畋猎，由是除拜生杀之权，皆决于扁，自九卿以下，望尘而拜。

却说汉王寿致书于后赵王虎，署曰："赵王石君"，虎不悦，中书监王波曰："寿既僭大号，今以制诏与之，彼必酬返，不若便为书与之。今挹娄国献楛矢石砮于陛下，可不以之遗汉？使其知我能服远方也！"虎然之，遣汉亡将李闳以书物持归报。闳至成都，寿下诏曰："羯使使廷，贡其楛矢，赏其来使。"使人归告石虎，虎闻之大怒，黜波以白衣领职。

第一九〇回　刘翔代求封燕王

却说燕使刘翔至建康，晋帝命黄门引见，问慕容镇军平安。刘翔对曰："臣受遣之日，朝服拜章，未闻其苦。"翔因就启为皝求大将军、燕王章玺之事。帝命群臣参博，群臣朝议曰："先王故事，大将军不处边，异姓不封王，其实不可。"翔对曰："自刘、石构乱，长江以北，翦为戎薮，未闻中华公卿之胄，有能摧破凶逆者也！独慕容镇军，心存本朝，屡殄强敌，使石虎畏惧，蹙国千里，功烈如此，而惜海北之地不以为封邑，何也？吾非苟欲尊其所事，窃惜圣朝疏忠义之国，使四海无所劝慕耳！"

尚书诸葛恢，乃翔之姊夫也，独主异议，以为夷狄相攻，中国之利，惟名与器，不可轻许。乃谓翔曰："假使慕容镇军能除石虎，而复得一石虎也，朝廷何赖焉？"翔曰："婺妇犹知恤宗周之陨，今晋室危险，君位侔元、恺，曾无忧国之心？慕容镇军枕戈待旦，心恒念之。而君更倡邪惑之言，四海所以不一，良由君辈耳！"因此朝命未下，翔留岁余，朝议终不决。

会燕王复遣人上表，罪庾氏兄弟，又与冰书，责其当国不能雪耻。冰惧，乃与何充奏从其请，以皝为大将军、幽州牧、大单于、燕王，备物典策，皆从殊礼。以翔为燕郡太守，翔固辞不受。翔疾江南士大夫以骄奢酣纵相尚，尝因宴集，谓充等曰："四海板荡，奄逾三世，宗社为墟，生民涂炭，斯乃庙堂焦虑之时，忠臣毕命之秋也！而诸君晏安江沱，奢靡傲诞，謇谔之言不闻，攻伐之功不立，将何以尊主济民乎？"充等甚惭，乃遣使持节册命，与翔偕北。公卿饯之，翔曰："昔少康资一旅以灭有穷，勾践凭会稽以报强吴，蔓草犹宜早除，况寇仇乎？今石虎、李寿志相吞噬，王师纵未能澄清北方，且当从事巴、蜀；一旦石虎并寿而有之，据形便之地，以临东南，虽有智者，不能善其后矣！"众公卿皆无以答，惟中护军谢广曰："是吾心也！"是日席散，各各还第。次早翔趣装，同使望本国而行。

第一九一回　汉修宫廷杀仆射

翔归燕，呈上玺绶，百官朝贺，皝大悦。

燕王皝既受封为王，乃以子恪为度辽将军，率一万五千人去镇平郭。恪既受命，至镇抚旧怀新，屡破高丽之兵。高丽畏之，不敢入境，自此边地安然，民皆乐业。

却说成王寿，初以俭约宽惠，得蜀人心服。李闳还，盛称说邺中繁庶，宫殿装饰；又言赵王虎以刑杀御下，故能控制境内。寿慕之，亦大修宫室。人有小过，辄杀以立威。当仆射蔡兴、李录谏之，皆坐直谏而死。因是民疲于赋役，思乱者众矣。

第一九二回　成帝崩立琅玡王

成帝壬寅八年正月朔，日食。豫州刺史庾怿与江州刺史王充之有隙，会充之回朝，因过豫州，怿以毒酒送王充之。充之觉其毒，以其酒与犬饮即毙，充之即归朝，密奏其过恶。成帝怒曰："大舅已乱天下，小舅复欲尔耶？"怿使人窃听之，恐帝加罪，乃自鸩饮而死。

六月，成帝不豫。时帝有二子丕、弈，皆在襁褓。帝自幼冲嗣位，既长颇有勤俭之意，至是疾笃，或诈为尚书符，敕宫门无得内入。宰相庾冰、何充等入内视疾，入宫见此符敕，皆不敢入。庾冰曰："此必诈矣！"即遣人先入，推问果然，众始能入卧前。庾冰问曰："陛下龙体若何？"帝曰："朕恐旦夕必归阴，欲召卿托以后事。朕今崩后，丕、奕幼冲，难以临朝，欲遗调诏太后垂帘，卿宜尽心辅政，休负朕言。"冰半晌不答，自思帝二子皆在襁褓，恐上易世之后，亲属愈疏，为人所间。乃对曰："目今石氏在赵，甚是猖狂；李寿居蜀，屡怀不仁；天下未安，四海纷纭，若立幼冲，恐非社稷之计，先圣有云："国有强敌，宜立长君。'今陛下之弟琅玡王岳，有仁德之风，不若立其为嗣，天下万幸也。"帝曰："卿言至当！"何充曰："父子相传，先王旧典，且今将如孺子何？"于是帝诏冰、充等及武陵王晞、会稽王昱、尚书令诸葛恢，并受顾命而崩。冰代为举哀发丧，立帝同母弟琅玡王岳为康帝，改号"建元"。孝康皇帝名岳，字世同，乃成帝同母弟也。初封琅玡王，在位二年，按谥法"温柔好乐"曰"康"。

岳既即皇帝大位，谅阴不言，委政于冰、充二人而谓曰："朕嗣洪业，乃卿二人之举也。"充曰："陛下龙飞，臣冰之力也；若如臣议，不睹升平之世。"帝有惭色。时帝年二十一，颇留心万机，务在简约。雄武之度，虽有愧于前王；勤俭之德，足追踵于往烈矣。何充出朝，谓庾冰曰："公劝先帝嗣今上，果应郭璞之谶云。"冰曰："郭璞云何？"充曰："郭璞有言曰："立始之际，丘山倾。'立者建也，始者元也，丘山主上讳也。然倾者恐不吉？"冰乃翟然叹曰："如有吉凶，岂改易所能救乎？君可勿露。"二人言罢而散。

七月，康帝封成帝子丕为琅玡王，弈为东海王，就葬成帝于兴平陵。康帝自徒行送丧，至阊阖门始坐辇舆。既葬毕，乃自回宫。

十月，燕王皝乃率百官领家属迁于龙城。时有白龙黑龙各一，见于龙山，近侍奏知燕王皝，皝亲率群臣观之。备仪太牢，祀之于山上。须臾，二龙交合嬉翔，解角而去。皝大悦归宫，新宫曰"和龙宫"，又命建造佛寺于山上，名曰"龙翔寺"，赐大臣子弟为官。又立东庠于旧宫，以行乡射之礼。帝常亲临东庠，考试学生，其有经通秀异者，擢充近侍。是岁，始不用晋年号，自称十二年。

第一九三回　慕容皝击高句丽

时高句丽犯境，慕容翰言于燕王皝曰："宇文屡为国患，今逸豆归篡窃得国，群情不附；加之庸暗，将用非才，国无防卫，军无部伍，臣久在其国，悉其地形；今若击之，百举百克。然高句丽去国密迩，必乘虚掩吾不备，此心腹之大患也。宜先平之，还取宇文如反手耳！二国既平，利尽东海，国富兵强，无内顾之忧，然后中原可图也。"皝大喜曰："卿谋至善。然高句丽有二道，北道平阔，南道险狭，从何可往？"众将曰："宜从北道。"翰曰："不可。虏皆重北而轻南，宜率锐兵从南道击之，出其不意，丸都不足定也。别遣偏将出北道，纵有蹉跌，其腹心者已溃，四肢无能为也。"皝从之，自将精兵四万出南道，以翰及慕容霸为前锋，别遣长史王寓等将兵一万五千出北道，以伐高句丽。

其主王钊闻知燕兵犯境，果遣弟武率精兵五万以拒北道，自引羸兵五万而备南道。时慕容翰已先至，与钊合战，不分胜负。燕王皝大兵继至，高句丽兵不敢交锋，望风而溃，因此大败。翰、霸诸将乘胜，兵不血刃直入丸都。高句丽王钊单骑走遁山谷。燕王皝入丸都城，获其主王钊母妻，使人去探北道之兵，回报王万与王武战于北道，都皆败没。武令勒兵还救丸都，皝大惊，命诸将休追王钊，使人去招其降，钊不从。皝欲穷追获钊，韩寿曰："高句丽之地，不可戍守，今其主亡民散，潜伏于山谷，大军既去，必复鸠集，收其余烬，必复为患。不若发其父墓，取其尸及生母妻子而归。俟其束手来降，然后返之，抚以恩信，策之上也。"皝遂从之，使人发钊父墓，而取其尸，及母妻子载归。又掳男女五万余口，毁丸都城，振旅而还国矣。

十二月，晋康帝立皇后褚氏，就遣使征后父豫章太守褚裒为侍中，裒以后父不愿居任事，康帝除江州刺史，命镇半州，裒始就镇。

却说赵王虎无道，苦虐晋民，作台观四十余所于邺；又营长安、洛阳二宫，工作者四十万余人；又敕境内治南伐西讨东征之计，皆三五发卒，造舟用五十万余人，船夫十七万人。公侯、牧宰，竟营私利，因是百姓失业。贝丘人李弘，集众怨，欲谋作乱，事发，被虎诛之，连坐者数十家矣。时近侍奏，济南平陵城北石虎，忽一夕移于城东南，有狼狐千余迹随之，迹皆成蹊。赵王虎喜曰："石虎者朕也，从西北而徙东南，天意欲使朕平江南也！其敕诸州兵明年悉集，朕当亲统六师，以奉天命。"群臣皆贺，上《皇德颂》者，一百数十人。因制："征士五人出车一乘，牛二头，米十五斛，绢十匹，不办者斩。"民皆鬻子以供，犹不能给，自经于道树，死者相望。

第一九四回　时拟深源如管葛

癸卯二月，高句丽王钊见燕军退，复还丸都，备礼朝贡于燕，燕王皝大悦，抚以善言，还其父尸，留其母为质。命其归丸都，永为高句丽王，钊拜谢而去，其母后数年亦还之。

七月，晋康帝设朝，诏群臣议经略中原，会庾翼诏入上表，命梁州刺史桓宣伐赵，帝许之。

却说翼在武昌，数有妖怪，欲移镇乐乡。王述闻知，使人与冰笺，笺曰：

乐乡去武昌千有余里，数万之众，一旦移徙，与立门壁，公私劳扰；又江州当溯流供给，力役增倍；且武昌实江东镇戍之中，非但捍御上流而已。缓急赴告，骏奔不难。若移镇乐乡，远徙西陲，一朝江州有虞，不相救接。岳方重将，固当居要害之地，为内外形势，使窥窬之心，不知所向。昔秦忌'亡胡'之谶，卒为刘、项之资；周恶檿弧之谣，而成褒姒之乱。是以达人君子，直道而行；禳避之道，皆所不取。正当择人事之胜理，思社稷之长耳！

冰得述笺，转付庾翼，移镇之事乃止。庾翼为人沉毅，喜功名，不尚浮华。

琅玡内史桓温，字元之，彝之子也。尚南康公主，有豪爽之风概。初生未期岁，太原温峤见之曰："此儿有奇骨，可使其啼！"及闻其音而贺彝曰："真英物也！此郎必大贵，吾等不及也！"彝因峤赏叹，名之曰温。温峤曰："果尔，后将易吾姓也！"后温长成豪爽，姿貌奇伟，面有七星。少与沛国刘恢善，恢尝称之曰："温眼如紫石棱，须作猬毛磔，孙仲谋、晋宣王之流亚也！"自此知名，袭父爵为琅玡内史。与庾翼甚善，上疏荐温于康帝曰：

温有英雄之才，愿陛下勿以常吏遇之。宜寄以方藩之任，必有弘济艰难之勋也。

帝纳之，以温为荆州刺史。

时杜乂、殷浩，并名皆冠世，翼独弗之重也。左右或问之，翼曰："此辈宜束之高阁，俟天下太平，然后徐议其任耳！"朝廷知浩，屡下征书，浩固辞不就，屏居十年，时人拟之管、葛。谢尚、王述，常伺其出处，以卜江左兴亡，相与省之，知浩有确然之志。既退，相谓曰："深源不起，当如苍生何？"当翼请浩为司马，朝廷诏除为侍中、安西军司马，浩不应。翼使人遗浩书曰：

王夷甫立名非真，虽云谈道，实长华兢。明德君子，遇会处际，宁可然乎！

浩犹不起。浩父羡为长沙相，在郡贪残，庚冰与翼书之，翼报书曰：

殷君骄豪，亦似由有佳儿、弟，故不令物情难之。大较江东之政，向煦豪强，时有行法，辄施之寒劣。如往年偷石头仓米数百万斛，皆是豪将军辈，而杀仓督监以塞责。山遐为余姚，以为官出豪强所藏二千户，而众共驱之，令不得安席。虽前宰皆误谬，江东事去，实此之由。兄弟不幸，横陷此内，不能拔足于风尘之外，当共明目而治之。荆州所统二十余郡，惟长沙最恶，恶而不黜，与杀监督者，又何异哉？

时翼以灭胡取蜀为己任，亦遣使约燕、凉，刻期大举。康帝集群臣商榷，朝议多以为难，惟冰意与之同，而桓温、谯王无忌二人赞成之。至是，帝诏翼经略中原。冀欲率众北伐，表桓宣督诸军于丹水，桓温为前锋都督，率众入临淮，并发所统六州奴及车骡驴马，因此百姓嗟怨。

八月，却说庾翼欲移镇襄阳，恐朝廷不许，又遣使奏移镇安陆，帝使人诏止之。翼勿听，违诏北行。至夏口，复表求镇襄阳。时翼有众四万，帝以庾翼都督征讨诸军事，遣兵出镇武昌，以为继援。征何充辅政，又征褚裒为卫将军，领中书令。惟充应命，褚裒以近戚畏嫌，彝复督充镇金城。

甲辰二年正月，赵王虎宴群臣于太武殿，忽有白雁数百只，集马道之南。时诸州兵集者百余万，欲南侵。太史令赵览奏曰：“白雁集廷，宫室将空之像，不宜南行。”虎乃临宣武观，大阅而罢之。

第一九五回　燕王皝灭宇文部

却说燕王皝与左司马高诩，谋伐宇文逸豆归，诩曰："伐之必克，然不利于将。"皝即集诸将，率兵起行。诩告人曰："吾此往必不能返，然忠臣不避也。"于是率兵以慕容翰为前锋，长驱而进。

宇文逸豆归闻知燕王率众犯境，即遣南罗大涉夜干将兵一万迎战。皝素闻涉夜干之勇名，由是失色。谓兄翰曰："涉夜干勇冠三军，不可轻敌，宜少避之。"翰曰："涉夜干素有勇名，一国所赖；今吾克之，其国不攻自溃矣！然吾熟知其人，虽有虚名，实易敌耳！不宜避之，以挫吾兵锐气！"皝曰："既如此，兄可与战。"

于是翰与高诩等驱兵出战，涉夜干亦挥军出阵，两下交战。涉夜干持枪拍马，出阵搦战，慕容翰与高诩各舞刀迎战，未十合，涉夜干佯输而走，高诩拍马追赶，不至三十步，被涉夜干伏流弩于阵内，一时俱发，诩中流矢而退，翰亦中其流矢而退，还阵。涉夜干追杀入燕阵，被翰闪过一旁，涉夜干马急抢先至中，被翰提刀以斩之，而尸横落马。宇文士卒见涉夜干已死，不战而溃。燕兵大胜逐之，逐克其都城；逸豆归走死漠北，宇文氏由此散亡。皝徙其众于昌黎，得地千余里。

高诩因中流矢，至是而卒，燕王皝不胜伤悼，命厚葬之。诩善天文，皝尝谓曰："卿有佳书而不见与，何以为忠？"诩曰："臣闻人君执要，人臣执职；执要者逸，执职者劳，故后稷播谷，尧不与焉。占候、天文，晨夜辛苦，非至尊之所宜亲，陛下将安用之？"皝默然。皝灭宇文部，振旅还都。

时"荧惑"守"房心"。赵太子宣怒领军王朗，会"荧惑"守"房心"，使太史令赵览诉于赵王虎曰："今'荧惑'为怪，宜以贵臣王姓者当之，可禳国家之患。"虎曰："谁可当？"览曰："无有贵如王领军者！"虎曰："次更谁可？"览无以对。虎因曰："惟王波耳！"即下诏，追波前议楛矢事，腰斩之。群臣奏其无罪，后乃追赠司空。

第一九六回　**孝宗穆帝即龙位**

却说桓宣率军五万伐赵，军至丹水，赵王虎使将李罴以军三万拒之。次日交战，桓宣为罴所败，愧愤而卒。庾翼闻宣败而惭死，恐诸军亡散，急遣其子庾方之去代领宣军而屯之，因此两下相持，坚壁不战。

九月，康帝疾笃，急召集诸大臣入宫，议立后嗣。庾冰、庾翼欲立会稽王昱为嗣，何充建议立皇子聃为嗣，帝从之，乃立皇子聃为皇太子。立讫，康帝崩，年二十三岁。何充等代为丧事毕，奉太子聃即大位。聃年方三岁，尊皇后褚氏为皇太后，请皇太后临朝称制，加何充为侍中、录尚书事，总摄朝政。由是庾冰、庾翼深恨于充。

却说充荐后父褚裒总朝政，裒固辞，请居藩镇，于是改调裒都督徐、兖，使镇京口。尚书奏："裒见太后，在宫廷则如臣礼，在私室则严父。"后从之。时皇太后设白纱帐于太极殿，抱穆帝垂帘。

十月，荆江都督冰卒，庾翼闻兄冰已死，乃留子方之戍襄阳，自还镇夏口，朝廷诏还复督江州。翼既督江州，缮修军器，大佃积谷，以图后举伐赵。

乙巳，孝宗穆皇帝永和元年正月，赵王虎发诸州四十万余人，治未央、洛阳宫，造猎车十乘，克期校猎，自灵昌津南至荥阳，数千里为猎场，若人犯其禽兽者，罪至死。虎又增置女官二十四等，大发民女三万余人以配之。由是郡县媚其旨，务择美淑之女，因此夺人妇者九千余人；百姓妻有美色，豪势遂胁之，率多自杀。十州军民，皆有怨声。石宣及诸公又私令采发之美女，亦有一万余人，总会邺宫。虎与百官，一同简阅诸女。虎大悦之，封使者十二人，皆为列侯。光禄大夫逯明切谏曰："内作色荒，外作禽荒，甘酒嗜音，峻宇雕墙，有一于此，未或不亡。今天下未定，而大王淫乐如此，犯先圣之模范，恐非国家之久计也！"季龙大怒，乃遣龙腾侯招执明杀之。自是朝臣杜口为禄仕而已。虎贪而无礼，有十州之地，金帛珠玉及外国奇珍异宝，不可胜计，而犹以为不足，又使军人发掘历代帝王及先贤陵寝，取其宝物入内，由是大失民望。

第一九七回　**燕罢苑囿给新民**

却说燕王皝以牛假贫民，使佃苑中，税其十之八，自有牛者税其七。记室参军封裕谏曰："古者什一而税，天下之中正也。降及魏晋，仁政衰薄，犹不过取其七八也。今殿下拓地二千里，增民十万户，其无田者十有三四，是宜悉罢园囿，以赋新民，无牛者，官给其牛，不当更改重税也。今官司猥多，皆宜澄汰；工商末利，宜立常员；学生三年无成，当令为农；参军王宪、大夫刘明，近以言忤旨，免官禁锢；长史宋该阿媚苟容，轻诉良士，不忠之甚也！此数事皆关国家之利害，若明正法律，管取身安，国家可保也。"皝默然，乃即下令，悉从其言。仍赐裕钱五万，宣示忠良，欲陈过失者，勿有所讳。

却说皇太后褚氏称制，以会稽王司马昱为抚军大将军、录尚书六条事，又诏征后父褚裒辅政。裒欲卸政归镇，眼前无可托者，当尚书刘遐说之曰："会稽王昱，令德雅望，足下宜以大政授之。"裒固辞之，与司马昱而自归藩。昱乃清虚寡欲，尤善玄言，与刘惔、王濛、韩伯为谈客，郗超、谢万为掾属。

郗超，乃郗鉴之孙也，少时卓荦不羁，随父默简冲退而啬于财，积钱至数千万，尝开库任超所取，超施散亲戚，一旦都尽。谢万，乃安之弟也，清旷秀迈，亦有时名。

十月，江州都督庾翼病笃，遣人上表，以桓温为荆州刺史，委之以重任。及是翼卒，朝廷已知，时朝议以诸庾世在西藩，人情所安，欲从其请，以温代之。何充出曰："荆楚，国之西门，户口百万；北带强胡，西邻劲蜀。得人则中原可定，失人则社稷可忧。"陆抗所谓："存则吴存，亡则吴亡'者也。岂可以白面少年当之哉?"会稽王昱曰："桓温英略过人，有文武器干，西夏之任，无出其右者！"当丹阳尹刘惔亦奇温才，然知其有不臣之心，谓会稽王昱曰："温不可使居形胜之地，其位号常宜抑之，明公宜自居上流，以惔为军司，可保社稷无后日之忧。"昱弗听，使人以温代翼，又以惔监督中军，以代庾方之。

第一九八回　汉王杀其弟李广

汉自李寿于癸卯年卒，群臣立其太子李势为汉王。其时，势弟李广，以势无子，求为太弟，势不许，当有解思明谏曰："陛下兄弟不多，若复有所废，将亦孤危。"固请许之，势疑其与广有谋，收斩之。袭广于涪城，广遂自杀。思明被收，叹曰："国之不亡，以我数人在也，今其殆矣！"思明有智谋，敢谏诤，素得民心，及其死，士民无不哀之。

却说姚弋仲清俭正直，不治威仪，言无畏避，赵王石虎甚重之，以为冠军大将军。

丙午二年正月，扬州刺史、都乡侯何充卒。充有器局，临朝正色，能以社稷为己任，所选用皆以功效，不思亲旧。及卒，朝廷惜之，谥曰"文穆"。

却说燕王皝率众二万袭扶余，扶余国王玄以兵扼之，被皝用伏军计邀战，掳其王玄以归，灭其国为郡。

三月，后父褚裒表荐顾和、殷浩于朝廷，朝廷诏以和为尚书令，以浩为扬州刺史。和有母丧，固辞不起，亲属劝之起，和谓所亲曰："古人有释縗绖从王事，以其才足翰时故也。如和者，正足以亏孝道，伤风俗耳。"浩亦固辞，会稽王昱遣人以书与浩曰：

> 昱当厄运，危弊理尽；足下沉识淹长，足以经济。若复深存挹退，苟遂本怀，恐天下之事，于此去矣。足下去就；则时之兴废也，家国不异，宜深思之！

浩得是书，乃就职，领扬州刺史。

史说前凉张轨，安定乌氏人也，汉赵王张耳十七世孙，晋惠帝永宁元年为凉州刺史，因据之；安帝拜为凉州牧、西平公。后轨生实，实生茂，茂生骏。骏是年四月卒，僚佐立其子重华为凉州牧、西平公，复自称凉王。

第一九九回　**凉州谢艾破赵兵**

却说赵黄门严生恶朱轨，会久雨，因见赵王，谮轨不修道路，谤讪朝政。赵王虎囚之。苻洪谏曰："陛下德政不修，天降大雨，七旬乃霁，霁方二日，虽有鬼兵百万，未能去道路之涂潦，而况于人乎？愿止作役，罢苑囿，出宫女，赦朱轨，以副民望。"

虎虽不悦，亦不之罪。为之罢长安、洛阳作役，而竟诛轨。又立私议朝政之法，听吏告其君，奴告其主。公卿以下，朝觐以目，不敢相过谈话。

是时虎欺凉州牧张骏卒，重华新立，乃遣将军王擢、麻秋领兵三万，出击凉州。大兵起行至界，张重华已知，悉发境内兵，使裴恒为将御之，久而不战。当司马张耽上言曰："国之存亡在兵，兵之胜败在将，今议举将多推宿旧，夫韩信之举，非旧德也！盖才之所堪，即任之以事；主簿谢艾，兼资文武，可用也。殿下若用，必克赵也。"

于是重华召艾，问以方略，艾曰："愿请兵七千人，必破赵而后言。"重华拜艾为监军将军，给步骑五千与行。艾遂引兵出城。夜有二枭鸣于衙中，诸军皆以为凶。艾曰："六博得枭者胜，今有枭枭衙中，克敌之兆也。汝等何疑？"次日率众，身先出与赵战，未及十余合，大破之。王擢退兵二百里。

却说麻秋以一军攻陷金城，获其县令车济，秋招其降，济不从，伏剑而死。又遣人以书致宛城都尉守来降，李矩曰："为人臣，功既不就，惟有死节耳！"先杀妻子而后自刎。麻秋叹曰："义士也！"命人收而葬之。

第二〇〇回　李奕举兵攻成都

却说汉王李势，骄奢淫侈，不恤政事，罕接公卿，信任左右，谗说并进，刑罚苛滥，于是中外分心。

太保李弈自从晋寿举兵反，众至十万，围绕成都。汉王势自率禁兵登城助战。李奕见势自登城上，亲自披挂至城下，数势之罪，被势执弓射之，中弈项而死。汉兵见弈被射死了，乃开城门出击，大败奕众，还。自是西至犍为、梓潼，布满山谷十余万落，掳掠四野，不可禁制，大为民患。加以饥馑，四境萧条。

第二〇一回　桓温率师入伐蜀

十一月，桓温召诸将，商议伐汉，诸将佐皆以为不可。惟江夏相袁乔曰："夫经略大事，固非常情所及耳；智者了于胸中，不必待众言皆合也。今为天下患，胡蜀二寇而已。蜀虽坚固，比胡为弱，将欲除之，宜先其易者。李势无道，人民不附，且恃险远，不修武备，宜以精兵万人，轻骑疾趋，比其觉之，我已出其险要，可一战而擒也。蜀地富饶，户口蕃庶，诸葛武侯用之抗衡中原，若得而有之，国之大利也。"

温曰："论者以大军既西，胡必觊覦？"乔曰："此似是而非。胡闻我万里远征，必以为内有重兵，决不敢动；纵有侵犯，沿江诸军，足以拒守，必无忧也。"温大悦曰："君谋乃吾志也！"戒严旦日，不待诏命，拜表即行，委长史范汪以留事。

朝廷得表，闻温伐汉，皆以蜀道险远，众少而深入，多以为忧。惟刘惔以为必克，众问其故，惔曰："以博知之，温善博者也，不必得则不为，但恐得蜀之后，专制朝廷耳！"众服其论。

第二〇二回　汉王面缚舆榇降

丁未三年三月，晋兵前望夔关不远，桓温在马上观看，但见前面沿江旁山，一阵杀气腾起。温勒马不进，言曰："三军不得前进，前面必有埋伏。"随令三军，倒退十里之外地势空阔之处排开，以备交战。使战马万余骑，前去细探，回报："无军。"桓温不信，下马登高望之，杀气从地而起。温又使人仔细探着，回报："江边止有乱石七八十块堆着，并无军马。"桓温深疑，寻土人问之。须臾寻到数人，温问乱石作堆何故？土人告曰："吾闻老者云：乱石乃诸葛丞相入蜀之时，特来此处运石，垒成阵势于沙滩之上，常有气从内起，此处地名鱼腹浦也。"桓温听罢，上马引数十骑，来看乱石，乃立在山坡上，向下观看，四面八方，皆有门户。其石皆八行，行相去二丈。时诸将皆不识也，不识者乃笑曰："此惑人之术耳！有何异哉？"惟桓温曰："此乃'八阵图'也，内按常山蛇势，谁谓陆逊不困此也？"遂引从骑下山坡，直入石阵中观看。看时，日且将坠，但见怪石嵯峨似剑，重叠如山，江涛汹涌，却似战鼓之声。桓温观罢，赞叹不已，引兵直过。史官有诗赞八阵图曰：

孔明施妙用，布阵向沙堤；
已许桓温识，先教陆逊迷。
江声喧鼓角，山景吐云霓；
庙貌今犹在，应须不用疑。

却说桓温军至袁衣县，李势闻知大惊，遣将军昝坚率大兵，趋合水以拒之。诸将进计曰："今晋兵大至，地理必疏，宜设伏兵于江南，待其过半击之，则温可擒矣。"昝坚曰："桓温能博，彼必料伏，安能破之？不如先引兵向犍为处以抗之，可保万全。"乃引众向犍为。

温兵先至彭模，桓温闻汉以坚为将向犍为，集诸将商议。时诸将议欲分两道两军并进，以分汉兵之势。袁乔曰："不可！今悬军深入，当合势齐力，以取一战之捷。万一偏败，大事去矣！不如全军而进，弃此釜甑，持三日粮，以示士卒无还之心，胜可必矣。"

温从之，依计而行。留后军孙盛将羸兵二千守辎重，自率步卒二万，直指成都。温进，遇汉将李权，温大骂："无端匹夫，今领大兵百万，猛将千员，已入巢穴，为何不降？犹敢抗拒！"权与温将袁乔战，乔佯败而走。权追五里，炮声起，伏兵齐出，权兵大败，望山而走。桓温催军追杀，三战三捷，汉兵走散。昝坚兵至犍为，方知为温军从异道至成都之十里陌者矣。昝坚急领军还，坚众自溃，不敢交锋。汉王势见温军至近，乃悉集众将出战，两下皆至笮桥。二军会战，温前锋不利，矢石及至温马首，众惧欲退，而鼓吏惊慌，误鸣进鼓。袁乔拔剑亲督率士卒力战，十余合，大破之。汉兵溃走，李势勒马走回城。桓温乘胜驱兵至成都，纵火烧其城门。汉人惶惧，无复斗志。李势知不能拒，集文武舆榇面缚诣温军门投降。温遂引人入城，差人送汉王势于建康面君，朝廷诏封李势为归义侯。

温既克蜀，急引汉司空谯献之等以为参佐，举贤旌善，蜀人悦之。温留成都三十余日，始振旅还江陵。蜀自李特至势，凡四十六年，至是灭之。

却说晋后垂帘，论平蜀之功，欲以豫章郡封桓温，左丞陶薿言："温若复平河洛，将何以赏之？"于是乃加温为征西大将军、开府仪同三司，封临贺郡公。

温既灭蜀，朝廷惮之。而温自平蜀之后，雄姿丰气，自谓其是宣帝、刘琨之俦，诸将将为王敦之比。温心甚不平，而恨诸将。诸将设一计，使一老妇，伪作刘琨之妓女，入访桓温，一见温潸然而泣。温问："汝乃何处妇人，敢来此处发悲？"老妇答曰："妾乃刘司空琨之妾，昨见郡公游街，甚似刘司空，因来访见，果似无他。令人见鞍思马，睹物伤情而致悲耳！"温闻老妇说其貌似刘琨，心中大悦，即入内再整衣冠，又呼老妇问曰："吾与刘司空何如？"老妇曰："面甚似，恨薄；眼甚似，恨小；肉甚似，恨赤；形甚似，恨短；声甚似，恨雌。"温假闷，喝退老妇，于是内不解带昏然而睡，不怡有数日。

温既灭势，朝廷惮之，晋后亦惮其威，遂问群臣曰："睹桓温掌握兵权，恐有异志，何以制之？"当会稽王司马昱曰："今有扬州刺史殷浩，天姿英杰，智识高明，时人号为管、葛，天下闻名，朝野推服。陛下降诏，宣其入朝，使其都督内外诸军，参综朝权，足以抗温。"后然之，于是使人拟诏，诏扬州刺史殷浩入朝，以浩为中军将军、假节钺、都督中外诸军事，总理六军。昱引为心膂，参综朝权，欲以抗温。由是与桓常相疑贰，浩以王羲之为护军将军。羲之以为内外和协，然后国家可安，劝浩不宜与温构隙，浩不从。

却说赵将麻秋既克金城，率众来攻枹罕，晋阳太守郎坦欲弃外城。武城太守张俊曰："弃外城则动众心，大事去矣！宜固守之。"于是旦夕守御。秋率众八万，围堑数重，云梯地突，百道皆进，城中以死御之。秋众死伤数万，料不能克，退保大夏。

郎坦使人求救于凉王张重华，重华使谢艾率步骑三千进临河。艾自乘轺车，戴白帢，鸣鼓而行。秋望见怒曰："艾年少书生，冠服如此，是轻我也！"即命黑矟龙骧三千人驰击之。艾左右惊慌大扰。艾踞胡床，指挥处分，使张瑁三千人皆从间道，截赵军之后。赵人见艾端坐不动，以为有伏兵，惧不敢进。相持半日，张瑁兵出赵兵之后，赵军忙退，艾乘胜进击，大破之。

麻秋坚守大夏，不敢轻出，即使人报知赵王虎。虎大怒，即遣将军孙伏都率步骑三万，会秋军马，长驱济河。谢艾埋伏弓弩手二千于山谷左右，自将交战诈败，伏都与秋追至谷口，弩矢如雨，赵兵少退。艾身先率精骑杀出，乘退一击，杀得赵兵十去其七，伏都引残兵悉退本境去了。艾亦屯住别险以拒之。

赵王虎闻知伏都兵败，叹曰："吾以偏师定九州，今以九州之力困敝之，建城有人焉，未可图也。"有沙门吴进言于虎曰："胡运当衰，晋当复兴，大王宜益营建工役，劳苦晋人，以压此气，方保国昌。"虎从之，下诏使尚书张群发近郡男女九十六万，车十万，来运土筑华林园及筑长城于邺北，广长数十里，燃烛而作，暴风大作，死者数万人。当御史赵揽切谏曰："今王初迁都于邺，不施仁惠于百姓，而行暴虐于万民，营建无益之园墙,大劳有限之民力,诚恐祸起萧墙之内,徒作万里之城。”虎大怒曰:“墙朝成夕没,吾无恨矣!汝何多言?”于是不听。时扬州太守进黄鹄雏五只,颈长一丈,其鸣声十里外闻之。虎命泛之于玄武池,以为祥物。又命石宣祈谢于山川,因使其游猎。乘大辂,羽葆华盖,建天子旌旗,十有六军,戎卒十八万,自金明门出。虎自登云霄楼观望,笑曰:“季龙父子如是,若非天崩地陷,世人安能害我?从今高枕而卧,当复何愁?但抱子弄孙,自为乐耳!”

石宣引戎卒十八万,游过三州十五郡之地,供给以后资储,无有孑遗。宣游过复还朝,虎又命秦公石韬亦如之,乘次辂,羽葆华盖,建天子旌旗,领六军,戎卒十八万出游。韬辞虎出,引众游于秦、雍,宣怒其与已均敌,宦官赵生曰:“殿下要嗣大位,宜早除韬,不然,后患则继至矣。”宣深然之。

十一月,朝廷闻张重华屡破赵兵,遣侍御史俞归去凉,封重华为西平公。归领旨去凉,封公。重华欲称凉王,未肯受诏。使所亲私谓归曰:“主公奕世为晋忠臣,今曾不如鲜卑,何也?”归曰:“吾子失言,昔三代之王也,爵之贵者,莫如上公;及周之衰,吴、楚皆僭号为王,而诸侯不之非,皆以蛮夷畜之也。假使齐鲁称王,岂不四面攻之乎?汉高祖诛灭彭、韩等,皆权宜之计,非厚之也。主公以贵公忠贤,故爵之以上公,任之以方镇,宠荣极矣!岂鲜卑夷狄所可比哉?且吾闻之,功有大小,赏有轻重;今贵公始继世而为王,若率河右之众东平胡羯,修护陵庙,迎天子返洛阳,将何以加之乎?”所亲以归言告重华,重华始受公封。

是时,雍州杨初闻晋封凉西平公,亦遣使人入建康称藩。朝中群臣,皆议以诏封初为雍州刺史、仇池公,杨初自此归晋矣。

第二〇三回　石宣谋父不遂诛

戊申四年八月，赵王虎次子石韬有宠于虎，虎常欲立之，以太子宣居长，犹豫未决。宣知虎意欲立弟韬，乃谓左右贾柸、赵生曰："今上欲立韬，汝能为我杀韬，吾当以韬国邑分封汝等。韬死，主上必临丧，吾因行大事，蔑不济矣。"

柸、生诺出，各藏利刃，闻韬出游龙华寺佛舍中，赵生随入，将韬杀之而逃。亲随人各无寸兵，不敢追捕，即收殓其尸回朝。奏知赵王虎，虎大哭，哀痛气绝，久之方苏，欲自临观其丧。司空李农谏曰："害秦公者，未知何人?"銮舆未敢轻出，既而乃止。使人出访其事，方知是太子石宣谋杀之，虎即出殿集文武，囚宣杀之，邺北家属，纵火焚讫。虎登中台观之，取灰分置诸门交道中，杀其妻子九人。宣幼子方数岁，虎亦爱之，抱之而泣，意欲赦之。大臣李农等言不肯，取杀之，儿挽虎衣大叫，至于绝带，虎因此得病。东宫卫士高力以万余人，走戍凉州。

却说燕王慕容皝庶兄慕容翰，性豪雄，多权略，猿臂工射，膂力过人，皝深忌之。先因廆崩世，皝嗣位，翰乃奔投段氏，后又奔宇文部。为思家乡，与商人王车而逃。宇文归闻知，使劲骑百余，去追捉慕容翰。翰知后有追兵，即立而待，遥谓追者曰："吾之弓矢，汝曹足知，莫来相逼，自取死也！若不信，汝可立于百步之外竖刀，看吾射中刀环者，汝便宜返；如不中，可前来也。"追兵乃立于百步之外，以刀竖起，翰便以左手挽弓，右手搭箭，连发三箭，皆中刀环。追兵惊异，皆散走回去。因是翰得逃命归国，来见燕王皝。皝大喜，以为右卫将军。因伐宇文部，为流矢所中，卧病数月后便瘥。因在家试骋马演刀，被人密告燕王皝，称翰在家演武，将欲为乱。皝虽藉翰勇略，然心终忌之，因是诬其谋逆，遂使人以鸩酒赐死。翰曰："吾负罪出奔，既而复还，死已晚矣。然羯贼跨据中原，吾不自量，欲为国家荡一区夏，此志不遂，抱此遗恨！"言讫，饮药而卒。可怜志士遭害，抱恨而亡。是时国人见翰饮鸩而死，无不冤之。

时燕王皝引兵出畋于西鄙山，至济河，忽见二父老，身着朱衣，乘坐白马，立于其前，举手挥皝曰："此非猎所，王宜还也！"言讫，奄忽不见。皝秘之在心，不与众言，遂过济河，连日大获走兽。又见一白兔驰过，皝驰射之，忽然失脚翻身，跌落崖下。众官救起，身带重伤，方对文武诉说前见父老指挥之事。文武曰："既如此，火速回朝。"言讫，即时换马回宫，因此得病，十分沉重。唤太子入内嘱之曰："我闻人之将死，其言也善；鸟之将死，其鸣也哀。故以语汝：今中原未平，方资英杰以经世务。恪智勇兼济，才堪重任，汝其委之。阳士秋志高行洁，忠于贞固，可托大事也。尚其切记我言！不可忽忘。汝善待之。"嘱讫，徐徐气绝而薨。百官举哀发丧，立太子慕容儁为燕王。

慕容儁，字宣英，皝之第二子。初，廆尝言："我积德累仁，子孙当有中原。"既而，皝生慕容儁，廆曰："此儿骨相不凡，我家得之，必有兴王者矣。"俊姿貌魁伟，博览图书，有文武干略。及皝身死，众臣立之，僭即燕王之位，谥父皝曰"文明"。

第二〇四回　**赵立世子为太子**

却说赵王虎大集群臣于中殿，议立太子，太尉张举曰："燕公斌有武略，彭城公遵有文德，惟陛下所择者也。"初，虎之拔上邽也，将军张豺获前赵王刘曜之女，有殊色，纳于虎，虎娶之，生齐公世。桃豹乃说虎曰："陛下再立太子，其母甚贱，故祸乱相寻。今宜择其母贵子孝者而立之。"虎纳其言，令公卿上疏请之。大司农曾真不肯署名，虎问其故，真顿首曰："天下重器，不宜立少，故不署。"

虎称其忠，而不能用，遂立世为太子，以刘昭仪为皇后。十二月，晋后以蔡谟为司徒，谟上疏固辞，谓所亲曰："我若为司徒，将为后世所哂，义不敢拜也！"

第二〇五回　弋仲司兵讨梁犊

己酉五年，赵王虎自称皇帝。虎既即大位，遂大赦境内，故东宫高力等万余人谪戍梁州，行达雍城，不在赦例。高力督梁犊率众作乱，攻打下辩城，掠民财。梁犊出战，执斧，施一丈柯，攻战若神，所向崩溃，无人敢拒。因长驱而东，北至长安，众已十万。乐平张苞领众五万拒之，一战而败，犊遂引众杀入洛阳。赵王虎即遣李农率步骑十万来讨之，与犊交战，未及数合，犊持长斧横扫中阵，杀人如同摧枯拉朽，斩将似若切葱，人迎人死，马迎马亡，杀得农兵十伤其七，大败而逃。李农既败逃回，虎惊大惧，即以其子燕王斌为大都督，统姚弋仲、苻洪、石闵等，率大兵二十万去讨之。

时姚弋仲闻虎有命讨犊，率本镇兵八千余人来至邺，求见赵王虎，虎未出见，使宦官引内赐食。弋仲怒曰："主上召我击贼，当面授方略，我岂为食来耶？且主上不见我，我何以知其存亡？"虎忙力疾见之。弋仲问虎曰："儿死愁耶，何为而病？儿幼时不择善人教之，使至于为逆，既诛之，又何愁焉？且汝久病，而立幼儿，汝若不愈，天下大乱！当先忧此，勿忧贼也！彼等穷困思归，相聚为盗，何能所制！老羌为汝一举了之。"弋仲性鲠直，人无贵贱皆敬之。虎虽被其面抑，亦不之罪，反赐铠、马与之。弋仲曰："汝看老羌，堪破贼否？"言讫，乃披铠跨马于殿中，因策马南驰，不辞径去。遂与斌、洪、闵等，领众至荥阳。

次日，弋仲手持铁鞭，亲出前锋，与梁犊交战，不二合，斩犊于马下。杀入犊阵，斩以万计，贼众大溃，被苻洪大驱众军一掩，众贼各亡散讫。于是梁州安宁，虎闻之，遣使命弋仲履剑上殿，入朝不趋，封平西郡公。以苻洪为雍州刺史，封略阳郡公。

第二〇六回　图澄葬石归天竺

却说赵王虎倾心事佛及重佛图澄，百姓因困，故多奉佛，相竞出家，真伪混淆，多生过愆。时著作郎王度奏曰："佛乃是外国之神，非中华所应奉祀，请除革禁。"季龙弗听。当佛图澄知石氏将灭，乃自启茔墓于邺西紫陌，因焚香静坐，唤弟子法祚至而谓曰："石氏当灭，吾及其未乱，先从化矣。吾死之后，可将我棺葬于我所建墓所。"言讫而卒。法祚举哀吊孝，收澄入棺，殡葬于邺西紫陌茔墓。于六十日满变服，奏赵王季龙，季龙心甚烦恼。忽有沙门从雍州入，闻赵王奉佛好施，因而求见赵王石虎。石虎不悦，而谓曰："朕自图澄升天之后，不胜悲怆，欲求再会，不得一见，正此思忆，你可暂退，改日设素请你。"沙门曰："我从雍州来，见佛图澄西入关去，何故言死？"赵王石虎大惊，即令僧人且退，使人去邺西紫陌，掘开茔墓视之，惟有一石而无棺尸。使人以其事回奏赵王石虎，虎心甚恶之。虎曰："石者，朕也，借石喻我，我将死矣！"果然疾重。

四月，虎疾甚，以子彭城王石遵镇关右，以燕王石斌为丞相，张豺为镇卫大将军，并受遗诏辅政。刘太后恐斌为相，不利于太子，矫诏免斌归第。石遵在幽州闻诏命镇关右，即归邺，欲入宫省疾。刘后诈敕命朝堂受拜遗诏遣之，遵涕泣而去。虎扶病出西关，龙腾中郎三百余人，列拜于前曰："圣体不安，宜令燕王入宿卫，典兵马。"虎曰："燕王不在内耶，可召来！"然虎不知刘后已废丞相斌了，故命人去召，而左右皆刘后之用人，当左右对曰："燕王病酒，不能入。"虎曰："汝等速驰辇迎之，当付玺绶。"亦竟无行者。虎再四命人去召斌，左右只得行，先报于刘后。刘后命张豺矫虎诏，在内待斌入杀之。于是张豺从刘后之计，入内至昏，使左右人召斌来，豺矫称虎诏，诬斌之罪，执而杀之。斌遇害，虎亦卒。张豺急扶太子石世即位，刘后临朝称制。

时石遵已到河内，闻父石虎已丧，石世即位，及杀石斌之事，朝夕痛泣。会姚弋仲、蒲洪及征虏将军石闵等讨灭梁犊，还遇石遵于李城，因相见共说其事，石闵等曰："殿下长而且贤，先帝亦有意以为嗣，末年惛惑，为豺所误。今若明豺之罪，鼓行而讨之，其谁不开门倒戈，以迎殿下者？"遵从之，曰："汝能努力，事成以汝为太子，以承大统。"闵诺，遂与姚弋仲率众还邺，称暴张豺之罪，率众将欲攻城，城中之耆旧、将士，皆开门出而迎之。豺亦惶怖出迎，遵命执之，擐甲耀兵，入升前殿，躄踊尽哀，斩豺于市，夷其三族。计假刘后令，以遵嗣位，封世为谯王，以刘后为太妃，寻皆杀之。

遵既即大位，以石闵为都督中外诸军事。于是邺中暴风拔树，震雷雹雨，大如盂升，太武、晖华等殿皆为雹打折破而毁，灾及诸门，观阁荡然无余，金石皆尽。时沛王石冲镇蓟州，闻石遵杀刘后、太子而自立，乃起兵讨遵。遵即使石闵等讨之。于是闵等率兵十万，去讨石冲。两军会战于蓟县之西五十里，及交锋，冲之士卒，皆不敢前进。被闵追入阵，获冲杀之，又得士卒三万余人，领众回都。次日，入见遵曰："冲反吾，已获而杀之。而蒲洪，人杰也，今镇关中，恐秦、雍之地，非复国家所有，宜改图之！"遵从之，罢洪都督。洪大怒，悉领家眷私归枋头，遣人入建康降晋，朝议许之。

第二〇七回　晋燕率师伐赵国

却说慕容霸上书于燕王儁曰："石虎穷凶极暴，天之所弃，余烬仅存，自相鱼肉。今中国倒悬，企望仁恤，若大军一振，势必投戈弃甲而走。"儁曰："卿言至当。吾国不幸，今遭大丧，恐于军不利，莫若渐待来春，会晋大举。"霸曰："难得而易失者，年也。万一石氏复兴，或有英豪据其成资，岂惟失此大利，亦恐更为后患矣！"儁犹豫未决，将军封弈、慕容恪曰："用兵之道，敌强用智，敌弱则用势。今中国之民，困于石氏之乱，人咸思易主，以救汤火之灾，此千载一时，不可失也！自武宣王以来，而招贤养民，务农训兵，正俟今日。若复顾虑，岂天意未欲使海内平定耶，将大王不欲取天下耶？"儁从之，遂以慕容恪、慕容评、阳骛为三辅将军，慕容霸为前军都督，选精兵二十五万讲武戒严，为进取之计。

七月，桓温亦闻赵乱，率众十万出屯安陆，遣诸将经营北方。赵将扬州刺史王浃，举寿春来降，朝廷纳之，使西军中郎将陈逵进据寿春。征北大将军褚裒上表请伐赵，朝廷许之。裒即日戒严，率军直至泗口。时朝议以裒事任责重，不宜深入，宜先遣偏师前进。裒又奏言："前已遣先锋王颐之等引兵径造彭城，后又遣督护麋嶷进据下邳，今宜速发，以成声势。"

于是朝廷加裒为征讨大都督。裒率众五万，径赴彭城。北方士民降附者，日以千计。朝野皆以中原指期可复。惟蔡谟谓所亲曰："胡灭诚为大庆，然恐复贻朝廷之忧！"其人曰："何谓也？"谟曰："夫能顺天乘时，济群生于艰难者，上圣与英雄，乃能为也，其余则莫若度德量力。观今日之事，殆非时贤所能及！必将经营分表，疲民以逞，既而才略识疏，不能副心，财殚力竭，智勇俱困，安得不忧及朝廷乎？"

却说鲁郡五百余家起兵附晋，遣人求救于裒，裒使部将王龛将锐卒五千人迎之。

时赵王遵闻晋兵侵境，使李农引兵五万来拒。兵至代陂，遇王龛兵至，两下交战，晋兵大败。王龛被害，余兵尽殁无还。裒闻王龛败殁，以众退屯广陵，栋达知裒已退，恐独力难拒，亦焚寿春积聚，弃城遁还。因此裒领诸将还镇京口，解征讨都督。

时河北大乱，赵民二十余万口渡河欲来归附，会裒已还，威势不振，皆不能自救，死亡略尽。

九月，张重华自称为凉王，而重华屡以钱帛赐左右，又喜博弈，颇废政事。索振谏曰："先王劝俭，以实府库，正以仇耻未雪，志平海内故也。今旧积已虚，外难方兴，军旅之符，屡年不息，恐国家不给，支用未敷；况今急而寇仇尚在，岂可轻有耗散，以与无功之人乎？汉光武躬亲万机，章奏诣阙，报不终日，故能隆中兴之业。今章奏停滞，下情不得上达，沉冤困囹圄，殆非明主之事也！"重华谢之，始俭，赐揽政改德。

却说赵乐平王石苞，谋率关右之众攻邺，而苞贪而无谋，雍州豪杰知其无成，并遣使告请晋梁州刺史司马勋,率众赴之。勋遂从其请,率兵至洛口,壁于悬钩,隔长安二百里。三辅豪杰,多杀守令以应之。赵王遵闻知,与文武议,遣王朗率精兵二万,以拒勋为名,而实讨苞。苞不备,王朗因过其地,驰入获苞,送邺而赦之。司马勋兵少,不敢援,因攻拔宛城,杀赵南阳太守而还。

第二〇八回　石鉴杀遵而自立

昔赵王遵之发李城也，谓石闵曰："汝努力，事成获大位，以汝为太子。"既定，而立衍为太子，闵犹未免为恨。而闵素骁勇，屡立战功，既总内外兵权，乃抚循殿中将士。中书令孟准劝遵诛之，先除后患。遵见闵权重，眼前无与计者，密召义阳王石鉴等入宫，与郑太后前同商议诛闵。太后曰："不可！石闵屡有大功，国之所赖；更兼未有过恶，若诛之，晋、燕必来干境。"遵犹豫，令鉴且退，容再计议。

石闵闻遵召鉴入宫，乃自诣宫外等候。鉴果出，闵问："主上与君议何事？"鉴不敢瞒，以实告闵。闵大怒曰："吾以德立汝，汝以怨报我！"即归第，使人召李农至，谓曰："今主上无道，欲杀我与卿，吾欲废立，请卿议之！"农曰："明公何得其语耶？"闵曰："今日主上召义阳王入宫，议欲诛我及卿，义阳王告我。"农曰："经目之事，犹恐未真；背后之言，岂足深信？明公息怒，容某试问之。"闵曰："其事是实，不必去问。"农欲出，闵劫之，不与出第。于是李农只得与闵同谋，使将军苏彦、周成率甲士五千人，先入宫执赵王石遵及太子衍弑之。后李农与石闵率百官入殿，推义阳王石鉴即位。鉴既登大位，以石闵为大将军，李农为大司马，并录尚书事。时遵在位一百八十日，俄而被害。

却说流民相率西归，路由枋头经过，闻蒲洪为赵王所废，其流民入，推蒲洪为王。洪纳之，于是洪威名大振，众至十数万。赵王鉴闻知，惧其逼邺，与百官朝议以计之。于是，乃遣使以洪为雍州牧，令其往镇。洪得鉴命，会官属议，当主簿程朴谓曰："使君权且与赵连和，分境而治，然后图之。"洪怒曰："吾不堪为天子耶？"引朴斩之，不受赵命。

十二月，却说褚裒伐赵不克，还至京口，每闻哭声甚多，以问左右，左右对曰："皆代陂死者之家也。"裒惭愤发疾而卒。僚佐奏闻朝廷，褚后哀哭。尔后朝廷以荀羡代监徐、兖军事。羡时年二十八岁，中兴方伯，未有如羡之年少者也。

第二〇九回　冉闵监主杀胡羯

却说赵王石鉴既即大位，其兵权尽属石闵、李农二人，而鉴坐立不安，乃密谓乐平王石苞曰："闵、农二人，欺朕太甚，庆赏刑律，皆非朕意。卿若能率部下讨之，必以其位封汝。"苞诺而出，即点部下五百人，各持兵器，于夜攻闵府。石闵已知，使府内卫兵，坚闭不出。苞欲放火焚烧，恐延及宫殿，攻不克而还。赵王鉴惧，伪若不知者。夜欲杀闵，召将军孙伏都、刘铢等入曰："闵、农二人，甚实猖狂，朕欲讨之。故使乐平王苞去攻，卿等若怀忠义，亦宜戮力讨之。"伏都、刘铢等曰："臣等亦结有羯士三千，欲诛闵、农久矣，未得尊旨，莫敢自行。既陛下欲诛此跋扈，吾即讨之！"鉴曰："卿好自为之，勿虑无报也！"于是伏都等出宫，率二千人攻闵、农。

其时，石闵被石苞所攻不克而去，已知石鉴之谋，见又遣孙伏都、刘铢来攻，乃急漏夜召集诸将士卒，各披挂，俟遣用，而谓李农曰："今石鉴遣孙伏都、石苞等攻我，只有先下手为强。奈六军大半羌胡、羯人，怎肯从吾？君有何谋，可急施之！"农曰："大权在明公掌握，孰敢不从？"可遣偏将军王简领甲士五千，先入宫守住石鉴，不与其出入，亦不许百官入朝，下令于城中曰："孙、刘构逆，反党伏诛，良善一无预也。今日以后，与公同心者留，不同心者任所之'，门不禁，去者任其所之，顾者别同讨灭石氏。然后尽诛羯氏，明公自取大业，有何不可？"闵曰："将军良策，符合我心。"于是二人计议已定。吩咐王简诸将，各领计而行。计排已定，孙伏都、刘铢率羯士三千人来攻，石闵大开府门，驱甲士一击，杀死羯士三千，不留一人。伏都、刘铢，亦被闵斩之。

孙、刘既死，王简领兵入宫，围住赵王石鉴，鉴私逃入御龙观，王简亦率众守鉴于御龙观。石闵悬食给之，乃下令于城中曰："羯贼纵暴，戕刘百姓，今将灭之，愿同心者留，不愿者任从其行。"于是赵人百里内悉入城，胡羯去者，填门竞出。闵、农知胡之不为已用，遂率赵人诛胡、羯，无贵贱、男女、少长，皆斩之，死者二十余万。其有屯戌四方者，闵皆命赵人为将帅诛之。其有高鼻多须至有滥死者，又何止十余万人。

却说燕王儁闻石氏内乱，乃遣人来见凉王张重华，约会击赵，重华许之。

第二一〇回　冉闵弑鉴改号魏

庚戌建元六年闰正月，冉闵欲灭去石氏之迹，托以谶文有“继赵李”，更国号曰魏，易姓李氏。时新兴王石祗镇襄国，赵之公侯将校皆出奔从祗，祗咸抚纳，约一万余人。祗始知冉闵之谋，方招集胡羯将欲讨之，恐寡不敌未能速进。赵之诸将张沈、张贺度等，拥众各数万，亦皆别屯，不附于闵。

汝阴王石琨闻闵幽其主鉴，率兵二万前来伐邺，闵即率二军出城北拒迎。两军相遇，交锋大战，不数合，琨兵大败，闵离城五十里下营。

时鉴被王简监在御龙观，闻汝阴王石琨兵至，密召张沈入观，私谓曰：“卿乃社稷之臣，先君亦曾德汝，今冉闵囚朕，必有害我之意，愁坐卿等，故未敢行。今闻汝阴王率众来讨，闵出外迎，卿若能灭邪返正，乘虚袭邺，救朕脱斯罗网，誓与卿等子孙同荣！”张沈曰：“屡有不平之鸣，欲诛此贼，恨未有便。今出城拒战未回，臣即点军，明日闭门，先剿绝其反党，后获石闵，以报陛下知遇之恩。”言讫即出，与张贺度等商议。早有随鉴宦者私告闵，石闵大惊，忙人城内与李农定计。次早，即入御龙观，将赵王石鉴杀之，又杀赵王石虎三十八孙，尽灭石氏之族。

时百官皆惊，士民骇异。当司徒申钟上尊号于闵，闵以让李农，农固辞不受。闵谓农等曰：“君既不受，吾等故晋人也，请与君分割州郡，名称牧守，共迎天子还都洛阳如何？”尚书胡睦曰：“陛下盛德应天，宜登大位。晋室衰微，远窜江表，岂能总驭英雄，混一四海乎？”闵大悦曰：“尚书可谓识机知命矣。”于是即皇帝大位，国号大魏，改元永兴元年，以李农为大将军、都督诸军事。

史说冉闵，字永曾，小字棘叔，乃石虎之养子也。父冉瞻，字弘武，魏郡内黄人。闵幼而果锐，虎抚之为子。至是杀鉴而立为魏。

却说朝廷闻中原大乱，褚后命群臣复谋进取，朝议以浩为中军将军、都督扬、豫、徐、兖、青州诸军事，遣使以蒲洪为征北大将军、都督河北诸军事，诏各道进兵。

时姚弋仲、蒲洪各有据关右之志，弋仲遣其子姚襄率众三万来攻蒲洪。洪已知其来，亦领军二万出迎，两下交兵合战，襄失地利大败，死者过半而还。洪击破姚襄，威名大振，乃自称为大都督、大将军、大单于、三秦王，始改姓苻氏，以雷弱儿、梁穆、鱼遵、段陵为将相，各执兵分讨不降。

第二一一回　燕王击赵拔蓟城

却说燕王慕容儁与慕容霸、慕容舆将兵二十万，分三道出塞以伐赵。赵守将皆走，儁遂拔蓟城。集诸将欲悉坑其士卒，慕容霸谏曰："坑之不可。赵为暴虐，王兴师伐之，将以拯民于涂炭而抚有中州也。今方始得蓟而坑其士卒，恐不可以为王师之先声，而求大功之首务。"儁乃释之，迁徙其都于蓟城。时中州士女相继而至，儁抚纳之。次日，又催军至范阳，太守李产欲引兵为石氏拒燕，而众兵莫为其用，燕率兵入城，令长出降。儁纳之，悉置幽州郡县守宰，乃引兵还蓟。

却说魏王冉闵先以谶文改姓李氏，至是复自姓为冉氏。因以李农为太宰、录尚书事，遣使持节赦诸军，欲以为己用，诸军皆不从。

初，赵故将麻秋为苻洪所获，以为军师将军。秋说洪曰："冉闵、石衹方相持，中原未可平也。不如先收关中，基业已固，然后东征天下。"洪然之。麻秋身虽归洪而心欲自立，乃思谋以鸩匿于酒馔中，请洪赴宴饮食之，待洪死以并其众。谋排已定，令人请苻洪，洪果至，因饮酒中毒而归，将死，急呼其子苻健入卧榻前，嘱之曰："吾今日因麻秋所请赴宴，饮酒中毒，恐必难起，吾所以未入关者，以为中州可定，今不幸为竖子所害；中州非汝兄弟所能办，我死，汝即率众入关。"言终而卒。健大哭，收葬其父，使人收麻秋斩之，以祭父魂。健代统其众，乃去王号，称晋征北大将军官爵，遣使入建康告丧请命。却说新兴王石抵镇襄国，赵之旧臣、公侯伯尉，因石闵灭胡羯，皆逃奔襄国劝石衹即位。于是衹即皇帝大位，改元永宁，以姚弋仲为右丞相，待以殊礼。弋仲子襄，雄略多才，只以为骠骑大将军。又遣使以苻健为镇南大将军。衹既称帝，诸夷据州郡拥兵者皆应之。

却说魏王冉闵既登大位，士民未附，乃谋将李农杀之，遣使持首临江告晋曰："逆胡乱中原，今已诛之。能共讨者，可遣军来也！"朝廷莫辨真伪，不应。

五月，却说王朗闻赵乱，乃自卒众，离长安，以赴洛阳。其司马杜洪反，即自称晋征北将军，以据长安，时西夷夏众皆应之。当苻健欲取之，未暇，乃先治宫室于枋头，课民种麦，示无西意。既而自称征西大将军、都督关中、雍州刺史。与诸将议谋，悉众而西，以鱼遵为前锋，引兵五千为浮梁以济孟津；又遣弟辅国将军苻雄率众五千，自潼关入；遣兄子苻菁领众七千，自轵关入。临别健谓菁曰："若汝不捷，汝死河北，我死河南，不复相见。既济，汝可焚桥，吾自率大众，随苻雄而进。"言讫，菁引众相辞而去，健亦起兵而行。

却说鱼遵既为前锋，率众伐木，起造各处浮桥。苻雄以五千众打破潼关。时杜洪闻苻健率兵自潼关来，急遣张先领五千军来潼关迎战。两军会战于潼关之北，张先失地利，大败，走还长安。杜洪大惧，分兵固守长安，不敢复出。

第二一二回　常诗辛谧不食卒

却说赵故将张贺度等闻冉闵杀太宰李农，乃会兵于昌城，将攻邺。魏王闵已知，乃自将兵三十万出击之。二军相遇，战于苍亭。度兵稀少，未及三合，大败而去。闵尽俘其众而归。有戍卒三十余万，旌旗征鼓，蔽鸣百余里，虽石氏之盛，无以过也。闵既归国，闻陇西晋故散骑常侍辛谧有高名，遣使备礼征谧为太常侍，使人诣谧，固辞弗去。因回书于使人遗之云：

> 夫物极则反，致治则危，君王功已成矣。宜因兹大捷，归身晋朝，必有由、夷之廉，以享乔、松之寿。

使人以其书与闵，闵观之，竟不从其议而寝之。谧闻闵不从其请，恐其再逼，因不食而卒。

九月初，渤海人贾坚，少尚气节，仕赵为殿中督；及赵亡，坚还乡里，拥部曲数千家，以保据乡邦。时燕慕容评由冀州至渤海，使人招坚降，坚不从，率兵抵抗。评大怒，亦引军与战，两下交战，不十合，坚大败，被评获之。贾坚被擒，只得投降。评大喜，以坚为乐平太守。

十一月，苻健见杜洪不出，乃驱率军马，杀入长安。杜洪自知不能敌，乃率众夜开城门，引家属走出，而苻健遂得长安居之。健以民心思晋，乃遣参军杜由伯，奉表入建康，朝帝献捷。又遣使奉书修好于桓温，于是秦、雍夷夏皆附之。

十二月，晋穆帝临轩，遣侍中黄门复征蔡谟为司徒，谟陈疾笃不至，辞愈切。三年不就职，诏书屡下其第，终不受。至是，帝方八岁，自旦至申，待之甚倦。问左右曰："所召人，何至今不至临轩？何时当来？"太后见其固辞不受，乃诏罢朝。会稽王昱令曹曰："蔡公违圣上命，无人臣之礼，若人主卑屈于上，大义不行于下，不知所以为政矣！"于是公卿乃奏穆帝，请将谟送廷尉。帝未下诏，谟已知，乃率子弟素服诣阙稽颡，自到廷尉待罪。殷浩与众朝臣议，欲加谟大辟，会荀羡入朝，闻其议，即诏浩曰："蔡公今日事危，明日必有桓、文之举矣！"浩乃止，诏请免谟为庶人。

丁亥七年正月，鲜卑段龛以青州来降晋。帝与群臣议，以龛为镇北将军，又加封齐公。初，段兰死于令支山，龛领其众，因石氏之乱，乃率众南徙广固，至是来降。

却说苻健集诸将佐议以征进之策。左长史贾玄硕等谓健曰："天下倒悬，豪杰各有霸王之志，今将军功盖四海，地有三秦，宜依刘备称汉中王故事，遣人入建康上表，表将军为都督关中诸军、为大单于、秦王如何？"健笑曰："吾岂堪为秦王者？且晋使未返，我之官爵，非汝曹所知也！"于是诸将佐各散。健心悔，密使梁安讽玄硕等上尊号，玄硕不知其意，乃从之。次日，引将佐上尊号为秦天王、大单于，健遂即王位，心中不悦，宴会，群臣上贺，国号大秦。

第二一三回　魏王冉闵围赵王

二月，魏王冉闵亲率大军二万，围赵王石祗于襄国。赵王祗大惊，调兵固守城池。闵驱士卒，攻百余日不下，祗危急，乃去帝号称王，遣太尉张举乞师于燕，许送传国玺于儁。张举去讫，又遣将军张春求救于姚弋仲。春奉命，见弋仲，称赵王求之事，弋仲从之，遣子姚襄领兵一万五千，去救襄国。临行，弋仲戒曰："冉闵寡仁背义，屠灭石氏，我受人厚遇，当为复仇，病不能自行，故命汝去。汝才十倍于闵，若不能成擒，必不复见我也。"襄拜领其言，即领兵前去。

却说张举至蓟城，次日入见燕王儁，称石祗说乞师退魏兵，及许送传国玉玺之事。儁大喜，即使悦绾将兵一万，去救襄国。

魏王闻知大惊，亦使中郎将常炜至燕见儁，议抽兵勿救于赵，亦许送玺。儁乃使封裕诘玺所在，裕问炜曰："前日赵使张举来说，玉玺在襄国；今子至，又道玉玺在汝邺，子言诈乎！"炜曰："玺实在邺，公能奏过燕王，抽兵回国，吾欲即将送至。"燕王儁曰："张举言在襄国，何也？"炜曰："彼求救妄诞之辞也，大王岂可信之也！"儁乃又使裕私诱炜，炜辞不变，左右文武请杀之。儁曰："彼不惮杀身以救其主，忠臣也。"使人引出，就馆安下。又使其乡人往劳之，且曰："君何以不实言玺之所在？燕王怒，欲处君于辽、羯之地，奈何！"炜曰："吾结发以来，尚不欺布衣，况大王乎？曲意苟合，性所不能，直情尽言，虽役东海，不敢避也！"遂向壁不复言。儁闻其言，乃囚之于龙城，后既知张举之妄，乃杀举而释常炜之囚。

三月，姚襄及赵汝阴王石琨，各引兵来救襄国，二处之兵，长驱而进。

魏王冉闵闻知有救兵至，大惊，即忙遣将军胡睦引兵一万至长芦拒姚襄，孙威引兵一万出黄丘拒石琨。胡睦至长芦，被姚襄用火攻杀败而回；孙威至黄丘，被石琨用伏兵计杀败而还。魏王闵见二将败还，大怒喝退，欲自出击之。卫将军王泰谏曰："今襄国未下，外救兵云集，若我出战，必腹背受敌，此危道也。不若固垒以挫其锋，徐观其衅而击之可也。"言未毕，忽道士法饶进曰："太白入昴，当杀胡王。大王若出，百战百克，不可失也！"闵信其说，攘袂大言曰："吾战决矣，敢阻吾者斩！"言讫，乃悉众出战。

时襄、琨合兵来攻，次日，两下交兵大战，未见胜负。忽燕悦绾适以燕兵至，闻二处交兵，乃驱士卒于魏阵后，隔数里，疏布骑卒，曳柴扬尘，以恐魏兵。魏兵望之，疑有伏兵，惧欲退兵。襄、琨挥军追战，悦绾以军拦击，赵王石祗见救兵到，亦引兵出城后冲之。因是魏兵大败，闵与十余骑出垓心，走还邺城，魏之将士，死者十余万人。赵王得三处救兵至，得解其危，即备牛酒劳军及重赏二将而去。留汝阴王石琨同保襄国。却说姚襄还，入见其父弋仲，弋仲问获得冉闵否？襄告闵走回邺城。弋仲怒，责其不擒冉闵，喝左右将襄杖一百，襄被责，忍痛而退。却说闵之为赵相也，所徙者以雍、荆之民，及氐羌蛮数百万口，以赵法禁不行，各还本土，道路交错，互相杀掠，其能达者十有二三。中原大乱，因以饥疫，人人相食，无复耕者。赵王祗闻之，遣其将刘显率兵四万人攻邺。兵未至邺，魏王闵已使人探知，乃集诸将，率众出屯城外。预先伏步卒五千人于谷中，以待显至。刘显自恃志意，不以闵为惧，驱士卒直抵城外，只隔十里之程。闵见其兵，谓众曰："今刘显远来，必待食。以我逸之众，而攻彼劳之兵，可获刘显，料必无难。"诸将踊跃称善，遂扬声播鼓，跃武驱兵出战。显果无备，被闵一击，大败而退五里。伏兵大起，被闵击，斩首三万余级。显走还，又被谷中埋伏之兵出杀回拒，恐不能走，心中大惧。乃密遣心腹人去请降闵，不允。显使人去求杀赵王祗，以自救。闵始从之，乃引兵还邺。遣人抽回伏兵与归。显方得脱，引残兵回赵去讫。

却说秦王健分遣使者，问民疾苦。搜罗俊异，宽轻重之税，施离宫之禁，罢无用之器，去侈靡之服，凡赵之重刑，不便民之政皆除之。

四月，杜洪遣使召梁州刺史司马勋起兵击秦，使人直抵梁州告勋，勋大悦，即率步骑兵三万赴之。秦王健已知，乃遣梁安领军五万，御之于五丈原。两军交战，勋不能胜。相持十数日，勋屡败，乃退归南郑。秦王健恨长史贾玄硕始者不上尊号，衔之。至此，计使人告玄硕与勋通谋，收而杀之。

却说刘显自攻邺败还归赵，与部伍谋以兵夜攻入内，弑其赵王石祗，而自立为赵王，以统其众。是以魏徐、兖、荆、洛诸州，复归于晋室。

第二一四回　桓温移军驻武昌

却说慕容恪既取得中山，迁其将帅土豪数千家诣荆城，余皆安堵。军令严明，秋毫不犯。

却说姚弋仲遣子襄败冉闵之后，使使来江东降晋。穆帝命群臣议，遣人诏以弋仲为车骑大将军、六夷大都督，以其子襄为平北将军，督并州。

时桓温先闻石氏内乱，上疏请出师经略中原，久不委其行。温乃使人入朝探知，闻朝廷仗殷浩以抗己，温甚忿之，因谓诸将曰："浩之抗我，吾不惮之。少时吾与浩共骑劣马，我弃去，浩辄取之，故当出我下也。"又谓郗超曰："浩有德有言，向使作令仆，足以仪刑百揆，朝廷用违其才耳！因此相待弥年，虽有君臣之迹，羁縻而已；八州士众，资调殆不为国家之用。"乃自收入府，使人工书，求出北伐。穆帝降诏不许。

至十二月，温见诏书不从，乃拜表即行，率众五万人，顺流而下。军至武昌，入城屯扎。晋帝设朝，近臣奏曰："征西大将军桓温屡上表求出北伐，见陛下不听，今引大军十万，顺流而下，屯于武昌，不知何意为也？"穆帝大惧，急问王昱求计。当王昱曰："可调兵守卫建康、石头二处，任其所往可也。"殷浩亦知，奏之帝曰："桓温此举，乃是疾臣位重于彼，岂可以臣一人误国家，而苦天下元元也？愿去位避职，以保社稷！"帝未许。群臣议曰："桓温久怀不臣，不若令侍中黄门以驺虞幡驻温之军，则温毋敢为也。"

纷纷朝臣，议不能决。当吏部尚书王彪之，乃琅玡人，见朝廷所决犹豫，乃言于会稽王昱曰："诸臣所议，皆非奇策，若浩去职，人情离骇，必有任其责者，非殿下其谁乎？"又谓浩曰："彼若抗表问罪，卿为之首，欲作匹夫，岂有全地耶？依吾肤见，自当静以待之。令相王手书为陈成败，彼必旋师；若不从，则遣中诏；又不从，乃当以正义相裁，奈何无故忽忽，先自猖獗乎？"浩鼓掌悦曰："决大事正自难，顷日来使人闷，今闻卿此谋，意始得了！"会稽王昱即命抚军司马崧草书，使人送去武昌于桓温拆读。其书曰：

> 寇难宜平，时会宜接，此实为国远图，经略大算。能弘斯会，非足下而谁？然异常之举，众之所骇，游声噂沓，想足下亦少闻之。苟或望风振扰，一时崩散，则望实泣丧，社稷之事去矣。吾与足下，虽职有内外，安社稷、保国家，其志一也。

当先思守国家而后可以图其外，区区诚衷，岂可顾嫌而不尽哉！

桓温读其书，中心有惧色。即上书惶恐致谢，乃回军还镇去讫。上疏曰：

> 臣窃观赵之自乱，欲来厥衅而伐之，由然下驻武昌，以诏待行，非有异危，乃安社稷耳。讵有外室，陛下既不委臣即戎，臣亦何敢攸往？领众还镇，以待

罪耳！

穆帝得疏，复遣人以谕温，以安其心。

壬子八年，秦王苻健集群臣议，乃自称皇帝，即帝位，改元元始年，以苻苌为太子。时健既即大位，以单于及氐羌蛮非天子所宜领，以授太子苌领之。

却说杜洪与司马勋既败，以兵屯宜秋城。洪自以右族轻勋，勋谋与众，遂杀洪自立。

却说魏王冉闵闻刘显弑其王祇于襄国，乃率兵五万来攻破襄城，获刘显斩之，迁其民于邺。

赵汝阴王石琨见闵杀显，恐不能敌，乃引残众来投降晋。晋穆帝怒其祖父凶毒天下，故诏斩之，因此石氏遂绝。

于是殷浩使督统谢尚、荀羡以兵进屯寿春，上疏请出师许、洛，穆帝从之。当尚书左丞孔严见浩与桓温不和，而欲自将北伐，因言浩曰："观温妒忌之情，良可寒心。不知使君将何以镇之？愚谓宜明授任以北征，得专征伐，萧何守管钥，深思廉、蔺屈身之义，平、勃交欢之情，必穆然无间，然后可以保大定功。趋附之徒，皆人面兽心，恐不知所感。"浩不从。

时王羲之闻殷浩出师北伐，使人以书止之。殷浩亦不听。史说王羲之，字逸少，乃司徒王导从子也。极喜草隶，论者称其笔势飘若浮云，矫若惊鸿。未出任时，与谢安同学。常集于会稽山阴之兰亭，羲之自为之序，其文多不录。羲之性最好鹅，会稽有老妪养鹅，善鸣，羲之求市不得，乃携亲友往观。妪闻羲之至，遂烹以待之。羲之叹息弥日。又山阴有道士，养一好鹅，羲之往观之，其鹅果好，意甚悦，固求市之。道士曰："先生肯为写《道德经》，当举鹅相赠，市则不肯耳！"羲之欣然代写，写《道德经》毕，遂笼鹅而归。又在蕺山见一老妪，持六角竹扇出卖，羲之讨其扇，著书各五字，妪有愠色，羲之因谓妪曰："你但言王右军书，以易百钱，必有人留。"妪持扇去，如其言，人竞买之。他日，妪又持扇来求书，羲之笑而却之。每自称："我书比钟繇，当抗衡；比张颠草，犹当雁行也。"曾与人书云："羲之临池学书，池水尽黑。"羲之书，初不胜庾翼，及暮年方妙。尝以章草答庾亮，而翼因见深叹服，因与羲之书云："吾昔有伯英章草字十纸，过江亡失，常叹妙迹永绝。忽见足下答家兄书，焕若神明，赖还旧观耳。"因此朝廷知名，以为右将军。时浩不听羲之所陈，引兵便行。

却说谢尚、荀羡二人，进屯寿春。时魏豫州牧张遇，初以本州来降，至是尚等不能抚慰，反加轻慢。遇怒，据许昌，叛降于秦。由是浩军不能进，浩命羡以军镇下邳。

三月，姚弋仲有子四十二人，及病将危，谓诸子曰："石氏待吾甚厚，本欲为之尽力，今已灭矣。中原无主，自古以来，未有戎狄作天子者。我死，汝曹同归于晋，当执臣节，无为不义也。"言讫而卒。长子襄代领其众，将父灵柩安葬讫，率众来击秦，以报前仇。秦王健知备，引军与战，襄莫能取胜，遂率众归晋。穆帝诏襄以其众权屯谯城。襄既至谯城，乃闻谢尚在寿春，乃单骑渡淮来探尚。尚闻其名，乃命去其侍卫，幅巾待之，欢若平生。襄本善谈论，由是江东人士皆重之。

第二一五回　燕王兴兵执魏王

四月，魏王闵既克襄国，襄国大饥，因游食常山、中山诸郡。燕王儁遣将军慕容恪等将兵三万来击之。闵知恪引兵来，乃率众急趋常山，恪以兵后追。魏王闵勒兵回，与恪战，恪兵大败。闵连十战皆胜，恪皆败。闵素有勇名，所将兵精锐，燕人惮之。恪见自己部下士卒惧闵，因而巡阵，谕将士曰："闵勇而无谋，匹夫敌耳。其士卒饥疲，甲兵虽精，其实难用，不难破也，汝众何惧之有？"谕讫，引众复追。闵所将多步卒，将趋林中，恪参军高开谓众曰："吾骑兵利平地，若闵得入深林，不可复制。宜遣轻骑邀之，既合而佯走，诱入平地，然后可击也。"

恪从之，即调兵邀击。闵果引兵还驻。恪又以军分三部与战，因谓诸将曰："闵性轻锐，又自以众少，必致死于我，厚集中军之阵以待之，俟其合战，卿等从旁击之，无不克矣。"众诺其计。恪又择鲜卑善射者五千人，以铁琐连其马，为弓阵而前。魏闵乘千里马，号曰朱龙，左操双刃矛，右持钩戟，以击燕兵。燕将与战，莫能敌，闵斩燕人三百余级，燕兵不退。闵望见恪之大幢，知其为中军，乃挥众直冲入，燕两旁之兵夹攻之。闵一者兵少，二者夹攻，欲入中阵，箭发如雨；欲退，四围重厚，于是被燕兵大破之。闵料不能胜，乃溃围东走。行数十余里，其马忽毙，闵即弃马步走。不过百步，燕兵追及，至此被执。

燕将将魏王冉闵押至蓟城，来见慕容儁。儁问闵曰："汝奴仆之才，何自妄称天子？"闵曰："天下大乱，尔曹夷狄，人面兽心，尚欲篡逆；我一时英雄，何为不可作帝王耶？"燕王儁大怒，使武士策金鞭之三百，犹未死。儁使人遂于龙城遏径山斩之，其山左右六七里，草木悉枯而死。五月至十二月，大旱无雨，其郡守乃遣人奏知燕王儁。儁大惊，乃使人立祠于其上，备太牢祀之，谥闵曰"武悼大王"。是日，方下大雨。燕王又遣慕容评率三万精骑攻邺城。魏太子冉智已知魏王被害，朝夕泣涕，忽兵又来攻邺，心中大惧。急问诸将，大将军蒋干出曰："燕兵势大，难以拒敌，城中粮草颇有，不若坚守，待其懈怠，然后攻之。"太子智从其计，拒守城池。城外百姓，皆已降燕。

五月，秦王健率兵五万出攻张琚，琚以二万众拒敌。次日交兵，各挥兵战，斧来戟对，枪去刀迎，战上二十余合，琚兵大败而逃。琚恋战不退，被秦兵斩之。于是秦王收兵入城。

却说魏太子智与慕容评相持数月，燕兵愈添，况又城中大饥，人民相食，故赵宫人被食略尽。太子智大惊，蒋干谓太子曰："事急矣！宜使使降晋，乞师来救，方可解得此围！"太子智从之。蒋干即遣侍中廖嵩，奉表请降于晋，一面整备守城。又使人求救于谢尚。

初，谢尚使戴施据枋头，施闻蒋干求救，奉表请降，施乃率壮士百余人，入邺助守三台。因说干曰："公言降晋，可速将传国玺与我，令人送入建康见主上，发大兵来救，方保此地。不然终为所擒。”干然之，问太子智求印与施，施使督护何融，怀玺送与尚，宣言使督护何融迎粮，阴令怀玺，送至枋头与尚。尚迎送至建康呈与帝，纳之。百僚俱贺，称万岁。

却说谢尚遣姚襄共攻秦张遇，秦王健知，亦遣丞相、东海王雄等率兵二万人救之。战于颍水之诚桥。尚等大败，奔回淮南。殷浩闻知尚败，自许昌退军寿春。雄徙张遇及陈颍许洛民五万余户于关中。以杨群为豫州刺史，令其领许昌。

八月，慕容评领兵攻邺都。时魏王冉闵已被慕容恪所擒，送于蓟州斩讫。评麾兵攻陷入城，收冉闵妻子等送燕王儁。燕王已欲神其事，业言历运在己，乃诈称云：“闵妻献玉玺。”反赦之，赐号曰：“奉玺君”，置居后宫。因谓文武曰：“吾初入邺，得此玉玺，吾若不有中原之福，安得此祥？吾欲自即帝位，卿等云何？”时诸将文武皆曰：“大王得此嘉瑞，可登九五，何必言论？”因是群臣下拜，皆呼万岁。

十一月，燕王儁即皇帝大位，国号前燕，建元为元玺元年，建都于邺城。封慕容恪为大司马，慕容评为大司徒，其下文武各有加封。

当时赵王石季龙之伐棘城也，儁父慕容皝欲乘骏马避难，其马悲鸣，蹄啮不肯从行，皝不能近，因此主意与战，攻败季龙，就亦奇爱之。至是四十九岁，骏逸不亏。燕王慕容儁亦复并奇之，比之鲍氏骢。因是命铸铜以为其像，亲为铭赞勒于其旁，置之蓟城东掖门。是岁像成，而马已死，儁甚惜之。时燕太子曜死，燕王儁痛哭惜之，乃立次子慕容暐为太子。

却说殷浩之北伐也，右军将军王羲之以书阻不听，既而无功，复谋再举，羲之又遣人遗浩书曰：

> 今以区区江左，天下寒心，固已久矣。力争武功，非所当作，自须处内外之任者，未有深谋远虑，而疲竭根本，各从所志，竟无一功可论，遂令天下将有土崩之势！任其事者，岂得辞四海之责哉？今军疲于外，资竭于内，保淮之志，非所复反。莫若还保长江，督将各复旧镇，自长江以外，羁縻而已。引咎责躬，更为修治；省其赋役，与民更始；庶可以救倒悬之急也。谓犹以前事未为工，复求之于分外；宇宙虽广，自容何所？此愚所不解也！

浩曰：“吾自有奇谋而进，汝岂识之？”因是不纳，遂又进兵。羲之见浩不听，又上会稽王昱疏曰：

> 今虽有可喜之会，内求诸已，而所忧乃重于所喜！功未可期，遗黎歼尽，以区区吴越，经纬天下十分之九，不亡何待？
>
> 而不度德量力，不弊不已，此封内所痛心叹悼者也。愿殿下先为不可胜之基，须根立势举，则谋之未晚。

昱亦弗听。时浩进屯夏口，遣戴施据石门，刘遁戍仓垣，以候进取。

却说晋帝设朝，文武山呼讫，近臣奏知：“燕王儁取去关中之地及今据邺城为都，未知其意若何，陛下可使人赍诏旨前去，封其燕王，看其如何。若受诏称藩，且置之度外；彼若拒诏旨，乘其未定，兴兵讨之。”帝然之，即遣使持诏旨来邺城，封慕容儁为燕王，儁果不受诏，而谓使者曰：“汝还白汝天子，我承人乏，为众所推，已为皇帝矣。”使人即归，以是言奏于晋帝。帝大怒，使人催殷浩进兵去讨。

却说姚襄，字景国，弋仲第五子，因见父姚弋仲死了，恐孤不能自立，领其众降晋。晋帝大喜，封襄为右将军，使为前锋，同殷浩伐燕。

第二一六回　殷浩兴兵去伐燕

癸丑九年五月，姚襄领兵屯于襄城。次日，入参大将军殷浩，浩以酒相待。因与谈论时事，襄对答如流，部下诸将士见其善谈论，皆重之。惟浩见其勇略多能，心甚恶之。

时襄酒醉辞归，因出军外歇。浩唤许敬至，谓曰："今姚襄来降，吾观非真，必有诈耳！你可密藏利刃，私入彼所寝刺之。你若杀得其人，吾自保奏朝廷，立汝为将。"许敬曰："将军有令，吾当即行。"言讫，即出取利刃，藏在身边，漏夜潜入姚襄军中。时姚襄未寝，正在中军燃灯读书，许敬从背后而入，正欲下手，姚襄回头观见一人影，持刀近前，襄乃拍案大喝一声曰："有贼！"帐外诸将抢入，将许敬擒住，押在案前。襄问曰："谁人教汝刺吾？好好说来，我便饶你！"敬曰："大将军殷浩嫉将军之能，使小人刺之。"襄大怒，将许敬杀之。

襄心有忧惧，乃心恨殷浩，遂以兵退屯历阳。自疑燕、秦方强，难以伐之，却按兵不动。令三军屯田，训厉将士。殷浩闻知，恐其有异，潜遣将军魏憬率众五千袭之。襄闻知，乃将兵分左右翼埋伏山阴谷，待其过半击之。憬不知，将五千人入山阴，被襄放号炮，伏兵大起，获住魏憬。襄怒斩之，并及其众。浩知，愈恶之，乃遣人入建康奏帝迁襄蠡台，表授梁国内史。使至历阳，姚襄始知，谓诸将曰："朝廷今以吾迁于蠡台，则吾大事去矣，此事如何？"权翼曰："此必殷浩之谋，可使一能言者去饴之，必知其详。"襄曰："卿可为吾一行。"

于是襄亦疑惧，遣将军权翼求见浩，浩曰："吾与姚平北共为王臣，平北每举动自专，甚失辅车之理。"翼曰："平北英姿绝世，拥兵数万，而远归晋室者，以朝廷有道，宰辅明哲故也。今将军轻信谗慝，与之有隙，谓猜嫌之端在此而不在彼也。"浩曰："平北生杀自由，又掠吾马，王臣之体，固若是乎？"翼曰："奸宄之人，亦王法所不容也，杀之何害？"浩曰："然则掠吾马何也？"翼曰："将军谓平北难制，终将讨之，故取以自卫耳！"殷浩微笑曰："何至是也，令其莫疑。"翼参探是实，连忙归报姚襄。襄大怒曰："吾以实心归晋而汝屡次谋害，吾必报之！"

却说殷浩阴遣人诱秦梁安、雷弱儿，使杀秦王健，许以关右之任。弱儿等伪许之，且请兵接应。浩闻张遇作乱，以为安等事成，却自寿春率众十万北伐，欲进据洛阳，修复园陵。王彪之闻知，乃以人上会稽王昱笺，以为恐有诈伪，未可轻进。昱与浩议，浩不从，遣人会同姚襄起兵北伐，以襄为前锋。襄急集诸将计议曰："今浩北伐，以吾为前锋，吾欲乘此攻浩，卿等有何高见？"权冀曰："正可就此攻之，过后无计可乘，可速遣人回书与浩，道吾起兵前行，明公火速以大兵接应。彼以为实，必自领众来，其来必从此路去，吾将三军，伏诸险要，待其过了，后追击之，浩必败矣。"襄从其计，即遣人以回书见浩，道："吾以兵先起，火速令大兵接应。"殷浩果不疑，率大兵前来，过诸险，被襄伏兵四起攻击，殷浩之众，大败溃乱。浩与诸将保会稽王昱，弃辎重走奔谯城，被襄挥兵一击，俘斩一万余人。襄见浩走，乃收兵，尽得粮草车仗，令姚益以五千人守山桑，自率大众屯淮南。会稽王昱遗王彪之书曰："君言无不中，张、陈无以过也。"

第二一七回　江逌献计破姚襄

却说殷浩自此威名日损，士民皆怨。浩耻其败，乃收集大军屯北，乃谓诸将曰："今被羌贼攻败，损去人马，何颜归见江东？"一人挺身而出曰："今姚襄得胜，必然无备，正可乘此时以计攻之，可复前仇。"浩视之，乃长史江逌，字载道，乃陈留圉人也，博学多智。浩因问曰："卿有何计，教我攻此羌贼？"逌曰："今兵非不精，而众少于羌，且其堑栅甚固，难以效力，吾当以计破之。"浩曰："何计可破？"逌至浩耳畔：如此如此。浩抚掌笑曰："此计大妙！"浩即令江逌行计。逌即出，乃令军人捕野鸡数百，以长绳连之。又取核桃镂去中肉，以火药藏壳内，对合开一小孔，火心露外，以铁绳缚之，击于鸡足之上，安排已定。是夜传令，叫军人全装披挂，伺候姚襄营中火起，以兵乘乱攻之。三军得令，各自准备厮杀。

至一更时，逌使一百军人将前野鸡，各带火药，去姚襄大营左右前后，点起火心，把鸡一放，放入姚襄寨中。须臾火着，群鸡骇散，飞集襄营，城内惹火；一时火发，营中大乱，自相残杀。比姚襄急起，与丁零跨马杀出营来，正遇江逌以军来战。襄与逌交马，斗上十余合，襄见自兵大乱，无心恋战，乃拍马杀出而走，丁零各自逃遁。逌以军与羌兵相杀，混至天明，逌方始收兵，杀死羌卒一万余人。姚襄与丁零收拾残兵三万余人，不敢追浩，入拒关中。江逌兵少，不敢追赶，收军回寨，请浩南还，于是殷浩领军还镇谯城。

十月，凉西平公张重华有疾，次子曜灵方十岁，立为世子。重华庶兄张祚有勇力才干，而轻巧善事内外，与嬖臣赵长等结为异姓兄弟。初，谢艾以枹罕之功，有宠于重华，左右谮之，出为酒泉太守。及至此，闻重华疾重，艾令人上言："权幸用事，公今将危，乞听臣言，命臣侍。"且言："祚及长等，将为乱，宜尽逐之。"重华疾甚，手书令人征艾辅政，祚、长等匿而不宣。重华卒，曜灵立，称凉州刺史、西平公。长等矫遗命，以祚辅政，不征谢艾。曜灵立未三十日，赵长等以言谓众将曰："方今时难未夷，四方鼎沸，幼主焉能御众讨贼？宜立长君，可保境土，今西平庶子张祚，有文武才，不如废曜灵立之，乃西境之福也。"众将皆然之。于是乃废曜灵而立祚。祚既得志，恣为淫虐。杀重华妃裴氏，及谢艾上书谏而不从，反将杀之。西土震动，民皆骇异。而祚自谓得志，乃自称凉王，改元和平元年，置百官，郊祀天地。尚书马岌切谏不可，坐免官。郎中丁琪复谏曰："自武公以来，世守臣节，抱忠履谦，故能以一州之众抗举世之虏。师旅岁起，民不知疲；今而自尊，则中外离心，安能以一隅之地，拒天下之强兵乎？"闻之大怒曰："吾意已定，汝何谏阻？"令武士斩之，自此士民无望。

十二月，姚襄与权翼议曰："今军新败，倘建康晋帝闻知，浩又来攻，何以抵敌？"翼曰："火急令人特表入建康见帝，说浩无故遣魏憬攻我，被我杀之，今又以兵袭我，退屯谯城，不思北伐，专欲攻害臣等。如此数浩之罪，然后将兵济淮，收集亡散，以候其来，必无虑矣。"襄然之，即遣人入建康见帝。于是襄济淮北，屯于盱眙，招纳流民，得众至七万，分置守宰，劝课农桑，遣使诣建康，数殷浩罪，并自陈过责。

第二一八回　桓温率众出伐秦

甲寅十年，却说扬州刺史、大将军殷浩连年北伐，出师屡败，粮械都尽，朝野生怨。

却说征西将军桓温，少与殷浩齐名；及长，温素忌于浩。忽闻殷浩北伐，被降人姚襄杀败山桑，乃遣人入朝上疏，数浩之罪。晋帝得疏，读曰：

> 按大将军殷浩，过蒙朝恩，叨窃非分，以兵北伐，三年损折军将过其半，未曾取得尺寸之土，空竭国家无限斗斛之存，致使华夏鼎沸，黎元珍瘁，社稷倾危之忧将及，若不加罪，则海内士民怨变，臣请废浩，江左始安。

却说晋帝看疏毕，不得已降诏，遣使免浩为庶人，徙之于东阳信安县，以王述为扬州刺史。

却说殷浩被帝遣使降诏免为庶人，徙于信安。浩虽被黜，吟咏不辍，虽家人不见有流放之戚，但终日书空，作"咄咄怪事"四字而已。时浩外甥韩伯随至徙所，经岁辞归。浩送韩伯至渚侧，咏曹颜远诗云："富贵他人合，贫贱亲戚离。"因而泣下，分手回归。

却说征西将军桓温，谓郗超曰："殷浩有德有言，向为令仆，足以仪刑百揆，朝廷用违其才耳。"桓温欲以浩为尚书令，遣人以书告之，浩得书大喜，欣然回书，写已了，虑有谬误，闭开十数次，竟达空函，与来人归。温见大怒，由是遂绝之。浩久不得温书，以为惑己，后忧一月而卒。

桓温自黜殷浩之后，内外大权，一握在手，事无巨细，要行即行，要止即止。朝中大臣，各惧其势，凡有万机，皆先咨知。桓温既握重权，行事皆不奏帝。是时桓温有平天下之志，遂问谋于参军孟嘉。

九月九日，温宴诸将于龙山。时僚佐毕集，军士尽著戎服，忽有大风至，吹落孟嘉顶上之帽。嘉不知觉，诸官皆笑。温因命孙盛作文嘲之，嘉即答之，其文甚美。嘉好酣饮，愈多不乱。温因谓嘉曰："酒有何好，而卿嗜之？"嘉曰："公未得酒中趣耳！"时桓温问之曰："孤今聚有豪杰之众，胸蕴文武之才，幸挟震主之威，意欲经营天下，愁有不赏之功，此事如何可以保全后世也？"嘉曰："窃见晋室不可复业，胡人不可尽除，为将军计，不如挟天子而令诸侯，收三秦，取汉中，如不克，即入蜀而据其地，宜鼎足而立，以观天下之衅。今者北方诚多务，不如因其多务，剿灭三秦，进伐苻氏，尽关中所极，据而有之，然后建号，以图天下，此裔帝之业也。"温曰："今尽力一方，冀以辅晋室耳，此言非所及也。"嘉曰："人皆可以为尧舜，但恐将军不肯为耳！"温大喜，披衣起谢曰："承教诲，富贵同享也。"于是桓温意决，乃统步骑四万伐秦。使人上表，不待诏许，拜表即行。自以兵从襄阳入均口南乡，步兵自淅川取武关；又命司马勋以军出子午谷伐秦。军将至灞上，桓温遣司马勋以锐兵五千，倍道而进，攻上洛，此无备，被勋攻陷，获秦荆州刺史郭敬。又进攻青泥,破之。

秦王健闻知大惧,乃使太子苻苌等率众五万拒温,战于蓝田,秦兵大败。温转战而前,进至灞上,苌等率兵五千退屯城南。健与老弱六千,退守长安小城,悉发精兵三万,遣大将军雷弱儿等,与苌合兵以拒温。温以精兵二万,分二翼而进,与秦兵相遇,复战于蓝田。雷弱儿大败,退五十里别屯。温大军进屯灞上,时三辅郡县皆来降温,温抚谕居民,使安堵复业。民争持牛酒迎劳,男女夹路观之,耆老有垂泣者,曰:"不图今日复睹官军矣!"

却说姚襄闻知桓温大败秦兵于蓝田,恐其攻己,乃遣人降燕。燕王慕容儁纳之,方知桓温败秦,与群臣议封诸王以待拒晋,群臣皆奏可。于是燕王儁以恪为大司马、录尚书事,封太原王;评为司徒,封上庸王,霸为吴王,德为梁公,暐为中山王,阳骛为司空。初,燕王皝奇霸之才,故名之曰霸,将以为世子,群臣谏而止。然宠遇犹逾于世子,由是儁恶之。以其尝坠马折齿,更名曰缺,寻以其应谶文,更名曰"垂",迁侍中、录留台事,徙镇龙城。垂大得东北之众,燕王儁愈恶之,遂召还京。

五月,却说江西流民郭石等千余人,执陈留内史官刘任,降于姚襄,建康震骇。帝以尚书周闵为中军将军,以兵屯中堂。谢尚自历阳还,帝诏入卫京师,因江候守。

第二一九回　王猛披褐谒桓温

史说王猛，字景略，北海剧人，少贫贱，以鬻畚为业。尝货畚于洛阳，乃有一人贵买其畚而云："无银"，自言家离此不远，可随我去，取银于你。猛利其价而从之。行不觉路远，忽至深山，见一父老，须发皓然，据胡床而坐，左右十余人，其人引猛进，猛拜之。父老曰："王公何缘拜也？"因此乃十倍偿其畚银，遣人送之。猛既出，返视之，乃嵩岳高山也。猛始知其父老者，乃嵩之神，称其王公者，知后必当贵，由然自重也。猛丰资俊伟，谨重严毅，器度雄远。尤善好学，倜傥有大志，不屑细务，是以浮华之士，咸轻笑之。猛悠然自得，隐于华山，从师王佐先生，是以胸怀佐世之才，希遇龙颜之主，由然敛翼待时，候风云而起。

时猛忽闻桓温入关，而披褐谒之。直入中军，一见桓温，便谈当世之务，扪虱而言，旁若无人。温异而问之曰："吾今奉天子之命，将锐卒十万，为百姓除残贼，而三秦豪杰未有至者，何也？"猛答曰："公不远千里，深入敌境，今长安咫尺而不渡灞水，百姓未知公心，所以不至也。"温听讫，默然无以应。徐曰："江东无卿比也！"于是温重猛，赐其车马，欲署猛为谋军祭酒。猛辞曰："本欲扶佐明公，扫灭妖尘，奈本师年老，无人奉养。且今病重，待其百岁后，即来听教耳。"言讫，拜辞而去。温坚意留之不住，只得与回。

时王猛辞桓温，回见师父王佐先生曰："我谒桓温，桓温赐车马，拜我高官，吾以师父年老力辞得还。"王佐曰："你与桓温，岂并世哉？不必怀忧，更在此间一年，必有人来聘你，富贵非轻，何用远涉而随他人乎？"猛从其言。

却说桓温初起兵时，粮食不敷，诸将以为忧。温曰："诸君勿忧，吾大军若到秦境，麦熟可取为粮，何必为虑乎？"诸将以为然，及至此而麦悉被秦人芟之，因此温军绝食。至六月，参军孟嘉上言曰："三军无食，何以用兵？不如暂退，待来年麦熟，再整兵来与战。"温曰："奈关中百姓相随与我，安忍弃之？"嘉曰："可令人遍告百姓，有愿相随同行，不愿者从便。"时关中百姓若老若幼，皆齐声应曰："我等就死，亦随将军还晋。"言讫，关中计有三千余户，皆号泣先行。次后桓温下令，三军拔寨起行。却说秦王健闻知桓温退，乃遣苻雄率兵一万，追温赶至，战于白虎源。桓温兵思归，无心恋战，因是不利，大败，死者万余人。初，温指望秦麦为粮，既而清野以待之。温军乏食，徙关中三千余户而归。又补秦太子苻苌等随后追击，温至潼关，温军屡败，失亡不计数。时苻雄率兵方攻司马勋，温交大败，并还汉中。

昔温之屯灞上，顺阳太守薛珍劝温径进逼长安，温弗从。珍以偏师独济，颇有所获。及温退，乃显言于众，自矜其勇，而咎温之持重，温闻知，杀之。

时秦太子苌追桓温，中流矢死。

淮南王苻生幼无一目，性鲁暴，其祖苻洪常戏之曰："吾闻瞎者只一泪。"生怒，引佩刀自刺，目出血曰：“此亦一泪也！”洪大惊鞭之。生曰：“素性爱刀槊，以不堪鞭棰。”洪谓健曰：“此儿狂悖，宜早除之，不然必破人家，可将杀之。”健曰：“儿自应改，何可遽尔？”及长，力举千钧，手格猛兽，走及奔马，击刺骑射，冠绝一时。强后欲立太子晋王柳，秦王健以谶文有“三羊五眼”，至是乃立生为太子。

第二二〇回　**秦苻生妄杀大臣**

十月，秦王健弟东海王苻雄卒，健哭之呕血，谓百官曰："天不欲吾平四海耶？何夺我元才之速也！"雄以佐命元勋，位兼将相，权侔人主，而谦恭泛爱，遵奉法度，故健重之，常曰："元才，吾之周公也！"雄卒，乃以其子苻坚袭爵。坚性至孝，幼有志度，博学多能，交结英俊，吕婆楼、强注及略阳梁平老，皆与之善。其时秦国大饥，民皆饿死。

乙卯十一年春二月，秦大蝗，民食百草无遗，牛马无食，皆相啖毛。

却说秦王苻健勤于政事，数延公卿，咨讲治道。承赵人苛虐奢侈之后，易以宽简节俭，礼士崇儒，由是秦人悦之。至是寝疾，引太师鱼遵、丞相雷弱儿、司徒王贵、司空王堕、尚书令梁楞、仆射梁安、段纯等，受遗诏辅政。谓太子生曰："六夷酋帅及大臣执权者，若不从汝命，宜渐除之！"言讫卒。生即位，大赦，改元寿光。群臣奏曰："君父新丧未除，便即改元，今改元非礼也。"生怒，乃将纯杀之。

九月，有中书监胡文见天文屡变，乃言于秦王生曰："北有孛星于大角，荧惑入东井，不出三年，国有大丧，大臣戮死，愿陛下修德以禳之！"生曰："皇后与朕对临天下，可以应大丧矣。毛太傅、梁车骑、梁仆射受遗诏辅政，可以应大臣矣！"文未及对，秦王生即召武士杀皇后及王贵、梁楞、梁安等数十人。由此百官惧怕，内外惊骇。

却说苻生，是苻健第三子，幼而无赖。健死，僭即大位。生虽在谅阴，游饮自若，荒耽淫虐，杀戮无道。长安大风，发屋拔木，秦宫中惊扰，或称贼至，宫门昼闭，五日乃止。如此灾星叠见，强太后弟光禄大夫强平谏曰："今天数示灾异，陛下初登大位，宜亲万机，揽行政事，何故荒于淫饮，而放无道之桀纣耶？若尊性不易，诚恐祸起萧墙，灾生嫔宫也。"秦王生大怒曰："汝何自妖言，以惑朕听耶！"言讫，即令武士将强平凿其顶而杀之。强太后忧恨而卒。

自太后、强平死后，处处狼犬咬人，人莫能捕，伤人殊甚。百姓皆逃入城而居，因此遂废农业。群臣又奏秦王生曰："今狼犬无故伤人，人不能制，此乃天灾所应，望陛下设醮禳之！"苻生曰："天岂不爱予群生，乃以百姓犯罪不已，专助朕而杀，以施刑教故耳！"复下诏曰：

> 朕受天命，君临万邦，有何不善，而谤渎之音布满天下？杀不满千，而谓之残虐；行者比肩，未足为稀；方当峻刑极罚，复奈朕何？

自去春以来，潼关之西，至于长安，虎狼食人，群臣请禳之。生曰："野兽饥则伤人，饱当自止，何禳之有？且天岂不爱民哉？正以犯罪者多，故助朕杀之耳！"

时有司天台太史令又奏曰："臣夜观天象，见太白犯东井，东井乃秦人分野。太白是罚星，必有暴兵起于京师。"苻生又曰："星入井者，必将渴耳，何所怪乎？"又弗听。

秦司徒王堕，性刚峻。董荣及侍中强国，皆以佞幸进。堕嫉之如仇，会交天变，荣因言于生曰："今天星屡变，宜以贵臣应之。"生曰："何人可？"荣、国对曰："贵臣无如王堕可！"生即将司徒王堕杀之，于是群臣战栗，民皆离心。

却说凉王张祚淫虐，暴中怨愤。祚恶河州刺史张欢之强，使索孚前去代之。孚来河州入见欢曰："奉凉王命，孚代公刺河州，请足下还京。"欢大怒曰："吾知凉王无道，淫虐百姓，今召我还，必有害我之心。"因令右右执孚斩之，遂起兵一万，传檄州郡，称说祚罪，再立曜灵。会将军宋混，合军三万人，杀奔前来。凉王祚传知令卫兵五百，执曜灵杀之，混等闻知，为之发哀，情动三军。众至姑臧，张欢弟张琚，率众开门纳之。欢众入城，当赵长惧罪，奔走入阁，呼张重华母冯氏，立曜灵弟玄靓为王，以安众心。诸将不服，攻长杀之。时祚失众心，诸将莫肯为之援者。反将祚杀之，枭首号令，城内咸称万岁。时张琚、宋混收兵内殿，上玄靓为大将军、西平公，复称建兴四十三年。时玄靓年始七岁，张欢抚慰百姓已了，乃入殿推玄靓为凉王，自为都督中外诸军事、尚书令，宋混为尚书仆射。

十月，却说秦丞相雷弱儿，性刚直，以仆射赵韵、董荣乱政，每公言于朝，见之常切齿。韵、荣谮之于秦王生曰："丞相弱儿，接外国金多，欲使外国来攻，许为内应。"秦王生信之，遣卫兵五千，攻杀弱儿及其九子二十七孙，于是诸羌皆有离心，民皆嗟怨。

生谅阴游饮，常弯弓露刃以见朝臣，锤钳锯凿备置左右。即位未几，后妃、公卿下至仆隶，凡杀五百余人。

丙辰十二年正月，段龛遣人上书与燕王儁，语言无礼，燕王大怒，遣慕空恪去讨。恪即以大兵起发，前来击段龛。兵将至近，当段龛弟罴，骁勇有智谋，言于龛曰："慕容恪善用兵，加之众盛，若听其济河，进至城下，恐难乞降，不可得也。清兄固守，罴率精锐，拒之于河，幸而战捷，兄率大众继之；若其不捷，不若早降，犹不失于千户侯也。"龛不从，罴固请不已，龛怒将罴杀之。恪遂引兵济河，龛率众五千人拒战，恪大破之。龛友辟闾蔚被创，恪闻其贤，遣使求之，则已死矣。龛走还入城固守，恪进兵围之。

第二二一回　负殊以舌下西凉

却说秦晋王苻柳，遣参军阎负、梁殊使于凉，说张瓘以凉来降。二人受命来见之，瓘曰："我晋臣也，臣无境外之交。二君何以来辱？"负、殊说曰："晋王与君藩邻，故来修好，君何怪焉？"瓘曰："吾尽忠事晋，于今六世矣。若与征东通使，是上违先君之志，下隳士民之节，其可乎？"负、殊曰："晋室衰微久矣，凉之先王北面事赵，惟知机也。今大秦威德方盛，凉王若欲自帝河右，则非秦之敌。欲以小事大则昌，若舍晋事秦，长保福禄乎？"瓘曰："中州好食言，向者石氏使车适返，而戎骑已至，吾不敢信也。"负、殊曰："张先、杨初仍领兵不服，先帝讨而擒之，赦其罪戾，宠以爵秩，固非石氏之比也。"瓘曰："必如君言，秦之威德无敌，何不先取江南，天下尽为秦有，征东何辱命焉？"负、殊曰："江南文身之俗，道污先叛，化降后服，主上以为江南必须兵服，河右可以义怀，故遣行人先申大好；若君不达天命，则江南得延数年之命，而河右恐非君之土也。"瓘曰："我跨据此州，带甲十万，西包葱岭，东距大河，伐人有余，况于自守，何畏于秦！"负、殊曰："贵州山河之固，孰若崤、函？民物之饶，孰若秦、雍？杜洪、张琚因赵氏成资，有囊括中原、席卷四海之志。先帝戎旗西指，冰消雪散，旬日之间，不觉易主。主上若以贵州不服，赫然奋怒，控弦百万，鼓行而西，未知贵州将何以待之？"瓘笑曰："兹事当决之于主，非身所了。"负、殊曰："凉王虽英睿夙成，然年在幼冲，国家安危，系君一举耳。"瓘惧，乃以是言见玄靓。靓惧，亦从命，遣使称藩于秦。因以玄靓所称官爵而授之，因此北凉遂降于秦。

却说晋穆帝与群臣议诏，遣人封桓襄为征讨大都督，督诸军讨姚襄。军未行，襄正攻洛阳。

初，魏将周成降晋，反据洛阳，姚襄攻之，逾月不克。长虹亮谏曰："今屯兵坚城之下，力屈威挫，或为他军所乘，此危道也。不如解此还屯。"襄不从。

时桓温自江陵北伐，遣督护高武据鲁阳，将军戴施屯河上，自率大兵断后，与僚属登平乘楼望中原，慨然曰："遂使神州陆沉，百年丘墟，王夷甫诸人不得不任其责！"记室袁宏曰："运有兴废，岂必诸人之过？"温作色谓四座曰："颇闻刘景升有千斤大牛，啖刍豆十倍于常，其负重致远，曾不若一羸牸！魏武入荆州，杀以享军士。"温意以况宏，而座中皆失色。温从容作赋，而谓袁宏曰："闻卿长于赋，为我著《北征赋》而歌之。"宏即取笔，思半晌，即为书之，而呈上于温。温令伏虞读其赋："云获麟于此野，诞灵物以瑞德，奚授体于虞者！疚尼父之洞泣，似实恸而非假。岂一性之足伤，乃致伤于天下！"温听之曰："卿乃当今文章之美也。"于是各下楼而归。八月，桓温与众将议计，先取洛阳，乃复进兵至伊水。

却说姚襄自杀败殷浩之后，欲图关中，闻桓温军至，下令三军解洛阳之围拒之。时桓温闻姚襄拒住前路，乃亲自结阵而前，亲披甲执锐督战。温出马与姚襄交战，战上二十余合，襄兵大败溃散。襄见自兵溃乱，乃鸣金收数千骑，奔于北芒之中而屯。

桓温见姚军败走，亦不追赶，引兵入洛阳。时洛阳守将周成率众出降。温以军入城屯于故太极殿前。先，姚襄遣使谓温曰："承亲率王师以来，襄今奉身归命，愿敕三军小却，当伏道左。"温曰："我自开复中原，展敬山陵，无豫军事，欲来便前，何烦使人？"襄拒水战，败奔北山，襄勇而爱人，虽战屡败，民知襄所在，咸扶老携幼，驰而赴之。温追之不及。弘农杨亮自襄所来降，温问襄之为人？亮曰："神明器宇，孙策之俦，而雄武过之。"温点首应之。温移屯金墉，谒诸陵寝，修复毁坏，各置陵令。令即具表谢尚镇洛阳，令颖川太守毛穆之等戍之。徙降民三千余家，于江汉之间。襄败奔平阳，秦并州刺史尹赤复以众降襄，襄遂据襄陵。

十一月，燕大司马慕容恪以兵五万围广固。段龛紧守其城，并不出战。燕诸将请急攻广固，恪曰："用兵之势，有宜缓者，有宜急者，若彼我势敌，外有强援，恐有背腹之患，则攻之不可不急；若我强彼弱，无援于外，当羁縻守之，以待其毙。"兵法：'十围吾攻'，正谓此也。龛兵尚众，未有离心，今凭阻坚城，上下勠力，我尽锐攻之，计旬日可拔。然杀吾士卒必多矣！自有扰中原，兵不暂息，吾每念之，夜而忘寐。奈何轻用其死乎？要在取之，不必求功之速也。"军中闻之，人人感悦，于是为高墙深垒以守之。龛婴城自守，樵采路绝，城中人相食。龛大惧，乃面缚出降。恪亲释其缚，以恩抚之。新民悉定齐地，遣人送龛见燕王儁，儁将龛斩之，又坑其从三千人。

第二二二回　太后归政于穆帝

丁巳升平元年，晋穆帝加冠设朝，太后归政，自徙居于崇德宫，文武百僚集贺。于是帝命排宴，赏群臣，不必重叙。

却说姚襄将图关中，进兵屯杏城，羌胡及秦民归之者五万余户，遂据黄落。秦王生遣广平王苻黄眉、东海王苻坚二人以兵讨之，襄坚壁不战。邓羌谓黄眉曰："襄为桓温所败，锐气丧矣，然其为人强狠，若鼓噪扬旗，直压其垒，彼必忿怒而出，可以一战擒也。"眉从之，率骑五百压其垒门而阵，扬武耀威，叫喊怒骂，索襄出战。襄怒，以兵出战。羌佯败走，襄追至太原，东海王兵亦至，羌回骑击之，黄眉等以大众继战，襄兵大败，姚襄被擒而斩之。弟苌率其众降秦，求以郡公礼葬襄，秦王许之，于是黄眉等还长安。生不之赏，数辱之。黄眉怒，欲谋弑生，生密知，即将黄眉诛之。

第二二三回　苻坚备仪聘王猛

却说秦王苻生夜梦大鱼食蒲，又闻长安谣言："东海大鱼化为龙，男皆为王女为公。"生疑谣应鱼遵，将遵杀之，及夷其子孙十余人。时生饮酒无昼夜，多所杀戮，自以眇目，讳言"残、缺、偏、只、少、无、不具"之类，误犯而死者，不可胜数。剥人面皮，使人歌舞以为乐。群臣保一日如度十年。时宗室及大臣、亲戚忠良，杀害略尽，死者不可胜记。

史说东海王苻坚，字永固，乃苻洪季子苻雄之子也。其母苟氏尝游漳水，祈子于西门豹祠，其夜梦于神交，因而有孕，十二月而生坚焉。生坚时，有神光自天烛其庭，坚背有赤纹隐起，成字曰："草付臣又土。"及长，臂垂过膝，目有紫光，祖洪奇而爱之。史说坚幼年七岁，聪好敏施，举措不失机。徐统谓之曰："此儿有霸王之相。"又密谓之曰："苻郎尔后当大贵。"坚曰："诚如公言，不敢忘德！"八岁，请就家学。洪曰："汝夷狄异类，但知饮酒，今乃来学耶？"欣然许之。

初，健之入关也，梦天神遣使者，送来朱衣赤冠，命拜坚为龙骧将军。健至翌日，就拜坚为龙骧将军。坚博学多艺，有经济大志，后封东海王，与薛赞、权翼善。于时苻生为长夜之饮，诛杀大臣，当赞、翼二人密说坚曰："主上猜忌暴虐，中外离心，方今秉主秦祀者，非殿下而谁？愿早为计！勿使他姓得之！"坚曰："主上虽无道，君也，若杀之自取，则成天下万代之骂名耳！"赞、翼曰："殿下执小义，必后噬脐无及。"坚犹豫，以问尚书吕婆楼曰："主上无道，薛赞、权翼叫孤自取其业，其事若何？"婆楼曰："此事可行。仆，刀环上人耳。不足以办大事，仆里舍有一贤士，北海人也，姓王名猛，其人有王佐之才，谋略不世之出，征西大将军桓温屡请不起，现隐华山。殿下宜请咨之。"坚曰："吾备聘礼，卿可代我请之。"

吕婆楼欣然领诺。于是坚备金帛之礼，作书使尚书吕婆楼往华山聘王猛。吕婆楼即出上马，带从人来华山，到庄门外下马扣门。问曰："王先生在庄上否？"童子入去，不一时，王猛出迎入内，在草堂讲礼讫，呈上礼物而言曰："今东海王苻坚，久闻先生大名，无缘拜会，敬备薄礼，命予来聘，望乞就行。"猛曰："山野狂夫，无甚奇才，何劳贵人亲临？若有下问，召仆趋至，甚为惶恐。"言讫，置酒相待，在庄上同宿一宵。

次日，王猛收拾琴书，与吕婆楼一同前来，入见东海王。

苻坚一见猛，遂握手相语，欢若平生，谈论少项，胜如旧识。邀入后堂讲礼，问寒暄毕，苻坚下拜曰："秦室鄙胄，单于愚人，久闻先生大名，如雷灌耳，是以昨日使尚书吕婆楼敬造仙庄，已呈贱名文几，未审览否？"王猛答礼曰："北海田夫，疏慵成性，今蒙殿下见召，下情不胜感激！见大王有爱民忧国之心，但恨猛年幼才疏，不堪治政，有误下问。"苻坚曰："吕尚书之言，权参军之语，岂虚谬哉？望先生不弃鄙贱，曲赐见教。"王猛曰："吕尚书，世之高才，王猛乃一村夫耳，安可以谈天下事？二公差举，而大王舍美玉就顽石，此乃误矣！”苻坚曰：“夫古圣贤，学成文武之业，当立身行道，扬名于后世，以显父母，可谓孝矣；救民于水火之中，致君于尧舜之化，此谓忠矣，世人望先生久矣！坚愚鲁，得赐教之，实为万幸也！”王猛笑曰：“大王慨然，欲闻愚论，尽当剖露，愿闻其志。”

苻坚乃屏去左右，起席而谢曰：“今主上无道，杀戮无辜，士民生怨，中外离心，孤不度德量力，欲伸大义于天下，诚恐不然。吾志在天下，而智术短浅，遂用猖獗至于今日，志犹未已。请计将安用?”王猛答曰：“主上失德，吏民各怀二心，可早图之，免彼晋、燕来侵，若缓延之，久则生乱。”坚又曰：“吾欲统一六合，自赵末以来，豪杰并起，跨州连郡者，不可胜数。”猛曰：“桓温比于姚襄，则名齐而众寡。然温能克襄，以强为弱，非为天时，亦人谋也。今温已拥百万之众，挟天子以令诸侯，诚然不可与争锋。晋王已据有江东之地，已立数世，国险而民富，贤能为之用，此可与援而不可图也。今邺城千里，为慕容儁所据，此乃用武之地；而其儁先立长子，有才而死之，今立次子慕容暐为嗣。吾闻邺城人谈暐好游丝竹之乐，却无略德之声，慕容儁一死，彼必不能守，而期智能之士，思得明君。大王既帝室之胄，信义著于四方，揽召英雄，思贤若渴，若跨有关中，保其险阻，外结晋主，内修政理，天下有变，则命一上将，将邺中之军以向平域，大王举长安之众以出建康，百姓各箪食壶浆以迎大王；则北方之域，尽为大王有也。诚如是，霸业可兴，秦国大可成矣！”坚离坐扳手而谢之曰：“先生之言，金石之论，使坚拨云雾而见青天也！恨见先生之晚矣！”又谓曰：“孤之遇卿，若刘玄德之遇孔明也。”

苻坚自此重猛，食则同几，卧则同榻，终日议论天下大事。其时王猛，年三十一而出仕也。

当秦太史令康欢言于秦王生曰：“昨夜三月并出，孛星入太微，东升自去。自去月上旬，沉阴不雨，以至于今，将有下人谋上之祸！”生大怒曰：“汝以妖言惑朕。”令武士捕杀之。乃入宫饮酒，夜醉，谓宫女曰：“苻法兄弟亦不可信，明日当除之。”

苻法，亦苻雄之子，苻坚之兄。是夜，苻法身体困倦，隐几而卧，梦见神人告之，说：“主生明日必杀汝也。”苻法惊寤心悸之，忽宫女来报知此信，法大惊，急出问梁平老，平老邀法见坚，谓坚曰：“今主上失德，上下嗷嗷，人怀二志，目今晋、燕伺隙而动，臣恐祸发之日，家国俱亡。闻宫女报说，见主上明日要杀皇兄苻法，今皇兄邀臣来见殿下，此殿下之家事也，宜早图之，否则必遭其害。”坚谓苻法曰：“你先引亲随之人，各执利刃入宫，吾后便来。”于是苻法与梁平老等引壮士三百人，潜入云龙门。苻坚亦率麾下兵三千人，鼓噪继进。

时宿卫将士皆执兵器而立，见是苻坚，各舍杖归坚，同法入宫。苻生犹昏寐未寤，被坚令甲士执出杀之。苻生死年二十三岁，在位二年，到此被坚弑之。

次日，王猛与吕婆楼等立东海王苻坚为秦皇帝。坚让兄苻法，法不受曰：“汝嫡嗣，且贤，吾何敢当?”于是坚令去皇帝号而为“秦天王”，改元永兴元年。遣人尽诛幸臣赵韵、董荣等三百余人，以子苻苌为皇太子，兄苻法为丞相，弟苻融为阳平公，次子还为长乐公。王猛、薛赞为中书侍郎，权翼、吕婆楼为给事黄门侍郎，与猛、赞并掌机密，以梁平老为尚书郎，以李威为左仆射。

却说坚母苟氏，思苻法为坚之长，德而且贤，又深得众心，惧后为变，乃遣人召入宫内，以鸩杀之。少顷，坚入宫，见已杀法在地，急问左右，左右具以苟氏之言对之，坚涕泗滂沱，悲恸吐血。左右劝曰："死者不可复生，何必哭之以伤贵体！"坚拭泪而言曰："吾兄贤明有德，何故杀之？"言讫，遂令收敛殡葬，谥曰"哀王"。又封其子阳为东海公。

秦王坚与文武出游，自临晋登龙门，顾指而谓群臣曰："美哉，山河之固！娄敬有言，关中四塞之国，真不虚也！"权翼、薛赞对曰："吴起有言，'在德不在险'。愿陛下追踵唐虞，怀远以德，山河之固，不足恃也！"坚大悦，乃领众还长安。

十一月，秦王坚私行至尚书省，率问诸政之事。丞相程卓无以为对，以是见其文案不治，次日免左丞相程卓，以王猛代之为左丞相。于是王猛亲宠愈密，朝政莫不由之。

戊午二年二月下旬，王猛趋朝出来，因遇特进樊世，乃氐之豪杰也。其先有大勋于苻氏，自负气倨傲，乃辱猛曰："吾辈与先帝共兴事业，不预时权，君无汗马之劳，何敢专营大任？是我为耕稼而君食之乎！"猛曰："方当使君为宰夫，安直耕稼而已？"世大怒曰："要当悬汝首于长安城，不尔者，终不处于世也！"猛忍气回家。次日猛侵晨早先入朝，奏知樊世辱己之事与秦王坚。坚怒曰："必须杀死此老氐！然后百僚可整。"俄而世至，便与王猛争论于坚前，欲以牙笏击猛。秦王坚大怒曰："投鼠须当避其器，我跟前尚如此逞强！"发命将世斩之。武士将世斩首，传首至殿前，于是公卿以下，无不惧猛。是日，又改甘露元年，又以王猛为中书令、京兆尹。猛与中丞郑羌、协规齐志，数旬之间，有贵戚豪强者，被猛、羌按察其过，以罪诛死二十余人，于是豪右屏气，路不拾遗，风化大行，百姓安堵。坚始叹曰："今日始知治天下之法，有天下之为尊也。"

九月，秦境大旱，秦王坚自减膳撤乐，命后妃以下悉去罗纨。使守宰开山泽之利，公私共之，息兵养民，后旱不为灾矣。

第二二四回　燕王购虎尸鞭浸

十一月，燕王儁集百官会议徙都于邺城，百官皆言可，于是迁都于邺城。至夜，梦见故赵王石虎啮其臂。至天明，集百僚，使人去发石虎墓。使人掘墓，不见虎尸，空棺而已。使人回报，燕王儁以百金购其尸，有人知其尸在东明观，直来报知。燕王儁又使人去东明观，下掘得其尸，僵而不腐。呈与燕王儁，数其残暴之罪，令武士鞭之三百，投于漳水浸之。燕王儁因是得疾，闷闷不悦。戊午二年二月，却说赵故将并州牧张平，据新兴、雁门、西河、太原、上党、上郡之地，壁垒三百余，夷夏十万户。赵既亡，先降燕，至是又降秦。燕王欲以兵攻，却又使人降燕。秦王坚闻知，自将兵五万，令邓羌为前部先锋，军至汾上。张平大惊，急召养子张蚝至曰："今秦王苻坚自将兵来攻我，非小可之敌。吾儿火速领众御之，勿使彼临城，难以解矣。"蚝曰："大人休忧，儿即去退秦兵。"

史说张蚝勇力矫健，曳牛却走，超越高城，因此勇冠三军，人莫敢近。坚亦知其名，因谓诸将曰："张平之子张蚝，勇力绝人，卿若生擒得之，重赏不轻，则平自降。"羌曰："主上如何长他人志气，灭自己之威风？看某生执之。"言讫，即与诸将各持兵刃出，正遇张蚝就战，连斗五十合，不分胜负。诸将见羌战蚝不下，各奔出阵。蚝全无惧怯，又战数十合，羌大喝一声齐进，诸将直奔蚝，蚝撇羌来敌诸将，被羌以锦绵套索抛起，将蚝拖下马来。诸将擒之，缚来见秦王坚。坚大悦，赏邓羌，赦张蚝，令其归降。于是蚝降于秦王坚，以蚝为虎贲中郎将，常置左右。秦王坚曰："吾得邓羌、张蚝二人，皆万夫之敌，天下即可定也。其时张平见蚝被擒，亦面缚往降。秦王坚命解其缚，拜平为右将军，收军还都。"

八月，会稽王昱欲以桓温弟桓云为豫州刺史，仆射王彪之曰："兄居上流，已割天下之半，其弟复处西门，兵权萃于一门，非深根固蒂之宜也。"于是昱乃更以谢万代之。王羲之与温笺曰："谢万才通经济，使居廊庙，固是后来之秀。今以之抚顺荒余，则违才易务矣。"又遗万书曰："以君迈往不屑之韵，而俯同群辟，诚难为意也。然所谓通识，正当随事行藏已耳。愿君每与士卒之下者同甘共苦，则尽善矣。"万不能用。

却说晋泰山太守诸葛攸，集军一万余人，攻拔燕东郡，入据武阳。燕王儁闻知，命大司马慕容恪率兵五千攻之。兵至武阳，诸葛攸亦以兵出城，两下交战，数十合，攸兵自溃。被恪追兵一击，攸兵大败，不能当敌。于是攸败走还泰山。恪遂渡河略地，分置守宰而归。儁遂欲经营秦晋，令州郡校实，见一户留一丁，余悉发为兵，欲使步卒满一百五十万，期来春大集军马于各郡。刘贵上书极陈百姓凋敝，发兵非法，必至土崩之变。儁善之，乃更令二五发兵以来，各集邺。时燕调发繁数，官司各遣使者，道路旁午，郡县苦之。太尉封弈奏请："非军期严急，不得遣使。其余赋法，皆责成州。"儁从之。

燕泰山太守贾坚，以兵七百人屯于山庄。晋荀羡引兵一万攻之，坚所将才七百余人，羡兵十倍，贾坚叹曰："吾自结发，志立功名，而每值穷厄，岂非命耶？与其屈膝而生，不若守节而死！”乃开门引兵直出。羡兵四集擒之，遂拔山庄。羡谓坚曰：“先君父祖世为晋臣，奈何背本不降？”贾坚曰：“晋自弃中华，非吾叛也。民即无主，强则托命，既已事人，安可改节？吾束修自立，涉赵立燕，未尝异志，君何忽谓降乎？”羡怒，执置雨中数日，坚愤惋而卒。

青州刺史慕容庬遣司马悦明以兵万余集泰山，羡与战，兵大败。燕复取山庄，燕王以坚子贾活为任城太守。荀羡疾笃，晋帝已知，遣使征之，以郗昙督徐、兖，以军镇下邳。

初，燕吴王慕容垂娶段末柸女，生子令、宝。段氏才高性烈，自以贵姓，不尊事可足浑后，后衔之。中常侍温皓希旨，告段氏为巫蛊毒后。后觉，欲以连累垂，收下廷尉考验。段氏终无挠词，故垂得免祸，而段氏竟死狱中。燕王儁贬垂为平州刺史，出镇辽东。垂以段氏女妹为继室，可足浑后黜之。以其妹妻垂，垂不就，由是益恶之，出镇辽东。

己未三年四月，凉丞相张瓘性猜忌苛虐，专以爱憎为赏罚。郎中殷郇谏之，瓘曰：“虎生三日，自能食肉，不须人教也。”

由是人情不附。宋混性忠鲠，瓘惮之，欲杀混，因废凉王玄靓而自代之。混知，率壮士五百人掩入南城，宣告诸公曰：“张瓘谋逆，太后令我以兵诛之。”乃率兵出战，瓘亦以兵与宋混战，大败，与张琚皆自杀。混既杀瓘兄弟，请玄靓去王号，复称凉州牧而降晋。

第二二五回　燕王托孤慕容恪

冬十月，诸葛攸复将水陆二万，击燕人，自石门屯于河渚。燕王儁使上庸王慕容评，率步骑五万与战东门。攸病，三军无主，因此大败。晋穆帝闻知，遣迎诏书前来，使谢万、郗昙主讨。万、昙复伐之。万矜豪傲物，但以啸咏自高，未尝抚众，兄安深忧之，谓万曰："汝为元帅，宜数接对诸将，以悦其心，岂有傲诞如此，而能济事耶？"万乃召集诸将，一无所言，直以如意指四座云："诸将皆劲卒。"诸将益恨之。安虑万不免，乃自偏师以下，每亲造诸将，善言抚谕，厚相亲托。既而万不敢进师，众人皆赖以援洛阳。昙以病退屯彭城，万以为燕兵大盛。故昙退即引兵还，众遂惊溃。万狼狈单骑归，军士欲图，以安之故止。晋帝闻知，以诏废为庶人，降昙号建武将军。于是许昌、颍川、谯、沛诸城，相次陷没，遂为燕所有。

庚申四年正月，燕王慕容儁宴群臣于蒲地阁。酒酣，赋诗，因与群臣谈经史，语及周太子晋，潸然流涕，顾谓群臣曰："昔魏武追痛仓舒，孙权悼登无已，孤尝谓二主缘爱称奇，无大雅之体。自晔死以来，孤鬓发中白，始知二主有以而然。卿等言晔定何如也？孤今悼之，得毋贻怪将来乎？"时长史李绩对曰："懿怀之在东宫，臣为中庶子，秉质志业，臣实不敢不知。先太子大德有八，未见有缺也。至孝自天，性与道合，此其一也；聪敏慧悟，机思若流，此其二也；沉毅好断，理情无幽，此其三也；疾谀亮物，雅悦直言，此其四也；好学不辍，不耻下问，此其五也；英姿迈古，艺业超时，此其六也；虚怀恭敬，尊师重道，此其七也；轻财好施，勤恤民隐，此其八也；有此八德，境内士民，实感慕无极。"燕王儁闻言泣曰："卿虽过誉，然此儿若在，吾死果能无忧。今景茂幼冲，器艺未举，卿以为何如？"绩曰："皇太子天资岐嶷，圣敬日跻而八德暗然，二缺未补，雅好游畋，娱心丝竹，所以为损耳。"燕王儁顾谓太子暐曰："伯阳之言，药石之惠，汝宜识之！"言毕，罢宴归宫。

是夜，燕王儁寝疾，谓太原王恪曰："今二方未平，景茂幼冲，社稷属汝何如？"恪曰："太子虽幼，胜残致治之主也。臣何敢干正统？"儁怒曰："兄弟之间，岂虚饰耶？"恪曰："陛下若以臣能荷天下之任者，岂不能辅少主乎？"儁喜曰："汝能为周公，吾复何忧？绩忠迈清亮，汝善遇之！"召吴王垂还邺，至是疾笃，召恪及司空阳骛、司徒评、将军慕容根，受遗诏辅政。谓曰："朕欲与卿等平一天下，不幸到此难逃，此亦天命也。"又指太子谓恪曰："此子年幼，今托付与卿，卿宜以骨肉为重，以慕周公之德而辅之，则吾在九泉之下，不忘贤弟。"言讫，泪下如雨。慕容恪曰："陛下善保龙体，不可怀忧。太子虽幼，吾辅之！岂待再三耶？"儁点首而崩。寿四十九岁，在位十一年，改元者三。却说慕容暐，字景茂，慕容儁之第三子也。儁因长子慕容晔死之故，乃立为太子也。燕王儁既死，百官举哀殓葬讫，大司马、太原王慕容恪率百官立太子暐为燕王，即皇帝位，改元建熙元年。以慕容恪为太宰、录尚书事，得行周公之事。暐既立大位而庸弱，国事皆委之于恪耳。当恪奏少主曰："李绩清方忠亮，堪任大事，先帝临终以为恪言。陛下可以绩为尚书右仆射，同辅朝政。"时燕王憾绩，往在先帝面前，言其所短，因而谓恪曰："万机之事，委之叔父、伯阳二人，朕请独裁何如？"此时李绩闻少主之言进，忧疾而死。临终谓家人曰："吾不听先人之训，果有今日之故也！"言讫而卒。

先是李绩之父李虚，字子乔，初仕石氏，后始仕燕，历位尚书。前后固辞年老，不堪理政，燕王儁不许，转拜太子太保。临终谓子绩曰："以吾之才，而至于此，始者之愿亦已过矣！我死之后，汝不可以西夕之年，取笑于来今也！"绩不能遵依是语而辞退，是以忧死也。

却说将军慕容根自恃勋旧，有无上之心，乃私见太原王慕容恪而言曰："主上幼冲，母后秉政，权在大王，何以不因其未定而取之？而甘在人下，非丈夫之所为也！"慕容恪愕曰："公醉乎？何言之悖耶！昔曹藏、吴札并于家难之际，犹曰为君非吾节。况今储君嗣位，四海无危，宰辅受遗，奈何有私议，公忘先帝之言耶？"根乃大惧，陈谢而退。慕容恪以慕容根言告吴王垂，垂曰："何不诛之？"恪曰："今新遭大丧，二邻观衅，而宰辅自相诛夷，恐乖远近之望，且宜忍之。"时根私入宫，谬言于可足浑后及燕王暐曰："太宰、太傅，将谋不轨，臣请发禁兵诛之。"后将从之，暐曰："二公，国之亲贤，先帝托以孤嫠，必不肯尔，安知非太师欲为乱也？"乃止。根又思恋旧土，谋欲还东。恪知谮己，乃密奏根罪状，燕王暐使恪诛根及其党二十余人。

时新遭大丧，诛夷狼藉，内外忧惧。恪举止如常，人不见其有忧色，每出入，一人步从，或说以宜自严备，恪曰："人情方惧，当安静以镇之，奈何复自惊扰？"恪虽综大任，而朝廷之礼，兢兢严谨。每事必与司徒评议之，虚心待士，咨询善道，量才授任，人不逾位。朝臣或有过失，不显其状，随宜而施，时人以为大愧，莫敢犯者。或有小过，自相责曰："尔复欲望宰公迁官耶？"

燕所征辟国兵，去冬集邺，复遣伐晋，以燕王儁病，大阅而罢。至是，以燕朝多难，互相惊动，自邺以南，道路断绝。太宰恪大惊，急以吴王垂为征南将军，去镇蠡台。又令孙希、傅颜率骑二万，观兵河南、临淮而还，于是境内乃安。

却说刘卫辰遣使降秦，请田内地。春来秋返，秦王坚许之。夏，云中护军贾雍率百骑袭之，大获而还，奏知秦王坚，坚大怒曰："朕方以恩信怀戎狄，而汝贪小利以败之，何也？"乃黜雍以白衣领职，遣使还所获，并慰抚之。卫辰大悦，于是入居塞内，贡献相寻。

时东胡独孤部及没弈干各率众数万降秦，秦王苻坚处之塞内。阳平公融谏曰："戎狄人面兽心，不知仁义，其稽颡内附，实贪地利，非怀德也；不敢犯边，实惮军威，非感恩也。今与民杂居，彼窥郡县虚实，必为边患，不如徙之塞外。"坚从之。

却说桓温聚集文武商议天下之事，群佐皆曰："今燕王慕容儁新丧，主幼才庸，若兴三军去伐，指期中原可得。"桓温曰："慕容儁乃英特之士，临死必以其子托付于太原王慕容恪，而恪又善抚国家，能为将兵，石季龙尚且被执，何况今日乎？慕容恪尚存，所忧方为大耳，何敢进之？"由是桓温未敢起兵。

史说谢安，字安石，四岁时，桓温见而叹曰："今此儿丰神秀致。"及总角神识沉敏，风宇条畅，善于书。弱冠时诣王濛，清言良久，既去。濛子王脩问父曰："向客何如大人?”濛曰:“此客亹亹,为来逼人。”王导亦深器之。由是少有重名,寓居会稽,与王羲之及许珣、支遁交通游处,出则渔弋山水,入则言咏属文,无出世之意。除尚书郎,琅玡王交辟,并不起。常往临安山中,坐石室,临深谷,悠然叹曰:“此去伯夷何远乎?”然虽寓居会稽,以山水自娱,虽为布衣时,人皆以公辅期之。士大夫至相谓曰:“安石不出,如苍生何?”安石每游东山,常以妓女相随。时会稽王司马昱闻之曰:“安石既与人同乐,必不得不与人同忧,召之必至。”安妻刘惔之妹也,见家门贵盛,而安独静,退谓:“丈夫不如此也!”安掩鼻曰:“恐不免耳。”及弟万废黜,安始有仕进之意。安时年已四十,征西大将军桓温闻之,使人请拜为司马。安闻召即至,温大喜,拜为司马,深礼重之。凡有军国大事,悉皆咨之。

辛酉五年,是岁凉奉升平之号。燕守将吕护遣使来建康降晋。晋帝拜为冀州刺史,护欲引晋兵以袭邺,燕太宰恪闻知,乃将兵二万讨之。护婴城自守,将军傅颜请恪急攻之,恪曰:“老贼经变多矣。观其守备,未易猝攻。然内无蓄积,外无救兵,我深沟高垒,坐而守之,休兵养士,离间其党,于我不劳而贼势日蹙,不过十旬,取之必矣。何必多杀士卒,以求旦夕之功?”乃筑长围守之。

第二二六回　**晋哀帝登龙即位**

五月，晋穆帝因疾而崩，时年十九，而无嗣，在位十七年，庙号“孝宗”。百官举哀，葬于永平陵。是时孝宗无子，群臣立成帝子、琅玡王司马丕为皇帝，立皇后王氏，尊何太后为穆皇后，改元“隆和”。

却说哀帝，名丕，字千龄，成帝长子。初封为琅玡王，及穆帝崩无嗣，大臣迎丕立之。在位四年，改元者二，曰：隆和及兴宁。

史说中书侍郎范宁，字武子，少博学，多所通览。时以浮虚相标，儒雅日潜，宁以为其源始于王弼、何晏，二人之罪，深于桀、纣。宁乃著论非之曰：“王、何蔑弃典文，幽沉仁义；游辞浮说，波荡后生；使缙绅之徒，翻然改辙，以至礼坏乐崩，中原倾覆，遗风余俗，至今为患。桀、纣纵暴一时，适足以丧身覆国，为后世戒，岂能回百姓之视听哉？故吾以为一世之祸轻，历代之患重，自丧其恶小，迷众之罪大也。是以人皆以此论贬之太过，吾观贬之宜也。”

十二月，秦王苻坚下诏，命牧伯守宰各举孝悌廉直、文学政事，察其所举，得人者赏之，非其人者罪，由是人人莫敢妄举，而请托不行。当是之时，内外文官，率皆称职，田畴修辟，仓库充实，道不拾遗，盗贼屏息，因是凤凰集于东阙。秦王苻坚大喜，平旦召王猛、苻融入露台，悉屏去左右，密议大赦境内。王猛、苻融亲送纸笔，秦王坚自为赦文，正持笔间，忽有一大苍蝇，自穿牖孔而入，鸣声甚大，集于笔端。坚驱之复来，忽然去之。秦王坚在内为赦文，俄而长安城中，街上有一黑衣小儿大叫曰：“今日官家大赦天下。”须臾小儿去了，因此街巷市里，人人相告曰：“官家有赦！”境内由是喧哄，有司闻知，入朝奏请，闻赦何事。秦王坚大惊，谓融、猛曰：“孤与卿议于禁中，又无属垣之耳，事从何泄也？”遂问群臣曰：“其闻赦事，何处得来？”群臣奏曰：“长安城中士民在城中传说官家有赦，不知何人先说也？”猛奏曰：“可令武士出朝门外，执城中百姓入来问之，必知端的。”秦王坚曰：“卿言是也。”坚即使武士出去捉之，不一时，武士拥得老者四五人，至殿下。秦王坚问百姓曰：“谁人说道朕有赦出？你可从实说来。”老者咸曰：“有一小人，衣黑衣，大呼于市曰：‘今官家有大赦，’须臾不见。”坚知神泄其事，于是遣老者还。秦王坚即遣使颁书，大赦境内。

时，秦王坚谓群臣王猛等叹曰：“其向苍蝇，身状非常，吾固恶之。谚曰：‘欲人弗知，莫若勿为。’声无细而弗闻，事未形而必著者，此之谓也。”于是秦王坚命广修学宫，集郡国学生通一经以上充之，公卿以下子孙，并遣入学受业；其有学为通儒、才堪干事、清修廉直、孝悌力田者，皆旌表之，于是天下号“秦多士”。

壬戌隆和元年正月，征西大将军桓温与长史孟嘉等议曰：“吾欲威振朝廷，群臣不服，何计可施？”嘉曰：“为明公计，可上表诈请迁都洛阳以试之，朝廷若从公请，不待立威而群臣自服；若不允，百官逆异于公，正如昔日指鹿为马，以察百官也。”温曰：“其计大善。”次日，使人入朝上疏曰：

江东自先帝立，今六十余年，气数已衰落矣。洛阳旧都，乃霸业之所，士民思之已久。请皇帝陛下与百僚俱各促装，治日北徙洛阳，以实河南都之，则中原指日可得矣！

却说晋哀帝得桓温疏，读讫，大惊，谓群臣曰：“今大将军桓温主意迁都，其事若何？”时群臣皆惧温势，不敢言异。人情疑惧，虽知不可，莫敢先谏。惟有散骑常侍孙绰上疏曰：

昔中宗龙飞，惟信顺协于天人，实赖万里长江画而守之耳。今自丧乱以来六十余年，河洛丘墟，函夏萧条，士民播流江表，已经数世。存者老子长孙，亡者丘陇成行，虽北风之思感其素心，目前之忧，实为交切。植根外数十年矣，一朝顿欲拔之，驱蹴于空荒之地，瞻望万里，逾险浮深，离坟墓，弃祖业，田宅不可复售，舟车无从而得，舍安乐之国适他乡，国家所宜深虑也。

晋帝览疏犹豫。当散骑常侍王述曰：“陛下休忧，桓温欲以虚声威振朝廷耳，非实事也！但从之，自无事矣。”于是遣使人去回说从之，治吉起行。

却说使人既还报于桓温曰：“帝与群臣皆乐从之，听将军之请，愿迁洛阳。”温大悦，问孟嘉曰：“先生计果奇，百官不敢拒意，而今朝廷要迁洛阳，倘若迁之，则秦、燕乘此起兵而国家乱，我等事务未备，事皆危矣！”嘉曰：“此事易耳！”将军可复使人入朝再奏曰：“迁之宜矣，而关中残破，宜先使人修理，若移洛阳钟虡，权且暂停，候再择期。”于是温从之，复使人入朝奏知其事，暂且停止。

晋帝遂问常侍王述曰：“其事若何计议回之？”王述曰：“臣自作书回复，无劳圣意。”于是王述领使人出朝归第，作书与使，带回去复桓温。桓温得书开读曰：

永嘉不兢，暂都江左。方当荡平区宇，旋轸旧京。若其不尔，宜改迁园陵，不应先事钟虡。

桓温读毕谓众曰：“朝廷大臣，明知不可，而惧我莫敢言之。既如此，权罢迁都，暂且停止。”

第二二七回　桓温戏星人王见

却说桓温既有异志，闻蜀人王见善知天文，乃使使召至。至夜，温执王见手问曰："闻卿善知天文，今国家祚运修短若何？"见答曰："世祚方永，未必便终。"温不悦，次日召见入，送绢一匹，钱五千文，与之自归。因谓曰："卿可将此自裁。"

王见受之即出，自思曰："桓温送绢一匹，钱五千文，命我自裁；其绢使我自缢而死，其钱与我买棺材葬；我无亲在此，无人收敛。"因哭，思半日，闻襄阳习凿齿为温府主簿，仁厚济人，乃驰入谒凿齿曰："吾乃蜀州星人耳。蒙大司马桓温召至，问天文国家之事，吾以实对，大司马怪吾，送绢一匹，钱五千文，命我自裁。我家在益州，被命远来，今此无亲，无由致其骇骨，闻君仁厚，故来相投，乞为檩碣棺本以敛，吾在九泉之下，不忘大德。"凿齿曰："君几误死耳！吾尝闻知，星宿有不覆之义乎！此以绢戏君，以钱供道路之资，是教君自去也！如何寻死？桓公杀汝，岂待汝自裁，何不明也？"王见大喜，拜谢凿齿曰："若不造先生，误丧残生。"于是王见次日入辞桓温回蜀。温曰："谁救汝还？"王见乃以凿齿言对之。温大笑曰："昨忧君误死，今是误活！汝徒然三十五年看儒书，不如一诣习主簿矣！"因此王见得凿齿指教得归，温于是益重凿齿。

癸亥兴宁元年五月，晋帝设朝，文武班齐，君臣礼定，分两边立。群臣奏曰："前者桓温所议迁都之事，欲威振朝廷，贪功慕禄耳。今事已寝，可加其重禄，则彼不生别志。"帝下诏，使人去加封桓温大司马、都督中外诸军事、录尚书事。桓温大喜，受职。温又欲北伐，以王坦之为长史，以郗超为参军，以王珣为主簿，以谢玄为东曹掾，后改为参军。

史说王坦之，字文度，乃王述之子也。弱冠与郗超俱有重名，时人为之语曰："盛德绝伦郗嘉宾，江东独步王文度。"郗超，字景兴，小字嘉宾，少卓荦不羁，有旷世之度，人皆仰之。王珣，字元琳，乃太尉王导之子也。先珣尝梦人以大笔如椽与之，既觉语人曰："此当有大手笔事！"后孝武帝崩，哀册谥皆珣所草。珣方弱冠，与谢玄为桓温掾属，俱为温所敬重。谓之曰："谢玄年四十，必拥旄又节。王掾当作黑头公？皆未易才也。"史说：谢玄，字幼度，少颖悟，与兄谢明，俱为叔父谢安所器重。安尝诫于诸子侄曰："子弟亦何预人事？正欲使其佳。"诸人莫有言者，独玄答曰："譬如芝兰玉树，欲其生于庭阶耳。"由是安悦玄对，而益重之。

时桓温每有事，必与王珣、谢玄二人谋之，因此其府中人为之语曰："髯将军，短主簿；能令公喜，能令公怒。"玄貌多髯，珣状短小。

甲子二年春正月，晋帝以扬州刺史王述为尚书令。王述每受职，不为虚让，其所辞必于所不受。及为尚书令，其子坦之谏述曰："故事多让，何不让乎？"述曰："汝谓我不堪耶？"坦之曰："非也，但克让自美耳。"述曰："既谓堪之，何为复让耶？欲以汝胜我，实不及也。"

却说哀帝雅好黄老辟谷，饵长生药，服食过多，遂中毒，不能理万机。崇德太后复临朝摄政。

却说凉宋混疾甚，张玄靓及其母马氏往省之曰："将军万一不幸，寡妇孤儿，将何所托?"混曰："臣弟澄，政事愈于臣，但恐其懦缓，机事不称耳。殿下策励而使之，可也。"混诫澄曰："受国大恩，当以死报，无恃势位以骄人。"又见朝臣，皆诫之以忠贞。及卒，行路之人为之挥涕。玄靓以澄为领军将军，命其辅政。

第二二八回　天锡弑君而自立

凉自丞相宋混死后，张天锡专执朝政。张玄靓庶母郭氏，以张天锡专权，与大臣谋欲诛之。事泄，天锡反将郭氏皆杀之，遂弑玄靓，自称凉州牧、西平公。时年十六，遣司马秦奉诣建康请命，晋帝从之，诏封锡西平公。

却说匈奴刘卫辰以众作叛，代王什翼犍急点兵三万攻卫辰。时河水未合，犍命将士以苇结纴流澌，俄而水合，然而不坚，乃散苇于其上，冰草相结，有如浮梁，兵乘以渡。卫辰不意兵卒至，大惊，遂引左右西走去了。什翼犍不追，收其部落之十六七而还。卫辰奔降秦，春送还朔方，遣兵戍之。

代王什翼犍性宽厚，郎中令许谦盗绢一匹，知而匿之。谓左长史燕凤曰："谦盗绢，吾不忍视谦之面，卿慎勿泄。若谦惭而自杀，是吾以财杀士也！"尝讨西部叛者，流矢中目，既而获射者，群臣欲脔割之，代王曰："彼各为其主耳，何罪之有？"遂释射者，是以士民附者众耳。

第二二九回　哀帝崩立司马弈

乙丑三年二月，孝哀帝崩，群臣迎其弟琅玡王司马弈即皇帝大位，改元为太和元年。

却说弈帝，字延龄，哀帝同母弟也。初，封为琅玡王，及哀帝无子，大臣迎而立之，在位六年，后被桓温废为海西公。

却说燕王晧境内久旱，太宰慕容恪、慕容评并入朝归政。上疏曰：

臣以朽暗，器非经国，不足上谐阴阳，下厘庶政。臣闻王者，依天建国，辨方正位，司必量才，官惟德举。台辅之重，参理三光，而非其人，则灵曜为亏，尸禄贻殃，负乘招悔，臣非安可久忝天禄？宜以避贤路，敢忘虞丘避嫌之美？辄循两疏知止之分。谨送章绶，惟垂诏许。

晧览疏，而谓恪、评二人曰："先帝所托，惟在二公，岂虚己谦让，以违付托之事耶？"恪、评二人乃止。燕王晧又曰："吾闻洛阳乃关中之地，今为晋所戍，欲烦叔父神明取之，其事若何？"太宰慕容恪曰："臣等受先帝顾托之重，欲效犬马之心久矣，未得诏命。今陛下旨意，臣愿领兵去攻洛阳，以报先君顾托之恩。"言讫，拜辞燕王，即点十万锐兵，使吴王慕容垂为先锋，杀奔洛阳而来。

其时洛阳守城将沈劲闻知燕兵犯境，即忙使偏将军杨钦，点起城中氐兵五千人，大开城门，驱兵出迎。时燕兵队内，有先锋慕容垂出战与杨钦交战；二人在阵前，战二十余合，杨钦兵少，如何敌得燕军，因此大败。杨钦不敢入城，乃收残兵，走还江南。时燕太宰恪谓诸将曰："卿等常患不攻城，今洛阳城高而兵弱，卿勿畏也。"于是诸将率士卒齐力攻之，乃克。执沈劲来至，恪招降，而劲神气奇异，恪将宥之，将军慕容虔曰："劲虽奇士，观其态度，终不为人用。"遂杀之。

恪略地崤、函，关中大震。秦王坚自将屯陕城以备之。燕以慕容评坐镇金墉，慕容垂镇鲁阳。恪还邺，谓僚佐曰："吾前平广固，不能济辟闾，今定洛阳，使沈劲为戮，虽皆非本情，实有愧于四海。"后朝廷嘉劲之忠，赠东阳太守。

第二三〇回　司马勋叛攻成都

二月，益州刺史周抚卒，晋哀帝诏以其子周楚代之，而抚在益州三十余年，甚有威惠，民咸德之。

七月，立会稽王司马昱为琅玡王，昱固让不受。

十一月，梁州刺史司马勋以众一万人作叛，来围成都。时大司马桓温闻知，遣江夏相朱序以五千人救之。序遵命以兵即行，至成都五十里屯。序次日遣人入城，去会周楚击勋。楚得书，即忙会集将佐，整顿军容，大开城门，杀出城来。朱序以兵抄勋后攻之，两下夹击，勋兵大败。被楚擒而斩之，成都遂平。初，勋为政暴酷，治中别驾言语忤意，勋即于座斩之。常有据蜀之志，惮周抚不敢发。及闻抚卒，遂举兵自号为“成都王”，引兵入剑阁，围成都，至是被温以朱序与周楚合兵诛之。

丁卯太和二年四月，太原王慕容恪因攻洛阳回来，得疾甚重。燕王暐闻知，亲与群臣视恪，问以后事。燕王暐入见恪曰：“叔父出征远劳，今得此疾困重，倘设不周，使孤倚托何人？”恪曰：“慕容垂文武兼才，管、萧之亚，陛下信任之以大政，国家可安。不然，秦晋必有觊覦之计。”暐闻言曰：“愿从尊训。”言讫回宫。太宰恪以燕王幼弱，政不在己，今太傅评又猜忌，乃使人召暐兄乐安王臧至，谓曰：“今南有晋室，西有强秦，常蓄进取之大志。司马总统大军，不可任非其人；我死之后，以其疏言之，当在汝及冲。汝曹虽才识明敏，然年少，未堪多难。吴王天资英杰，智略盖世，汝曹若以推任之，必能混一四海，况外寇乎？”言讫而卒。

燕王暐闻知，恸哭终日，命厚葬之。国人皆为发悲，于是以慕容冲为大司马，总统六军。

第二三一回　苻氏五公皆谋反

却说秦王坚闻慕容恪已卒，阴有图燕之计。命匈奴曹毂使如燕，曹毂以西戎主簿郭辩为之副。燕司空皇甫真兄皇甫腆及从子奋、覆皆仕秦。辩至燕，谓真曰："仆本戎人，家为秦诛，故寄命曹主。贵兄常侍及奋、覆兄弟，并相知有素。"真怒曰："臣无境外之交，此言何及我！君似奸人，得毋因缘假托乎？"遂入白暐，请究治辩，太傅评不许，得还，为坚言："燕政无纲可图，其见机识变，惟皇甫真耳。"坚曰："以六州之众，岂得不使智士有一人哉？"曹毂寻卒，秦分其部落为二，使其二子分统之，号东西曹。

却说秦汝南公苻詧，乃苻生之弟，欲谋反，秦王坚窃知，遣武士执斩之。时生弟犹有五人，当王猛谓坚曰："不去五公，终必为患，不若乘此杀之。"坚不从，至是秦晋公柳、赵公双与魏公庾、燕公武谋作乱。坚闻知，使人征其还长安。柳据蒲坂，双据上邽，庾据陕城，武据安定，齐来起兵作反。坚又遣使谕以罢兵，令其各安原位，各啮梨以为信，皆不从。秦王怒，命王猛将兵二万去讨，猛得令即以兵行。

戊辰三年二月，秦魏公苻庾闻王猛以兵来，恐不能敌，乃以陕城降于燕兵以接应。秦人大惧，燕王德曰："苻氏骨肉乖离，投诚请援，是天以秦赐燕也。天与不取，反受其殃，吴越之事，足以观矣。陛下宜命皇甫真引兵援之，众径趋蒲坂；吴王垂引许、洛之兵，驰解庾围；太傅总京师虎卫，为三军后继，传檄三辅，示以祸福，彼必望风响应。"太傅评曰："秦，大国也，今虽有难，未易可图。朝廷虽明，未如先帝，吾等智略，又非太宰之比，闭关保境足矣。"庾闻燕不发兵，又以人遗垂及真笺曰："苻坚、王猛，皆人杰也，谋为燕患久矣，今不乘机取之，恐异日有江东之悔矣！"垂谓真曰："主上富于春秋，太傅识度，岂能敌坚、猛乎？"遂绝之。

十二月，王猛以兵至陕城，苻庾以兵出战。战未上三合，被猛获之。王猛遂拔陕城，左右送庾于帐下，猛使人解长安送坚。坚问之，庾曰："臣本无反心，但以兄弟屡谋逆乱，臣惧及死，故反耳。"坚泣曰："汝素长者，固知其非汝心也！且高祖不可以无后。"乃赐庾死。原其七子，以长子袭魏公，余子嗣诸弟之无后者。

第二三二回　桓温伐燕大败还

己巳四年初，桓温闻燕太宰慕容恪死，请旨与徐、兖刺史郗愔、江州刺史桓冲、江州刺史袁真等伐燕。初，愔在北府，温常云：“京口酒可饮，兵可用”，深不欲愔居之。愔遗温笺，欲共奖王室，请督所部出河上。愔子超为温参军，取视后毁之，更作倍笺，自陈非将相才，加以老病，乞闲地自养。劝温并领己所统。温大喜，即以愔为会稽内史，而自领徐、兖二州刺史，率步骑五万发姑孰。超曰：“漕运难通，求别道而入。”温不从。

六月，至金乡，天旱水绝，使将军毛虎生凿钜野三百里，引汶水会于清水，引舟自清水入河，舳舻数百里。超又曰：“清水入河，难以通运，若寇不战，运道必绝。因敌为资，后无所得，此危道也。不若举众趋邺，彼必望风逃遁，北归辽碣，若能出战，则事可立决。若恐胜负难必，务欲持重，则莫若屯兵河、济，控引漕运，俟资储充备，来夏乃可进也。舍此二策，而燕军北上，进不速决，退必愆之。贼因此势以日月相引，渐及秋冬，木凋时滞，北土早寒，三军裘褐，只恐于时所忧，非独无食而已。”温又不从。曰：“吾命袁真攻开石门，以通水运，必无阻滞。”遣袁真以五千兵攻石门，又遣朱序攻胡陆，拔之。燕王暐使下邳王慕容厉，以兵一万逆战，被邓遐、朱序合兵出击，两下交锋，未十合，厉大败还，前锋邓遐、朱序又败燕兵于林渚。

七月，温至枋头。燕王暐及太傅慕容评大惧，暐谓文武曰：“太原王已丧，今国内无有良材，晋兵势大，何以迎敌？”群臣曰：“太原王临终之语，陛下何故忘记？吴王慕容垂有文武之才，何不用之，以兵拒敌？然后使人和好于秦，结为唇齿，请其以兵来救，可破晋兵。”暐曰：“其计虽善，而今晋兵势大，即分兵而来，恐难迎敌，不如走奔和龙。”吴王垂上言曰：“臣请击之，若其不捷，走未晚也，何自纷纷自溃乎？”暐乃使垂率众五万以拒温，垂表乞悉罗腾为从军，暐从之，又遣乐松请救于秦，许赂虎牢以西之地于秦。

却说秦王坚与群臣议论国事，忽近侍报燕王暐使人至，说桓温以兵犯境，敬修国书，求结为唇齿，请相救应。秦王坚曰：“吾正恨其强，欲兴兵讨之，吾不援应。”王猛密谓秦王坚曰：“燕虽强大，慕容垂非温之敌也。若温举山东之众，进屯洛邑，收幽、冀之兵，引并、豫之粟，观兵崤、渑，则陛下大事去矣。今不如与煎合兵以退温；温退，燕亦病矣。我乘其敝而取之，不亦善乎？”秦王坚曰：“卿策甚善。”因此从之，即使洛州刺史邓羌率步骑二万，前来救燕，羌领兵起行。

却说申胤谓封孚曰：“以桓温声势，似能有为，以吾观之，必无成功。何则？晋室弱衰，温专制其国，晋之朝臣未必皆与之同心，必将乖阻，以败其事。又，温骄而恃众，怯于应变，大众深入；值可乘之会，反更逍遥中流，不出赴敌，欲望持久，坐取全胜，若粮廪愆悬，情见势绌，必不战自败，此自然之数也。”

慕容垂兵至洛，谓将士曰：“公等各宜尽心竭力，以报国家。”言讫，急谓范阳王慕容德曰：“今温大兵在此，漕运要从石门来，卿可以重兵前去，紧守石门，粮食不至，则温兵自溃矣。”德从之，乃以所集之兵，出守石门。又谓偏将李邦曰：“温见石门不通，必使人从皋陵运。汝可引军一万，抄山径埋伏险隘，绝其粮道。”李邦引一军去讫。

却说慕容德至石门，谓慕容宙曰：“汝先率一千兵出战。”宙曰：“晋人轻剽，怯于陷敌，勇于乘退，宜设饵钓之。”德曰：“可以二百骑挑战，余兵分作三处埋伏，待其追而击之。”于是使宙以二百骑挑战，自将兵分作三处埋伏，计议讫。

宙以二百骑出战，袁真尽以众与战，宙诈败便走，真挥兵追击，至伏兵之所，慕容德当先出拦，两下交锋，真兵大败走回。又被伏兵出截，三下夹攻，真单骑逃回本营收众，折去五千余人。

却说慕容垂以大兵至襄阳屯扎，便差人四门贴起文榜告示，居民无问老小，火速移往睢城暂居，不可自误。晋兵到此不仁，必然伤害百姓。一连差十数次人，催趋使行，百姓皆起身后，唤诸将听令，先差云振带二千人，各将布袋去溪河上流头埋伏，用布袋装上砖土，拒住浅河之水。到来日三更以后，只闻下流头人马嘶喊，知是桓温兵败，急取去布袋，放水淹之，却顺河杀将下来接应。云振听计去了。吴王垂又唤慕容德：“可引军二千，去博陵边渡口埋伏。晋兵被淹，此处水势缓慢，人马必从此逃命，你可乘势杀来接应。”德领兵去了，垂又唤赵平：“你可引军三千，先取芦苇干柴，放在襄城人家屋上，各处陌头巷角上，却暗藏硫黄焰硝引火之物，来日昴日鸡，值黄昏后必有大风起，袁真必入城安歇。汝将二千军，先用火箭大炮，放入城中去。火势大作，城外呐喊，只留东门外放走。你却在东门外伏定，败军乱窜，不可拦截，只顾攻击他。败军无心恋战奔走，此乃以寡敌众之道也，必得全功。天明会合，收军便回睢城，不可违误。”赵平听令去了。垂更再唤：“麋玉、刘同，你二人可带二千人，一半红旗，一半青旗，去野外三十里虎尾坡前摆开，青红旗号混杂。如晋军到，麋玉一支红旗走在左边，刘同一支青旗走向右边。他疑，必不追赶。却分兵去西北角上埋伏，只望城中火起，便可进兵，追赶败军。然后，却来白河上流头接应，时刻休误。”二人去了，垂登高望之。

却说晋兵袁真自为前部先锋，引大军一万，战将数员，又有铁骑军二千，从襄邑进发。日当亭午，来到虎尾坡附近。问向导官：“前面离城多少路？”答曰：“只有三十里。”王佃引探马数十匹先行，见坡前人马摆开。王佃拍马抢前，见依山傍岭，一簇人马，尽打青、红旗号，不知多少。晋将王佃把皂旗一招，三千军一齐向前，麋玉、刘同为两队进，青、红旗各居左右，二色旗不杂，队伍不乱。王佃扯住马，令休赶。左右曰：“为何不赶？”王佃曰：“前面必有伏兵，你们只就这里扎住，我自去禀先锋。”王佃一骑马来见先锋，袁真曰：“岂不闻兵法有虚实之论？此是疑兵，必无埋伏，速进兵追之。”佃再回坡前，提兵直入其左，遍于林下，追寻不见。

此时红日冉冉坠西，袁真叫去抢襄邑安身。军士四门突入，并无阻挡，又不见一人。袁真曰：“此乃势穷，尚带百姓连夜走了。众军权且安歇，来日进兵。”军士各自饥饿，都去夺屋造饭。袁真在县衙安身。初更后，狂风忽起，把门军士来城报火起，袁真曰：“火是军人造饭不小心失火，不可惊动。”说未毕，南门、西门俱来报火起。袁真急令众人上马时，早已满城火着，上下通红，喊声大震。当夜袁真叫将士冒着烟火探路，报说：“东门无伏兵。”袁真冲出东门，门上火滚烟飞，军士逃出，自相践踏，死者无数。

且说袁真方才脱得火危，背后却有车马赶杀，各军皆要逃命，那里肯回身厮杀。撞着縻玉、刘同，又杀一阵。到四更左右，人困马乏，一大半军破头烂额，却好走到河边，人马都下河吃水，水不过尺，人马皆在河内闹起。上流许云振望见襄邑城火起，约五更时分已到，只听下流人马喧闹，催军一齐掣起布袋，水势望下流一冲，人马皆溺于水。袁真望水势慢处夺路，来到博陵渡口，喊声大振，一军拦路，慕容德到也。当下慕容德引了军马，从下流头杀将上来，截住袁真掩杀。王佃交斗到三十余合，真不敢恋战，夺路走脱。慕容德赶来，接着厮杀，杀得晋军大败，杀死晋兵三万余人。

时，袁真收拾残兵，来见桓温，称说失利一事，桓温大怒曰："胡贼安敢如此?"尽起三军，遂至襄邑，漫山塞野而来，与慕容垂大军相遇交战。垂将兵马摆开，横持玉斧立于阵前，以待晋兵。晋兵阵中先锋袁真持刀出马与战，又战上二十余合，真不能抵敌，拨开军器，勒转马头，望本阵便走。背后慕容垂促兵追杀，晋兵又败一阵，走还原屯。

桓温见军战不利，心甚烦恼。忽左右报军中粮尽，来日却无粮草支给于三军等众。桓温愈加忧闷。又探事军人报道："长安秦王苻坚使邓羌率军三万来救燕。"参军郗超曰："今吾军数战不利，粮储复竭，秦兵又至，难以进兵，不如焚舟车弃辎重铠仗，从陆道奔回本镇，若秦军一到，必为所擒。"温曰："事已迫矣！今夜即行。"于是桓温至夜传令，将舟车烧讫，及抛弃辎重铠仗，乃领大军从陆路而走。诸军争欲追之，吴王垂曰："温初败退，必严设警备，选精锐于后，不如缓之。彼幸吾未至，昼夜疾趋，俟其气衰击之，无不克矣。"

至是温果兼道而进数日，吴王垂令人探知，自率八千骑追之到河南，与袁真、郗超等交战，又战上数十合，晋兵无心恋战，皆弃甲抛戈，望南走溃。又被燕军赶杀一阵。慕容德闻晋兵败走，乃以劲卒伏于东关中，见桓温兵至，两下夹攻，大破温众，斩晋兵三万余人，连追杀五十余里，方始收兵还燕。

却说秦将邓羌闻晋兵败走，使其副将荀池领兵五千抄小路来赶。追至谯城，袁真见后有追兵，喝令军士摆开，自与荀池交战。二人又斗三十余合，袁真大败而逃，又被秦兵大杀一阵，又斩一万余人。秦兵追杀二十余里，亦收兵还国去讫。

温只得收败卒屯于山阴。其时桓温深耻其败，恐朝廷见罪，乃归过于袁真。使人入朝上表云："袁真为将失略，致败三军，宜贬之以为庶人。"于是晋帝下诏，黜袁真为庶人，诏使桓温还国。行经王敦墓第，读其碑记，叹曰："可人，可人!"其心亦若是耳!

却说燕王慕容暐谓群臣曰："今既与秦结好，必得一不辱君命者，往谢之方好。"大傅慕容评曰："参军梁琛有辩才，其兄梁弈仕于秦为尚书，使其可往。"暐遂使郝晷、梁琛，相继如秦。晷与王猛有旧，猛接以殊礼，问晷东方之事，晷知燕将亡，阴欲自托，颇泄其实。琛至长安，秦王苻坚方畋于万年，欲引见琛。琛曰："秦使至燕，燕之君臣，朝服备礼，洒扫宫廷，然后敢见。今秦王欲野见之使臣，不敢闻命。"尚书郎辛劲谓琛曰："天子称'乘舆'，所至曰'行在'，又何野见之有？又《春秋》亦有遇礼，何为不可乎!"琛曰："天子以四海为家，故行曰'乘舆'，至曰'行在'。今四海瓜裂，天下分崩，安得以是为言礼哉？不期而见曰'遇'，盖因事权行，其礼简略，岂可居容与之所为哉？昔者桓温窥我王略，燕危秦孤，是以秦王恤患，结好交聘方始，谓宜崇礼尚义，以固二国之欢，而忽慢使臣，是卑燕也，岂修好之义乎？”秦王坚乃为设行宫，百僚陪臣，然后延之。琛始入见秦王，称燕王使其谢救危之事。坚心大悦，命群臣排宴饮之。梁琛之从兄梁弈为秦尚书郎，秦王坚使弈与客馆，琛与弈舍。琛曰：“昔诸葛瑾为吴聘蜀，诸葛亮惟公相见，退无私面。今使之即安私室，所不敢也。”于是秦王坚命于别馆安下。又使弈数问东方之事，琛曰：“兄弟本心，各有所在，欲言其美，恐非所欲问；欲言其恶，又非使臣所得论之也。”

秦王坚使太子延琛相见，秦人欲使琛拜太子，先讽之曰：“邻国之君，犹其君也；邻国之储君，亦何以异乎？”琛曰：“天子之子，尚不敢臣其父之臣，况他国臣之乎？礼有往来，情岂忘恭？但恐降屈为谄耳！”乃果不拜。

王猛知梁琛忠贞，乃劝秦王坚留梁琛，坚不许，琛乃还国。

却说慕容垂既破大司马桓温，大有功绩，威名益振，德望日新，士民皆惮之。时太傅慕容评见其威猛，愈忌之。垂奏将士功赏，皆抑而不行，垂怒之。评恐为患，评乃与太后可足浑氏谋诛太宰格子慕容楷及垂，后命奏知燕王暐。于是，评与燕王暐曰：“吴王慕容垂威名日振，恐不利于国家，陛下宜早图之，不然将难制也。”燕王暐曰：“叔父可缓图之。”于是评出朝，整日思想，计欲害慕容垂。

第二三三回　慕容垂逃降苻坚

慕容垂舅兰建知之，急以告垂曰："太傅慕容评密奏主上，欲害明公及太宰子慕容楷，明公宜先发制人，但除评及安乐王，其余无能为矣。"垂曰："骨肉相残而首乱于国，吾不忍为也，宁避之于外耳。"世子令曰："主上暗弱，委任太傅，一旦祸发，疾于骇机。今欲保族全身，不失大义，莫若逃之龙城，游辞谢罪，以待主上之察，感悟得还，幸之大者；如其不然，则内抚燕民，外攘群夷，守险要以自保，亦其次也。"垂曰："善！"

十二月，垂见暐，请畋于大陆，暐许之。因微服带家小将趋龙城，至邯郸，少子麟素不为垂所爱，逃回告知燕王暐，暐遣精骑追之，垂散骑灭迹得免。世子令请给数骑袭邺，垂曰："不可。"乃与段夫人及令、宝、垄、农、兄子楷、舅兰建及郎中令高弼，俱奔秦。

秦王坚闻恪卒，阴有图燕之志，惮垂不敢发，及闻垂至甚喜，令人郊迎。即唤邓羌至曰："你可引数十人，带果酒，先去迎接慕容垂，吾随后即来。"羌领命去讫，秦王坚随后即引王猛等亦出迎。时慕容垂自思无投奔处，闻秦王坚宽仁大度，纳贤下士，乃故逃走入秦。行至界上，忽见一队军，约有五百余人，为首一将，轻裘软甲，马首相迎，那员将忙问曰："来者莫非燕中吴王乎？"垂答曰："然也！"那员将忙下马诺声："邓羌伺候已多时。"垂问曰："莫非邓将军乎？"羌曰："然也！奉主公秦王令，为大王远涉路途，鞍马驰驱，特命羌奉酒食就护，请大王入国。"言讫，军士捧过酒食，垂自思曰："人言秦王宽仁爱客，今果如此远接。"羌进酒，垂立饮了数杯，上马同行，来到长安界口。是日天晚，前到馆舍，见两边百余人，拱手侍立门户，击鼓相迎，一将于马前施礼，曰："奉主公秦王令，为大王远涉路途，特遣某洒扫驿庭，以待宿歇。"垂下马与其同入馆舍，早已安排筵宴相待，酒礼殷勤。垂父子饮酒至更深，宿一宵。

次日，早膳毕，上马行不数十里远，见一簇人马来到，当中是大秦王苻坚，左有王猛，右有权翼。慕容垂遥见，早先下马。苻坚曰："久闻大王高名，如雷灌耳。但云山迢遥，各分疆界，不得长听教诲；今辱远临，故特郊迎，请到敝邑，以救渴怀。"慕容垂见秦王坚龙章凤姿，心大喜，乃上马随秦王入城。设筵款待。

坐间只说闲话，数问燕王起居，及平日想慕之情，并不谈及燕中一事。慕容垂待秦王开口，方好谈及投托一事，坚只不提。垂忍耐不住，乃曰："大王守长安，今统几郡？"王猛曰："虽有数郡，乃荒邑也。粮少兵稀，权且安身。今晋桓温不时兴兵来侵疆界。"垂曰："东晋据六郡八十一州，民强国富，犹自不知足耶？"权翼曰："吾主公生有神异，名应图谶，反不能占据大都，其他皆天地之蟊贼，以霸道居之，故智者不平焉！"苻坚曰："二卿休言！吾有何德而望居天位，以守城池乎？"垂曰："不然，天下者，非一人之天下，天下人之天下，惟有德者居之。何况大王仁义充塞乎四海，占正统而即帝位，亦不分外。"苻坚拱手惶恐而谢曰："如公所言，何敢当之？"自此一连饮宴三日，并不提起燕中事。

次日复宴，坚举酒向垂曰："荷将军不外，光降鄙邦，不胜之喜。"又执垂手曰："天生贤杰，必相与共成大功，此自然之数也。要常与卿共定天下，然后还卿本乡，世守幽州，使卿去国不失于为之孝，归联不失事君之忠，不亦美乎！"慕容垂父子称谢不已。于是以慕容垂为右将军，以金五百与置田宅，每事必与议之。王猛言于秦王坚曰："今观慕容垂父子，势如狼虎，非可驯之物。若借以风云，将不可复制，不如早除之。"秦王坚曰："吾方收揽英雄，以清四海，奈何杀之？且其始来，吾已推诚纳之矣，匹夫尚不可为，况万乘乎？"乃又以慕容垂为冠军将军。

却说梁琛为使于秦，还见太傅评曰："秦人目阅军旅，聚粮陕东，和协不久，今吴王又往，宜为之备。"评曰："秦王何如人？"曰："明而善断。"评曰："王猛何如？"琛曰："名不虚传。"既以告，燕公卿皆不然之，惟皇甫真深以为忧。上疏请选将益兵，以备未然，燕王不听。

却说王猛谓秦王曰："燕国可伐，可使人去，诈说报燕谢师之礼，而观其衅，然后可发兵去。"是时秦王坚遣石越骋于燕，太傅评示之以奢，尚书郎高春曰："越信诞而示远，乃观衅也。宜耀兵以折其谋，今乃示之以奢，益为轻也。"评不从，春遂谢病回。时太后尽将国政委评，贪昧不已，货赂流行。官非才举，群下恚愤。尚书左丞中绍上疏曰：为宜精选守宰，并官省职，存恤兵家，使公私两遂。删除浮靡，爱惜用度，赏必当功，罚必当罪。如此则温犹可枭，一刀可取，岂特保境安民而已？疏奏不从。石越见燕之衅回秦，秦王坚大悦。

初，燕王许割虎牢以西赂秦，以退晋兵。晋兵既退，不与，秦王坚使人求其地，燕王谓曰："行人失辞，有国有家者，分灾救患，理之常也，因是勿与。"秦王坚大怒，遣王猛及梁成、邓羌三人，率马步军五万伐之。先攻洛阳，洛阳降。

第二三四回　孙盛作两晋春秋

却说晋大司马桓温闻秦王猛伐燕，急与郗超、王珣等议曰：“今秦将王猛伐燕，倘其得燕，必有窥伺江南之意，以何计防之？”郗超上言曰：“可发徐、兖二州民夫，筑城于扬州、广陵之地，明公以兵徙镇广陵，秦虽有百万之众，不能过也。”桓温然之，即遣使发徐、兖二州民夫二万人，筑长城于广陵，未经百日筑完。桓温引众徙镇广陵，其时征役频繁，加之疾病，死者什四，因此百姓皆怨恨。

秘书监孙盛作《两晋春秋》，直书时事。史说孙盛，字安国，太原人也。博学善言，见桓温枋头之败，作广陵之城，百姓苦役，流亡将尽，故作《晋春秋》以直书之。桓温闻知，使人察之，使人去长沙窃访，回报曰：“《春秋》内书枋头之事，道明公进无威风来仪之美，退无鹰鹯搏击之用，徘徊湘洲，将为怪鸟。”桓温大怒曰：“虽有失，此安可书吾过事？”言讫，唤从事王珣至曰：“你代我往长沙巡按，收孙盛父子前来，改却枋头一事，免被后人谤议。”当是王珣领命，带从人去长沙，称孙盛受百姓赂贿，私谤朝廷，令使使收之。乃以槛车收盛父子到广陵。

桓温问盛曰：“汝作《春秋》，吾与汝无仇，何故直书吾失？”盛答曰：“《春秋》之事，以正王法，安敢私意？韩信佐汉亦尝败于楚；孔明兴蜀，亦曾败于吴；枋头一失，书之无私，明公何故发怒？”温无以对，命左右放释之，喝其出去。而谓其子孙放等曰：“枋头虽为失利，何至乃如尊君所言？若是史遂行，自是关君门户事耳。”其子放拜谢曰：“明公休虑，吾回请家父改之。”温始大喜，命其改易。

却说孙放出与父孙盛回家，时盛年老家居，性方严，有轨度，子孙放虽斑白，待之愈峻。至是盛在家，经日闲坐，其子放等率诸弟侄，乃共号泣稽颡曰：“桓温奸雄，世之所知，大人若不改书《春秋》枋头之事，则吾家百口必遭其害。”盛曰：“若改其事，则此书无用，后人骂吾不公。”决不许之！时孙放无奈，只得私自改之，使人送与温看，温始悦。

第二三五回　王猛举兵伐燕国

初，王猛屡劝秦王务须杀慕容垂，坚不肯，猛思一计欲害之，至是王猛欲令其伐燕也。故请垂子慕容令参其军事，以为向导。将行，猛自造辞慕容垂，垂留饮酒，猛从容谓垂曰："今当远别，卿何以赠我，使我睹物思人？"垂解佩刀赠之，猛受之而辞去。至洛阳，赂垂所亲使，诈谓垂使者谓令书曰："吾之父子来此，以逃死也，今王猛疾人如仇，秦王亦心难测，度东门此来悔悟，吾今还东，汝可速发。"令得书疑之，踌躇终日，又不可审复，乃走奔燕去。于是王猛上表称令叛状。垂惧之，而忙出走。及蓝田，秦王坚知之，遣骑兵追之，为追骑所获，来见秦王坚。坚劳之曰："卿家国失和，委身投朕，贤子心不忘本，亦各其志。然燕之将亡，非令所能存，惜其徒入虎口耳。且父子兄弟，罪不相及，卿何为惧过而狼狈如是乎？"待之如旧。垂始安不遁。燕人以令叛而复还，疑为反间，徙之沙城。

却说秦将王猛攻打洛阳，洛阳守将武威王筑闻知大惊，乃使人入朝取救兵。燕王暐闻知大惊，急使宣太傅慕容评问之。评曰："陛下高枕无忧，臣自遣将点兵拒之。"言讫，评与安乐王臧，点起精兵二十万，来救洛阳。安乐王臧自新乐发兵一万人，进而屯荥阳。猛遣梁成、邓羌击走之。

燕州刺史、武威王筑等俱被猛围住，洛阳内无粮草，外无救援，及闻臧败，乃开门出城降。猛纳之，安抚军民，乃将兵七千而去。留邓羌镇金墉，以桓殷伐羌戍陕城而还。

秦王坚因猛伐燕有功，以猛为司徒、录尚书事，封平阳郡侯。猛固辞曰："今燕、吴未平，戎车方驾，而始得一城，遽受三事之赏，若克殄二寇，将何以加之？"坚曰："苟不暂慰联心，何以显卿谦光之美。"遂寝尚书、司徒之命。

五月，慕容令自度终不能免，密谋起兵，沙城中谪戍士卒数千人，皆厚抚之。率以东袭威德城处之，诸戍皆应，将袭龙城，弟慕容麟遂使其下以杀令，死之。

秦王猛督诸军复伐燕，秦王坚送猛于灞上曰："今委卿以关东之任，当先破壶关，平上党，长驱取邺，所谓疾雷不及掩耳，吾随亲督万众，继卿星发，舟军粮运，水陆俱进，卿勿以为后虑也。"猛曰："臣仗威灵，奉成算，灭残胡如风扫叶，不烦銮舆亲犯尘雾，但速敕所司部置鲜卑之所。"坚大悦而返。

六月，王猛与邓羌、杨安等以兵大进，来至壶关。守将田明闻秦兵至，乃移兵出屯城外。次日，正在寨中纳闷，忽报正南上秦兵到了，旗下乃大将杨安。田明乃令军大出，亲与杨安对阵。两军对围，田明横枪立马于阵前，秦军中杨安跃马而出，手执钢刀，厉声大骂："逆贼敢拒天兵？"田明大怒，挺枪跃马，直取杨安。两马相交，战不数十合，田明被杨安一刀，砍于马下，燕军大败而走。安率众赶散残兵。次后王猛大驱军马杀过壶关城，所过郡邑，皆望风降附，因此燕人大震。却说黄门侍郎封孚参问司徒长史车胤曰："今秦伐燕，事将何如？"胤叹曰："邺必亡矣！吾之家属今在南平，兹将为秦虏，吾验占越得岁星，而吴伐之，卒受其祸，今福德在燕，秦虽得志，而燕之复建不过一纪耳。”

史说车胤，字武子，南平人也。恭勤不倦，博览多通。家贫无油，夏月则取练盛萤火数十以照书，以夜继日而读。及长，风姿美朗，机悟敏速，甚有乡曲之誉。先桓温在荆州，闻名引为主簿，稍迁征西长史。朝廷知名，又迁司徒长史。又善于宴会，每盛坐大宴，而胤不在，众嘉宾皆云：“无车公不进矣！”又善天文，是时秦兵伐燕，封孚故以问之，后果应其所言。

九月，秦将王猛进兵潞州，时燕王使太傅慕容评以四十万兵至，先立大营，而谓诸将曰：“燕兵虽众，而勇猛不及秦军；秦军虽精壮，而粮草不如吾兵。彼军无粮，利在急战，吾兵有靠，宜且缓守。今猛悬军深入，不如持久，待其粮尽而击之，则秦兵自败矣。汝等各使军人守住险隘，不许有失。”时燕王闻知，使人催战。

第二三六回　邓羌寝协司隶战

却说秦将杨安攻燕晋阳久未下，猛闻知，乃遂引兵助攻，使军人暗掘地道，又使将军张蚝率壮士数百潜入城中，大呼斩关纳秦兵，遂人晋阳。时评屯潞州，猛进兵与相持，遣将军徐成探燕军在何所，期以日中还；及昏而返，猛欲杀之，邓羌固请曰："徐成，羌部将也，愿与成效战以赎罪。"猛弗许，羌怒还营，催鼓勒兵将攻猛。猛慌，赦之，羌诣猛谢过。猛执其手曰："吾试将军耳！将军于部将尚尔，况国家乎？"

猛闻评之为人贪鄙！障固山泉，鬻樵及水，积钱帛如丘陵，士卒怨愤，莫有斗志。猛闻之笑曰："慕容评真奴才，虽亿兆之众不足畏，况数十万乎？"遣将军郭庆率骑五千夜从间道出评营后，烧评辎重，火见邺中。

燕王急问左右近臣，奏说："太傅评贪鄙，障固山水，鬻樵及水，积钱帛如山，士卒怨恨，不有斗志，被秦人放火烧其辎重。"暐大惧，遣人说评曰："府库之积，朕与王共之，何忧于贫？若家国丧亡，王持钱帛，欲安所置之乎？"及命悉其钱帛散与军士，且趋使战。评大惧，请战。猛陈于渭源而誓诸将士曰："王景略受国厚恩，兼任内外，今与诸君共入贼境，当竭力致死，有进无退，共立大功，以报国家。受爵明君之朝，称觞父母之室，不亦美乎！"众皆踊跃，破釜弃粮，大呼竞进。

王猛望燕兵之众，谓邓羌曰："今日非将军不能破劲敌，将军勉之。"羌曰："若能以司隶见与者，公勿以为忧。"猛曰："此非吾所主，必须主上许之。必以安东太守、万户侯相处。"羌不悦而退。俄而兵交，猛召羌弗应，猛驰入卧所，就许之。羌乃起，大饮帐中，又呼左右，以美酒二壶至，一饮而尽。即披坚执锐，跨上马，与副将张蚝、徐成等大喊一声，运矛驰杀，奔入燕军。燕军人迎人死，马遇马亡，往来冲击，如入无人之境。搴旗斩将，杀伤甚众。时羌在于燕阵寻杀太傅评，正遇着燕将李已，两马相交，未上五合，已被邓羌一矛刺死于马下。又杀入阵，遇着燕将吴进，又战，战上二十余合，吴进亦被邓羌杀死。混战一日，燕兵大败。

当慕容评见前军大败，引后军忙退。走还潞州西圩收军，折去燕兵二十余万人。正欲下营传食，秦将邓羌又以得胜之兵，来追至此。又大战一阵，俘斩燕兵五万余人。残兵无心恋战，各自望风溃逃。于是太傅慕容评被羌兵杀得单骑逃命，走还邺城。被王猛大队军马连更代夜，迫至邺城，离东门五里外屯扎。次日麾兵围住邺城。

却说太傅慕容评单骑走回邺城，入见燕王暐奏知："秦兵强盛，不能抵挡，致被杀伤众军，臣等独自回来保城。"燕王暐曰："似此大败，怎生退得秦兵？"评曰："不如坚守，待其粮尽破之，方可退得。"燕王暐曰："既如此，卿火速调拨军马守城。"言未了，各门军士入报秦兵围城。于是慕容评急出点兵，守住各门城池，亦不出战。

却说秦王苻坚闻知使人回报王猛大捷，克陷洛阳，长驱大进。秦王坚留李威辅太子执政，乃自率精兵五万余人，带权翼为先锋，亦赴邺城。王猛出帐远迎，入军中曰：

"臣托陛下洪福,诸将虎威,先克洛阳,后拔壶关,所过郡县,皆望风来降。何劳大王车驾来临?"秦王坚曰:"闻卿孤军深入,朕忧寡不敌众,故以兵来应。"是日,王猛传令军中,装起云梯四十乘,上可容数十人,周围用板遮护,下以轮推之;每一门各用云梯十乘,城上军以箭射之,下面众军各抱矩梯软索,只看城上擂鼓,乘势便上。

此时慕容评见秦兵中装起云梯,四面来攻,已预先办了弓箭,唤军士四百人,分四门各执火箭,待云梯近城,一齐射之。

王猛自料城中无备,大拥云梯,四面竞进,将近壕边,火箭齐发,云梯皆被烧着,城上矢石如雨,秦兵不能前进。王猛怒曰:"汝能烧了吾云梯,须无能解冲车之法!"令军中连夜排冲车。次日,四面擂鼓呐喊而进。评急令运石盘石磨,用藤绳穿,飞击冲车,其车皆折。王猛又取井阑百尺,以射城中,又驱兵运土填壕,评又于城中筑起重墙以御之。王猛见攻不透,令徐成引三千"镢镬军",填断壕堑之处,暗掘地道,欲从城中涌出。评先于城中,就挑掘重壕横截之,于是地道军又不得进。昼夜相攻二十余日,无计可施。王猛在寨中纳闷,忽报正北门攻城军人,拾得降书一封。王猛将来拆开看时,乃是燕王手下散骑常侍徐蔚的降书,约定是夜开北城门与秦军入城。猛视之大喜,下令军人,各个披挂伺候,夺门入城。

却说徐蔚与诸人数百,各严装饱食,至黄昏,俱上马大喊一声,杀出北门边,将守门军尽皆杀讫,以铁斧砍断铁锁,打开城门。王猛听见城中大喊,俄而城门大开,王猛麾兵杀入城去,城中大乱。

却说太傅评见秦兵入城,忙入宫见燕王暐曰:"散骑常侍徐蔚谋反,开城门降秦,今秦兵已入城了,请陛下火速与禁兵走回龙城。"暐大惊,领后妃俱各上马。评持枪拍马当先,杀出西门。正遇秦将王重,交马便战,战十余合,评用力刺死王重于马下,保护燕王暐而行。

时秦王坚入城,传令诸军不许妄杀百姓,于是出榜安民。次日登殿升坐,慕容垂见燕公卿及故僚各有愠色。高弼密言于垂曰:"今虽国家倾亡,安知其不为兴运之始耶?宜恢江海之量,有以慰结其心,以立覆篑之基,成九仞之功,奈何以一怒捐之?"垂悦,从之,随众而入。

第二三七回　秦王坚赦慕容暐

坚闻燕王暐与慕容评走奔龙城，急唤游骑左右将军郭庆曰："可以兵万五千追来。"郭庆以兵追至高阳。慕容评见后有追兵大至，自军不满一千，乃单骑自逃性命，往北去讫。郭庆追至，杀散燕兵，巨武执住燕王慕王暐，缚之。燕王暐喝曰："汝何小人，敢缚天子。"巨武曰："梁山巨武，奉诏缚贼，何谓天子耶？"言讫，把暐缚之，与郭庆收兵，解暐回邺城，入见秦王坚。坚曰："吾以兵到此，汝何不降，反逃走乎？"燕王暐曰："狐死首丘，吾欲效之，归死于先人之坟墓耳！"苻坚哀之，命放释之而谓曰："你可还宫，率文武出降，免汝之罪。"因此暐入宫，召集文武百官出降于秦王苻坚，坚皆赦之。燕太傅慕容评走奔高句丽，高句丽执送于秦。凡得郡百五十七，户二百四十六万，口九百九十九万。以燕宫人珍宝，分赐将士。

初，琛使秦归，篩疑梁琛与秦谋，收系于狱。至是，坚召释之曰："卿不能见机而作，反为身祸，可谓智乎？"琛对门："臣闻机者动之微，吉凶之先见者也。如臣愚暗，实所不及耳。为臣莫如忠，为子莫如孝，是以烈十临危不改，见死不避，以殉君亲。彼于机者，心达安危，身择去就，不顾家国；臣即使知之，尚不忍为，况非所及耶？"

坚又闻悦绾之忠，恨不及见，拜其子为郎中。坚以猛为使，持节都督关东六州诸军事、冀州牧，镇邺，悉以评第中之物赐之。守令有缺，令以便宜补授，将士封赏各有差，州县守长，皆因其旧。以燕申绍与韦儒俱为绣衣使者，循行关东，观省风俗，劝课农桑，赈恤穷困，收葬死亡，旌表节行，燕政有不便于民者，皆变除之。

十二月，秦王坚恐旧燕王暐为患，乃迁慕容暐及其百官并鲜卑四万余户于长安。王猛上表留梁琛为主簿，坚从之。次日与僚属等宴，语及燕吏，猛曰："人心不同，昔梁君专美本朝，郝君征说国弊。"参军冯诞曰："敢问取臣之道何先？"猛口："郝君知几为先。"诞曰："然则明公赏丁公而诛季布也。"猛闻，大笑而已。秦王苻坚封暐为新兴侯，以评为给事中，皇甫真为奉车都尉。燕故太史黄泓曰："燕必中兴，其在吴王乎？恨吾老，不及见耳。"

初，燕王以宜都王桓将兵为评后继，闻败走和龙，攻辽东，后降秦。秦追击而杀之，留其子凤，年十一，阴有复仇之志。鲜卑、丁零有气干者，皆倾身与之交。权翼见谓曰："儿方以才望自显，勿效尔父，不识天命。"凤厉色曰："先生欲建忠而不遂，此乃人臣之节，君侯之言，岂劝奖忠臣之义乎？"翼敛容谢之。次日，入言于坚曰："凤慷慨有才器，但狼子野心，恐终不为人耳！宜速除之。"坚不听。

第二三八回　王猛辞赏不受封

前燕始慕容廆，以武帝太康六年称公，至暐在位十一年，至此太和五年，被秦王灭之。自廆至暐，共八十五年耳。却说秦王苻坚既克燕京已定，改号建元元年，大赦秦境，封邓羌为司隶校尉，及杨安、徐成、张蚝等为大将军，进王猛为清河郡侯，又加为丞相、都督中外诸军事。猛上表固辞，不肯受职，秦王坚渭王猛曰："卿若螭蟠布衣，朕龙潜弱冠，属世事纷纭，朕奇卿于暂见，拟卿为卧龙，卿亦异朕于一言，回考筑之雅志，岂不精契神交，千载之会？虽傅岩入梦，姜公寤兆，今古一时，亦不殊也。今天下初定，彝伦始叙，朕且欲从容于上，劳卿心于下，弘济之务，非卿而谁耶？固辞亦不许耳！"王猛曰："陛下仁德上如尧舜，名姓已应图谶，有天之福，得获燕邦，而燕京之克，乃将佐之力，群帅之能，则小臣何功之有，敢受此禄也？"猛至再至三，固辞不受。秦王坚重四重五，要其受之，王猛终不受。

猛为政公平，拔幽滞，显贤才，外修六业，内崇儒学，劝课农桑，教以廉耻。于是兵强国富，垂及升平，猛之力也。

却说秦王苻坚既得邺都，朝夕与群臣狩于西山，乐而忘归，旬余不返宫内。宫内伶人王洛叩马谏曰："千金之子，坐不垂堂；万乘之重，行不履危。故文帝驰车，袁公止辔；孝武好畋，相如献规。陛下为苍生父母，何可盘于游畋？若祸起不测者，其如宗庙何？其如太后何？"秦王坚大悦曰："晋文公悟愆于虞人，朕今闻罪于王洛，是吾之过。"言讫，重赏王洛，即驰回宫。自此以后遂不复畋。

秦王坚欲以兵讨凉州，恐劳伤军民，乃命王猛为书谕天锡，猛遣人送书与天锡曰：

> 昔贵先公称藩于刘石者，惟审于强弱也。今秦之盛，势振中外，关东既平，将移兵河右，恐非六郡士民所得抗也。君能首降，可保境禄无危。

天锡得书大惧，遣使称藩于秦。秦王坚复使人拜天锡为凉州刺史、西平公。

辛未咸安元年正月，秦王坚与丞相王猛商议，徙关东豪杰及离夷十五万户于关中，处乌桓于冯翊、北地。丁零、翟斌于新安、渑池。却说吐谷浑王辟奚闻秦王坚灭燕，恐来攻己，乃遣使送马千匹，金银五百斤于秦。秦以辟奚为泓川侯。辟奚好学，仁厚而无威权，第三弟专恣，国人患之。长史钟恶地与司马乞宿云收杀之。辟奚由是发病恍惚，命世子视连曰："吾祸及同生，何以见之于地下？国事汝自治之，吾余年残命，寄食而已。"遂以忧卒。视连立，不饮酒、不游畋者七年，军国之事，委之将佐，恶地谏以为人主当自娱乐，建威布德。视连泣曰："孤以先世以来，以仁孝忠恕相承，先王念友爱之不终，悲愤而亡；孤虽纂业，尸存而已，声色游娱，岂可安也。威德之建，当付之将来耳。"

时，王猛以潞州之功，请秦王坚以邓羌为司隶。秦王坚下诏曰："司隶之职，董牧皇畿，吏责甚重，非所以优礼名将。光武不以吏事处功臣，实贵之也。羌有廉、李之才，朕方委以征伐之任，北平匈奴，南荡扬、越，羌之任也。司隶何尽其才?”乃封镇军将军，位特进。羌虽不悦，无敢忤旨。

第二三九回　桓温废主立新君

十月，晋大司马桓温闻秦破燕，遂令参军王珣、桓伊引兵乘衅而入，攻寿春。寿春守将袁瑾闻燕已灭，恐孤不敌，乃守城求救于秦。秦兵未至，攻陷其城，执袁瑾而归。王珣、桓伊分兵戍守，勒兵还镇，来见桓温，称克寿春之捷。温因益喜王珣。时温恃其才略位望，阴蓄不臣之志。尝抚枕叹曰："男子不能流芳百世，亦当遗臭万年！"时，术士杜晁能知人贵贱，温召问之，晁曰："明公勋格宇宙，位极人臣。"温不悦，而温意欲先立功河朔以收时望，还受九锡。及被枋头之败，威名顿挫，今克寿春，次日聚集诸将，因谓将军郗超曰："今克寿春，足雪枋头之耻乎？"超曰："未也。"久之，温不悦，命诸将各散，因留郗超于中军同宿，问曰："吾意欲立霸王之基，君有何谋？可指教之！"郗超曰："明公当天下之重任，今以六十之年，败于大举，不建不世之勋，不足以镇惬民望。"温曰："然则奈何也？"超曰："明公不为伊、霍之举者，无以立大威权，镇压四海。明公何不效伊、霍故事，入朝奏太后，废弈帝立会稽王昱，举行周公居摄之事？则威权日长，大业成矣！"温曰："其计大善！奈弈帝守道，恐招时议？"超曰："不诬之过，焉能废立？宫门重闭，床笫第易诬，言帝为阉，废必成矣。"温善之，二人计议已定。

次日，桓温领诸将佐带铁甲军一万，离广陵，入建康。于省中设宴，会集公卿，令郗超将甲士千余，侍卫左右。是日，太傅与百官皆到，酒及中巡，温按剑曰："大者天地，次者君臣，所以为治。今皇帝先在藩，痿疾为阉，难以奉宗庙之主，吾依伊尹、霍光故事，废帝为东海王，立会稽王昱为君，汝大臣意下如何？"群臣惶怖，莫敢对。过了半时，方应曰："太甲不明，放之于桐宫；昌邑有罪，霍光废之；今上富于春秋，未有不善，请再议也。"温曰："竖子！天下事在我，我今为之，谁敢不从？将谓我剑之不利也？敢有阻大议者，皆按军法！"百官震栗。忽又一人出曰："周公阿冲，匡扶皇家，今君依霍光故事耳！"温视之，乃抚事将军王彪之也。温悦之而谓曰："卿言达理。"当彪之全无惧色，其余群臣咸惧，皆云："一听尊命。"

至十一月朔，桓温令郗超带甲士五千人，入太极前殿，请太后出殿，奏曰："弈帝先居在藩，夙有痿疾。今闻不堪皇统，难奉宗庙，臣与群臣商议，依伊、霍故事，请懿旨废弈帝为东海王，立会稽王昱承大位。"太后惊曰："何得此言？既有痿疾，为何其美人田氏、孟氏生有三男子耶？"桓温曰："臣窃闻朝野老少皆言三男是帝所幸嬖人相龙、计好、朱灵宝等所生，既无此情，如何相龙、计好、朱灵宝等参侍内寝，不出宫乎？"太后亦惑之曰："既有其事，任卿主意。"因此温请太后归宫，即使散骑常侍刘享，以甲兵五百人入宫，收帝玺绶。弈帝不敢推辞，即取付之与享。享捧出交温，温与群臣出迎会稽王昱入殿，请上御座。温与群臣拜舞，呼万岁。礼毕，称号太宗简文皇帝，以辛未为咸安元年。桓温又奏请弈帝为东海王，命别迁置，文帝从之。

却说弈帝被废，朝罢入内。着白绸单衣，领属步下西堂，乘犊车出宫，涕零如雨，群臣拜辞，莫不欷歔，送其就藩。

至十二月，桓温又奏文帝曰："今废东海王，宜依汉昌邑王故事。"帝曰："然！"乃改封东海王为海西郡公。时桓温又奏曰："今弈帝已废，今武陵王欷现执大兵，倘有异志，难以制之。今幸来朝，请陛下诛之。"文帝曰："武陵王无罪，何以杀之？"温曰："不杀，恐有后变。"帝曰："待其变而诛之。"温再三奏诛武陵王，文帝不听。次日下手诏曰："若晋祚灵长，公便宜奉行前诏；如其大运去矣，请避贤路。"温览之，流汗变色，不敢复奏矣。

桓温自废立之后，威振内外，文帝虽处尊位，拱默而已。及出朝，侍中谢安见而遥拜，桓温曰："谢卿何事？"安曰："方今天下别无英雄，惟明公耳！历古以来之将相，未有君拜于前，臣揖于后。若非明公之功德震于四海，岂有其敬耶？今明公盛德巍巍，虽伊尹、周公莫可及也。"温曰："焉敢望此？"安曰："人皆可以为尧舜也。"由然桓温遂悦谢安。次日入朝奏文帝，以谢安为大司马，帝从之，而安受职。安奏帝降诏，加封桓温为丞相，入朝辅政。

桓温奏曰："臣本宜在朝以奉陛下，奈姑孰一郡，乃国之障屏。今秦之方强，常有窥觎之意，倘若有失，江南难定，臣请还镇。"文帝曰："丞相乃朕股肱，去之何依？可留京师，同辅朝政。"温曰："臣犹在外，以据秦寇，胜在朝廷。"言讫，拜辞文帝，即出朝门，领诸将佐还姑孰，百官皆送起程。

温归后，以郗超为中书侍郎，凡事表奏，温常使其入朝探听事因，往来朝廷，自此后，温名复振。

当时"荧惑"守"太微"端门，逾月而海西废，至是又逆行人"太微"，文帝甚恶之，谓中书侍郎郗超曰："命之修短，本所不计，故事无复，近日事耶？"超曰："大司马臣温，内固社稷，外恢经略，非常之事，臣以百口保之。"超以温故，朝中皆畏事之。谢安尝与左卫将军王坦之共诣超，日旰未得前，坦之欲去，安曰："独不能为性命忍须臾耶？"

壬申二年，时当南郊祭祀天地，文帝欲大赦天下。王彪之奏曰："中兴以来，郊祀往往有赦，愚意当谓非宜。何者？黎庶将谓郊祀必赦，至此凶愚之徒，复生侥幸之心矣！"帝从之。

第二四〇回　文帝崩立孝武曜

简文帝有疾将危，命近侍书诏，召大司马桓温依周公居摄故事。时谢安、王坦之二人，入内视疾。帝曰："朕命不苏，今遗诏与大司马，令其依周公居摄故事，汝二人尽忠王室，同佐吾儿。"谢、王二人，闻帝以诏遗桓温行周公居摄事，王坦之即取其诏于帝前毁之曰："此事不可行，若行其事，则晋祚必移矣！"帝曰："天下得来德运，卿何所嫌？"坦之曰："天下，轩辕之天下，陛下何得轻以与人？"帝始曰："从卿改之。"坦之改诏，以大司马桓温行诸葛武侯丞相故事，把与帝观，帝观数四讫，付与王、谢二人受之。

时桓温既兼文武之任，屡建大功，加以废立，威振内外。帝虽处尊位，守道而已，常惧废黜。大司马长史顾悦之与简文帝同年，而发先白，侍帝左右，帝问悦之曰："卿与朕同庚而发如何先白？"对曰："松柏之姿，经霜独茂；蒲柳之质，望秋先零。"简文帝大喜其对，以此重之。

时中书侍郎郗超曰："请帝急省其父。"帝谓曰："致意尊公，家国之事，遂致于此！由吾不能以道匡卫，愧叹之深，言何能谕？"因咏庾阐诗云："志士痛朝危，忠臣哀主辱。"遂泣下沾禁。帝虽神识恬畅，而无济世大略，故谢安称为惠帝之流，便清谈差胜耳。

不数日，简文帝崩世，百官举哀发丧，殡葬高平陵。当群臣疑惑未敢立嗣，次日侍中谢安聚集文武百官于朝堂，而谓曰："今孝文崩世，宜立太子登基，诸公计议如何？"群臣皆对曰："此须待大司马桓温至处分，我等不敢定议也。"当太尉王彪之正色谓众曰："父死子继，兄终弟及，今天子已崩，太子即位，大司马何容有异？若先面谘，必反为所责矣！"谢安曰："王武叔之言是也！"于是群臣莫敢逆之，乃请太子司马曜登皇帝大位，群臣皆呼万岁。礼毕，改元宁康，以谢安为大司马，以王彪之为尚书令，二人总摄内外，共掌朝政。

时宫室朽坏，谢安更欲营建宫室，与彪之商议。彪之曰："强寇未灭，正是休兵养士之时，何可兴费工力，劳扰百姓耶？"安曰："宫室不修，后世谓人无能。"彪之曰："任天下事，当保国安家，朝政允洽，岂以修屋宇为能耶？"因此不营建宫室。

却说秦王苻坚以王猛功高，复加都督中外诸军事。王猛不受固辞，章三四上，秦王坚不许，曰："朕方混一四海，舍卿谁可委者？卿之不得辞宰相，犹朕之不得辞天下也！"于是猛为丞相，坚端拱于上，百官总己于下，军国之事，无不由之。猛刚明清肃，放黜尸素，显拔国滞，劝课农桑，练习军旅，官必当才，刑必当罪，由是国富兵强，战无不克，秦国大治。坚敕太子户及长乐公丕等曰："汝事王公，如事我也。"

阳平公苻融年少，为政好新奇，贵苛察治也。申绍数规正，导以平和，融虽敬之，未能尽从。绍出为二北太守，融屡以过失闻，数致谴让，融先因不用绍言，尝坐"擅起学舍"，为有司所纠。问绍谁可使者？绍曰："燕尚书郎高泰，清辩有胆智，可使也。"融使泰至长安，见猛曰："昔鲁僖以泮宫发颂，齐宣王以稷下垂声，今阳平公开建学舍，乃烦有司举劾，明公惩劝如此，下使无所垂罪乎？”猛曰：“是吾过也！”事遂释。猛因叹曰：“高子伯岂阳平所宜吏乎？”言于秦王坚，坚召见问以为治之本。泰曰：“治本在得人，得人在审举，审举在核真，未有官得其人而国家不治者也。”坚曰：“所谓辞约而理博矣。”以为尚书郎。固请还，许之。

坚闻桓温废晋帝为海西公，谓群臣曰：“桓温前败灞上，后败于枋头，不能思愆免退，以谢百姓，乃更废君以自悦，六十之叟举动如此，将如四海何？”谚曰：“怒其室而作色于父者’，其桓温之谓乎？”群臣服其论。

时王猛为丞相，百姓丰乐，自长安至于诸州，皆夹道树槐柳。二十里一亭，四十里一驿，行者取给于途，工商负贩者皆集于道。百姓歌之曰：“长安大街，夹道杨槐；下走朱轮，上有鸾栖；美彦云集，诲我氓黎。”因是长安皆乐念之。

却说秦王苻坚封其弟苻融为冀州牧，令出守其地。融遂促装，停宿灞上，明日欲行。母后苟氏甚爱苻融，不舍其别，其夜私自离宫，来至灞上，嘱子苻融出外自要保重。其夕，秦王坚与太史令魏延同宿前殿，当魏太史延起观天象，忽后妃星昏暗，因上表奏秦王曰：“今夜天市南门屏内后妃星失明，左右阁寺不见，主后妃移动之象。”秦王坚大惊，至天明入宫省问，时苟太后在灞上，看苻融冀州去了，方回宫内，左右侍候宫人始知。当秦王审问，即以此事启知。秦王坚曰：“天道与人何其不远焉？”因此遂重星官。

时太史令张孟又奏曰：“臣掌司天，昨夜彗起尾箕而扫东方，此乃燕灭秦之象，今慕容垂父子在此，臣恐不利社稷，请早除之。”秦王坚曰：“今天下大定，谁敢有贰？卿莫谗害忠良也。”当阳平公融上请除之，坚曰：“朕方混一，以六合为一家，视夷狄为赤子，汝宜息虑，勿怀芥蒂。大惟修德可禳灾，苟能内求诸已，又何惧外患乎？”由是不纳。更以慕容暐为尚书，以慕容垂为京兆尹，慕容冲为平阳太守、冀州牧。苻融闻知，上疏谏之，秦王不听。忽光明殿有人大呼，谓苻坚曰：“甲申乙酉，鱼羊食人！悲哉无复遗！”坚命近侍执之，俄而不见，坚甚疑之。

第二四一回　王谢新亭迎桓温

癸酉二月，谢安与王坦之同群臣商议，使人持诏书报知丞相桓温。使人临行，谢安密嘱，若问，如此如此对之。使人得其语，来姑孰呈上诏书，桓温读讫，问之曰："文帝临崩，有何遗诏？"使人曰："圣上崩世，遗诏国家之事，一禀于丞相。嘱咐太子登位，敕丞相如诸葛武侯故事，别无余言。"桓温因是令使人还朝，使人去讫。

丞相温既知简文帝崩世，群臣立太子登基，心中大怒。恨文帝曰："汝乃会稽散人，吾立汝为帝，临终当禅位还我尔，不然，以吾为周公居摄事，如何遗诏为诸葛武侯故事也？"遂问计于郗超，郗超曰："帝遗诏丞相为诸葛武侯故事，却是虚谬也，必是谢安、王坦之之谋。丞相来日入朝，先使人去京师入内，召谢安、王坦之二人，自来新亭候接，同议攻北大谋，二人欣然肯来，必无他意；若是不到，必有异谋。丞相入朝，先收此二人，然后废武帝，大事定矣。"温曰："倘二人来，如何区处？"超曰："丞相于壁衣中置埋伏刀斧手于两边，我在帐中，听言语动静，如若不善，即呼刀斧手出杀之；如无拒丞相之意，不可妄行，恐失民心。宜与之好，同人京师，把握朝权，待其加公九锡，然后可议大谋。"温曰："然！"计议已定，使人入朝召王、谢二人，迎至新亭，同议国事。温一边收拾军马起程，称脱来赴山陵，止停新亭，以待二人。

却说孝武帝设朝，文武班齐，万岁礼毕，忽近侍奏大司马桓温有使至，称其来赴山陵及朝新帝，召谢安、王坦之二人来新亭候接，其余群臣，十里外迎接。帝谓谢安、王坦之曰："今大司马来朝，召卿二人，必有他故，此事如何！"时群臣皆曰："今桓温来朝，必有异心，故召王、谢二人至新亭以害之，然后来篡大位，望陛下陈兵以备，休使谢、王二人远迎。"当王坦之心中甚惧，曰："此事实真，若臣等去接，正中其谋。"只有谢安神色不变，谓坦之曰："若依君等与之议，则误国家之大事，反危社稷也！桓温虽有不臣之志，未敢便行；彼疑有遗诏，加他九锡，恐吾二人藏之，故召吾二人问明，吾与君不去，温疑是实，心背朝廷；晋柞存亡，决于此行。"帝意遂决曰："二卿可前去迎。"群臣曰："谢、王二公去，臣等亦请同行。"帝曰："若有不礼，卿等速使人先报宫廷，以备不虞。"群臣曰："然！"因此谢安、王坦之与群臣同行。

时御史中丞高崧戏谓谢安曰："卿屡违朝旨，高卧东山，诸人每相与言，安石不肯出，将如苍生何？今日之危，百姓亦将如卿何？"安虽有愧色，亦谓崧曰："桓温剑虽锋利，不能便诛吾也！吾岂比深源睥睨社稷，闻难欲去位以避之，汝何相嘲耶？"言讫，与坦之接至新亭，坐候一时，桓温与诸将至，其时日已落西，温军将扎住行营安歇。

次日，桓温令郗超埋伏刀斧手于帐两边，超伏于帐后，以听谢、王二人动静。谢安、王坦之二人先进入见桓温，各施礼毕。温命二人坐，坦之惊得汗流沾衣，倒执手版；安从容就席，谈笑自若。安坐定，窃见壁衣中皆伏刀斧手，即谓桓温曰："安闻诸侯有道，守在四邻，明公何须壁后置人耶？"温笑曰："正是不能不尔耳！"温因此遂命刀斧手退。

郗超正卧帐后，听谢、王二人言语，忽然风起，吹动帐开，谢安看见笑曰："郗生可谓入幕之宾矣！如何不出一见？"超慌忙走出相见，各行礼毕，远远坐住，是以不能行计，只得相陪。当谢安言于温曰："先王崩世，遗诏明公行蜀汉诸葛武侯故事，我等正欲涓吉承迎乘舆入朝辅政。今幸丞相车驾来至，迎接不及，望丞相恕愆！"温曰："我有何德，敢慕武侯？"安曰："丞相盛德巍巍，何谓无也？虽伊尹、周公弗能及耳！"因此温与安相悦，攀话笑语移日。当温又问曰："先帝已崩，君等以何议谥？"安曰："臣等以其平易不訾曰'简'。慈惠爱民曰：'文'，谥为简文皇帝。"言讫，安取自所作谥议与温看讫。温以其谥示群下曰："此谢安石碎金也。"众曰："果经纬天地之才。"因谈论至日昃，谢安、王坦之二人拜辞而出，桓温亦送出来，见百官皆拜于道侧；温命百官人中军相见。时百官入中军见温，中军大陈兵卫，百官朝士，有位望者皆战栗失色，只得入见。拜礼毕，温曰："劳百官远迎，即便还朝，免此伺候。"于是百官朝士，辞桓温而归朝。

却说桓温次日至山陵拜讫，不及入朝，忽然得病。连卧二十四日，不能起坐，晋孝武猝闻知桓温连日寝疾不见，乃使谢安、王坦之二人来视其疾。安与坦之直入卧内，二人施礼讫，曰："连日不见公颜，何期尊体欠安？"温曰："人有旦夕祸福，故有是尔。"温又渭安曰："孤昔灭蜀都，克寿春，多负勤劳，如江南无孤一人，正不知几人称霸，几人王，天下碎裂矣！今新帝登位，岂识我之大功，而以我为丞相，未加九锡，此所以吾愧之。吾今疾甚，日下就回姑孰，汝将此语与圣上禀知。"安曰："明公功盖天下，德播华夷，莫道封王，禅位皆宜！明公今还贵镇，保重尊体，我等与众臣保奏孝武加公九锡必矣。"于是温大悦，使二人清还。谢安、王坦之直辞归去，桓温令郗超领众，一同还朝。

却说安言于坦之曰："吾观丞相桓温，不久必亡，适问所议九锡之事，密缓藏之在心，延而视之，只我与君知也，不可漏泄。若温病瘥，加封其王；如不起，即息其议。"坦之曰："此计可矣！"因此二人密缓其事，延待看之。

桓温还姑孰，疾病转添。召弟桓冲并子桓熙至床前，嘱冲曰："吾自总角，便知用兵之道；至弱冠，屡立边功，纵横天下二十余年矣。今吾不济，托汝后事：吾世子桓熙才弱不堪重任，四子桓祎极是蠢愚，不辨菽麦；幼子桓玄，异而有志，今年五岁，汝善导而袭之。吾死之后，汝不能不代领其众，其权可要自执，休付他人，自取灭亡之患。"言讫，泪如雨下。桓冲又曰："吾兄百世后，诸子之中，谁袭兄职？"温曰："桓玄虽幼，可以立之。"冲问："安、坦之二人何如所在？"温曰："渠等不为汝所处分也。"言讫而亡。桓冲即时收殓殡葬，直写表申奏朝廷，乃以少子桓玄为嗣，袭封南郡公。桓冲自代温任，尽忠王室。时群下王珣等，欲冲入朝，诛除朝中元宰，把执时权，冲不从。

却说桓玄，字敬道，一名灵宝，是桓温之子也。其母马氏与同辈尝夜坐于月下，忽见流星坠于铜盆水中，如二寸火球，湛然明净，同辈竞以瓢捞，独马氏得而吞之，若有感，遂有妊而生玄。玄生时有光照室，使人筮占，占者奇之，故小名灵宝。桓温甚重爱之，临终立以为嗣，时年五岁，桓冲立为南郡公。

第二四二回　苻坚举兵取汉中

却说秦王苻坚闻简文帝崩，桓温又死，遂与群臣商议取江南之计。当王猛上言曰："江南急未可攻，宜先取汉中，以得胜之兵，再取江南，可一鼓而下也。"秦王坚曰："正合吾意。"遂使邓羌为都督，徐成、杨安、张蚝为副将，领兵十万，分三队而去。次日，邓羌、杨安将征西军士分为三队，前部先锋徐成，后队张蚝，押运粮草。

即将起程，早有细作报入汉中，鲁荣忙使人至梁州，唤弟鲁卫回来，商议退敌之计。卫曰："汉中最险阳平关，我去当依山傍林，下千余寨栅，迎敌秦兵，兄在汉宁，尽发粮草接应。"鲁荣遣大将杨仕、杨钦带五千军马，以助其弟，即日便起，到阳平关，下寨已定，与邓羌两边相持半月余，各不相胜。羌传令退军，徐成进曰："敌势未必强，公何自退焉？"羌曰："吾料贼兵，每日提备，急难取胜，吾退军回，贼兵必定赶之，吾分轻骑抄袭其后，胜贼必矣。"成等曰："都督神机，莫可测也！"于是杨安、张蚝分两路，各引轻骑三千，取小路去取阳平关后，邓羌大军尽拔寨起行。杨钦听知秦兵退，请杨仕商议曰："今羌退兵，可乘势击之。"仕曰："邓羌诡计极多，未必真实，不可追赶。"杨钦曰："你不去，我当自去。"杨仕苦谏不从，杨钦起五寨人马前进。是日大雾漫天，对面皆不相见，杨钦军至半路扎住。

却说杨安军抄过山后，见重雾垂空，又闻马嘶人语，恐有伏兵，急催人马速行。正说间，到杨钦寨前，内有几个守寨兵士，听得马蹄响，只道是杨钦兵回，开门纳入。军马一涌而入，放起火来，五寨军士大乱，尽皆弃寨而走。当杨仕将及雾散之时来探消息，五寨一齐火起，杨仕引兵来敌，与杨安战不数合，背后张蚝兵到，杨仕杀开一条路，望汉宁、巴州而逃。杨钦正要回时，已被杨安、张蚝占定寨了，背后秦兵赶杀，两下来攻，杨钦等军大溃而走，又被秦兵后追，无心恋战，领了败军投阳平关。鲁卫知二将败走，各营已失，半夜弃关奔南郑、巴州去讫。羌得了阳平关诸寨。鲁卫、杨仕来见鲁荣，言二将失了隘口。鲁荣大怒，欲斩杨仕，仕曰："某曾劝杨钦休追秦兵，钦不肯听从，故有此败。仕再乞一军，前去掷战，必斩秦兵；如不胜，愿依军令，斩首阶下。"荣命即去，杨仕上马，引二万军离南郑，往汉宁、巴州而去。

却说杨安劝邓羌进兵，羌言不可，安曰："安乞一军，前去哨路。"羌即令安领五千骑望南郑路上来。正迎杨仕，两军摆开，仕遣裨将昌倚出马，与安交战，不两合，被安一刀砍于马下。杨仕自挺枪出，与安斗三十合以上，不分胜负，安拨回马走，仕赶来，被安使拖刀计，斩杨仕于马下，军众大败而回。羌知安已斩杨仕，即时催军直逼成都城下下寨。鲁荣惊得手足无措，忙与弟鲁卫收拾库中宝物，不敢回朝，乃领从兵五千，弃城走入南蛮去讫。

邓羌见鲁荣走，令诸将勿追，引众入城，分兵守定。又遣杨安与朱彤以兵二万人入寇梓潼、涪城。

史说梓潼太守姓周名虓，字孟威，素有节操，闻苻坚遣杨安等以兵来寇，恐梓潼不固，乃引众退守涪城；又忧不能保全，使副将刘仁率步骑送母妻还南；将至江陵，被杨安细作窃知，报与杨安知之，安谓朱彤曰："今周虓送母妻还国，卿领一军，星夜从间道去，追获其母妻，则周虓自然降矣。"彤曰："将军率兵向涪城，吾引一军星夜去追。"于是朱彤率精兵五千，抄小路，先抵江陵南路，未及半日，只见刘仕引一千兵送虓母妻到，被朱彤获之，勒兵回见杨安，同致涪城。杨安将虓之妻母，到城下高叫周虓曰："君早纳降，保全母妻，不失孝道；如若不降，先杀汝母妻，然后攻城。"周虓见母妻被缚在城下，乃号泣谓众曰："吾欲尽忠，奈母亲被劫，若不出降，必受其害，哀哀父母，生我劬劳，无以报恩，反贻以祸，人子之心何以安乎？"言讫，遂下城开门纳降，因此杨安等将兵入据涪城，使朱彤押送周虓其母妻，与羌大军还京，来见秦王苻坚。

坚大悦，以周虓为尚书郎，虓固辞不受曰："虓受晋国厚恩，以至今日，但老母见获，失节于此，母子获全，秦之惠也，虽公侯之贵，不以为荣，况郎任乎？"坚乃止，遂使人监视，不与还国。虓每见坚，或箕踞而坐，呼之为氐贼。尝值元会，仪卫甚盛，坚问之曰："晋朝元会，与此何如？"虓攘臂厉声曰："犬羊相聚，何敢比拟天朝？"秦人见虓不屈，屡请杀之，坚待之弥厚。

第二四三回　王猛疾疏谢秦王

甲戌二年二月，孝武帝设朝，闻桓温死，降诏以谢安为总中书。时天子幼弱，外有强臣，安与坦之尽忠辅卫，晋室幸得太平。而谢安好声律，期功之惨，不废丝竹，士大夫多效之，遂以成俗。当王坦之以书苦谏之曰："今主上幼弱，藩臣多强，以为元宰如何不出趋朝参理政事？而嗜声律，期功之作，不为苍生国家之计耶？"又曰："天下之宝，当为天下惜之，勿使弃之也！"安不能从，犹是人竞效之。

乙亥三年夏五月，王坦之卒，少帝以谢安为扬州刺史，桓冲为徐州刺史。

六月，秦清河武侯王猛寝疾，秦王坚亲为祈郊庙，又遣侍臣祷河、岳，为猛祈禳。猛疾少瘳，乃遣人入朝上疏，秦王坚开读曰：

> 不图陛下以臣之命而亏天地之德，开辟以来，未之有也。臣闻报德不如尽言，以垂殁之命，窃献遗忠："伏惟陛下威烈振乎八方，声教光乎六合，九州百郡，十居其七，平燕定蜀，有如拾芥。夫善作者不必善成，善始者不必善终，是以古先哲王，知功业之不易，战战兢兢，如临深渊，伏惟陛下，追纵前圣，天下幸甚！"

秦王坚览之，悲恸流涕，是日亲与太子至丞相府中，视王猛之疾，访以后事。秦王坚与太子诸臣，直入卧内。秦王坚曰："数旬不见卿朝，谁知卿疾甚重，朕甚隐忧，代祈郊庙，以庇于卿。今来视卿，倘尔不豫，有何见示？"王猛曰："陛下明见千里之外，古今兴亡，必所尽知。然晋室僻处江南，乃正朔相承，上下安和，臣殁之后，愿勿以晋为图。鲜卑、西羌，我之仇敌，终为大患，宜渐除之。"言讫而卒，年五十二岁。秦王坚与群臣皆大哭之，坚谓太子苻宏曰："天不欲使吾平定六合耶，何夺吾景略之速也！"言毕又哭，命大殓化之讫，乃大哭，引太子宏归宫而去。

次日，大宛国进贡，献大马千里驹，皆汗血，朱鬣五色，凤膺麟身，及其他珍异宝五百余种至。秦王坚谓百官曰："吾思汉文之返千里马，咨嗟美咏，今大宛所献之马，其悉返之，庶克念前王，仿佛古人耳，汝群臣可作《止马诗》，而遣其使还国，示无欲也。"于是群臣作《止马诗》，令使人领前宝物，还国去讫。先是高陆人王木，穿井得龟一只，大三尺，背有八卦。木进于秦王坚，坚命养之于池中，日以粟与之食，及此而死。太仆奏知秦王坚，坚命藏其骨于太庙。其夜，庙丞高虏梦龟谓之曰："我出本将归江南，遭时不遇，陨命秦廷。"次日，高虏大惑其梦。又有一人至谓虏曰："吾昨夜梦神龟言吾三千六百岁而终，终必妖兴，亡国之征也，此梦未审主何吉凶？"虏意遂明，乃曰："不主甚事，主国家不久衰也，汝休得漏言。"因此二人秘之，不敢传出。

却说秦王坚自平诸国之后，国内殷实，遂示人以奢侈，悬珠帘于正殿，以集群臣。

尚书郎裴元略谏之，秦王坚大悦，命去其珠帘，以元略为谏议大夫。

初，秦王坚母少寡，将军李威有辟阳之宠，史官载之于史。至是坚取《起居注》观之，见其事惭怒，即焚其书，大检史官，将加其罪，时著书郎赵泉等已死，始乃止之。

第二四四回　姚苌以兵下凉州

丙子太元元年，是岁北凉亡。却说张天锡初杀其侄张玄靓，自立为凉王，改元凤凰。天锡在位，荒于酒色，不亲庶务，黜世子大怀而立嬖妾之子大豫，人情愤怨。秦王坚以天锡臣道未纯，遣将军姚苌、梁熙等将兵临西河，尚书郎梁殊曰："未可动兵，可先使人征其来京，如不朝，方可讨之。"于是，坚使梁殊奉诏征之曰："如有违命，即进师扑讨。"梁殊至姑臧，天锡会官属谋之，官属皆怒曰："吾世事晋国，忠节著于海内，今一旦委身贼廷，丑莫大焉；且河西天险，若悉境内精兵，右招西域，北引匈奴以拒之，何遽知其不捷也？"天锡攘袂大言曰："孤意决矣，言降者斩！"乃谓秦使梁殊曰："君欲生归乎，死归乎？"殊曰："君先降秦，秦王遣吾征君，君不去，莫道杀吾，其不久且自将杀耳！"辞气不屈，天锡怒曰："杀之！"其母严氏泣曰："秦王横制天下，兵不留行，汝若降之，犹可延数年之命，今既抗衡，又杀其使者，亡无日矣！"天锡使将军马建率众二万拒秦。

三月，秦王坚闻天锡杀其使，以姚苌为扬武将军，将兵五万前来伐凉。史说姚苌，字景茂，乃弋仲二十四子也，其兄死了，恐孤不能立，乃率诸弟降于苻生。苻生被杀，苻坚代位，甚亲宠苌，故使其伐凉，令其立功。

此时姚苌、苟苌二将领兵直至凉州，逼城下寨。

时凉王张天锡方饮酒，闻秦兵攻城，惊得面如土色。左右曰："今秦兵甚强，难以拒敌，不如早降，以安百姓。"天锡于是令四门立起降字旗，锡引诸官开城门，面缚至姚苌寨中投降。姚苌大喜，置酒相待。次日，领众入城，百姓耆老香花迎接，姚苌以善言抚慰。天锡命左右杀牛宰马，犒劳秦军，一面使人以金宝名马，进贡入秦，来降秦王。坚闻凉王来降，受其宝物，颁诏封锡为归义侯，抽回姚苌等三军人马，俱各还秦。

第二四五回　苻洛以兵伐北代

却说北代王什翼犍设朝，聚集文武，谋议国事。却有部下长孙斤，恨代王不录用己，乃私藏利刃，杂在文武班中。时代王什翼犍在御座坐议国事，长孙斤插刃直上，来刺代王。当太子拓跋实见长孙斤以刃进前，大喝：“反贼！休得无礼！”被长孙斤手起刃下，杀死太子实，又来刺什翼犍。手无兵器，长孙斤以刃刺中，什翼犍便走，中伤左臂。当殿下文武，各拥抢进，将长孙斤缚住，代王复坐，命将长孙斤痛打一百，将出诛之。当日代王见太子实被杀死，哭无休止，乃命文官作文追谥为“献明皇帝”。至七月，太子妻秦氏生皇孙，代王与其取名，名曰拓跋珪。

十月，秦王苻坚大会群臣于光明殿，命文武各赋诗以进。时秦州别驾天水姜平子持诗进上，秦王坚看诗上有一“丁”字，直而不曲，秦王坚问曰：“卿诗上有一丁字，如何直而不曲乎？”平子曰：“臣丁至刚，不可以屈，且曲下者，不正之物，未足献也。”秦王坚笑曰：“卿名不虚，行义必刚也。”因擢上第。时秦王坚曰：“朕欲平一六合，何国当先？”平子曰：“北代匈奴，居我之后，宜先讨之。”时卫辰为代王所逼，正使人求救于秦王坚，坚欲起兵，又闻平子之对，秦王坚曰：“卿言正合我意。”乃谓唐公苻洛曰：“朕闻北代君臣大乱，非汝莫能讨之，汝可同大将军邓羌、朱彤、张蚝将二十万大兵，分道去伐。”苻洛曰：“臣请就行。”于是唐公苻洛出朝，同邓羌、朱彤、张蚝将二十万大兵，望北起程。

时北代郡县戍守居民见秦兵势大，莫敢与战，皆望风逃奔。因此唐公苻洛以兵长驱大进，直至平城东，隔五十里下寨，使人打听虚实，未敢逼城。

却说代王什翼犍被长孙斤谋反，刺伤左胁，数月未瘥。闻秦兵到来，惊得手足无措，即忙使西部大人以兵二万出城与战。秦军阵中邓羌见代兵开城出来，命军马摆开，挡住三军。当时西部大人出阵与邓羌交锋，只一合被邓羌斩于马下，代兵败走，各奔入城，闭住城门，不敢交战。

代王什冀犍闻知西部大人被秦兵杀死，心中大慌，乃谓东部大人曰：“今秦兵势大，难以迎敌，此事奈何？”东部大人曰：“不如引国人走避阴山，招集败亡军士，待大王金疮疾好，再兴兵来复平阳，未为晚也。”代王点首曰：“大人之谋，正合我意。”于是传令，叫国人及诸部大人、三军人等，各收拾随身器物宝贝，来日开北门而逃。次日，代王下令，使东部大人为先锋，代王自领家属为后队，大开北门，冲杀出城奔走，至高平屯住。高平杂种尽叛，四面大乱，代王领兵复据漠南，筑城居之。

第二四六回　北代使不辱君命

却说北代王犍自避阴山，不能还国，潸然出涕。忽阶下一人进曰：“某有一计，可解此危，亦可还国，大王如何发悲也?”代王视之，乃左长史燕凤。因见秦兵不退，代王恐惧，凤乃进前曰：“某有一计，可解此危。”代王曰：“卿有何谋？火速言之！”凤对曰：“今秦兵势大，何以退得，不如请降，然后别作良图，今若与战，非上策也。急作一表与臣，密入长安，奏请称为藩臣，彼必抽回其兵，方可还国。”代王曰：“此计大妙！卿此一行，休失北代之志气。”凤曰：“某若有小失，焉有面目再见大王?”代王大喜，便作表遣燕凤入秦。

凤星夜到长安，先见太尉权翼众大臣等。次日早朝，翼奏北代遣左长史燕凤上表称藩，秦王坚曰：“此必解吾兵之厄也。”令宣入朝，凤拜舞已毕，呈上表文。秦王览表讫，笑曰：“代王何如人也?”凤曰：“宽和仁爱，经略高远，一时雄主也，常有并吞天下之志，亦有统一六合之心也。”秦王坚曰：“卿辈北人，无刚甲利兵，敌弱则进，敌强则退，安能并兼？而卿过奖之言，何太过耶?”凤曰：“北人壮悍，上马持三丈矛驱驰如飞。主上雄隽，率服北土，控弦百万，号令若一。军无辎重樵爨之苦，轻行速捷，因敌取赀。此南方所以疲敝，北方所以常胜也。”秦王又曰：“汝国人马多少?”凤曰：“控弦之士数十万，战马一百万匹。”秦王笑曰：“卿言人众则可，说马太多！”凤曰：“云中川自东山至西河二百里，北山至南山一百五十里，每岁孟秋，马常大集，略为满川。以此推之，使人言数，犹有未尽也。”秦王曰：“北代如长史者几人?”凤曰：“聪明仁智一、二百人，如吾侪之辈，车载斗量，不可胜数！”秦王曰：“卿主雄杰，将多军足，如何退避阴山，使卿降乎?”凤曰：“陛下有高天下之志，吾主有统朔方之能，惟恐蛟龙相斗，鱼龟受刑，不忍使军民死于无辜，是以暂退阴山，遣臣请降，结为唇齿，各保境宁。”秦王坚叹曰：“使于四方不辱君命，可谓士矣！如燕凤者，不辱君命也！”由是降诏，准其称藩，命其还国，即时差人抽回唐公之兵。

唐公苻洛既闻代王降，朝中令抽回其兵，命诸将振旅还京去讫，自守平城。

燕凤回至阴山，说秦王准降，代王大喜。至十二月，北代王什翼犍闻唐公苻洛领军已退，乃引众还至云中。

什翼犍有皇子实君，见代王宠惜皇孙拓跋珪，恐其位不传己，乃阴结代王之左右，以鸩酒毒杀代王，因此北代王什冀犍暴崩。又杀诸弟，诸部大人知是实君谋死，百僚无主，俱各离散。只留皇孙拓跋珪，乃北代王之皇孙，乃太子实之子也，是年六岁，弱而能言，目有光耀，广颡大耳，先因其父太子实被长孙斤谋叛，伤胁身死。秦将苻洛来寇，代王什翼犍逃避阴山，拓跋珪母子无依，其母贺氏，将珪寄养外家孤独部大人贺讷，同避阴山，至是同代王归国至云中。代王被皇子实君谋杀，诸部大人各散，珪尚幼弱，诸部百僚各逃散去，只有燕凤等随与贺氏、拓跋珪走还本国。其时，诸部皆被别部刘库仁、铁弗刘卫辰二人前来统摄之。贺讷只得领珪来依刘库仁,俱说代王崩世之事及存拓跋珪之因:"吾今奉秦王诏归国还镇,因此来见大人。"库仁便谓贺讷曰:"你可领本部兵同小主人权且去牛川屯扎,吾等权代领兵,俟其年长,还其兵印及诸部土境。"讷从之,领拓跋珪并军马去镇牛川。当库仁谓其子刘显曰:"拓跋珪龙行虎步,嶷然不群,必然兴复洪业也。"刘卫辰谓库仁曰:"依吾之计,可速使人奏知秦王,使其迁之别地,若留此,则吾属无噍类矣。"库仁曰:"既如此,任公为之。"于是卫辰作表遣人入长安投降,奏知其事。

却说独狐部大人贺讷,领拓跋珪带兵马屯于牛川,燕凤说曰:"前日大人与小储君见刘库仁、刘卫辰,某观卫辰,前被圣上杀败,心必怀仇,素有害小储君之意,彼必使人降秦,谋害小储君也。"贺讷曰:"既有此谋害之意,其事奈何?"凤曰:"大人休忧,某自再入长安,去见秦王以探虚实,若是变异,某自有三寸不烂之舌说之,可保无患。"讷曰:"君可速去,迟则有变耳!"

于是讷使燕凤星夜先来长安,次早至待漏院,候众入朝,朝见秦王。秦王见凤至,谓曰:"卿何又至?"燕凤曰:"代王已死,臣来奏知。"坚曰:"代王虽故,必有王子?"凤曰:"代王被庶子实君弑,长子亡叛,遗孙幼冲,莫相辅之。其别部大人刘库仁勇而有智,铁弗刘卫辰狡猾多诈,皆不可独任,且分部为二,令两人统之。两人素有深仇,其势莫能先发,此御边之上策。待其孙拓跋珪年长,乃仕而立之,是陛下大惠于亡国,存亡继绝之德也。代之子孙,年年进贡,岁岁来朝,永为天朝之屏障,中国之藩篱,顾不美乎?"

秦王纳之,遣将以兵执实君至长安,命车裂杀之。俄而卫辰使至,呈上降表,秦王览讫,谓文武曰:"卫辰上表,谓拓跋珪丰骨不凡,举止清高,后必有异,却为大国之患,不作中华之藩,宜迁别地,或取回长安,其事如何处置?"群臣莫对,燕凤对曰:"卫辰与先主有仇,欲自谋立,故进谗言,陛下听之,跋珪一离,二人即叛。"秦王曰:"彼叛何故,怕此小儿耶?"燕凤曰:"朔方之地,士民之众皆蒙拓跋氏恩,皆思归附。卫辰若叛,恐士民不从,故先迁之,其志得行,若存小主,二人未敢谋变。"秦王信之,不听卫辰。

第二四七回　秦王以代分二部

秦王坚谓文武曰："代王被害，其子幼冲，朔方今已属于朕，吾欲遣将戍之，燕凤又进此策，此事若何？"权翼曰："朔方之地，宜朔人居焉。盖朔人狡猾万般，其居不容外人，若以异处之士去守，彼必为乱，国不能安，燕凤之策，可保久长。刘库仁，字没根，乃刘武之子，少豪侠，有智略，北人无不敬之。刘卫辰，乃铁弗国人，善骑射，有威勇，北人无不惮之。若陛下以此二人统领朔方，永无忧患。"秦王曰："然！"于是秦王遣人以诏使唐公苻洛："以铁弗刘卫辰、独孤部刘库仁二人，分统朔方。自河以东属库仁，自河以西属卫辰。"

却说唐公苻洛得诏书，从秦王诏，使人请刘库仁、刘卫辰二人至，置酒相待，拜为左、右将军。将北代之地，分作二部，使二人统之，二人从命，各分统诸部代民。苻洛权执总统，以居平城。自此贺氏以珪依库仁，库仁招抚离散，恩信甚著，奉事拓跋珪，殷勤周备，不以废兴易意，常谓诸子曰："此儿有高天下之志，必能恢隆祖业，汝曹当谨事之！"

丁丑二年，秦王坚用赵故将熊邈作功曹。熊邈屡为秦王坚言石氏宫室器玩之盛，坚以邈为将作长史，大修舟舰、兵器，饰以金银，颇极精巧。慕容农私言于垂曰："自王猛之死，秦之法制，日以颓靡，今又重以奢侈，殃将至矣。大王宜结纳英杰，以承天意。"垂笑曰："天下事似非尔所及。"时慕容绍亦私谓其兄楷曰："秦恃其强大，务胜不休，北戍云中，南守蜀汉，转运万里，饥馑相望，兵疲民困，危亡近矣，天意苦在，必为燕有！"

第二四八回　**谢安荐侄于朝廷**

是时，孝武帝设朝，君臣礼毕，分列两边。时近臣奏知，西蜀汉中诸郡，却被秦王坚遣使邓羌取去，目今秦兵屡屡扰境。孝武帝大惊曰："如此怎生奈何？"群臣奏曰："请陛下降旨，求文武良将有才略者，命其举荐入朝，使其镇御北方，可保境内安也。"孝武帝曰："然！"遂颁诏求文武良将。

当谢安奏曰："臣举一人，有万夫不当之勇，有鬼神不测之谋，若以此人为将镇北，则秦不敢窥觎江南。乃臣兄之子谢玄，字幼度。先与郗超同为丞相桓温参军，桓温多用其智，屡建功效。今桓温已死，与郗超同归朝廷，现在班中，可使总镇，管取边界得宁。"帝从之，召谢玄，谓曰："今秦兵节次犯境，汝之叔父谢安荐汝有文武之才，朕拜卿为镇武将军，监江北诸军事，总领诸镇，屯守北岸。"谢玄谢恩曰："臣本驽钝之才，不足以骋千里，今蒙陛下擢用，出镇之地敢不保全。"于是谢恩而出。

时桓冲以秦人强盛，欲移镇江南，奏自江陵徙镇上明，使刘波守江陵，杨亮守江夏，帝从之。初，中书郎郗超自以其父愔位秩应在谢安之右，而优游散地，常愤悒形于词色，由是与谢氏有隙。时朝廷方以秦寇为忧，诏求文武良将可镇御北方者，安以兄子玄应诏，超闻之叹曰："安之明，乃能违众举亲；玄之才，足以不负所举。"众咸以为不然，超曰："吾常与玄共在桓公府，见其使才，虽履屐之间，未尝不得其任，是以知之。"

玄既镇广陵，募骁勇之士，得彭城刘牢之等数人，以牢之为参军，常领精锐为前锋，战无不捷，时号"北府"兵，敌人畏之。

初，郗超党于桓温，以父愔忠于王室，不令之知。及超病甚，出两箱书，授门生曰："我父年尊，我死之后，老父若以哀悼废寝食者，可呈此；不尔，即焚之。"及超卒，愔果成疾，其门生呈箱，愔发之，皆超昔与桓温往返密计，愔大怒曰："小子死已晚矣！"遂不复哀。

第二四九回　韩氏女筑夫人城

戊寅三年四月，秦王苻坚遣长乐公苻丕、将军苟苌、石越、慕容垂等四道会兵三万，共攻襄阳。百姓大惊，诸将李伯护等皆惧，宜为备，独梁州刺史朱序曰："秦无舟楫，焉能攻我？不足为虑，诸君勿忧！"既而石越率兵五千浮渡汉水，皆来至城下，序大骇，始召百姓固守中城。越以兵攻陷外郭城，既克其外郭，获船百余艘，以济余军，及苻丕兵到，督诸将攻中城。

朱序母韩氏，闻秦兵将至，自登城，履行西北隅，见其崩，以为不固，亲率百余婢及城中女子，筑新城于其内。及秦兵至西北隅，果被见破绽，乘此攻溃，序率众移守新城，襄阳人谓之"夫人城"。

桓冲在上明，拥众七万，欲来救援，惮秦兵强盛，不敢进。时苻丕欲急攻襄阳，将军苟苌曰："吾众十倍于敌，糗粮山积，但稍迁汉、沔之民于许、洛，塞其运道，绝其援兵，譬如网中之禽，何患不获？而多杀将士，急求成功哉？"丕从之。慕容垂拔南阳，执太守郑裔与丕，会于襄阳城，丕大喜，排宴相庆。时秦王坚闻垂又拔南阳城，与群臣饮酒，以极醉为限，赵整作酒歌，坚读曰：

地列酒泉，天垂酒池；杜康妙识，仪狄先知。
纣丧殷邦，桀倾夏国；由此言之，前危后则。

坚大悦，命整书之，以为酒戒，自是宴群臣，礼饮而已。

第二五〇回　苻丕攻陷襄阳城

己卯四年二月，秦王坚大设朝会，当秦御史中丞李柔奏曰："长乐公丕等拥众十万，攻敌围一小城，白费万金而无效，请征下廷尉。"秦王坚勿从。使持节切让赐丕剑曰："攻一小城，久而不下，焉能长驱江南？来春不捷，汝其自裁！勿复待面见吾也。"丕等惶恐，次日命诸将并力攻襄阳，朱序以擂木炮石打下，退归。

秦王坚闻襄阳不克，欲自将兵来攻，阳平公融谏曰："陛下欲取江南，固当博谋熟虑，不可仓猝，若只取襄阳，亲劳大驾，所谓隋侯之珠，弹于羽之雀也。"坚乃止。朱序屡破秦兵，遂不惧。丕命诸军进攻，时五督护李伯护见秦兵势大，其城难守，乃开门为内应，于是遂克襄阳城。朱序送长安，秦王坚惜序能守节，拜为度支尚书，以伯护为不忠斩之。

时秦将慕容越拔顺阳，执太守丁穆至，坚欲官穆，固辞不受，苻坚以礼遣之。即以梁成为荆州刺史，镇襄阳，选才望者礼而用之。

时晋帝朝会，以谢安为宰相。秦人屡入寇，边兵皆失利，时众心危惧，安每镇之以和静。其为政，举大纲，不为小察，时人以安为王导，曰："以谢比王，文雅过于导焉。"帝闻秦人寇边，日与群臣机策未下。

第二五一回　谢玄率兵救彭城

却说秦王坚命诸将分道寇晋，当秦将彭超曰："宜攻沛郡太守戴逯于彭城后，长驱大进。"坚然之。超又曰："愿更遣重将攻淮南，为棋劫之势，东西并进，丹阳不足平也。"秦王坚从之。使俱难率步骑七万寇淮阳、盱眙。八月超兵至，攻彭城未下，晋帝闻知大惊，遣人以诏命右将军毛武生率众镇姑孰以御之，秦王坚又使韦钟以兵围魏兴，攻太守吉挹于西城。晋谢玄闻知，率众万余来救彭城。

军至四口，欲遣使报戴逯，令共合兵夹击而不可得，部曲将田弘知其意，请曰："将军之讨，欲使人报戴公，令其合兵，但无人去，臣请没水潜行。"玄大悦，使行至水边，被秦人彭超所获，将酒与食，以金帛厚赂与弘曰："你入彭城，只道南人已败逃回去了。"弘伪许之，既走城下，告遂曰："南军垂至，勉而待之。"秦人大怒，射杀之。

彭超辎重尽在留城。谢玄以计令人扬言：遣军一万人攻留城，取其粮草。超闻之，解彭城围，乃引兵保辎重。戴逯率众出城，来见谢玄，谢玄与其全师而还。超复据彭城，留徐褒守之，自以兵南攻盱眙。俱难又克淮阴，城无晋兵，乃回，留邵保戍之。秦军韦钟攻拔魏兴，太守吉挹不言不食而死。秦王坚闻知叹曰："周孟威不屈于前，丁颜远洁己于后，吉祖冲闭口而死，何晋室之多忠臣也？"初，挹参军史颖迯回，得挹临终手疏归晋，帝以其忠，后赠益州刺史。

初，秦将俱难、彭超二人攻拔盱眙，执内史毛璪之，遂围田洛于三阿，去广陵百里，朝廷大震，谢安命临江列戍而守之，谢玄自以将兵二万来救三阿城。难、超二人闻其兵来必疲倦，不与诸军传飧，将兵排悉，与玄交战。玄兵饱食勇力向前，未三合，俱难、彭超大败，退保盱眙。

六月，玄又进攻之，难、超又败，退屯淮阴。玄谓诸将曰："难、超兵穷势寡，卒无斗志，宜速进兵，得一人乘潮上流烧淮桥，则彼自走。"何谦曰："末将愿往。"于是使何谦率舟二百，乘潮上流，夜焚淮桥。难、超见烧淮桥，恐后难退，以兵退屯淮北。玄、谦合兵追之，战于君川，难、超兵无斗志，被玄大破之。难、超北走，仅以身免。玄已杀退难、超之兵，命人戍守，乃率众还广陵，玄领徐州刺史。秦王坚大怒，征超下廷尉，超遂自杀，难削职为民。

第二五二回　秦王举兵伐苻洛

秦建元十五年三月，秦王坚会集百官商议，欲作教武堂于渭城，命太学生明阴阳兵法者，教授诸将。朱序谏曰："陛下四海之地，十得其八，宜稍偃武修文，乃更始立学舍教人战斗之事，殆非所以驯至升平也！且诸将百战之余，何患不习于兵？而更始受教于书生，非所以强忠气也！此无益于实而有损耳。"于是坚乃止之。

却说秦国唐公苻洛勇而多力，能坐制奔牛，射洞犁耳，自以有灭代之功，使人见秦王坚，求开府仪同三司，不得，由是怨愤。秦王坚只以洛为益州牧，洛谓官属曰："孤不得入为将相，而又投之西裔，于诸君意何如？"治中平规曰："主上穷兵黩武，民息肩者，十室而九。宜声言受诏，尽幽州之兵，兵南出常山，阳平公必郊迎于路，因而执之，进据冀州，总关东之众以图而王，天下可挥麾而定也。"洛从之。四月，率众七万发和龙。坚闻知，遣将窦冲、吕光以兵五万讨之，北海公重悉蓟城之众助洛，会屯中山。五月，冲、光二人以兵与苻洛交战，洛兵大败，被冲追及擒之。冲既得洛，令人送至长安。重见洛被擒，乃走还蓟，吕光追及斩之，幽州悉平。使人以洛见秦王坚，坚赦之不诛，徙于西海郡为民。

秦王坚以诸氐种类繁滋，分三原、九嵕、武都、汧、雍十五万户，使诸宗亲领之，散居方镇，如古诸侯之制。以长乐公丕镇邺，平原公晖镇洛阳，石越、梁谠、毛兴、王腾等，皆为诸州刺史。坚送丕至灞上，丕所领民二千户。丕别其父兄，皆恸哭送之，独整援琴而歌曰："阿得脂，阿得脂，博劳舅父是仇绥，尾长翼短不能飞，远徙种人留鲜卑，一旦缓急当谁语？"坚笑而不纳。

壬午七年三月，却说秦王坚兄苻法之子东海公苻阳，与丞相王猛之子王皮曰："秦之天下，实乃吾父法所取之天下也，今被苻坚据有，吾将取之，恨力不及耳，君可助吾一臂之力耳！"王皮曰："君言乃吾之志，吾有此意久矣，吾父有佐国平天下之勋，吾不能袭父大爵，至今得一散骑常侍耳。既明公肯为主，此间有一人姓周名虓，足智多谋，痛恨秦王，可请其来同议，大事必成。"苻阳从之，使人请虓至，以酒相待，商议计策。虓曰："君若在此，难于举发，来日二人入朝，请兵求出外镇，积草屯粮，招军买马，乘机而起，则旧业可复矣。"阳曰："此计大妙！"

三人计议已定，却被秦王坚手下窃事人密知，入宫报与秦王，说东海公与散骑常侍二人谋反。秦王坚大惊，即唤司隶邓信领禁兵三百围宅，将苻阳、王皮、周虓三人缚至殿下，秦王坚问曰："吾不曾负汝二人，汝二人何故谋反？"苻阳曰："吾父无辜见诛，《礼》云，父母之仇，不共戴天，臣父不以罪死，是以谋反。齐襄公复九世之仇，何况臣乎？"秦王坚泣曰："哀公之死，事不在朕。"又问王皮，王皮对曰："臣父丞相有佐命之勋，而臣不免于贫馁，所以图富贵也。"秦王流涕谓王皮曰："丞相临终，托卿以十具牛为田，不闻为卿求位。知子莫若父，何斯言之萌也？"又问周虓，虓曰："世荷晋恩，生为晋臣，死为晋鬼，何问乎？”先是虓屡谋反，左右请杀之，坚曰：“孟威烈士，秉志如此，岂惮死乎？杀之适足成其名耳！”皆赦不诛，徙苻阳于高昌，皮、虓于朔方之地，以皮子永素性好学，擢为幽州刺史。

是时，有西域军师鄯善人者朝秦，甚称龟兹国有鸠摩罗什，才貌双全，义识若神。秦王坚大悦，以师善为向导，遣骁骑将军吕光为都督，督兵十万，去伐西域。当阳平公苻融谏曰：“西域荒远，得民不可治，得其地不可食，汉武征之，得不补失，臣窃为惜之。”坚勿听，乃宣吕光至殿谓曰：“今吾国内粮草多积，士马强盛，吾欲征讨西域龟兹，烦卿为将。”吕光曰：“受命于君，安敢不谨，领旨命，去讨西域。”于是秦王坚拜吕光为持节、都督、西讨诸军事，总兵七万，铁骑五千，命其讨西域龟兹。光临行，秦王嘱光曰：“卿到龟兹，若得鸠摩罗什，即使人星夜驰送赴朕。”光曰：“谨领旨命。”是日吕光领兵就起行，行至高昌，屯扎军马。

史说吕光，字世明，乃洛阳人氏，父名婆楼，佐命秦王苻坚，官至太尉而死。吕光生时，夜有神光之异，故以光名。年十岁，与诸儿游戏邑里，生为战阵之法，俦类咸推为主。部分详明，群童叹服。目有重瞳，左肘有肉印，沉毅凝重，宽简有大策，喜怒不形于色。时人莫之识也，惟王猛异之曰：“此非常人。”言之秦王，秦王苻坚除为美阳令，群夷爱服，因此屡迁骁骑将军。苻坚慕鸠摩罗什，故有是命。

第二五三回　秦王集议寇江南

秦王坚大会文武群臣于太极殿，而谓众文武曰："自吾承业以来，垂二十余载，四方略定，惟东南一隅未沾王化。今略计吾之士卒，可有九十七、八万，粮草不计其数，吾欲自将以讨之，汝等所议为若何？"当朱彤曰："今秦得天下大半，更兼国富兵强，若起倾国之师，躬行天罚，则江南克期可定矣。"秦王大悦曰："此乃吾之所志也。"左仆射权翼进曰："臣以为晋未可伐。夫以为纣之无道，天下离心，八百诸侯不谋而集，武王犹曰：'彼有人焉，乃回归止旆'，后三仁诛放，始奋戈牧野，而得成功。今晋虽微，未闻丧德，君臣上下同心。谢安、桓冲，江表伟才，可谓有人焉。依臣愚见，晋不可以加兵。"时秦王坚闻其语，默然久曰："诸君可各言其志，朕自量之以行。"太子左卫率石越上言曰："今岁镇星守斗牛，福德在吴。天文有准，悬象无差，伐之必有天殃。且彼据有长江之险，民为之用，不可犯也。"秦王坚曰："吾闻武王伐纣，逆犯岁星。天道幽远，未可知也。今以吾之众，投鞭于江，足断其流，又何险之足恃乎？且筑室道傍，阻计万端，无时可成功，吾当内断于心耳。"群臣各有异同，坚命且退，容再计议。

独留弟苻融议之。苻融曰："晋不可伐者三。"秦王坚作色曰："汝复如此，则天下之事，吾与谁言之？"融泣曰："今天道不顺，一也；晋国无衅，二也；我数战兵疲，民有畏敌之心，三也。晋未可灭，昭然甚明，若劳师大举，恐无万全之功！且臣之所忧，不止于此。陛下宠育鲜卑、羌、羯，布满畿甸，此属皆我之深仇。太子独以弱卒数万自守京师，臣惧有不虞之变生于腹心肘腋，不可悔也。臣智识愚浅，诚不足采；王景略一时之英杰，陛下每拟之诸葛武侯，独不记其临终之言乎？"秦王坚曰："天下者，天下人之天下，非一人之天下，故秦失其鹿，天下共逐，高材捷足者先得之。量朕之才，不在晋下，文武之贤，勇略过人，如何不可伐也？"融又谏曰："国家本戎狄也，正朔朝会不归，江东虽微弱仅存，然中华正统，天意必不绝之也。"秦王坚曰："帝王历数，岂有常耶？汝不知通变耳！"秦王坚不纳，呆融辞出。

先是有沙门，名道安者，秦王坚尤信重之，出入与秦王坚同辇。至是群臣出朝，正遇道安入内，群臣谓道安曰："主上欲有事于东南，公何不为苍生致一言也？"道安曰："吾即谏之。"于是道安入见秦王，秦王谓曰："朕将与公南游吴越，泛长江，临沧海，不亦乐乎？"安曰："陛下应天御世，居中土制四维，自足以比隆尧舜，何必栉风沐雨，经略远方也？"亦不纳之。

忽慕容垂入，秦王坚问曰："吾欲伐晋，收江南，群臣言不可，卿意云何？"垂曰："今天下秦得十分之七，独东南一隅未归，若以陛下之神武，文武之贤能，大兵一出，何期不捷？陛下可以乾纲独断，勿采群臣之言，以致留患于子孙也。故《诗》云：'谋夫孔多，是用不集。'陛下宜断圣心足矣。昔晋武平吴，所仗者张、杜二三臣而已，若从众言，岂有混一四海之功也？"秦王坚大悦曰："与吾定天下者，其惟卿乎？"言讫，赐帛五百匹，即令其点兵。

张夫人闻知亦谏曰："天地之生万物，圣主之治天下，皆因其自然而顺之，故功无不成。黄帝服牛乘马，因其性也；禹浚九州，障九泽，因其势也；后稷播植五谷，因其时也；汤武率天下而攻桀、纣，因其心也；今朝野皆言晋不可伐，陛下独决意行之，妾不知何所因也？自秋冬以来，鸡夜鸣，犬哀吠，厩马多惊，武军兵器自动，皆非出征之祥也！"坚曰："军旅之事，非妇人所当预！"

坚幼子铣，最有宠，亦谏曰："国之兴亡，系贤人之用命。今阳平公，国之谋主，而陛下违之；晋有谢安、桓冲，而陛下伐之，臣窃惑焉！"坚曰："天下大事，孺子安知？"

秦王坚下诏，大举民，每十丁遣一兵，其良家子年二十以上有材勇者，皆拜羽林郎。下书期克之日，晋以司马昌明为尚书左仆射，谢安为吏部尚书，桓冲为侍中。并立第以待之。良家子至者，三万余骑，拜赵盛之为少年都统。

是时朝臣皆不欲坚行，独慕容垂、姚苌及良家子劝之。阳平公融谏曰："垂、苌我之仇敌，良家少年，皆富饶子弟，不娴军旅，何可听也？"坚不听。

第二五四回　秦王下诏寇江南

癸未八年七月，秦王苻坚下诏，召集各部军马，大举伐晋。八月，秦王坚唤阳平公融至前曰："你督后将军张蚝、冠军将军慕容垂等，领步骑二十五万为先锋，先入伐晋，以探虚实，敌之强弱，先报吾知。"融曰："臣既先行，后宜调兵急来接应。"融辞去讫。又宣兖州刺史姚苌，封为龙骧将军。秦王坚谓骧曰："朕本以龙骧建业，龙骧之号，未曾假人，今特以相授，东南之事，尽以委卿。卿可尽忠报国，无得二心，卿领兵二十万从北路伐晋，接应阳平公苻融。"苌谢曰："臣蒙拔擢，授以重任，万死不辞，焉敢异志？此回不灭东晋，不敢生还。"言讫，领兵就行。时左将军窦冲进言于秦王曰："王者无戏言，此将之封，不祥之征也，惟陛下察之！"秦王坚默然不应，悔闷归宫。

却说慕容垂受命领兵起行，其侄慕容楷、慕容绍曰："今秦王骄矜已甚，叔父建中兴之业，在此行也！"垂曰："然非汝谁与成之？且莫泄耳！"苻融以兵二十五万，号为一百万，来至颍水下住草营。坚遂发长安，戎卒六十余万，骑二十七万，秦兵至项城，凉州兵始达咸阳，蜀汉兵皆顺流而下，幽、冀兵至于彭城，东西万里，水陆并进，运漕万艘。融等率兵先至颍口屯扎。

第二五五回　谢安肥水退秦兵

却说晋孝武帝设朝，近臣奏知，秦王苻坚命苻融为将，以雄兵百万，战将千员，来寇江南。晋帝闻知大惊，急问文武，谁人敢去退秦兵，诸文武尽皆失色。中书监、录尚书事谢安出曰："陛下养国士，待之如手足，今日闻秦兵一至，尽皆缄口结舌，此何理也？臣虽无才，愿施犬马之劳，以退秦兵，少报陛下知遇之恩。"晋帝曰："卿有大才，必有大用，而卿乃朕之元老，不时朕要与卿同议国之大事，岂可出征？卿可另选别将去迎！"安曰："今事急矣，无人向前，臣若不行，则将士不复用命！"帝国："秦师百万，非可用文以退，卿执要前去何益？"近臣奏曰："有文事者，必有武备；有武备者，必有文事。臣观谢尚书，胸中有百万兵，不似臣等耳，宜与去之，可选大将副贰，破秦必矣。"帝曰："朝中谁人堪任大将？可速举之。"谢安曰："臣侄谢玄，勇略双全，可任大将。"帝曰："朕闻昔周郎以数万之兵，破曹百万之众。今举大将，不似其人，难保社稷矣。"谢安曰："以其论之，不在周郎之下，陛下若用之，破秦兵必矣，如其失事，臣请先纳此头。"帝曰："非卿提醒，朕几误大事！"即时差人召谢玄。王彪之曰："玄乃一儒生耳，非苻融之敌也！不可用之。"周雍曰："玄年幼德薄，恐诸将不服，则生乱矣，必误陛下！"谢安曰："若不用谢玄，则东地必休矣！臣请以全家性命保之！"帝曰："吾亦素知谢玄乃奇才也，孤当托之。"安曰："若不付以重任，其才不能尽展也。"晋帝曰："然！"于是召谢玄至，拜毕，帝曰："今秦兵侵境，孤欲命卿总督人马，以破苻坚如何？"玄对曰："文官武将，皆陛下故旧之臣也，玄年幼不才，安能破敌？"帝曰："朕亦素知卿才，今拜汝为副都督，卿勿推辞！"玄曰："倘文武中不服者，如何？"帝曰："如有不遵令者，先斩后奏。"玄曰："臣受恩已久，固不敢辞，臣愿领兵。"于是帝使谢安总督天下诸军事，谢玄为征北大将军，以兵数万，出拒秦兵，二人领旨即出。

谢安次日传下号令，教诸处多谨关防，牢把肥水，不得轻战。诸将但相聚，无不笑其懦也。安以调兵坚守，众不服，互相耻笑。安升帐，设座会东南诸将，安谓众曰："吾领承王命，总督诸军，昨已三令。吾令汝等各各坚守，不遵吾令何也？"桓伊曰："吾自跟大司马平定西蜀，大小数百战，敢勇向前；彼诸将昔从桓公，皆披坚执锐出生入死之士也。今主上以公为大都督，令退秦兵，宜早定奇计，调拨分头进征，方能成功。今却死守，以待天自杀贼，何其无谋之甚也？吾等非怕死贪生之人，使我辈皆随颜顺志，此何理也？"言讫，帐上下皆曰："桓将军言是也！我等情愿决一死战。"谢安听罢，掣剑在手，指而言曰："苻坚名闻天下，戎狄尚自惧怕，今在境界，非容易敌也。汝等诸将士，并受国恩，当以和顺，共图破敌，以报主上。今吾自有妙算，非汝等所能料也。吾知汝等各不相顺，故违吾令，是何道理？仆虽一书生，今蒙主上授以重任者，岂无有尺寸可取？谓能任事负重故也！汝宜守隘口险要，不许妄动，如违令者，以此剑立斩。各宜凛遵，勿得多言！"于是各分头去把守。

却说苻融摆布军马，直至川口，连营一千余里，前后四百余屯，夜则明火烛天，昼则旌旗蔽日。细作探知东南用谢安为将，领大都督，总制军马，各守险要不出。苻融问："谢安何如人也？"权翼曰："江东伟人，足智多才，昨制桓温，皆此人之谋也。"苻融闻知，怒曰："竖子有何高谋，可令前队进兵讨之！"权翼曰："安之才学不在桓温之下，不可以轻敌也。"苻融曰："吾用兵更不如一竖子耶？勿多言，看吾擒之！"苻融乃自引前军，各攻诸处关隘。

谢安闻知，即召谢玄至，谓曰："汝与谢琰、中郎将桓伊以八万精兵，出屯肥水，以拒秦兵。"玄曰："今秦兵百万，猛将千员，今以八万之众，前去拒秦兵，叔父用何计以拒之？"安曰："汝只管先去，且莫与战，吾后自有奇计破之。"于是玄与谢琰、桓伊以兵八万，出屯肥水之上，以拒秦兵。

当苻融使人探晋兵虚实，使人还，道："晋兵未满十万人，在肥水屯驻，不敢来迎。"融闻晋兵不满十万人，即使人入秦，报秦王曰："今晋兵弱少，不敢来战，甚易于攻，请陛下车驾亲迎。"秦王坚见书，即日亲领戎卒六十万骑起行。当来至苻融军中，秦王坚下令曰："大军徐徐进，朕自以轻骑二千，兼道先赴军前。"诸将奏曰："古有谚云：肩不出项，陛下可停驻，待其报捷，不可亲自向前。"秦王坚曰："朕若不去，则三军不肯向前。"言讫，引二千人先行来至苻融军中。苻融接着，入于中军，问劳已毕，融命排宴奉秦王坚，秦王坚是夜宿其中军。

却说晋会稽王司马道子，见秦兵势大，国人皆恐。乃入朝奏曰："今秦兵百万，势难拒挡。今闻钟山土神，极灵有应，请陛下出旨，封钟山土神为相国之号，祈其为国为民，必有感应。"帝曰："从卿所请。"于是降诏旨，命会稽王道子，以诏旨去钟山封其土神为相国焉。

第二五六回　安肥水论兵大战

却说谢安受命拒秦，全无惧意，整日与王羲之围棋赌要，不视军情之事。谢玄见秦兵势大，恐寡不敌众，至夜私自回城来见谢安曰："今日侄在对岸，看见秦兵漫山塞野，旗鼓相望，连营千里。吾恐寡不敌众之势，乃回见叔父，可用何策攻之，以安众心，免劳主上之忧矣。"安曰："汝火速归营，调兵紧守肥水，切莫妄动。吾自有计，若有紧急，再使人来报，不必自来。"玄不敢复言，只忙出归营去讫。

而谢玄心中不定，忧兵少粮尽，恐秦兵杀过肥水。过数日，乃使张玄入朝，朝请叔谢安出城。张玄领兵即入城，见安告急曰："请明公火速出城，秦兵至矣！诸将皆要出战。"安不得已，遂自命驾出城。诸将皆曰："今上以都督任公，公不求破秦之策，而日夜围棋，不视军情。主上寝不安席，以江南百万生灵之命，委公保之，公何如儿戏耶?"安对诸将曰："今秦兵来犯我境，其气正盛，我军且乘高守险以待之。彼以百万之师，吾只八万之弱，安能胜乎？今但奖励士卒，广布守御之策，以观其动静。今彼兵驰骤于平原旷野之间，正得其志，彼若求战不得，自有懒怠之心，此时吾当用奇计矣！将军宜息风火之性，以图国家之计。"桓伊等面虽应允，心实不服。

第二五七回　安玄围棋赌别墅

安被众所逼要战，遂邀侄谢玄，与亲朋王羲之等私游山墅。安谓玄曰："吾与汝围棋。"玄虽从之与棋，然心中忧惧。而安之棋常劣于玄。是日玄惧军事，便为敌手而又不胜，遂不再棋。但曰："秦兵势大，叔父有何计破敌?"安曰："吾有三胜之方，汝休漏泄。夫为将者必先观天文，次审地利，三察人和，料此三者求胜可矣。又云'知彼知己，百战百胜。'今岁星在吴，而秦逆天伐吾，古云逆天者亡，吾有福德之祥，其胜一也；吾有长江之限，地利佑我，故曰得地者昌，其师虽强，不能渡之，其胜二也；苻坚集乌合之众，积蚁聚之兵，以五胡仇人为将，虽多不和，吾军固少而同一心，其胜三也，此三有胜，破秦必矣，何惑之有?"玄曰："叔父之言，乃神机妙算，侄何可及？奈主上不安，百姓惊恐，宜早计以破之。使士民得安耳！侄惧兵微将寡，不能固守。"安曰："晋兵虽微，正朔所在，君不失道，人心所归，将帅调和，士卒依附，如此长江之险足以固守，何忧兵微将寡乎？吾观苻坚志骄气盈，将必有异，看其变动，乘机破之，汝才不在苻坚之下，管取成功，不须再四。"玄闻言大悦，即还。安与王羲之又游涉至夜，乃还。

却说姑孰桓冲闻秦王苻坚大举入境，以根本为忧，使牙门将刘完领精兵三千，入卫京师同城池。刘完得令，引兵入京来见谢安曰："桓君闻秦兵入寇京师，使某领精兵三千，前来与明公调用，护卫建康。"谢安固却之曰："朝廷处分已定，兵甲无缺。西藩乃国之屏障，其兵宜留预防，何必调此？你火速领其兵还。"刘完闻说，即引兵还镇。谢玄曰："吾兵稀少，彼调来增，叔父如何遣还?"谢安谓曰："三千人不足以为损益，还去无不可。吾欲外示闲暇，是故遣之。"玄曰："叔父神机，侄儿不知耳。"刘完领三千人还镇，桓冲问其故，完以谢安之言告之，及阵军前备细之事。冲谓左吏等曰："谢安石有庙堂之量，不娴将略。今大兵垂至，方游谈不暇，遣诸不经事少年拒之，众又难敌，天下尽已，知吾其左衽矣!"

第二五八回　八公山草木化形

十月，秦王苻坚与群臣商议进兵，权翼等曰："宜先取寿阳，若得寿阳，建康必然震恐，恐则生乱，乱则逃奔，军无斗志，民有忧患，乘此一战，江南可定。"秦王坚曰："然！"即召阳平公苻融至，委兵五万，使其去攻寿阳。又下令将军梁成引兵五万，屯于洛涧，安住寨栅，以遏晋兵不得相应。二将各率兵去讫。

却说苻融以兵来攻寿阳，郡守王正以五千兵出城迎敌。苻融指着王正曰："早早来降，免汝一死。"正大怒，拍马舞枪出阵来战，秦兵阵中徐成以双刀来迎。二人交锋，战上十合，王正遮拦不住，只待要走，张蚝一骑马、一条枪飞出阵前，大喊一声，以枪杀进，将王正一枪刺于马下。晋兵各自溃败，苻融挥兵杀奔入城，占据寿阳，迎接秦王苻坚及文武入城屯住。

却说会稽王道子，领朝旨来到钟山土神庙内，亲自焚香下拜，奉上印绶。宣读诏旨毕，乃祈祷曰："今因秦虏苻坚以兵百万来侵晋境，君有倒悬之危，民有涂炭之忧。今奉圣旨来封大神为相国之尊，伏望尊神，大显神通，施灵施威，为国为民，早灭胡类，万民沾惠。"祝讫，即命回京。其土神既受相国之号，乃大显法力，径来将八公山草木皆化以为人形，像各披坚执锐，勇猛威雄出众。

一日，秦王坚与苻融及诸将佐，登寿阳城遥望晋军。见八公山列有雄兵一百余万，人人勇猛，个个威雄，部军整齐，队伍不混。秦王坚一见，始有惧色。顾谓苻融等曰："此乃劲敌也，何谓弱少乎？"因此命苻融、梁成进兵速战。

苻融问朱序曰："卿先仕晋，必知备细，如今江南英杰，更有何人？"序曰："目今谢玄叔侄二人，有王佐之才，其余不足称也。二人与序有一面之交。陛下肯以尺幅之书，与序过淮，操三寸不烂之舌，说其来降，东南指日可平。"融曰："既与卿善，修书你前去，说其降！"于是苻融作书，使朱序来招谢安、玄二人降秦。

朱序领命特来江南时，谢安、谢玄欲进兵，闻梁成屯于洛涧，谢安等不敢近前，离洛涧二十五里而屯。忽军人报梁州刺史朱序来见，安命进，问曰："闻卿在襄阳，与苻丕相持，今如何来此？"序曰："吾守襄阳，被苻坚使子苻丕、杨安，领军五万攻陷襄阳，不得已伪降于秦。今苻融遣吾过江，来请都督投降，吾因此得见明公一面。明公休要见疑，吾必不负大晋。观秦兵虽众，亦易破之。明公以兵外战，吾必内应，未知明公意下如何？"谢安曰："吾知汝之忠义，有何疑焉？秦兵势大，何计破之？"序曰："今梁成凭血气之勇为前锋，以兵五万屯住洛涧，殊为易攻，何不攻之？若待秦兵百万之众尽至，难与为敌，不如乘此诸军未集，速往攻之，若攻其前锋，则彼已夺气，即可破矣。"安曰："卿谋正合吾意，卿今休去，在此同参军机。"序曰："吾之老母家属，皆在彼处，若不回，必被其害，吾暂回去准备内应。"安曰："汝去如何回信？"序曰："道都督不肯降秦。”安曰:“不然,汝回只道吾肯降,只家属在建康,不能得出,若得家属出城,一同来降,汝若言不降,彼必速攻。”朱序曰:“然!”于是,安石使朱序还秦。序以谢安石之言说与苻融,融半信半疑。

第二五九回　安玄破秦百万兵

却说谢安得朱序说秦军中之备细，乃升帐聚大小将校听令。安曰："吾自受命以来，未尝出战，今已识秦之动静矣。吾欲先取洛涧一营，谁人敢去？"言未毕，桓伊等一齐出，尽言愿往。安皆令退，独唤阶下一人，姓刘名牢之，字道坚，彭城人也。沉毅多计，骁猛无敌，现为参军，安甚重之。故唤牢之曰："汝领五千精锐去攻，洛涧第一屯，乃是秦将梁成之营，今晚便要成功，吾自提兵来救应。"牢之领军去了。又令谢玄、桓伊二人，各以兵三千，抄小路奔下流埋伏。待梁成兵败走回，汝二人各以兵截住，断其归路，待牢之赶至，两下合兵接应。二人亦各引兵去了。

却说刘牢之领精兵五千趋洛涧，隔十里，一望秦军梁成阻涧为营。牢之身先渡水，精兵后随，鼓噪直前。成听见鼓响，知有兵至，忙令士卒，阻洛为阵，以待晋兵。当牢之当先上岸，杀死十余人，秦兵奔溃。梁成持枪直取牢之，牢之轮刀便迎，两马相交，军器并举。二人交锋，战上五合，梁成被牢之一刀砍于马下，乱杀秦兵。秦扬州刺史为王显，见梁成死了，忙领残兵走奔下流，正遇谢玄，交马一合，被玄捉住。桓伊横杀秦兵，俄而牢之领兵夹攻，秦之士卒，争赴淮水，死者万五千人，淮水为之不流。于是谢玄尽收得秦之器械军资，收军来见谢安。又，安传令水陆三军尽进屯于肥水之东。

秦王坚闻梁成死了，前锋有失，遂传令叫苻融率兵过肥水而阵，昼夜分巡，以守江岸。

却说谢安既破秦之前锋，命水陆并进，屯于肥水，下住营寨，至夜召谢玄入，谓曰："今秦王败其前锋，必不敢进，彼欲退，恐天下之人耻笑，必然犹豫，尔可急攻之。吾今先回城，以安圣上之心。汝领诸将徐徐进去，吾想朱序在内，必定相应。"玄曰："叔父稳便回骑，侄自斟酌而行。"于是谢安回建康，朝见晋帝曰："臣托陛下洪福，破其前锋。臣虑陛下隐忧，群臣震恐，先回报捷，陛下高枕无患，日下管取破秦必矣。"帝曰："东南有卿，朕何忧焉？"

却说谢玄欲交战，秦兵逼水而阵，因此晋军不得渡，心中闷闷，乃思忖一计。次日，使能言快语军人，直至肥水岸边，遥唤阳平公苻融曰："吾奉都督将令拜上将军，将军远涉吾境，悬军深入，而置阵逼水，此乃持久之计，非欲速战者也。若移阵少却，使吾兵得渡，以决胜负，不亦善乎？何必久守而废粮草耶？"

苻融闻其言，即入城，具以谢玄之言报知秦王苻坚。苻坚遂问诸将曰："汝等主意若何？"诸将徐成等曰："我众彼寡，不如遏之，使其不得上，可为万全之计也。"秦王曰："不然，如此则自劳王师也。吾便引兵少却，使彼兵半渡，我以铁骑数十万，向水击而杀之，蔑有不胜！"融曰："陛下神见，诸将不及。"于是苻融即出传令，是夜移营，却阵十里之程屯住。又令徐成选铁甲军五万待迎。

时玄打探军人闻秦兵移阵，即忙报于谢玄，大喜曰："破秦必矣，今夜即行。"桓伊等曰:“秦兵势大,何以破之?”玄曰:“此计但瞒不过王猛,今天幸此人已死,使吾成大功矣!彼兵一百余万,连下百余营,今却阵必然混乱,吾乘其乱而攻之,可擒苻坚也。”于是大集诸将听令,即点水路进兵。云是夜半,东南风大作,可用船载茅草,依计而行。令刘牢之领十数支军攻江北岸,桓伊领十数支军攻江南岸,每人各茅草一束,内藏硫黄焰硝,皆带火种,草挑于枪刀之上。但到秦营近林者,因顺风举火。秦兵四十营,只烧十营,间三屯,则彼兵必自乱矣。乘乱之时,以兵击之,各带行粮,不许暂退。连更晓夜,直拿住秦苻坚方止。诸将得令,皆去依行。

却说秦王当日自出城中,寻思破晋之计,忽见中军帐前,无风旗幡自倒。权翼曰:“此凶兆也,莫非有晋兵今晚劫寨?”秦王未信,有军报曰:“上山远远望见晋兵已出,渡水而东去了。”秦王曰:“此疑兵也,只管移营。”令徐成引兵马五万去迎。

黄昏左侧,东风骤起。权翼回报水北岸寨中火起,秦王便叫探视。张蚝也来回报,望见水寨中火起。秦王即唤徐成亲往水北岸,张蚝亲往江南,看其虚实,如晋兵到可急回。二将领兵去了。初更左侧,喊声动地,西屯军马,齐奔御营。军自相践蹈,死者无数。后面晋兵杀到,正不知多少军马。秦王急急上马,引军奔走。火光连天而起,江南江北,照耀如同白日。苻融引手下数百骑,正逢晋将桓伊,被伊军围住,乱箭射死。谢琰引军来赶秦王,坚望西奔走,前面一军来到,为首乃是晋将谢玄。秦王大慌。前谢玄,后谢琰,两军夹攻,四下无路。忽闻喊声,张蚝引军杀入,救秦王出,急上战船。与张蚝等将船棹开中流,被玄令军人在岸上射之,万弩齐发,秦王中箭倒在船上,众将救醒奔逃。时朱序后与部下从军,在秦军中大叫:“秦军大败,秦王死了!”因此,秦军及御林军奔溃而走。其时秦军因移阵大乱,队伍不齐,况兵退不复立住,因此大败。秦王中矢,单舸走过西河下,时天色已明。

正走间,前面又一军到,张蚝出马迎之,乃秦将徐成,合兵一处。后面晋兵大至,前到一山,乃停马山,张蚝引军上山,山下喊声大震,谢玄人马大队已到,周回把山围住。秦王停住曰:“死据其山。”秦王遥望己兵,自相蹈藉,死者蔽野,塞川重叠,死尸塞江而下,肥水为之不流。围及至次日,晋兵越厚,四面放火烧山,军马乱窜,忽见火光中一将,引数千骑杀上山来。秦王视之,乃邓羌也。羌曰:“四下火光逼近,不可久停,请陛下走回,欲再收兵。”秦王曰:“谁可断后?”傅删曰:“臣愿舍死以挡之!”其日黄昏,张蚝在后,邓羌在前,冒烟突火而下,留傅删挡后。晋兵见秦王时,各皆要争功,并进军突火而来。秦王叫从行军士,尽脱衣甲,叠于山路而焚之,以绝后军,方走得脱。谢玄、谢琰、桓伊、刘牢之会朱序之兵,乘胜追击,无不一当十,百当千,杀得秦兵大败,自相践踏,死者漫山塞野。其走者闻风声鹤唳,皆以为晋兵且至,昼夜不能停息。草行露宿,重以饥冻,死者十去七八。

谢玄追至青冈,方传令鸣金收军,获得秦王坚乘舆及云母车、仪盖器械,军资珍宝,堆积如山,俱各立册抄记,留献朝廷。

次日,玄作书使人见叔父谢安报捷,时谢安正与王羲之围棋。驿人持书与安,安令驿人去了。安一面围棋,一面拆书,看其书已,知谢玄已破秦矣。遂将书放在床上,了无喜色,下棋如故。王羲之问曰:“书中何事?”安曰:“小儿辈遂已破秦。”羲之曰:“宜速报朝廷，何事于棋？”言讫辞出。谢安既罢棋，入内过户限，心甚喜，不觉屐齿之折，直入宫见帝，奏曰：“臣子侄托陛下洪福齐天，已破秦师百万于肥水之上，获得秦王云母车及军资宝贝，今进献朝廷。”帝曰：“朕得卿子侄等辈，破此强秦，天下幸甚！从今以后，朕何忧焉？”即加封谢安为太保，于是降诏进谢玄为前将军、假节钺，令其振旅，还镇京口。

是时秦之诸军皆溃散，惟慕容垂所将三万人独全。却说秦王坚奔走淮北，淮北饥甚，又无粮草，百姓进壶飧豚髀供给。秦王坚受食之，大悦曰：“较公孙豆粥，刘秀麦饭，有加无减。”坚以帛赏百姓，百姓辞曰：“陛下厌乐安苦，自取危困，民为陛下子，陛下为民父，安有子饲其父而求报乎？”弗顾而去。坚谓张夫人曰：“吾今有何面目治天下乎？”潸然流涕。

当秦王坚闻诸军皆溃，惟慕容垂三万人全师淮南，乃领千骑奔垂。探事军人报曰：“今有秦王坚大败，引残军千骑前来见将军。”当世子慕容宝谓父慕容垂曰：“五木之祥，今其至矣。”又曰：“秦王兵败，委身于我，是天借之以复燕祚，此时不可有失也。”垂曰：“汝言是也！然秦王待我甚厚，今兵败以赤心投命于我，何可害之？若氐运必穷，吾当怀集关东，以复先业耳。”时诸将佐皆劝垂杀坚，垂不从。遂自出中军迎秦王坚入内，悉以兵符还秦王坚。

坚大悦，收集离散，乃使子苻丕同燕之旧将丁零守长乐，与垂等北至洛阳。众复十余万，百官仪物，军资略备。

当慕容垂言于秦王坚曰：“北鄙之民，闻王师不利，轻相煽动。臣请奉诏书以镇安阳，聚集军粮，以图再举报仇。就因便入展拜先祖庙陵，以尽臣等一点孝心，陛下圣意云何？”秦王坚曰：“从卿所请，领兵往镇。”垂谢恩拜辞，即出领兵起行。权冀谏秦王曰：“国兵新破，四方皆有离心，宜征集名将，置之京师，以固根本。垂勇略过人，世家东夏，固以避祸而来，其心岂止欲作冠军而已哉？譬如养鹰，饥则附人，饱则飏去，岂可解其所纵，任其所欲也？”秦王坚曰：“卿言是也！然朕已许之，匹夫犹不食言，何况万乘乎？若天命有兴废，固非智力所能移也！”翼又曰：“陛下重小信而轻社稷，臣见其往而不返，关东之乱自此始矣！”坚亦不听。

第二六〇回　吕光率兵伐西域

却说先车骑将军吕光率兵七万去伐龟兹，将至其地，闻秦王苻坚寇晋，光意欲更须后命，抽回部将。杜进曰："节下受任赴机，宜之速行，何更留乎？"于是光传令进兵，行至流沙，三百余里地下无水，掘井四十余丈亦无泉出，军皆渴甚，将士失色，皆来禀光。光曰："吾闻李广以精诚玄感，飞泉涌出，吾等岂独无感致乎？皇天必将有济，诸军不足忧也！"言讫，命排香案，亲自祈告天地，俄而天降大雨，平地水深三尺，遂得进焉。

时焉耆国国王率其旁国降光，光受而慰之，引兵直至龟兹国。帛纯闻秦将吕光以兵来寇其国，遣大将金德率兵二万出城来战。

金德受命，即出领兵。金德上阵，使开山大斧，有万夫不当之勇，更有五子，精通武艺，骑射过人：长曰金瑛，次曰金瑶，三曰金琼，四曰金琪，五曰金琚，俱各英雄。是时金德领主命，引本部军马八万来迎。前至凤鸣坡，相遇吕光，两下各自布阵。金德兵摆开门旗下，金德出马，五子列于两边。厉声大骂："反国之贼，敢侵吾境？"吕光纵马挺枪，大怒而出，单搦金德交锋。长子金瑛，挺枪与吕光交战，战不三合，吕光刺死金瑛于马下。次子金瑶大怒，又纵马一口刀来与吕光交战，光乃抖擞精神，施逞平日虎威，骤坐下马，交马未五合，吕光斩瑶于马下，全然不惧。第四子金琪，见二兄俱敌光不过，也骤坐下马，轮手中两口日月刀，与金琼、金琚三人围住吕光。光在中央独战三将。无移时，金琪中枪，翻身落马。二将慌救，吕光倒拖枪便走。金琼骤住马，收了戟，取箭射之，被吕光用枪连抵。琼射三箭皆不中，琼操了戟，奋力赶来，将及赶到，却被吕光一箭射中面门，应弦坠马而死。金琚随后赶来，一刀砍下。吕光施放不中，弓箭皆弃，闪过其刀，生擒金琚归阵，杀之。复取了枪刀，坐了马杀过对阵。金德见五子皆丧于吕光之手，心胆皆裂，急走入阵躲避。西域兵素闻吕光之名，又见如此之雄，谁敢交锋？马到处，喝声阵开，皆纷纷乱走，曳兵倒退。吕光匹马单枪，冲入西阵，如入无人之境。参军段业见吕光大胜，率秦兵一掩，西域兵大败而去。金德险被擒捉，弃马步行而逃入城。

吕光收军回寨，诸将贺曰："某闻将军少年如此英雄，不想寿已四旬，精神尚在。今日阵前，独诛五将，世之罕有。"吕光曰："吾孤军悬入，若不力诛其将，则功难成。汝等诸将，各宜效力，共成大功。"言讫，传令教军攻城。

却说金德败回入城，哭见帛纯道："秦兵势大，不能抵挡，五子皆已丧命。"龟兹王帛纯曰："似此怎生奈何？"金德曰："不如收拾珍宝，逃避阴谷，待其师老，然后击之。"帛纯从之，命宫人收拾珍宝，使金德杀开城门，领亲属逃避去讫。

吕光见龟兹国王逃走了，亦不追赶，遂引兵入城，宰马杀牛，大飨士卒，犒劳三军。是时龟兹附近王侯来降者，共三十余国，吕光皆抚而遣之还国。乃使人寻讨鸠摩罗什。

史说鸠摩罗什，乃天竺人，世为相国。其父鸠摩罗炎，持身有大节，将嗣相位，乃避辞出家，东度葱岭。龟兹王闻其名，郊迎之，请为国师。时王有妹，年二十，才悟明敏，诸国交下聘，并不许。及见罗炎，心欲留之，乃逼以其妹妻罗炎。炎既与王妹匹配，王妹遂有娠，罗什在胎，其母慧解倍常，生下罗什。及年七岁，遂与母俱出家，罗什从师受经，日诵千偈，偈有三十二字，凡三万三千言，义亦自通。西域诸国咸服。罗什始携母至，讲说诸经，诸王皆长跪坐侧，令罗什践而登焉。苻坚闻之，密有迎罗什之意，因是乃遣吕光等率兵西伐龟兹。光临行，苻坚谓曰："若获罗什，即驰驿送之。"

今吕光既破其国，乃使人寻得鸠摩罗什并其母至。光见其年少美色，以凡人戏之，欲强妻以龟兹王女。罗什与母拒而不从，坚辞甚苦。光曰："道士之操，不愈先父，何所固辞？"乃闭之密室，饮以醇酒，至酣乘醉入室强逼，罗什不得已，遂妻之。吕光迷恋龟兹国不思归期。及见龟兹宫室壮丽，命参军段业著《龟宫赋》以颂之。龟兹国人，奢侈厚于养生。家有葡萄酒，或至千斛，经十年不坏。士卒沦没酒藏者相继矣，由是吕光留恋，无有归心耳。

却说乞伏国仁，陇西鲜卑人，父司繁，降于秦苻坚，使镇勇士川，卒，国仁代镇其地。闻秦王坚败于晋，乃谋反，自称大单于、秦、河二州牧。自勇士川至都于金城，聚众一二万人，不听秦命，改号建羲元年，国号西秦。却说乞伏国仁为秦前将军，从秦王坚寇江南。国仁叔父步颓闻秦师大败，乃率陇西谋叛。秦王坚闻知，使国仁以兵五千讨之。国仁遂与叔父步颓，合兵十万余人谋叛，经略秦境。

却说慕容垂领兵至安阳，其子慕容宝曰："父亲欲建中兴之业，独力难成，吾之旧将，皆在长乐公苻丕处，父亲不如入城，只佐参苻丕，私与皇甫真等同议兴兵之策。"垂曰："此计大善，汝率兵先行，吾自入参苻丕，密会旧将，同议兴兵之策。"于是慕容垂自引从人入安阳，参苻丕，使其子宝率兵西行。

第二六一回　慕容垂谋复称燕

却说慕容垂来见长乐公丕，丕亲自出迎之。赵秋密劝垂就座杀丕，因据邺起兵，垂不从。

丕还，欲谋袭击垂，当侍郎姜让谏曰："垂反形未著，而擅杀之，恐非所宜也。不如以上宾待之，严兵卫之，密表情状，听敕而后图之则可也。"丕从之，乃馆垂于邺西驿，令守之。

垂潜与燕故臣皇甫真等曰："今秦王败于肥水之上，其锐气已坠，不能复振。吾以计脱身至此，以参长乐公为名，来见卿等一面，同议中兴之策，再复燕祚，共灭强秦。今被苻丕令人监我于邺西舍，不与我去，卿等以为何如？"皇甫真等曰："复燕宜乘此时，奈我等皆无兵权，不知殿下部下还有多少兵？"垂曰："未上万人。"真曰："殿下速使人以书往关东，使旧将丁零、翟斌二人起兵先叛。秦王必然诏殿下兴兵去讨，乘此机会，可以脱此。招集人马，若上十万，以讨丁零为名，所过郡邑必然以牛酒郊迎王师。因其无备，可下诸郡，再移书报知各处，燕王必然响应。待应，举兵向长安，大业指日可定矣。"垂曰："然，得卿同行，事方有成。"真曰："吾若随殿下去，长乐公必疑，反为不美。"垂曰："既如此，吾来日就发书与二人就去，再当会公。"言讫辞归。

于是，垂密使人送书与丁零、翟斌，令其起兵作乱。零、斌得书，聚二万余人，骚扰秦境，关东守将上表告急于秦王。

苻坚问文武曰："今丁零、翟斌谋反，文武之中，谁人肯去讨此跋扈？"权冀曰："国兵新败，京师之众，不可调遣，宜固守根本。可使人赍诏，遣冠军将军慕容垂起兵去讨，可得两便。"秦王坚曰："如何两便？"翼曰："慕容垂父子，焉肯久为人臣？必有异谋，使其讨丁零、翟斌，正如两虎相斗，必有一伤，从其自灭。慕容垂灭得丁、翟亦好，丁、翟灭慕容垂亦好，此不为之两便乎？"秦王坚曰："然！"于是使驿驰诏书来北鄙，诏慕容垂去以兵讨丁零、翟斌。

垂得诏并不推辞，只道军粮稀少，因此慕容垂谓使人曰："卿回朝，托烦善言奏知。"使人去了，垂径将诏书来见苻丕，称主上令其讨盯丁、之乱，以兵符乞兵起行，丕犹豫。

当石越言于丕曰："垂有恢复旧业之心，今复资之以兵，以为虎添翼者也。"丕曰："垂在此常恐为肘腋之变，吾置之于外，不犹愈乎？今主上之命，焉敢违之？"思半晌，乃以羸兵敝铠给之，又遣苻飞龙率氐骑一千，为副将，密戒飞龙曰："垂为三军之帅，卿为谋垂之将，行矣，勉之！"飞龙曰："谨领密旨！"言讫，遂统兵行。当垂辞丕曰："臣欲人邺拜辞祖庙而去，告知殿下。"丕曰："卿今有急，不及拜庙，火速前去。"垂见丕不许，乃潜服而人，亭吏禁之，垂怒斩亭吏而去。

石越言于丕曰："垂反形已露，可因此除之。"丕曰："淮南之败，垂侍卫乘舆，此功不可忘也。"越退告人曰："公父子好为小仁，不顾大计，终当为人擒。"

时丕留慕容农及楷、淮、绍于邺为质。垂行离安阳关，闻丕与飞龙谋欲杀己，因怒激其众曰："吾尽忠于苻氏，而苻氏专欲图吾父子，吾虽欲已，得乎？"乃于河内募兵，旬日间有众八千。夜袭飞龙氐兵，氐兵不备，尽被杀之。垂以书遗秦王坚，言其故，而慕容凤等亦各率部曲归。翟斌会秦豫州牧、太原公苻晖，领毛当讨斌、凤，被斌、凤合兵击败斩之。

垂遂济河焚桥，有众三万，遣人告子农等，令举兵。农等遂以晦日将数十骑，微服密出邺，奔列人，止于乌桓鲁利家。利为之置馔，农笑而不食。利谓其妻曰："恶奴，郎贵人，家贫无以馔之，奈何？"妻曰："郎有雄才大志，今无故而来，必将有异，非为饮食来也。君亟出远望，以备非常。"利从之。农笑谓曰："吾欲集兵列人，以图兴复，卿能从我乎？"利曰："死生惟郎家命！"农乃诣乌桓与张骧说之，骧再拜曰："得旧主而奉之，安敢不起？"于是即招军买马，众至九千人，起兵来会合慕容垂。

第二六二回　慕容垂大破秦兵

甲申九年正月朔，长乐公苻丕大会宾客，令人请慕容农同饮，使人回说，不知去向。丕始知其去，使人四出寻之，乃知其在列人，已起兵矣。

却说慕容农又驱列人士民为卒，斩桑榆插地为兵，裂襜裳于竿为旗。使赵秋说屠各子及康东乌桓等人，各率部众数千赴之，攻破馆陶，收其军资器械，取康台，收马数千匹。于是步骑云集，众至数万。乃推农为骠骑大将军，监统诸将，设立郡署，上下肃然。农以父垂未至，不敢行赏，赵秋曰："军无赏，士不往，今之来者也，皆欲立功规利，宜承制封拜，以广中兴之业。"农从之，于是赴者相继。农号令整肃，军无喧哗，士民喜悦。

长乐公闻知大怒，使石越来讨之。农曰："石越有智勇之名，今不南拒大军而来此，是畏王而凌我也。必不设备，可以计取之。"众将皆曰："今大兵至，宜治列人之城以治之。"农曰："今已起义兵对敌，固当以山河为城池，何必列人之城治也。"越至列人之西，农参军赵谦曰："越远来疲倦，请急击之。"农曰："彼军有甲在外，我军有甲在心，昼战，则士卒见其外貌而惮之，不如待暮击之，可以必克。"即令战士严备以待，毋得妄动。石越既至，令士卒立栅壁垒，农笑曰："越兵精士众，不乘其初至之锐以击我，乃更立栅，吾知其无能为也。"至暮，农令军士鼓噪出，阵于城西，守门将刘木率壮士四百人，当先毁栅而入。石越无备，见兵入寨，慌上马，两军相遇。石越持枪跃马走出，大骂："逆贼！秦王有何负汝，发兵谋袭？"慕容农大怒拍马，更不打话，手执大杆刀直取石越。两马相交，战不十余合，石越被慕容农一刀斩于马下。挥兵进击，杀死秦兵大半，其余尽皆逃奔。毛当在后阵闻石越败，急欲上马，农大队涌至，措手不及，亦被乱军所杀。秦兵大败，以此秦人骚动，盗贼群起。

慕容垂招军买马，积草屯粮，不过半年，众至十万，起兵前来关东。先遣人报知慕容凤、丁零、翟斌，三人闻报，自来迎接入寨，叙谈衷曲，各诉契阔之情，共议复燕之计。丁零曰："若复燕，可使人往邺报知前将军慕容农，令其起兵相应，我这里一面以兵先取邺城。"垂曰："闻农起兵将至，吾亦遣人报知，君言正合我心。"当即写书，使田山去列人州，会慕容农一齐起兵，田山领书去了。

慕容垂与诸将发兵来攻邺城。田山以书见慕容农，农读书讫，即时以兵来会。时垂兵二十万余人，兵至邺郡。弟慕容德、子慕容宝上言曰："今天下兵起，皆为燕故，吾兄乘此早称尊号，庶使人无异望，士有归心。若不早立尊号，则士民解体，大业难定矣！"垂曰："然！"于是慕容垂自称为燕王，以世子慕容宝为王太子，以弟慕容德为车骑大将军，封范阳王，又拜王公百余人，使其率众二十余万，长驱攻邺。

史说慕容德，字玄明，皝之少子也。状貌雄伟，额有日角偃月重文，博览群书，学多才艺。兄垂常与共论国家大谋，言必切至。垂谓之曰："汝器识长进，非复'吴下阿蒙'也。"及慕容暐败，徙于长安，秦王苻坚以为张掖太守。苻坚败之于晋，德乃从垂至邺，因劝垂称号，垂乃以慕容德为车骑大将军。兵至邺，慕容农兵亦至，闻后燕王到，自引亲随从人入中军参见燕王。燕王垂大悦曰："得卿来助，大业成矣！"于是后燕王垂封慕容农为上将军，命其以兵与慕容德同屯。次日，会兵攻邺城。

当长乐公苻丕见燕兵势大，不敢出战，使兵坚守各门。遂召问韩晃等将曰："今慕容垂兵多将广，难以与敌，攻城用何计可以破之？"韩晃曰："慕容垂锐气正盛，石越之兵新亡，谁人再敢与战？若守此城，城郭不固，兵甲不坚，不如退守中城。"

使人问垂如何起兵，于是丕遣姜让来说，问垂如何起兵。让奉丕命来见慕容垂，未及开言，垂曰："孤受主上不世之恩，故欲保全长乐公，使其赴京师，然后修复旧业，永为邻好。若不以邺城见让，当穷极兵势，恐单马求生，亦不可得也。"让厉色责之曰："将军不容于家国，投命圣朝，燕之尺土，将军岂有分乎？主上与将军种殊类别，一见倾心，亲如宗戚，宠勋逾旧，一旦因王师小败，遽有异心。长乐公受分陕之任，宁肯拱手输将以百城之地乎？将军欲裂冠毁冕，自可极其兵势，但惜将军以七十之年，悬首白旗，高世之忠，更为逆鬼耳！"垂默然，左右请杀之。垂曰："彼各为其主耳，何罪？"礼而归之。让上覆秦王坚并持垂表领送长乐公丕归长安，时坚闻知，后见表大怒切根之。

时苻丕见垂兵至，料不能敌，乃自领后军，至一更尽，大开东门杀出，以兵退入中城，传令三军，坚守城池，不许出战。

次日天明，后燕王闻苻丕已走，引众入城，扎住大军。却说秦北地长史慕容泓闻慕容垂攻邺，乃引亲属百余人亡奔关东，收集鲜卑九千人，起兵还屯华阴，招集亡命。平阳太守慕容冲闻慕容垂称王关东，亦招军买马，积草屯粮，众至二万，屯于平阳。

却说秦王苻坚在宫中闻长乐公苻丕告急文书至，及知慕容垂、慕容泓等各起兵叛秦，心中大惊，谓夫人张氏曰："朕若用朝臣之言，岂有今日之事耶？有何面目见朝臣乎？"言讫，命群臣计议，命将去讨。

第二六三回　慕容垂已复燕祚

燕王垂遣范阳王德讨秦枋头，攻取之。东胡人王晏据馆陶，为邺中声援，夷夏不从燕者亦尚众。燕王垂遣太原王楷与陈留王绍击之。楷谓绍曰："今大业始尔，人心未洽，惟宜绥之以德，不可震之以威。"乃出屯于辟阳。绍率骑数百，往说晏曰："今燕王大兵至此，长乐公尚且奔走。料此小城，内无军粮，外无救兵，安能守之？不如早降，不失封侯之位。"于是，王晏思半晌，开门纳降。王晏一降，于是氐夷降者数十万口，楷留其老弱者，置守宰抚之，发其丁壮者十余万，与晏守邺。垂悦曰："汝兄弟才兼文武，足以继先王之志矣。"

慕容泓为秦北地长史，闻燕王垂攻邺，亡奔关东，收集鲜卑，还屯华阴，其众遂盛，自称雍州牧。秦王坚闻知泓叛，谓权翼曰："不听卿言，使鲜卑至此，关东之地，吾不复争，将如泓何？"言讫，乃使广平公苻熙镇蒲坂，征钜鹿公苻睿都督中外诸军事，发兵五万，以窦冲为长史，姚苌为司马，前来讨泓及垂。

三将领命，即出领兵。苻睿谓姚苌等曰："今主上令吾等讨慕容垂、慕容泓、慕容冲三人，可讨何处为先？"姚苌曰："慕容垂兵多将广，连有邺都之地，已称王号，士民归附，难以动遥。慕容泓据有华阴，甚得众心，民为之用，军为之力，亦难动之。慕容冲军马新集，民心未归，不如先讨，吾料必然破之。再以得胜之兵，去讨华阴，亦可得，再举攻邺，邺孤亦可下矣。"睿曰："卿言有理！"于是率兵将进抵平阳，与慕容冲寨只隔二十余里下寨。姚苌谓窦冲曰："慕容冲欺我远至，劳逸不均，今夜必然来劫吾寨。其城空虚，将军可以兵五千，抄小路去其后，待其兵离了，然后乘虚杀入，必得其城。"冲从之，即率兵抄小径去平阳城外埋伏了。姚苌亦与苻睿各以兵埋伏寨外，只待慕容冲来。

却说慕容冲闻报事军人说，秦兵在城二十里外屯扎。慕容冲谓左右曰："今秦兵远来，必然劳苦，正好劫寨。"左右曰："姚苌颇知兵法，恐有准备。"冲曰："匹夫仗血气之勇，有何谋策？只管依我而行。"至晚传令，叫军马黄昏造饭饱食，一更出城，二更去劫秦营。三军得令，至黄昏，俱各饱食，全身披挂，人马尽皆衔枚，至一更，乃开南门而出。三更左侧，慕容冲兵至寨前。冲令三军鼓噪呐喊杀进，直入中军，却是空寨。慕容冲急勒马时，忽听得一声炮响，四边喊起，左边苻睿杀出，右边姚苌杀出，两下夹攻，杀得冲兵损其大半。慕容冲舍命杀出重围，走回平阳。

平阳已被姚苌使窦冲率兵抄小路于城下埋伏，一见慕容冲以兵出城，离了十里之程，窦冲使军人各将云梯三百余只，架在城上，五百余人齐登入城，将守门军人杀了，砍开城门，外军直入，屯于城中。

及至天明，慕容冲大败而回，至城下，见城上皆是秦兵旗号，不敢入城。自思上天无路，入地无门，乃忙领百余骑，逃奔华阴来投慕容泓。泓曰："闻弟在山东聚义，如何至此？"冲曰："弟在平阳，聚众至三万，被姚苌杀败，无处安身，来投贤兄。"泓曰："汝既来投，吾何见却？弟宜尽忠，同讨强秦，倘得天下，与你平分。”言讫，以慕容冲为前锋将军，率兵二万，出屯城外，以为犄角之势，待拒秦兵。却说苻睿用姚苌计策，破了慕容冲，得平阳城，安抚百姓，分兵去守，遂领兵长驱大进，杀奔华阴郡来。

慕容泓正欲起兵向长安，忽探事军人回报苻睿兵将至，乃使谋臣高盖来帮慕容冲以兵拒迎。高盖领兵出城，来见慕容冲曰：“今主公遣某同将军拒敌，将军可有计否？”冲曰：“吾却无计，正欲问君。”高盖曰：“依愚之策，前面有穷崖谷可以伏兵，将军可以五千精兵伏其处，吾以二万兵诱敌。待苻睿过穷崖谷了，将军兵出而击之，吾勒兵杀回，两下夹攻，苻睿可擒矣。”冲曰：“此计正合我机。”于是慕容冲依其计，即以五千精兵埋伏于穷崖谷，使高盖率兵二万，出华阴界口诱敌。

却说苻睿引兵去华阴界口，前兵报有敌兵拒住，不得往前。苻睿曰：“慕容泓以谁人为将？”探事军人报，是平阳杀败的慕容冲领兵拒迎。苻睿曰：“只管杀去。”前军得令，杀将过去。燕兵见秦兵来，不敢交锋，尽皆溃逃，穿山度岭而走。苻睿一见，传令三军尽力去赶。姚苌曰：“前面穷崖谷，恐有埋伏，不可去追。适间，拒兵不战而走，宜防暗计。”睿曰：“慕容冲无谋之辈，有甚高计？迫之无妨。”因此秦兵鼓噪大喊，连追十里之程，前军立住不行。睿问之，军报曰：“后面大队军马拦住隘口。”言未毕，前面高盖驱兵杀回，苻睿使姚苌出阵迎敌。前军忽然一声炮响，后军喊起，报道：“后面穷崖谷中，有伏兵杀出。”苻睿大惊，手足无措，忙命窦冲退拒后军。冲即竭力以拒后军，睿方得脱，收兵计点，折去大兵三千人，因是两下相持。

时，慕容泓谓诸将佐曰：“前日虽胜一阵，秦兵势大，终难久持，不如奔回关东。”诸将曰：“吾兵若退，彼必后追，此事若何？”泓曰：“选精锐兵断后。”诸将曰：“如此可行。”于是泓自率精兵在后，使老弱先行。苻睿闻泓退，乃自率兵出邀击。当姚苌闻知，急出谏曰：“鲜卑皆有思归之志，故起而为乱，宜驱令出关，不可遏也。夫执鼷鼠之尾，犹于反噬于人，但可鸣鼓随之，彼将奔败不及矣。”睿弗从，自以兵出，使窦冲为前锋与慕容冲交战。两马相交，战未十合，窦冲大败，走回本阵。苻睿见窦冲大败，亲自披挂，拍马走出阵前，与慕容冲交战，只一合，被慕容冲斩于马下。窦冲见睿死了，亦领部下兵杀出重围而走。秦兵溃逃，乱奔四散。慕容冲挥兵一击，杀死大半。姚苌在前锋，闻后军报苻睿被慕容冲杀了。姚苌大惊，不敢恋战，与左右从骑千余，尽力杀开血路。正遇高盖，二人交锋，战上五合，姚苌拨开军器，拍马加鞭杀开重围，思量欲奔秦，恐秦王苻坚见罪，只得引残兵走奔马牧西川。

西川使长史上书，报知秦王坚讨罪。坚大怒，将长史斩之，从人走回报与姚苌，姚苌招集残兵，不敢还秦。

第二六四回　姚苌反秦为后秦

却说西川豪族伊详等率五万家谋叛，闻姚苌至西川，领五万家入见姚苌曰："某等遭乱难之世，不遇真明之主，徒抱赤心，隐于此耳。今闻明公盛德，乃将门子孙，某等率众前来，立明公为盟主，守此一邦，未识尊意若何？"苌曰："吾闻卿等乃西川豪杰，马牧英俊，若欲立盟主，必须立卿，苌乃庸才，因逃难至此，焉敢妄占也？"伊详曰："吾闻立尊，定须立德，公祖德于民，吾故率众推公，公何辞耶？"言讫，伊详为首下拜，称千岁，十万余人齐声从命，于是姚苌为后秦王，拜伊详为谋事参军，招军买马，积草屯粮，攻讨北边。

却说慕容冲既杀了苻睿，同高盖又集军马，屯于城外。乃遣人送书谓秦王坚曰："吴王已定关东，可速备大驾，送家兄皇帝还邺都，与秦以虎牢为界，两下罢兵。"

坚见书大怒，召慕容暐责之曰："卿之宗族，可谓人面兽心，不可以国士期也。"因命暐以书招谕泓、冲二人来降。

暐密遣使谓泓曰："吾笼中之人，必无还理，且燕室之罪人也，不足复顾。汝勉建大业，吾死，便即尊位。"泓于是进兵向长安。

却说后秦王苌用伊详计，招众十余万，进屯北地，华阴、新平、安定等郡皆降附之。秦王坚大怒，自率步骑二万，前来讨苌，秦兵屡败。苌兵屯于安公谷下，军中无井，秦人塞安公谷堰水以困之，苌军有渴死者。会天下大雨，后营中水深三尺，营外寸余而已，后秦军复振。坚叹曰："天亦佑贼乎？"于是苌得活。

却说慕容泓谋臣高盖，见泓德望不如慕容冲，且持法严峻，因说慕容冲曰："慕容泓非济世之才，吾意欲以将军为盟主，将军复有意乎？"冲曰："一身客寄四海，未尝不伤感而叹息，鹪鹩尚有一枝，狡兔犹有三窟，何况人乎？北中丰腴之地，非不欲之；奈泓与吾同一宗亲，甚不忍焉！"高盖曰："北州天府之国，非治乱之主不可居也。如今慕容泓不能用贤立事，刚而无勇，柔而太弱，此业不久已属他人矣。今天以资将军，此会挫失，岂不闻逐兔先得之语乎？将军欲之，某当效死。"慕容冲拱手谢曰："倘天助，实出公之所赐也。请暂少歇，再容商议。"当日席散。次早，高盖又语之，慕容冲曰："既先生有念冲意，从先生计之。"于是高盖密于慕容冲耳畔言曰："今日明公入城，彼必出迎明公，击盏为号，因而杀之。"冲曰："然！"因此慕容冲与高盖领军回城。

慕容泓闻慕容冲大捷而回城，乃引诸从人以果酒在城门内迎贺。时高盖佩剑在前，慕容冲在后而进。见慕容泓执酒在门边，因言曰："托圣兄洪福，幸获此胜，何劳远迎？"泓对曰："得贤弟英勇，大破秦兵，生灵百万，无不感戴。"因忙举酒与冲，冲接着，作失手击破，高盖一见，舞刀向前，把慕容泓一刀斩之。泓首落地，诸从皆惊。高盖大叫曰："降者免罪，逆者尽诛！"于是城中诸将吏人，俱各投降，不敢拒命。因此高盖请慕容冲入为皇帝，即大位，承制行事，复置百官，遂遣将加兵，攻讨北平。

先是，秦王苻坚灭燕，慕容冲姊年十四，有倾城国色，苻坚纳之为王妃，宠冠后宫。时冲年十二岁，有龙阳之姿，坚又幸之，因此姊弟专宠。安人吴进中是长安百姓，为之歌曰："一雌复一雄，双飞入紫宫。"群臣咸惧冲为内乱，时王猛切谏之，苻坚不得已，乃使冲出长安，为平阳太守。又有谣言曰："凤凰凤凰，止与阿房。"苻坚闻知，以凤凰非梧桐不栖，非竹实不食，乃命植梧竹数十万株于阿房城以待之。慕容冲，小字凤凰，故有先兆之识也。八月，燕将慕容德等进兵围住邺城，城中长乐公苻丕大忧，况且刍粮俱尽，削松木饲马，犹不肯降。燕王垂谓诸将曰："苻丕穷寇，必无降理，不如退屯新城，开丕西归之路，以谢秦王畴昔之恩。"

于是将慕容德等传令三军，退趋新城而屯。却说晋太保谢安上表，请靖胡乱，以兵北讨。晋帝读表曰：

先帝深虑胡贼，势不两立，由胡无隙可乘，故不敢征。后陛下登位，岂期苻坚逆天犯境，蒙托臣以讨贼。臣自知劣才之弱，贼众之强，受命之日，寝不安席，食不甘味，思欲以破秦。陛下天威，洪福所致，将士戮力效命，一击破秦百万之兵，使苻坚丧胆于肥水。鲜卑乱生关东，五胡杂植，俱各以秦之军，食秦之粟，杀秦之兵矣！此乃天厌秦人，故有此衅耳！伏望陛下乘此，遣将开拓中原，北方指日可平。甲申大光九年九月，太保臣谢安，谨表以闻，仰于闻听。

晋孝武帝览表谓安曰："卿策正合朕心，太保可调拨诸将，以兵起行伐秦。"于是谢安谢恩，即出朝堂，使前将军谢玄率桓石虔诸将，以大兵二十万，来讨河南。河南城堡闻兵至，皆来归附。谢玄领兵入屯河南，分兵戍守，安慰百姓。又使晋陵太守滕恬之以兵五千渡河，入据黎阳。又令参军刘牢之以兵二万，入据碻磝、滑台。分拨已定，谢玄自以大兵屯于河南城，使人前去打探消息。待其来报，然后进兵。

第二六五回　苻丕求救于谢玄

却说燕王垂退兵，放长乐公苻丕出走，而苻丕坚守不走。垂大怒，复使车骑将军慕容德等率兵围邺。苻丕见燕兵又至，进退无路，只得固守。及闻谢玄入据河南，心中大惊，急聚将佐商议。忽一人昂然而出曰："殿下休忧，臣虽不才，凭三寸不烂之舌使慕容垂退兵，可保邺都万无一失。"苻丕视之，乃右将军徐成。丕问曰："卿有何高见，可解此围？"成曰："某闻慕容垂祖父先仕晋，晋封为侍中；后慕容儁反晋，自立为燕，至時被圣父灭之，今垂复称燕，晋人不乐其生。某请命去说谢玄与殿下联合，同破燕兵，此围自然瓦解。"丕曰："汝且试言玄之说辞与吾听。"成于符丕耳边道："如此如此。"丕然之曰："其说甚奇。"于是修书一封与徐成，从夜半引五千兵，杀出南门，奔河南而来。

不日入城，说谢玄曰："秦王与晋无仇，只因慕容垂父子切言劝之，以兵犯境，致结肥水之怨，秦王深悔羞焉。不期逆贼计乘吾败，复自称燕，以兵来攻邺城。今长乐公苻丕遣某以邺都之地奉公，乞赐粮米，救济军民。再以一军救应，同退慕容垂，情愿领众西归，让邺都河南还晋，永远和好，誓不相侵，未审尊意何如？"玄曰："既长乐公还我邺都之地，怎不救应？吾以米二千斛，汝可先运赴邺，资给军民，吾后即便点兵来救。"徐成拜谢，运粮先回。

当桓石虔谓玄曰："将军何不坐待慕容垂去诛苻丕。如何反助粮米，与其救兵？"谢玄曰："汝知其一，未知其二。慕容垂不减韩信之智，又有吕布之勇，今以兵围邺，苻丕困极，吾若不以粮米馈之，不遣军马救之，苻丕势穷，必然降燕，则邺都何年可得？故吾以军粮救应苻丕，使其同吾杀退慕容垂也。苻丕势弱，安敢失信？定要西归，吾唾手可得邺城，河南之地，十有九矣。"诸将曰："将军神见，我等不及。"于是玄召参军刘牢之至，曰："汝可以二万兵前去，助苻丕破燕。"牢之从之，即以二万兵来救邺城。

却说徐成运米二千斛近邺，使人先入城报知苻丕。苻丕以兵出接粮米入城，徐成以兵断后，杀散燕兵，亦入城去。苻丕问曰："虽得粮米，可支数月，未审救兵何日得至？"徐成曰："只管坚保城池，以待救军。"于是丕令军人昼夜固守之。

燕慕容麟攻博陵，城中粮草已尽，功曹张猗恐城破，逾出城，聚众五百以应麟。王兖临城责之曰："卿是秦民，吾是卿君，卿起兵应贼而号义兵，何名实之相违也？古人求忠臣必于孝子之门，卿母在城弃而不顾，吾何有焉？今人取卿一时之功则可矣，宁能忘卿不忠不孝之罪乎？中州礼义之邦，不意乃有如卿者乎？"麟怒，身先攻拔博陵，执兖杀之，军民皆恨。

第二六六回　慕舆文杀刘库仁

却说平阳太守慕舆文，乃慕舆句之子也。闻苻坚败于肥水，及慕容垂称号自立，乃招集兵马，来攻刘库仁。库仁大怒，点起军马与慕舆文交战，二人交锋，战二十余合，库仁被慕舆文斩于马下。刘头眷见兄库仁被杀，舞大杆刀，拍马来赶慕舆文。文又与眷相战，战上三十余合，不分胜败。刘显见叔赢不得慕舆文，持枪前来夹攻，文抵挡二人不住，拨开军器，勒转马头便走。刘显驱兵，击杀得慕舆文之兵大败，逃回平阳去讫。

时刘库仁既死，其子刘显杀退慕舆文，寻刘库仁尸首葬埋讫。其弟刘头眷代领其众，刘显心甚不平，暗藏利刃入内室，刺杀其叔刘头眷，自领诸部。刘显既领其众，恐皇孙拓跋珪长成复业，乃谓左右林茂、王霸曰："拓跋珪年已长成，后必为乱，吾欲杀之，恐秦王见罪，吾甚忧患，汝有何计?"林茂曰："斩草不除根，萌芽依旧发。吾甚虑此，既要害珪，不诬其谋叛，何以杀之？不如先杀拓跋珪，然后使人具奏珪谋叛，吾已杀之，将军有何罪焉?"显然之。茂又曰："此地常例，每年聚会诸部众官，今期已迫，来日将军使人往请诸部大人赴会，就请拓跋珪同至，若来赴会，留而杀之。"显曰："其计善矣。"于是刘显使人请各部官赴会，又差人来独孤部请拓跋珪，拓跋珪收拾赴会。燕凤曰："愚意刘显有害小主公之意，故今来请赴会。"贺讷曰："何以知之?"凤曰："显新杀亲叔刘头眷而夺此位，恐小主公成人后来取位，故有谋害之意。"讷曰："虽有此计，切莫疑心，平阳去此不远，不去反疑。"珪曰："公之言是也。"张册曰："筵无好筵，会无好会，主人不可去。"赵俊曰："某将马军三百人同往，可保主公无事。"珪曰："子杰同去，何足虑也?"拓跋珪与子杰即日同赴平阳，离独孤部百余里，比及到郡，林茂出郭迎接，意甚谦敬。拓跋珪不疑，随后文武官各出迎接，拓跋硅更无疑忌。是日，请于馆舍暂歇，赵俊引三百军士围绕保护，俊带甲挂剑，行坐不离。

次日，入报九部四十五处将士官员皆到。刘卫辰亦到，显先请商议曰："拓跋珪世之枭雄，久必为北州之祸，可就今日除之。"卫辰曰："恐失士民之望，不可行。"刘显曰："吾已密领秦王诏旨在此。"卫辰曰："如此，则宜先为准备。"显曰："东门阴山大路，吾已密令宗弟刘和引五千军把住，南门外已使刘中引三千兵把住，北门外已使刘钟领三千军把住，只有西门不必守护，前有大溪阻隔，虽有数万人马，不易过也。"卫辰曰："吾恐赵俊行坐不离，恐难下手。"显曰："吾已伏千余兵于城内了，可使王威另设一席于外，以待武将。先请住赵俊，后可行事，吾已安排定了。"

当日杀牛宰马，大设宴饮。请拓跋珪与众官至堂中。拓跋珪主席，诸公子两边，其余各依次坐讫。赵俊带剑立于其侧。酒至三巡，王威入请赵俊赴席，俊推辞不去，珪命去，俊出就席。刘显在外收拾铁桶相似，三百军都赶归馆舍，只待半酣，号起下手。正值王霸把盏至珪前，以足履珪之足曰："请更衣!"珪会其意，待霸把过盏，推起如厕。王霸已于后园等待珪，入谓曰："城外东南北皆有兵马，惟西可走，使君急从后遁去勿迟，刘显已定计害君多日。”拓跋珪大惊，急解马开后园门，飞身上马，不顾从者，望西而走。把门吏问之，珪曰：“吾不胜酒力矣，故先回耳。”挡之不住。时刘显举头不见拓跋珪在座，便遣林茂去追，茂上马引五百马军即便赶之。

却说拓跋珪出西门，行至大溪，幸有艇船，急上艇船，将金条头雇艄人撑过江，上岸而走去了。刘显赶到江边，不见拓跋珪，只得还城。

俊饮酒间，忽见人马转动，急入视座上，不见拓跋珪，大惊。急出探馆舍，听得人说，刘显引军追拓跋珪出门去了。因此火急操枪上马，引三百军出城。迎见林茂，问曰：“吾主何在？”茂曰：“使君逃席，不知何往？”赵俊是个谨细的人，不肯造次，遍观军中，并不见动静，前望大溪相隔，别无去路。赵俊曰：“汝请吾主，何故着军马四绕？”茂曰：“九部四十五处官员在此，吾为上将，岂可不防护也？”俊曰：“汝逼我主何处去了。”茂曰：“吾听知匹马出门到此，不知何处去了？”因此赵俊忙讨船，引三百人渡，赶五里之路，追着拓跋珪，保护得还本部，来见贺讷，细说刘显谋害之事，及得王霸所救之言，讷曰：“既刘显起此不仁，汝可招军马，以待迎敌。”于是拓跋珪始招军买马，积草屯粮，礼贤下士，聘旧大臣，不半岁，积得精兵二十万人。自是威名日盛，刘显不敢攻焉。

第二六七回　姚苌以兵攻新平

后秦王姚苌闻慕容冲攻长安，会群臣议进止之策。诸将皆曰："宜先取长安，建立根本，然后经营四方。"苌曰："燕人因其众思归以起兵，若得志，必不久留关中。吾当扎屯岭北，广收资实，以待秦王晏去，然后拱手取之。"言讫，乃留长子兴守北地，自将其众攻新平。初，新平人杀其部将，秦王坚缺其城角以耻之，新平人深以为耻，欲立忠义以雪之。及苌至，太守苟辅欲降，郡人冯杰等谏曰："昔田单以一城存齐，今秦犹连城过百，奈何遽为叛臣乎？"辅喜曰："是吾志耳，但恐久而无救，郡人横被无辜，诸君能尔，吾岂顾生哉？"于是凭城固守。

后秦兵至，为土山地道以攻，辅亦于内卫之，或战地下，或战山上，后秦之众死者万余人。苟辅乃诈降以诱苌，苌信之，将入城。诸将士告有诈，始觉之而返，辅伏兵邀击，苌几死之，得伊详引兵来救，因此进杀去万余人矣。太守苟辅坚守以拒后秦，粮竭矢尽，外求救不至。后秦王苌使人谓曰："吾方以义取天下，岂仇忠臣耶？卿但率众还长安，吾止欲得城耳。"辅率民出，苌执而阬之。

第二六八回　高盖谋立慕容冲

乙酉十年，高盖诸将立慕容冲为帝，都于阿房城，国号西燕，改元更始元年。慕容冲以高盖为大将军，总督内外诸军事，又以蔡文为右将军，起兵二十余万。西燕王自与高盖及蔡文大发兵马，御驾亲来攻打长安。

时翟斌恃功骄纵，邀求无厌，又以邺城久不下，潜有二心。太子宝请除之，燕王垂曰："河南之盟，不可负也。若其为难，罪由于斌，若事未有形而杀之，人心谓我忌其功能。吾方收揽豪杰，以隆大业，不可示人以狭，失天下之望。藉彼有谋，吾以智防之，无能为也。"斌果与西秦长乐公丕通谋，事觉，垂乃杀之。

第二六九回　秦遣姜让说燕王

晋刘牢之兵至邺，后燕王慕容垂已知苻丕求救于谢玄，遣刘牢之以兵二万来迎，谓诸将曰：“今谢玄以刘牢之将兵二万，来救邺围，若待其至，前后受敌，难以取胜，必须以计破之。”乃召慕容农至曰：“你可领五千兵，埋伏于城南六十里内，小林左山埠后，待晋兵到，放火烧山，彼必自乱，乘乱攻之。”又唤崔羌至曰：“汝可以五万兵分布，拒住邺城，四门攻之，不可放其出城。”又谓慕容德曰：“贤弟可自引一万军前去诱敌，引晋兵过伏兵之处，尽力杀回，农与卿等夹攻，则牢之必成擒矣。”计议已定，诸将依计而行。

至第二日，军至小林山，众军停食，食讫。至日晡时，晋军至大林山前，众卒兵立地报曰：“前面燕军拦住去路。”牢之遂拍马持枪，杀奔前来，见慕容德手提钢刀，杀过阵来。牢之迎接相战，战上十合，慕容德诈败便走。牢之催军去追，忽听得一连三声炮响，大林山四、五处火起，大林后鼓噪喧天。牢之正慌，山后丁零杀出，与牢之交锋，战上五合，丁零败走。后军喊起，牢之急问，军人报曰：“后面小林山后有伏兵杀出。”正欲调兵拒战，前面慕容德杀回，两下夹攻，惊得刘牢之举手无措。丁零又到，牢之又与交斗，斗至十合，丁零又败。牢之拍马加鞭，来救后军。正遇慕容农持刀便杀过来，牢之以枪去迎，二人交战，战上二十余合。牢之见晋兵被火烧死大半，回头一看，只剩五百余人，无心恋战，拨开军器，杀出重围，走碻磝。

却说长乐公苻丕闻晋兵到，与燕兵交战，乃与徐成议曰：“吾守此城无益，不如乘晋燕交兵，杀出退还，再来复邺未迟。”徐成曰：“既要还，即忙收拾军马起行。”丕曰：“然！”于是苻丕使徐成为前锋，自为后军，大开西门，领众杀出。正遇崔羌，徐成接战。苻丕领兵杀出，冲过重围。徐成与崔羌交战五十余合，见苻丕离城已远，拨开军器，拍马杀出，保护苻丕望长安而逃。

却说后燕王慕容垂见苻丕逃回长安，传令各处收军，自引众官入邺城，调兵戍守各处郡邑，出下榜文张挂，抚慰百姓，招纳流散。却说秦王坚闻燕王慕容垂攻邺将陷，复宣侍郎姜让至曰：“今邺被困已久，你可前去说慕容垂，道我待他不薄，如何忘恩失义乎？看他如何？”让领命曰：“臣自能措辞，不敢辱君命。”让于是来至，邺城已陷，遂入见慕容垂。姜让厉色责燕王慕容垂曰：“秦王道与将军风殊类别，臭味不同，奇将军于一见，托将军以断金，奈何王师小败，便有异图？况秦王厚遇于君，如何今日忘恩也？依愚之见，胡不以邺见归，不失封侯之位，以免黎庶遭其涂炭耳！”后燕王垂曰：“汝还，善言达知秦王，道关中之地，乃吾家之基，吾故取之。昔蒙知遇之恩，纵长乐公还国，吾已报之矣。”姜让见说不行，即辞归。慕容农曰：“姜让妄诞，何不杀之而放回去？”后燕王垂曰：“两者交兵，使在其间，都各吠其主，任其还，何必杀也！”因是任姜让自回去讫。

却说晋孝武帝末年，嗜酒好色，以为长夜之饮，以谢安女婿王国宝专利谗谀。谢安恶其为人，每制抑之，国宝诉于武帝，反见宠幸而疏谢安，安甚惭愧。时武帝排宴会大臣，谢安等侍坐其饮。武帝命江州刺史桓伊吹笛为助乐，桓伊神色无忤，即吹为一弄，乃放笛奏帝曰："臣于筝分乃不及笛，然亦足以以韵合歌管。请以筝歌合，并臣有一奴，名李廷，善笛音妙、乞旨召进。"帝曰："卿自召进。"于是桓伊召李廷入内吹笛，自抚筝而歌。为怨声，其歌曰：

为君既不易，为臣良独难，
忠信事不显，乃见有愚患。
周旦佐文武，金滕功不刊，
推心辅王政，二叔反流言。

声节慷慨，俯仰可听。谢安闻之，泣沾襟，乃越席而就之。捋桓伊须曰："使君于此不凡！"帝甚有愧色，复亲谢安而疏国宝焉。却说谢安闻刘牢之败于鄄城、谢玄染病，乃奏武帝诏征谢玄，收兵还镇京口养病，待瘥复进。因此谢玄收军，即还京口疗疾。

却说慕容暐闻知慕容垂等起兵，遂与诸弟计议起兵，因与鲜卑之众密结交，待慕容垂兵至，以为内应。事泄，秦王坚大怒，使韩晃领禁兵拘慕容暐父子及宗族数十人至，坚谓曰："吾敬汝，如何而起此意？"慕容暐曰："家国事重，何论意气？"坚大怒，令人杀之，又杀鲜卑数千人，不存一个。

时值西燕王慕容冲与大将军高盖、右将军蔡文驱二十万大兵至长安，离城二十里安营。次日整顿军马，来攻长安。

苻坚大怒，即日将兵，使韩晃为先锋，以兵五万出迎。西燕王冲使高盖、蔡文二人出阵，韩晃出马与高盖交锋，二人战上三十余合，不分胜负。秦王苻坚见韩晃赢不得高盖，自跃马持枪，向前夹攻高盖。西燕王冲见秦王自出战，又使蔡文出迎，秦王苻坚二人接着，相遇便战，上十余合，亦不分胜负。西燕王冲见两军未分胜负，急遣一千弓弩手，各带强弓硬弩，出阵前对射秦兵。秦王坚被西燕兵射飞矢射中，满体流血淋漓，因此抵挡蔡文不住，勒马走回入城。韩晃见箭如雨下，亦走归城，调兵坚守各门。

西燕王冲见秦兵不出，纵兵暴掠。关中士民流散，道路断绝，百里无烟。秦王苻坚大怒，忽左右奏道："城中先有谶书《古符传贾录》载：帝出五将久长得。"秦王坚问群臣曰："此书主何吉凶？"群臣奏曰："此书分明道使陛下走出五将山避之，可免此难。"秦王坚谓群臣曰："既如此，可留太子苻宏与韩晃守长安，朕自保家属，与卿杀出，奔于五将山避之。"自是召太子苻宏至，交付与韩晃曰："卿可保太子同守长安，吾与中山公苻诜以兵出五将山以避之，卿宜尽忠，休负于朕。"韩晃叩头领命，同太子苻宏调兵保护长安。

第二七〇回　苻坚避难五将山

却说苻坚与中山公苻诜以兵一万人，开北门杀出重围，奔走五将山去讫。西燕王冲闻秦王坚走，命诸将休追，发兵攻城，一连攻打五日。太子苻宏大惊，把守不住，急召韩晃商议，晃曰："燕兵势大，难以坚守，如此长安难保，不如走脱，免被所擒。"宏曰："卿言正合我心。"因此苻宏使韩晃为先锋，领兵至夜开城门，杀开血路而走去讫。百官文武，见太子苻宏奔走，城中无主，百僚亦各逃散。至次日，西燕王冲闻苻宏百官皆逃散，乃引诸将文武百官入据长安，大排宴会，封赏功臣。

却说姚苌因睿被燕兵所杀，惧罪逃于西川。西川豪族伊详推其为盟主，聚得精兵三十万人。忽探事细作军人回报，西燕王冲攻陷长安，秦王苻坚逃在五将山避难。当伊详言于姚苌曰："此乃天灭秦也，明公不可错过，今苻坚来五将山居，此处又无城郭，极易于攻。明公火速遣将，以兵围住五将山，将秦王苻坚擒来，天下大定矣！"姚苌曰："君言虽是，奈秦王是我故主，杀之不义！"伊详曰："当今之世，四海鼎沸，若执仁义，则大事去矣！苻坚肯听王景略之言，必诛慕容垂之首，岂有今日之祸？明公何不察之！"姚苌从之，即唤骁骑将军吴忠至曰："你可率五万铁骑去五将山，把秦王苻坚擒来，吾与伊详引大军随后接应。"吴忠领命，即出率五万骑前来岐山县，把五将山团团围住。秦兵大乱，尽皆逃散，独秦王苻坚不走，神色自若，坐而待之。俄而，吴忠率军打上山来，苻坚不动，被吴忠执之，族属皆被所擒。忠始令鸣金收军，解回陕西。

第二七一回　姚苌执缢秦王坚

却说姚苌与伊详率大队人马来到新平，吴忠将苻坚擒至，解见姚苌。姚苌谓苻坚曰："陛下平素英雄，今日如何被人所执？可将传国玉玺授我，免汝今日之死。"秦王苻坚瞋目叱苌曰："传国玉玺已送还晋矣，不可得也！你若杀吾，愿求快刀。"姚苌又曰："今陛下何不效为尧舜，禅位于我，我必以善待陛下，不亦善乎？"秦王苻坚曰："吾无仁让，汝无德受，圣贤之事，奈何拟之耶？吾求先死，汝休得饶舌！"姚苌见苻坚不屈，使人将秦王苻坚于新平佛寺缢杀之。坚时年四十八岁，在位二十七年。中山公苻诜及张夫人并自杀死。

伊详、吴忠二人，因劝姚苌上尊号，姚苌始自立为后秦王，改元白雀二年。苌以伊详为丞相，以吴忠为大将军，屯于新平。

却说晋会稽王道子专权，谗谀孝武帝，疏放旧臣。太保谢安恐为所谗，思以远害之计。次日，乃入朝奏于武帝曰："广陵饥困，不时作乱，臣请出兵镇抚之。"孝武帝曰："卿乃国之元老，朕欲委以朝政，不可远离，朕使别将去守之。"安曰："会稽王道子有公辅之量，必能安抚社稷，何用臣为？"因此孝武帝不得已，与兵二万，与谢安出镇广陵。

却说谢安出镇广陵，造筑新城，领家属尽来居之。又筑埭于城北。偶及疾笃，唤子孙谢琰、谢琨至卧所，谓曰："昔桓温在时，吾尝惧不全，忽梦乘桓温之车，行十六里，见一白鸡而回。吾想乘温舆者，代其位也，行十六里止者，今经十六年也。白鸡主酉，今年太岁在酉，吾疾不必起也。汝等尽忠王室，勿怀异心，负吾所志！"言讫而薨。

于是谢琰等合室举哀，收殓埋葬，使人入报于朝廷。孝武帝闻知谢安已薨，乃下诏谥曰"文靖公"。先是筑新城，又筑埭于城北，后人追思之，取名为"召伯埭"。

却说孝武帝见太保安薨，乃以会稽王司马道子录尚书事。孝武帝朝夕与道子蒱酒食肉，不理朝政，百姓无不怨之。

却说长乐公苻丕守邺，被后燕慕容垂所攻走出，西赴长安，入至晋阳。使报至长安不守，秦王苻坚已死，苻丕号啕大哭而为发丧。徐成等上言曰："既秦王崩世，殿下宜即大位，以安众心，收集散亡之卒，而举中兴。"丕从之，乃即皇帝大位，都于晋阳，以徐成为大都督，命其招集诸兵。却说后燕王垂既得邺都，百姓溃散，城中空虚，至十二月，与群臣商议迁都于中山。乃即皇帝大位，国号后燕，改元建兴。

第二七二回　吕光还国夺西凉

却说秦都督吕光既平龟兹国，又得鸠摩罗什相助，有留恋龟兹之志。罗什劝之曰："龟兹国王尚在西地，士民归之，君若不思东还，诚恐兵至，死无葬身之地矣。"光曰："甚是。"因此吕光始传令三军，以骆驼二万余头，及外国珍宝并珍禽怪兽千有余品，骏马万余匹，收拾东还。

兵至凉州，凉州刺史梁熙与众谋，闭城拒之。高昌太守杨翰曰："光新破西域，兵强气锐，闻中原丧乱，必有异图，若出流沙，其势难敌。高梧谷口险阻之要，宜先守之而夺其赀，彼既穷竭，可以坐制。如以为远，伊吾关亦可拒也。度此二厄，虽有子房之策，无所施矣。"熙不听，姜水令张统曰："今唐公苻洛，上之从弟，勇冠一时，若奉为盟主，以率群豪，则光虽至，不敢异心。资其精锐，东合四州，扫凶残，宁帝室，此桓、文之举也。"熙又不听，而反遣人杀洛于西海。吕光闻翰谋，惧不敢进，杜进曰："熙文雅有余，机鉴不足，终不能用。宜及其上下离心，速取之。"光至高昌，翰以郡降。

至玉门，梁熙移檄责光擅命还师，遣其子胤率众一万拒之，光破擒之。武威太守彭济执熙以降，光杀之。光入姑臧，自领凉州刺史。郡县皆降，独酒泉西郡太守索泮不下。光攻而执之，索泮不降，泮曰："将军受诏平西域，不受诏乱凉州，梁公何罪而将军杀之？泮今被执，不能报仇，主灭臣死，固其宜也。"光皆杀之。主簿尉祐奸佞倾险，与济同执熙，光宠信之。祐谮杀名士十余人，凉州人由是不悦。

第二七三回　拓跋珪大霸牛川

丙戌十一年，却说乞伏国仁聚众十余万，占据关西，自称为秦、河二州牧。史臣曰：“夫尺地闭塞，寝生云雾，屯群凶作。自晋室遭孽，胡兵肆祸，封域无纪，干戈是务。国仁阴山遗噍，难以义服，伺我之危，长其陵暴。向使遇钦明之运，遭雄略之主，已当褫魄沙漠，请命藁街，岂暇窃凭边郊，经纶王业者也?”

却说拓跋珪年二十余岁，张恂上言曰：“大王春秋既茂，宜收中原士庶之望，以建大业，何必久居人下乎?”珪然之。燕凤等大会文武于牛川，立珪为王，招集旧臣，聚纳亡命，威名稍振。珪谓旧臣燕凤等曰：“吾志在天下，恨力未及，不能复先王之志，心甚耻之。卿等有何远策，请赐教之!”凤曰：“殿下欲袭王位，秦王已灭，为燕所有。为今之计，莫若使人以殿下亲者与燕王慕容垂为质，请命为王，愿为燕藩。然后乘此聚兵积粮，则大业复成矣。”拓跋珪曰：“卿之高谋，符合我意。”因是珪使参军叔孙建领其叔秦王拓跋觚入燕，朝见后燕王垂，奏称北代王拓跋畦，使其叔秦王拓跋觚来为质，请命复祖王位，愿为燕藩，岁纳财币。燕王垂曰：“既拓跋珪称藩于朕，朕何不允? 吾即遣使立之。”于是留秦王觚质燕，复命使与叔孙建还北，立拓跋珪为代王。由是叔孙建回，自此以后，听从燕命。

次日，代王因思刘显谋害己，以燕凤为前锋将军，自为后军，以兵二十万，来讨刘显及刘卫辰。刘显闻军人飞报，拓跋珪自立为代王，今以兵来报前仇。刘显即时使人报刘卫辰，会同点起军马，出奔邑城来迎敌。时两军相遇，北代王使南部大人长孙嵩出马，与刘显交战，显舞刀便砍，长孙嵩持枪便迎。二人战上二十余合，刘显气力不加，勒马走回本阵。

代王珪挥兵一击，杀得刘显之众大败，十停没去九停。刘显以代兵势强，引百余数人走还原部，避于西阴。代王以得胜之兵，来攻刘卫辰。卫辰得刘显书，知代王珪来，先起兵五万来迎代军。当时两军相遇混战，卫辰亲自出马，叔孙建持刀去迎。二人交锋，战上十合，卫辰被建斩于马下。代王招军一击，杀死刘兵大半，余兵望风溃散。代王始令鸣金收军，珪入据新平城，尽收刘卫辰之家属皆斩之，只走了卫辰之子刘勃不见。

却说蠕蠕主作叛，来寇朔方。代王拓跋挂闻知，大惊急回，使左长史张兖领兵为前锋，自为军后，共率兵十万，来讨蠕蠕。蠕蠕亲自出马，张兖以兵连追三百里，以粮尽收军，见代王拓跋珪曰：“蠕蠕远走，况又粮尽，不可久离，宜振旅还都。”代王珪曰：“蠕蠕不时为患，正宜乘其大败破之，不然，后必再至。虽则粮尽，可杀马匹为食，亦足三日之粮乎?”兖曰：“足充矣!”代王珪曰：“若足，可杀马匹为食，率兵追之。”于是兖从之，与代王珪杀马匹为食，星夜连追六百里，至广漠赤地南林山下，赶着蠕蠕。蠕蠕见追兵至，勒马回来，与张兖交战，未及三合，蠕蠕之众，各自溃散。兖乘势驱兵掩击破之，杀得蠕蠕只余百余人，走还阴山去讫。代王珪始鸣金收军，领众还都。因问张兖曰："卿曹知我前说三日粮乎？"兖曰："未知！"代王珪曰："蠕蠕奔走数日，畜产失饮，至水必留。计其道程，二日足能追及，遂率轻骑奔追，出其不意，彼果惊散，故得破之。"时诸将咸曰："大王圣策，非臣所及也。"张兖亦谓众曰："主上天资杰迈，必能囊括六合。夫遭风云之会，不建腾跃之功，非人豪也。汝等诸君，各效忠尽力，早立大勋也。"诸将曰："无不效命。"因此代王得取诸部马邑之地，于是诸部士民复归代王焉。

却说西燕左将军韩延与前将军段随计议曰："今燕王慕容冲骄侈日甚，臣民不安，如何而可？吾与君百战疆场，侥幸得其京畿。彼今为帝，不顾我功臣，而自为宴乐也，吾欲杀之立君，君肯受其位否？"随曰："以臣杀君，大不义也，吾不欲之。"韩延曰："君不从，久必有灭族之患。"随曰："吾无罪过，屡有大功，何至于此？"延曰："韩信功高天下死于未央，君何不知？"随被韩延一语之感，遂从之，因曰："从卿之议。"

于是，次日早朝，韩延领兵五百人，拥入前殿。燕王冲正登宝座，被韩延执下杀之。就推前将军段随上座，谓曰："慕容冲饮酒淫乐，不堪为主，吾故杀之。今前将军段随，有仁有德，可为燕王，汝等大臣，各宜山呼。"时群臣惊得面如土色，无言以对，忽班部中有将军慕容永高声叫曰："韩延、段随二人，弑君大逆，公等随吾诛此不仁之贼！"殿上阶下众文武齐声应曰："我等愿随将军同诛杀此弑君之贼也！"于是慕容永先行，众文武一拥而入后宫，各取兵器，杀出前殿。慕容永直奔韩延，韩延接旁军人手中蛇矛来迎，二人步战，战未五合，慕容永砍杀韩延。段随看韩延死了，自见其事不成，乃引五百甲士，杀出内门，引部下之兵，出城逃奔外国去讫。慕容永见段随走了，恐其为患，率鲜卑男女一万人，离长安而往据河东。慕容冲之旧臣，推永为河东王，招集离散之兵，要复旧号，因是长安空虚，无人守之。

却说后秦王姚苌闻慕容永以众往河东，长安空虚，乃领文武百官士民人等，离安定徙都长安，即皇帝大位，国号大秦。立其子姚兴为皇太子，改元建初，改以长安为常安。礼聘先秦旧臣，同辅国政，因此权翼等亦被请到，姚苌拜为太常。姚苌性单率，群下有过，常面辱骂。时权翼谏曰："陛下弘达自任，不修小节，有高祖之量，然轻慢之风，所宜除也。"后秦王苌曰："此吾之性也，吾于虞舜之美，未有并长；汉祖之短，已收其一，不闻谠言，安知过也？"自是苌始改过焉。

却说西燕河东王慕容永，闻苻丕称帝于邺，乃问右将军胡仁曰："吾闻苻丕称帝据邺，欲攻讨之，卿议可否？"仁曰："苻丕兵不满万，将无百人，若讨之如探囊取物，手到便擒，何难之有？"永曰："依卿所料，必可得也。"于是慕容永使胡仁为将，自为后队，引兵一万，杀奔邺来，直至城下下寨。

苻丕大惊。次日，自为将，引兵一万出城，与永交锋，二人战不五合，苻丕抵敌慕容永不住，而走至南，被燕将冯该以兵出迎斩之，其兵俱各溃走。慕容永收兵入城，见内空虚，不堪居止，乃领众进据长子城。胡仁劝其即位，永始据长子城为都，即皇帝大位，复号西燕。

八月，枹罕诸氐以河州刺史卫平衰老，议欲废之。会七夕卫平宴诸氐，啖青抽剑而前曰："天下大乱，非贤主不可济！卫公老矣，宜返初服。狄道长苻登，王室之族，智略雄明,请共立之。有不同者,即下异议!”青乃拔剑攘袂曰:“不从者,即斩之!”众皆从之。于是推登为雍、河二州牧,率众五万下陇东,攻南安,拔之,称为南安王。十月,秦南安王登,乃丕之族子,闻苻丕被害,代为发丧。其部下大将王城等,乃立坛于陇东,招集离散,谋集秦之旧臣军士,复以苻登即皇帝大位,国号大秦,改元太初元年。

初,凉州张天锡,秦攻之而败南奔也。秦长水校尉王穆匿其世子张大豫,与俱奔河西,至是魏安人焦松聚兵迎大豫,攻逼昌松,进拔姑臧。王穆曰:“吕光城完粮足,甲兵精锐,不如席卷岭西,砺兵积粟,然后东向,不及斯年,光可取也。”大豫不从,乃自称凉州牧,使穆说谕严西诸郡,皆起兵应之,保据杨鸣而已。

三月,燕王垂欲延文昭段后于别室,而以蔺后配享太祖,议者皆以为当然。博士刘详、董谧曰:“尧母为帝喾妃,位第三,不以子贵陵姜嫄,文昭后宜立别庙。”垂怒逼之曰:“何如不可?”详、谧曰:“主上所欲为,无问于臣,臣按经奉礼,不敢有二。”垂不复问而卒行之。又以可足浑后倾覆社稷,追废之;尊烈祖昭仪段氏为景德皇后,配享太庙。

第二七四回　代王会议国号魏

丁亥十二年春正月，却说秦王登立世祖苻坚神主于军中，载以辎軿，卫以虎贲，凡所欲为，必启主而后敢行。兵五万东击后秦，将士皆刻铧、铠为“死”“休”字，每战以剑矟为方圆大阵，如有厚薄，从中分配，故人自为战，所向无前。苻登既克南安，夷、夏归之者三万余户，遂进兵攻后秦王姚苌之弟姚硕德于秦州。苌闻知，自以兵五千往救。登与苌战，大败之。啖青以弓射苌，中苌臂上，姚苌乃走保上邽城。硕德统其众以拒之。秦尚书寇遗保、渤海王苻懿，自苻丕下邳城之败，走来南安，见南安王苻登。登大悦，即与诸僚议，要立懿为主。懿乃丕之子也。诸将曰：“渤海王年幼，未堪多难，非大王不可为也，何必让之？”于是登自即大位，而置百官。遣使以苻纂为大司马，封鲁王。初，苻纂自长安奔晋阳，襄陵之败奔丕城，至是秦王苻登遣使拜纂大司马，封为鲁王。纂怒曰：“渤海王先帝之子，南安王何以不立而自立乎？”长史王旅谏曰：“南安王已立，理无中改，今寇虏未平，不可宗室中自为仇敌也。”纂乃受命。于是卢水胡彭沛谷、新平羌雷恶地等皆附于纂，有众十余万人。

却说济北太守温详屯东河，燕王垂观兵于河上，分兵击之。详奔彭城，其众皆降。垂以太原王楷为兖州刺史，令其以兵镇之。初，垂在长安时，秦王坚尝与之交手语。冗从仆射光祚言于坚曰：“陛下颇疑慕容垂乎？垂非久为下者。”及取燕取邺，祚奔晋，晋以为河东郡守。至是，惧燕势大，不敢拒战，又诣燕军降，垂见之流涕曰：“秦王待我深，吾事之亦尽，只为公进谗言，秦王猜忌，吾惧死而负之，每一念之，中宵不寐。”祚亦悲恸，赐祚金帛，祚辞。垂曰：“卿复疑耶？”祚曰：“臣昔者惟知忠于所事，不意陛下至今怀之，臣岂敢逃其死！”垂曰：“此卿之忠，固吾之所求也，前言戏之耳！”待之弥厚。

时垂之子慕容柔及孙慕容盛及慕容会，皆在西燕长子城。盛谓柔、会曰：“主上中兴，东西未一，吾属居嫌疑之地，为智为愚，皆将不免，不若以时东归，何为坐待鱼肉也？”遂相与亡归见垂，垂问盛曰：“长子人情如何？”盛曰：“西京扰扰，人有东归之志，若大军一临，必投戈而来，若孝子之归慈父也。”后岁余，西燕果杀垂子孙无遗者。

却说代王拓跋珪大会文武，商议国号。清河郡武城人崔宏上言曰：“三皇五帝之立号也，或因所生之土，或以封国之名，故虞、夏、商、周，始皆诸侯，及圣德既隆，万国宗戴，称号随本，不复更立。虽商人屡徙，改号曰殷，然犹兼行，不废始基之号。国家虽统北方广漠之土，逮于陛下，应运龙飞，虽曰旧邦，受命维新，以是登国之初，改代曰魏。慕容永亦奉进魏号。夫魏者，大名州之上国，斯乃革命之征验，利见之玄符也。臣愚以为宜号为魏也。”因此代王从之，自是改为魏国，称为魏王。

代王拓跋珪既改称为魏王，因问群臣曰：“治天下之道，何者最善，可以益人神智？”尚书右兵中郎李先上曰：“惟经书，三皇五帝政化之典，可以补王者神智。”魏王珪曰：“既若此，朕集天下书籍如何？”先曰：“陛下欲聚亦不难。”于是魏王大集天下经籍。

是时，后秦王苌遣太子姚兴寇魏，军至柴壁，报入魏来。魏王珪问先曰：“今闻后秦遣其子姚兴犯境，朕欲自以兵去讨，卿有何策，以教寡人？”先上计曰：“兵以正合，战以奇胜。今闻姚兴欲屯兵天渡，利其粮道。大王以兵及其未到，可遣奇兵以邀天渡、柴壁左右，严设伏兵，备其表里，姚兴欲进不得，住又乏粮。夫高者为敌所栖，深者为敌所囚，兵法所忌，今兴居之，可不战而取也。”魏王珪从其计，命叔孙建领精兵五万，先入天渡邀兴战，又使长孙嵩、张兖二人，各以兵二万埋伏柴壁左右，绝其粮道。

时，兴兵大至天渡，与叔孙建战，建诈败退一百里余。姚兴与伊详等以兵追过伏兵之所，兴欲前进，被叔孙建塞守险隘，不能得入；欲屯住，又被长孙嵩等伏兵绝其粮道。姚兴势穷，乃率大众杀出，退后还都，被叔孙建三路兵出，杀得秦兵大败而回去讫。魏王收兵重赏李先。魏王珪密有图燕之志，遣太原公仪奉使至中山，探知虚实。还，言于珪曰：“燕王衰老，太子暗弱，范阳王自负才气，臣料燕王若殁，内难必作，此时乃可图也！今则未可。”珪喜，从之。

后秦王姚苌遣姚方成攻拔胡嵩垒，执嵩数之：“于何不降？”嵩骂曰：“汝姚苌罪当万死，先帝赦之，授任内外，荣宠极矣。乃不如犬马识所养之恩，亲为大逆，羌辈岂可以人礼期也？何不速杀我，早见先帝，取苌于地下治之。”方成怒，斩嵩三段，坑其士卒。方成还白后秦王苌，苌乃掘秦王坚尸，鞭挞剥裸，荐之以棘，坎土而埋之。

第二七五回　吕光考核杀尹兴

戊子十三年正月，却说凉州刺史吕光，闻秦王苻坚为姚苌所害，及闻金华县县令申报，麒麟出于其邑，百兽从之。光以为祥瑞，大赦境内，乃自即三河王位，国号麟嘉。

吕光既即王位，命张掖督邮傅曜考核属县，巡察清污。时丘池令尹兴贪赃酷刑，闻吕光使傅曜考核诸县，来至丘池。尹兴恐其察报与光，见罪不便，乃接入南亭安下。至夜使腹心入刺杀之，以其尸投空井中。傅曜冤魂不散，每夜来托梦于三河王吕光曰："臣乃张掖小吏，蒙遣按核诸县，而丘池令尹兴赃状狼藉，惧臣察出报大王，杀臣投于南亭空井中，衣服尸骸，现在井中。"吕光惊觉，而犹见傅曜，久之乃灭。次日使人去南亭空井中，寻觅尸首，果在井中，使人即搬傅曜尸首回报吕光。光大怒，又使人召丘池令尹兴，缚至杀之。因是官吏奉职，不敢酷刑。

初，光之定凉州也，杜进功居多，贵宠用事，群僚莫及。时光甥石聪自关中来，吕光问之曰："中州人言我为政如何？"聪曰："但闻有杜进者，不闻有吕光。"光由是忌进，使人密杀之。他日与群僚语及政事，参军段业曰："主公用法太峻。"光曰："吴起无恩而楚强，商鞅严刑而秦兴。"业曰："吴起丧其身，商鞅亡其家，皆残酷之致也。明公慕之，岂此州士民之所望哉！"光因此改容谢之。

第二七六回　秦王登与后秦战

己丑十四年，后秦王苌以秦战屡胜，谓秦军中刻秦王像奉祀，而得秦王坚之助，乃亦于军中立坚像祷之曰："新平之祸，臣为兄姚襄报仇耳，且陛下命臣以龙骧建业，臣岂敢违之？"时秦王登升将楼，遥望见，大声谓之曰："为臣弑君而立像求福，庸有益乎？"因大呼曰："弑君逆贼姚苌，何不自出！吾与汝决死战！"苌不应，久奉之，以军未有利益，乃斩像首以送秦。至是秦王苻登留辎重于大界，自将轻骑攻安定，诸将劝苌出与决战。苌曰："与穷寇争胜，兵家之忌也，吾将以计取之。"乃留兵守安定，夜率骑三万袭登大界，克之，擒名将数十人，掠男女五万口。

苻登皇后毛氏，美而勇，善骑射，见后秦兵入其营，犹弯弓跨马，率壮士力战，杀七百余人，众寡不敌，为后秦所执。苌即将纳之为后，毛氏骂且哭曰："姚苌逆贼，汝既杀天子，又欲辱皇后，皇天后土，宁容汝乎！"于是苌杀之。诸将欲因秦军骇乱击之，苌曰："登众虽乱，怒气犹盛，未可轻也！"遂止。登来复收余众，屯堡中，不出。

却说晋帝既亲政事，威权已出，有人主之量。已而溺于酒色，委政于琅玡王道子，道子亦嗜酒，旦夕与帝以酣歌为事。又崇尚浮屠，穷奢极费，所亲昵者，皆姏姆僧尼。近侍弄权，交通请托，贿赂公行，官爵滥杂，刑狱谬乱。尚书令陆纳望宫阙叹曰："好家居，织儿欲毁坏之耶？"左卫将军许营上疏曰：

> 局吏、卫官、仆隶、婢儿，皆为守令，或带内职；僧尼乳母，兢进亲昵，悉受货贿；辄使临官，政教不均，暴滥无罪。且佛者，清静玄虚之神，今僧尼于五戒佛法，尚不能遵。而流俗兢加敬事，以至侵渔百姓，取财为惠，亦未合布施之道也。

疏奏不省

道子势倾中外，帝渐不平。侍中王国宝以谗佞有宠于道子，讽八座启道子宜加殊礼，群臣无敢言者。护军车胤曰："此乃成王所以尊周公也，今主上当阳，岂得为此？"乃称疾不署。疏奏，帝大怒，而嘉胤有守。中书侍郎范宁、徐邈为帝所亲信，数进忠言，皆补阙失，指斥奸党。国宝，宁之甥也，宁尤疾其阿谀，劝帝黜之。国宝遂与道子谮宁，出为豫章太守。宁临行上疏曰：

> 今边烽不息，而仓库空匮。古者使民，岁不过三日，今之劳扰，殆无三日之休。至有生儿不及举养，鳏寡不敢嫁娶，臣恐社稷之忧，厝火积薪，不足喻也。

又言：

> 中原士民流寓江左，岁久安业，谓宜正其封疆，户口皆以土断。又，人欲无涯，奢俭由势。今者并兼之室，亦多不赡。盖由用之无节，争以靡丽相高故也。礼，十九为长殇，以其未成人也。今以十六为全丁，十三为半丁，伤天理，困百姓。谓宜以十九岁为全丁，十六岁为半丁，则不为夭折，生长滋矣。

帝多纳用之。宁在豫章，遣十五议曹下属城采求风政，并吏假还，讯问官长得失。徐邈与宁书曰：

> 足下听断明允，庶事无滞，则吏慎其贪，而人听不惑矣，岂须邑至里诣，饰其游声哉！非徒不足以增益，乃虫鱼之所资也。岂有善人君子而干非其事，多所告白者乎？自古以来，欲为左右耳目者，无非小人，皆先因小忠而成其大不忠，先藉小信而成其大不信，遂使谗谄并进，善恶倒置，可不戒哉！足下慎选纲纪，必得国士以摄诸曹，皆得良吏以掌文案；又择公方之人以为监司，则清浊能否，与事而明。足下但平心而处之，何取于耳目哉？昔明德马后未尝顾左右与言，可谓远识，况大丈夫而不能免此乎？

宁好儒学，性质直，常言王弼、何晏之罪，深于桀纣，或以为贬之太过。宁曰："王、何蔑弃典文，幽沉仁义，游辞浮说，波荡后生，使缙绅之徒，翻然改辙，以至礼坏乐崩，中原倾覆，遗风余俗，至今为患。纣纵暴一时，适足以丧身覆国，为后世戒，岂能回百姓之视听哉！故吾以为一世之祸轻，历代之患重，自丧之恶小，迷众之罪大也。"

琅玡王道子恃宠骄恣，帝渐不能平，欲选时望为藩镇，以潜制之。问于太子左卫率王雅，曰："吾欲用王恭、殷仲堪，如何？"雅曰："恭风神简贵，志气方严；仲堪谨于细行，以文义皆称，然皆峻狭自是，干略不长，天下无事，足以守职；若其有事，必为乱阶矣。"帝不从，使恭镇京口。

庚寅十五年春二月，后秦王苌与秦王登相持日久，心生一计：埋伏兵于壕边，使人持书诈降，迎登入城杀之。于是使人去见秦王登，许接其入城，开门纳之。登将从之，将军雷恶地在外闻知，驰骑见登曰："苌多诈，不可听也。"登乃止。苌闻知，谓诸将曰："此羌见登，事不成矣。"登亦以恶地勇略过人，惮欲杀之。恶地窃知，乃降于后秦王苌，苌重用之。秦王登与诸将曰："后秦姚苌兵势已衰，宜急攻之。"将军魏揭飞曰："臣请一军攻其后，大王使揭飞一人以兵击其前，则苌成擒矣。"登从之，只揭飞以兵来攻。

后秦将姚当屯于杏城，将军雷恶地反，欲应之，同攻李润。后秦王苌欲自击之。群臣曰："陛下不忧六十里苻登，乃忧六百里魏揭飞，何也？"苌曰："登非可猝灭，吾城亦非登所能猝拔。恶地智略非常，若南引揭飞，东结董成，得杏城李润而据之，长安东北非吾有也。"言讫，乃潜引精兵一千六百赴之。揭飞、恶地引兵数万，氐胡赴之者首尾不绝，见后秦兵少，悉众攻之。苌固垒不战，示之以弱。潜遣骑二百，出其不意，彼兵扰乱。苌纵兵击之,斩揭飞及杀其将士万余,恶地复握兵柄,待之如初。命姚方成于所营之地,每栅孔中,树一旗,以旌战功。岁余,问之,方成曰:“营地太小,以广之矣。”苌曰:“吾自行兵以来,与人战,未有如此之快,以千余兵破三万之众,营地虽小狭,岂以大为贵哉!”

时冯翊人郭质起兵于广乡,移檄三辅,曰:“姚苌凶虐,毒被神人,吾属世蒙先帝之仁,非常伯、纳言之子,即卿校、牧守之孙也,与其含耻而存,孰若陷首而死?”于是,三辅壁垒皆应之。独郑县人苟曜不从,聚众数千附于后秦击质,质走洛阳去讫。

第二七七回　后秦王还斩苟曜

辛卯十六年五月，秦王登及后秦王苌相持，苟曜密使人见秦王登，许为内应。登以兵自曲牢赴之，军于马头源。后秦王苌率众逆战，登击破之，斩其右将军吴忠。苌收欲复战，姚硕德曰："陛下慎于轻战，是以大败。每欲以计取之，今战失利而更前，何也？"苌曰："登用兵迟缓，不识虚实，今轻兵直进，此必苟曜与之有谋而来也，缓之则其谋得成，故及其未合，击之必胜。"遂进兵复战，登大败，退兵屯于郿城。

秦王登退屯，后秦王苌如阴密以拒之，谓太子兴曰："苟曜闻吾北行，必来见汝，称彼诈降苻登之事，欲来惑汝，汝执诛之。"苌既行，曜果至长安，兴诛之。

苌进兵，败登于安定城东。登退据路承堡。苌置酒高会，诸将皆曰："若值魏武王，不令此贼至今，陛下将牢太过耳！"苌笑曰："吾不如亡兄有四：身长八尺五寸，臂长过膝，人望而畏之，一也；将十万之众，望麾而进，前无横阵，二也；温古知今，讲论道艺，收罗英儒，三也；董率大众，人尽死力，四也。所以得建立功业，驱策诸贤者，正望算略中一片耳！"

壬辰十七年三月，燕王垂以兵五万击翟钊，翟钊大惊，又以兵一万来拒。垂又遣使求救于西燕。西燕王永问于群臣，尚书郎鲍遵曰："今垂、钊相持，不可与解。使两寇相弊，吾乘其后，此卞庄子之策也。"侍郎张腾曰："垂强钊弱，何弊之乘？不如速救之，以成鼎足之势。今我引兵趋中山，昼多设疑兵，夜多设火炬，垂惧必而自救。我冲其前，钊蹑其后，此大妙之计，不可失也。"永曰："遵言是也。"遂不从腾议。时垂军至黎阳，临河欲济，钊乃列兵南岸以拒之。垂遣别将将兵，虚屯为疑，乃自徙营就西津。去黎阳西四十里，计为牛皮船百余只，伪列兵仗，溯流而上。钊引兵趋之，垂潜遣王镇等自黎阳津，夜以牛皮船济，营于河南北，立营成列。钊还攻垂，垂命坚壁勿战。钊兵往来大喝，攻营不拔，将引兵退去。镇等率兵出战，慕容农自西津济以兵夹攻，大破之，尽获其众及所统七郡三万余户。钊命长子降西燕，岁余谋反，后被慕容永所杀。垂以章武王宙镇滑台，崔荫为司马。荫明敏强正，善规谏，宙甚惮之，简刑法，轻赋役，流民归之，户口滋息。

却说晋殷仲堪虽有时誉，资望犹浅，到官好行小惠，纲目不举。南郡公桓玄负其才，以雄豪自处，朝廷疑而不用，年二十三，始拜洗马。玄尝诣琅琊王道子，值其酣醉，张目谓众客曰："桓温晚途欲作贼，云何？"桓玄伏地汗流不能起，由是不自安，而切齿于道子。后出补义兴太守，郁郁不得志。叹曰："父为九州伯，儿为五湖长。"遂弃官归国，上疏自讼，不报。桓氏累世临荆州，玄复豪横，士民畏之。尝与仲堪厅事前戏马，以稍拟仲堪。参军刘迈曰："马稍有余，而精理不足。"玄不悦，既出，仲堪谓迈曰："卿狂人也。玄必使人杀卿，卿宜避之，我岂能相救耶？"仲堪即使迈避去，玄果使人追之不及矣。征虏参军胡藩过江陵，见仲堪曰："玄志奢侈狂妄，君侯待太过，非计也。"藩内弟罗企生为仲堪功曹，藩谓曰："殷侯倒戈授人，必及于祸，君不早去，悔无及矣！"罗企生遂同藩而归。

第二七八回　燕王老叩囊底智

癸巳十八年秋七月，秦丞相窦冲以众叛，自称为秦王，改元秦。秦王登以兵二万讨之，冲大惊，使人求救于秦王苌。苌自将救，尹纬言于后秦王苌曰："太子仁厚有闻，而英略未著，请使击登以显其威。"苌从之，使兴将兵一万，诈言去攻胡空堡。登闻知，去解冲围，以兵救胡空堡，实兴以兵暗袭西京，大获而归，复镇长安，自是姚兴名亦振。

十月，燕王慕容垂与诸臣议伐西燕。诸将曰："永未有衅，我连年征伐，兵卒疲敝，未可伐也。"范阳王德曰："永，国之枝叶，僭举位号，宜先除之，以安民心。"垂曰："司徒意正与吾同，吾虽老，叩囊底智，足以取之，终不留此贼以遗子孙也！"遂发兵中山，次于邺。时西燕王慕容永闻知，以兵分道拒守，聚粮台壁，遣兵戍之。既而垂屯兵于邺西南，月余不进。永疑垂欲诡道由太行入，乃悉敛诸军，屯太行口，惟留台壁一军。四月，垂引大军出滏口，入天井关。五月，至台壁。台壁兵少，垂因此破之。永召太行兵回，自将精兵五万拒之。垂陈兵于台壁之南，密计遣轻骑伏涧下，自战伪退。永众追之涧中，伏兵大发，断其后，诸军四面俱进，大破之。永大败，走归长子城。八月，垂兵追至，围长子城。西燕王永困急，使人求救于晋、魏，兵皆未至。西燕将兵皆叛，开门纳燕兵。燕王垂执慕容永斩之，得所统八郡七万余户，勒兵而还。

却说后秦王姚苌梦苻坚砍其头曰："吾待汝不薄，如何谋反害朕也？今日必砍杀你！"姚苌寤而惊悸成疾。十二月，苌疾甚，以众还长安，召太尉姚旻、仆射尹纬等至长安，受遗诏辅政。并谓太子兴曰："有毁谤诸公者，慎勿受之！汝抚骨肉以恩，遇大臣以礼，待物以信，治民以仁，四者不失，吾无忧矣。"苌言讫而卒。姚兴秘不发丧，自称大将军，欲率众伐秦。

第二七九回　姚兴举兵伐苻登

甲午十九年春正月，秦王苻登设朝，将军王成上言曰："臣昨闻姚苌身死，其子姚兴僭位，不为发丧，要来攻我。陛下宜乘其新丧，国内不定，以倾国之兵，先去讨之，可复旧都也。"秦王登曰："姚兴小儿，折杖笞之耳，吾岂畏之哉！卿可为我前部先锋，速出点兵，吾自为后队，以兵接应。"于是王成以五万兵为先锋，秦王苻登领军十万为后队，大刀阔斧，杀奔东来。

早有探事军人探知其事，即回长安，报知后秦王。姚兴大惊，急聚文武，文武失色。班部中忽闪一人出曰："兵来将挡，水来土掩，彼既来犯我境，陛下可自亲征，则将士用命，何故惊耶?"众视之，乃尚书令尹纬。是时姚兴闻苻登领兵犯境，心中大惊，而问文武，文武失色，当尹纬出班，请后秦王亲征。后秦王从之，以尹纬、伊详为左右将军，乃起兵七万来迎苻登。后秦王姚兴自以兵五万为后队，长驱并进而行。大军已至泾阳，秦王苻登大兵亦到，两军各隔四五十里下营。

次日，尹纬使牙门将军龚超领一军出马试战。龚超出马来与秦将田双交锋，战不数合，龚超竟被田双斩于马下。余兵败回来报尹纬，纬大惊，便差大将王来、廖嶷二人，引兵二万出战。田双领兵已到，后秦二将领兵迎至，两阵对圆，廖嶷出马，王来把住阵脚，田双挺枪来迎，两马相交，战有十余合，不分胜负。田双佯输诈败，望阵而走，嶷拍马便追，背后王来料田双是计，慌忙骤马出阵，大叫："休赶!"廖嶷勒马回时，田双取流星锤追打来，一锤正中其背，打得嶷伏鞍而走。双便待赶来，却被王来接住，救得廖嶷回阵。田双驱军掩杀，两军混战一场，后秦兵折亦多，王来引军退回。嶷口吐鲜血，来报尹纬，说："田双英雄。"尹纬见折了一将，嶷又被打伤，急请伊详商议曰："如今田双如此英勇，如何可破？今日之事，非将军莫能敌也！而苻兵锐气正盛，吾兵新败，不可以力取。吾欲以计破之，用将军一行，方可成耳!"详曰："用何计，我万死不辞!"纬近详耳边说道："如此如此！可破苻登也!"详曰："我即依计而行。"言讫即出，作诈降书一封，差人去降苻登。

却说秦王苻登正坐中军，忽报山路中捉得奸细，言有机密事，特来求见大王，误被伏路军捉来，道乞退左右，方敢呈书。秦王登尽叫帐下人退避了，其人曰："小人是伊详手下心腹人，蒙本官差遣，有书在身上。"苻登命急忙去其绳索，其人于贴肉衣领内，拆出密书，苻登看其书云：

马牧伊详百拜，谨上大秦王陛下：念臣食秦禄，守秦西州，叨窃厚恩，无门可报。昨者误从姚苌之叛，陷身于不义之中。苌今已死，子兴复位，宠信尹纬之愬，忘却小臣之功。今幸陛下御驾亲征，敬奉此书来降，乞赐听纳。来晚详举火为号，先烧尽姚兴粮草，至晚陛下亲提大军来击，臣等以兵内应，则姚兴成擒矣。非欲立功报国,实欲赎罪。倘沭照察,速须来命。

秦王苻登看书毕,喜曰:“是天使吾成功矣!”赏其来人。吩咐依期会合,不可有失。使人去了,乃唤田双、王成等进内商议。秦王登曰:“今伊详暗献密书,举火为号,令朕接应,卿可整备军马,来夜前去。”王成曰:“尹纬多谋,能使用人,恐防其中有诈。”秦王登曰:“姚兴宠用详,朕亦不信,今反亲任尹纬,伊详安肯听其使令?卿等勿多有此疑心,朕自披挂,当先应敌。”于是二人不敢违命,即出点兵。

却说使人回报伊详,称说来晚苻登以兵来应。伊详将其言来达尹纬,尹纬喜曰:“苻登成擒矣!”遂唤廖嶷、王来二人至,曰:“你二人可引二万军伏于山南左右交牙谷中,待苻兵过了,可出搬木石,垒断苻兵归路,就将此兵掩回。”又谓伊详曰:“公引一万兵,伏于山傍,放火以诱其兵,其兵若到,乘时杀之。”又唤小将刘其至曰:“你可引兵五千,待苻兵败,回至山南放火,烧其林木,彼兵自乱,吾以兵追捉苻登。”计议已定,诸将各自整点军马,依计而行。

次日黄昏左侧,秦王苻登留太子苻崇,以兵五千守寨。自与王成、田双以兵五万,至一更起行。及至半路,望见前面尹纬寨中,火光冲天而起。秦王登曰:“可速行到寨。”因此五万人马,赶至寨前,鼓噪杀入寨中,不见一人出来,只是一个空寨。登惊说:“中计了!火速退兵!”忽听得一声炮响,寨后伊详引兵杀出,正遇田双交马便战,未有十合,田双败走。苻登在先,领兵走还原路,至山南。却见山上火起,烧着林木,苻兵乱窜。被刘其以五千兵乘势杀出,杀死苻兵大半。苻登慌了,单骑走至交牙谷,路皆垒断了,只得再杀回来。廖嶷、王成从谷内两边杀出,田双紧跟保定而走。又遇尹纬大军拥至,田双舞刀直奔尹纬。尹纬持枪相迎,两马相交,战不十合,田双惊慌,措手不及,被尹纬刺杀于马下。苻登拍马冲走,被伊详背后一箭,正中后心,落于马下,被尹纬赶至,擒住苻登,押回大寨缚住。战至天明,苻登大兵尽皆被他一阵杀了,只走了王成。尹纬将秦王苻登押至大寨,来见后秦王姚兴。姚兴传旨,押出军门斩之。尹纬方出传令收军,屯于泾阳,犒劳六军。

却说王成见苻兵被杀过半,料必难以抵敌,乃上山越岭而回自寨,保太子苻崇走回汉中城。闻秦王登被执杀之,王成恐众散去,乃立苻崇为秦王,即皇帝大位,以安众心。由此士民归之,军将未散。却说后秦王姚兴使尹纬以兵过山南来,不见苻兵,乃是空寨,回奏后秦王姚兴。姚兴传令收军振旅,复还长安。群臣上贺,立姚兴为后秦王,改元皇初元年。

三河王吕光以秃发乌孤为河西都统。乌孤本鲜卑别种,与拓跋同一祖,后徙河西。乌孤雄勇有大志,与大将纷陁谋取凉州。纷陁曰:“公必欲得凉州,宜先务农讲武,礼贤修政,然后可也。”乌孤从之。吕光遣使拜乌孤为鲜卑大都统,群下皆曰:“吾士马众多,何为属人?”石直若留曰:“吾根本未固,大小非敌,不如受以骄之矣。待衅而动,则凉州可得也。”乌孤乃受之。

却说秦、河二州牧乞伏国仁身死,其弟乾归自立为凉王。闻秦王苻登既死,其子苻崇即位于汉中,乃率部下五万大军,来攻汉中城。王成忙率兵五千出城共战,交马一合，王成被乾归斩于马下，余兵溃乱。苻崇见王成死了，自以禁兵出城拒之，与乾归交锋，亦未上十合，秦王崇被乾归斩之，杀散残兵，乃领众出城。于是临因之地，尽属乾归。乾归始自立为西秦王，改元太初元年。

乙未二十年，时会稽王道子专权奢纵。赵牙、茹千秋皆捕贼之吏也，俱以谄赂得进。道子以牙为郡守，千秋为参军。牙为道子开东第，凿山穿池，工用巨万。帝尝幸其第，谓道子曰："府内有山甚善，然修饰太过。"道子无以对。道子惧帝，谓牙曰："上若知此非人力所为，汝当必死。"牙曰："公在，牙何敢死?"营作弥笃。千秋卖官，招兵聚货累亿，傅平令闻人奭上疏言之，帝益恶道子，而逼于太后，不忍废黜。帝乃擢王恭、殷仲堪、王珣、王雅等，使居内外要任以防之。道子亦引王国宝、王绪为心腹。由是朋党竞起，无复向日友爱之欢矣。太后每和解之。徐邈言于帝曰："汉文明主，犹悔淮南，会稽王虽有酣媟之累，宜加和好，以慰太后之心。"帝然之，又委任道子如故。

第二八〇回　慕容垂举兵伐魏

却说北魏王拓跋珪大集文武，商议安内之策。当叔孙建曰："安内之策，莫若富国强兵，则敌自服，而内始安。今国内狭隘，兵卒十万，粮无支年，若欲安内，必须叛燕，侵取附寨诸部，方可聚兵。"魏王珪曰："然！奈国内无良将堪领大兵，而行攻讨。"建曰："臣举一人，气度魁杰，武力绝伦，常用丈八蛇矛，每嫌细短，后令匠人大做之，犹嫌其轻，复辍大铃于刀下。其弓力倍加常人，常以矛刺人，遂贯而高举。又常以一手插矛于地，驰马伪退，敌人争取拔不能，彼引弓射之，一矢连射二三人，人皆怕之。每从先帝征讨，先登陷阵，敌无众寡，莫敢挡其锋。因此勇冠一时，乃陛下宗室、陈留王拓跋虔也。陛下若用此人为将，征讨诸部，无不克也。"魏王珪从之，宣陈留王拓跋虔至，谓曰："安平公叔孙建称卿有文武之才，荐卿为将，攻讨诸部，以兵五万，委卿前去征讨附近诸部。"拓跋虔曰："臣愿尽犬马之劳，前去攻讨诸部，不得其地，不敢生还。"言毕即出，点起军马，来犯燕境。

却说后燕王设朝，群臣奏知北代魏王拓跋珪谋叛，遣陈留王拓跋虔以兵五万犯境。燕王垂闻奏，即宣太子慕容宝、辽西王慕容农、赵王慕容麟至曰："今魏拓跋珪谋叛，以拓跋虔为将犯境，汝可率兵八万，自五原去伐魏王。"散骑常侍高湖谏曰："魏与燕世为婚姻，结好久矣。间以求马不获而留其弟，曲在于我矣，奈何遽击之？拓跋珪勇而有谋，幼历艰难，兵精马壮，未易敌也。太子年少气壮，必小魏而易之，万一不如所欲，伤将损兵，愿陛下察之！"垂怒，免湖之官，即日令慕容宝等领兵起行。

斯时魏王珪闻知，乃问僚佐。张兖言于珪曰："燕狃于屡胜，有轻我心，宜羸形以骄之，乃可克也。"珪遂从之，悉徙部落畜产，日渡河千余里以避之。燕军至五原，降魏别部三万余家，收穄田百余万斛，进军临河，造船为济具。

第二八一回　太子宝败参合陂

九月，魏王珪进军临河，燕太子宝列兵造船将济，风吹其船泊南岸，是此难以进攻。魏王遣军，获其甲士三百余人，皆释而遣之。

初，宝之发中山也，燕王垂已有疾病，既至五原，魏王珪使人邀截中山之路，不与通其往来。忽垂遣人持书送来，被魏王珪之人将其使者执之。宝遂数月不闻垂之起居。魏王珪使所执之使者，临河告之曰："若父已死，何不早归?"宝等忧恐，士卒骇动，宝即传令暂且退兵。魏王珪探知，使洛阳公遵以七万兵追燕军之后。

十月，燕太子宝令军烧船夜遁，是时河冰未结，宝以魏军必不能渡河，不设斥堠。十一月，暴风，冰合。闻宝兵退，珪乃引兵济河，选精锐三万余骑，急追之。

燕军至参合陂，有大风，黑气如堤，自军后来，临覆军上。沙门支昙猛曰："魏军将至之候，宜遣兵御之。"宝不听，司徒德劝宝从之。宝乃遣赵王麟以兵三万居军之后，以备非常。麟乃以昙猛之言为妄，纵骑游猎，不复设备。

魏军日夜兼行，至参合陂西，燕军在陂东。魏王珪夜部分诸部，令士卒衔枚束马口潜进。旦日登山，下临燕营，燕军大惊扰乱，珪纵兵直入燕营，鼓噪喧天。

燕兵大乱，慕容宝大怒，指挥大小三军，尽力一齐死战。时宝自掣刀在手，引数百骑在后掠阵。却才两军相合，忽然燕军阵后西南上数百面战鼓齐鸣，宝分后军迎之。只见张兖一军从西南上悄悄地杀来，燕军大乱，魏兵从后杀来，慕容宝急忙退回。四下魏兵前后掩杀，燕兵大败，慕容宝慌忙退回本寨，其寨已先被叔孙建引兵从后路抄入，夺去诸寨，以兵杀出。因此燕兵无营，心慌自乱，四下受敌，不能抵挡，军皆溃散。慕容宝急唤慕容麟引水军，一齐上岸步战。时正遇着叔孙建，交马十合，麟遮掩不住，慕容农引兵助战，张兖一见，持枪来迎。兖显平生气力，杀退慕容农。慕容麟见慕容农败，不敢恋战，二人合兵，保着太子慕容宝走回水寨。旱寨之兵都被魏兵杀尽，水军亦逃一半。

当时慕容农上言于宝曰："今旱寨已失，水军逃散，难以与敌。不如乘其未定，尽烧战船，领水军步走，否则成擒。"宝从之，将战船尽行放火烧讫，引水军上岸，漏夜步走。至西平，忽然前军喊起，慕容宝与慕容麟、慕容农三人，拍马奔阵，正遇魏将陈留王拓跋虔，以兵阻路，三人各以兵器来战拓跋虔。拓跋虔抖擞精神，全无惧怯，独战三将，三将只好遮拦。正战间，后面大兵赶至，因此燕兵大乱，各自逃生。慕容宝三人见自军奔溃，无心恋战，隔开军器，杀开血路，各自奔去。时燕军被魏兵杀死者万人，洛阳公遵还兵击其前，复擒四五万人，宝等单骑仅以身免。

珪欲释燕臣有才者用之，其余给衣粮放还，以招怀中州之人。中部大夫王建曰："燕众强盛，不如悉杀之，则国空虚，取之易。"珪从之，乃尽坑之而还。

慕容宝败回见垂，垂大怒，司徒德言于垂曰："彼以参合之捷，有轻太子心，宜及陛下神略以服之，不然将为后患。"垂乃练兵中山，以期明年举兵伐魏。

第二八二回　**燕王凿道去伐魏**

丙申二十一年闰二月，燕王垂留范阳王德守中山，自将兵十万，出外屯城。谓众将曰："前次太子宝以兵凿山从五原而入，至魏人有备。今吾以兵虚声从五原去，彼必尽屯兵守五原。吾以大兵密登逾青岭，经天门，凿通道，直指云中，先攻平城，出其不意，则珪可擒。"诸将曰："陛下神策，正合臣心。"言讫，垂命三军密逾青岭，凿山为道，直至云中，魏人不知。是时陈留王拓跋虔镇平城，不觉垂兵直至城下，措手不及，被垂身先攻城，将士齐登，力攻半日，攻陷平城。虔见燕兵强盛，单兵走回。是以魏兵败死，燕军尽收其部落而进。时魏王珪闻知，震怖欲走。诸部皆有二心，珪不知所适。

时，垂过参合陂，见积骸如山，问知是太子宝败死之兵，垂为之设祭。军士恸哭，声震山谷。垂惭愤呕血，由是发疾，至此愈笃。当慕容农至，上言曰："今悬军深入，其地无城，陛下龙体不安，倘敌兵拥至，何以拒迎？"

后燕王垂曰："卿可调六军，筑长城西北，据而待之，可保全也。"因是农调军筑城完毕，后燕王垂疾甚，领诸文武大军，还至上谷。

却说北魏王拓跋珪，闻知燕王垂亲提大军至平城西北，乃亦自提军十五万，来平城西北拒，军至平城，燕军已退。却说后燕王垂，其疾愈甚，召太子慕容宝、辽西王慕容农、赵王慕容麟入卧所，谓太子宝曰："吾命将尽，不能复起，我死之后，不可发丧，缓缓而退，魏兵不敢追赶。"又谓农等曰："朕今不幸，在此而亡，汝等公卿大臣，都要依吾平日法度行之，不可改易，吾所用之人，不可废黜。汝等善事太子，各宜尽忠荩之志，休怀不义之心。"又谓太子宝曰："火速还都，不宜延滞。"言讫而薨。慕容垂在位十三年，寿七十一，在此而薨。太子慕容宝依垂之言，秘丧不发，收敛入棺，传令缓缓而退。

魏王珪疑其无故而退，必然有计，因此不追，引兵而还。至四月初旬，宝全军回至中山城，始举哀发丧。丧事毕，群臣立慕容宝即皇帝大位，国号大燕，改元永康元年。

第二八三回　燕太子慕容宝立

初，燕王垂先段氏生子令、宝，后段氏生子朗、鉴，爱诸姬子麟、农、隆、柔、熙。宝初为太子，有美称，已而荒怠，中外失望。后段氏尝言于垂曰："今国步多艰，太子非有济世之才也。辽西、高阳二王，陛下之贤子，宜择一人，付以大业。赵王麟奸诈强愎，必为国患，宜早图之。"宝善事垂左右，左右多誉之者，故垂以为贤，谓后段氏曰："汝欲使我为晋献公乎？"段氏泣而退，告其妹范阳王妃曰："太子不才，天下所知，吾为社稷言之，主上乃以吾为骊姬，何其哀哉！太子必丧社稷，范阳王有非常器度，若燕祚未尽，其在王乎？"宝、麟闻而恨之。至是宝使麟谓段氏曰："宜早自裁，以全段宗。"段氏怒曰："汝兄弟不难逼弑其母，况能守先业乎？且吾岂爱死，但念国亡不久耳！"遂自杀。宝、麟以段氏谋废嫡统，无太后道，不宜成丧。中书令眭邃扬言于朝曰："子无废母之礼，汉安思阎后亲废顺帝，犹得配享太庙，况先后暧昧之言乎？"乃成丧。

却说后秦给事古成诜，风韵秀雅，确然不群，每以天下是非以为己任。时京兆尹韦高居母丧，慕阮藉之为人，无哀作乐，饮酒弹琴。诜闻之而泣曰："父母之恩，厚重天地，无以报德，反此乱伦？吾当以私刃斩此不孝之子，以崇风教之明！"遂持剑欲来杀高。高闻惧，逃匿，终身不敢见诜。后秦王兴闻知，擢为黄门侍郎。六月，三河王吕光自即皇帝大位，以世子吕绍为太子，国号大凉，改元龙飞元年。置百官，遣使拜秃发乌孤为益州牧。乌孤谓使者曰："吕王诸子贪淫，三甥暴虐，远近悉怨，吾安可违百姓之心，受不义之名乎？"留其鼓吹羽仪，谢而遣之，不受其命。

第二八四回　孝武暴崩立太子

却说北魏左司马许谦，上言于魏王拓跋珪曰：“臣近闻凤凰来仪，蛟龙出见，此乃大王之德，故有此瑞也。今大王德比唐虞，明方文武，可即皇帝大位，以安士民。”群臣皆曰：“司君之言是也。”于是魏王珪从之，称尊号，遂即皇帝位，国号大魏，改元皇始元年。始建天子旌旗，出警入跸，加封大臣。

却说晋孝武帝秋九月，起造清暑殿居之，始为长夜之饮。太史令奏：“长星见，国将亡。”孝武帝心甚恶之，乃入华林园，举酒对天，祝之曰：“长星长星，劝汝一杯酒，自古宁有万岁天子耶?”是时，太白连年经天，地震水旱，灾异屡变，孝武不以为意，不能改也。时帝嗜酒荒淫，内殿外人罕得进见。张贵人宠冠后宫，时年近三十，帝戏之曰：“汝以年亦当废也，吾意欲更属少者。”已而醉寝清暑殿，贵人使婢以被蒙帝面而弑之，重赂左右，谓帝暴疾崩。

时太子暗弱，会稽王道子昏荒，遂不复推问。王国宝夜叩禁门，欲入内殿，王爽侍中曰：“大行晏驾，皇太子未至，敢入者斩!”国宝，乃王爽之弟也。帝既崩，太子入内，与群臣发丧，殡葬山陵。孝武帝在位二十一年，寿三十五而暴崩。太子即位，道子进位太傅、扬州牧、假黄钺。太子幼而不慧，口不能言，至于寒暑饥饱，亦不能辨，饮食寝兴，皆非己出。母弟琅玡王德文常侍左右，为之调度。

初，国宝党附道子，骄纵不法，武帝恶之。国宝惧，遂更媚于帝，道子大怒，以剑掷之。及帝崩，国宝复事道子，同王绪共为邪谋。道子又倚为心腹，遂兼管朝权，威震内外。王恭入赴山陵，每正色直言，道子惮之，深布心腹。而王恭每及政时，辄厉声色，道子遂欲图之，朝臣劝恭诛国宝。王珣曰：“彼罪逆未彰，今先事而发，必失朝野之望者。其不改，恶布天下，然后顺众必除之，亦无不济也。”恭乃止。既而谓珣曰：“比来视君，一似胡广。”珣曰：“王陵廷争，陈平缄默，且问岁晏何如耳?”王陵与王恭还镇，谓道子曰：“主上谅暗，冢宰之任，伊、周所难，惟大王亲万机，纳直言，放郑声，远佞人。”国宝等愈惧。

第二八五回　魏王举兵大伐燕

却说魏王珪潜使叔孙建、于栗磾以兵五千，先去开韩信故道。自率大军共四十万，南出马邑，大举来讨后燕王慕容宝。旌旗络绎二千余里，鼓行而前，人马皆惊。军至界首，始传诏右将军封真引兵二万，从东道袭幽州。真得诏，领兵望东道而去。九月戊午，魏大军至阳曲。魏王引诸将上西山，观晋阳不远，即下山大驱军马进发。

后燕并州牧、辽西王慕容农使人打探，闻魏王珪起倾国之兵五十万，从晋阳而来。慕容农大惊，乃引众出战，不胜，弃城走还中山。

魏王珪率兵入屯并州。至冬十一月，驱兵又行，大军已至真定。真定守宰陈人皆出投降，益助粮草。魏王军威势大，闻者皆惊。自常山以东，守宰或弃城奔窜，或诣军门拜投，因之燕之诸郡，皆望风附魏。惟中山、邺、信都三城不下，为燕死守。时天寒冷，魏王传诏，令六军权屯休进，以待来春。因此诸军皆据城而屯住。魏王珪军至晋阳，慕容农以兵出，与魏军战，败，投奔司马慕舆嵩。司马慕舆嵩私降于魏，闭门拒农。农大泣，遂东走还，魏获其妻子，燕军尽没。农独与三骑逃回中山，魏遂取并州。初建台省，置刺史、尚书郎以下官，悉用儒生为之。故凡士大夫诣军门者，皆引入存慰，使人人尽言，少有才用，咸加擢叙。以张恂等为诸郡守，招抚离散，劝课农桑。

燕王宝闻魏军将至，与百官议于东堂。苻谟曰："魏军势大，若纵之直入，则吾军不能敌也，宜据险以拒之。"眭邃曰："魏多骑兵，马上赍粮，不过旬日。宜令郡县聚民千家为一堡，清野以待之，彼不过六旬，食尽自退而走矣。"封懿曰："魏兵数十万，民虽筑堡，不能自固，是以聚兵及粮以资之也。且动摇民心，示之以弱，不如阻关拒战。"赵王麟曰："魏锋不可当，宜先守中山，待其敝而乘之。"于是宝命修城积粟，为持久之备。悉以军事委麟拒魏。

初，魏王珪使冠军将军于栗磾，潜从晋阳开韩信故道，自井陉趋中山，进攻常山，拔之，郡县皆降。惟中山、邺、信都三城为燕守，珪命东平公仪攻邺，冠军王建攻信都，珪自进攻中山。既而谓诸将曰："中山城固，急攻则伤士，久围则费粮，不如先取信都，然后图之。"乃引兵而南，军于鲁口。高阳太守崔宏不敢出拒，奔走海渚。珪素闻其名，使吏兵追获，以为黄门侍郎，与张兖对掌机要，创立法度，制律令。屈遵降，以为中书令，出纳号令，兼总文诰。

却说魏东平王拓跋仪奉珪令，以兵二万来攻邺。燕范阳王慕容德曰："敌众我寡，彼强我弱，何以迎敌？"诸将曰："拓跋仪自入吾境，屡获大胜，必谓吾不敢动。仪来远涉艰难，士卒疲病，可选精锐，夜攻击之，可擒仪矣。"德然其计，使南安王慕容青等以兵一万五千人，去击魏兵。至更，仪兵至邺北十里内，正安营，青兵驰入混战。魏兵大乱，自相践踏，杀死者五六千人。仪大败走还。魏东平王仪，既攻邺，被燕范阳王德使南安王青等，夜攻破之，以军远屯新城。青等使人请添兵追击之。别驾韩谆曰："古人先计而后战，魏军不可击者四：悬军远客，利在野战，一也；深入近畿，屯兵死地，二也；前锋既败，后阵方固，三也；彼众我寡，不敌，四也。我军自战其地，动而不胜，众心难定，城隍未修，敌来无备，不如深沟高垒以自固，待其师老，然后击之。”

德从之，召青等引兵还城。

丁酉正月，晋帝加冠军王珣为尚书令，王国宝为左仆射。

二月，魏贺讷闻仪兵败，遣弟赖卢率兵二万来会东平公仪攻邺。赖卢自以王舅，不受仪节度。仪司马丁建阴遣人与燕通，建从内而间之，因此二人不和。会赖卢营失火，建乘间谓仪曰：“赖卢烧营为变矣。”仪惧，遂引兵而退，赖卢亦退。建率众来见德降燕，且言仪师老可击。于是范阳王德以兵漏夜追击，仪兵大败，十损其七，退屯别地。

三月，魏王珪诏令大军并进攻中山，使冠军将军王建、左军将军李粟率兵五万，去攻信都。又使东平公拓跋仪率兵五万，复攻邺都。三将临行，魏王珪谓曰：“信、邺桑枣之木，乃生民之本，不可伤伐，留与养命。”三将得诏语，各领部兵，依诏前去。时中山饥甚，戊午日，魏大军至钜鹿之柏离坞。次二日，六军都至滹沱水，因雨大不堪进兵，就傍岸安营。

却说后燕王慕容宝闻魏兵屯于滹沱水边，傍岸下营，急与文武商议。文武曰：“今吾闻魏军屯于滹沱水边，其势易攻，正当乘其劳顿，今晚领倾国之兵，去劫其营，攻其无备。彼退，又有水阻不能还，可令其三军尽为鱼矣，则拓跋珪亦成擒耳！”燕王宝曰：“此计甚妙。”于是燕王宝传诏令六军文武，俱各披挂，至夜去劫魏营。大军十万人，文武尽依计而行。

是夜，月明如昼，燕王宝以军二十万，俱各出城驱驰。将到魏营，燕王宝命鸣锣击鼓，喊杀连天，杀入魏营。魏兵果无准备，自乱混战，杀散。

魏王珪在中军，听得喊声大起，鼓噪喧天，知是燕兵劫寨，急忙起来，不及衣冠，蓬头跣足，亲自击鼓，聚集众将。俄而左右及诸军将士稍集，传令张兖排设奇阵，点起火把，高照营内。张兖、叔孙建等分头纵骑冲出，正遇崔逞，交马一合，便把崔逞杀去。其余燕军，见有准备，俱各乱退，不分队伍，被魏王挥兵掩杀，杀得燕兵都弃刀枪，各自逃生，燕兵大败。燕王宝收军，走还中山。魏王珪六军获得器械十数万，捉得崔逞、闵亮二人，二人请降，魏王赦之而受其降。

初，燕清河王会表求赴国难而无行意，遣将军库傉官伟、余崇将兵五千为前锋。伟屯兵卢龙近百日，会不发，崇等不敢行。燕王宝怒，使人切责之，会不得已，以治行简练为名，复留月余。伟使轻军前行通道，且张声势，诸将皆畏避不欲行。余崇奋言曰：“今巨寇滔天，京都危迫，匹夫犹思致命以救君父，诸君荷国宠任，而更惜生乎？若社稷倾覆，臣节不守，死有余辱。诸君安居于此，崇请当之。”伟给步骑五百人。崇至渔阳，遇魏兵，击却之，众心稍振。会始乃上道，至是月，始达蓟城。

魏王围中山既久，城中将士皆欲出战。高阳王隆曰：“拓跋珪虽获小利，然屯兵经年，士马损伤大半，人心思归，诸部离散。若因我之逸，乘彼之衰，往无不克。如持重不决，将士气丧，事久变生，虽欲用之，不可得也。”宝然之，独赵王麟每阻其议。隆成列而罢者数四。众大恨麟，麟以兵劫北地王精，使率禁兵杀宝，精以义却之。麟怒，杀精，出奔西山，依丁零余众，于是城中震骇。宝恐麟夺，合军据龙城，乃召隆及辽西王农，谋走保龙城。隆曰："今欲北迁，亦事之宜。然龙城地狭民贫，若以中国之用，取足于中，难望有助。若节用爱民，务农训兵，数年之中，公私充实。而赵、魏之间，厌苦寇暴，民思燕德，庶几返旆，克复故业；如其不能，则凭险固自守，亦足以优游养锐耳！"宝然之，遂夜与太子策及隆、农等，率万余骑出赴会军，城中无主，百姓惶惑。

魏王珪闻知宝走了，欲夜入城。将军王建志在掳掠，乃言恐士卒盗府库之物，请俟明旦，珪乃止。燕开封公详欲走，未行，城中立以为主，闭门拒守。魏王珪率众攻之不拔，使人临城谕之，士庶皆曰："群小无知，恐复如参合之众，故苟延旬月之命，是以不降耳。"魏王珪顾王建，大骂而唾其面，复令攻城。

第二八六回　燕王宝走奔龙城

至四月，魏军粮尽，魏王珪心甚忧之，而问崔逞曰：“目今军粮不继，卿有何计可办？”逞进言曰：“飞鸮食葚而改音，《诗》称其事，今此处甚多，陛下何不使六军取之，以充军食，可支数月耳！”魏王珪曰：“然！”于是传诏六军，速去收葚而食之。兵既收食，忽诸部大人长孙嵩等进言于魏王曰：“葚乃禽兽之食，人若久食必殂，陛下可禁六军勿食。”魏王珪疑崔逞侮慢，而不食则有饥色，欲纵军食之，恐久见殂，心犹豫间，崔逞又曰：“陛下可使六军及时收葚，过时则落尽无矣。”魏王珪怒曰：“内贼未平，兵众安可弃甲而收葚乎？”遂弗听。使人诏东平公仪领军还钜鹿。

却说慕容详被困于中山，城中粮尽，遂问于众文武，文武曰：“臣闻魏人军粮亦尽，不久必去，去则可令附近人运之。”时燕王宝走出中山，清河王会率骑兵三万，迎于荆南。宝怪会有恨色，遂将其兵分给辽西王农及高阳王隆，尽徙蓟中府库，北趋龙城石河。珪引兵一万追之，及宝于夏莫泽，会整阵与战。农、隆等将南来一千余骑冲之，魏兵大败。农追下百余里，隆谓阳璆曰：“中山积兵数万，不得以展吾志，今日之捷，令人遗恨。”因慷慨流涕。

会既败魏兵，含恨滋甚。隆屡训责，会益忿怒，遂谋为作乱。宝闻之，密谓农、隆曰：“观道通志趣，必反无疑，宜早除之。”农、隆曰：“会远赴国难，逆状未彰而遽杀之，岂独伤父子之恩，亦甚大损威望。”会闻之益惧，夜遣人数百袭杀隆于帐下，慕容农被重创不能起。宝欲讨会，乃佯为好言以安之，计以明日召群臣食宴而杀会。会果至就坐，宝目慕舆滕，滕即起拔刀刺会，伤首不死，走赴其军，勒兵攻宝。宝率数百骑驰走龙城，会引兵追至城下，城中将士皆愤怒，宝令出战，大破之。侍御郎高云复夜率兵击之，会众溃奔中山，入见慕容详，详问其故，令人杀之。于是宝以云为将军，养以为子。云，高句丽之支属也，云遂尽心事宝。时凉王吕光以西秦王乾归数反覆，令吕延、吕纂举兵伐之。西秦群臣大惧，请东走成纪，乾归曰：“军之胜败，在于巧拙，不在众寡。光兵众而无法，弟延勇而无谋，不足惮也。且其精兵尽在延所，延死，光自走矣。”光军长驱，遣弟太原公吕纂攻金城，天水公吕延攻临洮、武始、河关，皆克之。乾归计使百姓哄延兵曰：“乾归闻将军兵至，其众溃走，去奔成纪矣。”延信，欲轻骑追之，司马耿稚谏曰：“乾归勇略过人，安肯望风自溃？且告者视高色动，殆必有奸。宜整军而前，使步骑相属，俟诸军毕进，然后攻之，无不克矣。”延曰：“此事是实，君休疑心。”言讫，引兵百追之，与乾归遇。延与归对阵，两下交锋，不上数合，延被归斩于马下，其众败走。吕光闻延已死，遂大惊，引兵走还姑臧去了不出。

第二八七回　蒙逊结盟报父仇

初，张掖卢水胡沮渠罗仇，乃匈奴沮渠王之后也，世为部帅，凉王吕光以为尚书。及吕延败死，罗仇弟三河太守麹粥谓罗仇曰："主上荒耄信谗，今军败将死，正是猜忌智勇之时也。吾兄弟必不见容，不如勒兵向西平，出苕藋，振臂一呼，凉州不足定也。"

罗仇曰："吾家世以忠孝著于西土，宁使人负我，我不负人也。"已而，光果杀罗仇及麹粥。罗仇之弟子蒙逊，雄杰有策略，通经史，收其父丧归葬。会者一万余人送丧。蒙逊哭谓众曰："吕主无道，多杀不义，今欲兴兵雪吾父之仇，复上世之业，何如？"众称万岁。蒙逊遂结盟，从此起兵聚二万人，攻凉临松郡，拔之，乃以兵众屯据金山城。

凉王吕光闻蒙逊谋叛，使吕纂将兵一万七千，击沮渠蒙逊，蒙逊破之。蒙逊从兄男成，亦攻建康，遣使说太守段业曰："吕氏政衰，人无容处，瓦解之形，昭然在目。府君奈何以盖世之才，欲立忠于垂亡之国？男成等既倡大义，欲屈府君拥临凉州，何如？"业许之，男成率众入城，尊业为凉州牧、建康公。业以男成为辅国将军，委以军国之任。蒙逊率众归降，业以为镇西将军。吕光命吕纂再讨之，不克，后为北凉。时吕纂与段业相持。

却说凉州太守郭黁善天文，国人信之。会荧惑守东井，谓仆射王详曰："凉之分野，将有大兵，吾欲与公同举大事，何如？"详从之，事泄，被诛，黁走据东苑以叛。凉王吕光大惧，遣人召太原公纂回兵讨之。纂将还，诸将曰："段业必蹑军后，宜潜师夜发。"纂曰："以业无雄才，凭城自守，若潜师夜发，适足以张其势气耳，不如告之，彼以为诈，必不敢出。"乃遣使告业曰："郭黁作乱，吾今返都，卿能决战，可早出城。"业果不敢出，于是纂全师而还。

纂司马杨统欲杀纂，而推其从兄杨桓为主，桓怒曰："吾为吕氏臣，安享其禄，危不能救，岂可复增其乱乎？吕氏若亡，吾为弘演矣。"桓不从，统遂走降黁。吕纂兵还攻之，大破之，乃得入姑臧。凉人张捷等招集戎夏三千人，据休屠城接黁，共推凉后将军杨轨为盟主，起兵为乱。

却说晋王国宝、王绪，依附会稽王道子，纳贿穷奢，不知纪极，恶王恭、殷仲堪，劝道子裁损其兵权。恭等缮甲勒兵，表请北伐。道子疑之来攻己，请帝下诏，以盛夏妨农，悉使解严。恭大怒，乃遣使与仲堪谋讨国宝等。桓玄亦以仕不得志，欲借仲堪之兵势以作乱。闻知王恭书来，乃说仲堪曰："惟患国宝相毙之不早耳！今既执大权，无不如志，若发诏征君，何以处之？"仲堪曰："计将安出？"玄曰："孝伯疾恶深至，宜潜与之约，兴晋阳之甲，以除君侧之恶。玄虽不肖，愿率荆楚豪杰荷戈先驱，此桓、文之勋也。"仲堪然之，乃出外与雍州刺史郗恢，内与从兄南蛮校尉殷仲觊、南郡相江绩谋之，觊曰："人臣当各守名分，朝廷是非，岂藩屏所得问？晋阳之甲，不敢预闻。"绩亦极言之不可。觊恐绩及祸，和解之。绩曰："大丈夫何至以死相胁耶？江仲元行年六十，但未获死所耳。”仲堪惮其坚正，正以杨佺期代之。朝廷闻之，征绩为御史中丞，觊遂以疾辞位。仲堪往省之曰：“兄病殊可忧。”觊曰：“我疾不过身死，汝病乃当灭门，宜深自爱，勿以我为念。”郗恢亦不肯从，仲堪心疑未决。会王恭使至，仲堪乃许之。恭甚喜，上表罪状国宝，举兵讨之。表至，内外戒严，国宝惧，不知所为，遣数百人戍竹里，夜遇风雨散归。王绪说国宝杀王珣、车胤，以除时杰，挟君以讨二藩。宝召车胤至，不敢害，更问计于珣，珣曰：“王、殷与卿素无深怨，所竞不过势利之间耳。”国宝曰：“彼将曹爽于我乎？”珣曰：“是何言欤？卿宁有爽之罪，孝伯岂宣帝之俦耶？”又问计于车胤，胤曰：“今朝廷遣军，恭必据守，若京口不拔，王、殷奄至，何以待之？”宝惧，遂上疏解职待罪。道子暗懦，欲求姑息，乃赐国宝死，斩头于市。遣使诣恭，恭乃罢兵还京口。仲堪初疑不敢从，闻国宝死，始抗表举兵，道子以书止之，仲堪乃还。

第二八八回　魏以甲子拔中山

却说魏王珪谓诸文武曰："慕容宝志不能立，乃出北遁。今众立慕容普陵为主，慕容麟必怀不忿之心。吾急攻之，彼必死守。目今吾军粮尽，不如暂还，去据南城，待其二子内乱，然后乘之而入，则二子成擒矣！"群臣曰："陛下圣策，非臣所能及也。既如此，宜即解围南还，以待其变。"魏王珪曰："贼人多谋，不可急离。可令灵寿领一军，朝夕耀武扬威，以示城内。"魏王珪引诸军退屯于南城。

时中山粮已尽，燕王慕容普陵心中大忧，乌丸部将军张让进计曰："今城中粮尽，百姓无食，大王可使饥民出城求降乞食。魏兵不备，臣以兵五千，从百姓中杀出，可破魏师也。"普陵从之，示告城中，令百姓饥者出降求食。张让开北门出，百姓一万人，手执降旗在先来降。灵寿不知是计，乃曰："吾知城中甚饥，百姓受苦，既来降者，不坏汝，汝可自去讨食。"于是百姓各散。俄而城内张让以五千人杀出，魏兵大乱，灵寿见兵出，急忙上马持枪，喝将军马摆开与战。二人交锋，不上二十余合，魏兵渐渐围裹将来。张让见魏兵围来，恐不能敌，将军器收了，骤马杀开一条血路，冲走出来，不敢复还本城，因此收军屯于北山，灵寿复兵围城。

却说慕容麟在西山使人探听中山消息，使人回报："燕王慕容宝北遁和龙，城中诸将立慕容普陵为燕王而守中山。魏王珪粮尽，令灵寿以五万兵围中山，自以大兵退屯南城。中山粮亦尽，慕容普陵使百姓诈降，遣张让以五千精兵，在百姓后杀出，攻其无备，兵少反被魏兵杀败，不敢入城，目今走屯北山。"麟大怒曰："普陵竖子，何敢妄自尊大而称号焉，吾必杀之！"大将丁零曰："目今张让以兵五千屯在北山，不如遣人召来，以十分恩义重抚之，令其顺主公，使其为前锋将军，叫开中山城门，先杀普陵，主公自为赵王，据中山，聚集三军，可破魏兵。"麟从之，曰："卿可代我为使，去召张让来归。"

丁零欣然领命，来至北山，谓张让曰："赵王麟现屯西山，闻将军在此，令某特请将军到寨，一同商议破魏，将军可即与吾同往。"张让曰："吾闻赵王出奔，何以还在西山？既然有召，我即领众同往。"言讫，遂以部下之兵，一同来至西山，入中军见赵王麟。麟出位接之，问劳毕，赐坐谓曰："将军乃关云长之俦，勇略俱全，吾有一事，相烦将军，共成大功，卿意云何？"让曰："臣久食燕禄，常思报效，既来遣臣，安敢推委？愿闻所使，万死不辞！"麟曰："普陵无知，妄自尊大，吾欲以兵诱开城门，杀此跋扈，非将军莫能。若将军肯为，其功实出将军之赐也！"让曰："殿下既主计此，臣惟命是从。臣今夜引兵在前，诱开城门，殿下可速引兵来应。"于是计议已定。

至夜，张让引兵先行，麟同丁零伏兵在后，悄悄抄城后东门，来至城下叫门。城上将士认得是张让兵还，乃急开城门，放让及军士一拥而入。麟、丁零伏兵杂于其中，一同进城。是夜，贺使大将丁零调兵守营，自以五千兵斩门而入后殿，至卧所，把普陵杀讫。次日，麟召文武集于朝堂谓曰："普陵妄自尊大，昨夜吾同张让兵还而入，已将杀之。今吾兄燕王不知何往,吾自权摄赵王之位,以拒魏兵。”群臣皆称万岁,曰:“愿从尊命!”于此慕容麟乃即大位,封赏功臣,以乌丸张让为大将军,以丁零为前将军,二人皆掌兵权。

是日,同诸文武商议守战之策,诸将皆曰:“今城中饥馑,柴米皆在城外诸邑所备,幸魏兵昨日自退而去,倘魏兵再来围住,内无粮草,外无救兵,士民振恐,恐其日久生变,乱则必被擒矣。不如乘其未至,以兵去据新市城,拒住魏兵之路,就食其城之粮,可保万全。”赵王麟曰:“汝等之计,正合朕心。”于是便与文武率三万五千兵出据新市城,以拒魏兵。

六月甲子晦日,灵寿退军来见魏王珪及说普陵被麟杀死而自立,目今以军出屯新市城。魏王珪闻说,慕容麟自即大位,以军屯新市而拒敌,遂令进兵攻之。当时太史令龟崇曰:“不可,容待旦日以进。”魏王珪曰:“如何不可?”崇曰:“昔纣以甲子日亡,先人谓之疾日,故兵家忌之,以为不吉,故不可进也。”魏王珪曰:“纣王以甲子日亡,而武王不以甲子日兴乎?”崇无以对,遂进兵。

至十月甲戌,军至义台,慕容麟率兵阻住去路。魏王珪使张兖出阵,慕容麟亦亲自出阵,两军混战。张兖与慕容麟二人交锋,在阵前大战,未上三十余合,慕容麟气力渐乏,只好架拦,因此收回军器,拍马便走。被魏王珪挥军大进,奋勇杀死燕兵二万余人,追下五十余里。麟势迫,退走去邺。次日,魏王珪催兵大进,攻拔中山城。珪兵遂入屯于城中,得燕府库财宝,颁赏诸将士。

第二八九回　慕容德称王滑台

戊戌二年正月，赵王慕容麟被魏军杀败，来至邺城，见叔范阳王慕容德。德问曰："闻你在义台与魏兵交锋，如何来此?"麟曰："魏兵势大，因此大败。见吾叔父，商议复仇。"德曰："吾此处兵少，亦不敢妄动。"正议之间，细作回报魏王珪亲率大军，将至邺境。德大惊，慕容麟曰："邺城不固，不如徙据滑台坚守之，待其师老粮尽，然后击之，可复业也。"德乃从之。即时领兵拥至黎阳，拘集船只，三军皆上船，欲南渡滑台。忽遇风暴，其船尽没，慕容德传令三军，依前上岸，因此无船过江。正在犹豫之间，忽有探马来报，魏兵将至，只隔五十里到此。慕容德与慕容麟二人，心中忧闷不悦，天色已晚，只得权屯岸边，正欲以待来早，讨集船只渡江。是夜，月白风清，江中流澌冻合。慕容德与慕容麟睡不安席，起来向江边一看，但见江水尽皆冻合成冰。德等大喜，拜谢天地，急忙传令三军，一齐踏冰渡江。德军过了，却好天明。魏兵及至，而其冰已消，因此德军逃得此难。魏兵闻说，皆曰："此天神助之也!"慕容德遂改黎阳名为天桥津，引众奔入滑台，屯扎军马，提调守城。魏王珪见慕容德走入滑台，乃来引众至邺城。

却说范阳王慕容德既至滑台，景星见于箕尾，白玉出于漳水，状若国玺，百姓拾得，将来呈上与慕容德。因是赵王慕容麟上言曰："今慕容宝虽袭大位，志不及于先人，而有将废之征。自叔父徙居滑台以来，天垂景象，地呈宝玉，流澌冻合，祥瑞屡见，此乃叔父之大德，是有吉兆以先应。叔父宜应先燕王故事，自继大位，可保燕祚可复。"慕容德曰："若为此事，是篡逆也。"麟曰："今慕容宝初立，士民不归，郡邑已失，为魏所有。叔父若不自立，待社稷倾覆，再复甚难。"于是慕容德自立为南燕王，遂改元燕平元年。

第二九〇回　燕兰汗谋乱燕室

初，燕人有自中山至龙城者，言拓跋珪衰弱，于是燕王宝欲复取中原，调兵悉集。至是闻中山已陷，乃命罢兵。辽西王农曰："迁都尚新，未可南征，宜因使师袭库莫奚，取其牛马，以充军资。"宝从之，北行渡浇洛水。会南燕王德遣使言珪西上，国中空虚，宜速起兵。宝大喜，即日诏诸军整顿，择日起行，去取长安。乃诸军苦役，不听自散。农及长乐王盛切谏，以为兵疲力弱，魏新得志，未可与敌。宝将从之，慕舆腾曰："今师众已集，宜独决圣心，乘机进取。"于是乃留太子盛统后事，以腾为前军，农为中军，宝自为后军，相去各一顷地，起行长安。

段速骨因众心嗟怨，后遂作乱，逼立高阳王隆之子崇为王。慕容宝将十余骑奔农营，报知农、腾。

农、腾不信，其部营兵亦厌役奔溃。于是燕王宝见众乱，乃奔走还龙城。燕尚书兰汗见燕王宝势孤，阴使人与段速骨等通谋，乃自引兵出营龙城之东屯扎。辽西王农不知其为乱，夜出赴之，被速骨将以巡城，招城上之兵来降。农素有忠节威名，城中恃以为强，忽见农在城下，无不惊哭丧气，遂皆逃溃，无人守城，速骨乃得入城，纵兵杀掠。燕王宝及长乐王盛等见乱，率轻骑南走。速骨以高阳王崇幼弱，欲更立农，崇党闻之，遂欲杀农。兰汗大怒，以兵袭击速骨，速骨不备，被执杀之。兰汗废崇职，以太子策承制行事。与部下将谋计，遣使迎宝及盛于蓟城。宝以为实，欲还，盛等曰："汗之忠诈未可知也！不如南就范阳王，合众以取冀州；若不能捷，徐归龙城未为晚也。"宝从之。行至黎阳，使中黄门令赵思去告范阳王。范阳王德令其使人奉迎归。

德已自称号王，德谋遣慕舆护率壮士数百人随赵思而北，声言迎卫，其实图之。赵思使人报知于宝，宝既遣思而闻德已称制，亦惧而北走。护至无所见，执思而归，德以其娴习典故，欲留而用之。思曰："犬马犹知恋主，思虽刑臣，乞还旧主。"德固留之，思怒曰："殿下亲则叔父，位则上公，不能率先群后以匡帝室，而幸根本之倾，为赵王伦之事，思虽不能如申包胥之存楚，犹慕龚君宾之不偷生于世也。"德斩之。

宝走至北，遣长乐王盛收兵冀州，行至钜鹿，说诸豪杰，皆愿起兵。会兰汗复遣使奉迎宝，宝以汗系燕王垂之舅，而盛妃之父也，请无他意，遂行。盛流涕固谏不听，盛乃与将军张真下道避匿。宝自去龙城四十里，汗使弟加难率五百骑入外邸而杀之，并杀太子策及王公将士百余人，自称昌黎王。

慕容盛闻知大哭，欲赴哀，张真止之休去。盛曰："我以穷投汗，汗性愚浅，必念婚姻，不忍杀我，旬月之间，足以展吾之志。"遂往见汗。汗妻兰氏、盛妃，皆涕泣请放盛，汗恻然哀之，乃舍盛于宫中，以为侍中，亲待如旧。汗兄堤骄狠荒淫，汗恶其无礼，盛因而间之，汗兄弟浸相嫌忌，遂不相睦。燕太原王慕容奇，乃慕容楷之子，兰汗之外孙也。汗以为将军长史，太子盛潜使奇逃出，起兵五千，来攻兰汗。汗得闻知，使仇泥慕将兵一万讨之。

是时龙城，自夏至于秋月不雨，汗日诣燕诸庙祷请，委罪加难。加难闻知怒，率所部兵一万五千来袭。汗使太子兰穆击破加难。加难闻之，刺杀汗、穆，而取大位。时穆果来攻破加难，还宴将士。盛因逾垣入东宫，与汗等聚集旧所卫兵三千人马，杀出东宫，来杀穆。诸军闻盛得出，皆呼跃争先杀汗。汗、穆被真斩之，内外欣然，士女相庆。盛告于太庙，因下令曰："赖列祖之德、文武之力，社稷幽而复显，不独孤以眇眇之身，挽回造化之权，凡在臣民，皆得明目当世。"遂大赦改元，以长乐王摄行统制，命慕容奇罢兵。奇生异心，遂不受命。盛大怒，勒兵三万，进至横渠。盛出击大破之，执奇赐死，于是龙城遂平。

南郡公桓玄遣人见会稽王，求为广州刺史。道子忌玄在荆州为患，因从之。桓玄受命为广州刺史而不行。

豫州刺史庾楷以道子割其四郡属王愉，上疏言："江州内地，而西北近戎，不时为寇，倘有急，军需不应，使愉分督四郡还他。"朝廷不许。楷怒，遣其子庾鸿谓王恭曰："尚之兄弟，复秉机权，欲削诸镇，宜早图之。"王恭乃以为然，遣人以告殷仲堪及桓玄。二人皆许之，推王恭为盟主，刻期各执兵同赴京师。司马刘牢之谏曰："会稽王道子，帝叔父也，而又当国秉政。卿为将军，戮其所爱，其深伏将军已多矣！顷所授任，虽未允惬，亦无大失，而割庾楷四郡以配王愉，于将军何损？晋阳之甲，岂可数兴乎？"王恭不从，上表请讨王愉、司马尚之兄弟。朝廷忧惧，内外戒严，道子不知所为，悉以事委世子元显，日饮醇酒而已。

元显聪敏，颇涉文义，志气果锐，以安危为己任。附之者，谓其英武，有明帝之风。仲堪闻恭举兵，亦勒兵趣发，悉以军事委南郡相杨佺期兄弟。期率舟师五千为前锋，桓玄次之，仲堪率精兵二万继后。佺期自以其先汉太尉震至父亮九世，皆以才德著名，矜其门第，谓江左莫及。而时流以其晚过江，婚宦失类，兄弟粗犷，每排抑之。佺期常以切齿，欲乘有事以逞其志，故亦赞成仲堪。八月，佺期及桓玄大兵奄至湓口，王愉无备，引众惶遽走奔临川，玄以兵追获之。

第二九一回　慕容盛复登燕位

己亥三年正月，燕王宝被尚书汗谋弑，太子慕容盛与张真等，谋复诛汗，龙城遂平。群臣复请太子慕容盛登基，国号大燕，改元建元元年。慕容盛既即皇帝位，次日大排宴，宴群臣于新昌殿，燕王盛谓诸文武曰："今日宴乐，诸卿各言其志，朕自览之。"斯时，盛初即大位，以威严骄下，暴戾少亲，多所猜忌，刑必就戮，文武莫有敢对者。兵部尚书丁信，年方十五岁，趋步进言曰："在上不骄，高而不危，臣之愿也。"燕王盛知其讽己，乃笑曰："丁尚书年少，安得长者之言乎?"于是文武各为乐饮，至晚罢散。

十一月，魏王珪领军进九门。时天行大疫，三军人马并牛羊等死者十之五六。群臣咸思北还，因上言曰："今天行时气，大疫流行，军民百姓死者将半，天时如此不利，不如退避其气。不然，军民尽死，得地者闲!"魏王珪曰："斯固天命，将若之何？四海之人，皆可与为国，在吾所以抚之耳！何患乎无人也?"因此群臣不复再言，遂引军入邺城，闻百姓有老病不能自存者，诏令郡县赈恤之。

魏王珪既入邺城，自与文武遍览宫殿，遂有定都其地之志，乃置行台，领众还来中山。中山之守戍兵，俱各溃散。魏王乃令众遂入中山城。珪谓诸将曰："今幸祖宗之灵，天地之佑，诸将之勇，文武之能，尽得燕之土地，朕欲与卿等北还，而恐山东有变。"群臣答曰："陛下可调将守之，万无一失。"魏王珪从之，乃于中山置行台，诏封东平公拓跋仪为卫王，总兵五万镇守中山。又诏使洛阳公遵总兵四万，镇渤海之合口。是月辛酉日，魏王珪车驾与众振旅还京，回至旧都。下诏有司，定议国号。群臣上曰："昔周秦以前，帝王居所生之土，及王天下，即承为号。今国家启基云代，应宜以代为号。"魏王珪曰："昔朕远祖，总驭幽都，控制遐国，虽践王位，未定九州。逮及朕躬，扫平中土，凶逆荡除，遐迩率服，仍宜先号为魏，不必再更。"于是复号为魏，群臣皆贺。次日率众还都平城。魏王诏令即营宫室，建宗庙，立社稷，正封畿，制郊甸，遣使循行郡国，举奏守宰，不法者魏王珪亲览察黜陟之。

十一月，魏王珪始登皇帝大位，改元为天兴元年。诏邓彦海典官制，立爵品，定律令，协音乐；诏仪曹郎中董谧撰郊庙、社稷、朝觐、飨宴之仪；诏三公郎中王德定律令，申科禁；诏太史令晁崇造浑仪，考天象；使吏部尚书崔宏总裁之。因是命朝野之人，皆要束发加帽，逆者罪焉。二月，高车聚三十余部落谋叛。魏王珪闻知，遣张兖以兵五万北巡，命诸将三道袭高车。高车兵少，畏战自溃，因此大破高车三十余部，获七万多口，马三千余万匹。卫王拓跋仪别将三万骑，追至绝漠千余里，又破其七部，诸部大震，各散，于是收兵还讫。

却说南凉王秃发乌孤集百僚，谓之曰："陇右、河西，本数郡之地，遭乱分裂至十余国。今欲取吕氏、乞伏、段氏，孰强？吾今欲取之，三者何先?"杨统曰："乞伏本吾部落，终当服从。段氏书生，无能为患，且结好于我，攻之不义。吕光衰耄，嗣子微弱，纂、弘虽有才而内相猜忌，若使浩亹、廉川乘虚迭出，彼必疲于奔命，不过三年，兵劳民困，则姑臧可图也。姑臧举，则二寇不待攻而服矣。”乌孤曰：“善！”遂从之。

初，秦王苻登之弟广，率众依南燕王慕容德。德受之，令其屯于乞活堡。至后燕势衰弱，乃自称秦王。时滑台孤弱，土无十城，众不过万，附德者多去附广。德大怒，乃留鲁王慕容和守其城，自率众五万去讨广。广无备，被德入堡，执广斩之。慕容和长史李辩见德去了，乃集党杀和，以滑台降于魏。魏王珪使行台尚书和跋率轻骑五千，自邺赴滑台。其城空虚，入城中，悉收德宫人府库财宝。当时陈、颍之人，多附于魏。

燕将军慕容云闻知有变，率众斩辨，众将士出迎德。德大惊，欲还攻滑台。韩范谏曰：“向也，魏为客，吾为主；今乃我为客，魏为主，人心危惧，不可以复战。不如先据一方，自立基本，乃图进取可也。”张华曰：“先取彭城为居。”潘聪曰：“彭城土旷人稀，平夷无险，且晋之旧镇，未易可取。又密迩江淮，夏秋多水，乘舟而战者吴之所长，我之所短也。青州沃野二千里，精兵十余万，左有负海之饶，右有山河之固。广固城，曹嶷所筑，地形险峻，三齐英杰思得明主，以立功于世久矣。晋刺史辟闾浑昔为燕臣，今宜遣辨士往说，而以大兵继其后；若其不服，取之如拾芥耳！既得其地，然后闭关养锐，伺隙而动，此乃是陛下之关中河内也。”德从之，于是德乃引师而南，兖州、北鄙诸郡县皆降，德选守宰以抚之。禁军士毋得掳掠财物，百姓大悦。

第二九二回　慕容德谋都广固

南燕王慕容德至兖州，正与诸将士议国事，忽然后燕王慕容盛遣使至，南燕王德召入问之。使人说曰："慕容宝已死，其子盛即位，闻陛下已立，故使臣来问意。"南燕王德谓文武曰："卿等前以社稷大计，劝吾摄政。今天方悔祸，嗣帝得还，吾将具驾奉迎，谢罪行阙，然后角巾私第，卿意以为何如？"慕容德至兖州，正与诸将士议国事，忽然后燕王慕容盛遣使至，南燕王其侍郎张华曰："天下非一人天下，有德者居之焉！陛下仁德日新，何用退让？"于是南燕王德大悦。次日，引师南迁，北鄙诸郡悉来归附。因是德僭即皇帝大位，改元为建平元年。

次日宴会群臣，南燕王德酣饮，笑谓群臣曰："朕虽寡德，恭己南面而朝诸侯，可方自古何等王也？"青州刺史鞠仲曰："陛下中兴之君，少康、光武之俦也。"南燕王德大悦，命左右赐鞠仲帛千匹。鞠仲辞曰："陛下登御之始，营建多般，留赏诸工，请存储库，臣不敢领。"燕王德曰："卿知调朕，朕不知调卿乎！何故推辞！"韩范进曰："臣闻天子无戏言，忠臣无敢妄对！今日之论，上下相欺，可谓君臣俱失也！"燕王德大悦，又赐韩范绢五十匹，因此忠言竞进，朝多直士矣。

旦日，燕王德与群臣出狩，幸齐城，登茔邱，望见一冢，因之问曰："甚人之冢？"群臣答曰："臣等不知，可问百姓。"德命左右去唤，百姓不敢入，使青州秀才晏谟入，燕王德问："甚人之冢？"谟对曰："乃大夫晏婴之冢！"燕王德顾谓近臣曰："礼，大夫不逼城葬，平仲古之贤人，达礼者也，而生居近市，死葬近城，岂有意乎？"晏谟对曰："孔子称臣先人贤则贤矣。平仲岂不知高其梁，丰其礼，盖政在家门，故俭以矫世，存居湫隘，卒岂择地而葬乎？所以不远城者，犹冀悟平生意也。"燕王德大悦，遂问谟以齐之山川丘陵、贤哲旧事。谟历对详辨，画地成图呈上。燕王德深嘉之，拜晏谟为尚书郎。燕王德因飨晏，乘高远瞩，请祭平仲。顾谓尚书曾邃曰："齐鲁固多君子，当晋全盛之时，接慎、巴生、淳于、邹田之徒，荫修檐，临清沼，驰朱轮，佩长剑，恣飞马之雄辞，奋谈天之逸辨，指挥则红紫成章，俯仰则丘陵成韵。至于今日，荒草颓坟，气消烟灭，永言千载，能不依然？"邃答曰："武王封比干之墓，汉祖祭信陵之坟，皆留心贤哲，每怀往事。陛下超出二主，泽及九泉，若使彼如有知，宁不衔荷？"于是德大悦，罢饮而驰还之。

南燕王德在兖州，遣使说幽刺史辟闾浑来降，而闾浑不从，使人回报浑不降。德命北地王慕容钟引步骑三千攻之。德自以兵进据琅玡，徐、兖之民，归附者十余万。渤海太守孚，燕之旧臣也，闻德至，出降。德大喜曰："孤得青州不为喜，喜得卿耳！"遂委以机密。浑守广固，其下多出降，浑惧奔魏，德以兵追斩之。浑子道、秀自诣德，请与父俱死。德曰："父虽不忠，而子能孝，特赦之！"浑参军张英为浑作檄，辞多不逊，德执而让之，英神色自若。徐曰："浑之有臣，犹韩信之有蒯通，通遇汉王而生，臣遇陛下而死，比之古人，窃为不幸耳！"德怒杀之，遂定都于广固。

九月，燕辽西太守李朗在郡十年，威行境内。盛疑之，累欲不赴。朗亦以家在龙城，未敢显叛。阴使人召魏兵，许以郡降，事觉，盛令兵五百灭朗族，使将军李旱讨之。旱既行，盛计使人急召还，数日而复遣之。郎闻其家被诛，拥三千余户，以自固拒旱。及闻旱还，谓盛有内变，不复设备。留其子守令支，自以数十骑迎魏师于北平。旱知，密以兵夜行晓伏，阴袭克令支，使人守之。自以兵追朗斩之，辽西遂平。

十月，会稽王世子元显性苛刻，生杀任意，发东土诸郡免奴为客者置京师，以充兵役，东土嚣然。孙恩因民心骚动，自海岛聚民二万来攻会稽。会稽内史王凝之，世奉天师道，不出兵，亦不设备，官属请讨之，凝之曰："我已请天师借鬼兵守诸要津，诸君不足虑也！"恩兵至，凝之无备，被恩遂陷会稽，杀凝之。于是八郡之人，一齐起兵，杀长史以应恩。旬日众至十万。时三吴承平日久，民不习战，郡县皆望风奔溃。恩据会稽，自称征东将军，号其党曰"长生人"。驱诸县令以食其妻子，不食则肢解之，所过焚掠，削木堙井。

第二九三回　孙恩聚众寇江南

话说琅玡人孙恩，字灵秀，世奉“五斗米道”。恩叔父孙泰，师事钱塘杜子恭，而子恭有秘术。有人以舟装载瓜游江湖卖，子恭问其人买瓜，就向瓜主借刀剖瓜。瓜主欲等取刀，子恭曰：“汝只管归去，当即送还耳。”瓜主始摇舟而别。行至嘉兴，忽有一尾大鱼跃入舟中。瓜主破鱼，见子恭所借之刀，在鱼腹中，其瓜主以子恭为神，往往如此。后子恭死，孙恩传得其术，然狡猾有小才，诳诱百姓。愚者敬之为神，皆竭其财产，进子女以祈福庆。会稽王道子闻知泰有异术，煽惑民心，恐其为乱，将泰诛之。孙恩逃出海滨，海滨之人，素闻孙泰之名，及恩至，众问之。孙恩以言惑众，谓其叔父孙泰蝉蜕登仙。众人信之，咸以财帛资给孙恩，财因是聚。恩招集亡命，志欲复仇，迨明年，众数十万，由此朝野骚动，士民震恐。

卢循谓恩曰：“今八郡军民响应者，谓将军能除君侧之恶，以解百姓之忧，故来归也。火速入朝上奏，数会稽王道子及其子元显之罪，请上诛之，则江南士民，尽命来归。”孙恩从之。

即使人入朝上表，使人人建康。次早黄门引入金銮，呈上表章，晋帝览其表曰：会稽王道子，叨窃尸素，荒废朝政。拜授之荣，皆非天朝；响刑之贷，婪入其门；毒赋年滋，悠民岁广。使先帝赐一醉于崇朝，飞千觞于长夜，致崩于宫人之暴也。犹不能避位逃身，以谢于天地，反私与子元显夺政位耶？既为政宰，宜进思尽忠王室，何可苛刻，生杀任意，不为理也！今晋天下，率土之滨，人皆切齿。故众推臣为首，起兵请诛元显父子也。诛此国贼，臣等入朝，待罪阙下！

晋帝览毕，喝退来使，与群臣商议起兵征讨。加会稽王司马道子为大将军，其子元显为中军将军，领兵守卫京师。

安帝即位以来，内外乖异，石头城以南，皆荆州所据，以西皆豫州所专，京口及江北，皆刘牢之及广陵相高雅所致，朝政所行，惟三吴而矣。今闻孙恩作乱入都，皆为恩有，畿内郡县，处处盗贼蜂起，建康士民，居而震恐。

第二九四回　刘裕落魄遇圣僧

却说宋高祖武皇帝，讳裕，字德舆，小名寄奴，乃彭城县绥舆里人。姓刘，是楚元王交二十一世孙也。彭城原是楚都，故留裔家焉。晋氏东迁徙讫，刘氏移居晋陵丹徒之京口里。裕夜生之时，神光照室，犹如白昼。及长，雄杰有大度，身长七尺六寸，风骨奇伟，仅识文字，不事廉隅小节，奉继母以孝闻。常卖履为业，好樗蒲，为乡闾所贱。独琅玡王谧见其奇伟，深相敬耳。是时裕已二十余岁，忽一日卖履，积有五日之粮，遂懒卖履，遂游京口之竹林寺闲要，偶因卧于讲堂之前。

却说竹林寺众僧会讲佛法，忽见讲堂毫光灿烂，僧人大惊，疑是火发，即忙呼集众僧，令去救火。此时众僧一发向前，来至讲堂救火，并不见火，只见刘裕在讲堂前卧下，上有五色龙光，火焰罩身。当时众僧叫醒刘裕，具说与知而贺曰："小僧尝闻龙穿七窍，真命天子；蛇穿五孔，五霸诸侯，今金龙护子之体，子非诸侯，必帝王也！"裕闻言甚喜，乃谢曰："上人无妄言，吾行止之时，尝见二小龙附翼，或樵渔山泽，亦曾同侣，何足为奇？山野庸夫，亦不敢望，禅师何过赞也？"言讫，众僧请裕饮茶，茶罢，裕遂辞僧回家。

至次日，灶下无柴，裕乃取斧担，往新洲上去伐荻。却说新洲土神，见刘寄奴落魄，宋祚当兴，乃化长蛇拦路，与之射伤，复变小童，传授金疮之药，乃稽其王者之兴。裕来至洲上，忽见大蛇长有数丈，在渚蟠屈。裕惊骇，以箭射之，蛇被箭伤，而遁入荻中。裕被吓亦归。至明日无柴，只得复往新洲去伐荻柴。及至洲上，忽闻荻中有杵臼之声，疑往观之，却见童子数人，皆青衣立于荻中捣药，裕怪问其故，童子答曰："我王为刘寄奴所伤，在此合散敷之。"裕惊，佯挑曰："汝王何不杀之？"童子应曰："寄奴乃王者，不死不可杀也。"裕笑叱之。童子皆散，忽然不见。裕乃收其药，认识之。返回家数日，将药往下邳去卖。

却说黄龙长老知天下之真主在于刘裕，是以化为沙门，在道俟裕，指与功名。

当裕卖履归来，遇见沙门，沙门谓裕曰："江表当乱，安之者其在君乎？君何行此？"裕曰："禅师之言，正合吾意。奈吾身有贱疾，不敢投伍。"沙门又问曰："君有何疾？吾教汝医！"裕曰："我少年有手疮，积年不愈，因是无力。"沙门曰："吾有黄药，与君可将敷之，必然得好也。"言讫，将药授裕，裕接了，沙门忽然不见。裕思半晌，疑必神助，乃拜谢天地回家。将沙门黄散敷之，一敷就愈，其手力更大，堪举千斤，因是将其余黄散及童子所遗之药宝藏之，后每遇金疮，敷之无有不愈。裕既得沙门之语，常怀在心。

晋隆安三年十一月，孙恩聚众据会稽作乱，劫掠郡县，有会稽附郡太守王德即忙写表，使人入朝奏知，求兵征讨，使人领命去了。

却说晋安帝设朝，只听得净鞭三下响，果然文武两班齐。只见文武百官，齐立丹墀，前八拜后八拜，中又八拜，三八二十四拜，扬尘舞蹈，山呼万岁。君臣礼毕，晋帝在座上言曰："卿各平身，有事出奏，无事退班。"于是群臣起立两边，忽黄门官引会稽使人直至金銮拜舞已毕,呈上表章。晋皇披表读讫大惊,谓使人曰:“汝宜星夜奔郡,令太守点兵,紧守城池,朕即发兵来应。”使人领命,拜辞出朝,即归去了。当时帝问群臣曰:“今奸贼作乱,谁敢与吾兴兵?”言未毕,群臣奏曰:“卫将军谢琰、前将军刘牢之,此二人智足多谋,陛下不如遣其前去征讨,必然收服。”帝闻奏,即宣谢琰、刘牢之二人至,谓曰:“会稽妖贼孙恩作乱,遣卿等前去收服,卿宜领兵。竭力得胜回朝,封赏不轻。”二人闻命即时谢恩,出朝领兵。放下珠帘,众文武各退班去了。

却说谢琰、刘牢之二人领兵十万欲行,缺少一个参军官,心下正自纳闷,忽部下军人出说曰:“吾乡中有一心腹之人,乃是楚元王交二十一世孙也,姓刘名裕,小字寄奴,原居京口。此人幼读兵书,长习武艺,有万夫不挡之勇。身长七尺,细眼长髯,胆量过人,机谋出众。笑齐桓、晋文无匡霸之才,论管仲、乐毅少纵横之策,治兵仿佛孙、吴,运筹平欺洛、灌。若将军这里少参军官,何不礼请他来,必然平服妖贼。”

牢之闻之大喜,就令军人以礼去请。军人得令,连夜上马来到京口,叩见刘裕,俱道:“妖贼孙恩作反,朝廷差卫将军谢琰、前将军刘牢之领兵前去征讨,二人令我前来,礼请足下为参军,一同去征。文书紧急,火速要行。”裕闻大喜,即时收拾行李,跟同军人上道,来至营前,忙引入军中,拜见刘牢之。牢之见裕身长七尺,相貌魁伟,面如碧玉,五绺长须垂于腹下。牢之心中大喜,即便优礼相待,与之谈论,应答如流,即拜为参军,裕亦喜之不胜。于是牢之传令三军,望会稽进发,不日来到会稽城东五十里,下住营寨。

第二九五回　**刘裕十骑破孙恩**

话说谢琰、刘牢之二人升帐，谓参军刘裕曰："汝可带十个精壮军人，去观贼虚实如何，回来报知，吾好引兵后进。"裕得令，引十人前行。行至二十余里，却遇孙恩引贼众五千余人，正来与牢之对阵，见了裕等十人，指挥擒捉。裕无奈，只得向十人曰："今日我等退走，必然被擒，若拼死往斗，或可杀贼，正好立功，各宜竭力。"言讫，各自奋勇杀进，正遇孙恩，遂与交战，一来一往，一上一下，战有三十余合，后贼众拥来，裕料众不敌，且战且走。贼众追来，十人皆死。裕犹独力拒恩，裕偶失足，坠于岸，贼众临岸欲下，被裕奋勇长刀乱砍，杀贼数人，贼众少却，裕乃得登岸，贼惊溃走。裕乃大呼逐之，贼众皆走，裕所杀伤者甚众。

却说刘牢之子刘敬宣，因见他父派裕引十人去探贼，久不见裕等回营，逆料裕等必为贼兵所困，乃禀明牢之，牢之命敬宣引兵前去探访。敬宣得令，领了大队人马前来寻裕，行至平山阳，望见贼众蜂拥乱窜，裕乃一人，经电迅雷前往追杀。敬宣与众军看见，无不惊骇叹息。敬宣遂挥军助击，大破之，斩获千余人，追下五十余里，敬宣方才鸣金收军，与裕一同回营。参见牢之，敬宣备述其故。牢之曰："公子神威，自古罕有，不惟破贼，吾一军皆生色矣！"遂重赏刘裕，犒劳三军，引兵进屯会稽。

初，孙恩闻八郡响应，谓其属曰："天下无复事矣！当与诸君朝服至建康。"既而闻牢之引兵济江，今与裕战不利，乃驱其众复逃入海岛去了。

却说荆州刺史殷仲堪，乃陈郡人，能清言，善属文。父病经年，仲堪衣不解带，执药挥泪，遂眇一目，旌表以孝，因是孝武帝召为太子中庶子，因问仲堪之目曰："卿患此者为谁？"仲堪流涕而起曰："臣进退维谷，甚为感愧。"帝谓仲堪曰："勿以己才，而笑不才。"帝甚敬之。仲堪一日出游江滨，忽见水上流一棺至，仲堪以为无主，命家人赴水收而取之而归。有日闻门前之沟，直起为岸，至夕有人来谒仲堪，自称曰："吾乃徐伯玄，向者感君之恩惠，无以报德也。"仲堪亦以礼待之。因问曰："仲堪门前之沟，又无大水流砂，自然填成为岸，君乃高士，必知其何祥也？"伯玄对曰："水中有岸，其名为洲，君将为州官耳！"言终，其岸复没，伯玄亦忽不见，仲堪心甚疑之。次日设朝，群臣保奏，孝武帝除殷仲堪为荆州刺史，命其去镇江陵。仲堪谢恩受职，辞帝赴任。孝武帝谓口："卿去有日，令人酸然，常谓汝为廊庙之宝，而忽为荆楚之珍，良以慨恨，使朕忧深！"仲堪曰："臣虽任外，无苟取民间一毫，以负陛下殊遇之恩，伏望陛下善保龙体，以重天下之望，毋劳怀臣之深。"仲堪为孝武帝所重，为此堪亦尽忠臣之心。

既至荆州，荆州连年水旱，百姓饥馑，仲堪食常五碗，盘无余肴，每食粒落席间，辄拾而啖之。虽欲惜物，亦缘其性直素，常语子弟曰："人见我受任方州，谓我豁平昔时意，今吾处之不易。贫者士之常，焉得登仕，而损其本，彼其存之矣！"

是时殷仲堪与桓玄不睦，恐桓玄起兵跋扈来攻，意欲先以兵去击。当有部将纪绅上言曰："不可！桓玄乃当世之英雄也。兼有襄阳之地，君与彼战，必不易图也。

吾闻江州刺史杨佺期，亦乃世之英杰，有一女，年方十三，未曾许配他人，今明公亦有长子，不曾结姻，何不使人求亲于佺期。期若肯许，必然树党结姻，以后起兵，两相夹攻，方可克胜。"堪曰："其计甚善。"于是从绅之计，即日遣使刘赞赍礼物，诣江州求亲。不一日来至江州，见了杨佺期，称说："殷仲堪敬慕将军，欲与将军结亲，特遣小将赍礼前来，求令爱为儿媳，永契秦晋之欢，将军意下如何？"佺期听了，沉思半晌，乃曰："殷先生几个儿子？"刘赞答曰："有二子，此是长子。"佺期意遂决，许之，即备筵宴，款待使人刘赞。赞出外整备财礼，送入府堂。

佺期受其礼物，乃留刘赞于馆驿安歇。至次日，备酬礼与刘赞。

赞星夜归见仲堪，说知允亲之事，堪乃大喜道曰："吾荆州无忧患矣。"却说南郡公桓玄，先计使人入朝，求为广州刺史，晋安帝从之。因是起兵谋叛，欲取荆州为家，遣奸细人前去探访虚实。闻知殷仲堪求亲于江州杨佺期为援，使人即回，将此报知。桓玄听讫大怒，即时点起军马五万，欲先取荆州，惧其有备，乃引兵杀奔江州，先攻佺期。杨佺期未知其来，慌忙引兵出城，两下排阵。阵完，杨佺期乃出阵前言曰："吾与公素无仇隙，何故起兵侵界？"玄高叫骂曰："尔与殷仲堪结亲树党，其意共欲图我，故我先来图尔。"言讫，便骤马挺枪，向期直刺，期亦舞刀出迎，二人战了三十余合，佺期气力不多，被玄便刺于马下。

玄杀败余兵，收军入城，出榜安民讫，安排牛酒，赏劳三军。乃下令曰："今江州虽破，还有荆州殷仲堪在，若使他得知，必引兵来攻我，百姓必危矣！不如乘其无备，来日便可先以兵攻之。诸将不许入舍，持三日粮去，直杀入城。"诸将曰："诺！"于是次日引兵一万，星夜杀奔荆州而来。

却说殷仲堪果然无备，被桓玄挥兵杀入城去。仲堪正坐府堂，闻左右说玄兵入城，遂吃惊不小。即时部下兵将，持刀杀出，正相遇着，与玄将冯该交战，不上五合，仲堪败阵而走。桓玄挥兵进衙，杀其家属，复出府堂，出榜安民，排宴犒赏诸将。玄克荆州，差其偏将该以兵追数日，生执仲堪杀之。玄既杀仲堪，遣人入朝上表，求领荆、江二州牧。使人得命带表即行，行数日来到朝廷。至次日具公服，在待漏院伺候。忽听得净鞭三下响，文武两班齐，晋帝设朝，使人乃直至丹墀，呈上表章。帝披览讫，颜色不悦，即以玄表示与群臣，群臣奏曰："桓玄跋扈，不可违其请也。"

于是帝降诏，命玄为荆州、江州二牧。使人得领诏旨，即还去了。珠帘放下，文武退班。却说使人回见桓玄，具说朝廷诏旨，命领荆、江二州牧之事。玄乃大喜，重赏使人，不在话下。初，杨佺期与殷仲堪结为婚姻，遗书与仲堪共图桓玄。堪多疑少决，苦禁止之，参军罗企生谓其弟遵生曰："殷侯仁而无断，必及难也。吾蒙知遇，义不可以去，必将死之。"是岁荆州大水，仲堪竭仓廪以赈饥民，玄欲乘其虚而伐之，乃发兵西上，仲堪部下将士皆出降玄，仲堪大惧，急引心腹数十人走出，被玄所执斩之。仲堪奉天师道，祈请鬼神，不吝财物，而啬于周济，好为小惠以悦人，病者自为诊脉分药，用计倚仗频密，而短于鉴略，故至于败。

仲堪之走，文武无送者也，惟罗企生从之，路经家门，弟遵生曰："今作如此分离，何可不一执手?”企生旋马授手,遵生牵下之曰:“家有老母,去将何之?”企生挥泪曰:“今日之事,我必死之,汝等奉养,不失孝道,一门之中,有忠与孝,亦复何恨?”遵生抱之愈急,遂不得去。及玄至荆州,士人无不诣玄者,企生独不往而管理仲堪葬事。玄使人谓企生曰:“若谢我,当释汝!”企生曰:“吾为荆州败不能救,尚何谢焉?”玄乃收之,复问:“欲何言?”企生曰:“从公乞一弟,以奉老母。”玄乃杀企生,而赦其弟。

第二九六回　凉王卒诫诸子和

却说凉王吕光疾甚，立太子吕绍为天王，自号太皇，以太原公吕纂为太尉，当山公吕弘为司徒。光谓太子绍曰："今三邻构隙，吾殁之后，使纂统六军，弘管朝政。汝恭己无为，委重二兄，庶几可济。若两相猜忌，则萧墙之变至矣。"又谓纂、弘曰："永业才非拨乱，直以立嫡有常，猥居元首。汝兄弟辑睦，则名流万世，若内自相图，则祸不旋踵。"弘、纂泣曰："儿不敢反！"

光卒，绍秘不发丧，纂排闼入哭，尽哀而出。绍惧，以位让之。纂不许，曰："陛下自宜保重。"光弟子吕超见吕弘恶狠，谓绍曰："纂为将积年，威震内外，临丧不哀，步高视远，必有异志，宜早除之。"绍曰："先帝言犹在耳，奈何违之？纵使图我，我视死如归，终不忍有此意也！"

弘闻知，谓纂曰："主上暗弱，未堪多难，况宜为社稷计，不可拘小节也。"弘、纂于是夜率壮士一千，攻广夏门。左将军齐从抽剑直前，砍纂中额，左右擒之。纂曰："义士也！勿杀！"吕超闻变，急率卒二千赴难，众素惮纂威，不战自溃。纂自入升殿，吕绍遂自杀。吕超见众散，逃奔广武。纂以弘兵强，以位让之，弘不受，纂乃即天王位。以弘为大都督、录尚书事。

纂叔父吕方，乃吕超之父，镇广武。纂遣使谓曰："吕超实忠臣，义勇可嘉，但不识权变之宜，方赖其用，可以此意谕之。"超遂上疏陈谢，纂乃复其爵位，相待如初。后凉王绍既自杀，因此吕纂遂自立为后凉王，后又自立为天王，国号大凉，改元咸德元年。

却说当山公吕弘，吕光之季子，与吕纂杀绍自立，恐己不为所容，乃起兵东苑，来攻吕纂。纂遣将军权德率兵出讨，德与吕弘交战，未上十合，弘众溃散，弘乃单骑奔外。吕弘之妻子，均被士卒夺去。是日，吕纂闻知权德大胜，吕弘败走，笑谓群臣曰："今日之战何如？"侍中房咎正色对曰："天祸凉室，衅起戚藩，虽弘自取夷灭，亦由陛下无棠棣之义。且弘妻，陛下之弟妇也；弘女，陛下之侄女也，奈何使无赖小人，辱为婢妾？天地神明，岂忍见此也！"言讫，乃歔欷流涕，凉王改容谢曰："是朕之过也，卿乃吾之直臣也！"于是召弘妻女及男女入居东宫，厚其抚养，将所辱弘妻之士卒斩之。

时弘走见叔父吕方，方见之大哭曰："天下甚宽，何为至此？"遂执吕弘送与吕纂，纂使力士拉杀之。

却说吕超不奉朝命，引兵五万，欲伐鲜卑思盘。思盘闻知大惊，与诸将商议，诸将曰："主公与后凉王自来无仇，必然是吕超擅自起兵。可使人星夜去见新王吕纂，愿称藩臣，以障凉国。被必抽回其兵，可保吾境无患矣。"思盘曰："卿言有理。"因是使人持书入姑臧，呈与凉王吕纂。纂览毕，始知吕超擅伐鲜卑，乃谓使人曰："吾还报与汝主知道，吾与汝国乃唇齿之邦，必无相攻之理。吕超起兵，朕实不知。朕即使人抽回其兵，从今和好如初，不须忧疑。汝急回白汝主，吾旦日请与超会面讲和，宜速来之。"使人得其意语,即归去讫。

凉王即使人往边,召吕超还朝,问曰:“鲜卑思盘与吾国无仇,如何擅伐,不待朕知?不看昔日功劳及先王之面,今朝必然斩你。从今以后,休得如此。”超惧,谢罪而出,来见兄右将军吕隆,隆曰:“吕纂谋逆,弑君自立,吾甚不平,无人帮附,待弟回来计议。今弟既回,必须杀此跛扈。”超曰:“来日吾即辞纂还广武城起兵来,汝可以兵内应,诛此不义。”隆曰:“汝去再来难定,吾闻吕纂旦日使人请鲜卑主思盘宴,必然大会群臣与弟。待其宴会时,吾自劝纂饮醉,弟可藏刀,侍于左右,将纂刺死,其余文武不敢逆耳。”超然之。

次日,吕纂果排宴大会群臣于内殿。纂日与超对饮,饮得大醉。吕隆又来劝酒,纂又饮,因此昏醉。被超利刃将纂杀之,因大叫群臣曰:“吕纂谋逆篡位,吾故杀之,与汝大臣无干。今将军吕隆有先人之志、汉祖之德,宜立袭位,汝等大臣所议何如?”群臣皆曰:“殿下乃太祖之弟,自宜即位,何必计议?”吕超曰:“吾因公杀此逆贼,吾若自取大位,却被天下人笑我篡位,汝诸大臣休忤吾意。”于是大臣扶吕隆上殿登座。吕隆推让吕超,至再至三,方始受位。诸大臣皆呼万岁,国号大凉,改元神鼎元年。

初,吕纂嗜酒好猎,太常杨颖尝谏之不悛,会超擅攻鲜卑思盘,纂命超及思盘入朝讲和。超惧,至姑臧,深自结于殿中监杜尚。纂见超责之曰:“卿恃兄弟桓势,乃敢欺朕,要当斩卿,天下乃定,吾不忍杀汝也!”因引超及思盘及群臣宴于内殿。超兄中领军隆数劝纂酒,纂醉,超取剑击杀之。纂后杨氏命禁兵讨之,杜尚止之,皆舍仗不战而散。超让位于隆,隆遂即天王位。以超都督中外、录尚书事。

杨后将出宫,超恐其挟珍宝,命索之,后曰:“尔兄弟不义,手刃相屠,我旦夕死人,又安用宝为?”超又问:“玉玺何在?”后曰:“已毁之矣!”后有美色,超将纳之,谓其父桓曰:“后若自杀,祸及卿宗。”桓以告后,后曰:“大人卖女与吕氏,是图富贵,一之已甚,其可再乎?”遂自杀。桓惧,奔走河西去了。

第二九七回　**李暠自称西凉王**

却说西凉王李暠，字玄盛，小名长生，陇西成纪人，汉前将军李广十六世孙。祖仕张轨，父早卒，遗腹生暠。暠少而好学，其性沉敏宽和，通涉经史，颇习武艺，诵孙、吴兵法。

尝与吕光太史令郭黁及其同母弟宋繇同宿，窘谓繇曰："君后当位极人臣，李君有国土之分，家有騧草马，生白额驹，及其时也。"吕光来京兆，段业自称凉州牧，闻暠之名，署暠为效谷令。会敦煌太守孟敏卒，于是护军郭谦等，以暠温毅有惠政，推为敦煌太守。其时宋繇亦仕段业，闻暠已立，乃辞段业而归敦煌，乃入见李暠，言曰："兄忘郭黁之言耶？白额驹今已生矣！如何不早建其大业也？"悬曰："吾已得志，待弟来谋，幸尔到此，吾之大业济矣。"于是乃与宋繇共谋。霸有秦、凉二州，遂迁都于酒泉郡，自称为秦、凉二州牧。

暠乃劝民稼穑，五谷丰登，百姓乐业。是时白狼、白驹、白雀、白雉、白鸠皆自然栖于园囿。宋繇以白祥自至，金精所诞皆应，因上言曰："昔太史令郭黁曾言白祥若起，明公可以登基。今日瑞已应矣，明公宜登王位，以乘其时。"暠曰："吾无才德，何敢为之？必须请命于晋，然后方可自立。"宋繇曰："今若如此，则众士民必离。臣等诸将，为明公开台建业，离乡土，弃亲戚，咸指望明公即位，以图荣贵。今日失其所望，则散而去，明公与谁人成其事耶？"暠始从之，遂自立。

第二九八回　燕王德议立太子

庚子四年,是岁西秦降于后秦王。

却说南燕王慕容德即皇帝大位,都广固,更名裕德。因谓文武曰:“朕今年迈无嗣,大不幸也。吾闻不孝有三,无后为大。今贵为天子,富有天下,若不早定东宫,朕崩之后,是遗祸于宗室也!吾欲择宗族中有德者立之,卿等议何人堪任大事也!”时尚书郎鲁邃上言曰:“陛下之兄北海王慕容纳之子名超,字祖明,仁德久著。臣闻慕容暐降秦王苻坚之时,被苻坚徙于长安,苻坚被后秦王姚苌所害,长安为姚兴所都。姚苌已死,其子兴嗣位,其弟姚绍有知人之鉴,见超异之,劝姚兴授以爵位。姚兴信之,召慕容超入见,超恐姚兴相害,凡有所问,深自晦匿,咸推不知。因此姚兴鄙之,谓弟姚绍曰:‘谚云:妍皮不裹痴骨,汝胡妄语耶?’由是姚兴勿用,至今还在长安。陛下何不使人迎来,立之为太子,则南燕社稷幸甚矣!”南燕王德曰:“非卿所举,则朕忘矣。”于是德使人往长安,召慕容超。超闻德有召,遂不告知母妻,即与使者入广固,朝见南燕王德。德与语,大悦,遂立为太子,命居东宫。

却说南凉秃发乌孤,河西鲜卑人也。八世祖匹孤,匹孤卒,其子寿阗立。初寿阗之在孕,其母相掖氏,因寝而产于被中,鲜卑谓“被”为“秃发”,因而氏焉。五世祖树机能,据有凉州之地。至乌孤嗣位,吕光自立为凉王,使人署乌孤为冠军大将军。乌孤自称西平王,改元号太初,徙都乐都。乌孤身死,其弟利鹿孤为众所立为武威王。至是秃发利鹿孤改称河西王,国号南凉,改元为建和元年。次日大会宴,以赏群臣。因谓文武曰:“戎车屡驾,无辟境之功,务修贤彦,而下犹蓄滞,岂任非所才,将吾不明所致也?”祠部郎中史嵩对曰:“今取士拔才,必先弓马,文章学艺为无用之资,非所以徕远人垂不朽也。为今之计,大王宜建学校,选耆德硕儒,以训习子弟,则贤士争趋至也。”利鹿闻说善之,于是以白元冲、赵诞为博士祭酒,以教胄子,由此贤人稍进。

第二九九回　**姚硕德举兵伐西秦**

后秦王姚兴遣姚硕德以兵二万，去伐西秦。西秦王乾归使将军慕九等以兵二万五千屯守。秦军樵采路绝，秦王兴闻知，潜引兵一万救之。乾归闻之，亦引铁骑数千，前候秦兵。会大风，浓雾昏，与中军相失，入于外军，被兴军杀败而走。其众皆降于兴。兴进军枹罕，乾归奔金城，将复西走，谓诸帅曰："今秦王兴军势盛大，吾兵寡弱，不如早避，举兵而去，庶几得免，卿等宜留此降秦，以全宗族。"众皆曰："死生愿从陛下！"乾归曰："今吾将寄食于人，若天未亡我，庶几异日克复旧业，与卿等相见，今随而死，是无益也。"乃大哭而别，乾归乞降于南凉。南凉王利鹿孤待以上宾。秦兵既退，南羌梁戈等使人密招乾归。乾归将应之，欲以白利鹿孤。乾归惧为所杀，乃送太子炽磐等于西平，南奔枹罕，遂降于秦。久之，炽磐亦逃归。

十二月，有星孛于天津，元显以星变解录尚书事，复加尚书令。吏部尚书车胤以元显骄恣，白会稽王道子，请禁抑之。元显问道子曰："车武子屏人言及何事？"道子怒曰："尔欲幽我，不令与朝士语耶！"元显出，谓其从曰："胤间我父子，吾必杀之！"胤惧自杀。

时魏太史屡奏天文乖乱。魏王珪自览占书云："当改王易政。"乃下诏风励群下，以帝王继统，皆有天命，不可妄干。又数变易官名，欲以厌塞灾异。

第三〇〇回　蒙逊谋叛弑段业

辛丑五年正月，南凉王利鹿孤欲称帝，将军密输勿仑曰："吾国披发左衽，无冠带之饰；逐水草迁徙，无城郭室庐，故能雄视沙漠，抗衡中夏。今举大号，诚顺人心。然建都立邑，难以避敌，储蓄仓库，启敌人心。不如处晋民于城郭，劝课农桑以供资储，率国人以习战射，邻国弱则乘之，强则避之，此久长之策也。且虚名无实，徒为世之质的，将安用之？"利鹿孤乃更称河西王，以其弟傉檀都督中外、录尚书事。又命群臣极言得失，从事史嵩曰："陛下命将出征，无往不克；然不以绥宁为先，惟以徙民为务，民安土重迁，故多离叛。此所以斩将搴旗，而地不加广也。"利鹿孤善之。

沮渠蒙逊，其先为匈奴左沮渠，因为氏焉。蒙逊出自夷陬，擅雄边塞。先闻吕光悖德自立，深怀仇弼之冤，因临松卢水，集胡人起兵。恐众不服，寻推建康太守段业为凉州牧，假陈、吴之事，聚众十万余人而仕段业。

却说北凉王段业，惮沮渠蒙逊勇略，蒙逊亦身自晦匿。张掖太守马权，素豪俊，为段业所亲重，意轻蒙逊，蒙逊谮业，谓权欲谋叛业，将权杀之。蒙逊欲谋叛，乃谓其兄男成曰："段公非拨乱之主，向吾所惮权已死，欲除之以奉兄何如？"男成曰："人亲信我，图之不祥。"蒙逊见男成不允计，乃求为西安太守，业从之。蒙逊临行，因与男成约，同祭余兰胡山神而去。乃阴使人先告段业，说男成欲起兵作乱，若不信，以求祭余兰胡山神为验，及至期而发，业遂收男成。男成曰："蒙逊先与臣谋反，臣以兄弟之故，隐而不言。今以臣在，恐部众不从，故约臣祭山而反诬臣，其意欲主之杀臣也！乞诈言臣死，暴臣罪恶，蒙逊必反，然后使臣讨之，必然克矣。"业不听，杀之。

男成既死，蒙逊闻知，泣告众曰："男成忠于段王，而无故枉杀之，诸君能为报仇乎？"男成素得众心，皆愤怒争奋，比至氐地，羌胡多起兵应之。业先疑将军田昂与男成同蒙逊反，将囚之。至是召之使讨蒙逊，昂以众降蒙逊，业之军遂溃。蒙逊乃攻入张掖，擒住段业，业谓蒙逊曰："孤孑然一身，为公家所推，愿乞余命东还，与妻子相见。"蒙逊不听，命斩之。业儒素长者，无他权略，威禁不行，群下擅命，因信卜筮巫觋，故至于败。蒙逊自称为张掖公。

第三〇一回　**刘裕寡兵退孙恩**

孙恩引众北出海盐,欲报山阴之仇。刘裕闻知恩来,乃点兵筑城于海盐之北而拒之。恩日夜引贼众来攻其城,刘裕忧其兵少,乃选敢死之士二千人,至夜出击之,贼众不知裕兵多少,乃走。时裕虽连胜,而深虑寡不敌众之势,乃思一计,至夜偃旗示以羸弱,待观其懈,遂率部兵奋击,大破之,杀得恩兵十损其七,大败而逃。裕兵追下百余里方返,犒赏三军。

至八月,晋帝设朝,群臣奏知刘裕杀败孙恩之功,帝降诏以裕为下邳太守。裕得诏即行,回京口。

史说孔靖,字季恭,好昼卧,忽见一神人衣服非常,至前谓曰:“汝速起! 新天子在门前矣!”言讫,忽不见。靖遂遽出门视之,并无一人,只见刘裕经过,忙下阶,延裕入宅内,执手谓裕曰:“君当大贵,愿以仆身为托。”裕曰:“寒微岂得登庸,倘有侥幸,必不舍君!”靖曰:“必有大用!”于是置酒相待,因与结交,礼接甚厚,自此二人深相善焉。后裕自往下邳之任。

第三〇二回　秦王兴兵伐西凉

西凉王吕隆多杀豪望，人不自安。魏安人焦朗使人说后秦姚硕德曰："今吕氏兄弟相残，政乱民饥，乘其篡夺之际，取之易于反掌，不可失也。"姚硕德以告其主秦王兴，兴从之。自以兵五万从金城济河，直趋姑臧。吕隆大惧，遣吕超等以兵三万逆战对垒，被硕德大破之，吕隆走回，闭城固守。于是西凉公李暠、河西王利鹿孤、张掖公蒙逊，各遣使奉表入贡于秦，怕秦来攻。秦王兴闻凉杨桓之贤，使人征之，利鹿孤不敢留，使桓至秦。秦陇西硕德围姑臧累月，抚纳夷夏，分置守宰，节食聚粟，为持久计。

吕超言于凉王吕隆曰："今资储内竭，上下嗷嗷，当卑辞降秦。待敌去之后，修政息民，若卜世未穷，何虑旧业之不复？若天命去矣，亦可保全宗族。"隆乃请降于秦。硕德遣人奏知秦王兴，兴就表以吕隆为凉州刺史。秦王兴受其降，召硕德以兵还。硕德军令严整，秋毫无犯，祀先贤，礼名士，西土悦之。

秦王准降，吕隆使吕超率骑，多赍珍宝入秦，朝见秦王姚兴。拜舞毕，呈上宝物，具言请降之事。兴大悦之，就拜吕超为都督，不许还凉。乃使将军伊详率一万人入凉，东迁吕隆入长安为长乐公。凉王隆泣告详曰："吾欲守父兄之国，秦王何迁吾入长安也！"详曰："秦王惟恐足下在此，被外国寇攻，故使入朝为官，免被人欺负也。"吕隆不得已，带其家属去长安。姚硕德使王尚为凉州刺史，分兵与其戍守凉地，自与伊详等振旅还京去讫。

却说凉州刺史王尚坐匿吕氏宫人，擅杀逃入薄荷等，禁止南台，因而得罪。凉州别驾宗敞诣阙上疏，理王尚之无罪。后秦王兴览其疏大悦，谓黄门侍郎姚文祖曰："卿知宗敞乎？"文祖曰："与臣同里，乃西方之英俊也。"秦王兴曰："今有表理王尚，辞义甚佳，恐非敞之所作。"文祖曰："宗敞昔与吕超周旋陛下，可试问之。"秦王兴因谓超曰："宗敞文才何如？可似谁辈！"超答曰："敞在西土时，文词甚美，可仿魏之陈、徐，晋之潘、陆也。"秦王兴以表示超曰："凉州小地，宁有此才乎？"超曰："臣以敞余文比文，未足称多，琳琅出于昆仑，明珠出于海滨。若必以地求人，则文命大夏之弃夫，姬昌东夷之摈土，但当问其文彩何如耳！陛下不可以区宇格物也。"秦王兴大悦，宣宗敞入内，以为尚书，而赦王尚之罪。因问宗敞曰："今后凉王已降，朕迁之于长安，凉州无人镇守，吾欲以将去戍，群臣之中，卿以何人可堪其任？"敞曰："后凉近夷，久叛之地，难以治之。陛下群臣，皆有文武之才，宜留护京师，以听调出征讨，若去其守，则未必能全。臣举一人，可署凉州，万无一失。"秦王兴曰："卿举何人？"敞曰："南凉王秃发傉檀，有英雄之志，凉人所畏，鲜卑宾服。陛下可诏拜其为凉州刺史，与臣去南凉，使其署之，则鲜卑不敢犯境，胡人来归也。"秦王兴从之，作诏，即遣宗敞来乐都，拜傉檀为凉州刺史。敞奉命至乐都。

却说先是宗敞之父宗燮，与傉檀俱事吕光。光以燮为尚书郎，傉檀为广武内史。

燮善风鉴，一见傉檀，因执其手曰："君神爽宏拔，逸气凌云，命世之杰，后必当克清世难，恨吾年老，不及见耳！吾以子宗敞兄弟托君，久后休忘今日之言。"宗燮已死，吕隆降秦，宗敞乃归秦，因秦王兴问戍守凉地之才，而有是命，来至乐都。

次日，入见傉檀，先呈上诏书，说署傉檀凉州刺史之事。傉檀大悦，因谓宗敞曰："孤以常才，谬为汝尊先君所见称孤，孤每日自恐有累大人明镜之鉴。及添家业尔，窃有怀君子，不图今日得见于卿，大慰吾平生之望也！"敞曰："大王仁侔魏祖，存念先人，虽朱晖眄张堪之孤，叔向抚汝齐之子，亦无以加也！今某奉秦王之命，请大王署凉州刺史，大王还肯听乎？"傉檀曰："如何不从？吾即束装，与卿同入凉州也。"因此傉檀辞兄利鹿孤，与尚书赵诞奉王命来戍乐都，自引群臣入凉州。次日大会文武，宴于宜德堂。傉檀因仰视其堂而叹曰："古人言，作者不居，居者不作，信矣。"中都将孟祎进曰："宽饶有言，富贵无常，忽辄易人。此堂之建，年垂百年，十有二主，惟信德可以安久，仁义可以永固，愿大人勉之，万代无穷也。"傉檀曰："非君无以闻谠言也。"时傉檀虽受制于姚兴，然车服礼章，一如王者。

秃发傉檀乃据凉州，并吞附近城堡，得兵数万。乃统兵二万，攻克显美，执太守孟祎，而责其不早降，祎曰："祎受吕氏厚恩，分符守土，若明公大军甫至，望旗归附，恐获罪于执事也？"傉檀释而礼之，以为左司马，祎辞曰："祎为人守城，不能以保全，复忝显任，于心窃有不安！若蒙明公之惠，使得就戮姑臧，死且不朽。"傉檀义而遣之，于是祎得全还。

却说燕王慕容盛惩其父宝以懦弱失国，自矜聪察，多所猜忌。群臣有纤芥之隙，皆先事诛之，人不自保。初，段后兄之子段玑为反者段登辞所累，乃逃奔辽西，复还归罪。盛赦之，使尚公主，入直内殿，至是作乱。盛自率左右战，被玑所伤而卒。中叠将军慕容拔白，太后丁氏，以国家多难，宜立长君。时众望在盛弟平原公慕容拔，以河间公熙素得幸于丁氏，而废太子，迎慕容熙入宫即位，改元光始。遣人以兵五千捕玑等，夷其三族。

第三〇三回　元显议欲讨桓玄

壬寅元兴元年正月，桓玄表其兄伟为江州刺史，镇夏口。以司马刁畅都督八郡，镇襄阳，遣将冯该戍溢口。自谓有晋国三分之二。数使人上己符瑞，欲以惑众。又致笺于会稽王道子曰：

> 贼造近郊，以风不能进，食尽故去，非力屈也。昔国宝死后，王恭不乘此威入统朝政，足见其心非侮明公也，而谓之不忠良。今之腹心，谁有时望，岂无佳胜，直是不能信之耳。

元显看书大惧，张法顺谓曰："桓玄承藉世资，素有豪气，既并殷、杨，兼有荆楚。第下所控引，止三吴耳。今东土涂地，公私困竭，玄必乘此纵其奸凶。"元显曰："为之奈何？"法顺曰："桓玄始得荆州，人情未附，若使刘牢之为前锋，而以大军继进，玄可取也。"元显以为然。

会武昌太守庾楷密使人自结于元显，请为内应。元显大喜，遣法顺来京口问于牢之，牢之谓法顺曰："桓玄兄弟，新并殷、杨，据晋土三分得其二，其锐气正盛，焉能克之？依吾见，是以为难。"法顺还曰："观牢之之言，意必将贰于明公，可召入杀之，不尔败人之大事。"元显不从。于是大治水军，欲谋讨桓玄。

第三〇四回　桓玄陷建康篡位

次日，元显奏安帝下诏，罪状桓玄，安帝从之。以元显为总领大将军、征讨大都督，加黄钺；刘牢之为前锋，谯王尚之为后锋。张法顺言于元显曰："桓谦兄弟每为上流耳目，而牢之反覆，万一有变，则祸败立至，可令牢之杀谦兄弟以示无贰；若不受命，当逆，为其所败。"元显曰："今非牢之无以敌玄，且始事而诛大将，人情不安。而且桓玄有遗惠于荆土，而谦其子，安可杀也？"言讫，奏安帝除谦荆州刺史，以结西人之心。

却说桓玄令人探访虚实，闻知朝廷以元显握兵，遣牢之等以兵前来，心中大惊，欲完保江陵。忽一人挺身上言曰："明公英威，震于远近，元显口尚乳臭，刘牢之大失物情，若以兵临近畿，示以祸福，土崩之势，可翘足而待！何有延敌入境，自取穷蹙者乎？"玄视之，其人乃长史卞范之。玄听其论，即从之。遂领大兵复行至江陵县，两军相遇，是时天晚，各自安营。

至次日，两下出兵相交。当时桓玄出兵交锋，牢之亦挺枪相战，两马相交，战上十合，不分输赢。两下鼓噪，又战约有五十余合，牢之见胜不得，自回本阵。玄恐其诈，亦不来赶。由是两下各自鸣金收军屯扎，相拒月余。参军刘裕劝牢之急击之，牢之不许。

桓玄归营，谓众将曰："牢之勇猛，急不能破。"卞范之又曰："主公可使人去说，令其人来降，则大事成矣。"桓玄曰："然！"于是使桓信奉手书来见牢之，说："将军肯降，久后同享富贵，必不相忘。"

至夜，刘牢之谓子敬宣曰："道子昏暗，元显淫凶，吾深虑平桓玄之后，政乱复始。不如因其招降请和，吾退往别地，假桓玄之手以杀二贼，吾然后乘隙，可以得志于天下。"敬宣曰："儿恐桓玄威望既成，则难图之。"牢之曰："取之如反手，但平后，宁杀骠骑何？"于是牢之反遣子敬宣诣玄营请和，刘裕与何无忌二人并固谏不从，由是刘裕退居广陵。

敬宣即行见桓玄，具说父令他来请和降之事。玄意犹豫，卞范之急点头言曰："可从之，刘将军既令公子前来请和，必无诈意，明公何可推乎？"于是玄意遂决，排宴款待敬宣，许罢兵，约定旦日各自罢兵。至次日，送敬宣回营。宣去了，玄谓卞范之曰："先生令言和，何年得定天下乎？"范之曰："若不言和，刘牢之必奏朝廷，加兵严备，守住险要，吾等安能进兵？不如许之，暂其退兵，令其不备，然后以兵阴袭建康，必然克也。故兵法曰：'就计以和，攻其无备。'"玄听说大悦。过几日，退兵三百余里，牢之闻玄兵退，还兵亦屯会稽去了。玄大喜，谓范之曰："不出先生之所料耳。"于是停住数月，又领兵十万，来攻建康。

初，桓玄起兵发江陵，虑事不捷，常为西还计。及过浔阳，见无兵，甚喜。晋帝闻桓玄之兵复至，急下诏使齐王柔之，以驺虞幡止之，被玄所杀。玄至历阳，襄城太守司马休之，以羸兵与战，败走。谯王尚之众自溃，玄捕获之。时刘牢之亦素恶元显，以虑功高,不为所容,自恃材武,拥强兵欲假玄以除执政,复伺玄隙而自取之。先参军刘裕而请急击之,牢之不许,自去。玄闻知使牢之族舅和穆牢,牢之曰:"自古载震王之威,挟不赏之功,而能自全者谁耶?今战胜则倾宗,战败则覆族,不若翻然改图,则可以长保富贵矣!"牢之从之,遂与玄复相通。东海何无忌,牢之之外甥也,与刘裕共来极谏,不听。其子敬宜又谏,牢之怒曰:"吾岂不知今日收玄,如反覆手掌乎?玄之今后奈我骠骑何?"遂使敬宣请玄会晤。玄阴欲诛牢之,乃与敬宣宴饮,陈各书画共观之,以安悦其意,敬宣不觉也。

元显将发兵出讨玄,闻玄已至新亭,元显弃船退军。二日复出,陈兵于宣阳门外,军中反言玄已至南桁。元显遂引兵欲还宫。玄乘势遣人拔刀随后追击,大呼:"有警!"当军人皆奔溃,元显走入东府,被玄遣从事收缚献之。元显曰:"为法顺所误耳!"

玄既克建康,欲杀晋帝,乃聚众谋士商议朝廷之事。卞范之进曰:"明公意在大位,臣以为不可,何也?盖方镇兵强而又民心附晋,岂可速也?昔晋文公纳周襄王,而诸侯竟从;魏武帝挟汉献帝,群臣归附。不如因此入朝奉王,以从人望,大顺也。重权公出,以服天下,大义也。不然,诸胡乘隙,方镇加兵,虽有孙武之策,未易守也!"玄犹豫。

次日,晋帝设朝,群臣山呼,奏知桓玄克建康及起兵京城之事。帝乃大惊,即与文武商议,如何可保全社稷,百姓无咎。文武上言曰:"臣见桓玄好爵之人,陛下可高坐仪銮,出圣旨,命使宣他进来,封他重爵,彼必不就害陛下也,与战则恐不利。"帝曰:"然!"于是即出圣旨,使人去宣桓玄。玄得旨,犹豫不决,当卞范之进前密曰:"明公威震中外,谁不惧之?引大兵在此屯驻,入朝何妨?不如从旨进观晋帝,帝必以重爵封明公。明公乘此机会,总百揆,握朝权,挟天子而令天下,指日定矣,何必更疑乎?"玄闻言大喜,即具朝服,随使入朝,至金殿之下,拜舞山呼万岁已毕。奏曰:"臣起兵者,为陛下有獐头鼠目之人,前后有狼心狗肺之徒,伤害朝纲,暴酷万民,是以起兵来诛谗佞,必不敢有萌害陛下之心。陛下可高枕无忧也!"帝闻奏大悦,赐玄平身。桓玄自为丞相,而总百揆。

玄既入京称诏戒严,自为丞相,总百揆,都督中外、录尚书事、扬州牧。复让丞相而为太尉,以兄弟桓伟为荆州刺史,桓修为徐、兖刺史,桓石生为江州刺史,卞范之为丹阳尹,王谧为中书令。徙会稽王道子于安成郡,斩元显、尚之、庾楷、张法顺十余人。以刘牢之为会稽内史。牢之惊曰:"如尔,便夺我兵,祸其至矣!"子敬宣劝牢之袭玄,牢之犹豫。告刘裕曰:"今当北就高雅之于广陵,举兵以匡社稷,卿能从我乎?"裕曰:"将军以劲卒数万,望风降附,彼新得志威震天下,朝野人情,皆已去矣。广陵何得至耶?裕当反服,还京口耳。"退谓无忌曰:"吾观镇北,祸必不远。卿可随我还京口,玄若守臣节,当与卿事之;不然当与卿图之。"于是牢之大集僚佐,议据江左以讨玄。参军刘裕曰:"事之不可来,莫大于反,将军往年,反至兖州,近日反司马郎君,今复反桓玄,一人三反,何以自立?"语毕趋出,佐吏各散走。牢之惧擒,率部曲北走至新洲,自缢而死。

却说桓修镇丹徒,闻刘裕贤而有勇略,隐遁于京口,乃使人赍礼,召请为参军。使人得令,即去请刘裕,刘裕从请即来见桓修。桓修闻至大喜,降阶相迎,握手而笑,欢若平生,胜如旧识。以酒相待,饮至半酣,修起言曰:"闻君才名出众,智识超群,故命使请君为参军,君可同心协力,计划军机,以佐吾弟。太平之后,画地封君。”刘裕答曰:“裕蒙明公录用,安敢不效犬马之劳?但恐有辜下问也!君有驱驰,必不辞行!”修又曰:“旦日吾亲自与君去见吾弟,命其奏帝,再加封赏。”言讫席散。

时刘裕来见故人孔靖曰:“桓玄篡形已见,吾欲从山阴起义讨之,卿意如何?”靖曰:“山阴路远,且玄未居极位,不如待其篡后,于京口起义讨之。”裕然之。

却说隆安以来,中外之人,厌于祸乱。及桓玄初至,黜奸佞,擢贤才,京师欣得,兼得少安。既而玄又奢豪纵逸,且政令无常,朋党互起,凌侮朝廷,裁损减其供奉之具,帝几不免饥寒,由是众心失望。

第三〇五回　南凉秃发傉檀立

却说南凉王利鹿孤，在位三年而卒。群臣奔凉州，立其弟秃发傉檀为凉王，带领其众，国号南凉，都于乐都，改元弘昌元年。

却说晋辅国将军袁虔之，先与桓玄同志齐名，素不相睦。及闻桓玄得志，恐不为其所容，乃弃官引家属入长安，来降后秦王姚兴。兴闻其来降，亲临东堂，命群臣引进虞之。虔之入见礼讫，秦王姚兴因与闲话，而谓虔之曰："桓玄虽晋臣，其实晋贼，其才度定不如父，焉能办成大事也？"虔之曰："玄不如其父远矣！今既握朝权必将行篡夺，既非命世之才，适足为他人驱除耳！此天以机授之陛下，愿速加经略，廓清吴楚。"秦王兴大悦，以虔之为大司农。

次日，秦王兴驾至逍遥园，引诸沙门听鸠摩罗什演说佛经。罗什通辨夏言，寻觅正经，多有乖谬，不与胡本相应。秦王兴亲与罗什及沙门僧众等八百余人，更出大品，罗什持胡本，秦王兴执旧经，以相考校，因此续出诸经，并诸论三百余卷。今传新经，皆罗什所译。秦王兴既托意于佛道，公卿以下莫不钦附沙门，州郡化之，事佛者十室而九矣。

却说孙恩自被刘裕击败，复聚众一万，来寇临海。太守辛景以伏兵击败之。恩势穷兵尽，及所掳三吴男女，死亡殆尽，恐为官军所获，乃自赴海而死。其党从死者以百数，世人谓之"水仙"。余者数千人，复推恩妹婿卢循为王。循，湛之曾孙也，神采清秀，雅有才艺。少时，沙门惠远尝谓之曰："君虽礼涉风素，而志存不轨，如何？"时桓玄欲安抚东土，乃遣人以循为永嘉太守，循虽受命，而寇盗不已。

五月，秦王姚兴大发诸军十万，使义阳公姚平等将兵以伐魏，兴自将大军继之。平以兵攻魏柴壁，拔之。魏王珪闻知，即遣长孙肥为前锋，自将大军五万继后以御之。平使健将率精骑二百战魏军，肥率一千逆击，尽擒之。平乃退兵。珪追及于柴壁，平以军马入城固守，魏军围之。兴将兵四万来救之，将据天渡，运粮以馈平军。

魏博士李先曰："兵法，上者为敌所栖，下者为敌所困，秦皆犯之，可使奇兵先据天渡，柴壁可不战而取也！"珪命军士增重围，内防姚平出，外防姚兴入，当将军安同曰："汾东有蒙坑，东西三百余里，蹊径不通。姚兴来从汾西，直临柴壁，如此，虚声势相接，重围虽固，不能制也。不如为浮梁渡汾西，远围以拒之。虏至无所施其智力矣！"珪从之，率步兵三万为浮梁，渡汾西，逆击兴于蒙坑之南。

兴见有备，乃退走四十余里，平亦不敢出。兴屯汾西，柄材从汾上流东平，欲以毁浮梁，魏人皆钩取为薪，不能得进。姚兴粮竭矢尽，昼夜突围领众不得出，乃率麾下大兵赴水，咸从沉死。其余二万余人皆欲敛手被魏人所擒。兴力不能救，举军冲突。遣使求和于魏王珪。珪不许，乘势进取蒲坂，会柔然谋反，魏王珪乃引兵还。

癸卯二年，却说桓玄聚众朝士商议，欲废铜钱而用谷帛，时西阁祭酒孔琳之议曰：

《洪范》八政，以货资食；岂不以交易之所资，为用之至要者乎？故圣人制无用之财，既无毁败之费，又省难运之苦；此钱之所以嗣功龟贝，历代不废者也。谷帛为宝，本充衣食，今分以为货，则致损甚多。又劳毁于商贩之手，耗弃于割藏之用，此之为弊，著于已试！故钟繇曰：'巧伪之人竟湿谷之利，制薄绢以充资。'魏世制以严刑，弗能禁也。是以司马以之为，用钱非图丰国，亦所以省刑。今既用而废之，则百姓顿亡其财，是有钱无粮之人，皆坐受饥困，此断之之弊也。魏明帝时，钱废用谷，四十年矣。以不便于人，故举朝大议，精才迭政之士，莫不以宜复用钱，足以明谷帛之难用也。

桓玄又曰："既钱不可易，可复用肉刑，以制严刑继之。"琳之又曰：

唐虞象刑，夏禹立辟，盖浮薄既异，教化不同。《书》曰："世轻世重"，言随时也。夫三代风淳而事简，故罕蹈刑辟，近世俗巧而务殷，故动陷宪典；若三千行于叔世，必有踊贵之尤，此五帝不相循法，肉刑不可悉复者也。汉文有仁恻之意，开自新之路，虽曰稽古创制，号称刑措，然名轻而实重，反更伤人。故孝景帝嗣位，轻之以缓，缓而人慢，又不禁邪；期于刑罚之中，所以见美于昔。兵荒之后，罹法更多。弃市之刑，本斩右趾。汉文一谬，承而弗革。所以前贤怅恨，议之而未辨。钟繇、陈群之意，虽小有不同，欲以右趾代弃市。若从其言，则所活者众；降死之生，诚为轻法，可以全其性命，蕃其产育，仁既济物，功亦益众。又今所患，逋逃为先，屡叛不克，宜令逃身靡所，亦以肃戒未犯，永绝恶源。至于余条，且宜依旧，不可更改耳！

桓玄遂不悦，因怒还第。九月，殷仲文、卞范之二人劝玄早受禅。玄剑履上殿，入朝不趋，直至殿前，谓晋主曰："朝廷无玄一人，不知几人称帝，几人称王？今玄还位丞相，陛下何不知恩？"帝曰："是朕之失。"即命会册玄为相国，总百揆，封楚王，加九锡。玄大悦，号楚国，置丞相以下官。

玄弟桓谦私问彭城内史刘裕曰："楚王勋德隆重，朝野之情，咸称宜有禅让，卿以为何如？"刘裕曰："楚王勋德盖世，晋室民望久移，乘运禅代，有何不可？"谦即喜曰："卿谓之可即可耳！"

南燕臣高雅之上表，请南燕王德伐桓玄，言曰："既未能廓清吴会，亦可以收江北之地。"韩范亦上疏曰："晋室衰乱，戎马单弱，重以桓玄悖逆，上下离心。拓地定功，正宜今日。失时不取，彼国有豪杰诛玄，更修德政，则无望矣！"德因命诸将讲武于城西，率领步卒三十七万人，骑五万三千匹，车万七千乘，正欲起行，公卿皆以玄新得志未可以图，于是乃止。

十一月，桓玄佯以表请归藩，使人奏帝，帝作手诏止之留。又诈言钱塘临平湖开，江州甘露降，使百僚集贺，为己受命之符。又以前世皆有隐士，耻独无之，计求得皇甫谧六世孙希之为署，并给其资帛用，使其独居山林，遣人征为著作郎。又使固辞，然后下诏旌礼，号曰“高士”，时人谓之“充隐”。又欲废钱而用谷帛，及复肉刑，制开无宪，卒无所施。性复贪鄙，时人有书法好画及佳园宅，必假蒲博而取之。尤爱珠玉，未尝离手。至是卞范之为禅诏，逼帝书之，帝勿从。

玄自入言曰：“汝为君不道，四海混乱，吾父子披坚执锐，百战千伤，保此社稷，与汝享祚数十余年。今吾年将老，汝何不发一言？”帝曰：“王欲朕位，何必动怒？容付与伊。”玄回怒作喜曰：“陛下肯为尧舜，吾即退也！”遣司徒王谧禅帝位于玄，帝无奈居永安宫。百官劝进，玄筑坛于九井山北，即帝位，改元永始。封帝为平固王，迁于浔阳。玄入建康宫，登御座而地忽陷，群下失色。殷仲文曰：“将由陛下圣德深厚，地不能载，故如是耳。”桓玄大悦。

玄既即大位，临朝听讼，亲问囚徒，罪无轻重，多得原放。有于舆乞者，时或恤之。以其祖彝以上名位不显，不复追尊，独纳桓温神主于太庙，四时祀之。时卞范之谓玄曰：“宗庙之祭，上不及祖，有以知楚德之不长矣！”玄性苛细，好自矜伐，正事或一字片辞之谬，必加纠察，以示聪明。或手注直官，或自用令史，诏令纷纭，有司奉答不暇，而纪纲不治，奏案存积，不能知也。又性好游畋，更缮宫室，朝野骚然，思乱者众。益州刺史毛璩起兵，传檄郡县，列玄罪状，兵屯白帝城。

第三〇六回　刘裕起兵讨桓玄

时桓玄闻谢景仁之才名，乃宣见，谓文武曰："司马庶人父子，云何不取？遂令景仁年三十而方为著作郎耶？"因而言讫，以景仁为中兵参军。景仁谢恩，群臣始散。

却说桓修闻玄即位，乃同刘裕来建康，至次日入朝见玄，拜舞已毕。桓玄大喜，乃以修为抚军大将军，刘裕为中军参军，就命二人起兵东征卢循。修、裕二人谢恩出外，即日起行，还京口起兵。

次日，桓玄设朝，乃谓司徒王谧曰："昨见刘裕风骨不凡，盖人杰也。朕错用之以东征。"

王谧奏曰："陛下龙眼不舛，刘裕叛心无有，陛下何思何虑也？"玄曰："卿言亦是。"于是罢朝，玄乃退入后宫，见皇后刘氏，说及命刘裕东征之事。皇后刘氏有智鉴，谓玄曰："吾前日在殿后，观见刘裕朝陛下，其人龙行虎步，瞻视不凡，恐后不为人下，不如早除之，以免后患也。"玄言曰："吾方欲定中原，非彼莫可用者。俟关、河平定，然后别谋之耳。"后曰："其事亦未可泄漏也！"

却说刘裕与桓修至半路，人见修，以禀修："还京口，托以金疮疾痛，不堪步从，请将军先行，容瘥来赶。"修闻说言曰："既如此，你可从船上来赶我。"言讫，修乃即先行。

于是刘裕出外，乃与何无忌一同乘船回京口，意欲商议建兴复之计，因谓无忌曰："吾欲诛桓玄迎晋帝，以安天下，君有何策？可以教之。"无忌曰："可阴结义士，托以游猎为名，传说受晋帝密诏讨桓玄。待众集计定，先斩桓修，以徇义军，然后大驱众士，天下谁不服从，为我而杀玄也？"裕曰："其计甚善，怎奈无人堪与吾共大事者！"无忌曰："有一人与君同姓。名毅，乃是彭城沛人也，字熙乐，少有大志。因见桓玄篡位，常怀不平。若此人同举义兵，则大事成矣。现居京口。"裕曰："既然如此，你可与其说知，令其同举义兵。"无忌日："可耳！"因是二人同舟，回至京口上岸，各自回室安歇。

次日，刘裕令人召何无忌至，谓曰："昨日之谋极妙，宜速为之。君言京口刘毅勇而有谋，我欲与他同举义兵，未知其人意下如何？你可往说之！令其招兵。"无忌日："吾即往说之。"言讫即行，来见刘毅。毅闻何无忌至，出门前迎入到草厅之上，各施礼毕，分宾主而坐。无忌佯为欷歔，潸然出涕不已，刘毅问曰："公何故泪耶？"无忌曰："晋室不幸，罹桓玄之篡，吾乃晋臣，意欲兴义兵讨此跋扈，恨无人戮力相成，是以泪耳！"毅曰："吾亦有不平之鸣。"无忌曰："桓氏强盛，其可图乎？"毅曰："天下自有强弱，正患无英才之人耳，故患无人可为盟主。"无忌曰："天下草泽之中，非无英才也，吾推一人，未知合君意否？"毅曰："你且莫说，待我说出一人，与公看相合否也？"无忌曰："你且说甚人？"毅曰："依我所见，惟有刘下邳，公意亦此人否也？"无忌鼓掌而笑，答曰："吾主意亦是此人。"毅曰："既我二人心合，你可说刘下邳，邀其同举义兵。"无忌日："吾先去参说，你可随后来同议。"言讫辞还，具以毅言告裕。裕乃大喜，即令无忌去请毅至，相见礼讫，三人定谋，聚合义徒一百余人，以候大举。

甲辰三年，时有平昌孟昶为桓弘主簿，从建康还家，裕往问之曰："草野当有英雄起兵讨桓玄，卿愿闻乎？"昶曰："今日英雄有谁？正当是卿耳！"

于是裕请其同往见毅、无忌，与其相会，于是昶及裕弟道规、诸葛长民等，相与合谋起兵。时道规为桓弘参军，裕使毅说道规、昶共杀桓弘，据广陵起兵；长民为刁逵参军，使其杀刁逵，据历阳起兵，各自领计去讫。

无忌夜草起兵文，其母密窥之，泣曰："吾不及东海吕母明矣！汝能如此，吾复何恨？"当刘裕以百余人托以游猎，与无忌合收徒众，得二百余人。诘旦，京口门开，无忌着传诏服，称敕使居前，徒众从之齐入，即斩桓修以徇义兵。遂出榜安民，无忌等共推裕为盟主。

裕问无忌曰："急须一府主簿，何由得之？"无忌曰："无过刘道民。道民者，东莞刘穆之也。"裕曰："吾亦识之。"即驰信召焉。穆之闻京口欢噪之声，晨起出陌头，适与裕会，直视裕者久之。返室坏布裳为裤，往见裕，裕曰："始举大义，须一军吏甚急，卿谓谁堪其选？"穆之曰："仓猝之际，略当见无逾于我者。"裕笑曰："卿能自屈，吾事济矣！"即以穆之为坐署主簿。

第三〇七回　刘裕大计破桓谦

时桓修手下司马刁弘引文武佐吏数百人，在城外屯扎，欲与桓修报仇。刘裕命众兵紧守四门，乃亲自登城楼上，而谓司马军吏曰："今郭江州已奉乘舆反正于浔阳，我等受密诏诛逆党。今日贼玄首已当枭于大航，诸君非大晋之臣乎？何故助贼为乱耶？"刁弘等老臣，信以为实，乃邀众退散去讫。是日孟昶因劝桓弘出猎，次日天尚未明，弘使人开门出猎，早被刘毅、刘道规等率壮士数百人，直入内堂斩之，因收其众济江。众同推裕为盟主，总督徐州事，以昶为长史，守京口。裕率二州之众千七百人，屯于竹里，移檄远近响应。

却说桓玄设朝，文武出班山呼礼毕。群臣奏曰："刘裕与刘毅、何无忌谋反，聚众斩桓修及弘，宜火速兴兵去讨。"玄闻弘与修死，垂泪不已，即宣顿丘太守吴甫之、右卫将军皇甫敷，领兵北拒义兵，又遣桓谦总之，三将受命欲行，玄谓谦曰："贼兵锐甚，计出万死，若有蹉跌，则彼气成而吾事去矣！不如屯大军于覆舟山以待之，彼空行两日，求战不得，自然散去，此策之上也。"谦辞即行去了。

游击将军何澹之奏曰："前刘裕进谒小臣，小臣左右造说裕身光耀满室，小臣恐其不为人下，奏知陛下，陛下不以为意，今日果为患耳！臣观刘裕聚乌合之众，集蚁聚之兵，势必无成。陛下何虑之深也？"玄谓何澹之曰："刘裕勇冠三军，当今无敌，足为一世之雄。刘裕家无担石之储，为樗蒱一掷百万。何无忌，牢之之外甥，酷似其舅，共举大事，何谓无成？朕前之不料，今噬脐无及也！"言讫，闷闷入宫，群臣罢朝。

却说刘裕为盟主，以孟昶为长史总后军，刘穆之为司马，其时百姓愿从者千余人。率军分作三队起行，行至竹里遣使移檄都下。

三月戊午，裕兵至江乘，遇吴甫之兵到，刘裕乃亲执大刀，大呼出阵，声若巨雷。甫之一见，只是不敢交锋，拨回马便走。裕以身先拍马追斩甫之，麾令三军并进，将士无不苦战，都皆以一当百，斩首数百级。追至罗落桥，方自鸣金收军，屯于桥下。裕乃鸣鼓集众，商议进京之计。忽流星马报说："皇甫敷引大兵前来拒战。"当时檀凭之出谓曰："不劳盟主亲阵，小将愿与一战。"裕乃许之。凭之即出披挂，引部下兵出阵，与皇甫敷对敌。两马相交，双戟并举，二人战上十余合，凭之气力不加，大败走回本阵，被皇甫敷骤马追赶，射一箭正中后心，翻身落马，死于阵中。刘裕在阵上一见大怒，驱坐下马，挺手中刀，如飞杀出阵来。遇了皇甫敷就战，未上十余合，裕乃佯败拖刀便走。敷只道是败，去赶，不曾提防，被刘裕勒回坐下马，舞起手中刀，望敷迎头一砍，砍死皇甫敷于马下。引兵杀进，杀得楚兵逃走无门，大队兵至离京城二百里下寨。

至次日，裕乃升帐，号泣檀凭之，情动三军，无不下泪。而又使人去寻凭之尸首，以棺木盛之，迁葬京口。初，刘裕与凭之众人欲建大业，有善相者请裕相。裕与何无忌等近当大贵，惟云凭之无相，至此凭之战死，裕知其事已验而深信之。

却说桓玄闻皇甫敷等皆死，军马已临京城，心中大惧。乃遣桓谦以兵二万，屯于东陵口拒之。又使卞范之以兵二万屯于覆舟山西犄之。

却说刘裕领义兵先诣升帐，聚众画策进兵。当众将皆言曰："今桓玄使桓谦屯东陵口，卞范之屯覆舟山西，吾所进者，只此二路。今敌占之，吾兵难以进也。不如退兵，先取别郡，俟其无备，方可进也。"刘裕见说大怒曰："吾非一功至此，岂可畏而去之，是无始终也！吾明日自有破范之及桓谦之策。"

次日，使何无忌守寨，寻土人引路，自乘小车于覆舟山僻之处，遍视地理。因山岭峻险，弃车乘轿，或自步行。忽到一山，望见一谷，形如长蛇，皆是峭壁，杂绝树林之间，止有一条小路。裕问土人是何地名？土人曰："此乃覆舟山谷。"裕曰："此乃天赐吾杀玄兵于此处也。"言讫，即回本寨，唤孟昶监军制油被一千条；又唤何无忌至前，吩咐引兵一千，执皂白二旗，分作两队以为疑兵，屯于覆舟山东等处，使桓谦疑不敢进。又令孟昶监五百军人，将油被挂覆舟山对面诸山谷。又令："刘毅引兵三千挑战，可佯败，引桓谦至山谷，放火焚谦大军。吾自领兵埋伏，待其兵过，分截接战，汝等诸将，临期如令，不得有误，倘有漏泄，定按军法。"众将得令，各各依计准备而行，计排已定。次日，刘裕引兵三千，前来诱敌。谦兵果至，二马相遇，当时刘毅跑马走出阵前，勒马横刀，大骂："桓谦逆贼，如何不降，拒我义兵？"桓谦亦出马骂曰："叛贼何敢骂吾！"言讫持枪便刺过来，刘毅舞刀去迎，二马相交，军器并举，两人大战二十余合。毅佯落荒而逃，谦乃挥兵追之，不三五里，追到覆舟山东，乃勒马谓诸将曰："前日败兵回，夸刘裕用兵如神，所向无敌。今观他之用兵，可见了也。似此等军马为前部，与吾对敌，正如驱羊与虎豹对也！汝等可催赶军马，星夜赶过山东平处下寨，是吾之志也！"言讫，又追数里，前军来报："山东两下，都有埋伏。"众不敢行，谦欲回兵，只听背后喊起，鼓角喧天，震动天地。后军又报："后有刘裕领大队兵杀出。"桓谦慌忙传令，令众兵一齐杀过山东。令未及传，望见山上树林之中，一派火光罩地，俄而油被满树，见火就着，狂风大作，四面八方，火光弥天，烧近前来，人马自相践踏，死者不知其数。烧得尸横遍野，血满渠池。其时桓谦引了数十心腹军人，冒火冲突，杀出而走，奔投西蜀去了。

刘裕乃连夜引兵，身先士卒，并力死战，无不以一当百，百战百胜，呼声震动天地，鼓噪之音，大震京邑。诸军大溃，裕兵直至京城之下安营。

却说桓玄始虽遣军拒裕，而走意已决，乃使殷仲文具舟石头城下，待逃。当夜玄忧无寐，在宫闲行。忽左右来说，谦军败死，目今刘裕兵至京城。玄乃大惊，即引亲随数人，连夜开北门，轻船往南走，奔石头城。

裕闻玄走，至庚申日，乃引兵众入建康，立留台，总率百官，商议奉迎銮舆，收桓玄宗族在建康者，尽剿诛灭命。刘毅调兵去追桓玄，毅得令以兵去了。又命尚书主瑕率百官奉迎乘舆，亦起行去了。当时司徒王谧与众议同推裕领扬州牧，固辞不肯受，乃以谧录尚书事，领扬州刺史。裕自为镇军将军、都督八州诸军事、徐州刺史、领军将军。以刘穆之为崇邑太守，总诸大处分皆委于刘穆之。穆之仓卒立定，无不允惬。裕托以心腹，动止谘焉。穆之竭节尽诚，无所遗隐。时晋政宽弛，纲纪不立，豪杰凌纵，小民穷困。重以司马元显政令违舛，桓玄虽欲厘政，而科条烦密，众莫之从。其时穆之斟酌时宜,随方矫正。裕以身范物,以威禁内外,百官皆肃然奉职。不盈旬日间,风俗顿改为美也。

初,王谧为桓玄佐命元臣,手解帝玺绶以授玄,及玄败,众议宜诛,裕特保全之。刘毅尝因朝会,问谧玺绶所在,王谧内不自安,逃奔曲阿,刘裕遣人追还复位。

诸葛长民至豫州,失期不敢发。刁逵窃知,乃执之,槛车送桓玄,未至而玄败。送人遂破槛车放出长民,还趋历阳。刁逵乃弃城走,其部下将执刁逵以送刘裕,斩于石头城,子侄皆死。

裕初名位微薄,轻狡无行,士流皆不与相知,惟王谧独奇赏之。谓曰:"卿当为一代英雄。"

刘裕尝与刁逵樗蒱,不时输与逵,被逵缚于柳下。王谧责刁逵而代裕偿,由是裕憾逵而德谧。

刘裕既克建康,思昔刘牢之之恩,乃使人往洛阳,召其子刘敬宣入用,使人去了。先是敬宣知桓玄至京师,恐不容己,乃奔走洛阳。敬宣素明天文,见景象彗出,知必有兴复晋室者,尝以告所亲。又尝梦与丸土服之,觉而喜曰:"丸者桓也,桓土既吞,吾当复本土乎?"是日恰好使者至,说刘裕有召,即乃驰还京师,入见刘裕。裕乃大喜,以其为武冈县侯。因问敬宣曰:"吾与刘毅共复晋室,汝看吾与刘毅雄杰谁先?"敬宣曰:"明公天资英迈,赏罚严明,仁德兼著,不世之有,毅公何能及焉?况刘毅外宽内忌,自伐而满,若一旦遭遇,当以凌上取祸,非可与明公为并。"刘裕默然,大悦之。

第三〇八回　桓玄挟帝走江陵

却说桓玄走至石头城，闻后军来赶，恐将士不复用命，乃领众走入浔阳，劫晋帝。是时玄腰带宝剑，手提铁鞭，谓帝曰："今刘裕谋叛，欲来擒陛下，陛下可急从吾走避。"帝见玄内侍皆带剑，环立于侧，面如土色，拱手谢曰："多蒙报知，愿随走避！"玄曰："可速上马偕行。"于是帝引宫妃等众从之而行。

时刘毅见玄走江陵，聚集诸将，商议进兵去追桓玄。因上言曰："诸桓世居西楚，郡下皆为竭力，桓振勇冠三军，不可追赶，且宜顿兵以计策谋之耳！"何无忌日："今出师以来，十攻十破，百战百胜，欲擒桓玄逆贼，宜于速追，何自阻慢军心？"又曰："今之大胜而追，犹如破竹之势，数节以下，迎刃而解，诸君不去，吾自追赶！"言讫，独自引部下之兵去追。

将至江陵，桓玄见后有追兵，急使桓振率军回马拒战。无忌与桓振交锋大战，未上二十余合，无忌大败走回，来见刘毅、刘道规，言及失利一事。道规曰："桓玄今去不远，可驱大队军马连夜去追。"无忌日："止隔三日程途。"道规曰："既然如此，星夜去追。"于是道规、刘毅及何无忌总率三军，星夜赶来。

却说桓玄既挟天子走至江陵，及入江陵，见城池崩坏，恐不能守，复挟天子觅船登舟浮江东下，遇着刘毅、何无忌、刘道规等引兵追至。毅等大叫："留下晋天子还我。"又骂："桓玄无义之贼，何敢谋劫圣驾！"桓玄大怒，自出交战，未至二十余合，桓玄大败，走下五十余里。桓玄计遣庾雅祖、何澹之等，乘其舟仗旗帜以拒裕等，自挟帝连夜走守湓口，澹之依从其计。

何无忌、刘道规等率兵共有七千七百人，连昼带夜，追至桑落洲。澹之等所乘舟帜，与玄无二，无忌曰："贼帅必不居此，欲惑我耳！今众寡不敌，战无全胜，此舟战士似弱，我以劲兵攻之，必得之。攻之则彼势沮，而我气倍，宜速攻之，破贼必矣。"众军遂攻得之。因传呼曰："已擒何澹之，诸军何不早降？"贼军惊忧，追军亦以为然，乘势破之，人众皆各走了。遂进湓口，进据浔阳城，遣使奉送宗庙神主还京师。

第三〇九回　冯迁抽刀诛桓玄

却说刘毅、何无忌、刘道规既破湓口，率众自浔阳西追，与桓玄遇于峥嵘洲。毅等兵不满万，而玄战士数万，毅惮之，曰："玄战士还有五七万，吾众不满九千人，何以为敌？不如暂退！"道规曰："不可！彼众我寡，强弱异势，今若不进，必为所乘！虽至浔阳，岂能自固？夫决机两阵，将雄者克，不在众也！"因麾众先进，毅等从之。玄常漾舸于舫侧，以备败走，由是众莫有斗志。毅等乘风纵火，尽争先与玄交战，玄众大溃而走。玄复挟帝单舸西走，留永安何皇后及王皇后于巴陵。殷仲文因叛玄，奉二后之懿旨，还建康。

玄与帝入江陵，欲奔汉中，而人情垂沮，乃与心腹百余人夜出，更相杀害，仅得至船，左右奔散去了。荆州别驾王康产见玄走了，奉帝入南郡府舍居住。玄乃自奔走，出离南郡。

却说益州刺史毛璩因弟毛琏死，乃使参军费恬谓从孙佑之曰："闻君令兄修之为桓玄屯骑校尉，今桓玄与刘毅交战不利，走南郡必从此过。吾料桓玄不复再兴，不如迎玄说之入蜀，请君令兄收之，回益州同守故邑，以图大事，君意如何？"佑之曰："公策正合我意。"言讫，二人前来至玄舟船接玄，玄乃大喜，遂问二人姓名，二人未及答应，当屯军校尉毛修之，进前认得二人是其弟及参军，急道曰："此二人，一是小将舍弟佑之，一是家叔参军费恬，闻大王至，故来接耳。"桓玄听毕，以二人为将而问曰："吾欲去汉中避兵灾，以图兴复，汝俩有何计策？可以教也！"佑之、费恬欲说修之回益州，乃进言曰："陛下欲图兴复，不如往蜀。蜀外有崇山之固，内有磐石之靠，进可兼并天下，退可鼎足而立，足可以拒刘裕之兵也。"修之亦说曰："蜀地乃兴王之所，昔汉帝亦从此兴起，陛下可速行！"玄听其说，自可与众同行。行至益州界首，佑之、费恬密与修之言曰："我二人迎玄者，为脱公也！今桓玄地失兵溃，不久必亡，我三人莫若引部下之兵，走回益州，别图大事；倘若延迟，则祸至五日矣！"修之曰："吾有此意久矣，今已至此，安敢不逃乎！"言罢，三人各引部下兵，连夜走回益州，去见毛璩。及至次日，众军报知桓玄，玄乃大惊，闷闷不悦。

却说益州督护将军冯迁见玄败，祸延及己，乃引部下之兵入营，抽刀而前，欲杀桓玄。玄急忙拔头上玉簪与之，迁不受。玄曰："汝乃何人耶？敢杀天子？"迁应之曰："欲杀天子之贼耳！"遂斩之。时玄年三十六，自篡逆至败时，止八月耳。于是冯迁割桓玄之首级，令人传至建康，见刘裕。裕大喜，赏赐来人，传令将首级以示四门。

是时尚书王暇闻玄劫天子在江陵，乃率百官至江陵，复立晋帝于江陵。毅等既战胜，以为大事已定，不急追蹑。玄死一旬，诸军犹未至。桓谦及振窜匿，闻玄死，乃复出聚众数万，袭江陵，陷之，杀王康产，见帝与百官在殿，意欲行弑。桓谦曰："刘裕之乱，岂帝所为？若杀之，吾何所容？不若禁之。"乃拜而欲出。为玄举哀，追谥桓玄，率群臣奉玺绶于帝，侍御左右，皆振腹心。谦、振闻无忌、道规等兵复至，乃率众出拒。何无忌、刘道规二人进兵来攻谦、振于马头坡，两下交锋，谦兵惊溃，被无忌大破之。无忌又趋江陵，道规曰："兵法，屈伸有时。诸桓世居西楚，群下皆为竭力。振勇冠三军，难与交锋，且可息兵养锐，徐以计策縻之，不忧不克。"无忌不从。自以兵出，迎战于泸溪。无忌等大败，退还浔阳，聚粮缮船，未尝无备，故何无忌虽败退，犹赖刘敬宣以复振，遂进克至夏口。桓振遣冯该守东岸，孟山图据鲁山城，桓仙客守偃月垒，众合万余，水陆相援。毅等与无忌分兵夜击，悉攻破之。生擒山图、仙客，冯该率残兵奔走石头城去讫。

第三一〇回　晋帝乘舆返建康

乙巳正月，南阳太守鲁宗之起兵来袭襄阳，桓蔚大惧，奔走江陵。刘毅等大军至马头，桓振恐不能守，又挟帝出屯江津，遣使见刘毅，愿割江、荆二州，奉送天子还京。毅等不许，宗之进屯纪南。振留桓谦、冯该守江陵，自引兵五千与宗之战，大破之，宗之走还，而毅等亦以兵乘振出，破该于豫章口。谦闻知，弃城走，毅等大军进入江陵，执卞范之等斩之。振以兵还，知城已失陷，其众皆溃，乃逃涡川。朝廷下诏大处分，悉委冠军将军刘毅所领，大赦改元，惟桓氏不赦。以桓冲靖忠王室，特宥其孙胤徙新安；以宗之为雍州刺史；毛璩为征西将军，统梁、益等军；以弟瑾为梁州刺史；瑗为宁州刺史，独桓氏及何澹之等不赦，桓谦、澹之皆奔降秦。二月，留台百官备銮驾迎帝于江陵。刘毅、刘道规二人，握兵屯夏口，以备诸桓。使何无忌保帝东还，帝至建康，百官诣阙待罪，诏令复职。尚书殷仲文以朝廷音乐未备，言于刘裕，请治之。裕曰："今日不暇给，且性所不解。"仲文曰："好之自解。"裕曰："正以解则好之，故不习耳！"以琅玡王德文为大司马，武陵王遵为太保，刘裕为侍中、车骑将军、都督中外诸军事。加裕尚书事，裕固辞不受，而请归藩镇。

第三一一回　刘裕遗循续命汤

初，刘毅未遂大志时，尝为刘敬宣部下参军，时人咸以雄杰许之。敬宣曰："非常之才，自有调度，此君外宽而内忌，自伐而矜人，若一旦遭遇，必当以凌上取祸耳！"毅闻而恨之。毅心怀前言，今敬宣为江州，使人言于裕曰："敬宣不预建议，授郡已为过优，闻为江州，尤用骇惋。"敬宣窃知，不自安，使人去裕处请解职。裕乃召还为宣城内史。

时朝廷新定，未暇征讨，闻卢循为乱，与百官议以品爵招安。于是乃遣人以循为广州刺史，徐道覆为始兴相，因此二人皆受命，遣使贡献，因使人馈刘裕"益智粽"，裕乃笑曰："彼谓我无能也！"亦使人报以"续命汤"，循亦疑未究。循初陷番禺也，执刺史吴隐之。至是裕与循书，令遣隐之还京，循乃不从。长史王诞曰："孙伯符岂不欲留华子鱼耶，但以一境不容二君耳！"循始悟，遣之还京。

初，益州刺史毛璩闻桓振陷江陵，率众三万顺流东下，将讨之。使其弟毛瑗守外水，参军谯纵出涪水。蜀人不乐远征，逼纵为主。毛璩闻变，奔回城都，遣兵讨之不克，营兵反开城门纳纵，杀璩及环，灭其家，纵遂自称成都王。于是蜀人大乱，汉中空虚，氐王杨盛遣其兄子杨先据之。

第三一二回　慕容超立为燕王

八月，南燕王慕容德俄而寝疾卒，诸臣举哀，殡殓挂孝讫。后以太子慕容超嗣燕王大位，改元太上元年。超既即大位，以慕容钟为尚书令，以封孚为太尉，公孙五楼为武卫将军，内参政事。五楼密奏燕王超曰："慕容钟、段宏二人，素为民仰士归，不可使其内执国政，倘有异变，难以制之！宜出之外镇，免为内患。"燕王超然之。次日，改以慕容钟为青州牧，以段宏为徐州刺史。时太尉封孚谏曰："臣闻五大不在边，五细不在廷。慕容钟乃国之宗臣，段宏国之外戚也，正宜应参赞百揆，不宜使镇外方。"燕王超不从。因此钟、宏二人，俱有不平之色，只得赴任，因相谓曰："黄豹之皮，恐终当补狐裘也！"五楼闻之，嫌隙渐构。

初，慕容超自长安来至梁州，慕容泆时为兖州镇南长史。尚书悦寿见超，因谓法曰："向见北海王子，天资弘雅，神爽高迈，始知天族多奇，玉林皆宝也！"法曰："昔成方遂诈称卫太子，人莫辨之，此复天族乎？"超闻恨之。至是即位，亦以法处之外镇。当是时，法来见慕容钟，会段宏起兵谋反，据城池，积草屯粮，不用朝命。是时尚书都令史王俨谄事五楼，得迁为尚书左丞，时人为之语曰："欲得侯，事五楼。"

晋义熙二年，燕王慕容熙皇后苻氏身死，燕王熙悲号躄踊，若丧考妣。大殓讫，复启其棺，而与交接。置百官于宫内哭，密使有司按检哭者，有泪者以为忠孝，无则罪之。于是众臣大惧，莫不含辛以为泪淋。明日欲行苻氏丧，前掖将军慕容云与幸人李细曰："今主上无道，杀戮大臣，来日行丧，必然自送，你可领勇士百人于道杀之，以免吾患。"细从其言。

次日，行苻氏丧，百官皆送。燕王熙亦自送殡。至中道，慕容云叫出李细，引勇士杀之。熙在位六年，自垂至熙四世，凡二十四年，后燕到此而灭。

是时云乃自立，即其大位，加封大臣，以李细为和龙长史。李细恨云不以己执朝政，复以兵杀慕容云于前殿。

第三一三回　冯跋即位于昌黎

史说冯跋，字文起，长乐信都人，乃毕万之后也，万之子孙，有食采冯卿者，因以氏焉。先，慕容宝僭位，署跋为中卫将军，及慕容熙即位，欲诛跋，跋与兄弟俱亡逃在外。

时慕容云既被杀，国内无主，文武溃散。时冯跋在昌黎，诸将推以为主，于是迎跋，跋始即大位，不改国号，仍国号燕，改元太平元年。以弟素弗录尚书事，总督内外诸军事。

冯跋既僭大位，励意桑农，乃下书曰："桑柘之益，有生之本；北上少桑，人未见其利；可令百姓人植桑一百根，柘二千根。"时地震，寝宫崩坏，燕王跋即问太史令辟尚曰："昔年屡有地动之变，卿可明言，主何吉凶？"尚曰："地阴也，主百姓迁。震有左右，昨震皆向右，臣惧百姓将西移。"燕王跋曰："吾虑此也！"

九月，西凉公暠与长史张邈谋，乃徙都于酒泉，以逼沮渠。蒙逊举手令其诸子曰："从政者当审慎赏罚，勿任爱憎；近忠正，远佞谀，勿使左右窃弄威福。毁誉之来，当研核真伪；听讼折狱，必和颜任理，慎勿逆诈亿必，轻加声色；务广咨询，勿自专用。吾莅事虽未能息民，然含垢匿瑕，朝为寇仇，夕委心膂，粗无负于新旧。事任公平，坦然无颣，向不容怀，有所损益。计近则如不足，经远乃为有余，庶亦无愧于前人也。"诸子从之。

丙午二年初，南凉傉檀。伐北凉还，献马三千匹、羊三万口于秦。秦王兴以为忠，以傉檀为凉州刺史，命镇姑臧。征王尚还凉州，士人道主簿胡威，请留尚镇姑臧，兴弗许。威见兴流涕言曰："臣州僻远，仗良牧仁政保全至今。陛下奈何以我等贸马羊乎？若军国需马，直烦尚书一符，臣州三千余户，朝下而夕可办也！昔汉武帝领天下资力，开拓地面，以断匈奴右臂。今无故而弃五郡之地，忠良华族，以资暴虏，岂惟臣州士民坠于涂炭，恐方为圣朝饮食之忧耳！"兴悔之，使人弛止尚莫回。

时傉檀之军至五涧，王尚未离。傉檀托别驾宗敞劝王尚行焉。当别驾宗敞打发王尚上道，自来辞傉檀，去同尚还长安。傉檀谓曰："吾得凉州三千余户，情之所寄，唯卿一人而已，奈何舍我去乎？"敞曰："今送君回，与大王解纷，正所以忠于殿下也。"傉檀因问新政所宜，敞曰："惠抚其民，收用贤俊。"荐本州民士十余人，傉檀嘉纳之。傉檀宴于宣政堂，仰视叹曰："古人有云，作者不居，居者不作，信矣！"孟祎曰："昔张文王始为此堂，于今百年十有二主矣！惟履信思慎者，可以久处！"傉檀善之。傉檀虽受命于秦，然其服用礼仪，一如王者。

第三一四回　勃勃封尸髑髅台

三年，却说赫连勃勃魁岸，美风仪，性辨慧。秦王兴见而奇之，与论大事，宠遇逾于勋旧。兴弟邕曰："勃勃不可近，近则噬人也。"兴曰："勃勃有济世之才，吾方与之平天下，奈何逆忌之？"言讫，乃以为将军，使助没弈干镇高平，伺魏间隙。邕固争曰："勃勃乃贪猾不仁，轻为去就，恐终为边患！"兴乃止。久之，竟配以杂虏二万余落，使镇朔方。会魏王珪归所虏秦将于秦，兴归贺狄干以报之。勃勃大怒，遂谋叛秦。柔然献马于秦，勃勃掠取之，袭杀没弈干而并其众，自为夏后氏之苗裔，称大夏天王，置百官。

却说勃勃本姓刘，卫辰之子，改姓赫连，是匈奴右贤王去卑之后，刘元海之族也。被魏所灭，降秦而叛，自为天王也。

时夏王勃勃共破三部，降其众以万数。进攻秦之三城以北诸戍，斩秦将杨丕、姚石生等。诸将皆曰："陛下欲经营关中，宜先固其根本，使人心有所凭系。高平险固饶沃，可以定都。"勃勃曰："吾大业草创，姚兴亦一时之雄，未可图也。今专固一城，彼必并力于我，亡可立待。不如以骁骑风驰，出其不意。救前则击后，救后则击前，使彼疲于奔命，我则游食自若，不及十年，岭北河东，尽为我有。待兴既死，嗣子暗弱，徐取长安，在吾计中矣。"于是侵掠岭北诸城。秦王兴乃叹曰："吾不用黄貌之言，以至于此！"而勃勃求婚于南凉，傉檀不许。勃勃大怒，率骑三万，击破傉檀。傉檀败走，文臣武将，死者十有六七。勃勃使人搬积其尸而封之，号曰"髑髅台"，云是辱傉檀也。

却说南燕王超母妻犹在秦，遣封恺使于秦，求母与妻还之。秦王兴谓恺曰："昔苻氏太乐诸伎悉入于燕，燕今称藩，若送伎，即送还其母妻，乃可得也。"恺以是言，还燕报于超，超与群臣议之，段晖曰："陛下嗣守社稷，不宜以私亲之故，遂降尊号。但太乐先代遗者，不可与也。不如掠吴口与之。"张华曰："侵掠邻国，兵连祸结，非国家之福也。陛下慈亲在人掌握，岂可顾惜虚名，不为之屈乎？"于是，超乃使韩范聘于秦，称藩奉表于秦，秦使韦宗报聘，张华请北面受封。晖曰："燕七圣重光，奈何一旦为竖子屈节？"超曰："吾为太后屈，愿诸君勿复言！"遂北面受诏。又使华献太乐伎一百二十人于秦，秦王兴乃还超之母妻，厚其资礼而遣之，于是超得母还国而养之。

第三一五回　穆之劝裕刺扬州

戊申四年正月，晋帝设朝，文官武将俱各身披朝服，手执牙笏，齐上金銮殿，各拜舞山呼万岁。近臣奏司徒、扬州刺史王谧薨，无人辅政，晋帝命群臣议任谁人。时左仆射孟昶出朝堂谓众臣曰："圣上面命我等举贤辅政，此事必须问刘裕、刘毅二人，然后可行。"众臣皆曰："然！"于是遣尚书右丞皮沈来丹徒，与刘裕、刘毅二人商议。

皮沈问刘毅，毅曰："既扬州刺史王谧薨，卿可回朝奏主上，可使中领军谢混为扬州刺史。刘裕先曾固辞，不肯任扬州，可使镇丹徒，领州以内事，何必再议耳？"皮沈曰："明公所议者然。"沈辞毅出，又来问刘裕，刘裕未曾出堂，只见刘穆之在内，皮沈曰："王谧已死，圣上命众臣议立一人，以代谧职，辅朝政。我先问刘毅，刘毅所举谢混可镇，以刘公镇丹徒，领州内事，故又来问刘公何如？"穆之即曰："刘公未出，君可暂停少刻，待我如厕，入请相见，计议必成。"皮沈在外停立，穆之驰入内，谓裕曰："今朝廷使皮沈与刘毅和公议事，其语不可从之。"言讫，穆之即出，同皮沈入见刘裕，相见已毕，裕使沈坐谈。皮沈曰："扬州刺史王谧已死，圣上命群臣议举一人代之，以辅朝政。沈先谘刘毅公，刘毅公议以中领军谢混代之，以明公镇丹徒，领扬州内事。沈不敢自擅，敬参问焉。"裕曰："卿宜暂退驿中安置，待三思商议，回音与卿还京。"

沈即出外，裕召穆之入问曰："此事何如？"穆之曰："公今岂得居谦，遂为守藩之将？虽刘毅、孟昶诸公俱起布衣，共立大业，此乃一时相推，故以明公为盟主，非宿定臣主分也，力敌势均，终相吞噬。扬州根本所系，不可假人，前授王谧，事出权宜；今若复他授，便应受制事人，一失于权，无由可得。明公功高勋重，不可直置畏疑，同使入朝共议。众见公至京邑，朝廷必不敢越公，更授他人耳！"裕曰："卿乃吾之荀彧也。"于是出堂，召皮沈谓曰："百里县宰，苟非其人，则民受其殃，何况一州乎？吾自入朝同议，推一能者代之。"因此刘裕与皮沈入京师。

次日入朝堂，聚集文武商议。众群臣见裕自诣，乃不敢别议，因上言曰："扬州重镇，明公若不自领，谁人敢当？明公可自领之！"裕曰："汝大臣命孤，吾自受焉。"因是入朝。

却说晋帝闻刘裕入朝，命大臣召刘裕入见。当大臣出引，刘裕至金阶，拜于殿阶之下。帝赐平身，宣裕上殿，问言毕，刘裕奏曰："臣托陛下洪威，义军之力，幸灭桓玄，得迎乘舆。伏望陛下善保龙体，以社稷为重，则天下幸甚矣！"帝曰："朕之社稷，赖卿再造，今卿回朝，宜辅国政。"众臣奏曰："今刘裕功盖天下，忠闻九州，扬州之任不可付人，宜授与裕带领。"帝曰："众卿所议，正合朕心。"于是帝以刘裕为侍中、车骑将军、都督中外诸军、录尚书事，带领扬州刺史。刘裕谢恩出朝，复还丹徒京口，与穆之同议后事。

四月，南燕王超祀南郊，有兽如鼠而赤，大如马，来至坛侧。须臾大风昼晦，羽仪帷幄皆毁裂。超惧，以问太史令成公绥，对曰："陛下信用奸佞，诛戮忠良，赋敛繁多，事役殷重之所致也。”超乃黜公孙五楼等，俄复用之。

却说秦王兴以傉檀内外多难，欲因而取之，乃使韦宗往观之。宗至，傉檀与宗论当世之大略，纵横无穷。宗退而叹曰：“奇才英器，过于华夏，明智敏识，何必读书。乃今知九州之外，五经之表，复自有人也！”辞归，言于兴曰：“凉川虽敝，傉檀权谲过人，未可图也！”对曰：“刘勃勃以乌合之众，犹能破之，况我举天下之兵以加之乎？”宗曰：“不然！形移势变，反覆万端，凌人者易败，戒惧者难攻。傉檀之所以败于勃勃者，轻之也。今我以大军临之，彼必恐惧以求全。窃观群臣才略，无傉檀比者。虽以天威临之，亦未敢保其必胜也。”兴乃不听，使其子广平公姚弼为将军，敛成率步骑三万袭傉檀，又使仆射齐难率骑兵三万讨勃勃。弼长驱至姑臧，傉檀婴城固守，见弼兵懈怠，夜以奇兵大破之，弼收残兵退屯百里之外，弼兵粮尽，敛成纵兵掳掠。傉檀又计，命郡县悉散牛羊于野，勃勃闻秦兵且至，计排伏兵于左林山谷，自引众退保河曲。齐难不知，遂纵兵野掠，勃勃潜师袭难，擒之，及获其将士万三千余人。于是岭北夷夏附于勃勃者以万数，勃勃皆置守宰而抚之。秦兵败还，秦王兴始悔不听韦宗之言耳。

第三一六回　刘裕抗表伐南燕

己酉五年正月，南燕王超正旦朝会群臣，叹太乐不备。超曰："孤每恨朝会缺此乐音，吾与卿等大臣商议，掠晋人以补伎。"韩谆曰："先帝以旧京倾覆，戢翼三齐，陛下不养士息民，伺衅恢复，而更侵掠邻国，以广仇敌，可乎？"超曰："吾志已定，不听卿言。"遂使公孙五楼兄归将兵寇宿、豫，拔之，大掠而去。简男女二千五百人，教之以乐。五楼等总朝政，宗亲并居显要，内外无不惮之。

五月，太尉刘裕闻南燕王慕容超大掠宿、豫男女二千余人，乃大怒，将欲伐燕，朝廷不许。刘裕抗表要伐南燕，朝议皆以为不可。惟孟昶、谢晦、臧熹劝行，裕以昶监南府事。苻氏之败，王猛孙镇恶来奔，骑射不能及人，而有谋略，善果断，善论军国大事，或荐之于裕，裕语悦之，因留宿。明日谓参佐曰："吾闻将门有将，信然。"即以为中军参军。

史说王镇恶，北海人也。祖王猛，仕苻坚，位兼将相。镇恶以五月生，家人以俗忌，欲令出继疏宗，其祖猛曰："此儿非常，昔孟尝君恶月生而相齐，是儿亦将兴吾门矣！"故取名为镇恶。年十三，有大志，而苻氏败，寓食龟池人李方家。方善遇之，镇恶谓方曰："若遇英雄主，要取万户侯，宜当相厚报耳！"至是刘裕召为参军，果应其言矣。

四月，裕以刘毅镇姑孰，自钡众欲行。当毅闻知，固止之曰："昔苻坚侵境，谢太傅犹不自行。宰相远出，倾动根本。公既受辅朝政，岂可远离？宜委别将讨之！"刘裕犹豫，谢景仁独上言曰："公建桓、文之烈，应天人之心，虽业高振古，而德刑未树。正宜推亡存固，广振威略，平定之后，养锐息徒，然后观兵洛汭，修覆陵寝可也，岂有纵敌贻患者哉？"裕曰："然！"于是引军速行。

史说王昙首，太保弘之弟也。幼而素让，以兄弟分财，昙首惟取图书而已。因刘裕聚兵讨慕容超，与弟王球前来投伍，刘裕因谓曰："卿并膏粱世德，乃能屈之于戎旅耶？"昙首答曰："既从神武，自使懦夫立志耳！"时谢晦在座曰："仁者果有勇也！"裕大悦，以为镇西长史。裕率舟师，自淮入泗，军至下邳，留辎重，步进至琅玡，所过皆筑城留兵守之。王镇恶谓裕曰："燕人若塞大岘之险，或坚壁清野，大军深入，不惟无功，将不能自归，奈何？"刘裕曰："吾虑之熟矣！鲜卑贪婪，不知远计，近利虏获，退惜禾苗。谓我孤军远入，不能持久，不过进据临朐，退守广固。彼不能守险、清野，敢为诸军保之。"言讫，明日出行。

第三一七回　**刘裕入岘虏在掌**

却说南燕王超闻刘裕率军来讨，急召群臣会议。公孙五楼上言曰："晋兵轻果，利在速战，宜据大岘，使不得入，旷日延时，沮其锐气，然后徐简精骑，循海而南，绝其粮道，敕段晖率兖州之众，缘山东下，腹背击之，此上策也。各命守宰，依险自固，校其资储，余悉焚芟，使敌无所得，旬日之间，可以坐制，此中策也。纵贼入岘，出城逆战，此下策也。"超曰："岁星居齐，以天道推之，不战自克；客主势殊，以人事言之，彼远卒疲弊，势不能持久，奈何芟苗徙民，先自蹙弱乎？不如纵使入岘，以精骑击之，何忧不下？"桂林王镇曰："陛下必以骑兵利平地者，宜出岘山逆战；战如不胜，犹可退守，不可使敌入岘，自弃险固也。"超不从。镇出叹曰："既不肯逆战，又不肯清野，延敌入腹，坐待攻围，酷似刘璋矣！"超闻之大怒，收镇下狱，遣公孙五楼并段晖率步骑五万，出屯临朐以拒。五楼奉命以兵屯于临朐。

刘裕大军至岘，将士犹豫，皆不敢入。裕身先催军前进，及入岘，燕兵不出，裕举手指天，喜形于色。诸将言曰："公未见敌而先喜，何也？"裕喜而谓诸将曰："师已过险，士有必死之志；余粮栖亩，人无匮乏之忧，虏已入吾掌中矣！吾何不喜？"左右曰："国公神料也！"言讫，前兵至东莞。

第三一八回　燕王以兵拒刘裕

六月，超闻裕至东莞，超先遣五楼及段晖等，将步骑五万屯临朐，闻晋兵入岘，超自将步骑四万，前去接应。点羸弱卒守广固，自选精兵前来。先使人与广宁王贺刺卢、五楼言曰："卿戮力据临朐，临朐去城四十里，有巨蔑水，卿宜自据上流，休被晋人占之。"五楼闻言，即出选精兵五万与贺刺卢来占临朐，拒蔑水之北。至，而为龙骧将军孟荷先至所保，五楼乃退。

晋刘裕领大军行至临朐，传令军中，分车为两翼，四十余万，出兵方轨徐行，车张幰，御者执稍，以骑为游军，军令严肃。将及近城，五楼率兵占住要路，刘裕即命兖州刺史刘藩、并州刺史刘道邻等出阵。二将领命，刘裕即便令中军金鼓旗齐鸣，发三通擂，将台上红旗招飐，二将从门旗下飞马出阵，两军一齐呐喊，二将兜住战马，横刀厉声大叫："无礼羌贼，悖逆狂徒，天兵到此，尚不投降，直待骨肉为泥，悔之何及?"燕兵阵中先锋段晖拍马出阵，更不打话，舞狼牙棒直取刘藩，两马相交，军器并举。一个搂头使棍便打，一个绕颈将刀去砍。一来一往，一番一覆，四条臂膊交加，八只马蹄缭乱，斗到二十余合，刘藩便卖个破绽，放段晖打将入来，却躲个空，手起刀落，连盔带顶，正中天灵，段晖翻身落马而死。门旗影里，刘道邻见刘藩得了头功，就马上寻思："燕兵已然挫动锐气，不就这里杀将过去，捉了五楼，更待何时?"乃大叫一声，如阵中起个霹雳，两手横捻一条枪，纵坐下马一拍，直冲过来攻五楼。五楼一见输了段晖，大阵崩陷，拨回马望后军便走，余军皆溃。被刘裕引全军大刀阔斧，杀得燕兵大败，星稀云散，八断七续。军士抛金弃鼓。撇戟丢戈，觅子寻亲，呼兄唤弟，折了万余人马，退下五十里外扎住。裕乃传令鸣金收军，各自献功请赏。

话不烦叙，却说慕容超引兵与裕战，闻前军五楼大败，乃勒兵屯临缶朐城外，坚守不出。晋军一连拒住三月，超兵亦不出。是日，刘裕又集诸将，商议计策。时刘裕深虑卢循乘虚又犯建康，意欲速战而还，因此遂问诸将。时参军胡藩进计曰："贼屯军城外，临朐留守必寡，为今之计，可密使人以兵抄小路取临朐，而斩其旗帜，此韩信所以克楚也。"刘裕曰："卿计可矣。"于是裕乃遣檀韶、潘潜以轻兵五千，抄阴径去攻临朐。韶、潜二人领计即行，星夜至临朐城。城中兵少，果无备，被韶、潜等攻陷，尽斩其所戍旗卒，城上皆立晋帜。次早，南燕王慕容超闻知大惊，急领众走还保广固去讫。

第三一九回　**刘裕以兵攻广固**

刘裕既用参军胡藩计，克临朐，始令鸣金收军入城安屯，犒赏诸军，即分兵安守其城。忙传令乘胜连日带夜，赶捉燕王超。时诸将得令，不敢停留，各自引兵即行。行至广固，前部部将景子赶着慕容超，超见追兵至，慌忙收军，入广固未及，景子跃马持刀，当先杀入。将士见其身先，诸部齐心皆杀入广固。燕王见晋兵混入，不敢久恋，领兵开西门，引家小走保小城去了。因此刘裕后军杀入，得屯广固大城，赏劳诸将。

却说燕王超领诸将五楼，同走入广固小城。五楼传令诸将，设长围守之。裕既克广固大城，乃传令诸军，来攻小城。诸将得令，各引兵前抵小城，兵已近城下。裕令三军绕城，皆筑土山，掘地道以攻之。五楼传令坚守甚严，守东门将马礼贪酒，有误巡哨，五楼发怒，拿下脊杖四十，马礼恨之，开门投降刘裕。裕问攻城之策，马礼曰："突门内土厚，可掘地道而入，放火烧城，可拔也。"裕令马礼引五百壮兵，连夜掘地道而入。五楼至夜上城，点视军马，不见马礼，是夜又见突门角上城外无灯火。五楼曰："马礼必然恨吾而降晋，必引兵从地道而入也。"急唤精兵，运石击落中栅门。门闭，马礼及五百壮兵皆死于其内。

裕因此折了这五百兵，乃罢地道之计，只是绕城围之，坚守相拒七月。超见城内粮少，与五楼商议计策退之。五楼曰："大王忧兵少粮乏，惧晋兵率众而来，久则成不敌之势，其理然也。臣闻姚兴部下，有雄兵百万，猛将千员，依臣愚见，可专人备礼，求救于秦王姚兴。姚兴必先攻临朐，刘裕闻知必还救之，大王引兵追之，两下夹攻，裕可擒矣。"超曰："其计甚善。"王镇曰："百姓之心，系于一人。今陛下亲董六师，奔败而还，士民丧气，闻秦有内患，恐不暇救人。今散卒尚有百万，宜悉出金帛以饵之，再决一死战，若天命助我，必能破敌；如其不然，死亦为美乐。"王惠曰："晋军气势百倍，我以败卒当之，不亦难乎？秦与我如唇齿也，安得不相救乎？"超从之，遣张纲去秦国。张纲闻言，忙出领命，欣然肯往。超备礼修书，又与纲使一千兵，连夜送纲杀出重围，使来西羌。见姚兴叙礼毕，将书呈上。

兴披书读讫，即回书与张纲归去，说他随后动兵来。纲去了，兴即召诸将，集议其事。部将李荣上言曰："今燕王被晋兵攻击太急，不得已使张尚书来求救于我，将兵虽勇，未可远离，只可守着自己城池。不如遣使往裕处，虚声张言，说'我将兵十万，涉淮出屯洛阳，晋兵不退，长驱而进矣。'裕闻知必勒兵而还，可退晋兵，亦保燕地无危。"兴闻说，即使人往裕处虚张，说"秦王以兵十万，出屯洛阳，将下江南。"使人去了。

却说燕之使臣张纲，得秦王姚兴回书，即忙还燕。行至泰山路上，撞见一簇人马，拥着一个官人，乃是泰山太守申宣。纲行狭路，无处回避，只得迎立。被申宣觑见面生，唤左右盘问，纲战栗回答不来，被左右搜身上，搜出一封回信，送与申宣。申宣开读，始知是燕王超求救于姚兴，申宣不问情由，令军人将纲解来广固见刘裕。裕大喜曰："吾思纲久矣，今幸得见。"即令人诱其投降，纲无奈，只得请降。于是裕大笑，慌忙喝退左右，亲解其缚，取衣衣之，握手请起同立，便言："适来左右不识尚书，言语冒渎威容，幸勿见责！吾素知老尚书，乃世之真大丈夫也！"言讫，令手下便进酒压惊，以上宾礼待之。因谓纲曰："良禽择木而栖，贤臣择主而佐。卿有王佐之才，何事伪燕耶？"纲答曰："生当其土，不得不为其用耳！"于是张纲乃感其恩义，安身无有异志。

时刘裕请问取城之策。纲曰："小臣深蒙厚爱，无可以报，愿施犬马之劳，夺取此城，少酬万一。"刘裕拱手称谢："以求取城之策，应是何如？"刘裕敬纲因有巧思妙策，诸人不及。先是裕每修攻城之具，攻广固小城，皆被纲用计破之，不能攻取，及晋军攻城，城上燕兵皆笑曰："汝不得张纲，何能为也？"今纲被捉来降，如何不敬之也！当纲献计曰："其城虽固，可命匠造飞楼车，悬云梯，车上施幔木板屋，即以造定，遮护伏兵于内，推至城下，以箭射守城军人，令壮兵从云梯上去，必得城也。"裕听罢，称赞不已，即令纲领军匠造。车未及完备，推至城下示之，城上军民莫不失色。是日为始，北方之民，执兵负粮归者日以千数，裕皆安抚慰之。

却说慕容超知张纲业已被掳，乃商议遣人诣刘裕营中，求称藩臣，割大岘为界，献马千匹，永不敢侵。裕不许，超愈大惊。

时姚兴使人来见刘裕，说晋兵不退，秦王以兵十万，出屯洛阳，欲下江南。刘裕与使曰："尔报姚兴，我定青州，将过函谷，虏能自送，令其速来耳。"使人去了，录事参军刘穆之遽入言曰："此语不足威敌，适足以怒之！若广固未拔，羌寇奄至，公何以待之？"裕笑曰："此正是兵机，非卿所解。夫兵贵神速，彼若真能赴救，必畏我知，宁敢先遣使命逆说此言，是自张大之辞！羌见吾伐燕，将内惧自保不暇，何能救人也！"刘穆之默然。于是相拒至十月，城未下。会刘毅使上党太守赵恢领五千人来救援，即令别屯待之。

十二月丁亥，晋兵添十倍军士，并力攻城。燕王因城中困极，宰马而食，军士饥倒，不能把守。

第三二〇回　玄文献计塞五龙

南燕王慕容超自与所幸魏夫人上登天门,观晋兵虚实,群臣皆随城边,燕王超见晋王师之盛,心有忧色。而魏夫人握燕王超之手,涕泪交流,燕王超起视对泣。时参军韩谆因谏曰:“今陛下遭百逆之会,正是勉强之秋,而反对女子悲泣,何其鄙也?”超乃拭目谢之曰:“帝王兴废,何代无之?惟恨在我罹此艰险,故发悲耳!卿等尽忠,退得晋兵,高官任选,朕不负伊!”谆曰:“刘裕孤军悬久,目下虽锐,久必自衰。宜固此城,待其衰而出攻,必能破之也!”燕王超从之,诏命六师紧守城池,并不出战。

时刘裕大会诸将,商议攻城之策。中军将玄文上言曰:“昔赵攻曹嶷,望气者以为渑水带城,非可攻拔;若塞五龙口,城必有陷。石季龙从之,而嶷请降从。慕容恪之围段龛,亦如之,而龛亦降,后无几又震开之。今旧基犹在,明公可塞之,则城中必有降者,若攻恐难拔也。”裕从之,即使一军担泥运土,填塞五龙口,城中士民男女,相患脚疾,弱病重者大半。因此城中士民,相继出降。

第三二一回　裕以往亡获燕王

南燕城外闻男女病脚弱者，大半出降。尚书悦寿谓超曰："今军士凋瘁，绝望外援，岂可不思变通之计？"超叹曰："废兴命也，吾宁伏剑而死，不能衔璧而生！"

刘裕悉众攻城，诸将曰："今日'往亡'，不利出师。"裕曰："我往彼亡？何为不利？"催军人四面攻之。南燕尚书悦寿闻张纲降晋，密写献门之书，系在箭上，射下城来。军士拾见张纲，纲将书见裕，裕唤请将听令，如入冀州，休得杀害一城老小，军民降者免死。群盗又使于栗磾讨不从命者，所向皆克。

第三二二回　卢循以兵寇建康

却说刘裕北伐南燕时，徐道覆劝卢循乘虚打入建康，循弗听，曰："刘裕既伐燕地，则建康不复虚矣。加之裕善用兵，必留重戍险隘，未可轻动也。况今冬寒，不如坚守，以待天时。外结英豪，内修农事，选精锐之兵，乘虚而进，救左则攻右，救右则攻左，我不劳而彼困惫，未及三年，可坐而取胜也。今舍妙胜之策，而决成败于一时，恐不如意，悔之无及。"道覆又曰："将军久住岭外，岂将此传之子孙耶？正以刘裕难与为敌也。今裕顿兵坚城之下，未有还期，我以此时领军士攻击何、刘之徒，如反掌之易耳！不乘此机，苟求一日之安，裕平齐后，以玺书征君，自将屯豫章，遣诸将率锐师过岭，恐将军不能当也；若先克建康，倾其根蒂，裕虽南还，无能为也！"循乃从之。

初，徐道覆计使人伐船材于南康山，至始即贱卖，居人争市之。至是悉自取之以装舰，旬日办成。循从道覆之计，分兵三队攻卢陵、南康、豫章三郡。郡守因裕抽兵北伐，无兵守御，惧皆奔逃，被循所占。循既得三郡，徐道覆又谓循曰："今虽连得三郡，皆是冲要之处，若江陵刘道规来取，吾难守也！吾自以兵去攻，公可速遣人入蜀，说谯纵以兵寇江夏，使彼不遑来也。"循从其计，即使人入蜀见谯纵曰："卢将军以众入建康，恐刘道规、何无忌攻其后，将军若能攻江陵，敌住二人，倘得京邑，以西地属公，共结为唇齿，永为和好，誓不相侵。"谯纵闻言，即遣荆州刺史谯道福同桓谦引兵三万来寇江陵。

第三二三回　道规焚书固江陵

当刘道规闻知桓谦等兵至，即聚集江陵诸将商议，诸将惊惧，尽皆失色。道规谓众曰："吾东来文武，足以济事，汝等畏刀避剑之徒，欲去者吾不相禁。"因喝令夜开门，随其自适。

众咸惮服，莫有去者。

次日，雍州刺史鲁宗之闻桓谦寇江陵，乃率部下兵从襄阳来救江陵，兵至城下叫门，刘道规命人开门，与鲁宗之入。诸将皆曰："宗之以兵远来，其心未可知也，使其屯兵城外，不可与入。"道规曰："人以赤心援我，我若疑之，反为乱矣！"遂不听，乃自单身出城，迎入府内，共议破敌之策。由是宗之之众感激悦服，皆愿效命而出战。当诸将曰："刘公自保江陵，使将军檀道济、到彦之领兵二万，共击苟林。"道规曰："非吾自行不决，而委他人。"因是乃使鲁宗之以兵守江陵，委以心腹，自率诸将以兵十万，进军长驱至枝江，迎着桓谦。两军相遇，交战十合，谦军大败而逃。道规率兵连追二百里，桓谦被道济、苟林被刘遵追及斩之，尽收得桓谦军械辎重。于内擒得一箧文书，道规启箧视之，乃自己部下及江陵士庶降谦之书数百纸，皆言江陵虚实备细，道规不问，尽皆焚之，因此众始大安。道规复以兵还江陵，时鲁宗之闻徐道覆大军至，恐寡不敌众，自引兵走还襄阳去讫。

时百姓闻流言，卢循已克京师，遣道覆来为江州刺史。江陵士庶闻道规已破桓公及焚其处书等，因此江陵士庶感其焚书之恩德，为备守城池，无复二志，保全江陵。

道规闻道覆将至，星夜驰还江陵，密谓刘遵曰："今道覆兵将至，汝可引一万军为游兵，出屯江汉口，以拒道覆前躯；如若不胜，收屯为犄角之势，使其不敢逼城下营，方可破之。"遵依计而去。到彦之等咸曰："明公不宜割此有力之兵，置于无用之地，可留保守江陵，如何分拆军威之势？"道规曰："能善将兵，今敌不敢近城者，莫若犄角势，分此兵，使其疑惑，莫能进逼，然后以计破之，胜之必矣。"于是众服其论。遵先得令，以兵出屯汉口，以迎敌兵。道规自与诸将士等领军三万，离城三百里拒迎。

其时道覆不从大路来，与道规不相遇。密从故道抄小径，奄至城下，呐喊佯言："建康已克，江陵何不早降？若缓，攻破城池，玉石俱焚！"言未毕，军人报汉口有兵提防，道覆不敢攻城，离城三十里安营。其时城中无一卒戍守，士庶皆感道规焚书之恩，无有二意，俱各竭力调拨民兵，昼夜登城巡视，把守各门。

次日，道覆驱兵大进，攻打城池，城上百姓各以灰瓶石子打下，军不敢进，连攻数日不下。忽听得鼓噪喧天，正西路上人马奄到，旗上书得分明："大将刘道规。"道覆大惊，急忙传令三军，摆开与战。道覆自与道规交锋，连斗五十余合，道规力乏欲走，又听得东路一彪人马奄至，回头视之，认是游军刘遵旗号，心中大悦，壮气愈加，又挺刀与战。当道覆见有伏兵，更兼日晚又昏，不敢恋战，拨转马头，寻路走还。檀道济见徐兵走，驱车连夜追杀。道覆欲退,被刘遵游军横挟,两路拦击,杀得徐兵溃窜,伤亡死者不计其数,道覆只存二百骑逃走。道规方传令鸣金收军入城。次日以牛酒犒赏三军,不在话下。

却说徐道覆败回,收拾残兵万余,会卢循之众,军稍振,乃议下建康。

第三二四回　**何无忌握节身死**

何无忌闻卢循欲下建康，自以兵离浔阳来拒循。长史邓潜之谏曰："循兵舰盛，势居上流，宜决南塘，守二城以待之。彼必不敢舍我远下，蓄力养锐，俟其疲老然后击之，此万全之策也。今决成败于一战，万一失利，后悔莫及。"参军殷阐曰："循所将皆三吴旧贼，百战余勇，始兴溪子，拳捷善斗，宜留屯豫章，征兵属城，兵至合战，未为晚也。"无忌不听，率兵上船，与徐道覆遇，战于豫章郡。道覆计令强弓手五百弃船登山邀射之，自率大舰，乘风急以撞之，无忌船小，况又风逆，不能抵挡，众皆奔溃。无忌厉声曰："取我苏武节来！"节至，执以督战，兵已散了，贼众云集，寡不敌众，握节而死。道覆兵威复振，中外震骇。后朝廷闻知，谥无忌"忠肃"。

一月，西凉傉檀自将兵五万来伐蒙逊。蒙逊大惊，设伏兵于山源，自以弱卒一万邀战，诈败引至山源，伏兵四出，傉檀大败逃去。蒙逊乘胜追至姑臧，夷夏万余户出降，蒙逊纳之。傉檀大惧，遣人出城，纳质请和，蒙逊受之，乃徙其众八千余户而去。傉檀恐其再至，迁于乐都。姑臧人自推焦朗为主，降于蒙逊，不用傉檀之命。是时刘裕伐燕还师，还镇下邳。

却说晋帝设朝，群臣奏卢循侵占南康三郡，目今兵马将到京城。帝乃大惊，遂问文武大臣，大臣奏曰："欲破此贼，火速颁诏，星夜征豫章郡公还京，方保无事，不然为贼所危！"帝曰："然！"于是即命使赍诏征裕还拒卢循。使人领旨，星夜至下邳见裕，呈上诏书，刘裕读讫，始知卢循入寇，何无忌战死，号啕大哭。即传令班师而还。

第三二五回　刘毅大破卢循兵

却说刘裕回兵至下邳，以船载辎重，自率精锐步归。知何无忌败死，卷甲兼行。将济江，风急，众咸惧之。诸将请待风息，裕曰："若天命助国，风当自息，不然，覆溺何害？"命登舟，舟移而风止。四月至建康，青州刺史诸葛长民、兖州刺史刘藩、并州刺史刘道邻各将兵入卫。藩，毅之从弟也。

卢循兵威大振，将近建康。百官会议奏曰："贼兵强盛，刘公回来，不如北走避之。"帝问曰："贼在何处？"大臣曰："贼在豫章，与京相隔五百余里。"帝曰："贼尚未至，待到，避之不迟。"言讫罢朝。

却说刘裕回兵至山阳，大哭镇南将军何无忌。忽闻朝野震骇，帝欲北迁之事，裕益大哭无忌，涕零不已。亲自设席祭之，又令三军挂孝三日。至癸未，始至京都，入朝觐帝，拜毕，帝曰："太尉北征劳神。"裕曰："陛下掌政事不易。"帝请刘公平身，裕曰："近闻卢循领兵，已取豫章，将及到此，陛下议论若何？"帝曰："今文武议欲迁都。"裕听说乃怒曰："大臣以为京都无人，故此畏避耶？"帝曰："卿意如何？"裕曰："主上曾与谁人议论也？"帝曰："与众议之，理尚未定，故召公回决之。"裕因问群臣曰："请君主避者，愿闻其详！"众答曰："妖贼虎豹也，挟强盛而寇四方，勒有百万之师，近得豫章三郡，其势甚大。吾建康可拒贼者长江也，今贼艨艟巨舰，何止数千，水陆并进，占地千里，况明公北伐始还，疮痍未复，侍卫老弱等数万人，安可挡之？若依愚等，莫如早避，尚图后复。"裕曰："此乃迂阔之论也！建康自返正乘舆以来，今历数载，安可一旦而弃于贼也？"帝曰："若此将以何计拒之？"裕曰："贼虽强盛，实易攻也。"帝曰："如何易攻？"裕曰："贼之所统，皆乌合之众、蚁聚之兵，军无纪律，将无远略，民心不附。以陛下雄武，仗先帝之灵，具文武之力，臣自以兵保为陛下破之！"言未毕，班部中撞出步骑将军刘毅，上殿奏曰："臣请精兵五万先行，破此贼人。"裕谓毅曰："今贼新捷锋锐，莫可先动，必须严军偕进。"毅曰："贼众虽盛，不可畏之。"于是毅坚要行，帝只得委兵五万与毅先行。毅曰："不杀此贼，誓不回军！"言讫引兵去了。

裕恐有失，亦自整备出师。先即作书使刘藩前去止之，令其等大军一同起行。刘藩追至，谓兄毅曰："刘公恐兄孤军去讨，不能取胜，使我来止，等其大军一至偕进。依弟之见，果不可独行。"毅闻之，大怒曰："我以一时之功相推耳！汝便谓我不及刘裕也！"言讫，投书于地，遂以舟师一万，发至姑孰。五月壬午，毅兵望桑落洲而行。

却说卢循正坐间，忽闻探马回报，刘毅引大队兵杀奔豫章而来，诸将士卒尽皆失色，循知，急召徐道覆入议曰："今刘毅引五万大兵到来，何以迎之？"道覆曰："离城一百里外，有一洲，名曰桑落洲，其水路夹洲，洲之前十里，左有山名豫山，右有林名居林，可以埋伏军马，可令秦用引兵一千五百，带船三百，去居林背后水谷埋伏。只看四面火起，便可杀出，即纵火焚之。林佺、刘稷各引军五百，预备引火之物于船中，伏于桑落洲后林下两边相候，至初更晋兵到来，便可放火烧船矣。王得引兵五千为前部抵敌，要输不要赢，把兵马与战佯输，迤逦追后而走。主公自引一支军，于中救援，依计而行，勿使有失。”计排已定，次日诸将士各依计而行。

却说刘毅以军到桑落洲，拣选一半精兵作前队，其余在后随保粮草而行。是时五月，南风徐起，人马趱行而来，见贼兵大叫骂曰：“卢循无义叛贼，你等事他正如孤魂随鬼也！”王得大笑曰：“你等随刘裕鼠贼耳！”刘毅大怒，向前来战王得，二舟相交，战不一时，王得引舟诈败，刘毅赶将前来，贼军先退，毅军奄至，王得以舟押后当抵，约走十余里，王得回舟又战，须臾又退。

当韦浩撑舟谏曰：“王得诱敌，恐有埋伏！”毅曰：“敌军只如此，虽有十面埋伏，吾何惧焉？”赶到桑落洲，忽听一声鼓响，卢循自引一支军出来迎接。刘毅目视韦浩曰：“此即埋伏之军，吾今晚不到豫章，誓不罢兵！”催军前进。王得、卢循佯拦不住，迤逦望后便退。

天色黑下，浓云布满，又无月色，微风忽起，狂风大作。刘毅只顾前行，将近戍牌左侧，毅在前面，只听前面一片叫起，便将战船摆开阵势，问于向导：“这是哪里？”向导回答：“前面乃是桑落洲，后面便是豫口川。”刘毅传令吩咐诸将押后，亲自出战船，于阵前与侯兰、韦浩及数十船，两下排开。敌军到处，刘毅看了大笑，众将问曰：“将军何故如此哂笑乎？”毅曰：“吾笑刘裕在帝面前夸诸贼强盛，今看他用兵可见了也！似此等战船在前，与吾对敌，正如驱羊与虎狼斗也！吾行时在帝面前夸要活捉诸贼，今必应前言也！不可停住。汝等诸将，催赶军马，是夜赶到豫章，吾之愿也！”遂自纵船向前打话，妖贼将船摆开。王得便当先出马，毅骂走之，兵各自认队伍而去。

毅令催促后军上来，诸将赶至狭窄之处，只见两边都是芦苇，兜住船只，谓刘毅曰：“南河路狭，山川相逼，树木丛杂，恐防火攻。”刘毅省悟而言曰：“汝等之言是也！”却欲回时，忽听得后面喊声起，望见一派火光绕着，随后两边芦苇中亦着，四面八方火势齐起，狂风大作，人船自相冲撞，死者不计其数。刘毅冒烟突火而走，后面王得拥赶将来。

且说韦浩急奔回来，只见火光中一军拦住，当先乃秦用也。军兵大乱，只得夺路而走。刘毅见粮草船一路都着，便抄小路走脱。走出林前，慌忙收拾残兵上马，弃船奔回去了。徐道覆请卢循乘胜后追，杀入京都，循乃从之。

却说刘毅引残败之兵连夜奔回见裕，说为贼用火攻之事，因败回来。裕相视失色，欲还浔阳、平江陵，据二州以抗贼。贼即至，欲出与战，北伐始还。将士伤痍者未复起，只有战士数千人，贼有十余万，舳舻辎车千余里，恐寡不敌，众因之犹豫。参军孟昶、诸葛长民进言曰：“贼人远来，粮草不敷，不如保拥天子过江，且避其锋，待粮尽然后击之，必取胜也。”刘裕曰：“今兵士虽少，犹可以一战，吾计决矣。”时诸将议曰：“如若不避，国公可得把守诸津险隘，俾贼不能入也。”裕曰：“贼众我寡，若分其兵，则贼人测其虚实，一处失利，则沮三军之心。不如聚众屯扎石头，则众力不分。”言讫，领诸将引兵移镇石头城。

至乙丑日，探马报卢循引贼兵大至淮口，将近来到，诸将皆惧。卢循战士二十余万，舟车百里，楼船高十二丈。孟昶、诸葛长民务要奉乘舆过江，裕将听，参军王仲德言于裕曰:“明公新建大功,威振六合,妖贼既闻凯旋,自当奔溃。若先自逃遁,则势同匹夫,匹夫号令,何以威物?”裕甚悦,昶固请不已。裕曰:“今重镇外倾,强寇内逼,人情危骇,莫有固志。若一旦迁动,便自土崩瓦解,江北亦岂可得至?设令得至,不过延日月耳!今兵士虽少,自足一战,若其克济,则臣主同休。苟厄运必至,我当横尸庙门,遂其向来以身许国之志,不能草间求活也!”昶坚意请死,裕怒曰:“卿且一战,死复何晚?”昶乃抗表曰:“臣赞北伐之计,使狂贼乘间至此,谨引咎以谢天下。”乃仰药而死。孟昶既死,诸民皆惊,将士忧虑,时裕谓将士曰:“汝等勿惊,且看其众,若何进兵,贼若于新亭直进,其锋便不可当,宜回避之;若回泊蔡州西岸,可擒耳!”众未信之。

却说卢循进兵至淮口,徐道覆言曰:“今刘裕北回,兵皆伤痍,不能复战,其有至者,未必满万人,不如焚舟,从新亭杀进,则裕成擒。”循不从,言曰:“大军未至,孟昶望风自裁。以大势言之,当计日溃乱;今决胜负于一朝,既非必克之道,且多杀伤士卒,不如按兵待之。”道覆曰:“我终为卢公所误,事必无成,使我得为英雄驱驰,天下不足定焉!”

裕登城,见循军引向新亭,顾左右失色,既而还泊西岸,乃悦。遂栅石头淮口,修治越城,筑查浦、药园、廷尉三垒,皆以兵守之。翌日,循伏兵南岸,使老弱乘舟向白石,声言悉众自白石步上。

是日,裕闻贼兵至,引诸将登石头城楼上望之。望见贼兵从蔡州而来,裕悦不自胜,谓诸将曰:“此天助吾成功也!”言讫下城,令军人坚守四门,不许出战。又唤诸将至,谓曰:“吾料徐道覆用谋行兵,必然来取查浦,断吾咽喉之路,谁可去守?”参军徐赤特曰:“某愿往!”刘裕曰:“查浦虽小,所系有太山之重,倘查浦有失,吾军定休矣!汝虽有谋,此地且无城郭,又无险要,所守极难。”赤特曰:“吾自幼立学到今,岂不知兵法,量一查浦不能守,要我何用?”刘裕曰:“查浦正是吾之咽喉,若断不能有气,查浦一失,吾兵休矣!徐道覆非等闲人也,况有秦用为前锋,智勇足备,恐汝不能敌也!”赤特曰:“必不怕,若有所失,斩首无怨。”刘裕曰:“军中无戏言!”赤特曰:“愿立军令状!”刘裕曰:“汝与我文书,我与你四千军,拨沈林子与你相助,汝等小心在意,谋守地面,到彼安营,方可断他军来。”二人拜辞,领军起行。

第三二六回　**刘裕罪斩徐赤特**

刘裕又唤刘毅、诸葛长民至，谓曰："吾与你兵从北面拒贼，你可为前部先锋，汝宜小心，今番出兵，不比寻常。"言讫，长民领兵前行。刘裕自引兵后应，前来北拒贼兵。

却说参军徐赤特与沈林子引兵到查浦，看了地面，笑曰："刘公多心！量此山僻之处，贼兵如何过去？"就于总路口张侯桥首下寨，令军士伐木为栅，以为久计。又徐赤特自出寨行，见桥边有一山，并不相连，更且树木茂盛，顶又平高，可以屯军。回寨唤集诸将计议，欲移寨往其山顶去屯扎，偏将军沈林子曰："将军差矣！若屯军于当道，筑起墙垣，虽有百万之兵，不能过也！今若弃其要道，立营于山上，贼兵四面围定，将何以保？"赤特笑曰："兵法有云：居高视下，势如破竹。若贼兵来，吾令片甲不回。"沈林子曰："吾跟刘公出征，但到处必从活处，今视此山乃绝地也！倘贼兵绝其后汲水之路，反用火攻，我军不战自乱也！"赤特却说："孙子云：置之死地而后生。刘公尚且请问于我，汝何等之人，敢阻吾意！吾自有主见！"林子曰："若参军必欲于山上立寨，请分二千人，某自于山西下一小营，一千人为犄角之势，倘兵至可以救应。"赤特坚执不从，林子欲辞回去。赤特方曰："汝既不听，与你二千兵，待吾破了贼兵，到刘公处，你却分不得我的功劳！"言讫，分兵与林子。林子得兵，离山五里下一小营。赤特一面画营地图，星夜使人将图呈禀刘裕去讫。

却说卢循使人去探，回报查浦有兵守御，即按兵不动。叹曰："刘公真乃神人，吾不及也！"徐道覆曰："何故自堕其志？某料查浦可取！"循怒曰："汝何出此言！"道覆曰："吾探当道无寨栅军，又屯于山上，故知可破！"循笑曰："若军果然屯于山上，则天赐吾成功也！"自引十数骑来看一遭，赤特在上笑，令诸将士各各准备，看我红旗招动，四面皆下。

却说徐道覆到寨，使人打听谁人总兵把守查浦？人报曰："参军徐赤特也。"道覆曰："庸才！但刘公虽有大谋，却不识人，此辈为将，可不误事！"唤林佺曰："左右别有军否？"佺曰："离五里有沈林子安营。"道覆曰："汝引一军，挡住林子来路，吾差申仁、申得，率领诸将四面围山后，又断其归路，就令军人备硫磺、焰硝、干柴引火之物，于林边堆之，放火焚之，彼军自乱。乘乱取之，可得查浦矣。"当晚调遣已定。

天明，林佺引一军先往背后，道覆大队军马，一涌而进。喊声起处，四面围住，应有汲水之处，以精兵围之。命众军将前引火之物，放于林边点着。山上晋兵看时，卢兵漫山塞野，队伍甚是整齐。会风起势刮来，渐渐烧入林去，晋兵不敢下山。

赤特在山上慌忙将红旗招动，军将你我相推不动。赤特大怒，手杀二将，诸军皆惧，只得努力杀下山来时，见四面火起，众军溃乱，各自逃生，不敢恋战。当又听得贼兵军士大叫："有投降者重赏，拒者诛之。"因此，晋兵多有弃戈抛旗来投贼者。赤特再退上山，急叫军士把守寨门，且待外应。时林子引军来冲，又被林佺杀退，走回石头去讫。

却说赤特从早被围至日暮，火烧近寨，山上又无水取，众军士又要逃命，于是寨中大乱。赤特把守不住，杀下西山而走。后面林佺赶来，直赶下三十里，赤特来保张侯桥，兵溃不能挡，只得逃回石头去讫。

却说卢循令徐道覆鸣金收军，进屯丹阳。道覆与卢循言："今已得查浦，刘裕必然自来，吾引林佺带兵五万，埋伏南岸，秦用以大兵与战，主公可以一万兵，向白石屯住，多设旌旗为疑兵，使彼疑有埋伏，不敢从此路而来，必从南岸而至；吾待他兵过半去击之，秦用以兵接战，三下夹攻，而刘裕则成擒矣。"卢循从之，令诸将听令，依计而行，计排已定。

却说刘裕自差徐赤特戍查浦之后，心中怏怏，放心不下。忽报林子有使送地理图至，呈上刘裕，裕就案上展开看了，拍案大骂曰："赤特匹夫，坑陷吾军！早晚必有街亭之患也！"急欲差人去替，忽报马来说："查浦已失，丹阳城皆休。"刘裕曰："大事去矣！吾之过也！"言讫，即时命诸将士，收拾军马，星夜驰还石头城内。坐定，急唤林子入，责之曰："吾令汝与赤特同守查浦，汝何不谏之？"林子曰："某再三劝而不从，我自领兵二千，离山五里下寨，被贼兵四面围合，某自领兵去冲数十余次，死战方得出路。恐失石头城，急急回守，非吾之不谏也。"刘裕喝退，即唤赤特，赤特自缚而入，跪于阶下。刘裕曰："吾屡次叮咛，说查浦吾军之本也，领此重任，须要小心，今复如何？汝依林子，不致如此，今败兵失地，皆汝之过也！"叱左右推出斩之。忽监军从外来，正见斩赤特，入见刘裕曰："昔楚杀得臣而文公喜，今天下未定，而戮智谋之士，岂不惜乎？"刘裕答曰："孙武所以能制胜于天下者，以其用法明也！今乃四海分裂，兵卒若复废法，何以讨贼耶？假使有功不赏，有罪不诛，虽唐虞不能以化天下也！"急命斩讫，献头于阶下。传令各营，将尸首具棺木以葬之，抚恤其家。复令人探听贼兵虚实。回报说南岸有埋伏，白石张疑兵，于是裕知贼有所备，乃始命诸将士解甲固守石头，不许动兵。刘裕斩参军徐赤特，后人有诗为证：

赏罚严明可治兵，赏无仇恨罚无亲；
查浦失守刑当及，军令施行悦后人。

第三二七回　**道覆以兵寇江陵**

却说卢循屯在丹阳城，至七月庚申，谓将士曰："今刘裕固守石头，不与我战，其计欲劳我师，待我粮尽，退而击之，安可坐中其谋？不如兵还浔阳，别图后计。"言讫，传令起行。徐道覆进言曰："今刘裕与我抗而不战者，必有密谋破吾军也。不如急去攻之，使其谋无所就，岂可退兵与其后追也。"循不听。道覆曰："既是退兵，可与吾兵二万去攻江陵、荆州，就取其粮草，前来供给三军；不然，粮尽难以争战。"循曰："可！"于是以兵二万、战将数员与道覆前往江陵、荆州去讫。自以兵徐退，以水军舳舻泊西岸屯住。

却说刘裕坐中军，闻探马回报说，卢循退兵泊西岸，徐道覆引兵袭江陵、荆州。裕得其语，大喜曰："道覆去远，吾计成矣！"言讫，即唤辅国将军王仲德，谓曰："你引一千精兵，多张旌旗，后追随数里屯扎，待他退，你后追，他屯住，你亦屯住，不可与战，使彼心疑，不敢还浔阳，只屯西岸，我自有计破也。"又唤建威将军孙处至曰："你可引五千兵，阴从海道去袭番禺，攻其家也。"处欲临行，裕诫之曰："我这里十二月必破贼军，料卿亦足至番禺，就宜紧攻，先倾其巢窟也。使贼闻知虑主思归耳。"处领诺，领兵从海道去讫。又唤偏将军王平谓曰："你星夜领五千兵，抄小路，去贼兵之前，砍伐近山树木，结大栅数百浮于河上，横塞河路，就准备完讫，屯西河港内，朝夕擂鼓，使贼疑不敢归。"又唤监军孟怀玉谓曰："你可引兵二千，准备船只一千，以硫磺焰硝引火之物，装船上面；待吾进兵，贼人必来占住西岸，待他泊住西岸，你将船只浮河上流，待东北风起放火，顺下西岸，纵兵击之。"又唤诸葛长民谓曰："你领五千兵，看河内火起为号，引兵进攻贼之旱寨，贼走放火焚之。"计排已定，传令已讫，使刘毅监太尉留府镇守，自以兵登舟，南塘屯扎，等待风起。

却说刺史刘道规正坐厅间，忽左右报徐道覆引兵二万来攻江陵。道规即唤左右副将至，以计附耳低言说："如此如此。"诸将士得计，即时准备军马，依计星夜由小路埋伏去讫。次日道规自将兵五千，前来排战。

却说徐道覆军马至江陵，离城七十里下寨，正坐帐中，忽探马报说："荆州刺史刘道规，引军马前来挑战。"道覆即时传令，便差渠帅韩焰先来出哨。随即全身披挂，骑雪蹄乌骓马，仗着双鞭，大驱人马，奔江陵城。在路上正遇道规，与战不上三合，道规佯输走还，道覆见他敌弱，追赶五十里之程。远远望见道规许多人马，杀奔回来。徐道覆即排开军马，先锋韩焰来与徐道覆商议曰："正南上一队步兵，不知是何处来？"道覆曰："休问，只管冲将过去！"韩焰引五千军马飞过前去。又见东南一队军来，却欲分兵；西南上又堆起一队来，旗竿招展，呐喊喧天。韩焰又引兵回来，对徐道覆曰："南边两队军又都是晋兵旗号。"道覆曰："这厮不出来厮杀，必有计策。"说犹未了，只听得北面上一声炮响，道覆曰："此必是晋兵计策，我和你且把人马分作两处去斗。我去杀北边，你去杀南边。"正在分兵之际，只见四路又起兵来，道覆心更慌忙，四面八方，火炮掀天，金鼓雷鸣，晋兵飞围过来。道覆兵皆惶溃乱窜。道覆见有埋伏，急忙勒转马头，望东北大路杀来。遇着道规交战，战上二十余合，无心恋战，只得拼死，尽力杀开血路，直冲过去，望东北而逃。刘道规引得胜兵追数十里不着方回，以牛酒赏劳三军，不再絮烦。是时徐道覆被刘道规用四面埋伏之计，杀得片甲不留，只收得几千残兵，回屯湓口。

是年十一月，孙处从海道至番禺，悉领兵登岸，自诈为渠帅韩焰，令兵改为贼兵旗号，诈说卢循攻破建康，着他回接父亲及家属往京。因此直至城下，依计诱开城门，城中无备，直杀入城。

却说卢循父卢嘏正坐府中，闻报晋兵诈称韩焰诱开城门，杀近府前。嘏大惊，急引家属开走后门，逾墙逃奔始兴而去。孙处入内，令军士搜捉卢嘏不见，将其妇女尽斩，出榜安抚，百姓惧其残杀，皆闭门不开。

次日，孙处始令百余骑贴榜文遍告诸处及三军：如有妄杀一人者，夷其三族；妄取民间一件物者，定按军法。如此军法严明，与民秋毫无犯。次日天明，百姓家家开门，焚香迎接。处又传令告报，但有原任官吏，依旧录用，及在边将士家，亦照旧给俸不缺。由是番禺百姓，皆感其德，倾心归命于处。处乃屯镇其城，犒赏三军。十二月己卯，忽起东风，裕唤诸将入内，问前日令安排准备埋伏物件等项如何？诸将答曰："齐备！"

裕曰："既齐，今日各个依计进兵，不可迟延。"言讫，拔寨起行，依计杀奔前来。

卢循正在水寨，与诸将说："前面有埋伏，后面有追兵，如何可退还浔阳？"正议间，闻晋兵杀来，急令水军头目引兵从方江而下，占住西岸。诸兵得令，各以船泊西岸。忽报上流有数千小船至，言未毕，其船将近水寨，只隔一里水面。忽然间，其船一齐发火，火趁风威，风助火势，船如箭发，焰烟涨天，一千只火船撞入水寨，所撞之处，尽皆钉住。隔江炮响，四下火船齐到。但见方江面上火逐风飞，一派通红，漫天彻地。卢循回看岸上营寨，几处火起。

却说孟怀玉将船放火，顺流贼寨，自跳在小船中，背后数十人，驾舟百余，冒烟突火来杀卢循。

循见势急，欲爬上岸口时，张放驾一小舟来，乃扶循下得船时，那只大船，已自着火了。张放遂呼集数百只船、万余人，保护卢循在于小船中，飞奔岸口。

当刘裕望见穿绛红袍者下船引众船走，料是卢循，即出，脚踏在船头，手执利刃，厉声大叫曰："妖贼休走！刘裕在此，等你多时！"循乃连声大呼众船回，与裕战，不下数合，裕乃大败而退。卢循引兵赶来，将次赶上，被张放拈弓搭箭，觑得刘裕较近，一箭射去，而裕在火光之中，那里听得见弓弦响，箭来正中肩窝，翻身下水。当有偏将急救，方得活命。

其时满河火滚，因风水之势，在中流鏖之，天下大雨，雷声大震，水热如汤，流入龙宫。龙王大惊，急问水族："如何水热如汤？"当时水族对说："妖贼谋叛，刘裕以火攻焚其舟，因此水热如汤，目今刘裕反败与贼。"龙王谓水族曰："刘裕当兴宋祚，你可引众水族以万钧神弩阴矢射妖贼，助他一阵。"于是水族依令，以神弩来阴助刘裕，暗射妖贼，当者无不即死，贼众方溃。

刘裕见自军中忽然有万钧之弩，所发矢中贼，疑必天助。遂令众军并力攻击，所向莫不摧陷，杀得贼人大败，走下流去了。又被木栅拦住，循令偏将拒住伏兵，自挥兵尽力拆毁木栅，乃得退走还浔阳。裕以兵紧随后追，循见晋兵追至甚急，复走至豫章，令军人悉力为栅，在左里拒之。

其时，刘裕同部将景申引大军将次来到，左右正与贼兵对阵交锋之际，裕急忙持号幡，麾兵去战，忽然幡竿折，断幡沉于水。众军将咸以为不祥，且请退兵，明日交战。刘裕笑谓诸将曰："往时定荆之战如是，今乃复见，必破贼矣！诸将休疑，火速进兵！"众将士因此锐气百倍，悉力攻其木栅，俄而栅拆，晋兵杀入栅来。

卢循见晋兵乱入，莫能挡抵，唬得心胆俱裂，鼠窜狼奔，引左右心腹，掉舟急逃，奔回番禺去讫。因此诸兵无主，俱各乱窜。

刘裕见循去远，又传令诸将曰："归师勿掩，穷寇勿追，宜即收兵。"自乃大叫曰："卢兵肯降者免戮！不顺者即诛！"言未讫，贼兵皆倒戈卸甲，撑船来降。裕乃大喜，即传令鸣金收军。旋师屯于豫章，安抚百姓。忽报晋帝遣侍中黄门薛仁以牛酒财帛前来劳师，裕闻知，即出案接待同坐，以财帛牛酒赐诸将士，给赏三军。

辛亥七年春正月，南凉王傉檀又欲伐北凉，护军孟恺谏曰："蒙逊新并姑臧，凶势正盛，不可攻也。"

傉檀不听，发兵五万，分五路俱进。兵至番禾、苕藋，掠五千余户而还，将军屈右曰："今既获利，宜倍道旋师，早度险危。蒙逊若轻猝至，大敌外逼，徙户内叛，此危亡之道也。"又不退。俄而昏雾风雨，蒙逊兵至，大败而走，不敢还城。蒙逊以兵进围乐都，劫取其子染以为质。蒙逊始引兵而还，傉檀势穷，只得以其子为质降。

二月，刘裕收军振旅而还京，次日入朝，拜见晋帝，奏说破卢循之功。帝大喜，改封裕为大将军，领扬州牧，裕受职谢恩而退。

第三二八回　**卢循败回取番禺**

却说卢循败后，星夜走回番禺。至始兴，始知孙处先攻破番禹，及父引家属逃在始兴，心中大惊，即领诸将佐入城，见父哭说败兵之事。及问番禺如何失了，被贼所陷，父嘏说："孙处诈称渠帅韩焰，道你攻破建康，令他前来迎接家属，因此诸隘守将信之，不提防他，直至城下叫开城门，杀了守城军吏。比及知时，措手不及，我只得领家属从后门逃出，奔此安身，待你回来商议。目今孙处孤军守番禺，民众不附，甚是易攻，不如收残兵再复其城，方可聚众前去报仇也。"循曰："既然如此，可速进兵！"于是循即领诸将残兵，连更带夜杀奔番禺，直至城下屯营。

却说孙处正坐府堂，忽有探马来报说："卢循败回，引残兵来取番禺，目今兵屯城下。"孙处闻知其事，急唤部将至，从耳边道计："如此如此。"诸将得计而出，便传令众军，五更造饭，平明，大小三军人马尽皆出城。城上要处虚插旌旗，遥张声势。军分三门而出，只留陈矫部一千兵守城。传令讫，诸将各个遵令而行。

至次日，却说卢循自陈兵于番禺城外围住，当日晋兵分着三门而出。循即自上将台看时，但见城上墙边，都是虚插旌旗，无人守护。又见军士腰下各束包袱，卢循心中暗忖，晋兵必是预先准备走路。遂下将台，传令两军分为左右两翼，如前后得胜，尽力追赶，直待鸣金，方许退步。就令："韩焰领着后军，吾亲自取城。"当日对阵，鼓声大振，孙处出马在阵前搦战，循自至门旗下，挥鞭指问："谁人向前？"一将应声出马，乃韩焰也。与孙处交锋，战到二十余合，处乃败走。孙仁拍马向前，大呼姓名，搦卢循来战。循不出，乃使周恭出马与仁战上十余合，仁又败走，阵势大乱，后军先退，孙处、孙仁兄弟二人押后，卢循指点两翼军冲出。晋兵佯为大败而走。卢循自率大军追赶至番禺城下，晋军皆不入城，都望西北而走。韩焰、周恭引前部径赶。

卢循见番禺城门大开，城上又无军马，指点众军抢城，数十骑当先而进，卢循在后加鞭纵马而入。到瓮城道边，城上敌楼上陈矫张见卢循亲自先入，暗暗喝彩道："孙将军妙算！"言讫，打一声梆子响处，两边弓弩齐发，箭如雨下，争先入门的都跌落陷马坑去。卢循急勒马回，一弩箭正射中右臂，循乃翻身落马，晋兵即从门内杀出，来奔卢循，循却得众军将死命救出去了。城中军士突出，贼兵自相践踏，落堑填坑者无数。循急令鸣金收军。孙处引三路兵，杀得贼兵皆弃戈大败而走，走至一百余里，方且屯住。收其败兵，南走交州去讫。孙处亦追百里，方归番禺屯扎。

却说徐道覆被刘道规杀败，走屯湓口。数月，闻循败走始兴，乃引众亦来始兴见卢循，时循已去番禺，因此只在始兴屯住而已。

却说兖州刺史刘藩闻徐道覆据始兴，乃与偏将孟怀玉部兵一万，来取始兴，兵至离城一百里下寨。次日，召孟怀玉及诸将至，密授与计，诸将依计，各自出寨准备而行。

行不数十里，徐道覆探知其来，亦引兵至，正相遇着，两下各自排成阵势始完了，徐道覆出马，手提大刀，厉声高叫："叛国之贼，焉敢侵吾境界！"对阵中一簇黄旗而出，旗帜分开，有一辆四轮车，车中端坐一人，头戴银盔，身披金甲，手执羽扇，用扇招道覆曰："吾乃兖州刺史刘藩也，燕王百万之众，被吾略施小计，克复燕京，今来招安汝等，何故不早降？"徐道覆大笑曰："广固鏖兵，乃刘裕之谋也，于汝何事？今来欺吾。"言罢，轮刀径杀过来。刘藩故作急回车，望阵中走。阵门复闭，道覆径冲过来，阵势忽分两下而走。道覆遥望中央一簇黄旗，料是刘藩，只望黄旗而追。转过山脚，黄旗扎住，忽然分开，中央不见四轮车，一员将挺矛跃马，直取道覆，大呼曰："吾乃燕人孟怀玉，贼将休走！"道覆抡刀来迎，战不数合，气力不加，拨回马走。怀玉从后赶来，喊声大举，两下兵将复合，道覆冲出，前面一军截住去路，道覆措手不及，惊慌落马被擒。当下怀玉拿来寨中见刘藩。藩坐帐中，见推道覆至，喝令推出斩讫，将首级号令军门。领兵入城，出榜安民，拨兵守御，自引诸将，复回兖州镇守。

更说晋自中兴以来，朝纲弛紊，权门兼并，百姓流离，则不能系其产业。桓玄颇欲厘改，竟不能行。既而刘裕作辅，大示轨则，豪强肃然，远近禁止，由是黎庶仅俱绥靖。

第三二九回　惠度计迎斩卢循

却说交州刺史杜惠度，闻知卢循失番禺，引兵来交州，心生一计，密令部将宋喜以五百人各带刀斧，埋伏城外飞云寺内，听击盏为号，追斩卢循。宋喜得令，依计前去埋伏讫。又令偏将季本，引兵三千，去寺后山谷埋伏，以炮为号，接应杀贼。季本得令，亦去埋伏了。惠度自己领着一百余人，牵羊携酒，前来一百里外诈作迎接卢循。

卢循见探马报说交州刺史杜惠度以羊酒前来降接，循唤到马前，恐其是计，不敢下马，见惠度拜伏在地，十分殷勤，方急下马相见。惠度言曰："大王名震天下，与百姓除残，谁不仰慕？今罹小难，后必大兴！杜某遭刘裕执权，久任不迁，吾意欲叛，恨无盟主，今得大王车驾来临，聚义必成。"循亦曰："将军肯相辅助，取得晋朝天下，与公平分，子孙同荣。"言讫，惠度呈上羊酒礼物，循虚推受了。

二人并马而行，行了一日，来到飞云寺前，惠度下马请曰："今日已晚，到城还有三十余里，权在飞云寺内安歇，来日进城。"循曰："可！"于是循令众将兵，屯在寺外，自领亲属一百余人，入寺中安歇。循到寺内，众僧百余人，鸣钟击鼓，出来迎接。及入方丈里上坐定，众僧磕头出外，惠度令安排筵席进来。惠度亲自把盏，下礼相陪，劝得卢循父子数人大醉。惠度击破玉盏，须臾，宋喜引刀斧手五百人，抢入方丈内，将卢嘏、卢循父子并家属一百余人皆斩，取其首级已了，就内放起炮来。寺后季本引伏兵杀出寺前，贼兵睡着，那里得知，却被伏兵将贼兵一千余人，尽皆坑之，不留一人。惠度至次日平明，方鸣金收军，回入交州，以牛酒赏赐军士，令人将卢循并家属首级一百余人，送建康，送与晋帝请功。

却说晋帝设朝，文武班齐，近臣奏曰："交州刺史杜惠度斩卢循父子并家属一百余口，将首级遣人送来请功。今使臣在午门之外，未敢擅进。"晋帝闻奏，命使臣回去，将循父子首级号令四门，旨出号令讫。忽荆州刺史刘道规使舍人上表称疾，求归致仕。帝披览毕，以表示问诸臣，诸臣上言曰："窃见刘道规为吏清正，德及于民，远近莫不瞻仰。今虽微疾，不可放其回里。"帝听之，不从其请。

初，刘毅任京口，贫困，与知识射于东堂。司徒长史庾悦命仆挑酒肴，与朋友后至，夺其处乘凉而饮，众皆避之，毅独不去。见悦厨馔甚盛，不以及毅；毅从悦求子鹅炙，又不与。至悦为江州刺史，毅怀前恨，因求兼督江州，诏许之。毅即奏交州内地，以治民为职，不当置军府，耗民力，宜罢军府，移镇豫章；惟浔阳接蛮，可即州府千兵，以助郡戍。于是解悦都督，徙悦镇豫章，而以亲将赵恢守浔阳。悦府文武三千，悉入毅府，符摄严峻。悦至豫章，忿恨卒。

第三三〇回　刘毅出刺于荆州

壬子八年四月，荆州刺史刘道规以疾再三求归，帝始诏以刘毅代之。道规在州累年，秋毫无犯，及归，府库帷幕，俨然若旧。随身甲士二人，迁席于舟而还。

刘毅刚愎，自谓功与裕同，虽权事推裕而心不服，常怏怏不得志，裕每柔而顺之。毅因过京口，归家祭祖辞墓，欲往荆州赴任。时刘裕闻知毅回家辞墓，欲命驾，去京口访谒刘毅。鄱阳太守胡藩曰："切见刘毅阴蓄将士，明结英雄，久必谋主。依臣之见，不如及早除之，免为后患。"裕曰："刘毅虽勇，却无远略，我将为次耳。"藩曰："明公谓刘卫军为公下乎！"裕曰："卿为何如？"藩曰："夫豁达大度，功高天下，连百万之众，允天下之望，刘毅固以此服明公！至于涉猎记传，一谈一咏，自许以雄豪加以夸伐，缙绅白面之士，辐辏而归，此刘毅不肯为公下也！"裕曰："吾与刘毅俱有克敌大功，其过未彰，岂可自相图害。"不听，亦命驾还京口，同毅相款数日而回京。刘毅亦辞墓后，径去荆州赴任。

却说刘敬宣，字万寿，宣城人也。于义熙三年奉诏伐蜀，军至广武，食尽而退，有司奏免官，刘裕保复原职。时敬宣闻知朝廷以刘毅为荆州刺史，入见刘裕曰："荆州之重，不可付人。今闻朝廷以刘毅为荆州刺史，诚恐有变，不利于明公。"刘裕亦疑之与毅素不睦，及闻此语，因问刘穆之曰："万寿谓荆州权大，刘毅与吾素不相睦，不可使其去镇，此事如何？"穆之曰："刘毅乃公等辈，况今诏旨已出，明公不可以私憾而伤至公也！任之无妨。"因此不改其任。

时敬宣又谓刘裕曰："平生之旧，岂可孤信？光武悔之于庞萌，曹公失之于孟卓，今明公亦宜慎之也！"裕曰："既如此，以卿为南蛮校尉，去戍襄阳。刘毅若有异，卿宜速报将来。"敬宣曰："然！"领之，于是刘裕以敬宣为南蛮校尉，去戍襄阳。

敬宣领职出建康，先至荆州参见刘毅。刘毅曰："吾欲兴五霸之功，欲屈卿为南蛮长史，岂有见辅意乎？"敬宣虚对曰："若有驱驰，不敢辞命！"言讫拜辞刘毅出戍襄阳。使人以此言驰报刘裕，刘裕大惊曰："刘毅果有异谋。"遂赏使人回去，一面预防毅乱。

却说乞伏公府谋叛，率兵弑西秦王乾归及其子十余人，走保大复。乾归之子炽磐闻知，遣其弟智达以兵讨之。秦人多劝秦王兴，乘乱取炽磐。兴曰："伐人丧，非礼也！"勿听。夏王勃勃欲攻之，王贾德曰："炽磐吾之邻国，今遭丧乱，吾不能恤而又伐之，匹夫且犹耻为，况万乘乎？"勃勃乃止。七月，智达击败公府，追获斩之。八月，炽磐始自立为河南王，率众兵都于枹罕。

第三三一回　刘毅据荆州谋反

初，刘毅既有雄才大志，与刘裕俱兴复晋室，自谓京城广陵，功足相抗，虽权事推裕而心不服也。比先入朝，厚自矜许，朝士素望者，并多归之。因与尚书仆射谢混、丹阳尹郗僧施深相结纳。及镇江陵，旧府多割以自广。会迁荆州刺史，意欲谋反，与诸将议。忽部将田岂上言曰："天下之贵，不易得之，务宜静守，待其天时。目今刘裕挟天子而令诸侯，出师征伐，兵出有名，各以兵助，所以常胜；将军发兵入朝，谁肯相应？为今之计，不如待刘裕远征，乘虚入建康执天子，作诏书其罪，以兵讨之，权归与将军，将军若不从此计，祸族必至矣！"毅未及对，忽偏将王昱谮曰："将军兴天下之计，田岂出不利之言，罪不容诛！"毅欲将岂斩之，众官告免，遂枷扭送狱。恨曰："吾若破得刘裕，明正汝罪！"言讫，即欲起兵。王昱进曰："不可便起兵！丹阳尹郗僧施与将军素交，将军可作表奏帝，荐其为南蛮校尉，帝必以兵付郗僧施，然后以书与僧施，令其内应。将军诈病，使令弟刘藩以书亲去托尚书仆射谢混，表奏刘藩为兖州刺史，说公疾甚，以为副贰，待其受职，领兖州之兵前来，方可起兵杀入建康，则刘裕可擒，大功成矣。"毅曰："然！"于是作书，登时使人去见谢混，荐僧施为南蛮校尉，及使弟刘藩去见尚书仆射谢混，代表奏求兖州刺史，二人皆受命而行去讫。

却说刘裕大会文武于讲武堂，而对众文武曰："孤本庸才，始举孝廉，不思微名于世耳。后罹天下大乱，是以托病隐居京口里，乃筑一草舍于京东四十里，欲春夏读书，秋冬射猎，为终天年之计，俟天下清平，方出仕耳。然不得如意，因贼谋反，朝廷征孤为参军，幸破妖贼。某初意专欲为国家讨贼立功，图死后得题墓道曰：'晋故征东将军刘裕之墓'，使不辱于祖宗，此平生之愿足矣。遭桓玄之难，始与诸君兴举义兵，诛桓玄，取蜀破秦，又讨击燕超，摧破卢循，斩其父子，遂平天下。身为宰相，人臣之贵已极，今意望已太过矣。然刘家无孤一人，则晋祚已移，江南分裂多时矣。有一等愚人，见孤任重权高，妄相忖度，谓孤有异志，此言大乱道也。每欲委兵权归国，叹无人可领此职也。孤若一旦求清素之名，必遗祸于国家矣！孤常想周文王三分天下有其二，以服事殷周之德，其可谓至德也矣，此言岂可遗忘也，耿耿在心耳，孤安有操、莽之心哉？百官文武，必能知吾心也。"众皆起拜曰："虽伊尹、周公不及明公之心耳。"

裕连饮十数杯，不觉沉醉。忽人报曰："刘毅沾疾，使刘藩表奏郗僧施为南蛮校尉，以弟刘藩为兖州刺史，令其报来副贰荆州也，有使人送书与谢混。"裕闻知手脚慌乱，心中惧战。言曰："孤误耳！"参军王镇恶曰："明公在万军之中，矢石交攻之际，未尝心动，今闻刘毅在荆州疾甚，表弟为兖州刺史，何失惊耶？"裕曰："刘毅与吾同起，亦人中杰也！平生未得遂志。今错授荆州，也是困龙入于大海，今使弟求兖州刺史，及荐郗僧施为南蛮校尉，其意欲为二人授吾兵前去谋反，孤安得不动心哉！"镇恶曰："明公神见万里，某虑不及此也。为今之计，当如之何？"裕曰："吾令人以书伪许，只说天子病重，数月不出设朝，待病稍瘥，奏请定职，使彼不变。然后可领五千兵，称说谢混与刘藩在京谋反，尽皆诛之。吾点兵选日，汝连夜与龙骧将军蒯恩以兵去讨跋扈。”言讫，遣使持书去与刘毅。毅得裕书，见说许二人之职，只待晋帝疾瘥，毅心暗喜，赏使人回京去讫。

却说王镇恶以兵五千来杀谢混及刘藩，时刘藩与谢混正坐在堂上饮酒，不及走避，被王镇恶收斩首级，号令示众，称其谋反之由，引兵复回来见刘裕，回报收斩讫。裕曰：“二贼已死，宜急讨刘毅。奈吾军需未备，难以就行！”时王镇恶曰：“明公若有事，请给二百舸与某，某同龙骧将军蒯恩先行擒杀，以待公至。”裕从之，以二百舸与镇恶、蒯恩二人，各授兵五千，与其先行。

时刘裕以诸葛长民监留府事，疑其难独任，又唤穆之曰：“长民不善，卿宜预防之。”言讫，领众而行。

第三三二回　镇恶百舸执刘毅

时蒯恩以兵五千先发而去，镇恶领百舸，命诸军上船，传令抄小河日夜兼行，至江陵，止隔五十余里屯住，蒯恩军亦至。镇恶自思一计，谓蒯恩曰："君以三军尽换兖州刺史刘藩旗号，诈言刘兖州还，去诱城门，彼若问刘兖州何在，汝即应道："在后军'，吾后接应。同抢入城。"蒯恩依计去讫。

镇恶亦舍船，以兵步行，每舸留三五人在岸上招旗擂鼓，余者皆跟镇恶入城。镇恶临行谓守船人曰："汝等见我将至城下，便令请诸军扬声大喊曰：'大军速行！'然后可分一军去烧江津战船，使其不能走脱，鼓噪徐进。"镇恶计策安排已定，遂领步军即行。

却说蒯恩打刘兖州旗号，来至江陵，百姓皆信是刘藩，安然不疑，将到城下，逢刘毅要将朱显之守门，远远望见队伍兼进，乃披挂驰前喝问曰："是何处官军擅至？为何不通飞报？"恩军答曰："乃兖州刘藩领职回来，要见刘公。"显之曰："兖州何在？如何不见？"恩军又答曰："在后军。"显之又驰往后军，不见刘藩。又望见江津自己船舰被烧，火焰冲天而起，又听见江中无数战船，鼓噪甚盛而来，大喊"大军速进"。显之知其不是刘藩，便跃马入城，报知刘毅。毅乃大惊，急传令紧闭四城门。蒯恩军已入小城了。时王镇恶步军亦到，遂杀进，便因风放火，去烧大城南门及东门城楼。刘毅以兵拒守城门，镇恶计使人以诏及赦书并刘裕手书凡三函，使人入城示毅，招毅早脱兵权，即赦其罪；如违，擒诛不恕。使人持诏、赦书与刘毅，毅皆不受，投火烧之。时城内亦未料刘裕自来，俱各固守。镇恶领短兵出战，令军人高叫曰："大尉刘裕奉朝廷旨，亲提大军三十万，战船五千只，在后而来，汝等诸将，如何抗拒朝廷，自取灭门？"于是毅军将士人情懈怠，各自逃溃。刘毅知必不守，乃单马率左右走出大城东门而去。镇恶见毅兵溃去，身先登城，将士一拥而上，得入大城。镇恶身被五箭，犹前手执矛驰战开门。毅自思孤不敌众，恐被裕杀，乃弃众走。镇恶方始鸣金收军，收毅党，镇恶尽皆诛之。

是时，毅见城中兵散，乃率左右突走，夜投佛寺安歇。僧拒之，势穷惧获，自缢而死。寺僧将其尸首送与镇恶。

冬十一月朔，王镇恶平江陵；二十日，刘裕大军始至。镇恶引众将士来迎刘裕入城，将刘毅首级呈上，请将入江陵，晓谕诸军，安抚百姓，令人收毅尸首葬之。刘裕亲往其墓吊祭，再拜而哭，哀恸过礼。顾谓诸将曰："吾想昔日与刘毅共起义兵，诛桓玄，复晋室，同讨燕超，共破卢循，其功亦高！谁料今日谋反，自取咎耶！是故使吾恸心而流涕也！"言讫，诸将亦潸然出涕，悲伤不已。令人赐金帛粮饷，以安刘毅之妻，使其回京口去讫。

史说刘毅刚猛沉断，而兼勇狠，与刘裕不相推服。每览史简至蔺相如屈降于廉颇，辄绝叹以为不可能也！尝云恨不遇刘、项，与之争中原。裕初征卢循凯归，晋帝大宴群臣于西池，有诏文武赋诗。毅上云："六国多雄士，正始出风流。"毅自知武功不竟，故示文雅有余也。后于东府与众聚樗蒱,大掷一判,应至数百万,余人并黑,犊以还,惟刘毅及刘裕在后,毅次掷得雉,大喜,褰衣坐床畔,谓同座曰:“非不能焉,不事此耳!”刘裕恶之,因掷五木,久之,曰:“老兄试为卿答。”而四子俱黑,其一子将跃未定,裕厉声喝之,即成卢焉,毅一见,意殊不快,面如铁黑。

第三三三回　刘裕封函取成都

却说西蜀谯纵占据益州，屡为边患。刘裕既平江陵，意欲讨之。因问诸将曰："吾欲征讨西蜀谯纵，谁可为将，代吾伐之？"时王镇恶上言曰："臣举一人，可以讨之。"裕曰："谁人可为大将？"镇恶曰："有一人姓朱名龄石，字伯儿，浦县人也。少好学，不事行检，曾与明公举义同讨桓玄，而克京城，以功见封为西阳太守。此人有武干之才，谋略之策，若欲伐蜀，以此人为将，可擒谯纵矣。"

裕从之，召龄石入内问曰："吾先伐蜀，以刘敬宣屡出无功，今王镇恶举卿有文武之才，吾欲用卿为元帅，去讨谯纵，卿敢当此职乎？"龄石曰："重蒙拔擢，幸至西守，常思报效莫及，今有西役，何敢辞命？愿受明公神策去征！"裕曰："刘敬宣往年出黄虎，无功而退。贼人闻卿兵至，以为卿应从外水往，而料卿当出其不意，犹从内水来也，必然重兵守涪城，以备内道。若向黄虎，正堕其计。今卿率领众将，宜从外水取成都，疑兵出内水，此制敌之奇也。此计莫可漏泄，一泄恐有内备。"裕因书计封筒，盛以锦囊内，付与龄石收之。谓曰："卿若至白帝城，可开视之，依计而行。"言讫，裕以猛将十员，兵十五万，授与龄石。龄石率众即行去讫。

檀道济等言于裕曰："龄石资名尚轻，非为谯纵之敌，益州定不能克，何不别选良将去也？"刘裕曰："昔吴陆逊，今晋谢玄，俱未尝经过战事，而能破敌百万之众，何况龄石，屡执战功耶！"因是裕勿听，众不敢言。

却说朱龄石领水军舟舰起行，来至白帝城，乃开刘裕所授锦囊，取出封函，拆而视之，见计毕，传令众军，悉从外水取成都。又唤臧熹、朱牧曰："汝二人以一军取广汉。"二人领兵二万去讫。又唤弟超石曰："你以羸弱五千，乘高舰五十只，以作疑兵，由内水去攻黄虎。"超石亦领舟舰去讫。龄石自率大军，望外水进攻成都。

却说谯纵使人来荆州，探知刘裕以朱龄石为元帅，发兵前来伐蜀，即忙召集诸将，谓大将军谯道福曰："今刘裕使朱龄石以兵来取西蜀，吾料龄石之谋略，必谓刘敬宣往年未尝以兵出黄虎，无功而退。今番彼必以大众出内水，从黄虎而进。公可以重兵戍涪城，以备内水。"道福领命，率众去讫。纵又唤秦州刺史侯晖、仆射谯诜，领兵一万五千去屯彭模，夹水为城，以御晋兵。计排已定了，各自引兵去讫。

第三三四回　长民用计破刘裕

癸丑九年，晋帝遣使至，进裕为太傅、扬州牧。裕大喜，受诏，赏使先回。

却说诸葛长民贪淫横暴，无所不为。闻刘毅伏诛，长民乃集所亲谓曰："昔年醢彭越，今年杀韩信，祸其至矣！"众问其故，长民曰："今刘裕只可同患难，不可共太平。昔时刘毅与吾戮力，兴复晋室，征伐天下，出万死得一生；今日大定而诛毅也。刘毅既诛，我必不生，吾今日故召汝诸亲共议有何计可以杀刘裕也？"诸亲曰："吾等无权，难举此事。"弟黎民曰："若杀此贼，要结朝内有权者十人，方可下手。"长民曰："其计甚善，汝等且退。"于是众人各散去。

次日，谒问穆之曰："人言太尉与我不平，何以至此？"穆之曰："刘公今既远征，以老母稚子委节下，若有一毫不尽，岂容如此？"长民意乃少安而回。弟黎民说长民，因裕未还图之，长民犹豫未发，既而叹曰："贫贱常思富贵，富贵必履危机。今日欲为丹徒布衣，岂可得耶？"因遣人遗冀州刺史刘敬宣书，敬宣读曰：

> 盘龙专擅，自取灭夷。异端将尽，世路方夷，富贵之事，相与共之！

刘敬宣即使人报曰：

> 下官常惧福过灾生，方思避盈居损。富贵之事，非所敢当。

使回书去了，以书呈裕。裕曰："阿寿故为不负我也！"穆之虑长民为变，问参军何承天，承天曰："刘公昔年自左里还入石头甚晚，尔今还，宜加慎重。"穆之曰："非君，不闻此语。"至是使人以书见裕，裕见长民与敬宣之书，及又得穆之书，乃大惊，自江陵东还。

却说长民自此每日涕泪交流，寝食皆废，行坐不安，恐遭裕诛，心中忧闷。忽一日入书舍，思杀刘裕之计，猛然思曰："可与书结连西秦姚兴，令他引兵外进，吾于内应，可杀此贼也。"思讫，取纸写下其书，放于几上，不觉困倦，伏几而卧。

未及半晌，忽有侍中郎王用相至，用相素与长民极厚，径入书舍。见长民睡着，袖底下压着书，微露字，用相轻轻取视之，藏于袖中，遂大叫："好睡得着！"长民惊醒，不见其书，魂不附体。用相曰："汝寻何物？"长民答无之。用相曰："汝欲谋叛刘公，吾当出首。"长民泣拜曰："君若如此，吾室宗族并皆休矣！"用相曰："吾亦恨此贼久矣！安敢负兄？吾欲助兄一臂之力，共杀此贼！"长民曰："兄有此心，吾之大幸。"用相曰："可结连十人同立义状，各舍三族以杀此贼。"长民于是先取白绢一幅，书名画字，即书之。用相曰："将军吴兰与我结义为知心交，吾必令同力灭贼。"长民曰："满朝中大臣，惟有长水校尉程辑、议郎黄顾是吾心腹之人，必能顺我。”正商议间，家僮入报：“程辑、黄顾相探。”长民曰：“此天助也！”令用相且在屏风后权避，长民出接，入书舍坐定，茶毕，辑曰：“诛刘毅，君怀恨乎？”长民曰：“虽有怨恨，无可奈何。”黄顾曰：“若有人助，吾誓杀此贼！”程辑曰：“与国家除害，死亦无怨。”王用相从屏风后出曰：“汝肯死，诸葛公便是见人！”辑怒曰：“忠臣不怕死，怕死不忠臣，吾等就死，不似此贼之亲党也。”长民曰：“吾等正为此事欲见二公，今天所赐，当必酬愿！”遂出义状令观之，二公下泪，即请书名，用相曰：“只此少待，吾请吴兰。”

用相去不多时，二人并至，用相说知共诛刘裕之事，兰欣然书名。长民于后堂排宴款待四人，四人各歃血为盟，计议待刘裕回京，埋伏精兵一千于新亭谷内，待裕至，以酒馔到亭内接程，待酒醉，唤兵冲杀之。计排已定，众人各散。

却说长民心中暗喜，忽然步入后堂，见家奴秦庆与侍妾在暗处私语，长民大怒，唤左右拿下欲斩之。夫人劝免其死罪，各决脊杖四十，将庆童锁于冷房。庆童怨恨长民，夤夜扭开铁索，逾垣而走，径入江陵府中，告知有机密事来报。

裕急唤入问之，庆童曰：“诸葛长民谋反，结连王用相等十人，立义状，待公回京，埋伏敢死士千人于新亭杀公。某劝他，反被痛打。”裕闻说，赏庆童酒食，即聚诸将，谓王镇恶曰：“诸葛长民谋反，今他家僮来此报我，吾先使人赍文书回京，说知我有急事回朝，彼必来迎。你领诸将从陆路而进，至新亭见诸葛长民及文武公卿，只说我在后来，延哄他在那里。我今日讨舟，密从故道先还入东府，执住兵符，与骁将丁旿引五百人密驰归城，把反臣捉住。”

王镇恶得计，引众而行。使人先持书去讫。裕乃与骁将丁旿讨船，引五百壮士从水道连夜驰行。来至京城，离城十里水程安住。令人先去探听长民等公卿出迎不曾，使人去讫。

第三三五回　刘裕东府斩长民

却说诸葛长民闻知刘裕有文书来说回京，即时聚集王用相、吴兰等众商议依计而行，令人引兵埋伏去讫。自排饮馔，引领百官，来新亭迎候。频日不见其来，又等至次日，忽见尘头起处，一簇轿马，约有千人，飞奔前来至近。长民心道必是刘裕到亭，视之是参军王镇恶，镇恶与长民相见，便问："刘公来到不曾？"王镇恶答曰："他在后，与我相迟二日起程。"言讫，辞了长民，众军行至京城之下屯住。长民信镇恶之言，与公卿只在新亭等候。

却说刘裕探知长民出迎新亭，连夜驰入东府坐住，点鼓聚集官吏，晓谕："长民反，因此收其兵符，密授丁旿之计，如此如此。"丁旿得计，依计而行。即令人出叫参军王镇恶引众入城，屯扎府前。又令人前至新亭，报说刘公从水路而还，叫公卿回来议事。使人得令，将此言即去报知长民公卿以下。公卿闻之大惊，长民与众急还至府门，入府内不见刘裕，只见丁旿自内慢出，坐于厅上。长民大怒曰："汝等小人，何敢无礼？"言犹未了，被丁旿向前推倒，拔所佩之剑斩之。人首落地，众皆大惊，便欲来斩丁旿。时刘裕急出府堂坐定，大喝："不得无礼！长民谋乱，故令丁旿杀之！"言讫，众各向前行礼，拜伏在地。

裕令众官且散，只留下王用相、吴兰、黄顾、程辑四人夜宴。四人魂不附体，皆立于阶下，余公卿以下皆散。裕问四人曰："你四人整日到诸葛长民家商议，不知何事？"用相曰："无非只是人情礼节而已。"裕曰："然纸中写者何事？"用相等皆讳无甚事。裕乃唤出庆童对证，用相曰："汝于何处见来？"庆童曰："你回避了我众人，和五人一处画字，如何赖得？"用相曰："此贼与长民侍妾通奸，诬陷主人，今陷我等，不可听也！"裕曰："既有证见，何为陷也？"言讫，喝令左右将四人去斩首号令。言未了，武士即将四人枭首号令，回来报知。裕乃唤参军王镇恶、龙骧将军蒯恩等一班人皆入，裕出义状示之，王镇恶曰："明公今日何如？"裕曰："据此情形，吾欲废其君而吊其民，择有德者而立之。"镇恶曰："不可！明公威服四海，号令天下，盖有晋家苗裔故也。征讨有名，赏罚有制，军民咸助，所以常胜，不如存之，俾绝往古来今之议论也！"裕曰："既不然，吾欲将长民一家老小诛之，必欲得其书罪恶以示于众。"镇恶曰："丞相之意如何？"裕曰："不诬之以谋反，岂能族诛乎！"镇恶曰："事已至此，释之恐难。"裕意遂决，连夜尽收长民家小及弟黎民，付廷尉问罪明白，拿王用相等五家老小入官，明正反逆之罪。次日判赴各门处斩，良贱死者五百余口，内外官民无不嗟叹。

时裕得丁旿而诛长民，时人为之语曰："勿跋扈，付丁旿。"

七月，朱龄石等大军往白帝城，取出一函书见曰："卿众军悉从外水取成都，臧熹从内水取广汉，老弱乘高鉴从内水向黄虎。"龄石遂从其计。于是诸军储道兼行。谯纵果使谯道福以重兵守涪城。龄石从内水至平模，去成都三百里住。纵遣侯晖夹岸筑城以拒,龄石谓刘钟曰:“今贼严兵固险,攻之未必能猝拔,且我意欲养威蓄锐静伺其隙,然后乘时而攻,则彼当其懈,我居其逸,策之无不胜矣,君意以为何如?”钟曰:“不然,前声言大众从内水,道福不敢出涪城,今大军猝至,候晖之徒已破胆矣!所以阻兵守险,是其惧不敢战也。因而攻之。其势必克。若缓兵相守,彼将知吾虚实,涪军忽来,并力拒我,求战不获,军食无资,三万余人,悉为谯子虏耳!宜急攻之。”龄石从之。七月,以兵攻其北城,克之,执斩侯晖,南城亦自惊溃。于是龄石令三军舍船步进,以攻贼营。贼营将次望风溃逃,谯纵弃城出走,尚书令马耽封府库以待晋师。龄石遂入成都,诛谯纵亲百余人,余皆安堵,使复其业。

纵走出拜墓,其女曰:“走必不免也!不如死于先人之墓可也!”纵不从,投道福,道福不纳而去,纵大哭一场,乃自缢而死。

龄石闻纵死了,乃送马耽于越隽。耽曰:“朱侯不送我京师,欲灭口耶!我必不免!”乃自引绳而死了,宗人收葬之。朱龄石遣人入建康报捷,晋帝大悦,下诏以龄石进监梁、秦州六郡诸军事,因此西蜀平静。

第三三六回　炽磐乘虚执虎台

甲寅十年五月，秦广平公姚弼有宠于秦王兴，言无不从，然左右掌机要者，皆其党也。仆射梁喜等言于兴曰："父子之际，人所难言，然君臣之义，不薄于父子，故臣等不敢默然。广平公弼潜有夺嫡之志，陛下宠之过也，无赖之徒，辐辏附之。道路皆言陛下将有废立之意，信有之乎？"兴曰："岂有此耶？"喜曰："苟无之，则陛下爱弼者，适所以祸之！愿迁其左右，损其威权，非特安弼，乃所以安宗社也！"秦王兴不应。会兴有疾，弼乃潜聚众将作乱。将军刘羌哭泣以告兴，梁喜等又复请诛弼，不得已，乃免弼尚书令还第。姚宜入朝，流涕上疏，请斥散凶徒以绝祸端，兴皆不听。

却说唾契汗乙弗等谋反南凉，南凉王傉檀欲讨之，孟恺谏曰："今年饥馑，未可轻动，慰抚杂部，足食缮兵，待时而动。"傉檀不从，谓太子曰："蒙逊不能猝来，炽磐兵少易御，汝谨守乐都，吾不过一月即还矣。"乃率骑七千袭乙弗，大破之。未及还，西秦王炽磐闻之，率步骑二万袭乐都。虎台凭城拒守，炽磐以兵四面攻之，一夕而城自崩溃。炽磐入乐都，执徙虎台及其文武百姓一万余户于枹罕。

傉檀兄子樊尼驰走以告傉檀，傉檀将士闻乱各皆逃散，惟樊尼不去。傉檀曰："四海之广，无所栖身，与其聚而同死，不若分而获全！汝，吾长兄之子也，宗部之所寄，蒙逊方招怀士民，存亡继绝，汝其从之，必纳为孝矣！吾所适不容，宁见妻子而死。"于是樊尼遂归降于炽磐。只有难阴利鹿从之，傉檀谓曰："吾之亲属皆散，卿何独留？"利鹿对曰："臣有老母在家，非不思归，然委质为臣，忠孝之道，难以两全。臣不才，不能为陛下泣血而求救于邻国，敢离左右乎？"于是君臣对泣。

时傉檀诸城皆降于炽磐，独尉贤政屯浩亹固守不下。炽磐使人谓之曰："乐都已溃，卿之妻子皆在吾所，独守一城，将何为也？"贤政等答曰："吾受凉王厚恩，为国藩屏，虽知乐都已陷，妻子成擒，不知主上存亡，不敢归命。妻子小事，焉能动心？若贪一时之利，而忘委付之重者，大王亦安用之？"于是炽磐乃遣虎台，以手书谕之贤政，贤政乃谓虎台曰："汝为储嗣，不能尽节，面缚于人，弃父忘君，堕万世之业，贤臣义士，岂效汝乎？"傉檀至左南，无处栖身，乃降于炽磐。炽磐闻傉檀至，遣使郊迎，待以上宾之礼，以为丞相。岁余鸩之，并杀虎台，复称秦王，置百官。南凉自乌孤至傉檀，共三世，凡十九年，至此而终。

八月，魏王嗣遣谒者于什门使于燕，诫其勿辱君命。什门去至和龙，不肯入见，曰："大魏皇帝有诏，须冯王出受，然后敢入。"燕王冯跋不出，使人牵其手，逼令其入，什门入不拜，跋使人按其项，什门曰："冯君若拜受诏，则吾自以宾主之礼相见，何苦见逼耶？"冯跋大怒，幽执什门，欲其降之，什门终不屈之。衣冠敝坏略尽，虮虱被体，冯跋遗之衣冠，什门不受。

九月，晋荆、雍都督司马休之颇得江汉民心。子谯王文思在建康，性凶暴，好通轻侠，刘裕恶之。有司奏文思擅杀国吏，诏诛其党而宥文思。司马休之闻之，使人上疏谢罪，请解所任。裕不许，而执文思送之，只令其自训励，欲使杀之。休之但上表废文思，以书陈谢。裕不悦，使江州刺史孟怀玉兼督豫章六郡以备之。

第三三七回　刘裕发兵讨休之

乙卯十一年正月，刘裕收司马休之次子文宝、兄子文祖，赐其自死讫。裕自领荆州刺史，将兵击之。以将军刘道邻监留府事，刘穆之兼右仆射，命国事皆决于穆之。

时雍州刺史鲁宗之自疑不为裕之所容，与其子竟陵太守鲁轨起兵助休之。二月，休之知次子文宝等被害，发兵讨裕，又遣人上表罪状刘裕，裕乃勒兵拒之。裕又以密书令人招休之录事韩延之为内应，延之不允，令人回书曰：

> 辱疏。知以谯王前事，亲率军马，远履西畿，良增叹息。司马平西体国忠贞，款怀待物，以公有匡复之勋，国家蒙赖，推德委诚，每事询仰。谯王见劾，自表逊位，又奏废之，所不尽者命耳！而公以此遽兴甲兵，所谓"欲加之罪，何患无辞"！刘裕足下，海内之人，谁不见足下此心，而欲欺诳国士！自谓"处怀期物，自有由来。"夫刘藩死于阊阖。方诸葛毙于左右，甘言诧方伯，袭之以轻兵。今又伐人之君，陷人以利，真可谓"处怀期物，自有由来"矣！吾诚鄙劣，尝闻道于君子。以平西之至德，宁可无授命之臣乎！假令天长丧乱，九流浑浊，当与臧洪游于地下耳！

刘裕开视其书，以示将佐曰："事人当如此矣！"诸将佐皆默然。

时韩延之以裕父名翘，字显宗，乃更其子曰翘，以为不臣之意。刘裕遂使参军檀道济、朱龄石将步骑五万出襄阳，江夏太守刘虔之聚粮以待。鲁轨被道济攻击杀之，取其粮以给三军。裕又使婿徐逵之、蒯恩、沈渊等以军三万出江夏口，与轨战。逵之未尝经战，一见敌兵强盛欲走，因此众溃，大败而死。裕闻之大怒。三月，裕率诸将济江，休之兵临峭岸，裕军士在岸下，无能登者。裕自披甲欲登岸，诸将谏之，不从。裕怒甚盛，主簿谢晦向前抱持裕曰："主公不可登险！"裕抽剑指晦曰："我斩卿！"晦曰："天下可无晦，不可无公！"将军胡藩以刀头穿岸，裂容足指，使三军腾之而上，随者稍众，直前力战。休之兵稍欲退，裕以兵乘之，休之兵遂大溃。裕以大众攻克江陵，休之、宗之皆败而走。鲁轨留守石头，见司马休之众溃大败，料事不济，不敢接战，来守石城。刘裕直遣兵攻破石城，休之与鲁宗之、轨等惧走奔秦。宗之素得民心，士民争为之卫送出境，追兵尽境而还。

休之至长安，拜降秦王。兴以为扬州刺史，使侵扰襄阳；复使宗之将兵克襄阳。未至，宗之已卒。

刘裕知休之奔降于秦，乃令众将还建康，奏帝以穆之为左仆射。

第三三八回　魏占荧惑在东井

八月，魏比岁霜旱，云代民多饥死，太史令王亮言于魏王嗣曰："按谶书，魏当迁邺，可得富乐。"嗣以问群臣，博士祭酒崔浩、特进周澹曰："迁都于邺，可救今年之饥，非长久计也。山东人以国家居沙漠之地，人畜无涯，号'牛毛之众'。今留兵守旧都，分家南徙，不能满诸州地，情见事露，恐四方皆有轻侮之心。且百姓不服水土，疫死必多。而旧都兵少，屈丐、柔然必将窥我之心。朝廷隔恒绝千里之险，难以赴救，此则声实俱损也。今居北方，山东有变，则轻骑南下，布护林薄之间，孰能测其多少？百姓望尘慑服，此国家所以威制诸夏也。来春草生，豆麦将出，兼以菜果，得及秋熟，则事济矣！"嗣曰："今仓廪已竭，若来秋又饥，则如之何？"对曰："且以饥馁之户，使就食山东，若来秋复饥，当更图之。但方今不可迁都耳！"嗣悦服之。嗣躬耕籍田，劝课农桑，明年大熟，民遂当安。

初，崔浩为嗣讲《易》《洪范》，嗣因问天文、术数，浩占决多验，由是有庞，凡国家密谋皆预之。尔时"荧惑"不见八十余日，秦大旱。魏太史奏魏王嗣"荧惑"道在"匏瓜"中，忽亡不知所，依法当入危亡之国。先为童谣讹言，然后行其祸罚。魏王嗣召名儒凡数人，与太史议"荧惑"所诣。崔浩曰："《春秋传》说神降于'莘'，以其至之日，推知其物。今'荧惑'之亡，在庚午、辛未二日之间，庚午主秦，辛未为西夷，'荧惑'其入秦乎？"后八十余日，果出"东井"，留守盘游，久之乃去。秦大旱，昆明池竭，童谣讹言，国人不安，间一岁而亡，后秦没，其占果验矣。

丙辰十二年春正月，却说秦王兴病，广平公弼称疾不朝，聚兵于第。兴闻之怒，收弼党唐盛、孙玄等诛之。将杀弼，太子泓流涕固请赦之。泓待弼如初，无忿恨之色。秦王兴疾稍愈，与群臣出朝门，游文武苑，至日昏而还。入西溯门，前驱先到城门，校尉满聪披甲持仗，闭门拒之。秦王兴自来门边曰："朕躬在此，卿等何故闭门？"聪曰："今已昏暗，奸良莫辨，有死而已，门不可开！"秦王兴领众复回后朝门入去。兴知聪法令严明，次早召聪入，以为廷尉。忽闻探马来报，晋刘裕调兵屯于聚苟陂，必然扰境，宜遣人去迎。秦王兴闻知，谓尚书杨佛嵩曰："吴儿不自知，乃有非分之意，待至孟冬，当使卿率轻骑，焚其积聚，大举破之。"

秦广平公弼欲为乱，谋谮姚宣于秦王兴曰："臣今闻姚宣自称言，待陛下万岁后，要与太子争位。"兴信之，只令弼执兵三万去杏城，收宣下狱，命弼将兵三万，就守秦州。尹昭曰："广平公与太子不平，今使握强兵于外，陛下一旦不讳，社稷必危。"兴不从。秦王兴自如华阴，使太子姚泓监国。兴疾笃，还长安。姚弼党侍郎尹冲谋，因泓出迎兴时杀之，奉兴幸弼第作乱。太子泓窃知，不迎，遂皆不果。兴既入宫，命泓录尚书事，泓奏知尹冲谋欲为乱之事。兴大怒，使西平公绍典禁中兵，收弼第中甲仗，尽入武库。兴疾转笃,命禁兵侍卫宫门,毋许外人出入。南阳公愔即与尹冲率甲兵五千攻端门。兴闻变,力疾监前殿,使姚绍领禁兵出拒。禁兵见兴无事,喜跃争先攻贼,愔等大败而走。兴乃引绍及姚赞、梁喜、尹昭、敛曼嵬入受遗诏,辅太子泓。明日卒,泓与梁喜等谋,秘不发丧,选精甲五千,捕愔等诛之,乃即位称皇帝,封赏功臣。

第三三九回　刘裕兴兵大伐秦

却说刘裕先平济，乃有定关洛之意，遇卢循侵逼，故寝不行。是时复集诸谋士商议经营天下。蒯恩曰："北燕冯跋方强，宜先平之。"参军王镇恶曰："蒯公之言，未尽其善；以愚意度之，今天下方有事，而冯跋坐保北燕之间，不敢展足，其无四方之志可知矣。姚氏据长安，带甲数十万，尚得民心。今闻姚兴身死，二子争位，正可攻之。舍此别伐，倘二子和睦，以守其城，则天下未定矣！今兄弟结冤，势不两立，可因此时提兵，先灭姚氏，再伺燕变而除之，则天下定矣！此机会不可失也！"刘裕大喜。是时刘穆之从外入，见众人共议，言曰："明公与诸君谋征关洛，宜即起兵，使其无备，何故延也？"刘裕曰："吾举义兵为天下除暴乱，旧乡人民死丧略尽，终日不见所识，使吾感伤；况且禾稼在田之时，不可扰动，权且议定，以待来春伐也。吾正欲问君可否！"穆之曰："姚兴爱弼而又立泓，故弼今竭力相并，彼各有党羽，若击之则相救援，若缓之则争心生。不如以兵出屯界首休进，虚声伐魏，只说加戍保边，俟其变成，然后攻之，可一举而定矣。若待来年起兵，彼知有备，二子和睦，必难动摇。"裕曰："此计甚善。"

时朝士多言北伐之计，惟东海人徐羡之默然。裕问羡之曰："卿何独不然？"羡之曰："今四方已平，拓地万里，惟有小羌未定，明公寝食不安，何可轻预其议耳？"裕曰："姚氏不小，岂可轻之？故宜早讨。"于是裕入朝见帝，戒严诸将伐秦。以刘穆之为左仆射，入居东府。

穆之内总朝政，外供军旅，决断如流，事无塞滞，求诉咨禀，盈阶满室。穆之目览耳听，手写笺书，寻览校定。而性奢豪，食必方丈，未尝独餐。尝白裕曰："穆之家本贫贱，赡生多阙。自叨忝以来，朝夕所须，微为过丰，然此外一毫不以负公。"由是刘裕深相重之。

时宁州献琥珀枕于刘裕，裕以琥珀能治金疮，命碎之以赐从征将士。以世子义符为中军将军，监留府事。即命刘穆之领军司，入居东府，总摄内外，司马徐羡之副之。遂发建康，遣将军王镇恶、檀道济将步军，自淮、肥向许、洛；朱龄石、胡藩移阳城；沈渊子、傅泓之趋武关；沈林子、刘遵考将水军出石门，自汴入河；以王仲德督前锋，开渠入河。分拨已定，令依计而行。镇恶领命欲行，前将军刘穆之谓曰："昔晋文王委蜀于邓艾，今刘公亦委卿以关中，卿其勉之！"镇恶曰："吾等因托风云，并蒙拔擢，今此一行，正是效命之秋，如若咸阳不克，誓不济江！三秦既定，而公九锡不至，亦卿之责矣！"即辞别起身，领兵五万，入贼之境，战无不捷。

不上半月，攻破虎牢及桓谷坞，大军进次渑池县。镇恶传令屯住三军战船，盛服乘舆，上造故人李方家。李方接入内堂，镇恶拜见礼毕，各叙契阔之情。镇恶请李方妻出，镇恶亦拜，取出金宝赐之。因谓曰："前蒙抚爱之恩，以此少酬万一。"言讫，即召郡守拜授李方为渑池令。镇恶领大军，解缆起行。

九月，刘裕大兵至彭城。十月，王仲德永军入河，将逼滑台，魏兖州刺史尉建弃城北渡。仲德入城宣言曰："晋本欲以布帛七万匹假道于魏，不虞守将遣去。"魏王嗣闻之，遣叔孙建、公孙袁引兵济河，斩尉建于城下，问晋军以侵寇之状。仲德使人对曰："刘太尉使王征虏，自河入洛，扫清山陵，借空城以息兵，行当西引，无损于好也。"嗣又使建问裕，裕谢之曰："洛阳，晋之旧都，而羌据之；诸桓宗族，休之兄弟，晋之蠹也，而羌取之；吾今伐之，故假道于魏，非敢为不利也。"魏王犹豫，秦阳、荥阳二城皆降，檀道济等兵至成皋。秦陈留公姚洸守洛阳，见晋兵至，遣使求救于长安。秦王泓闻知，遣兵救之。

未及至，将军赵玄言于洸曰："今晋寇益深，众寡不敌，若出战不克，则大事去矣。宜摄诸戍之兵，固守金墉，以待西师之救。金墉不下，晋必不敢越我而西，是我不战而坐收其弊也。"司马姚禹阴欲降晋，言于洸曰："殿下以英武之略，受任方面，今婴城示弱，得无为朝廷所贵乎？"洸然之。遣玄将兵五千余，南守北柏谷，玄泣曰："玄受先帝重恩，所守土，不免于死。但不用忠言，为奸人所误，后必悔之。"既而成皋、虎牢皆降道济，道济等长驱而进。玄以兵拒战，大败，被十余创。其司马蹇鉴冒刃抱玄而泣。玄曰："吾创已重，君宜速去同主保城。"鉴曰："督军不济，鉴去安之？"与之俱死。

姚禹闻玄败死，乃逾城奔降道济，道济遂进逼洛阳，洸不能守，率众出降。道济获秦人四千余，议者欲尽杀之，道济曰："吊民伐罪，正在今日。"皆释而遣之。于是夷夏咸悦，归者日众。

丁巳十三年正月朔，日食。晋师之过许昌也。秦东平公绍言于秦王泓曰："晋兵已逼安定，孤远难救，宜迁其镇户，内实京畿，可得精兵十万，虽晋夏交侵，犹不亡国。"仆射梁喜曰："齐公恢有威名，为岭北所惮。且镇人已与夏为深仇，理应无贰。勃勃终不能越安定而寇京畿，若无安定，则虏马至鄗矣。今关中兵足以拒晋，无为预自损削也。"泓从之。吏部郎懿密言曰："恢有忠勋，今未加殊赏而置之死地。安定人以孤危逼寇，思南迁者十室而九，若恢拥之以向京师，得不为社稷之忧乎？宜征以慰其心。"泓又不听。至是恢率镇户三万八千趋长安，移檄州郡，来攻长安。长安大震，泓使东平公姚绍率军一万出攻之，恢大败而自死，权安。

二月，西凉公暠寝疾，遗命长史宋繇曰："吾死之后，世子犹卿之子也，善训导之！"及卒，官属奉世子歆为凉公，以繇录三府事。谥暠曰："武昭王"。初，司马索承明劝暠去伐北凉，暠谓之曰："蒙逊久为百姓患，孤岂忘之？顾势力未能除耳。卿有必擒之策，可为孤陈之，直倡大言，使孤东讨，此与言石虎小竖，宜肆诸市朝者何异？"承惭惧而退。

第三四〇回　姚绍督兵拒潼关

二月，王镇恶进军潼关，檀道济、沈林子自陕北渡河，攻拔襄邑堡。又攻尹昭于蒲坂，尹昭坚壁不出，不克。秦王泓急以东平公姚绍为太宰，封鲁公，令其督将军姚鸾等，率步骑五万守潼关，遣别将姚显以兵救蒲坂。晋、秦相持日久，林子谓道济曰："蒲坂城坚兵多，不可猝拔，不如还，与镇恶并力以争潼关，若得之，则尹昭不攻自溃矣。"道济从之，以兵来同镇恶攻潼关。

三月，至潼关，绍引兵出战，道济等奋击，大破之。绍大败，退屯定城，据险拒守。遣姚鸾屯大路，绝晋粮道。晋获其别将尹雅，道济欲令杀之，雅曰："夷夏虽殊，君臣之义一也。晋以大义行师，独不使秦有守节之臣乎？"乃免之。又，林子夜以兵袭杀鸾。泓又遣东平公绍屯河上，以断水道，又被林子击走之。

第三四一回　刘裕假道于魏王

时，刘裕大众欲溯河西上。河西乃北魏王嗣所管地方，裕乃先遣人持书见魏王嗣，求假河西道过。魏王嗣得书，急诏文武商议，诸公卿咸曰："函谷天险，何能西入？扬言伐姚，其意在魏。此事难测，宜先发军，断绝河西上流，勿令彼军过河，方保万全。"崔浩曰："此非上策也。司马休之徒扰其荆州，刘裕切齿久矣。今姚兴死而子幼，裕故乘其危亡而伐之。臣观其意，必自入关，劲躁之人，不顾后患。今若塞其西路，裕必上岸北侵，如此则姚氏无事，而我受敌矣。今蠕蠕内寇，粮食又乏；发军赴南，北寇进击；若其救北，则南州复危。未若假之水道，纵裕西入，然后兴兵塞其东归之路，所谓卞庄刺虎，两得之势也。使裕胜也，必德我假道之惠；设姚氏胜也，亦不失救邻之道。纵裕入关中，悬远难守，彼不能守，终为我有。设若从此不劳兵马，坐视成败，斗两虎而收长久之计，乃上策也。夫为国之计，择利为之，岂顾婚姻，酬一女子之惠也？假国家弃恒山以南，裕必不能发吴越之兵，争守河北也。"魏王嗣未答应。群臣又曰："裕西入函谷，则进退路穷，腹背受敌；北上岸，则姚军必不出关助我。扬言西行，意在北进，其势然也。依臣之料，勿使入也。"魏王嗣曰："卿等言之是也！"遂从群臣之言，乃使长孙嵩以兵五万出屯畔城，以兵守北岸，置百丈绳牵于河上。

时刘裕前锋朱龄石兵至畔城，入河，时魏军人缘河南岸守之。龄石令三军漂赴北岸，为魏军所杀。刘裕大惊，计遣白直队丁旿领七百人及车百乘，于河北岸为"却月阵"，两头抱河，车上置五百军士于中，俟贼至射之。又使人竖一长白旄，以为疑阵。阵既成，魏军不解其意，并未动手。裕召龄石诫之曰："汝看白旄竖起，引军赴之，汝并赍大弩百张，一车益二十人，设鼓排于辕上，若其兵四至，方可发之。"龄石领命而出，依计而行。

魏长孙嵩见晋兵排营立阵，乃驱兵进围营阵。白直队忙竖起白旄，龄石见了，先令诸军以弱弓小箭射之。魏军见敌弱，率众军四面俱至。龄石见其大至，弩不能制，急命众军初排别赍大槌并弩千张，稍及断稍长三四尺以槌之。一稍辄洞贯三四人，因此魏军不能抵挡，魏军大溃。被龄石斩魏将阿薄于，魏众自散。龄石以大军过河，进克蒲坂，而西入去攻秦。长孙嵩既大败而还，回见魏王嗣，说失利一事。魏王嗣始悔曰："朕恨不纳崔浩之言，而有此误矣！"因此晋、魏不和。

初，刘裕命镇恶等若克洛阳，须待大军俱进。镇恶等既胜，乘利轻进潼关，为秦军所拒，久之乏食，众心疑惧，欲弃辎重还赴大军。沈林子按剑怒曰："相公志清六合，今许、洛已定，关左将平，事之济否，系于前锋。奈何沮乘胜之气，弃将成之功乎？且大军倘还，贼众方盛，虽欲求还，亦不可得。下官受命，奋不顾身，今日之事，当为将军办之！但不知二三君子，将何面目以见刘公之旗鼓乎？"于是镇恶等遣使特以告裕求粮救援，裕呼使者开舫北户，指河北魏军示之曰："我诏令勿轻进，今崖上如此，何由得遣军粮去?”使人回话,镇恶乃自至弘农,说与百姓曰:“今朝廷以为关中遭羌酷残,是以前刘公与下官率大军与百姓除患,大军至此,粮乏无措。汝等若能率以粮济,灭秦之后,奏过朝廷,轻摇薄税,同享太平,不亦善乎?”于是百姓欢悦,俱应请办。由然百姓竞送义款与镇恶,膳军食,遂不乏,复振。

第三四二回　魏王赐浩御缥醪

时齐郡太守王懿降魏，上书言刘裕在洛，宜发兵绝其归路，可不战而克。魏王嗣善之，以问崔浩曰："刘裕克秦乎？"浩对曰："克之。"嗣曰："何故？"浩对曰："姚兴好事虚名，而少实用，子泓懦弱，兄弟乖争，裕乘其危，兵精将勇，何故不克？"嗣曰："裕才何如慕容垂？"浩对曰："垂藉父兄之资，修复故业，国人归之，易以立功。刘裕旧寒微，不阶尺土，讨灭众盗，所向无前。垂不及矣！"嗣曰："裕既入关，不能进退，我以精骑，直抵彭城，裕将若之何？"浩对曰："今屈丐、柔然伺我之隙，而诸将用兵，皆非裕敌，兴兵远攻，未见其利，不如静以待之。裕克秦而归，必篡其主；关中华戎杂处，风俗劲悍。裕欲以荆、扬之化施于函北，此无异解衣包头，张罗捕虎，虽留兵守之，人情未洽，趋向不同，适足以资敌耳！愿且按兵息民，徐观其变，秦地终为国家所有，可坐而守也！"嗣笑曰："卿料之神矣！"浩曰："臣尝私论近世将相，如王猛之治国，苻坚之管仲也；慕容恪之辅助幼主，慕容暐之霍光也；刘裕之平祸乱，司马德宗之曹操也。"嗣曰："屈丐何如？"浩曰："屈丐国家倾覆，寄食姚氏，受其封植，不思报而乘时邀利，盗有一方，结怨四邻，虽纵暴一时，终为人所吞并耳！"嗣大悦，语至夜半，赐"御缥醪"十觚，水晶盐一两，曰："朕味卿言如此，故欲共餐其美！"然后命长孙嵩、叔孙建各简精兵，伺裕西过，南侵彭城。却说枹罕虏乞伏炽磐，乃陇西鲜卑人也，父司繁降苻坚，使镇勇士川，卒，国仁代镇。苻坚败，乃自称大单于、秦、河二州牧、苑川王，据金城。当炽磐闻晋刘裕将兵伐秦，聚集本部官属商议，其部下大臣周恭出曰："昔姚兴在日，每起觊觎西秦之心，恨未有暇也。依愚之见，不如顺晋，同伐姚泓，后无虑也。若助姚泓而退刘裕，是鹊引鸠夺自巢也。"炽磐依说，遣臣赍牛酒前来谒见刘裕，呈上请降之书，并力共讨姚泓。裕见其降书大喜，赏使臣，回拜炽磐为平西将军、河南公，令其调兵来应。

时沈田子、傅玄之率兵入武关，秦戍将皆委城走，田子等又进屯青泥。

八月，太尉裕至阌乡，秦王泓欲自将兵御裕，恐田子等袭其后，欲先攻灭田子等，然后倾国东出。乃率步骑数万，奄至青泥。田子本为疑兵，所领方千余人，闻泓至，欲击之，以众寡不敌，止之。田子曰："兵贵用奇，不必在众；今众寡相悬，势不两立，若彼围既固，则我无所逃矣！不如乘其始至，营阵未立而先攻之，可以有功。"言讫即进兵。秦兵合围数重，田子慰抚士卒曰："诸君远来，正求此战，死生富贵，在此一战！若其不胜，命无返矣！"于是士卒皆踊跃鼓噪，执短兵奋勇击之，秦兵大败，斩万余首级。秦不能敌，奔还。

第三四三回　镇恶流舟弃粮战

刘裕在潼关，王镇恶请率水军自河入渭，以趋长安，刘裕许之。秦王泓使姚丕以兵守渭桥以拒之。镇恶溯渭而上，乘艨冲小舰，行船者皆在舰内，舰外无人。北土素无舟楫，秦人但见舰进，惊以为神。至渭桥，镇恶令军士食毕，传令皆挣仗登岸，退后者斩。

既登岸，即至密使人解放舟舰，任其漂去。渭水迅急，忽然不见。镇恶乃谕士卒曰："此为长安北门，去家万里，舟楫衣粮皆已随流。今进战而胜，则功名俱显；不胜则骸骨不返，无他计矣！"言讫，乃身先士卒，众踊跃争先，与姚丕战。不上二合，丕大败，姚丕军皆溃。姚泓引兵来救之，为败卒所蹂践，不战而溃。镇恶乘乱，自入平朔门。秦王泓众皆走散，自领家属出降。其子佛念年十二，言于泓曰："晋人将逞其欲，虽降亦不免，不如引决。"泓怃然不应，佛念登宫墙自投死。泓乃将妻子群臣诣垒门降，镇恶以为属吏。城中夷夏六万余口，镇恶以国恩抚慰，号令严肃，百姓安堵，使人迎接刘裕入城。镇恶性贪，盗秦府库，不可胜计。裕至知之，以其功大不问。收秦彝器、浑仪、土圭、记里鼓、指南车，送建康。余金帛珍宝，皆以颁赏将士，送姚泓去建康。

裕议将迁都洛阳。王仲德曰："暴师日久，士卒思归，未可议也！"北凉王蒙逊闻裕灭秦，怒甚。门下校尉刘祥入言争，蒙逊曰："汝闻刘裕入关，敢研研然也！"斩之。夏千田利领将作大匠，拨夷夏十万人，筑都城于朔方黑水之南。夏王谓百官曰："时朕方统一天下，君临万邦，新城宜名统万。"阿利性巧而残忍，征士筑城，锥入一寸，即杀作者并筑之。勃勃以为能，委任之。凡造器成呈，工人必有死者。弓射甲不入，则斩弓人，入甲则杀甲匠；由是器物皆精，故勃勃重信任之。

勃勃自谓其祖从母姓刘非礼，乃改姓赫连氏，言其徽赫与天连地。其非正统者为铁伐氏，言钢如铁堪伐人也。由是众僚皆贺。夏王勃勃闻裕伐秦，谓诸将曰："裕取关中必矣。然不能久留，必将东归。若留子弟及诸将守之，吾取如拾芥耳。"乃秣马养士进据安定岭，北部县皆降之。时刘裕恐勃勃作乱，乃遣使遗勃勃书，约为兄弟，勃勃报许之。

第三四四回　刘裕灭秦诛姚泓

却说晋帝设朝，群臣奏刘裕克长安，取得玉玺、法器并秦王姚泓，遣人送与陛下。帝闻奏，召使臣入殿。受了玉玺宝物，命将姚泓斩于建康。泓在位二年，至是降晋斩于京师，百里内草木皆焦死了。后秦自姚苌至泓三世，凡三十二年，刘裕灭之。

却说刘裕聚集诸将佐遍观宫室故地，凄怆动容，遂问御史中丞郑鲜之曰："卿乃知书之辈，秦汉得丧之由，卿试言之！"鲜之遂具以贾谊《过秦论》对之。刘裕闻之曰："及子婴而亡，已为晚矣！然观始皇为人，智足见是非，所任不得人，何也？"鲜之曰："夫佞言似忠，奸言似信，中人以上，乃可语上。始皇未及中人，所谓暗于识士也。"裕乃前至渭滨，复叹曰："此地宁复有吕望耶？"鲜之曰："昔叶公好龙而真龙见，燕昭王市骨而骏足至。明公以旰食待士，岂患海内无人耶？"裕曰："卿所言甚善！"

次日，又集将佐议曰："吾意欲徙驾长安，经营赵、魏，汝等计议如何？"其时诸将士久投征伐，伤痍未瘥，各起思归之心，对曰："赵、魏二国，兵强粮足，难以拔之。不如令桂阳公镇长安，大王自班师回京，养军士之力，聚粮草之余，然后可议西北。"裕闻说，犹豫之际，忽京内有人至，报前将军刘穆之死了。刘裕大惊，哭昏在地。众将急救之，方苏，泣曰："丧吾右臂矣！"乃谓诸将曰："吾适问欲议西北之际，今遇前将军刘穆之死了，京都根本无托，难以建策。吾令次子桂阳公义真为都督雍、梁、秦三州事，留镇长安。"

时义真年十一，掌此重权，又留王镇恶为司马，沈田子等腹心十余人辅佐之。次日，欲自引余军振旅还京。

却说司马王镇恶功多于人，由是南人多忌之。当时沈田子自以峣柳之捷，数与镇恶争功不平。即夜私与傅玄之来见裕，密于裕曰："王镇恶屡有贰心，向家在关中，不可保信。倘若有变，何以为之？"裕曰："今留卿文武将士，精兵万人，彼若为不善，正足自灭耳！勿复多言。"裕又思半晌，谓沈田子曰："钟会不得遂其乱者，以有卫瓘之故也。语曰：猛兽不如群狐。卿等十余人，何惧镇恶也？"言讫歇息。

次早启行，其时三秦父老闻裕还京，诣殿门流涕求见。诉曰："残民不沾王化，于今百年，始睹衣冠，人人相贺。长安十陵，是公家坟墓；咸阳宫殿，是公家宅室。舍此欲何之乎？"裕为之愍然，慰谕之曰："受命朝廷，不敢擅留。诚如所言，有怀本之意，今以次息与文武贤才而共镇此境，吾暂回京，岁暮必至，汝等宽心。"言讫，令三秦父老回去。

刘裕欲行，以手执义真之手，以授长史王修之。令修执其子之手言曰："此子年幼，今托付汝，尽心辅佐之，各效忠义之心，休忘吾托之言。"修之答曰："蒙明公拔擢，今又委重，安敢有懈以怀二心？虽肝脑涂地，亦不敢忘！"裕令修之等回去，只有百官送数程而别。裕自洛入河，开汴渠以归。

裕觐见，晋帝问宋公远路劳苦，请其还宅。裕乃辞帝而出，与诸臣祭前将军刘穆之灵柩。裕至柩前哭倒于地，曰："刘穆之故，乃天丧吾也！"又谓文武曰："诸君年齿皆孤等辈，惟穆之仅少，吾欲托以后事，不期中年折耳！使吾腹心崩裂矣！”言讫又哭，拜而祭之，祭毕归府去讫。

却说夏王勃勃闻宋公刘裕东还，心下大喜，聚集文武商议。与将军王贾德曰：“朕欲取关中，卿试言其方略！”贾德曰：“关中形势之地，而裕以幼子守之，狼狈而归，正欲急成篡事耳，不暇复以中原为意。此天以关中赐我，不可失也！”于是勃勃大喜，乃使其子赫连璝为前部，引骑二万来攻长安，勃勃自将大军为后继。

第三四五回　赫连勃勃取关中

戊午十四年正月，赫连璝引兵至时，关中士民降之者满路。桂阳公义真闻夏王引大兵来攻长安，急使司马王镇恶、参军沈田子、傅玄之三人，各以兵五千去迎。三人得令，点兵出城安营。

却说沈田子欲据北地以拒夏兵，当沈田子请傅玄之至曰："今王镇恶自骄傲，轻慢我等，吾欲杀之，君有何计可行？"玄之曰："吾来日使人请王镇恶到我营中，只说议计去退夏兵，彼必至。彼若至，以酒灌醉，令公宗人沈敬仁领三百名刀斧手，抢入杀之，却不好也？"田子曰："此计甚善！"乃唤沈敬仁至，吩咐计策了当。

傅玄之回营。次日，令人来请王镇恶，镇恶不知是计，随使就来玄之营。玄之接入，劝镇恶饮酒，镇恶大醉，被沈敬仁引三百刀斧手，抢入杀之于席前。俄而田子至，令人取首级号令三军曰："镇恶谋反，奉太尉命斩之，其部下之三军，勿得惊慌。"令讫，遂收其部下之兵，分作二营而屯。只有部将刘弘之知是傅玄之、沈田子妒谋，故杀王镇恶，乃私奔来告桂阳公刘义真。

义真大惊，与王修之披甲引兵与诸将登衡门，以察其变之由。傅玄之知刘义真来，急出迎接入内，却说："王镇恶有二心，我等与沈田子故杀之，号令三军，再无他异，主公勿忧也！"王修之曰："镇恶若反，不该你斩，要禀主公，你何敢无礼擅专，杀我大将？"言讫，以刀将沈田子杀之。先时刘义真赐左右之钱物，皆被王修之裁减，因此左右怀恨王修之，谮于义真曰："王镇恶谋反，故沈田子杀之。今王修之又杀田子，是欲造反也。"义真信之，喝令左右将修之诛之。

王修之既死，关中人心皆离散。次日，义真闻知，惊呆了半晌，曰："王镇恶二心，反形已露，方才杀了，你等火速去退夏兵。"玄之乃下拜曰："臣等就行！"言讫，勒兵前来，恰遇了前部赫连璝至，晋兵阵中有偏将军傅玄之出马迎战。两马相交，兵器并举，二人战上十合，赫连璝力乏，勒马便走。夏兵见赫连璝逃走，亦各溃乱。被玄之等麾兵赶杀，杀得夏兵十损其七。追下一百余里，方还屯住。

其时赫连璝大败退回，半路来见夏王说兵败之由。夏王心忧，喝退赫连璝，自以大兵来取咸阳，路上撞着晋兵来迎，夏王视之，旗上写得分明是将军贺玉。其时贺玉勒马横枪，立在阵前。夏王道："贺玉必是上将，谁人出马迎敌？"说犹未了，大刀王贾德手持青龙宝刀，纵马出阵。与贺玉两马相交，正如两龙争济，二虎争吞。一来一往凤翻身，一上一下鹏转翅；刀斗刀起万丈寒光，马斗马荡一团杀气。二人斗有三十余合，贺玉气力不加，拨回马望本阵便走。王贾德拍马便赶，贺玉兵转出城，走入长安。夏王调兵追赶，约追五十余里，夏王方下令鸣金收军，进据咸阳，聚集文武商议攻打长安之策。

其时王贾德进曰:“长安未可急攻,若攻之,彼必死战,难以下也。今咸阳为我所有,不如分兵守住诸险,绝其樵采之路,断其通粮之道,不及半年,长安食尽薪穷,晋兵必乱逃归,那时攻之,长安可得,晋兵自走也!”夏王曰:“卿言至善。”于是夏王不攻长安,分兵守定各处险隘。果然晋兵食尽薪无,义真心慌,急使人偷回郧都,报知刘裕。

第三四六回　义真大败回建康

六月，太尉刘裕始受相国宋公九锡之封。既承受命，诏崇立萧氏为太妃，以郭靖为尚书令，王弘为仆射，傅亮、蔡廓为侍中，谢晦为右卫将军，殷景仁为秘书，郭靖辞不受。景仁不为学，文敏有思致，口不谈文，深达理体，至于国典朝仪，旧章记注，莫不撰录，识者知其有当世之志。宋公刘裕，欲以世子义苻镇荆州，张邵谏曰："储贰之重，四海所系，不宜居外。"乃以义隆为荆州刺史，以刘彦之、张邵、王昙首、王华等为参佐。义隆尚幼，府事皆决于邵，裕谓义隆曰："昙首沉毅器度，有宰相之才也，汝每事谘之。"义隆拜辞刘裕而行。

却说夏王勃勃进据咸阳，长安樵采路绝，义真乃遣人入建康报父刘裕。裕闻之，使蒯恩召义真东归，又以朱龄石去守关中。谓龄石曰："卿至长安，可救义真，轻装速发出关，然后徐行。若关中必不可守，可与义真俱归。"

十一月，朱龄石至长安，时义真将士大掠而东还，多载宝货子女，方轨徐行。一日不过十里，傅玄之谏之弗听。赫连璝率众追之，蒯恩断后，力战连日。至青泥，又与璝战，大败，为夏兵所擒。义真左右皆散，独逃草中。参军段光追寻得之，束之于背，单马而归。义真曰："今日之事，诚无算略，然丈夫不经此，何以知艰难?"勃勃欲傅玄之降，玄之不屈，叫骂而死。勃勃积人骸为京观，号"髑髅台"。长安百姓皆惧勃勃来攻。朱龄石焚宫殿，奔潼关，夏王以兵追杀之。勃勃入长安，大飨将士，举觞嘱王贾德曰："卿往日之言，至期而验，可谓算无遗策矣!"

裕闻青泥之败，未知义真存亡，怒甚，刻日北伐，谢晦谏以士卒疲敝，请俟他年。郑鲜之亦言："今诸州大水，民食困乏。三吴群盗攻没诸县，皆由困于征伐故也。江南士庶，引领颙以望返旆。闻更北出，不测退期，巨恐反顾之忧，更在腹心也!"裕知义真回，事乃止。但登城北望，慨然流涕而已。以段宏为黄门侍郎，毛德祖守蒲坂。

十一月，彗星出"天津"入"太微"，经"北斗"络"紫薇"，八十余日而没。魏王嗣召诸儒术士问之，曰："彗星所出，今四海分裂，咎在何国，朕甚畏之，卿等无隐。"崔浩曰："灾异之兴，皆象人事，无衅又何畏焉? 昔王莽将篡，星亦如之；而今国家主尊臣卑，民无异望，晋室陵夷，危亡不存，彗之为异，其刘裕将篡之应乎?"魏王悦之。

却说当夏王勃勃既即位于长安，闻韦祖思贤而忠正，乃遣人征之。韦祖思惧其残暴，只得随使人入长安，早朝拜舞，恭谨过礼。勃勃大怒曰："吾以国士征汝，奈何以非类处吾? 汝昔不拜姚兴，何独拜我? 我今未死，汝犹不以我为帝王，吾死之后，汝辈弄笔，当置吾何地耶?"遂将出杀之，群臣无不冤之。勃勃于长安置南台，以子赫连璝录南台尚书事。勃勃欲领文武振旅而还统万，造宫殿大成，改元为真兴元年，刻石都南，颂其功德焉。群臣请都长安，夏王勃勃曰："朕岂不知长安帝都，沃饶广固，然统万距魏境才百余里，朕在长安，统万必危；若在统万，则魏必不敢济河而西，诸卿适未见此耳!"乃置南台于长安，以赫连璝录尚书事而还。勃勃性骄虐，视民如草芥，常置弓剑于侧，群臣近视者凿其目，笑者抉其唇，谏者先截其舌，然后斩之。三月，刘裕诛晋室之有才望者，司马楚之叔兄皆死。楚之亡匿蛮中，及从祖休之奔秦，楚之乃亡之汝、颍间，聚众以谋复仇。楚之少有英气，折节下士，有众万余，屯处长社。裕使沐谦往刺之，楚之爱士，待谦甚厚，谦未得间，乃夜称疾，欲因楚之问疾而刺之。楚之果自赍药往视，情意甚笃，谦不忍发，乃出匕首，以状告曰："将军深为刘裕所忌，使我刺你，吾不忍也。愿勿轻率，以自保全！"遂委身事之，为之防卫。楚之乃以兵转屯柏谷坞以防之。

西凉地震星陨，时凉公李歆用刑过严，又好治宫室，从事中郎张显上疏曰："凉土三分，势不久支。兼并之本，在于裕农；怀远之略，莫如宽简。今阴阳失序，风雨乖阻，是宜减膳彻乐，侧身修道；而更繁刑峻罚，缮筑不止，殆非所以致兴隆也！沮渠蒙逊，胡夷之杰，内修政事，外礼英贤，攻战之际，身先士卒，百姓怀之，乐为之用。臣谓殿下，非但不能平蒙逊，亦惧蒙逊方为社稷之忧也！"主簿范称亦谏曰："天之子爱人主，殷殷至矣！故政之不修，下灾异以告我知之！改者虽危必昌，不改者虽安必亡。属者谦德堂陷，效谷地裂，昏雾四塞，日赤无光。狐上南门，地频五震，星陨建康，皆变异之大者也。昔年西平地裂，狐入殿前，而秦师奄至。姑臧门崩，而陨石于西土，梁熙见杀之。及段业称制，三年之中，地震五十余所；先王龙兴，蒙逊篡弑之行。向前之成事，殿下所明知。愿停罢官室之役，止游戏之娱，礼贤爱民，以应天变。"皆不从。

第三四七回　宋公受晋之禅位

却说宋王刘裕，置酒会留宴文武，议谋外略。太师令骆达出席上曰："臣常观天文符应，晋该禅于宋，不可远征。"刘裕曰："如何？且言。"达曰："晋义熙元年至今，太白昼见，经天凡七。占曰：'太白经天，人主更而异姓兴。'义熙七年，'五虹'见于'东方'。占曰：'五虹见，天子黜，圣人出。'九年，'镇星'、'岁星'、'太白'、'荧惑'聚于'东井'。十三年，'镇星'入'太微'，占曰：'镇星入太微，有立王有徙王。'今天命已归大王，大王宜受晋位，拨兵去伐，不必亲行。"刘裕谓骆达等文武曰："吾闻魏武帝有言，若天命在吾，吾为周文王矣。吾思此事。"达曰："魏武帝不忍为之，世受汉禄，恐人议论篡逆之名，故有此语。是明使其子曹丕为天子也。"刘裕曰："吾功德比迹魏武帝若何？"达曰："大王辅晋，绝而再兴，与魏大不同也！魏虽功盖天下，民恨其威，不怀其德，其子承统，差役繁重，东西驰驱，无有宁岁。今大王累立大功，恩布天下，民心归之久矣！故与曹氏不同。况今天心示变，宋岂可逆也！"裕曰："吾记谶云：昌明之后，尚有二帝。吾若受禅，难逃篡逆之名，未可行之也！"

骆达知裕之意欲受禅，而恐天下人议论，乃即出与中书侍郎王韶之议计，请晋帝左右宦者李英、刘益至府，谓曰："今晋室天下，皆是宋公再造，民心都归，况天文屡应，宋该受禅，我众文武共议，欲立宋公刘裕为帝，宋公执谶识言：'昌明之后，尚有二帝'，不肯受禅，故请二公商议计策，二公若从吾言，富贵不轻！"李英、刘益曰："吾受刘公之恩久矣，屡思报效，今吾等议计，若有用我之处，万死不辞！"韶之曰："二公既有此心，我众文武议欲谋弑晋帝，而立宋公刘裕为帝，君意如何？"英、益曰："列位休言，且容旦日便有捷报，不须尽言。"言讫，二人遂辞入宫。

及至次日，以鸩酒毒死晋帝，诈称发背而死，瞒过百官。百官举哀，停尸于白虎之殿。丧事毕，太史令骆达及中书侍郎王韶之谓文武曰："晋室天下几绝，咸赖宋公一人，功盖天下，德及万民，自古迄今，虽唐虞无以过此。今晋帝已晏驾，理宜宋受禅，汝诸文武意下如何？"众皆曰："宋公可当！"刘裕坚执不从，且曰："今皇帝尸肉尚未冷，琅玡王德文还在，吾必不从。"言讫，亲扶琅玡王德文上龙座，唤文武出班山呼万岁，拜舞毕，分列两班。上贺罢朝讫。

却说晋恭帝讳德文，晋安帝同母弟也。初封琅玡王，及刘裕、王韶之谋戮安帝，裕乃迎德文而立之。在位二年，禅于宋刘裕。刘裕废为零陵王，卒弑之。寿三十七岁，葬中陵，按谥法尊贤让善曰"恭"。

己未，元熙元年七月，恭帝设朝，加封宋公裕爵王位，裕辞不受。

时刘裕有受禅之意，难于发言，乃集朝臣宴饮，从容谓文武曰："昔桓玄暴篡，鼎命已移。我首倡大义，兴复晋室，孤年已衰暮，欲归世矣！"众臣皆曰："明公盛德，虽周公、伊尹莫及之，何可归致也？"众臣皆莫晓其意，惟中庶子傅亮知之，一同饮罢，遂出还本镇。

骆达、王韶之与百官商议曰："元熙元年冬，黑龙西登于天，易曰：'冬龙见，天子亡社稷，大人受命。'及闻冀州道人释法柳告其弟子曰：'嵩神言江东有刘将军，是汉家苗裔，当受天命。吾以璧三十二镇金一并与之。刘氏卜世之数，汉建武至建安末，一百九十六年，该禅魏。魏自黄初至咸熙末四十六年，而禅晋。晋自泰始至今一百五十六年，该禅于宋公，揖让咸穷于六。今天垂景象，宋当代晋，可安排受禅之礼，请晋天子诏将天下让与宋王。'"众皆曰："此天命已归刘氏，可奏知恭帝。"众曰："可！"

至晚来见宋公，时官门已闭，亮叩扉请裕出见曰："臣暂且还都，不久即至，故来辞耳。"裕亦知亮意，无复他言，只云："还须几人随送？"亮曰："须数十人足耳！"刘裕从之。亮于是星夜来都，及出，忽见长星竟天，亮拊髀叹曰："我常不信天文，今始验矣！"亮至，与文武官僚等及中书侍郎王韶之、太史令骆达，皆直入内殿，来见天子，奏曰："伏睹宋王自征讨以来，功盖天下，德布四方，真越古超今，虽唐虞无以过此。然群臣会议，皆言晋祚已终，伏望陛下效尧帝之道，将江山社稷禅位与宋王，上合天心，下得民意。则陛下祖宗幸甚！臣等议定，今乃奏知。"帝大惊，汗流满面，半晌不能言。觑百官曰："朕虽不达，又无罪恶，争忍以祖宗之基等闲弃之！朕思桓玄之时，晋氏已无天下，天下重为刘公再造，所延将二十载矣！今日之事，本所甘心，但恐后代议朕不德，以天下轻易与人，汝百官再宜从公议之！"

骆达出班奏曰："天文符应数十条，皆言晋气数已尽，宋祚将兴。"恭帝犹豫。尚书傅亮奏曰："陛下差矣！昔日三皇五帝，互相推逊，无德让有德。次后三王，各传子孙，至于桀纣无道，天下伐之。春秋虽霸，各相吞并，有贤者归之，后并入秦，方归于汉。汉禅于魏，魏禅于晋。以此论之，天下者，非一人之天下，乃天下人之天下也。须不是陛下祖宗自传至今，陛下早决去就，勿令生变。"司空徐羡之曰："自古以来，有兴必有废，而有盛必有衰，岂有不亡之国，安有不败之家？陛下两晋，相传以来，一百余年，气数已尽矣！宜从众请，可急降诏，以安众心。"帝始勉应，乃命尚书仆射傅亮草诏，亮承旨即草诏曰：

> 朕承晋祚，罹天下荡覆几无遗，幸祖宗之灵，得刘氏之力为辅政，南征北讨，东荡西除，而得大平。今仰瞻天地，俯察民心，晋之气数已尽，大历合归于宋。以前生既极神迹，今生主有光辉明德，以应有期，历数昭然已可知矣。夫人道相继，为贤为能，故唐尧不私于厥子而名无穷，羡而慕之。今命陪臣献上玉玺，追则尧典，禅位于宋王，无致辞焉。

当傅亮草诏，使帝书之，帝无奈秉笔，遂人之言，令百官赍丹诏并玉玺，请宋王受之。宋王不受，上表谦让，表曰：

> 臣裕昨奉诏受禅，陛下以垂世之诏，禅无功之臣，使天下人闻知，肝胆碎裂，不知所措。昔者尧以位逊大贤，巢由避迹，后世称之。臣德鲜薄，臣岂敢

奉命？请于盛世别求大贤，以礼让之，则免万世之议论也。臣权纳玺绶，待罪阙下，不胜惶怖战栗之至！

帝览表，顾谓群臣曰："宋王谦让不受，当如之何？"太尉王道邻奏曰："宋王虽辞，宜再诏奉禅。"帝闻言，又使傅亮持诏玺至宋王府。宋王裕谓左右檀道济等曰："虽二次诏命，孤恐天下不能逃篡逆之名！"道济曰："此事甚易，令傅亮再捧诏玺而还，却变其命，筑高台名为受禅台，卜吉日良时，聚集内外公卿并四夷八方之人，都至台下，令恭帝亲捧玺绶，以禅天下于大王，可以绝群谤之言也！"宋王裕大喜，傅亮依计而行。

第三四八回　宋公刘裕即帝位

庚申二年四月，长星见，裕令傅亮捧玺绶还宫，再作表以辞。帝曰："宋王无意禅任，卿等若何？"亮曰："陛下可筑一台，名曰'受禅台'，对公卿士民，明白禅位，则陛下子孙，世世必蒙宋恩矣！"帝只得令太常院官卜地于南郊，筑起三层高台，卜夏六月丁卯日，齐集大小官僚四百余员，武将御林虎卫禁军一十余万，及匈奴单于四夷化外之人，亦有数万。是日寅时，奉请大王刘裕，登台受禅。恭帝亲捧玉玺以与宋王裕，裕方受命，台下群臣，跪请宣敕曰：

"咨尔宋王，昔者帝尧禅位于虞舜，舜亦以命于禹，天命不有常，惟归有德。晋道陵夷，世失其祚，海内大乱，群凶肆逆，宇内颠覆，赖宋王裕，拯大难于四方，清区夏以保护我宗庙。岂予一人，遐荒九服，实受其赐。今王钦承前继晚，光于乃德，恢文武之业，昭示皇考之弘勋。英灵降瑞，大臣告征，延为筑台，师锡朕命。曰：'尔唐尧协于虞舜，周率我唐与敬禅帝位。'于戏！天之历数在尔躬，允执其中，天禄永终，君其祗顺大礼，享兹万国，以渊天命！元熙元年，冬十月日诏。"

读策已罢，宋王方受八般宝贝，柴燎告天。傅亮率公卿行大礼罢，备法驾幸建康宫，临太极前殿，立义符为太子，大赦天下，封赏文武。改晋泰始历为永初历，"社"以子，"腊"以辰。使使巡行四方，旌贤举善，问人疾苦，狱讼紊滥，政刑乖愆，伤化扰俗，未允人听者，令悉具闻。至次日，议封恭帝为零陵王，令其别处歇马，非宣唤不许入朝。恭帝领旨谢恩，出朝居于秣陵。使刘遵以兵防卫之。却说刘裕既受晋禅，即皇帝大位，每临朝悲哀曰："刘穆之不死，当助我理天下，可谓人之云亡，邦国殄瘁？"范泰对曰："圣主在上，英彦满朝，穆之虽功著艰难，未容便关兴废，陛下何自发悲耶！"宋帝答曰："卿不闻骐骥乎？贵日致千里耳！"于是帝追封穆之南康郡公，谥曰"文宣"。

其时太子义符居东宫，多狎群小，因是谢晦言于武帝曰："陛下春秋既高，思保万代，报器致重，不可使负荷非人。今太子居东宫，多狎小人，任意淫虐，非可为之人主也！"武帝曰："庐陵王义真如何？"晦曰："臣请观焉！"帝曰："卿可去代朕观之，即来回报。"于是谢晦入内，造见义真。义真盛饮，与谈别事，仁德国政无言。晦俱不为答，即报武帝曰："德轻于才，实非人主也！"由是武帝使义真为扬州刺史，去镇石头城。宋武帝设朝，有司奏以钱货减少，国用不足，武帝因欲更造五铢。时太常范泰谏曰："臣闻为国拯弊，莫若务本。百姓不足，君孰与足？未有民贫而国富，本不足而末有余者也。故囊中满贮，识者不吝。反裘负薪，存毛自惜。实圣主者不言有无，诸侯不说多寡；食禄之家，不与百姓争利；故拔葵所以明政，织蒲谓之不仁；是以贵贱有章，职分无爽。今之所忧在农人，尚忧食廪未充，转运无已，资食者众，家无私积，难以御荒耳！夫货有贸易，不在多少；昔日之贵，今日之贱；彼此共之，其揆一也！位令官民俱通，则无患不足。若使必资货广，以收国用者，则钱贝之属，自古所有；寻铜之为器，在用已博矣！'钟律'所通者货，'机衡'所揆者人。夏鼎负《图》，尝庶众瑞；晋钟呈象，亦启休征。关有重用，则贵贱同资；物有适宜，则家国共急。今毁必资之器，而为施之于货，则功不补劳，在用则君民俱困。校之户实，损多益少。伏愿恩可久之道，操敢速之情，弘山海之约，择刍荛之说也。"武帝闻谏，于是罢焉。